Stephan Grundy
Wodans Fluch

Stephan Grundy

Wodans Fluch
Roman

Aus dem Amerikanischen
von Verena C. Harksen

Wolfgang Krüger Verlag

Die Originalausgabe erschien 1996 unter dem Titel
»Attila's Treasure«
im Verlag Bantam Books, New York
© 1996 by Stephan Grundy
Deutsche Ausgabe:
© 1996 Wolfgang Krüger Verlag GmbH, Frankfurt am Main
Satz: Fotosatz Froitzheim AG, Bonn
Druck und Einband: Franz Spiegel Buch GmbH, Ulm
Printed in Germany 1996
ISBN 3-8105-0859-4

Gedruckt auf chlor- und säurefreiem Papier

»Jung war ich einst,
Einsam zog ich,
Da ward wirr mein Weg;
Glücklich war ich,
Als den Begleiter ich fand:
Den Menschen freut der Mensch.«

Havamal 35

Dieses Buch ist ein Geschenk für Avram R. Davidson, den treuen Freund in Jahren der Verbannung. Für die langen Nächte des Weintrinkens – für die vielen Male, die wir erklären mußten, daß unser *Zusammenleben* bedeutete, daß wir Zimmer im selben Studentenheim hatten – für gegenseitig ausgeliehene Bücher – für das gemeinsame Durchstehen des *Erschrecklichen Abschlußseminars* – für romantische Pläne – für das Überleben unserer Doktorarbeiten – und für Waldharis Gedicht an Hagen, nebst vielen anderen Dingen: Für alles das meinen allerherzlichsten Dank, und möge Dein Gott Dich stets so segnen, wie meine Götter mich gesegnet haben.

Kunde aus dem Osten

Waldhari hob das Gesicht in den Wind, der über die niedrigen Steinmauern seines Gartens wehte. Der scharfe Geruch nach Schnee, schon dicht gefolgt von den schweren, grauen Wolken, die vom östlichen Gebirge heranzogen, drang beißend in seine Lungen. Edler, weißer Fuchspelz aus dem hohen Norden hielt Waldhari warm, wenn er als Waldharius Rex auf seinem Thron saß; hier in seinem eigenen Heim fühlte er sich wohler in den dicken Falten seines Wollmantels, im schlichten Wams und in den einfachen Hosen, die er jetzt trug. Der Stumpf seines Handgelenks stach ein wenig in der Kälte, aber dieser Schmerz war ihm seit fast zwanzig Jahren vertraut, und wenn sich ein Unwetter ankündigte, bedeutete es kaum einen Unterschied, ob er draußen im Garten stand oder drinnen am Feuer saß und las.

Seine Füße knirschten in der dünnen Schneeschicht, die wie feiner Weizenmehlstaub auf braunem Brot über der dunklen Erde lag. Er verließ den mit Steinplatten gepflasterten Weg und ging tiefer in den Garten hinein. Er betrachtete die kahlen, dornigen Stiele der Rosen und die eisglänzenden Äste seiner Apfelbäume. *Tot sind sie*, dachte Waldhari, *und doch läßt Gott sie im Frühling von neuem sprießen. Ist es nicht ein großartiges Zeichen für das Vertrauen, das wir in ihn setzen dürfen?*

Sinnend rieb er die weiße Narbe an der Stelle, wo sein Unterarm endete. Der Schwertstreich, der ihm die Hand geraubt hatte, war sauber geführt worden und hatte den Knochen so reinlich durchtrennt wie das Hackbeil des Fleischers die Gelenke eines Bullen. So hatte sein Leben als junger Krieger einen jähen Abschluß gefunden, seine Zeit als König begonnen.

Eigentlich tat es ihm kaum leid, denn er hatte mit seiner Frau freudig und gut gelebt und mehrere Kinder gezeugt. Ein starker Ältester, der seine Nachfolge antreten würde – Alphari, nach Waldharis eigenem Vater benannt –, und der jetzt so alt war, wie Waldhari selbst es gewesen war, als er den Platz des älteren Alphari einnahm. Er würde ein würdiger Erbe dieses Thrones sein, wenn Waldhari starb, obwohl das, so Gott wollte, noch eine Weile dauern würde; denn trotz des Silbers, das inzwischen sein braunes Haar durchzog, war der König noch geschmeidig und stark.

Auf den gefrorenen Steinen des gewundenen Pfades, der aus dem Garten hinausführte, hallten Schritte. Waldhari drehte sich langsam um, unwillig, die Stille aufzugeben, in der er Erleichterung von der Bürde der Herrschaft über sein Volk fand. Ein Unbekannter kam ihm entgegen – ein großer Mann, dessen dunkles Haar und dunkler Bart mit der ebenso dunklen Kapuze und den Falten seines Mantels verschmolzen. Einen kurzen Augenblick lang empfand Waldhari Ärger, gleich darauf den spitzeren, tieferen Stich der Furcht: Wäre nicht etwas Schwerwiegendes vorgefallen, hätte man einem Fremden niemals gestattet, den Garten des Königs zu betreten.

Die hochgewachsene Gestalt neigte das Haupt. »König Waldhari, ich bringe dir Grüße von Thioderik, dem Fürsten der Ostgoten.« Waldhari hielt den Atem an. Die gotische Sprechweise des Mannes, die er lange nicht mehr gehört hatte, ließ eine jähe Flut von Erinnerungen in ihm aufsteigen – die Lederzelte und Wagen der Hunnen, aufgereiht vor tannendunklem Gebirge; das Gebrüll von Thioderiks Waffenmeister Hildebrand, der sie anschrie (»Noch einmal: Glaubt ihr denn, der nächste Feind wartet mit seinem Schwert, bis ihr euch von seinem Vorgänger ausgeruht habt?«); und dabei immer das Klirren des Panzerhemdes, hell wie kleine Glöckchen, unter der rauhen, tiefen Stimme seines Blutsbruders Hagan, wenn sie zusammen ritten, sich in den Waffen übten oder durch die Wälder streiften.

»Nachrichten von Thioderik sind stets willkommen. Was gibt es Neues in Attilas Lager?«

»Ich fürchte, meine Worte künden dir keine Freude. Thioderik und Hildebrand weilen nicht länger bei den Hunnen, und die übrigen Goten, die du gekannt hast, sind tot; doch Attila und viele seiner Hunnen leben noch.«

»Durch welche Schlacht kam dies?«

»Attila lud Gundahari und seine Mannen zu einem Julfest ein. Die einen sagen, der habe als erster angegriffen, die anderen, jener; fest steht, daß es zum Kampf kam. Hunnen und Goten standen vereint gegen die Burgunder, und viele tapfere Recken fielen. Hrodgar folgte Attilas Ruf, wie er es geschworen hatte. Man sagt, daß Hagan beiseite trat und sich weigerte, mit ihm zu fechten. Lieber aber wollte Hrodgar sterben, als entweder eidbrüchig gegen seinen Fürsten zu werden oder aber die Männer zu verraten, die er in seiner Halle und in seinem Land willkommen geheißen hatte. Und Gundrun ergriff das Schwert eines Gefallenen und kämpfte an der Seite ihrer Brüder bis ans Ende. Es heißt, daß sie noch immer in Attilas Halle wohnt. König Gundahari aber wurde in eine Schlangengrube geworfen.«

Waldhari fühlte, wie sich das Herz in seiner Brust zusammenballte und wieder öffnete wie eine Faust und sein Trommelschlag hart und langsam in seinen Ohren dröhnte. Er faßte es selbst kaum, daß seine Stimme nicht bebte, als er fragte: »Und Hagan? Wie starb er?«

»Ich habe gehört, sein Tod sei ein großes Wunder gewesen. König Gundahari schwor, er werde nicht verraten, wo der Rheinschatz liege, bevor er nicht das Herz seines Bruders vor Augen sehe.« Denn Hagan hätte es sofort gesagt, hätte er geglaubt, dadurch Gundahari zu retten, ergänzte Waldhari stumm.

»Und so führte man Hagan heraus; doch die Hunnen hielten seinen Tod für törichte Verschwendung eines tapferen Kriegers. Darum ergriffen sie an seiner Stelle einen hörigen Schweinehirten. Und es heißt, daß Hagan sprach, leichter und angenehmer würde es ihm sein, selbst das Spiel zu Ende zu spielen, als das Geheul eines Sklaven anhören zu müssen, den das Messer noch nicht einmal berührt hatte. Aber sie hatten wenig Lust, ihn zu töten, darum nahmen sie statt seines Herzens das Herz des Hörigen. Gundahari aber erkannte am feigen Zittern, daß es nicht Hagans Bruststein war, und so blieb ihnen am Ende nichts übrig, als Hagan doch zu erschlagen. Und dennoch vernahm ich eine Mär, die kein Mann ersinnen kann: Als sie ihm das lebende Herz aus dem Leibe schnitten, da lachte Hagan, und er starb mit diesem Lachen auf den Lippen.«

»Hagan lachte...«, wiederholte Waldhari. Ihm schien, als lösten sich die grauen Wolken und eisglatten Äste in Nebel auf; es war, als fiele der Schleier der Jahre von seinen Augen, so daß er Hagan so deutlich vor sich sah, als stünden sie einander wieder gegenüber wie einst als Jünglinge von sechzehn Wintern. Ein langer, schwarzer Zopf, in den sich damals schon Silberfäden mischten... tiefgraue Augen, schräg nach oben gestellt, unter Brauen wie schwarze Flügelspitzen... scharfgeschnittene, edle Züge, zur grimmigen Maske erstarrt, die in Freude, Leid und

Schmerz niemals eine Regung zeigte, von Wein und Schlaf nicht sanfter wurde. Nur manchmal, wenn Hagan am fröhlichsten war, entblößte er wie fauchend seine Zähne, als versuche er zu lächeln. Waldhari hatte es nie laut ausgesprochen, sich aber oft gefragt, welche Kinderkrankheit oder welcher Fluch heidnischer Götter Hagans Gefühle so in ihm verschlossen haben mochte. »Hagan konnte nicht lachen«, sagte er.
»Auch das hörte ich. Und doch lachte er, als er starb, in einem Augenblick, da die Stärksten der Männer nur hoffen können, nicht laut aufzuschreien.«
»Ich danke dir, daß du mir die Nachricht gebracht hast«, hörte Waldhari sich selbst sagen. »Geh nun und erwarte mich im Hause. Sicher bedarfst du nach deiner langen Fahrt der Speise und des Trankes.«
Wieder verneigte sich der Bote und verschwand aus Waldharis Blick. Die ersten Schneeflocken streiften kalt und federleicht die Wange des Königs. Waldhari sah zum bleiernen Himmel auf und wußte nicht, was er tun sollte. Hagan war alles andere als ein Christ gewesen ... nicht genug, daß er ein Heide war, hatte er auch noch Wodan, den dunklen Gott, angebetet. Außerdem war er ein Zauberkundiger gewesen und hatte Hexenkünste geübt, von denen Waldhari sehr wohl wußte, daß sie unrein waren. Trotzdem konnte Waldhari sich nicht vorstellen, daß sein Freund jetzt in Höllenqualen schmachtete – so wenig, wie er fähig war, Christus um eine Gnade zu bitten, von der er wußte, daß Hagan sie verachtet hätte, oder sich überwinden konnte, selbst heidnische Götter anzurufen.
Endlich erhob Waldhari die Stimme. Die Töne kamen langsam, ebenso die Worte – Bruchstücke, zutage gefördert aus einer Tiefe von zwanzig vergangenen Jahren.

»Nicht Schlachtengetümmel
noch Dunkel des Todes,   treuester Trauter,
trennten bisher uns ...
Nun wünscht dir Waldhari   geschwinde Wege,
wenn heimwärts du hastest,   Hagan, mein Bruder.
Wie fielen die Helden   furchtbar im Streite!«

Tränen erstickten seine Stimme. Waldhari konnte nicht weitersingen. Stumm stand er da und erinnerte sich.

Erstes Kapitel

Seinen Speer in der Hand, saß Hagan auf der Spitze des alten römischen Wachtturms und döste in der Vormittagssonne, die warm auf seinem Panzerhemd glänzte. Neben ihm lag ein Wetzstein; sein linker Unterarm war gerötet, so oft hatte er die Schneide der Speerspitze daran versucht, um festzustellen, ob sie schon zum Rasieren taugte. Sein Bruder Gundahari hockte noch im Haus und übte mit dem Christenpriester, den König Gebica als Lehrer für seinen Sohn aufgetrieben hatte, seine lateinischen Buchstaben. Hagan, der weder von Latein noch von Christen etwas wissen wollte, hatte es vorgezogen, hier hinaufzusteigen.
Als er Schritte auf den Stufen hörte, drehte er sich um, erkannte aber sofort am Gang, daß es Gundrun und nicht Gundahari war. Das goldbraune Haar seiner Schwester floß frei über ihre eckigen Schultern; sie hielt einen Kamm in den Fingern und machte ein entschlossenes Gesicht.
»Ich dachte mir schon, daß ich dich hier oben finden würde«, sagte Gundrun. »Sitz still, Hagan, ich will dir das Haar kämmen. So wenig, wie du darauf achthast, hättest du ebensogut als Höriger geboren sein können.«
Hagan griff nach dem Kamm, um ihn seiner älteren Schwester wegzunehmen, aber sie gab ihm einen leichten Schlag auf die Hand und erklärte: »Nein. Ich werde es für dich tun.«
Er ließ zu, daß sie sich hinter ihn setzte und fragte nur: »Warum bist du nicht unten bei Gundahari und lernst mit ihm Latein?«
»Weil unser Bruder nur langsam vorankommt und ich schnell bin; schon jetzt spreche ich die Sprache so gut wie jener armselige Priester. Wenn wir eine Frau für Gundahari suchen, müssen wir eine wählen, die gut lateinisch lesen und schreiben kann ... wenn du nicht so starrsinnig wärst, Hagan ...«
»Das Volk der Burgunder ist eine große Macht im Land. Wer etwas von uns will, soll unsere Sprache lernen. Was nützt es zu herrschen, wenn

die Sprache unseres Volkes und seine Sitten allmählich untergehen? Lieber möchte ich tot daliegen, als zuzusehen, wie wir den Galliern gleich werden, die Küchenlatein reden und Götter anrufen, die ich nicht einmal kenne.«

»Die meisten von ihnen, glaube ich, sind inzwischen Christen«, erwiderte Gundrun und legte den Kamm beiseite, um einen Knoten in Hagans Haaren mit den Fingern auseinanderzuzupfen. »Aber ich weiß, daß Sigifrith, mein Verlobter, froh sein wird, eine Braut zu bekommen, die alle Botschaften lesen kann, die andere Völker ihm senden. Überzeugt bin ich, daß er selbst denkt wie du, sofern er überhaupt seine Gedanken darauf richtet; denn er kommt mir nicht vor wie ein Mann, der mit Ovid und Virgil im stillen Kämmerlein hockt.« Sie lachte hell auf.

Hagans Lippen verzogen sich schmerzhaft und entblößten seine Zähne. »Noch wie einer, der bei Nacht umherstreift, um dem Raunen von Runen zu lauschen«, stimmte er ihr zu. »Lehrt unsere Mutter dich noch ihre Kunst?«

»Nur heilende Kräuterkunst; sie sagt, ich weiß alles an Runenweisheit, das sie mir geben kann, solange ich mich nicht entscheide, mehr zu lernen. Aber du verstehst viel mehr davon als ich ...« Gundrun verstummte. Vor Jahren hatte ihre Mutter Grimhild Hagan erklärt, daß sie ihn nicht in der Runenkunst unterrichten würde; doch insgeheim hatte Gundrun alles, was sie selbst gelernt hatte, an ihn weitergegeben, und viel mehr noch hatte er im Geflüster der Stimmen gehört, die nachts aus dem Rhein zu ihm sprachen.

»Heilkunst ist mehr etwas für Frauen als für Männer«, antwortete Hagan. »Wenig gelüstet es mich, die Wunden zu heilen, die ich schlage, noch habe ich vor, die Männer, die ich fälle, lange genug am Leben zu lassen, daß Kräuter und Segenssprüche ihnen helfen können – ausgenommen jene, die Wodan einst über Mimirs Haupt sprach.«

Gundrun strich ihm liebevoll übers Haar; er zuckte zurück, entspannte sich dann aber wieder. »Denkst du denn nie an etwas anderes als ans Kämpfen? Hagan, Heckendorn, gewiß wird es nicht allzu lange dauern, bis unser Volk einen neuen Kriegszug beginnt, und dieses Mal bist du alt genug, um dabeizusein.«

»Gundahari ist so kampfbegierig wie ich, und auch er konnte die Schneide seines Schwertes noch nicht im Blut röten.«

»Darüber solltest du froh sein, denn wenn er jetzt in den Krieg zieht, kannst du an seiner Seite reiten und fechten. Ich weiß ohnehin nicht, wie du es ertragen hättest, ihn allein gehen zu lassen, noch wüßte ich ihn in Sicherheit ohne dich. Ich selbst würde in die Schlacht reiten, ließe man mich nur, um dafür zu sorgen, daß ihr beide heil zurückkehrtet.«
Hagan wandte den Kopf, um seine Schwester anzuschauen. Ihre hellblauen Augen funkelten im Sonnenlicht, die Zähne waren grimmig zusammengebissen. Oft hatte sie mit Gundahari und ihm selbst gefochten, und ihre Röcke schienen die Schnelligkeit ihrer Klinge nicht zu behindern; was ihr an Körpergröße fehlte, ersetzte sie durch Wildheit.
»Gern hätte ich dich an meiner Seite, Schwester, doch du bist zu kostbar, um dich aufs Spiel zu setzen, wenn scharfe Schneiden aneinanderprallen, und das weißt du wohl. Fallen Gundahari und ich, gibt es genügend Männer aus königlichem Geblüt, unseren Platz einzunehmen; doch eine Jungfrau von edelster Geburt ist ein wertvoller Schatz. Längst hätte Gundahari gefreit, verhielte es sich anders.«
»O ja, das weiß ich . . .« Gundrun begann von neuem, Hagans Haar zu kämmen und die verfilzten Strähnen auseinanderzuziehen. »Wie hast du das seit gestern abend geschafft? Draußen im Wald geschlafen? Es sind lauter kleine Ästchen darin!« Sie nahm wohl an, er werde nicht antworten, denn ohne einen Atemzug Pause sprach sie von anderen Dingen.
Hagan schloß vor dem hellen Licht halb die Augen und spähte über die Ebene. Etwas bewegte sich am Rande seines Gesichtsfeldes. Da! Ein Reitertrupp auf kleinen schwarzbraunen Pferdchen! In ihren fernen Helmen und Schildbuckeln spiegelte sich die Sonne. Einen Augenblick lang schien es, als lodere eine Flamme über ihnen, als trügen sie mitten am Tage Fackeln, und ein plötzliches, warnendes Prickeln zuckte durch Hagans Sinne. So jäh stand er auf, daß er den Kamm aus Gundruns Händen riß. »Eine Kriegerschar reitet auf uns zu«, sagte er. »Wir müssen es Gebica sagen.«
Gundrun zog ihren Kamm aus seinem Haar und blickte ärgerlich zu ihm auf. »Nun, und wenn du es ihm gesagt hast, darfst du wieder herkommen, und ich werde dich so weit herrichten, daß du sie empfangen kannst. Gewiß sind es nur die hunnischen Boten, die gestern abend die Marken unseres Landes überschritten.«
»Hunnische Boten?« wiederholte Hagan. »Viel Mühe gab man sich, mir das zu verhehlen.«

Gundrun seufzte, und das genügte Hagan. Er raffte den Speer auf und rannte die Stufen des Wachtturms hinunter. Erst vor der Kammer seiner Mutter hielt er an. Er konnte ihre Stimme hinter der Tür nicht hören und klopfte darum auch nicht.

Grimhild lag leichenstill auf ihrem Lager, nur mit einem weißen Hemd bekleidet, die Hände ordentlich unter den kleinen Brüsten gefaltet. Die dünne Schale ihrer Rippen hob und senkte sich nicht beim Atmen, und Hagan wußte, daß er kein Leben spüren würde, wenn er ihr die Hand auf das Herz legte.

Voller Wut über den Verrat, den man, davon war er überzeugt, an ihm begangen hatte, verkrampften sich seine Eingeweide, und er rief, so schneidend er konnte: »Grimhild! Grimhild! Grimhild! Komm zurück! Ich muß sofort mit dir sprechen.«

Ein dunkler Glanz sickerte zwischen Grimhilds Lidern hervor. Ihre dürren Finger krümmten und verkrallten sich wie die Klauen eines kleinen Vogels, der nach einem Halt sucht. Langsam ballten sie sich zu menschlichen Fäusten. Sie musterte Hagan mit schmalem, bösem Blick, hob die Hände an den Kopf und preßte die Knöchel so fest gegen die Schläfen, als wollte sie ihre Gedanken wieder zurechtrücken. »Wenn du mir sagen willst, daß die Hunnen kommen und bald hier sein werden, so weiß ich das bereits. Du aber weißt sehr wohl, daß du mich nicht aufwecken darfst; warum tust du es dennoch?«

»Weil du mir nichts gesagt hast, du nicht und auch sonst niemand. Gundrun wußte es; warum soll ich der einzig Ahnungslose sein? Was hast du mit mir vor?«

»Wenn ich es dir erzähle, schwörst du mir dann, zu tun, wovon Gebica und ich glauben, daß es dem Volk der Burgunder am besten dient – dem Volk und auch deinem Bruder?«

»Solange du es mir nicht mitteilst, kann ich dir wenig helfen.«

»Es wird dir nicht gefallen, Hagan.«

»Davon bin ich überzeugt. Sag es mir.«

»Wahrscheinlich wird man dich als Friedgeisel zu den Hunnen senden, wo du in Attilas Kriegerschar kämpfen sollst, bis wir dich wieder nach Hause rufen – oder er dich fortschickt; das freilich wäre eine große Schande für uns alle.«

Hagan brauchte nicht zu fragen, wieso man gerade ihn ausgesucht hatte: Gundahari, der älteste Sproß des Königshauses, war unentbehrlich und

Gundrun bereits verlobt, so daß man sie nicht fortlassen konnte.
»Warum hast du mir das nicht früher erzählt?« fragte er nur.
»Weil . . .« Unter seinem Blick schlug Grimhild die Augen nieder.
»Hagan, du mußt mir vertrauen. Weil du bist, wer du bist; darum hielt ich es für besser, dich nicht einzuweihen, bevor es an der Zeit war, daß dein Eid dich band. Wir wußten, daß du dich uns nicht vor allem Volk und vor unseren . . . Verbündeten verweigern würdest.«
»Dachtest du, ich würde nicht freiwillig mitgehen?«
»Ich weiß, wie schwer es dir fällt, deine Geschwister zu verlassen«, erwiderte Grimhild; aber obwohl ihre Stimme fast ebenso ausdruckslos klang wie Hagans eigene, hörte er doch den hohlen Unterton. Sie hatte etwas anderes von ihm erwartet, aber er wußte nicht, was.
»Ich will tun, was für Gundahari und Gundrun getan werden muß – sogar mich von ihnen trennen, wenn es nicht anders geht. Du brauchtest keine Furcht zu haben. Ich weiß von der Stärke der Hunnen und von der Verwandtschaft unserer Völker in früheren Zeiten, und wohl weiß ich, daß wir es nicht wagen können, sie zu Feinden zu haben.«
Grimhild lächelte. »Im fünfzehnten Sommer stehst du erst, und du bist ein erwachsener Mann. Sei gewiß, daß bei Gebica ein gutes Schwert darauf wartet, daß du es in Attilas Halle trägst. Nun geh und sage ihm, daß die Hunnen bald hier sein werden.«
Langsam ging Hagan aus der Kammer seiner Mutter hinüber zur Halle, wo der König sich aufhielt. Jeder Schritt, jedes Flüstern schien in seinem Kopf widerzuhallen und immer wieder den Gedanken zu murmeln, der ihn seit dem Tage verfolgte, an dem er zum ersten Mal in einen silbernen Römerspiegel geschaut hatte. Damals hatte er die scharfen Kanten seines Gesichtes bemerkt, die finstere Maske, die niemals einen der Gedanken verriet, die tief in seinem schmalen Brustkorb tobten. Er wußte, daß er nicht Gebicas Sohn sein konnte – in den feineren Knochen, den edler geschnittenen Zügen stand es geschrieben. Ebenso klar war ihm jetzt, daß man ihn am wenigsten brauchte, Grimhild und Gebica ihn am leichtesten entbehren konnten. Und doch trugen Hagans Füße ihn durch die Gänge zu dem großen Raum, in dem Gebica hof hielt; zumindest gab es für ihn eine Pflicht, die er erfüllen mußte.
Gebica lehnte in seinem Hochsitz und unterhielt sich mit dreien seiner Ratgeber: Odowaker, Haribrand und Rumold, dem Küchenmeister. Obwohl Hagan sich unbemerkt hätte hereinschleichen können, ohne daß

ein Mensch ihn sah, bevor er sprach, lag das heute nicht in seiner Absicht. Die harten Ledersohlen seiner Schuhe klapperten auf den steinernen Fußbodenplatten des römischen Gebäudes, als er eintrat.

Bei dem Geräusch von Schritten sah Gebica auf; er nahm an, daß es Gundahari war und er ihn wieder einmal schelten müßte, weil er zu früh vom Unterricht weggelaufen war. Er blinzelte, als er Hagans dunklem Blick begegnete und lächelte dann warm, wie er es immer bei Hagan tat, sooft der Junge auch vor seiner Berührung zurückzuckte. Auch wenn die grimmige Miene auf den scharfen Zügen seines jüngeren Sohnes sich niemals änderte, ganz gleich, was der Jüngling denken oder fühlen mochte, wußte Gebica, daß niemand Hagans Anwesenheit bemerkt hätte, wenn dieser nicht selbst vorgehabt hätte, etwas zu sagen.

»Sei gegrüßt, mein Sohn«, meinte der König. »Du siehst aus, als hättest du Neuigkeiten.«

»Ich habe vom Wachtturm die Hunnen gesehen. Sie werden bald hier sein – und meine Mutter hat mir mitgeteilt, ich müsse mit ihnen gehen.«

Gebica hätte sich um ein Haar vorgebeugt, nur um festzustellen, ob wenigstens der Schatten einer Regung über Hagans bleiche Züge huschte – Zorn oder Eifer oder Furcht, darauf wäre es nicht angekommen. Gundahari und Gundrun schrien mit ihren Gesichtern hinaus, was sie dachten, selbst wenn es ihnen gelang, ihre Worte zu zügeln; und obgleich Gebica ihnen immer wieder riet, Zurückhaltung zu üben, wie es Herrschern geziemte, wünschte er sich doch, Hagan hätte ein klein wenig mehr Ähnlichkeit mit seinen Geschwistern.

»Nicht *mit* ihnen – du sollst reiten, wie es einem Sohn des Königshauses ansteht, mit deiner eigenen Leibwache tapferer Recken, und du sollst Zeit haben, dich vorzubereiten und von deinen Geschwistern Abschied zu nehmen.« Gebica zupfte an seinem dunklen Bart und sah nachdenklich auf Hagan hinunter. Hoch aufgerichtet stand der Junge vor ihm; Gebica mußte unwillkürlich an einen römischen Soldaten bei der Parade denken, obwohl er wußte, daß dieser Vergleich eines der wenigen unfehlbaren Mittel war, mit denen die anderen Knaben in der Halle Hagan zum Faustkampf reizen konnten. Sooft das Herz des Hendings auch vor der Kälte seines jüngsten Kindes erstarrt war, Hagans kristallklare Treue hatte es immer wieder zum Schmelzen gebracht. Was immer der Junge bei sich denken mochte, er würde seine Pflicht tun, bis er fiel, das wußte

Gebica. »Nun, da du heute offenbar ein Bote sein willst, kannst du auch Gundahari aus seinem Unterricht holen und dafür sorgen, daß er sich bereithält, unsere Gäste zu begrüßen.«

Hagan machte kehrt und entfernte sich ohne ein weiteres Wort. Er ist zornig, dachte Gebica. Einen Augenblick lang sehnte er sich danach, seinen Sohn zurückzurufen, ihn in die Arme zu schließen und ihm zu erklären, daß er nicht weggeschickt wurde, weil man ihn weniger liebte, sondern aus bitterer Notwendigkeit – weil sie sich darauf verließen, daß er besser als die anderen in der Fremde und gerade auch am Hunnenhofe auf sich aufpassen konnte. Doch Hagan hätte die Umarmung nicht geduldet, und Gebica wußte, daß er solche Worte nicht vor anderen aussprechen konnte, nicht einmal vor seinen eigenen Ratgebern. Mit einem harten Scheppern von Eisen auf Stein fiel die Tür ins Schloß.

»Um ihn brauchen wir uns bei den Hunnen keine Sorgen zu machen«, bemerkte Odowaker trocken. Seine Fingerspitzen strichen über das goldene Hakenkreuz, das in die Silberdrahtmuster seiner eisernen Gürtelschnalle eingelegt war.

»Nein . . . aber er ist noch jung. Ein Älterer muß ihn begleiten, schon deshalb, weil sein Weg über Passau führt, wo die Menschen Christen sind und er in meinem Namen den Bischof begrüßen muß.«

»Dann sende Gundorm«, schlug Rumold vor. Der Küchenmeister strich sich das Wams über dem Spitzbauch glatt und zog die hellen Brauen zusammen. »Der ist Christ genug für jedermann; mir sagte er, ich sollte an jedem Frijastag Fisch am Herrentisch auftragen, weil das Römervolk an diesem Tag kein Fleisch essen darf.«

Gebica lachte, ein Lachen, das tief aus dem Bauch kam und seine Schultern für einen Augenblick von aller Last zu befreien schien. »Würde ich Gundorm und Hagan auf einer Straße schicken, so käme nur einer von ihnen am Ende an. Außerdem – und ihr werdet das für euch behalten – bin ich wenig geneigt, einen Christen zu senden, um zu Christen zu sprechen; wer bereit ist, seine Vorfahren aufzugeben, der kann auch seine lebendige Sippe verlassen.« Sein Atem war nur ein Hauch, sanfter als ein Seufzer; was er nicht aussprechen wollte, obwohl niemand es besser wußte als er, war, wie anstrengend eine Reise mit Hagan war.

»Besser wäre es«, fuhr er langsam fort, »wenn ein alter, zuverlässiger Ratgeber ihn begleitete. Einer, der Erfahrung sowohl mit dem Bischof von Passau als auch mit den Hunnen hat . . .«

Er sah den Fluch des Mannes, der sich in sein Schicksal fügt, auf Odowakers Lippen treten, bevor dieser ihn ausstieß, und nickte. »Ja, du. Wer wäre besser geeignet, unseren Heckendorn daran zu hindern, daß er die falschen Leute zu scharf sticht, bevor er noch das Ziel seiner Fahrt erreicht?«

»Ein alter Mann bin ich«, begann Odowaker und klappte den Mund gleich wieder zu. Unter dem ergrauten Bart traten die Kiefermuskeln hervor. »Herr, wenn du es wünschst, werde ich gehen. Ich weiß, daß diese ganze Angelegenheit uns allen wenig Freude bereitet.«

»Doch besser Hagan als Gundahari«, versetzte Gebica und lehnte sich in seinem Hochsitz zurück, wobei er den Hals reckte, bis es knackte. Die beiden geschnitzten Pfosten ragten hoch auf, berührten jedoch nicht die Decke. Wäre die Halle um sie herum gebaut worden, wie es der alten Sitte entsprach, so hätten sie das Dach getragen. In diesem Steinbau dunkelte über ihnen eine Handspanne voller Schatten. Gebicas Vater Gundabrand hatte in ihnen den teuersten Schatz der Burgunder gesehen, das Glück des Stammes, mitgetragen auf allen den langen Wanderungen über die Steppen, von jeder Schlacht mit den Alamannen um die heiligen Salzquellen mit Tierblut besprenkelt . . .

Der Sinwist riet meinem Vater und mir, doch er ist alt; wer wird meinem Sohne raten? fragte sich Gebica. *Wer wird die Geister unserer Gesippen über den Fluß geleiten, auf dem der schwarze Schwan schwimmt, wenn der Sinwist nicht mehr unter uns weilt?*

Er schüttelte die Gedanken ab, wie sich ein alter Eber den Regenguß von den Borsten schüttelt, und reckte sich. Aber die trübe Ahnung ließ sich nicht so leicht verscheuchen. »Mag sein«, murmelte er so leise, daß die Worte nur seine eigenen Ohren erreichten, »daß Hagan bei den Hunnen mehr von dem alten Wissen erfährt, als er bei uns lernen konnte. Grimhild sagt, daß unsere Art mehr der Art der Steppenvölker gleicht als den Sitten der Stämme, die unsere Nachbarn sind; vielleicht können wir doch noch auf einen Erben für den Sinwist hoffen.«

Die anderen Männer sahen ihn nur an; sie hatten sein undeutliches Murmeln nicht verstehen können. Gebica zuckte die Achseln und wischte seine Worte mit einer schnellen Handbewegung beiseite. »So oder so, es ist beschlossen – es sei denn, die Hunnen fordern ausdrücklich Gundahari.«

Gundahari saß da, hatte die Zungenspitze herausgestreckt und hielt mit den starken Fingern krampfhaft den römischen Stylus umklammert, während der magere Priester, dessen Namen Hagan sich nie merken konnte, sich über ihn beugte wie ein Storch, der im Schlamm nach einem Wurm sucht.
»Schon etwas besser«, erklärte der Christ in gekränktem Ton. »Allerdings hast du deinen Satz auf Barbarenart gebildet...«
»Mehr als Worte wird er jetzt bilden müssen«, unterbrach ihn Hagan. »Gundahari, die Hunnen kommen, und Gebica schickt mich, dich zu ihrem Empfang vorzubereiten.«
Erfreut stand Gundahari von seinem Stuhl auf und warf eine Flut dichter, brauner Haare in den Nacken. Hagan sah, wie sich die breiten Schultern seines Bruders erleichtert entspannten, als sei eine schwere Kette von ihnen genommen. »Morgen werde ich die Sätze weniger barbarisch konstruieren«, sagte er zu dem Priester und forderte seinen Bruder auf: »Also gut, Hagan, komm mit. Ich denke, du solltest heute besser aussehen als ich, denn... ach, Scheiße, ich sollte es dir doch nicht erzählen.«
»Ich weiß es schon. Aber du bist der Erbe des Königs...« *und sein Sohn;* die Worte blieben unausgesprochen.
Gundahari schlug seinen Bruder leicht auf die Schulter. Der Ärmel von Hagans Panzerhemd klirrte. »Schluß damit. Komm, wenn keiner von uns nachgeben will, können wir uns gegenseitig in die Festkleider helfen.«
Hagan und Gundahari teilten sich eine Kammer. Gundaharis breitspitziger Eberspieß stand in einem Winkel. Hagan lehnte seinen schlankeren Wurfspeer in die entgegengesetzte Ecke. Die Kleidung der beiden unterschied sich kaum voneinander, nur daß Gundahari, fragte man ihn nach seinen Wünschen, die helleren Farben wählte, grün, scharlachrot und gold, während Hagan die dunkleren Töne vorzog. Beides aber hatten die Frauen des Hofes köstlich bestickt, und Hagan besaß nicht weniger Goldringe und granatbesetzte Fibeln als sein Bruder.
Da es sich um ein friedliches Fest handelte, legte Hagan ein Hemd aus dünnem, weißem Leinen an, das seine Haut von der Brünne trennte, und schlüpfte dann in ein Wams aus dunkelweinroter Wolle, das die Kettenglieder verbarg, wie man es ihm befohlen hatte. Wenn er erst ein erwachsener Mann war, dachte er, würde er das nicht mehr tun; offen

würde er im Panzerhemd an der Festtafel sitzen, damit jeder wußte, daß zumindest er niemals aufhörte zu wachen. An der rechten Hüfte befestigte Hagan das silberbeschlagene Urhorn, das Gundahari und Gundrun ihm zum letzten Julfest geschenkt hatten. Seine Geschwister hatten ihn damit geneckt; da er so offensichtlich lieber in der Frühzeit der Stämme gelebt hätte, sagten sie, brauche er ein großes Horn, um seinen Wein daraus zu trinken, anstatt eines römischen Glases, und sie würden ja nun sehen, ob sein Kopf so stark wäre wie der jener Helden von einst. Aber das Geschenk hatte ihm gefallen, wie sie wohl gewußt hatten.

Als Hagan fertig angezogen war, kämmte er sich noch einmal die Haare und band sie in einem schlichten Pferdeschwanz nach hinten.

»Hai, Gundrun wird ihn dir flechten und dir noch ein hübsches Band dafür geben«, spottete Gundahari und lachte noch, als seine Hand nach unten schoß, um Hagans vorgetäuschten Tritt in seinen Unterleib abzufangen. Hagan riß gerade noch rechtzeitig den Fuß zurück, um nicht auf dem Boden zu landen. Er war besser mit dem Schwert, doch im Ringen kam dem ältesten Sproß des Hendings kein anderer gleich.

»Nein, du siehst sehr gut aus. Nur dein Mantel ist schief zusammengesteckt – hier ist der Spiegel, schau selbst.«

Hagan löste den Adler mit den kurzen Flügeln und befestigte ihn von neuem. Die kleinen in das Gold eingelegten viereckigen Granatsteine schimmerten weich im durch das Fenster hereinfallenden Licht – *Blut glimmt dunkel auf Feuererz, der Adlerschnabel im tiefroten Wein.*

Hagans Gürtel saß gerade, griffbereit steckte der glatte Schwarzeichengriff des Dolches – nicht lange mehr würde er die Stelle eines Schwertes vertreten müssen. Gundahari, zwei Jahre älter, besaß schon eine eigene Klinge. Die Ringe an ihrem Griff klirrten, als er zur Tür ging.

»Du fürchtest dich doch nicht, Hagan, oder?« fragte er.

»Wovor sollte ich mich fürchten?«

»Es ist eine weite Reise, und die Hunnen sind ein seltsames Volk. Ich hörte, sie würden auf dem Pferderücken geboren, äßen rohes Pferdefleisch und tränken nichts als Stutenmilch.«

»Wenn das stimmt, werden wir es ja bald merken. Aber es liegt noch gar nicht so lange zurück, daß unser Volk bei ihnen lebte, und du weißt recht gut, daß Thioderiks Gotenschar bei Attilas Hunnen wohnt und an ihrer Seite kämpft. Ich glaube nicht, daß Goten sich lange mit nichts als

Stutenmilch begnügen werden, was immer auch die Hunnen trinken mögen.«
Gundahari lachte. »Trotzdem, es ist fern vom Rhein.«
Es klopfte an der Tür. Gundahari öffnete. Draußen stand ihre Mutter in vollem Festtagsstaat. Die Strahlenkränze der Goldfibeln, die ihr Gewand hielten, glitzerten auf dem tiefblauen Leinen wie Sonnenschein auf dem Rhein, so als wäre sie eine der Töchter des Stromes. Ihre mageren Hände waren schwer von goldenen Ringen, und das kunstvolle Geflecht aus eingelegten goldenen und silbernen Kerbkreuzen hob sich leuchtend vom Eisen ihrer Gürtelschließe ab. In jeder Hand trug sie einen mit Wein gefüllten Pokal. Das dunkle Rot schimmerte in dem blauen römischen Glas fast schwarz.
Sekundenlang streiften Grimhilds dunkle Augen Gundahari, bevor ihr Blick auf Hagan haftenblieb. »Ich freue mich, daß ihr bereit seid, unsere Gäste zu empfangen, meine Söhne«, sagte sie. »Kommt nun; sie werden bald eintreffen und sollen uns in der Halle versammelt finden.« Sie hob jedem der Jünglinge ein Glas entgegen. Schnell leerte Gundahari das seinige. Aber als Hagan an dem Wein schnupperte, war ihm, als röche er die schwache, reine Bitterkeit von Baldursbraue und etwas ein wenig Süßeres darunter.
»Ich brauche nichts zum Beruhigen oder Bezaubern, Mutter«, erklärte er und wollte ihr den Pokal zurückgeben. Doch Grimhilds Hände blieben an ihrer Seite. »Außerdem war ich gestern abend lange auf. Wenn ich das trinke, schlafe ich sicherlich ein.«
Grimhild schüttelte den Kopf. »Du solltest allmählich wissen, daß ich dir niemals Schaden zufügen würde. Schenk mir mehr Vertrauen! Wenn noch etwas anderes in diesem Becher ist als Wein, dann soll es nicht deine Gedanken beeinflussen, sondern die unserer Gäste.«
Gundahari hüstelte. »Ich gehe jetzt«, meinte er und schritt eilig den Gang hinunter. Hagan und Grimhild, die einander noch immer anstarrten, blieben zurück.
»Weil du willst, daß sie etwas sehen . . .« Hagan konnte seine Gedanken nicht deutlicher ausdrücken, aber Grimhild seufzte.
»Es ist gut, wenn sie mit ganz bestimmten Nachrichten zu Attila zurückkehren. Er muß hören, wie hoch dich alle in unserer Halle schätzen; er muß das Gefühl haben, daß Gebicas Lieblingssohn zu seiner Schar gehören wird.«

»Ich bin sicher, daß Attila weder taub ist noch Mangel an Zwischenträgern in seinem Volk hat. Eher, so denke ich, willst du dafür sorgen, daß ich freundlich zu den Hunnen spreche und mich freudig bereit erkläre, ihnen zu folgen, wenn ihr mich vorschlagt.«
»Darin irrst du dich, denn bei dem, was getan werden muß, vertraue ich dir voll und ganz. Aber ich möchte sichergehen, daß die Hunnen auch wirklich den Sohn fordern, den wir ihnen geben können.«
Hagan holte tief Atem. Es konnte gut so sein; wenn Attila genügend Geschichten gehört hatte, war es möglich, daß er seine Boten angewiesen hatte, ausdrücklich Gundahari zu fordern, und dann würden die Burgunder teurer bezahlen müssen als mit Gold. Wenig schmachvoll war es, einen Sohn als Pflegesohn fortzugeben, denn niemals nahm ein Höhergeborener ein Kind geringeren Blutes dazu an; doch Tribut zahlten nur Unterworfene oder solche, die den Kampf fürchteten. Hagan zweifelte nicht daran, daß ein entsprechender Trunk und ebensolcher Zauber in dem Krug warteten, den Grimhild oder Gundrun den Hunnen kredenzen würden, sobald sie die Halle betraten.
Grimhild nickte. Sie nahm sich nicht die Mühe, sich zu ihrem Sohn zu neigen und ihm ins Ohr zu flüstern, sondern murmelte nur so leise, daß kein anderer es hätte hören können, was sie in den Inhalt der beiden Pokale gemischt hatte. Wieder roch Hagen daran, berührte den dunklen Wein mit der Zunge. Er war schwer und trocken, und sein Geschmack lag warm in Hagans Mund. Er entdeckte nicht mehr darin, als Grimhild ihm gesagt hatte, und so trank er vorsichtig, in kleinen Schlucken, bis nur ein kleiner dunkler Satz in der Neige am Boden zurückblieb.
Grimhilds schmale Lippen kräuselten sich zu einem leichten Lächeln. »Das war wohlgetan. Nun eile und nimm deinen Platz ein. Ich folge dir bald.«
Hagans Geschwister saßen bereits bei Gebica in der Halle, mit ihnen ein paar weitere Gesippen des Hendings, seine Ratgeber und eine Anzahl bewaffneter Gefolgsmannen. In einigem Abstand von den anderen stand Gundorm, befingerte das große Goldkreuz auf seiner Brust und warf zornige und ungeduldige Blicke um sich. Auf einem Hocker neben Gebicas Thron hatte sich der Sinwist niedergelassen. Die langen Silbersträhnen aus seinem Haarknoten fielen ihm über das gefurchte Gesicht wie dünne Weidenzweige. Er regte sich nicht und schaute auch nicht auf, als Hagan eintrat, aber trotzdem fühlte der Junge seinen Blick. *Er wird*

alt, dachte Hagan, *und noch immer hat er keinen Erben. Was ist, wenn er stirbt, ohne daß* . . . Er schüttelte den Gedanken ab wie am Ende des Tages die Brünne von den Schultern und ging hinüber zu Gebicas Kindern, um seinen Platz bei ihnen einzunehmen.
Gundrun und Gundahari rückten auf der Bank zur Seite, damit er sich zwischen sie setzen konnte. Hagan konnte hören, daß sie vor Erregung schneller atmeten. Er spürte die Anspannung ihrer Muskeln und den beschleunigten Herzschlag, während sie auf ihn und dann auf die großen Türen am Ende der Halle blickten, und er fragte sich, ob auch sie spürten, wie das Blut durch seine Adern jagte. Trotz Grimhilds Trank merkte er, wie sich alle Sehnen seines Körpers strafften. Obwohl Gebicas Hausmannen die besten Kämpfer im Burgunderheer waren, wäre er froh gewesen, seinen eigenen Speer mitbringen zu dürfen.
Ein Klopfen ertönte an den Türen der Halle. Das dicke Holz dämpfte sein Dröhnen. Gebica gab zweien seiner Mannen ein Zeichen. Sie gingen zur Tür und rissen sie weit auf.
Die Schar der Hunnen zählte nicht mehr als zwei Dutzend Männer. Obwohl sie alle bis an die Zähne bewaffnet waren, so als gelte es, sich mitten ins Schlachtgetümmel zu stürzen, wußte Hagan, daß das nicht mehr bedeutete als ein Zeichen der Hochachtung zwischen zwei berühmten Kriegsfürsten. Als sie die Halle betraten, legte jeder der Hunnen Speer und Bogen beiseite, nahm den Helm ab und setzte ihn vorsichtig auf den der Tür am nächsten stehenden Tisch. Hagan starrte die Ankömmlinge mit angehaltenem Atem an. Es waren kleine Gestalten, schwarzhaarig und gelbhäutig, mit dunklen Augen, die noch schräger standen als seine eigenen. Wie auch bei den Burgundern üblich, hatte man vielen von ihnen in der Kindheit die Schädel eingebunden und so zu helmartigen Spitzen geformt. Aber Hunnen und Burgunder hatten lange zusammengewohnt und in den alten Zeiten mehr als einmal ihr Blut miteinander vermischt. . .
Nur der Anführer der kleinen Schar war kein Hunne. Er war ein älterer Mann, höchstwahrscheinlich ein Gote, mit silberblondem Bart und Schnurrbart und den mächtigen Schultern eines Schmiedes. Als er nach vorn schritt, um vor Gebica zu treten, glitt durch die kleine Seitentür Grimhild in die Halle, in den Händen einen Krug mit Wein. Hinter ihr kamen zwei leibeigene Mägde mit weiterem Wein und Tabletts voller Becher, gefolgt von Hörigen mit Platten, auf denen Brot, Käse und

Wurst angerichtet waren. Gundrun erhob sich, um ihrer Mutter beim Verteilen des Trunks zu helfen. Aber Grimhild ging geradewegs auf den alten Goten zu.

»Sei willkommen in unserer Halle, *Herro* Hildebrand«, sagte sie und goß ihm den ersten Becher ein. »Das Haus der Gebicungen grüßt dich und alle, die dich begleiten.«

Gundahari beugte sich vor, und seine Augen wurden groß. Die Lieder vom verbannten Amalungenkönig Thioderik und seinem Waffenmeister Hildebrand gehörten zu seinen Lieblingsweisen. Hagan wußte, daß sein älterer Bruder einen Weg finden würde, sich neben den berühmten Gast zu setzen und ihn, wenn es sich irgend bewerkstelligen ließ, bis in die tiefe Nacht mit Fragen zu überschütten. *Aber ich werde mit ihm leben, mit ihm und Thioderik!* Ein Schauer der Erregung durchlief Hagans Körper, und zum ersten Mal dachte er, daß es vielleicht doch nicht so schlecht wäre, als Friedgeisel von zu Hause fortzugehen.

Hildebrand hob den Pokal und trank durstig, obwohl Hagan sehen konnte, wie das schroffe Gesicht unter dem Bart sich tiefer furchte, als sei der Wein nicht ganz nach seinem Geschmack. »Ich danke dir, *Frowe* Grimhild«, grollte er. »Fürst Attila sendet euch allen seine Grüße und ebenso Thioderik der Amalung.« Er hielt inne; Hagan kam es vor, als wollte er noch etwas sagen, aber Thioderiks Gefolgsmann unterbrach sich mitten im Atemholen. Leicht erschrocken begriff Hagan, daß er selbst es war, den der eisgraue Krieger anstarrte, nicht Grimhild und auch nicht Gebica. Fast war ihm, als könne er den Anprall in der Luft fühlen, als schlügen unsichtbare Schwerter aufeinander; und ihm schien, die eine Klinge drücke die andere nach unten und lenke sie ab. Nun schien ihm weise, was seine Mutter getan hatte, zugleich aber prickelte Zorn in den kleinen Haaren auf seinem Rückgrat: *Warum schätzt man mich so gering? Sie werden sich noch wundern* . . .

»Seid willkommen und laßt euch nieder«, antwortete nun Gebica. »Eßt und trinkt; bald werden die Bäder bereitet sein, und wenn ihr euch ausgeruht habt, können wir über diese und jene Dinge sprechen; weit ist der Weg durch den Düsterwald.«

Als sie, besänftigt vom Dampf und von den Kräutern, aus dem Bade kamen, setzte Hildebrand sich nicht hin, sondern trat erneut vor Gebicas Hochsitz. Obwohl Hagan beim Baden fast eingeschlafen war, spürte er die plötzliche Spannung in der Luft wie einen Nadelstich und wurde hellwach. Wieder starrte Hildebrand zu ihm hinüber. Die dichten silbernen Brauen des Goten waren zusammengezogen, tief runzelte er die Stirn.

»Hending Gebica«, brummte Hildebrand. Hagan begriff, daß er mehr daran gewöhnt war, über das Schlachtfeld zu brüllen, als vor Hochgestellten in der Halle zu sprechen. Es mußte stimmen, daß Hildebrand der vertrauenswürdigste aller Männer war, wenn man ihm und nicht einem besseren Redner einen solchen Auftrag anvertraute. Und Attila mußte etwas befürchtet haben... Die blauen Augen auf die Spitze des Pfostens zur Linken von Gebicas Sitz geheftet, fuhr Hildebrand fort, und es hörte sich an, als wiederhole er etwas, das er auswendig gelernt hatte: »Nun will ich dir Fürst Attilas Botschaft künden. Lange haben dein Volk und das seine beieinander gewohnt, und es ist sein Wunsch, diesen Frieden zwischen euch von neuem zu besiegeln. Er hat nur einen Sohn, zu alt, um noch in Pflege gegeben zu werden; du aber hast drei Kinder. Groß genug sind deine Söhne, um im Heer der Krieger zu reiten, mit Attila und Thioderik, mit mir und Hrodgar und den anderen, überall wohlbekannten Männern, die an ihrer Seite kämpfen, und wohl könnte deine Tochter unter den hunnischen Frauen sitzen und ihre köstlichen Handfertigkeiten lernen. Doch Attila hat mich ausgesandt, um nach *ihm* zu fragen...« Sein Blick senkte sich, schwankte kurz zwischen Gundahari und Hagan, blieb haften. »Ich denke, es ist dein jüngerer Sohn, der in Attilas Halle leben soll, dein Sohn... Hagan.«

Hagan hörte das erleichterte Aufatmen; scharf zog Gebica die Luft ein, langsam und gleichmäßig Grimhild, als schiebe ein Mann einen schweren Steinblock an seinen Ort.

»Sei gewiß, daß man ihn in der besten Kriegskunst unterweisen wird«, begann Hildebrand wieder und setzte die Rede fort, die er vorbereitet hatte. »Auch werden die Sitten der Hunnen ihm nicht allzu fremd sein, denn viele Goten dienen in Attilas Heer und viele Männer anderer Stämme. Freigiebig ist Attila; wenn dein Sohn zu dir zurückkehrt, wird er ein berühmter Krieger sein, mit einem eigenen Hort goldener Ringe und kostbarer Rüstung, reich auch an Freundschaft bei Goten und Hunnen.«

»Freundlich ist es von Attila, Pflegschaft zu bieten für meinen Sohn«, erwiderte Gebica. »Aber Hagan ist beinahe ein erwachsener Mann nach

unserer Rechnung, und vielleicht hat er eigene Fragen.« Die gedrehten
Goldreifen an seinen Armen blitzten, als er auf Hagan wies.
»Wird es viele Kämpfe geben?«
Hildebrand lachte in sich hinein. »So viele du willst. Nie vergeht ein
Sommer ohne ein paar gute Schlachten und so manches kleinere Gefecht
dazwischen.«
»Wie lange werde ich dort bleiben?«
»Du zählst . . . vierzehn Winter, nicht wahr?«
»Ja.«
»Die meisten von Attilas Pflegesöhnen bleiben bis zu ihrem achtzehnten
Jahr bei ihm, obwohl sie keinen Eid darauf leisten müssen, weil immer
die Möglichkeit besteht, daß man dich zu Hause früher benötigt.« *Falls
Gundahari stirbt, oder Gebica,* dachte Hagan, bevor Hildebrand es aussprechen konnte. Er warf einen schnellen Blick auf seinen Bruder. Seine
plötzlich aufblitzende Furcht schien Gundaharis stämmige Gestalt grell
zu beleuchten und die breite Rundung der Wangen, die dichter werdenden Brauen und die über Kiefer und Kinn verstreuten, noch schütteren
braunen Bartfäden vor seinen Augen zu versengen. Er sah den rötlichen
Ton aus den Zügen seines Bruders verblassen, Blut fließen und die
schönen Kleider dunkel färben, sah Gundaharis breite Stirn, in harter
Anspannung gefurcht vom Schmerz einer Wunde . . . Doch nein; sein
Bruder war gesund und stark und würde hier sicherer sein als bei den
Hunnen, sagte sich Hagan.
»Ich komme gern.«
Hildebrand lächelte in die Tiefen seines Bartes. »Ja, und es wird dir zum
Besten dienen. Nun aber möchte auch Attila dem Haus der Burgunder
ein Zeichen seiner Freundschaft senden.«
Er wandte sich an die hinter ihm stehenden Hunnen und sagte etwas in
einer Sprache, die Hagan nicht verstand. Einer von ihnen, ein breitschultriger, krummbeiniger Mann, trat vor. Mit beiden Händen hielt er
eine kleine Truhe fest. Hildebrand nahm sie ihm ab und öffnete sie, um
den Burgundern den Inhalt zu zeigen. Zuerst erkannte Hagan nur eine
Wolke winziger, feuriger Funken, dann klärte sich sein Blick, und er sah,
daß die Truhe mit Goldschmuck gefüllt war, gefertigt in der kunstvollen,
fein geschmiedeten Art der Hunnen. Ein Halsreif war das Geschenk für
Gebica; Grimhild und Gundrun erhielten Broschen; und für Gundahari,
Hagan, Gundorm, Gundobad und die anderen erwachsenen Männer des

königlichen Hauses gab es Armringe. Würdige Gaben, dachte Hagan, und ein gutes Zeichen; die Lieder von Attilas Siegen und der Stärke seines Heeres mußten wohl wirklich stimmen.

»Freigiebig ist Attila«, verkündete Gebica. »Aber auch wir senden ihm ein wertvolles Geschenk – wertvoller, als du vielleicht glaubst, Hildebrand. Denn du wolltest einen Knaben als Pflegesohn für Attila, und wir geben dir einen Mann, der für ihn kämpfen wird. Hagan, komm her.«

Hagan erhob sich und trat neben Hildebrand. Gegen die massige Gestalt des alten Recken kam er sich seltsam schwach und schmal vor. Gebica bückte sich und griff nach dem Schwert, das an seinem Sessel gelehnt hatte. Er hob es hoch, so daß das Licht darauf fiel. Die Linien der Waffe waren klar und wohlgeschmiedet, mit einem Griff aus poliertem, bronzebeschlagenem Bein und einem breiten Ring um den silbernen Knauf, der rötlich-golden glänzte. Das dunkelweinrote Leder der Scheide zeigte eine feine Prägung, ein Wellenmuster aus fließenden Linien, die sich zu ineinander verschlungenen Tieren ringelten und wanden. Unter dem Griff schimmerte ein Stück Bernstein, und von einer Lederschlinge an der Spitze baumelte eine große, sechseckig geschnittene Perle aus Bergkristall.

»Hagan, mein Sohn ...« Gebicas Stimme stockte einen Augenblick, als Hagan aufsah und dem Blick des Hendings begegnete. Mühelos konnte er unter Gebicas dichtem kastanienbraunem Bart und den tief eingeschnittenen Falten, Zeichen des Königtums, Gundaharis Züge erkennen: breite Wangen und breite Stirn, ein kleines, rasch fliehendes Kinn, und der gleiche weit offene, ehrliche, haselnußbraune Ausdruck der Augen. Jetzt aber, obwohl Gebica ihn mit demselben ruhigen Stolz anlächelte, den er für Gundahari und Gundrun empfand, schien es Hagan eher, als fletsche der König die Zähne vor Schmerz. Niemals, weder in Worten noch in Taten, hatte Gebica je angedeutet, Hagan könne vielleicht nicht sein Kind sein ... aber schon sprach der König weiter, und Hagan brauchte nur noch seinen Worten zu lauschen und sich auf seine Antwort vorzubereiten.

»Ein Mann bist du jetzt, und Männerarbeit ist dein Los; sieh hier das Werkzeug solcher Arbeit, für dich gefertigt von Ragan, dem Schmied. Nimm es und verbinde dich in Treue dem Haus der Burgunder, wie du ihm schon im Blute verbunden bist: Der Ring im Griff hält deinen Eid,

für unsere Sippe und Ehre einzustehen auf allen weiten Wegen, die du gehst, und in allen Schlachten, in denen du diese Klinge führst.«
»Ich schwöre es«, erwiderte Hagan und legte beide Hände auf das kühle, glatte Gold und Eisen des Knaufrings. Ihm war, als fühle er das Schwert erbeben, so als hätte jeder einzelne Hammerschlag des Zwergenschmiedes ihm größere Macht verliehen, jedes Fauchen der Blasebälge ihm mehr Leben eingehaucht. Doch darin bestand Ragans Kunst; kein besserer Schmied lebte als er. Gebica hatte an nichts gespart, um den Sohn seiner Gemahlin für die Fahrt zu fremdem Volk zu rüsten.
Gebicas große, warme Hände bedeckten Hagans Hände, so daß die beiden das Schwert einen Augenblick gemeinsam hielten. »Dann soll es dir gehören, Hagan Gebicung, Beschützer der Burgunder.«
Stumm hob Hagan die Waffe. Sie wog schwer an seinem Arm, geschaffen nach Maß und Macht eines Mannes; indem er sie schwang, würde ihm die Kraft zuwachsen, die er für sie brauchte. Ihm schien, als sei alles um ihn herum dämmerdunkel geworden, und nur der Schwertgriff glühe vor seinen Augen, rot wie der aufgehende Mond zur Erntezeit. Sekundenlang hatte er das Gefühl, ein eisiger Wind zause sein Haar, ein Rabenflügel streife sein Haupt; und ein leiser, kalter Schauer lief ihm das Rückgrat hinab. Fester packte er die Waffe und zog sie aus der Scheide. Wellig spielte das Schlangenmuster auf der Klinge wie Mondlicht auf dem Fluß. Kaum berührte er mit der Handfläche die Schneide, als schon rotes Blut auf seiner Haut stand. Der dünne, scharfe Schmerz ließ seinen Blick jäh wieder klar werden. Sorgfältig wischte er mit dem Ärmel die Schwertschneide blank und ließ die Klinge in die Scheide zurückgleiten, die er dann an seinem Gürtel befestigte. Noch immer lächelte Gebica ihm zu, doch aus dem Augenwinkel sah Hagan, wie der Haarknoten des Sinwists schwankte und ihm war, als zeige das Gesicht des alten Gudhijas den Schatten eines Stirnrunzelns.

Lange lag Hagan noch wach, als das Festmahl beendet war, so lange, bis Gundaharis schnaufendes Atmen sich in das tiefe Schnarchen des Schlafes verwandelt hatte. Dann kroch er aus dem Bett, streifte ein einfaches, dunkles Wams und sein Panzerhemd über und gürtete das neue Schwert um. Der römische Stein war kalt unter seinen nackten Füßen, die römischen Wände wollten ihn erdrücken; angenehmer war der Aufenthalt im Freien, wo er die gepflasterten Wege verlassen und über die

feuchte Erde laufen konnte. Lauter rauschte hier draußen der Rhein, und Hagan fühlte, wie er leichter atmete.
Etwas flüsterte in den Büschen; geduckt fuhr Hagan herum, die Hand am Schwertgriff. Zwei kleine Tümpel im Mondlicht glühten zu ihm auf: die leuchtenden Augen einer Katze. Langsam sank Hagan in die Hocke und streckte den Arm aus. Die Katze schlich näher und schnupperte an seinen Fingern. Einen Augenblick lang ließ sie zu, daß Hagan das weiche Fell hinter ihren Ohren kraulte, dann sprang sie mit einem Satz davon, um sich auf etwas Unsichtbares zu stürzen.
»Wohlgegürtet bist du zur Schlacht«, murmelte eine trockene Stimme hinter ihm. Diesmal gelang es Hagan, sein Erschrecken zu unterdrücken und sich langsam umzudrehen. Vor ihm stand der Sinwist. Die hohe, magere Gestalt des alten Mannes schimmerte fahl wie eine graue Weide unter dem Mond, und seine Bewegungen ließen die Schatten, die ihn umgaben, seltsam verzerrt erscheinen.
»Feinde findet man überall, ältester Großvater«, antwortete Hagan. »Gewiß werde ich nun in vielen Nächten Wache halten müssen; warum sollte ich nicht schon heute damit beginnen?«
Der Sinwist nickte. »Viele Nächte, o ja . . .« flüsterte er. »Komm, junger Gesippe.« Hagan folgte ihm.
Das Haus des Sinwists war nach der alten Bauweise errichtet, aus Holz und Erde, ohne einen einzigen römischen Steinblock. Dahinter lag ein umzäunter Platz, wo der Sinwist sein Lederzelt aufstellte, um mit den Göttern und Geistern zu sprechen. Hagan hatte gedacht, sie würden dorthin gehen. Aber der alte Gudhija öffnete die Tür seines Hauses und forderte den Jüngling mit einer Handbewegung zum Eintreten auf.
»So soll ich dich nun für immer verlieren«, meinte er, als er hinter Hagan die Tür geschlossen hatte.
Hagan sah sich nach einem Sitzplatz um. In dem Raum gab es nur einen Hocker, den Platz des Sinwists am Feuer. Hagan ließ sich daneben auf dem Boden nieder, den Rücken an der Wand. Obwohl das Haus von den Gerüchen nach getrockneten Kräutern, Staub und dem Stapel Pferdefelle, die dem Sinwist als Lager dienten, erfüllt war, hatte der kleine Raum mit dem Feuer, das Licht und Schatten warf, und der stickigen Luft etwas Beruhigendes.
»Ich werde zurückkommen, ältester Großvater. Weder meine Sippe noch die Sitten unseres Volkes werde ich aufgeben, das weißt du selbst.«

»Aber wenn du zurückkehrst, werden sich die Sitten unseres Volkes längst geändert haben. Ja, sie haben sich schon geändert, als Gebica ein Weib freite, das von unseren Überlieferungen nichts wußte, dessen Künste und Fertigkeiten von den unseren abweichen und das die Stimmen der Götter und Geister auf andere Weise vernimmt..., das dich mir verweigert hat, obwohl du doch mit Zähnen geboren wurdest und früh deine Stärke zeigtest. Ihr Wissen und das Werk, das sie bereits gewirkt hatte, ließen sie fürchten, daß du dich allzubald jenseits der Schwelle verlieren und nicht mehr in die Welt der Menschen zurückkommen würdest. Nein, mein Hagan, ich kann dich nicht bitten zu bleiben, denn du bist schon gebunden. Statt dessen bitte ich dich...«

Die Stimme des Sinwists erstarb, seine Milchglasaugen glommen rötlich im Flammenschein. Hagan wartete mit angehaltenem Atem. Ihm war, als könne er das Wispern der Geister hören, die unsichtbar das Haupt des Sinwists umschwirrten wie ein Schwarm schattendunkler Nachtschmetterlinge, aber er konnte keines der Worte verstehen.

Das Flüstern schwoll zum leisen Gemurmel, dem Rascheln verdorrter Getreidehalme. Der Mund des Sinwists stand leicht offen, doch seine Lippen bewegten sich nicht; ein sanfter Wind wehte die Worte aus seinem Schädel.

»Wodan windet den Wollstrang; wohl weiß er die Kunst des Spinnens und Webens, seien sie auch Weih-Dinge, verborgen den Menschen. Ich sehe... Fahrten über den Fluß, ein Auge hell, ein Auge dunkel. Fürchte nicht um den Rückweg; immer findest du einen Gesippen, der dich geleitet. Mein Sippenbruder wartet, seine Hände sind so frei wie meine gebunden... *Alle Stab-Frauen sind vom Wald-Wolf geboren, alle Zauberer vom Will-Baum, alle Seher von Swartshoef, alle Riesen von Ymir...*«

»Was soll ich tun?« fragte Hagan.

»Sei getreu, Hagan, sei getreu...« Die Lider des Sinwists fielen über die weißen Augen. Hagan wartete, merkte aber an der erstarrten Haltung des alten Gudhijas, daß die Seele des Sinwists den Leib bereits verlassen hatte und auf der Suche nach irgend etwas die Welten durchstreifte. Was sie suchte, konnte Hagan nicht erraten; er konnte nur warten und wachen, bis der Gudhija wieder bei ihm war. *Ich möchte ihm folgen*, dachte er. Er erinnerte sich an die Nebelwirbel über dem strudelnden Wasser, die klare, eisige Kälte, die rauschenden Winde und was für ein Gefühl es war, allein an einen Ort zu gehen, wo keine Not ihn erreichen konnte – nur das Band, hell wie das Gold und Eisen eines Schwertes, auf das man Treue geschworen hatte, jenes Band, das ihn nach Worms zurückgezogen hatte, als er für immer in den dunklen Landen des Jenseits hätte dahinwandern können.

Fast graute der Morgen schon, als die Schultern des Sinwists erschlafften und seine Brust sich allmählich wieder hob und senkte. Hagan fing ihn auf, bevor er am Boden zusammenbrach. Mühelos hob er ihn auf seine Arme; der alte Mann war so leicht wie ein Sack voll getrockneter Disteln, als seien die alten Knochen schon leer von Mark. Obwohl Hagan stark war für seine Größe, wußte er, daß etwas mit dem Gudhija nicht in Ordnung sein mußte. Es war, als sei der alte Mann schon halb in die verborgenen Reiche hinübergewechselt, so daß Hagan nur die abgestreifte Haut einer Schlange trug.

Wiewohl seine Haut vor Neugier prickelte, wagte Hagan nicht zu fragen, was der Sinwist gesehen hatte; wenn er es wissen sollte, würde der Alte es ihm schon sagen. Der aber meinte nur: »Ein guter Stab wärst du mir geworden, Hagan, eine Stütze im Alter, hätte es sich so gefügt. Laß dich nun nicht entmutigen von der langen Fahrt, die vor dir liegt, Hagan; es gibt andere Flüsse als den Rhein, und nie wirst du von Freunden zu fern sein. Vielmehr . . .« Er brach ab, sah zu Hagan auf und sekundenlang schien ein Lichtstrahl die milchigen Schleier zu durchdringen, die sein Augenlicht trübten. »Vielmehr fürchte ich, daß du eher zu viele Freunde haben wirst als zu wenige.«

»Das ist unwahrscheinlich«, konnte Hagan sich nicht enthalten zu antworten.

Aber der Sinwist seufzte nur. »Ich bin müde. Ich muß schlafen.«

Hagan half dem alten Mann auf sein Lager, deckte ihn sanft mit den Pferdefellen zu und hockte sich nieder, um das Feuer zu sichern. Die altersspröden Knochen des Sinwists brauchten jeden Funken Wärme, das wußte Hagan. Zwar war der Winterschnee längst geschmolzen, doch selbst die Mittsommersonne spendete dem Körper des alten Gudhija keine Hitze mehr. In den langen Jahren des Weissagens und der Gesänge für die Stärke des Burgunderstamms war sein Feuer ausgebrannt.

Hagan beugte den Kopf, bis seine Lippen fast das Ohr des Sinwists berührten. »Ich weiß, was du uns gegeben hast«, flüsterte er. »Wenn du aber noch irgend etwas zu spenden hast, bevor du den Fluß überquerst, dann schenk mir die Kraft, die Dinge zu tragen, wie du sie getragen hast, damit ich für Gundahari tun kann, was du für Gebica und seinen Vater vor ihm tatest.«

Die Hand des Sinwists flatterte empor wie ein dürres Blatt im Winde und streifte ganz leicht Hagans Gesicht. »Du hast die Kraft, die du brauchst«, hauchte er. »Du bist nur dazu geschaffen, daß du tust, was du mußt.«

Hagan wartete darauf, daß er weitersprach, aber bald ging das keuchende Atmen des Sinwists in sachtes Schnarchen über. Hagan konnte nichts mehr für ihn tun. Leise schlich er aus der Hütte und schloß lautlos die Tür.

Zweites Kapitel

Hagan verließ Worms nicht allein. Eine stattliche Schar auserlesener Krieger begleitete ihn, sowohl um der Ehre als auch um seiner Sicherheit willen. Gundahari hatte dafür gesorgt, daß zwei Fässer vom besten Wein mitreisten, und seine Scherze über Stutenmilch waren nur noch selten zu hören. Gundrun hatte mit fieberhaftem Eifer festliche Wämser bestickt und Grimhild ihn am Abend vor der Abreise in ihre Kammer gerufen und ihm kleine Päckchen mit Kräutern für alle möglichen Zwecke überreicht. »Gewiß kannst du diese Kräuter auch selbst finden«, hatte sie ein wenig spöttisch bemerkt, »aber ich dachte, das könnte ich dir ersparen.« Hagan hatte so gut wie möglich Gebicas Umarmung und die Küsse seiner Schwester ertragen und war dann endlich aufs Pferd gestiegen. Und obschon die Versuchung groß war, hatte er sich nicht noch einmal nach den roten Steintoren von Worms umgedreht, die in der Sommerhitze schimmerten, und auch nicht zu dem römischen Turm hinübergespäht, um zu prüfen, ob seine Geschwister ihm noch nachschauten, während die Reiterschar am Ufer des Flusses dahinritt.

Sie hatten die Randgebiete des Landes der Alamannen durchquert. Hagan hatte gedacht, dort vielleicht Sigifrith wiederzusehen, aber ihr Weg war lange vor Alaperchts Halle abgebogen, hatte sie über den Rhein geführt und war dann zu den hohen, dunklen Bergen des Ostufers angestiegen.

Hagan hörte das Rauschen des großen Flusses lange bevor einer der vom Reisestaub bedeckten Männer an seiner Seite den Kopf hob. Ein schmerzhafter Stich durchfuhr ihn beim Geräusch der Wasser, aber er wußte sofort, daß das nicht der Vater Rhein sein konnte; es war ein gewaltigerer Strom, brausend vom Hochwasser und dem Schaum kleinerer Flüßchen, die in ihn mündeten.

»Wir werden bald in Passau sein«, sagte er.

Der Krieger neben ihm, Alareik, warf überrascht den blonden Kopf zurück und starrte auf Hagan hinunter. »Woher weißt du das? Ich dachte, du hättest dich nie länger als eine Tagereise vom Ufer des Rheins entfernt.«
»Ich höre das Wasser«, antwortete Hagan einfach.
Alareik legte den Kopf schief und lauschte, aber seine Augen blieben leer wie der wolkenlose Himmel. Unvermittelt trieb er den Sporn in die Seite seines großen Fuchses und trabte voraus.
Vielleicht hätte ich nichts sagen sollen, dachte Hagan. Aber es konnte ein Tag kommen, an dem Gundahari wissen mußte, wo in anderen Ländern die Flüsse flossen, wo vielleicht der Weg des Burgunderheers davon abhing. Dann würde es wenig darauf ankommen, was die Krieger von Hagans Person hielten, solange sie nur gelernt hatten, seinem Wort auch dann zu trauen, wenn sie das, wovon er sprach, nicht sehen konnten.
Schon begann das Lied der Danu Hagan einzulullen. Er hatte zwei Nächte nicht geschlafen und nur dann und wann ein kleines Nickerchen im Sattel halten können. Kräftig rieb er sich die Augen und blinzelte ins Licht. Die Berge ringsum glänzten hell vom grünen Laub des Sommers, durchzogen von den dunklen Streifen und Flecken der Tannen wie das Silber eines in Mustern geschmiedeten Schwertes von schwarzem Eisen. Kein Windhauch raschelte in den Blättern, aber durch das Klirren des Zaumzeugs und die leisen Gespräche der Krieger konnte Hagan das Huschen der Eichhörnchen und die Rufe der Vögel vernehmen.
» . . . mißfällt dieses Bündnis«, meinte Adfrith gerade. »Wenige haben vergessen, wie die Hunnen mit Irminareik verfuhren, als das Gotenvolk vertrieben wurde. Ich sage, besser wäre es, ihnen Schwertschneiden zu kosten zu geben, als Grimhilds Sohn zur Geisel.«
Hagan schüttelte den Kopf, schwieg jedoch und behielt seine Gedanken für sich, denn er hatte gemerkt, daß erwachsene Männer selten besonnene Worte von einem Jüngling hören wollten, der nicht mehr als vierzehn Winter zählte. Statt seiner sprach Odowaker, Gebicas ergrauter Ratgeber, das aus, was Hagan gedacht hatte.
»Wild sind die Hunnen, aber vertrauenswürdiger als die Römer. Wohl haben wenige Irminareik vergessen, noch weniger aber das Versprechen der Römer, die den Goten Hilfe zusagten und sie dann im kalten Winter verhungern ließen. Auch sind uns die Hunnen enger verwandt; lange

lebten wir miteinander...« Odowaker strich mit der Hand über die hohe Spitze seines helmförmigen Schädels; sowohl Burgunder als auch Hunnen banden häufig die Köpfe männlicher Kinder auf diese Art ein, um sie zu besseren Kriegern zu bilden. »Wohlberaten ist unser Hending Gebica, sich mit solchem Bündnis den Rücken zu schirmen und lieber das Schwert gegen das Südvolk zu ziehen; besser ist es, den Bruder hinter sich zu wissen als den Feind. Und welchen Besseren könnte er zu den Hunnen senden als Hagan?«

Einige der Männer blickten sich nach ihm um, aber Hagan hatte bereits die Augen niedergeschlagen und den Kopf sinken lassen, als schlafe er, den Speer nur lose in der Hand. Sie hatten sich daran gewöhnt, daß er nachts wachte und bei Tage gelegentlich döste; vielleicht würden sie noch mehr sagen.

»Ich frage mich nur, wie man ihn von Gundahari losgerissen hat«, murmelte Alareik. »Ich dachte immer, daß Hagan Gundahari noch die Hosen hält, wenn der Erbe des Königs scheißt.«

Ein unbehagliches, unterdrücktes Gelächter ging durch den kleinen Reitertrupp.

Odowaker hustete; Schleim knarrte in seinen Lungen. »Es wird Gundahari guttun, eine Zeitlang allein fertig zu werden, das ist schon wahr. Übel aber ist es von euch, Hagans Treue zu seinem Bruder zu verspotten – wie könnte man ihm so vertrauen, daß er im Friedhag unseres Volkes leben dürfte, wäre er nicht so treu? Kalt und schroff mag er scheinen, doch keinen besseren Beschützer und Ratgeber wird seine Sippe finden als ihn, wenn er erwachsen ist.«

Seine Worte stachen Hagan wie ein Dorn im Sattel. Er wußte, daß man den alten Recken nicht nur mit auf die Reise geschickt hatte, damit er zu Attila sprach, sondern auch, damit er auf Hagan achtgab; aber er hatte sich nicht überlegt, was Odowaker von seinem Schützling halten mochte. *Fern bin ich von meinen wenigen Freunden*, dachte er, *unter Feinden bin ich, der Sippe fern...*

»*Wenn* es seine Sippe ist...« murmelte jemand anderes so leise, daß Hagan nicht feststellen konnte, wer da sprach. »Ich habe gehört...«

»Was viele gehört haben«, versetzte Odowaker in schärferem Ton. »Doch niemand zweifelt daran, daß er Grimhilds Sohn ist. Nun hebt euch das müßige Gerede für Wirtshäuser auf, in denen es weniger gespitzte Ohren gibt. Ich erinnere mich an dieses Steinmal, wenn wir ein

Stück weiter sind, können wir Mutter Danus Rauschen hören und sind dann nicht mehr weit von Passau entfernt.«

Hagan hörte, wie eines der Pferde vor ihm langsamer wurde, während sein eigenes Roß unbeirrt weiterstapfte. Dann rüttelte eine rauhe Hand seine Schulter. »Schläfst du, Hagan?«

Hagan hob den Kopf, schlug die Augen auf und sah Odowaker an.

»Ich habe geschlafen.« Obwohl er seine rauhe Stimme nicht schläfrig klingen lassen konnte, sprach er so sanft wie möglich.

»Wir werden in Kürze die Danu überqueren. Ich dachte, wir beide sollten vorausreiten, um uns zu waschen und festliche Kleidung anzulegen, bevor wir das Haus des Bischofs betreten. Es sind vor allem wir, mit denen er sprechen wird, und« – Odowaker hielt inne und betrachtete den staubigen Hals seines Pferdes, »er soll uns nicht im Schmutz der Reise sehen.«

Hagan konnte ihm nicht zeigen, wie wenig er von diesem Plan hielt und wußte außerdem, daß die Gesippen eines Königs nicht an einer bedeutenden Ansiedlung vorbeireisen konnten, ohne im Haus des dortigen Herrschers einzukehren. Darum nickte er, klammerte sich an seinem schwarzen Roß fest und spornte es in einen holprigen Trab. Odowaker folgte ihm. Er ritt mit einer Leichtigkeit, die Hagans Muskeln noch steifer, seinen Sitz noch ungeschickter aussehen ließen.

»Würdest du dem Gaul mehr Vertrauen schenken oder ihn freundlicher behandeln, könntest du bequemer reiten«, bemerkte Odowaker milde.

»Das hast du schon oft gesagt, und noch immer habe ich kein Pferd gefunden, dem ich trauen kann«, erwiderte der junge Krieger.

Als sie endlich aus dem Walde herauskamen, sah Hagan unterhalb des Steilhangs den Fluß dahinströmen. Er zügelte sein Pferd und starrte staunend in die Tiefe. Die Danu selbst war ein dunkelgrün-blauer Schwall, gekräuselt von den alles verschlingenden Strudeln ihrer gewaltigen Macht; vom Norden aber ergoß sich eine schwarze Flut in sie, wie sich ein Krug Mohnsirup langsam in einen Weinstrom mischt, und aus dem Südwesten schäumte ein zweiter kleiner Fluß weiß und hurtig daher, ein geschwindes Wasser voller Wirbel wie Grübchen in einem Gesicht. In Hagans Kopf drehte es sich, als stünde er im Herzen eines Orkans; ihm war, als fühle er die Vereinigung der drei Flüsse in seinem eigenen Körper und Sturmweiß, Schlafdunkel und Mächtigblau strömten durch sein Blut wie starker Wein.

»Es ist gefährlich, hier zu schwimmen«, erklärte Odowaker. »Die Flußwichte sind gierig – siehst du die Stromschnellen im weißen Fluß? Oft verschlucken diese Strudel Menschen. Folge mir – nein, steig vom Pferd und führ es; versuch lieber nicht, hier hinunter zu reiten.«
Sie stiegen den steilen Pfad zum Flußufer nach unten bis zu einer kleinen Bucht, in der sie sich waschen konnten. »Geh du als erster«, sagte der alte Recke. »Du wirst später länger brauchen, um dich anzukleiden, denn du mußt aussehen wie ein Königssohn, und ich bin nur ein alter Mann, der ein paar Worte zu sagen hat.«
Obwohl es Hagan wenig gelüstete, an einer so ungeschützten Stelle die Brünne abzulegen, bückte er sich und ließ das Hemd aus Kettenringen von den Schultern gleiten. Das Wams darunter war lichtblau gewesen; jetzt war es fleckig von den Spuren des Eisens und Hagans Schweiß. Er zog sich ganz aus und watete in den Fluß hinein. Der Sog der Danu war stärker als der des Rheins; als Hagans rechter Fuß von einem Stein abrutschte, riß die Strömung ihn sogleich mit.
»Ans Ufer!« schrie Odowaker, sobald Hagans Kopf wieder auftauchte. Aber jetzt kannte der Jüngling die Macht des Wassers; mit kräftigen Zügen stemmte er sich gegen den Strom und schwamm zu der Bucht zurück, in der sein Beschützer stand und ihm nachsah.
»Alles in Ordnung!« rief Grimhilds Sohn zurück. Das starke, kalte Brausen des Flusses hatte Hagan die Müdigkeit abgewaschen; in seinen Gliedern bebte das Leben des Wassers. Ihm war zumute, als könne er mit Leichtigkeit die Flut durchschwimmen, hinüber zu der Ansiedlung auf der anderen Seite – am liebsten wäre er in die Tiefen des Flusses getaucht, um die Stimmen der verborgenen Höhlen und versunkenen Gebeine am Grunde zu hören.
Heute nacht, später, versprach er sich selbst. *Wenn meine Aufgabe erfüllt ist und alle schlafen, komme ich zurück.* Jetzt allerdings mußte er ans Ufer schwimmen; er hatte keine Zeit für Spiele im Wasser.
Als Hagan triefend herausstieg, war Odowaker bereits nackt. Die zahllosen Narben, die sich unter dem grauen Haardickicht über Brust und Bauch des Alten zogen, waren bleich wie Frost; es lag mehrere Winter zurück, daß Odowaker zuletzt in der Schlacht verwundet worden war. Hagan dachte an den Körper seines Bruders, schon jetzt muskelbepackt wie der eines erwachsenen Mannes, doch nur mit dem Riß des Eberzahns am Unterarm gezeichnet. Eines Tages, sofern der Erbe des Hendings

lange genug lebte, würden Narben wie die Odowakers auch Gundaharis Haut zieren – eines Tages, das wußte Hagan wohl, würde auch seine eigene weiße Haut die Schwertmale tragen.
Schnell zog er sich an, streifte das tiefblaue Wams mit den rotschwarz bestickten Kanten über und stellte dabei fest, daß seine Schwester beim Nähen genau überlegt hatte: die Farbe würde keine Spuren von Eisenringen verraten, und die Stickerei am Saum begann genau unter dem Rand seines Panzerhemdes. Seine Hosen waren dunkelrot wie gallischer Wein, die Schuhe aus dunklem Leder trugen an den Absätzen befestigte vergoldete Sporen. Erst jetzt nahm er seinen Schmuck aus den Satteltaschen. Obwohl er das Gefühl schön verarbeiteten Goldes liebte, war er klug genug, keine Ringe an Fingern und Armen zu tragen, wenn die Möglichkeit eines Kampfes bestand. Heute aber mußte er zeigen, daß Gebica ein reicher und freigiebiger König war; heute wurde das breite Gewürm aus Gold, das sich um die schmalen Knochen von Hagans Fingern und Handgelenken ringelte, mit klarerer Stimme reden als er selbst, und die glänzenden Granate, mit denen die Adlerkopfschnalle seines Gürtels besetzt war, würden in verheißungsvollerem Licht glänzen als seine Augen. Hagan klopfte auf den Schwertgriff, um ihn über dem Hüftknochen zurechtzurücken, wühlte seinen Kamm aus der Gürteltasche und setzte sich hin, um sich zu kämmen. Dabei hielt er Wache, daß kein Feind der Pfad zur Bucht herunterkam. Ohne Gundruns Pflege hätte sich sein feines, schwarzes Haar auf der Reise zu dicken Knoten verfilzt. Als jedoch Odowaker schließlich aus dem Wasser kletterte, lag Hagans Haar glatt und ordentlich, und er trug einen kostbaren Reif aus Silberfiligran auf seiner Stirn.
»Nicht übel«, brummte der alte Recke. »Wenn wir jetzt zum Haus des Bischofs kommen, wirst du seinen Hörigen dein Pferd übergeben und es von ihnen in den Stall bringen lassen; wenn du es brauchst, läßt du es dir holen; ich will dich nicht mit Pferdemist an den Schuhen sehen. In Gundaharis und Gundruns Anwesenheit magst du tun, was dir beliebt; hier aber wird jeder nur auf dich blicken.«
Obschon Hagan sofort hunderterlei Dinge einfielen, die ein böswilliger Gastgeber tun konnte, wenn man ihm die Unterbringung und das Satteln eines Gastpferdes uneingeschränkt anvertraute, nickte er.
Wer aber wird nach Gundaharis Pferden sehen, wenn ich nicht da bin? mußte er denken. Es gab so viele Möglichkeiten, dem Hending der Bur-

gunder Schaden zuzufügen, und Gundahari war viel zu offenherzig und vertrauensvoll, um auf alles zu achten.

Passau war keine so große Stadt wie Worms, aber obgleich der Bischofspalast Gebicas Halle an Größe nicht gleichkam, schien er weitaus reicher geschmückt. Überall sah man römische Malereien und Steinarbeiten. Auf der Spitze erhob sich das langstämmige Kreuz der Römer; es dünkte Hagan ein übles Zeichen, um es so nah der mächtigen Vereinigung der Flüsse aufzurichten; doch sowohl Gundahari als auch Grimhild hatten ihn davor gewarnt, auszusprechen, was er von der Anbetung des römischen Christus hielt. Fester umfaßte Hagans Hand den Speerschaft. *Wodan,* dachte er, *leih mir heut abend etwas von deiner Schlauheit!*

Die Glocken über der heiligen Stätte der Christen begannen zu läuten, ein scharfer, dröhnender Ton, der durch die Knochen tief in Hagans Schädel drang. Er hob die Hände, um sich die Ohren zuzuhalten und die Schläfen zu reiben, denn schon kündigte sich Kopfschmerz an, aber Odowaker runzelte die Stirn. »Ungut denken die Christen von denen, die den Klang ihrer Glocken nicht lieben«, murmelte er Hagan ins Ohr. »Reite nun wieder in der Mitte der Schar und vergiß nicht, daß wir dein Ehrengeleit sind.«

Die beiden Krieger am Tor des bischöflichen Palastes nahmen Haltung an, als Odowaker vorritt.

»Wer kommt?« rief einer von ihnen.

»Der Edel-*Fro*, der zu euch kommt, ist Hagan der Gebicunge, Sohn König Gebicas von Worms. Er ist auf dem Weg zu Attila, dem Fürsten der Hunnen, um als Gast in seiner Halle zu weilen, doch wünscht er im Auftrag seines Vaters mit eurem Herrn, dem Bischof, zu sprechen.«

»Der Bischof weiß bereits von eurer Ankunft. Tretet ein und seid willkommen im Namen Christi.«

Dreimal stieß Hagan das stumpfe Ende seines Speeres leicht gegen die Steine und flüsterte: »In Wodans Namen.« Als er sich umblickte, konnte er sehen, wie andere Krieger das Zeichen von Donars Hammer schlugen. Im Hof warteten mehrere junge Männer mit geschorenen Köpfen und braunen Kutten, um ihnen die Pferde abzunehmen. Der Größte von ihnen kam auf Hagan zu, offensichtlich in der Absicht, ihn herunterzuheben wie eine Jungfrau.

»Ich steige allein ab«, knurrte Hagan und starrte seinem Helfer in die Augen. Wie erschrocken vom Ton seiner Stimme fuhr der Jüngling zurück. Hagan kannte das. Er wußte, daß seine Stimme viel tiefer war, als es seinem Alter entsprach und er erst noch in sie hineinwachsen mußte, doch auch dann würde ihr schroffer Klang wohl kaum lieblicher werden. Als er vom Pferd glitt, wobei er sich mit dem Speerschaft abstützte, scheute das Tier. Als er stolperte, versuchte es ihn zu beißen. Hagan versetzte ihm einen kräftigen Faustschlag, und es bockte ein paar Sekunden, bis er ihm den Kopf nach hinten riß und dem Hörigen die Zügel übergab.

Ein anderer Kuttenträger, ein rothaariger Junge, kaum ein oder zwei Winter älter als Hagan, trat zu ihm und beugte das Haupt. »*Fro* Hagan, willst du mir folgen? Der Tisch ist gedeckt, und der Bischof bereit, mit dir zu sprechen.«

Hagan nickte und ging hinter dem jungen Hörigen her. Odowaker schloß sich ihnen an. Das Innere des Palastes war noch reicher ausgestattet als sein Äußeres, mit köstlichen Wandbehängen überall und weichen Teppichen von einer Webart, die Hagan noch nicht gesehen hatte. Die Fenster bestanden aus römischem Glas, und das rote Licht des Sonnenuntergangs strömte durch sie herein wie ein Fluß aus gehämmertem Gold. Hagan hielt seinen Speer schräg, um die Decke nicht zu zerkratzen, und ging so lautlos er konnte. Die Luft war stickig von einer schweren Süße, die ihm die Brust zusammenpreßte, so daß ihm das Atmen schwerfiel.

Die große Halle des Bischofs konnte es an Pracht mit jeder Fürstenhalle aufnehmen. Der Bischof selbst thronte auf dem Hochsitz, in purpurrotes Leinen und in Seide gewandet. Der Hörige führte Hagan und Odowaker zu ihm hinauf, verneigte sich und trat zurück.

Der Bischof sprach zuerst Latein, das Hagan nicht verstand. Seine Stimme war ein voller Bariton, der tief in seiner Brust nachhallte. Obwohl er kein Schwert trug, schloß Hagan aus seinem kräftigen Körperbau und der Art, wie er dasaß, daß der Christ im Kampf ein guter Mann sein müßte. *Dennoch,* dachte Hagan, *ich würde keine bewaffneten Fremden so nahe an Gundahari heranlassen, wenn er nicht selbst eine Waffe trüge.*

Odowaker antwortete dem Bischof. »Wir freuen uns, daß du uns willkommen heißt, doch mein *Fro* spricht das Lateinische nicht. Willst du in der Zunge der Goten zu uns reden?«

»Wie du wünschst. Du bist mir willkommen, *Fro* Hagan. Möchte jemand von euch meinen Segen empfangen?« Er hob die Hand, an der ein riesiger, dunkler Amethyst violett aufglühte.

»Nur wenn du auch für die einen Segen hast, die deinem Weg nicht folgen«, erwiderte Odowaker respektvoll.

Das breite Gesicht des Bischofs blieb gelassen, aber Hagan sah, wie seine Lippen sich ein wenig zusammenzogen, als wolle er seine Worte zurückholen. »Der Segen der Kirche ist für die Söhne der Kirche bestimmt . . . Aber wir können vielleicht später darüber sprechen. Nehmt Platz, meine Gäste.«

Er schnalzte mit den Fingern, und ein weiterer braungekleideter Höriger eilte mit einem Krug voll dunkelrotem Wein und Bechern aus römischem Glas herbei.

Hagan lehnte seinen Speer so an die Wand, daß er ihn leicht erreichen konnte, und nahm einen der Becher. Er wünschte von Herzen, er hätte das Urhorn mitgebracht, das an seinem Sattel hing, denn nur ungern teilte er mit seinem Gastgeber den Römertrank, aber er dachte auch jetzt an seine Pflicht. Der Bischof machte ein Zeichen über seinem Wein, das Hagan stark an Donars Hammer erinnerte, und murmelte dabei etwas Lateinisches. Hagan fragte sich, ob das bedeutete, daß jetzt das feierliche Gelage anfing und welchen Trinkspruch er wohl in einer Christenhalle ausbringen sollte; aber Odowaker tat wortlos einen tiefen Zug, so daß Hagan nur vorsichtig schnupperte, um festzustellen, ob etwas auf vielleicht hinzugefügte Kräuter hindeutete. Der Wein roch sehr ähnlich wie die schweren Weine, die seine Mutter Grimhild so liebte, mit vollem Körper und einem Duft nach dunklen Beeren. Das machte Hagan ein wenig mißtrauisch, denn in solchen Weinen ließen sich Zaubertränke oder Gift am leichtesten verbergen. Aber der erste Tropfen auf seiner Zunge schmeckte unverfälscht, und so trank er. Der Bischof betrachtete ihn genau und klopfte mit dem Fuß auf den Boden. Seine Lippen zuckten belustigt.

»Ist der Wein nach deinem Geschmack, Hagan? Selten sehe ich einen so jungen Mann, der so sorgsam den Jahrgang prüft.«

»Worms ist bekannt für seine Weingärten; sie sind ein wichtiges Handelsgut für das Gebicungenland.«

»Und doch macht selbst der beste Falerner deine Miene nicht heiterer?«

»Es ist ein köstlicher Trank, zumindest dem besten vergleichbar, den Gebicas Halle bietet.« Hagan war zu klug, als daß er versucht hätte, den Bischof anzulächeln – zwar konnte er die Lippen hochziehen und seine Zähne entblößen, doch nur seine Geschwister wußten, was die schmerzhafte Grimasse bedeutete. Statt dessen trank er einen zweiten Schluck, ließ den Wein im Munde kreisen und nickte so fröhlich er konnte. »Ausgezeichnet! Gefallen dir auch die hellen Weine vom Rhein?« Bei dem augenscheinlichen Wohlstand des Bischofs hätte Hagan in ihm nicht ungern einen neuen Käufer für die Weine von Worms gefunden.

So unterhielten sich die beiden über Wein, Trauben und Ernten, bis neue, geschorene Hörige mit Platten voller Speisen hereinkamen und der Mundschenk hinausging, um seinen Krug nachzufüllen.

»Gibt es denn keine Frauen in dieser Halle?« erkundigte sich Hagan. »Verrichten deine Hörigen deren ganze Arbeit?«

Die blassen Augen des Bischofs wurden schmal. Dann warf er den Kopf in den Nacken und lachte herzlich. »Ich hätte mir denken können, daß ein junger Mann nach Frauen Ausschau hält. Nein, Hagan, dies ist ein priesterliches Haus, in dem sonst niemand wohnt, auch wenn wir gelegentlich Edelfrauen als Gäste in unseren Mauern sehen. Obwohl Priester heiraten dürfen, müssen ihre Frauen in eigenen Häusern außerhalb unserer Tore leben. Aber du irrst dich, wenn du diese Jünglinge für Hörige hältst; sie alle sind Freigeborene, dem Dienste Christi geweiht und darum höchster Ehren wert.« Er nahm eine Scheibe Braten und verzehrte sie achtsam, damit kein Saft auf seine vornehmen Purpurgewänder tropfte. »Anders müssen die Dinge im Königreich der Burgunder stehen, als ich es vernommen habe, wenn jemand von so hohem Range wie du so wenig von priesterlicher Gewandung weiß.«

»Ich folge dem Weg meiner Sippe«, erwiderte Hagan. »Andere mögen tun, was ihnen beliebt.«

»Deiner Sippe . . .« murmelte der Bischof und musterte Hagan scharf. Hagan fühlte, wie seine Sehnen sich strafften. Er zweifelte kaum daran, daß der andere alle Gerüchte über ihn so gut kannte wie Hagan selbst; ein scharfes Ohr war nicht immer ein Segen. Man hatte ihn Bastard genannt, Albensohn, Sproß eines bösen Geistes oder Unholdes; manche behaupteten gar, er sei tot geboren worden und Grimhild habe ihn mit ihren Zauberkünsten zu einem kalten Halbleben erweckt. Hagan hatte sich manchmal sogar gefragt, ob es sich wirklich so verhielt; aber er wußte auch, daß das Blut stark in seinen Adern floß und daß ein Überfluß an starkem Wein und der Dampf von Hanfbädern ihn betäubten wie jeden anderen Mann; und er hatte die Stimmen der Toten im Rhein gehört, und sie glichen seiner Stimme nicht.

»Aber ich habe doch gehört, daß viele der burgundischen Edelleute Christen seien«, fuhr der Bischof fort. »Ist das falsch?«

»Unser Onkel Gundorm ist ein Christ, und seine Söhne Gernod und Gisalhari sind beide getauft. Auch ein paar andere gibt es; doch Gebica und Gundahari halten an ihrem Glauben fest.« Hagan hätte noch mehr gesagt, aber Odowaker versetzte ihm unter dem Tisch einen Tritt, und er erinnerte sich an das, was man ihm eingeschärft hatte. »Doch ist unser Hending kein Christusfeind, und er sucht keinen Streit mit denen, die an ihn glauben.«

»Das Imperium duldet bei seinen Untertanen keinen anderen Glauben mehr. Gebica und sein Erbe täten gut daran, sich das zu überlegen, wenn ihr wirklich keinen Streit sucht. Bedenkt, daß die Schlüssel zum himmlischen Königreich und zur irdischen Macht in Rom verwahrt werden.«

»So hatte ich es auch verstanden«, erwiderte Hagan und war ausnahmsweise froh darüber, daß weder sein Gesicht noch seine Stimme verraten konnten, was er fühlte.

Als sie am nächsten Morgen aufbrachen, hatte Hagan keinen Augenblick geschlafen. Trotzdem hatte die Müdigkeit, die jetzt in seinen Gliedern steckte, etwas Angenehmes. Von Mitternacht bis zum ersten Morgenlicht war er in der Danu geschwommen, hatte ihren Stimmen und denen der beiden anderen Flüsse, des schwarzen und des bleichen, gelauscht, wie sie sich in die tiefblaue Flut ergossen. Nun schien ihm die Sonne warm auf den Rücken, und bald schon nickte er ein und wußte gar nicht, wie fest er geschlafen hatte, bis Odowaker ihn zum Mittagsmahl wachrüttelte.

Die Berge wurden höher, als sie sich von Passau entfernten. Schwarz ragten sie hinter den grünen Feldern auf. Am dritten Tage ihres Rittes schien es Hagan dann und wann, als spüre er die Blicke von Menschen oder höre das Stampfen ferner Hufe im raschelnden Laub; aber als er versuchte, mit ihnen darüber zu reden, lachten die älteren Männer ihn aus.

»Du hast Waldwichte gehört, oder Trolle«, erklärte ihm Odowaker, als sie abends am Lagerfeuer saßen. »Es mag wohl sein, daß sie dir nicht so verborgen sind wie anderen, aber du solltest nicht mit Fremden über solche Dinge sprechen, denn auch wenn einige vielleicht lachen, empfinden die meisten doch Furcht.«

Hagan warf einen Blick hinter sich in die Schatten des Waldes. Die Stimmen derer, die dort unsichtbar wandelten, waren auch für ihn weniger vernehmlich, ihre Gestalten weniger klar vor seinem Blick als die der Flußgeister; trotzdem aber konnte er gut zwischen ihnen und den Lauten der Menschen unterscheiden, die er an diesem Tag gehört hatte.

»Ich meine, daß ich einen Hunnen von einem Troll und Midgard von der Welt jenseits seiner Mauern unterscheiden kann«, versetzte er, aber die Worte gingen ihm langsamer von der Zunge als gewöhnlich. Odowaker sagte nichts mehr, stocherte mißmutig mit dem verkohlten Ende eines Stocks im Feuer und sah Hagan nicht an. *Ach*, dachte Hagan, *wäre Gundahari hier oder Gundrun, würden sie mir zuhören. Sie würden nicht den Blick von mir abwenden, als sei ich selbst ein Unhold.*

Eine Weile später stand er auf und verschwand leise zwischen den Bäumen. Von seinen Füßen und dem Wispern der Zweige um ihn her ließ er sich immer tiefer in den Wald hineinführen. Es dauerte nicht lange, bis er das Feuer nicht mehr sehen konnte und die Stimmen der Krieger nur noch ein Murmeln in der Nacht waren.

Hagan hockte sich nieder und sah hinauf zum weißen Splitter des Mondes und den hellen Sternen, die den Fürsten des Himmels umringten. Über der schwarzen Erde brannten kaum sichtbare Nadelstiche aus blauer Flamme – dort mußten winzige Goldkörner liegen, vermischt mit dem Boden. Er konnte den leisen Schrei einer Eule, das schwache Geraschel im Unterholz hören, aber er war zu weit entfernt vom Fluß, um die tiefen Töne des Wassers zu vernehmen, die alle Nächte seines Lebens erfüllt hatten, bevor er den Rhein verließ.

Wäre ich gestaltmächtig wie meine Mutter oder der Sinwist, dachte Hagan, *könnte ich mich in die Lüfte erheben und davonfliegen – weniger weit wäre mir der Rhein, trüge ich Adlerschwingen . . .* Er starrte zum glitzernden Himmel empor, und die Sehnsucht wollte ihm das Herz im Leibe zerreißen. Am liebsten hätte er sich der Länge lang auf der Erde

ausgestreckt, um zu sehen, ob er nicht doch seine Menschenhaut abstreifen könnte. Doch das hätte bedeutet, ungeschützt im Freien zu liegen, eine leichte Beute für Menschen und wilde Tiere; um sich so zu gefährden, war ein wichtigerer Grund nötig als bloßes Verlangen. Schließlich – wer konnte ahnen, was geschehen würde, ginge Attilas Friedgeisel unterwegs auf diese Art verloren?
Eines Tages, sagte er zu sich selbst, *werde ich so dasitzen, um über meinen Bruder zu wachen; dann muß ich wach und aufmerksam bleiben und nicht zu sehr den Stimmen der Nacht lauschen, damit ich nicht abgelenkt werde von der Aufgabe, die mir anvertraut ist. Eines Tages werde ich . . .*
Als Hagan zum nächsten Mal aufblickte, war der Mond weitergezogen, sein Licht versunken. Lauter tönten die flüsternden Stimmen ringsum, und ein leises Echo spöttischen Gelächters hallte in seinen Ohren wider. Schlank schimmerte im Dunkel der weiße Stamm einer Birke, wiegte sich und rief Hagan näher; doch ihn gelüstete nicht nach der blassen Maid. Er suchte den Rückweg, aber seine Füße stolperten über Baumwurzeln, er hatte die Richtung verloren und kein warmes Signalfeuer brannte und hieß ihn willkommen.
Es war ein langer und mühsamer Marsch durch die Finsternis, bis Hagan wieder das Gemurmel der Männer vernahm. Lautlos und vorsichtig trat er aus dem Wald, um die wenigen Krieger, die noch am Feuer saßen, nicht zu erschrecken. Doch als Adfrith aufblickte, konnte er einen Aufschrei nicht unterdrücken.
»Ruhig, ich bin es nur«, beschwichtigte Hagan. »Ich habe mir ein wenig die Beine vertreten, weiter nichts.«
Adfrith starrte ihn einen Augenblick an, die hellen Brauen so dicht zusammengezogen, daß Hagan nicht feststellen konnte, ob es Zorn oder Abscheu war, die das Gesicht des Mannes so verzerrten. Er dachte, der andere wollte noch etwas sagen, aber Adfrith schwieg. Hagan ging um das Feuer herum, trat in sein Zelt und legte sich unter seine Decke aus zottiger Wolle. Er gab sich Mühe, nicht auf das zu hören, was draußen gesprochen wurde, aber die Stimmen der Krieger klangen auch jetzt noch so laut in seinen Ohren, als säßen die Männer bei ihm im ledernen Zelt.
»Ja, das weiß man nicht – ob er ein Moosweib gefunden hat oder einen Waldschrat als Liebchen vorzieht!« Das war Adfrith, scharfzüngig, als wollte er die Furcht verdecken, die er vorher empfunden haben mochte.

Gelächter brach aus und wurde sogleich unterdrückt, dann meinte ein anderer halb flüsternd: »Ich würde mein Geld auf den Waldschrat setzen, denn niemals sah ich, daß er einer Frau Zuneigung zeigte.«
Hagan biß hart die Zähne zusammen. Er hatte bisher kein Getuschel dieser Art gehört, weil er nicht in der Halle schlief. Und wenn er immer nur im Vorraum saß und dort Wache hielt, wenn Gundahari die Frauenhäuser in der Stadt aufsuchte, dann ging das keinen etwas an. Unwillkürlich erinnerte er sich an das durch die Wände gedämpfte Raunen der Frauen und Gundaharis keuchenden Atem, wenn er seinen Samen verströmte – blind für seine Umgebung, schutzlos, eine leichte Beute für jeden Mörder, wäre da nicht Hagan gewesen, der treue, unermüdlich auf jeden Mißton lauschende Wächter.
»Aber ist unser kleiner Hagan dann der Liebhaber oder die Geliebte?« zischelte ein anderer Krieger. »Wenn er nur lächeln wollte, wäre er in Röcken ein hübsches Ding.«
Hagan stand auf und trat hinaus. Jäh erstarb das Lachen. Der einzige Laut, den man hörte, war das sachte Gurgeln von Wein. Er lief aus der Flasche, die Alareik aus der Hand gefallen war.
»Wer sprach die letzten Worte?« fragte Hagan. Die Männer blickten einander an, und das Licht ihrer Augen blitzte im Feuerschein wie dahinschießende Fischrücken.
»Welche Worte, Hagan?« fragte Adfrith zurück.
»Worte, schändlich aus eurem Mund, schändlicher noch, wollte ich sie wiederholen. Wenn der, der sie sprach, nicht vortritt und sich mir stellt, weiß ich und wissen alle anderen, daß er ein Neiding ist.«
»Nichts hörtest du als ein Raunen in der Nacht; oft murmeln Erlenblätter und graue Weiden seltsame Dinge«, sagte nun Odowaker. »Fandest du Schmachvolles in ihrem Rascheln, so suche lieber in deinem eigenen Herzen.«
Eine kleine Weile stand Hagan reglos da und starrte auf den Kreis der um das Feuer Versammelten. Wie Fremde kamen die Männer ihm vor; er wußte nicht, ob Alareiks Blick unter den gesenkten Brauen Furcht bedeutete oder Haß oder nur der Schatten des Feuers war, ob Hariwulfs verzogener Mund Abscheu oder Besorgnis ausdrückte, ob Odowakers strenge Miene ihm selbst oder den Männern ringsum galt . . .
Endlich sprach Hagan. »Mein Herz ist unbefleckt, darum will ich davon ausgehen, daß kein weiteres Rascheln mehr mein Ohr beleidigt.« Damit

drehte er sich um und ging in sein Zelt zurück. Dort wickelte er sich in seine Decke, legte sich nieder und lauschte den Schritten der Männer, von denen sich einige ebenfalls in ihre Zelte begaben, während andere ihre Posten bezogen, um Wache zu halten.

Am folgenden Tag waren sie noch nicht lange unterwegs, als Hagan das Geräusch zahlreicher dicht nebeneinanderlaufender Pferde vernahm. Es war der weiche Hufschlag der kleinen Steppengäule, zu einer Gliederung geordnet, wie sie auch bei den Burgundern vielfach üblich war.
»Die Hunnen sind da, uns zu begrüßen, oder es wird bald einen Kampf geben.«
Bei diesen Worten griffen mehrere Krieger nach ihren Helmen oder legten die Finger an den Schwertgriff. Hagan selbst wog nachdenklich den Speer in der Hand. Sein Herzschlag und Atem gingen schneller; ihm war, als fühle er bereits, wie sich die Spitze der Waffe hart in das Fleisch eines Gegners bohrte. Doch als sie die andere Schar zu Gesicht bekamen, erkannte Hagan, daß der Schild des Anführers weiß war; sie wollten die Burgunder empfangen, nicht mit ihnen kämpfen.
Der Anführer nahm seinen Helm ab und kam heran. Sein langes Goldhaar glänzte im Sonnenschein; sein Gesicht war so scharf geschnitten wie das herausgeschälte Kernholz einer Kiefer, tiefgefurcht von einer Not, die Hagan noch nicht erraten konnte. Doch als er sprach, schien es Hagan, als springe dem anderen eine funkelnde Flamme aus dem Mund. Da wußte er, wen er vor sich hatte.
»Heil, Hagan vom Hause der Gebicungen! Attila, Fürst der Hunnen, heißt dich willkommen in seinem Land. Ich bin . . .«
»Thioderik der Amalung«, unterbrach ihn Hagan, bevor Thioderik seinen Namen nennen konnte. »Eine große Freude ist es mir, dir zu begegnen. In der Halle meines Vaters singt man deine Lieder.«
Thioderiks blaue Augen weiteten sich. Er hob die Schwerthand und senkte sie wieder, als wollte er sich mit dem Zeichen von Donars Hammer wehren. Statt dessen jedoch begann der verbannte Amalung zu grinsen.
»Ich hatte schon vernommen, daß der Jüngste des burgundischen Hauses klug sei. Wenn aber ein Mann von vierzehn Wintern für seinen Verstand berühmt ist, sollte man sich auch nicht wundern, wenn die Gerüchte stimmen. Nun aber folgt uns, ihr alle: Attila weiß seit gestern von eurer Ankunft und läßt schon das Willkommensfest bereiten.«

Auf einen Wink des Amalungen setzte Hagan sein Pferd mit einigen Fußtritten in Trab und ritt neben Thioderik.
»Nicht mehr lange, dann kannst du dich ausruhen«, bemerkte der Ältere tröstend. »Es tut mir leid, daß du reisen mußtest, obwohl du krank warst.«
»Ich bin nicht krank, nur ein wenig müde.«
Thioderik schüttelte den Kopf. »Aschgrau bist du und bleich wie ein Toter, und deine Stimme ist ganz heiser. Hildebrand und ich sind es, die Sorge für die jungen Edelinge tragen, die als Friedgeiseln in Attilas Halle kommen. Du kannst uns getrost sagen, wenn dir etwas fehlt, wenn es auch klug ist, den Hunnen gegenüber niemals die geringste Schwäche zu zeigen.«
»Fürchte nicht um mich. Ich bin schläfrig, weil ich unterwegs freiwillig die Nachtwachen übernahm.«
»Warum?«
»Weil Gefahren eher in der Nacht drohen, Männer aber, die den ganzen Tag im Sattel sitzen, trotzdem oft einschlafen; und weil ich glaube, daß kein anderer so gut wacht wie ich.«
Thioderik schien sorgfältig über diese Worte nachzudenken und musterte dabei den Jüngling aus dem Augenwinkel. »Dann hoffe ich, daß du Schlaf findest, wenn du ab jetzt mit einem neuen Verbündeten zusammenwohnst.«
»Wer ist es?«
»Sein Name ist Waldhari. Er ist ein fränkischer Edeling vom Oberrhein, eine Friedgeisel wie du und im gleichen Alter. Sorge dich nicht, es ist kein kleines Hunnenzelt, das ihr teilen müßt, wenigstens, solange ihr nicht in den Kampf zieht; es ist ein richtiges Haus mit hölzernen Wänden und einem Strohdach. Ich denke, du wirst in Waldhari einen wackeren Kameraden finden; er ist von fröhlicherem Wesen als du, doch fehlt es ihm mitnichten an Verstand und Kraft. Tatsächlich deutet alles darauf hin, daß er eines Tages ein gewaltiger Krieger sein wird, und er stammt aus gutem Geschlecht.«
Hagan zuckte die Achseln. »Wenn er es mit mir aushält, werde ich es wohl auch mit ihm aushalten.« Er hielt inne. Obwohl es ihn hart ankam, über etwas zu sprechen, das ihm ernstlich am Herzen lag, siegte die Wißbegier über seine Vorsicht. »Hat man je daran gedacht, daß auch die Alamannen Attila eine Friedgeisel schicken könnten? Sigifrith ist nur

wenig älter als ich, alt genug, um in die Gefolgschaft eines anderen Fürsten einzutreten, und sein Volk wohnt den Hunnen näher als das unsere.«
»Sigifrith ... der Sohn von Alaperchts Gemahlin und Sigimund dem Wälsung ... nein, davon habe ich nichts gehört. Niemand spricht von ihm, trotz seiner Ahnen. Doch oft verdorrt ein Stamm mit dem Letzten seines Namens, und nie wurden die Wälsungen für ihr Glück gerühmt.«
Hagan dachte daran, wie Sigifrith ihm furchtlos ins Gesicht gesehen hatte, so lange, bis er selbst die Augen abwenden mußte. Sein träges Herz schlug ein wenig schneller bei der Erinnerung an den gleißendblauen Blick des anderen, und noch immer spürte er, wie leicht Sigifriths Stärke ihn im Ringen bezwungen hatte. »Er ist mit Gundrun versprochen. Ich denke, daß sich sein Wert noch beweisen wird.«
»Das weißt du vielleicht besser als ich.«

Die Ansiedlung der Hunnen bestand aus einer Mischung von Lederzelten und gotischen Häusern, die sich um eine große, hölzerne Halle scharten. Hagan war darüber nicht überrascht, denn er wußte, daß in Attilas Heer Männer aus vielen verschiedenen Stämmen kämpften. *Lebten so die Burgunder, bevor wir den Rhein überschritten?* fragte er sich. *Bevor wir den Römern ihre Steinhäuser und Glasfenster abgewannen?* Eifrig beugte er sich vor, um noch mehr zu sehen. Hier und da zogen Schafherden vorbei, ein paar Schweine wühlten am Waldrand; Gras wuchs wild auf den Weiden am Rand des Lagers, wo zahllose Pferde umherstreiften.
Der Wind von den Bergen wehte frisch und kalt und ließ die Glieder von Hagans Panzerhemd eisig klirren. Er bedauerte, keinen Mantel darübergezogen zu haben, wollte aber nicht, daß Thiodrik ihn frösteln sah. So richtete er den Blick auf ein Zelt, das in einiger Entfernung von den anderen stand. Irgend etwas daran kam Hagan bekannt vor – der Anblick des knochentrockenen Leders erinnerte ihn an das Rauchzelt des Sinwists. Ein Stück weiter sah er den kurzen Pfahl mit dem daraufgesteckten Pferdeschädel und der darunter befestigten Haut, von der Hufe und Schweif so herunterhingen, daß sie die Erde nicht berührten.
»Was für ein heiliger Mann wohnt dort?« fragte er und deutete auf das Zelt.

Thioderik schlug das Hammerzeichen der Christen über seiner Brust. »Das ist das Zelt von Attilas Gyula. Er ist ein Halja-Runenkundiger, aber ein Mann – das heißt, ich glaube, daß er ein Mann ist.« Er schien noch etwas hinzufügen zu wollen, schloß dann aber jäh den Mund.
»Was sagen die von ihm, die nicht dem Weg der Römer folgen?«
»Auch ich folge nicht dem Weg der Römer; ich bin Arianer«, versetzte Thioderik gelassen. »Aber ich nehme an, du meinst solche, die überhaupt keine Christen sind. Es gibt einige unter meinen Goten, die noch immer Wodan, Donar und Ziu anrufen; sie lieben den Gyula ebensowenig, wie es die Christen tun, denn in unseren Geschichten heißt es, daß die Hunnen den Bräuchen der Unholde und Halja-Runenkundigen folgen, die sie gezeugt haben.«
Er wandte sich im Sattel und starrte auf Hagan hinunter. »Du mußt aber wissen, daß Attila jeden seinem Gott dienen läßt, wie er will, und wenn die Lieder der Stammeskrieger übel klingen, sobald sich die Gebete der Christen daruntermischen, dann muß man sich eben damit abfinden. Du kannst alle Götter oder Teufel anrufen, die du willst, und das gleiche Recht haben alle anderen, die in Attilas Reich leben. Verstehst du mich?«
»Jeder wählt den Gott, dem er am nächsten steht«, meinte Hagan. »Wenn jemand sich einem Gott verbunden fühlt, der die Sklaven und die Hasenherzigen am liebsten hat, so ist das nicht meine Sache.«
Thioderik hustete. »Mir scheint, daß gerade du freundlicher über die Gewohnheiten anderer Menschen reden solltest.«
»Wieso gerade ich?« Hagans Stimme war nicht geschmeidiger als sein Knochengerüst, aber seine Hände umklammerten die Zügel fester. Auch wenn Thioderik seine weiß gewordenen Knöchel vielleicht nicht sah, merkte er doch, wie das Pferd den Kopf zurückwarf und schnaubte.
»Laß gut sein«, sagte der Amalung und hielt Hagan die offene Handfläche entgegen. »Du darfst dich hier nicht so schnell beleidigt fühlen. Das erste, was die Männer in diesem Heer voneinander wissen, sind die Geschichten, die man von ihnen erzählt, aber keiner wird dich der Dinge wegen verachten, die er über dich gehört hat.« Thioderik stieg ab und wartete, bis auch Hagan vom Pferd geglitten war. »Wenn du willst, schicke ich dir jemanden, der sich um unsere Pferde und dein Gepäck kümmert, und zeige dir dann das Badehaus, damit du dich für das Fest reinigen kannst.«

»Ich bringe mein Pferd selbst in den Stall und kümmere mich auch allein um meine Sachen.«

Das Badehaus, das Goten und Hunnen miteinander teilten, glich im wesentlichen den Badehäusern der Burgunder. Wasser wurde über heiße Steine gegossen, und darüber verstreute man getrocknete Hanfblätter, die einen süßduftenden Rauch erzeugten. Obwohl Hagan den Rauch angenehm fand, vermied er es doch sorgfältig, zuviel davon einzuatmen. Er wußte, daß er heute abend wach bleiben und anderen Männern zutrinken mußte; zuviel Hanf würde ihn in einen so tiefen Schlaf versetzen, daß er nur schwer wieder aufwachte. Dennoch beruhigte ihn die heiße Luft, und bald konnte er sich entspannt auf der hölzernen Bank zurücklehnen, während ihm der Schweiß die Flanken hinabtropfte. Thioderik lag behaglich ausgestreckt neben ihm. Der Amalung war bis zum Gürtel braungebrannt. Seine Muskeln traten deutlich hervor, und auf seiner braunen Haut glänzten rötliche Narben.

»Erzähl mir mehr von diesem Ort«, bat Hagan. »Es heißt, daß Attila sich stets im Krieg befindet; tut er das, um sein Reich zu vergrößern oder um es zu schützen? Ich habe beides gehört.«

»Von jedem etwas«, erwiderte Thioderik. »Sein größter Fehler ist, daß er zu gierig nach jedem Gewinn greift und darum alle Schlachten zweimal schlagen muß – einmal, um zu erobern, und einmal, um festzuhalten. Seine wirkliche Begabung liegt darin, durch blitzschnelle Überfälle Angst und Schrecken zu verbreiten und dann Tribut von denen zu fordern, die gelernt haben, hunnischen Hufschlag zu fürchten; weniger geeignet ist er zum dauerhaften Besitz und zur Herrschaft, darum braucht er...«

Der Gote unterbrach sich scharf, als hätte der sich blau kräuselnde Rauch ihn um ein Haar dazu verleitet, mehr zu sagen, als klug war. »Und doch ist er immer siegreich, denn er weiß, wie er Krieger gewinnt, die ihm folgen; und für jeden, der im Kampfe fällt, steht schon ein anderer bereit, seinen Platz einzunehmen.«

»Ich hörte von seinem Schwert«, begann Hagan, aber Thioderik schüttelte den Kopf.

»Davon sprechen wir, wenn du mit uns in die Schlacht reitest.«

»Wann wird das sein?«

»Wenn Hildebrand und ich es dir sagen. Ich weiß, daß du voller Kampfbegier bist; ich sah, wie ungern du den Speer senktest, als du meinen weißen Friedensschild erkanntest. Aber dennoch...«
Hagan dachte, er würde fortfahren, aber in diesem Augenblick öffnete sich die Tür und eine Wolke von rauchigem Dampf quoll nach draußen.
Ein junger Mann trat ein. Er war vollständig bekleidet, also nicht zum Baden gekommen.
»Hai, Thioderik«, grüßte er vergnügt. »Ich fand die Sachen der neuen Geisel überall in meinem Haus verstreut und hörte von Hildebrand, du hättest Hagan hierhergebracht.«
Hagan musterte den anderen Jungen verstohlen im trüben Licht. Waldhari war ein Stückchen größer als er, von schwererem Knochenbau, aber mit weniger Muskeln an Schultern und Brust. Sein braunes Haar war kurzgeschoren wie bei einem Hörigen oder Römer. Er hatte breite, eckige Züge, nicht schön, aber mit dem schlichten, verläßlichen Ausdruck, der vielen Menschen Vertrauen einflößt. Um den Hals trug der Franke ein einfaches Holzkreuz.
»Willkommen bei uns, Hagan«, sagte Waldhari. »Wenn du fertig bist, zeige ich dir das Lager.«
Hagan hätte ihm gern gesagt, er sollte ein anderes Mal wiederkommen, aber ihm fiel ein, daß er von seiner Mitgeisel vielleicht mehr erfahren könnte als von Thioderik. Also nickte er.
Trotz aller Vorsicht hatte Hagan doch so viel Hanfrauch eingeatmet, daß er auch dann nur nickte, als Waldhari ihm die kleine Halle zeigte, in der die Christen unter Attilas Kriegern ihren Gottesdienst abhielten. »Natürlich«, bemerkte Waldhari eilig, »sind es keine richtigen Christen, sondern Arianer. Ich fürchte, eine rechtgläubige christliche Kirche gibt es hier nicht.«
»Das ist mir gleichgültig, solange ich mir nur ihr Glockengeläut nicht anhören muß.«
»Was mißfällt dir daran?«
»Das Läuten tut meinen Ohren weh und verursacht mir Kopfschmerzen.«
Waldhari lachte. »Ich habe gehört, daß es Teufel und alle Unholde vertreibt. Vielleicht hilft es auch gegen Pagani.«
»Gegen was?«

»Pagani – Moorleute, Heiden. So nennen die Römer jene wenigen Hinterwäldler, die ihre alten Bräuche nicht aufgeben wollen.«
»Gebica, der Burgunder, herrscht über ein mächtigeres Volk als deines, und er spricht bei jedem heiligen Fest den Segen im Namen von Frauja Engus und den anderen Göttern.«
»Reg dich nicht auf, Hagan. Ich meine es nicht böse – ich sehe schon, weshalb man dich Heckendorn nennt. Pagani, oder wenn du das lieber hörst, Heiden, ist nur eine bessere Bezeichnung als ›diejenigen Goten, Franken, Alamannen, Sachsen, Burgunder und anderen, die noch keine Christen sind‹ – weiter nichts.«
Hagan hätte gern noch mehr dazu gesagt, aber er wußte, wenn er sich jetzt nicht beherrschte, würde er den anderen schlagen; und nach Thioderiks Warnung wußte er auch, daß eine Prügelei wegen Glaubensfragen hier auf wenig Verständnis stoßen würde. Darum antwortete er nur: »Ich bin hungrig von der Reise, und wenn Attilas Fleisch nicht schon seit der letzten Mitternacht brät, werden wir vor dem Abend nichts davon bekommen. Laß uns um die Wette bis zur Hallentür laufen, und wer als letzter eintrifft, soll hineingehen und für den anderen um etwas zu essen und zu trinken bitten.«
»Das wäre kein gerechter Kampf, denn du bist müde vom Reiten und trägst zudem die Last einer Brünne. Wenn du um die Wette laufen willst, solltest du wenigstens dein Panzerhemd ablegen.«
»Das tue ich nie.«
»Stimmt nicht«, erklärte Waldhari grinsend. »Im Badehaus warst du splitternackt.«
»Ich dachte, ich hätte mich klar genug ausgedrückt.«
»Mag sein. Trotzdem sollte man nicht wie ein Barbar sprechen, auch nicht in einer barbarischen Zunge.«
»Wollen wir jetzt laufen? Eins – zwei – drei – !«
Waldhari war schneller, als Hagan gedacht hatte. Zuerst lief der Franke mühelos voraus, aber er war nicht so ausdauernd wie der Burgunder. Auf einer längeren Strecke hätte Hagan gesiegt; so schlugen ihre Hände im selben Augenblick am Türpfosten an. Atemlos standen sie da und starrten einander an. Waldhari hatte blaue Augen mit kleinen braunen und grünen Flecken um den Rand der Pupille. Das Sonnenlicht malte goldene Streifen in sein mausbraunes Haar, und auf der hellen Haut schimmerte ein dünner Schweißfilm wie Tau.

Es war der Franke, der als erster die Augen niederschlug. »Da keiner von uns den anderen besiegt hat und du hier neu bist, während ich die Leute kenne, will ich für Essen und Trinken sorgen.«

Als Waldhari aus der Halle trat, trug er eine Wurst und einen kleinen Brotlaib in der einen, zwei Becher und einen Tonkrug in der anderen Hand. Aber Hagan löste das Horn von seiner Seite und ließ es von Waldhari halb mit Dünnbier füllen. Die beiden wanderten zu einem großen, flachen Felsen am Rand der Siedlung, von dem aus man die Berge sehen konnte, die hoch und grün hinter dem Wald aufragten.

Waldhari klopfte sich auf die Seite seines Gürtels und runzelte die braunen Brauen. »Verflucht!«

»Was ist?«

»Ich nahm mein Schwert ab, als ich zum Ringen mit Hildebrand ging. Ich wollte nicht, daß es herunterbaumelte und mich behinderte . . .«

»Und dein Gürtelmesser hast du verloren.«

»Ich streifte es zusammen mit dem Schwert ab und habe es dann offenbar nicht wieder angelegt.«

Hagan starrte den Franken ungläubig an. *Was ist denn das für ein Schwachkopf?* fragte er sich. *Selbst Sigifrith hat mehr Verstand!* »Glaubst du denn, du säßest in deiner Schlafkammer?« fragte er den anderen – so wie er Gundahari gefragt hätte. »Wie kannst du dich so sicher fühlen – hier im Lager eines . . .« Er konnte Attila nicht als Feind bezeichnen, wußte aber auch nicht, wie er ihn sonst nennen sollte.

»Ich hätte es besser wissen müssen«, gab Waldhari zu. »Aber hier ist niemand, der mir etwas tun würde – oder übrigens auch dir.«

»Das hätte auch Wodans geliebter Sohn Baldur sagen können, als alle Welt schwor, ihm nichts zuleide zu tun; aber doch schnitt Loki aus der Mistel den tödlichen Pfeil, und obwohl es heißt, nach dem Weltende würde Baldur von Halja zurückkehren, kann das noch eine ganze Weile dauern.«

Waldhari errötete, aber er nahm die Scheiben vom Brot und von der Wurst, die Hagan für ihn abschnitt und murmelte »Danke«.

Sie hatten kaum angefangen zu essen, als eine sanfte, singende Stimme hinter ihnen ertönte. »Sei gegrüßt, Hagan von den Burgundern.«

Hagan fuhr herum; er war vom Felsen gesprungen und stand kampfbereit geduckt, bevor der Sprecher noch das erste Wort vollendet hatte. Dann sah er, daß nur ein kleiner Mann in einem braunen, sackartigen

Gewand vor ihm stand. Doch die Augen des Alten funkelten wie Natternaugen, und als Hagan ihn anstarrte, schien sein Gesicht zu verschwimmen wie das eines Waldgeistes.
»Sei gegrüßt, Gyula. Du hast mich schnell gefunden.«
Waldhari erhob sich und reckte sich zu seiner vollen Höhe auf. »Hagan, du hast noch viel zu tun, wenn du heute abend vor Attila treten und deinen Eid ablegen willst. Ich gehe zurück in unser Haus. Kommst du mit?«
»Ich folge dir in Kürze. Geh schon vor.«
Waldhari stand einen Augenblick da, als wollte er noch etwas sagen, drehte sich dann aber um und schritt davon. Hagan griff nach den noch nicht aufgeschnittenen Stücken von Brot und Wurst.
»Darf ich dir etwas zu essen anbieten, ältester Großvater?« fragte er, wie er den Sinwist zu Hause gefragt hätte.
Der alte Mann kicherte und zeigte die zahnlosen Kiefer. »Wohlgesprochen, Enkel, aber dein Messer kann nicht für mich kauen. Iß nur weiter; ich bin satt.«
»Möchtest du dann vielleicht etwas trinken? Es ist nur Dünnbier, aber etwas anderes habe ich nicht.«
»Und Waldhari würde sich gewiß aufregen, wenn wir in euer Haus gingen, um dort den guten Rheinwein zu trinken, den du mitgebracht hast?« Der Gyula lachte wieder. »Mit diesem jungen Mann wirst du noch viel Ärger haben, Hagan. Aber ich will dein Bier mit dir teilen.«
Er griff nach Hagans Horn. Hagan fiel ein, wie geschickt seine Mutter bei solchen Gelegenheiten etwas von ihren Kräuterpulvern aus der hohlen Hand fallen lassen konnte; aber er hätte dem Sinwist niemals sein Horn verweigert, und je länger er neben dem Gyula saß, desto mehr erinnerte ihn der hunnische Gudhija an den burgundischen.
»Das Gebräu ist nicht so übel wie sonst oft«, bemerkte der Gyula. »Aber mit Khumiß kann es sich trotzdem in keiner Weise vergleichen.« Aus den Falten seines Gewandes holte er eine braune Lederflasche hervor. Sie war aus mit den Haaren gegerbter Pferdehaut, wobei freilich das Fell an vielen Stellen abgeschabt war. Der Gyula entkorkte sie und tat einen tiefen Zug. Dann reichte er sie Hagan und betrachtete ihn dabei scharf aus dem Augenwinkel.
Der Khumiß war ein starkes Getränk, mindestens so stark wie Wein,

aber sein Geruch war Hagan völlig unbekannt – allenfalls hatte er Ähnlichkeit mit dem geronnener Milch. Wenn der Gyula irgendwelche geheimen Zusätze darin versteckt hatte, wären sie für Hagan in dem Gestank nicht zu erkennen gewesen.
»Du gabst mir reinen Trank, und du kennst unsere Bräuche gut genug, um zu wissen, daß ich dir nichts anderes zurückgeben kann«, erklärte der Gyula mit plötzlichem Ernst. »Wenn du nicht trinkst, beschämst du uns beide.«
»Ich erinnere mich an eine ähnliche Geschichte über einen Krieger aus dem Norden – Sinfjotli den Wälsung, Sigimunds Sohn. Der Trank war sein Tod. Oft achtet man in der Not die Sitten eines Volkes nicht mehr, und Scham ist eine Frage der Anschauung.«
»So wie das Dünnbier nicht dein bestes und stärkstes Getränk ist, so ist der Khumiß nicht meines. Ich habe Besseres in meinem Zelt, das ich dir gern gebe, wenn du es von mir annehmen willst. Das freilich würde die Vorsicht erfordern, die du diesem hier entgegenbringst ...« Der Gyula blickte Hagan eine Weile stumm an, aber der schwieg. Endlich seufzte der Alte. »Khumiß ist stark gebraute Stutenmilch, nicht mehr und nicht weniger, und ich schwöre bei Schlange, Adler und Baum, daß diese Flasche nichts anderes enthält.«
Einen ähnlichen Eid hatte Hagan einmal von dem Sinwist gehört, und so trank er. Der Khumiß war dünn und leicht verdorben, aber er glühte in seiner Kehle. »Ich danke dir, ältester Großvater.«
Der Gyula lächelte. »Es ist gern gegeben, Hagan. Weißt du eigentlich, was dein Name in der Sprache der Hunnen bedeutet?«
»Nein.«
»Er klingt ganz ähnlich wie unser Wort ›Khagan‹ – Herrscher. Das ist ein Zeichen, daß du zu großen Taten bei uns ausersehen bist, mehr als jeder gewöhnliche Krieger oder die anderen Friedgeiseln. Tatsächlich ist deine Ankunft hier von weit größerer Bedeutung, als du weißt, und ich bin außerordentlich froh, dich zu sehen.«
»Du sprichst, als erwartetest du etwas von mir. Ich muß dir sagen, daß unser eigener Sinwist mich zum Erben haben wollte und daß es doch anders geschrieben stand.«
»Nicht dort, doch bedenke stets, was deinem Volk not tut.« Der Gyula stand auf. »Du weißt, wo mein Zelt ist. Willst du mehr wissen, brauchst du nur zu mir zu kommen.« Er verschwand so rasch und lautlos, daß

56

selbst Hagans scharfe Ohren seinen Schritten im Gras nicht folgen konnten.
Zur Verblüffung des Burgunders zitterten seine Hände, als er das Horn ansetzte, um den Nachgeschmack des Khumiß herunterzuspülen. Er war überzeugt, daß man ihn nicht mit einem Zauber belegt hatte, aber für eine Sekunde wünschte er sich, dem Gyula nachzulaufen . . . die lederne Zeltklappe zu heben, einzutreten, die trockene, rauchige Luft zu atmen, stickig von altem Blut und dem Rascheln uralten Wissens . . . um dann durch jene offene Tür in die neblige Finsternis dahinter zu gelangen, die ihm der Sinwist einmal gezeigt hatte.
Hagan erhob sich und beeilte sich jetzt, das Haus aufzusuchen, in dem er seine Sachen gelassen hatte. *Wäre ich zu Hause*, dachte er, *würde ich zu Gundahari oder Gundrun laufen und ihnen alles erzählen, und sie würden* . . . Ein stechender Schmerz durchfuhr ihn, so qualvoll, daß er einen Augenblick glaubte, den Khumiß wieder von sich geben zu müssen. Es dauerte einen weiteren Augenblick, bis er begriff, daß es nur die Sehnsucht nach seinen Geschwistern und dem Rhein war, die ihm das Herz so zusammenkrampfte, und daß er das niemand anderem zeigen oder davon sprechen durfte. Aber er konnte den scharfen, neckenden Unterton in Gundruns leiser Stimme nicht vergessen, als sie gesagt hatte: »Nie sah ich einen Gudhija, der Helm und Waffen trug; gewiß könntest du doch Brünne und Speer nicht für das Gewand des Sinwists eintauschen, Hagan?« Und auch die Kraft von Gundaharis Arm um seine Schultern und den hellen Glanz der nußbraunen Augen seines Bruders vergaß er nicht.
Ein großer Stein hielt die Tür offen, so daß das Licht der sinkenden Sonne in das kleine Haus hineinschien. Waldhari saß auf seinem Bett und las vor sich hin murmelnd in einem lateinischen Buch. Er sah nicht auf, als Hagan hereinkam, sondern meinte nur: »Abermals gegrüßt, Hagan. Hast du dich gut unterhalten mit dem Gyula?«
Seine helle Tenorstimme klang unbeschwert, so daß Hagan nicht wußte, ob die Worte freundlich oder boshaft gemeint waren. Er zog es darum vor, nicht zu antworten, sondern entkleidete sich und durchwühlte seine Taschen nach der Festkleidung. Obwohl er nicht annahm, daß der andere ihm etwas antun wollte, behielt er Waldhari stets im Auge, bis er endlich wieder das Kettenhemd über sein Wams streifen konnte.
»Er scheint dir nicht besonders gefallen zu haben.«

»Khumiß ist nicht gerade ein wohlschmeckendes Getränk.«
Waldhari schüttelte sich so, daß Hagan gelacht hätte, wäre er dazu imstande gewesen. »Du mußt wirklich treu an euren Bräuchen hängen, wenn du freiwillig mit dem Gyula Khumiß trinkst.«
Hagan zuckte nur die Achseln. Sekundenlang schien ihm, als blitze etwas von Gundaharis Strahlen aus den Augen des Christen, dann aber überwältigte ihn jäh das Gefühl ihrer Verschiedenheit, und er brachte nur hervor: »Ich habe eine lange Reise hinter mir. Vielleicht sollte ich schlafen, wenn du schwörst, daß du mich rechtzeitig für das Fest heute abend weckst.«
»Gern«, versicherte Waldhari.
Hagan behielt sein Panzerhemd an, als er sich hinlegte. Gewiß, wenn er ein Haus mit Waldhari teilen sollte, mußte er lernen, ihm zu vertrauen, und mit oder ohne Brünne war es kein Kunststück, einen Schlafenden zu töten. Trotzdem fühlte er sich besser, wenn er inmitten seiner harten Kettenglieder lag wie in einem Bett mit einer Decke aus kalten Steinen – so, als ruhte er schon vom Bahrtuch umhüllt in seinem Grabhügel.

Zwei Hände griffen nach Hagans Schultern. Sofort sprang der Burgunder auf, riß sich los und befreite sich zugleich damit auch aus der Gewalt des Schlafs. Sein Schwert war schon halb aus der Scheide, als das eckige Gesicht der anderen Friedgeisel vor seinem trüben Blick klar wurde.
»Du hast mich erschreckt.«
»Ich habe mehrmals deinen Namen gerufen, aber du hast fest geschlafen«, erklärte Waldhari. »Nächstes Mal werde ich dich mit einem langen Stock anstoßen. Das Badehaus ist noch heiß; wenn du willst, kannst du vor dem Festmahl noch einmal hingehen.«
»Attilas Leute müssen das Baden lieben, wenn das Haus den ganzen Tag voll aufgeheizt wird.«
»Das gilt nur für Sonn- und Feiertage, sonst würden die Hunnen aus dem Hanfrauch gar nicht mehr herauskommen. Trotzdem ist es schön, ein Badehaus zu haben, auch wenn es sich nicht mit den großen römischen Bädern in Aquitanien vergleichen läßt.«
»Besser wäre es gewesen, die Römer und ihre Bäder hätten Rom nie verlassen«, murmelte Hagan.
Waldhari schüttelte den Kopf. »Sie haben Dampfräume und große Schwimmbecken, Wasser mit Eis darin und Wasser, das beinahe heiß

genug ist, um ein Ei darin zu kochen; und es gibt Sklaven, die einem den Körper mit köstlichen Ölen einreiben und dann abschaben und einem das Haar kämmen – was dir übrigens nicht schaden würde. Glaub mir, wenn du jemals ein solches Bad gesehen hättest, würden dir die kleinen Hütten der Stämme auch armselig vorkommen.«
»Und du kennst offenbar solche Bäder?«
»Ich bin in Aquitanien aufgewachsen. Mein Vater Alphari wollte, daß ich römische Lebensart lerne – Latein lesen und schreiben, die Kunst des Herrschens und die Fertigkeiten eines zivilisierten Volkes –, so wie ich nun unter den Hunnen lebe, um etwas über die barbarischsten der Stämme zu erfahren, mit denen ich es eines Tages zu tun haben werde.«
Hagan nickte. Das erklärte Waldharis kurze Haare und seinen Glauben an den Römergott; es war ein angenehmerer Gedanke, als daß ein bei den Stämmen erzogener Mann sich freiwillig entschließen konnte, von seinen Göttern und seiner Sippe abzufallen. »Weise ist es wohl, dich die Bräuche anderer Völker lernen zu lassen, doch weniger klug, wenn du die eigenen darüber vergißt.«
Plötzlich sah Hagan Gundahari vor sich, wie er grübelnd über seinem Latein hockte, und Sorge durchbohrte sein Herz wie ein Elbenpfeil. Aber nein – Gundahari war immer froh, wenn er die fremde Sprache und den Priester, der sie lehrte, für eine Weile verlassen konnte, und im übrigen trug er längst das Zeichen von Frauja Engus' Eberzahn.
»Was ich gelernt habe, wird meinem Volk an Leib und Seele zugute kommen«, entgegnete Waldhari ruhig. »Ein guter Fürst herrscht über beides.«
»Ein guter Fürst bringt den Göttern an Feiertagen die heiligen Gaben dar und besprenkelt die Erde mit Blut, damit seinem Volk reiche Ernten und Sieg in der Schlacht geschenkt werden. Wirst du es so halten, wenn du dereinst den Platz deines Vaters einnimmst?«
»Das heilige Geschenk unseres Herrschers an Gott ist längst dargebracht, das beste Blut, das es geben kann, verströmt.«
»Wie meinst du das?«
»Es ist das Blut Christi, dessen Opfer auf immer für die Erde bezahlt hat.«
»Nicht in unserem Land und nicht für unser Volk. Mögen Fremde ihren eigenen Göttern vertrauen; doch wenn wir die vergessen, die uns heilig sind, und mit ihnen unsere Gesippen, die vor uns kamen, sind wir nicht

besser als ein entwurzelter Baum, ein Brunnen ohne Quelle, ein ausgetrocknetes Flußbett.« Hagans Stimme war in einen rauhen Singsang übergegangen, wispernd im Wind, der durch seinen Schädel brauste und einen schimmernden, tiefblauen Schleier über seinen Blick legte. Er atmete tief.

Allmählich klärten seine Augen sich wieder. Waldhari beobachtete ihn aufmerksam, mit dem ernsthaften und eindringlichen Ausdruck eines Dachses, der aus seiner Höhle hervorschaut.

»Hast du vor, ein Priester der Burgunder zu werden?«

»Ich glaube nicht, daß es mir so bestimmt ist. Und du? Willst du ein Christenpriester werden?«

»Ich habe daran gedacht, ja, aber ich würde es nicht durchhalten. Mein Herz hängt an zu vielen anderen Dingen. Wenn ich in dieser Welt als guter Christ lebe, genügt mir das.« Waldharis ruhige Worte klangen klar und fest; Hagan hatte das Gefühl, daß ihm Wahrheit mit Wahrheit vergolten wurde. Deshalb verzichtete er darauf, weiter in den Franken zu dringen. Gemeinsam gingen sie zur Badehütte.

Als Hagan sich auf der untersten Bank ausgestreckt hatte, wobei er sorgsam darauf achtete, die verrußten Wände nicht zu berühren, um sich die Haut nicht schmutzig zu machen, mußte er unwillkürlich an Waldharis Geschichten von den römischen Bädern denken. Er rieb sich ein paar stechende Schweißtropfen aus den Augen und meinte: »Diese römischen Bäder hören sich gut an, aber sicher dürfen nur die vornehmsten Edelinge sie besuchen.«

»Nein. Für ein paar römische Münzen stehen sie jedem offen.«

Hagan antwortete nicht, sondern griff stumm nach einem Bündel aus weichen Birkenzweigen, das jemand auf der Bank liegengelassen hatte. Es war bereits zerfetzt, und die Blätter von der Hitze der Badehütte weich und schlaff geworden. Hagan peitschte sich damit, bis die Blätter flogen. Obwohl seine Glieder sich in der Wärme entspannten, spürte er im Magen noch immer eine Unruhe, ein Beben wie beim Fell einer sacht geschlagenen Trommel. Er reichte Waldhari das Rutenbündel. Ohne seine Kleider bestand der Körper des anderen hauptsächlich aus Knochen, die schneller gewachsen waren als das dazugehörige Fleisch. Wie Hagan war auch Waldhari noch narbenlos wie eine Jungfrau. Seine magere Brust war vom Herumlaufen ohne Hemd leicht gebräunt, Beine und Gesäß hatten fast die gleiche milchweiße Tönung wie bei Hagan.

»Erzähl mir mehr von Attila. Was ist er für ein Mensch?«
Waldhari überlegte, und Hagan konnte die kleinen Muskeln, die seinen eckigen Kiefer furchten, arbeiten sehen, bevor er sprach. »Noch nie hat er einer seiner Friedgeiseln etwas Böses getan. Du brauchst ihn nicht zu fürchten, obwohl er wenig Anziehendes hat, nicht einmal für die Hunnen. Es heißt, daß er selbst nur den Donner und unholden Zauber fürchtet; tatsächlich opfert er nach jedem schweren Gewitter seinen Göttern, und niemals handelt er gegen den Rat des Gyula.«
Hagan nickte langsam. Obwohl weder er noch Waldhari neuen Hanf auf die Steine gelegt hatten, hing der süßliche Duft noch immer schwer in der Luft der Badehütte, und Hagan hörte die Worte des Sinwists so deutlich wie Waldharis Worte.
Alle Stab-Frauen sind vom Wald-Wolf geboren, alle Zauberer vom Will-Baum, alle Seher von Swartshoef, alle Riesen von Ymir ...«
Sekundenlang erwog er, Waldhari zu erzählen, daß Attila nicht ihn, sondern den Erben der Burgunder hatte haben wollen; aber es ging den anderen nichts an, und vor Attila hatte man Hagan schon ausreichend gewarnt.
Als die beiden jungen Männer sich wieder angezogen hatten und die Hütte verließen, begann sich der Himmel soeben rot zu färben, und der Abendwind war schwer vom Geruch kochenden Fleisches. Auf dem Weg zur Halle flocht Hagan seine Haare zu einem Zopf und befestigte ihn mit einer Schlinge aus dünnem Silberdraht. Während sie sich der wartenden Schar der burgundischen Krieger näherten, die im Halbkreis vor Attilas Tür standen, als wollten sie die Männer dahinter in Schach halten, legte Hagan die Hand auf den Ring seines Schwertgriffs.
»Hier trennen sich unsere Wege«, sagte er zu Waldhari. »Das sind meine Männer.«
»Deine? Jetzt schon?«
Hagan erstarrte bei dieser Herausforderung, entspannte sich aber gleich wieder, als er merkte, daß Waldhari sich nur über seine Ausdrucksweise lustig gemacht hatte. »Es sind meine ... die Männer des Hendings, zu meinem Schutz mit auf die Reise geschickt.«
Waldhari nickte. »Wenn Attila dich heute abend nicht neben sich sitzen läßt, halte ich dir einen Platz auf der Bank der Jünglinge frei.« Damit trat er rasch in die Halle während Hagan sich an die Spitze seines Kriegertrupps stellte. Wären sie beritten gewesen, hätten die Männer nach altem

Brauch ihre Geschicklichkeit zu Pferde gezeigt indem sie um ihn herumtrabten; so aber waren sie zu Fuß und marschierten einfach mit ihm durch die Tür.

Obgleich niemand eine Waffe zog, hatte Hagan, als er gefolgt von seiner Leibwache in die hunnische Halle einzog, das Gefühl, er führe eine Schlachtreihe von Schweinen mitten in ein feindliches Heer. Die überwiegende Anzahl der Augen, die von triefenden Fleischbrocken zu ihnen aufsahen, war dunkel und schräggestellt, aber zwischen den von Soße befleckten Kinnen und dünnen Schnurrbärten der Hunnen gab es eine Menge blonder und brauner Gotenbärte. Nie hatte Hagan soviel Gold, so viele Edelsteine gesehen wie hier, nicht einmal zu den höchsten Festtagen in der Halle seines Vaters. Nun verstand er auch, wie Attila eine so kostbare Geschenktruhe nach Worms hatte senden können, denn der Hunne erschien ihm reich wie Fadhmir, der Lindwurm.

Als er zum Hochsitz aufblickte, dünkte ihn das Gesicht des dort thronenden Mannes überschattet vom Umriß eines dunklen Adlerkopfes; die Nase sprang vor wie ein Adlerschnabel, die Augen glühten wie Gagatsplitter, in denen kleine Kohlen brannten. Rötlich fing sich der Feuerschein im schlichten Griff seines Schwertes, das fleckig war, als hätte es lange in der Erde gelegen. Anders als die Mehrzahl seines Volkes, kleiner und mehr drahtig als stämmig gebauter Männer, überragte Attila im Sitzen Thioderik und war schwerer von Schulter und Arm, ein Gewaltiger seiner Rasse. Die schwarzen Zöpfe hatte er mit Butter geglättet wie ein Burgunder. Einst hatten beide Völker so mit Fett Gesicht und Hände vor dem eisigen Steppenwind geschützt, der ihnen die Haut vom Körper riß, wenn sie auf ihren kleinen Pferden durch den Schnee jagten.

Hagan erschauerte bei dem Gedanken, daß uralte Schicksalslose die beiden Stämme nun wieder zusammengeführt hatten. *Irminareik starb von eigener Hand, ehe die Hunnen ihn in die Grube mit dem Gewürm werfen konnten...*

Attilas Schädel war so geformt, daß er die Spitze eines Helms füllte; auf diese Weise lenkte man die Gedanken eines Kindes von Geburt an auf kriegerische Dinge. Die Adlererscheinung, einem Schattenhelm auf Attilas Haupt gleich, zerrann vor Hagans Blick. Das böse Feuer in Attilas Augen blieb unverwandt auf ihn gerichtet, und es bestand kein Zweifel, daß das, was er sah, den Fürsten der Hunnen wenig erfreute.

Während sie weiter nach vorn gingen, blickte Hagan sich rasch in der Halle um. Goten und Hunnen waren bewaffnet zum Festmahl gekommen, wie es freien Männern geziemte. Hagan war, als sehe er sie sich bereits erheben, um die Burgunder mit einem Ring von Stahlspitzen zu umschließen. Er reckte sich und faßte mit der Linken den Wurfspeer fester. Ein junger Hunne, wenige Jahre älter als Hagan – es mußte Attilas Sohn sein –, nahm den Platz zur Rechten des Königs ein und trank, ohne dabei groß auf sein Wams aus wellengemusterter Seide zu achten; Thioderik saß zur Linken Attilas und Hildebrand neben ihm. Neben dem Hunnen-Jüngling gab es einen freien Sitz auf der Bank, der, so dachte Hagan, wohl für ihn bestimmt sein würde.

Attila starrte auf die Burgunder hinab und musterte die hohen Gestalten der Krieger zu beiden Seiten des schlanken jungen Mannes, der vor ihnen herging, als führe er die Spitze eines Kampfkeils. Der Fürst war zufrieden, daß der Gyula hinter ihm stand; Attila wußte, daß die Burgunderkönigin ein listiges Hexenweib war, und ihm schien, als fühle er das warnende Prickeln seines Schwertgriffs, als er ihren schwarzhaarigen Sohn anschaute. Er hatte Hildebrand ausgesandt, um Gundahari zu holen, von dem jedermann wußte, daß er Gebicas echter Sohn und der wahrscheinlichste Nachfolger auf dem Hochsitz seines Vaters sein würde; er hatte den Burgundererben Lehenstreue und ein wenig Furcht lehren wollen, so wie sie ein Sohn dem Vater gegenüber zu empfinden hatte, denn er wußte sehr wohl, daß die Burgunder entweder seine stärksten Verbündeten oder seine hartnäckigsten Feinde sein konnten, je nachdem, wie sie sich entschieden. Aber Hildebrand hatte den ihm vom Gyula angebotenen Schutzzauber abgelehnt, so daß Grimhilds Kunst seine Gedanken nach ihrem Willen hatte verwirren können, und so hatte just die Furcht des alten Goten vor verborgenen Küsten ihn ungeschützt derjenigen ausgeliefert, die solche Künste übte. Damit hatte er den ersten Wurf für Attila verloren.

Trotzdem schien es dem Fürsten, als er den Knaben so kühn auf sich zuschreiten sah, als ließe sich aus dem Geschehenen noch vieles erreichen. Wäre Hagans Gesicht breiter, seine Nase flacher und seine Haut weniger bleich gewesen, hätte man ihn fast für einen Hunnen halten können. Unverkennbar floß das Steppenblut noch stark im burgundischen Stamm, und das verhieß Gutes, wenn es darum ging, Hagan zu einem Verbündeten zu machen, dessen Volk Seite an Seite mit den

Hunnen kämpfen würde, wenn sie nach Westen zogen, anstatt eine Sperre zu bilden, die man gewaltsam vom Weg entfernen mußte. Zudem hatte Attila erfahren, daß Hagan als derjenige galt, dessen Ratschläge in späteren Jahren das meiste Gewicht haben würden.
Er wartete mit dem Sprechen, bis Hagan und seine Leibwächter vor dem Hochsitz stehengeblieben waren. Hagan sah auf und erwiderte, ohne die Augen niederzuschlagen, den Blick des Hunnen. »Heil und willkommen, Gundahari, Gebicas Sohn«, sagte Attila.
Er war überzeugt, daß Hagan genau wußte, daß der Khan ihn nicht mit Gundahari verwechselt hatte. Aber der Jüngling antwortete, ohne mit der Wimper zu zucken: »Du ehrst mich mit dem Namen meines älteren Bruders, wie es wohl Hunnenbrauch ist. Ich bin Hagan vom Geschlecht der Gebicungen, gekommen als Friedgeisel, um für mein Volk einzustehen, so wie *Herro* Hildebrand es in deinem Namen gefordert hat.«
Attila, noch immer erzürnt, daß man sich seinem Willen widersetzt hatte, fühlte, wie ihm das dunkle Blut ins Gesicht stieg. Sein Blick flackerte zur Seite. Thioderik saß da, die hellen Augen auf ihn geheftet; neben ihm, gelassen wie eine alte Eiche, Hildebrand, der schon mehr als einen stürmischen Ausbruch von Attilas Wildheit überstanden hatte. *Nun will ich sehen, ob die Geschichten wahr sind, die ich gehört habe,* dachte Attila und ließ eine Spur seiner im Zaum gehaltenen Wut in seiner Stimme mitschwingen.
»*Khagan* nennst du dich?« fragte er mit mildem Spott, und ein paar der in der Nähe sitzenden Hunnen lachten leise. Wenn der Burgunder nicht gewarnt war, würde er nicht wissen, wie ähnlich sein Name dem hunnischen Herrschertitel klang – ein seltsames Vorzeichen, das Attila nicht zu deuten vermochte. »Aber nicht du warst es, den Hildebrand zu uns rufen sollte, sondern der Erbe des burgundischen Throns. Selten ist ein zweiter Sohn der von der Sippe am meisten geliebte; was ist dein Leben wert, daß es dein Volk davon abhalten sollte, bei Nacht über mich herzufallen?«
»Der Wert meines Lebens läßt sich an der Stärke meines Schwertes messen, wenn ich als Friedgeisel mit deiner Kriegerschar in den Kampf ziehe. Doch was die nächtlichen Angriffe angeht, so brauchst du sie nicht zu fürchten; denn solltest du die Worte brechen, die gesprochen wurden, als Hildebrand in unsere Halle kam, so hättest du bei Tageslicht mehr als genug zu kämpfen, wenn die Heere der Burgunder sich

gegen dich erheben. Freue dich also, daß du den Frieden so leicht besiegelt hast.«
»Nun, wenn es so ist, dann tritt vor mich. Wenn du in meiner Kriegerschar dein Schwert führen willst, dann beweise mir deine Lehenstreue.«
Er legte die Hand an den glatten Griff seiner eigenen Waffe und umschloß ihn fest, während die Kraft des Kriegsgottes in seinen Arm strömte. Die Berührung des in der Scheide steckenden Schwertes erzeugte nur einen blassen Schatten des Gefühls, das ihn erfüllte, wenn er die blanke Klinge schwang, und dieses wiederum war nicht mehr als ein winziger Schimmer des Blitzens, das von ihr ausging, wenn Menschenblut das narbige Metall rötete – jenes Blitzens, das er zuerst gespürt hatte, als er das Schwert des Gottes aus seinem flachen Grab im Sand befreite –, und doch wußte er auch so, daß niemand ihm Schaden zufügen konnte, solange er es an der Seite trug. Er entblößte die Klinge, atmete tief ein, als sie die Luft durchschnitt und streckte sie über den Tisch, bis das schwarzglänzende Eisen genau auf Hagans ungeschützte Kehle zeigte. »Geh weiter, bis das Eisen dein Blut berührt, dann neige dich vor mir bis auf die Erde, so wie meine eigenen Männer es tun – zu Ehren des Kriegsgottes und des Khans, der mit seiner Stimme spricht.«
Obwohl kein anderer es wußte, war dieses Ritual mehr als nur eine Prüfung der Friedgeiseln – mit ihm prüfte Attila auch sich selbst. Eines Tages würde das Schwert des Kriegsgottes vielleicht dort zustoßen, wo Attilas Arm es zurückhalten wollte; eines Tages konnte alles, was Attila als junger Gefangener in Rom gelernt hatte – wie man seine Leidenschaften zügelt und sich von ihnen tragen läßt wie von einem feurigen Roß –, blutig zerstört am Boden liegen. Dann würde sein eigener Geist die Klinge nähren und Arlik Khan seine Gebeine verzehren.
Doch nicht heute nacht . . .

Als der Hunne sein Schwert zog, sträubten sich auf Hagans Rücken sämtliche Haare. Das Alter, das auf der kurzen Klinge lastete, erfaßte ihn wie eine starke Strömung; es war, als könne er hören, wie der Geist, der in dem Schwert wohnte in der raunenden Rede der Hunnen Attila seinen durstigen Rat zuflüsterte.
Nun zückte auch Hagan seine Waffe. Im Augenwinkel erkannte er, wie die Klingen anderer Männer aus der Scheide fuhren und Pfeile sich auf Bogensehnen legten, Bilder, die vorbeihuschten wie Blätter, die der Wind

verweht. »Die Burgunder – und mit ihnen ich – entbieten dir unsere Treue. Wir verneigen uns nicht vor dir, noch werde ich vor dem Kriegsgott das Haupt beugen, denn man hat mir gesagt, daß in deinem Lager jeder Mann seinen eigenen Göttern und Geistern folgen darf. Auch soll deine Klinge meinen Hals nicht berühren; mein Schwert steht für mich.« Vorsichtig hob er seine Klinge, bis ihre Spitze die Spitze von Attilas Waffe knapp berührte. Der Strom, der durch den Stahl schoß, lähmte ihm den Arm, aber Hagan zitterte nicht. »Schwören will ich, Schwert an Schwert, dir die Treue eines Pflegesohnes zu halten, solange du mir die Treue eines Pflegevaters hältst, in deinen Schlachten zu kämpfen, solange ich bei dir lebe, und dich in allem zu unterstützen, das meiner Sippe nicht schadet.«

Attila sah auf Hagan hinab, und seine schrägen Augen wurden noch schmaler. Von dort oben kann er schlecht nach mir ausholen, dachte Hagan; gewiß könnte ich seinen Hieb ablenken. Doch gleich darauf nickte Attila, und ein dünnes Lächeln hob die herunterhängenden Enden seines Schnurrbartes.

»Preise dich glücklich, daß ich meinen Friedgeiseln freundlich gesinnt bin; wäre es nur ein wenig anders, wärst du gestorben, wo du stehst.« Hagan fühlte den leichten Druck des Kriegsgott-Schwertes gegen sein eigenes Schwert, fast als wollte die Klinge beweisen, daß der Hunne die Wahrheit sprach. Fester umklammerte er seine Waffe, bis ihm die bronzenen Buckel auf dem Griff tief in die Handfläche drangen, und er spürte den kalten Schweiß auf seinem Rücken. »Aber ich habe dich hierhergerufen, wie es unter Freunden üblich ist, und noch fiel dein Volk nicht unter dem Ansturm meines Heeres. Darum schwöre ich, dir ein treuer Pflegevater zu sein, dich in allem zu unterrichten und mit meinem Sohn zusammen zu erziehen, als wärst du mein eigenes Kind, und niemals etwas von dir zu fordern, das deiner Sippe Schaden zufügen könnte. Mögen die Donner des Blauen Himmels mich erschlagen, wenn ich diesen Eid breche; möge mein eigenes Schwert sich gegen mich wenden und mein Blut trinken und der Schwarze unter der Erde meine Knochen fressen, wenn ich ihn nicht halte.« Hagan war es, als riesele ein leises Erschauern aus Attilas Hand durch die beiden Schwerter, aber die schwarzen Augen des Hunnenfürsten blickten fest, und sein gelbliches Kinn bebte nicht, als er den furchtbaren Eid schwur.

»Du hast meinen Eid, so wie ich ihn sprach; ich schwöre es beim geweihten Ring meines Schwertes. Möge Wodan walten, was mit mir geschieht, wenn ich ihn breche.«

Hagan stieß seine Klinge leicht gegen Attilas Waffe. Der Stahl aus dem Rheinland klirrte hoch und klar, doch beim dumpfen Widerhall des alten Hunnenschwertes fühlte Hagan ein Beben, das tief durch die Erde ging. Attila steckte sein Schwert zurück in die Scheide, und Hagan folgte seinem Beispiel. Erst als beide Waffen nicht mehr zu sehen waren, bemerkte Hagan den Gyula, der im Schatten von Attilas Sessel stand, ein zahnloses, runzliges Lächeln im Gesicht. Sein Mund glich der Öffnung eines halbgeschlossenen Lederbeutels. Neben Attila saß düster und stumm der Sohn des Fürsten, und Hagan dachte, über dem Kopf des jungen Mannes liege der Schatten Attilas wie eine Kapuze und das müsse etwas bedeuten, doch er wußte nicht was.

Dicke goldene Bänder blitzten an Attilas Arm, als er Hagan auf den freien Platz neben seinem Sohn winkte und etwas auf hunnisch rief. Noch bevor Hagan sich setzen konnte, hatte ihm ein Höriger bereits einen vollen Teller hingestellt und wartete darauf, ihm einzuschenken. Der schwarze Krug in seiner Hand hatte einen mit Rillen verzierten Bauch und einen Adlerkopf mit Glasaugen als Deckel. Hagan hatte so etwas noch nie gesehen; es mußte wohl Hunnenarbeit sein. Er löste sein Horn vom Gürtel und hielt es zum Füllen hin. Sobald der Trunk in das Horn floß, erkannte er den scharfen Geruch von Khumiß, ließ aber zu, daß der Hörige bis zum Rand eingoß. Dann hob er das Horn und sagte: »Heil und Segen, Pflegevater.« Er trank und sah, wie Attilas Lippen sich glätteten, als er einen tiefen Zug tat, ohne sich zu verschlucken oder auszuspeien.

Attilas Sohn stampfte mit den Stiefeln auf und grinste.

»Wahrlich, du bist ein Mann, Khagan«, platzte er heraus und klopfte Hagan auf den Rücken. »Wenige Goten trinken Khumiß so gut.« Er griff nach seinem eigenen Trinkgefäß, einem kostbaren, aus römischem Silber geschmiedeten Becher, und leerte es bis zur Neige. Dann pochte er mit dem Fingernagel daran, daß es klirrte, ein Zeichen für den Sklaven, ihm nachzuschenken. Mit dem linken Ärmel wischte er sich ein paar verirrte Tropfen aus den spärlichen Schnurrbarthaaren.

»Es ist gut, wenn die Völker der Steppe auch das Getränk der Steppe wieder miteinander teilen«, sagte Hagan.

Attilas dichte Brauen hoben sich. Über den Kopf seines Sohnes hinweg sah er den Burgunder an. »Man hat dich alles gelehrt, was in deinem Volk erzählt wird.«
Hagan nickte.
»Merk dir das gut, Bleyda«, befahl Attila seinem Sohn. »So liegen alte Freunde und alte Feinde... wie ein Schwert in der Erde...« Der Hunne verstummte, die schwarzen Augen auf etwas gerichtet, das Hagan nicht sehen konnte. Dann spannten sich die Muskeln seines kantigen Kiefers, und er begegnete von neuem Hagans Blick. »Trink nicht zu tief heute nacht, Hagan, denn morgen sollen Thioderik und Hildebrand dich prüfen, um festzustellen, ob du mit den Kriegern meines Heeres reiten kannst oder mit den Kindern in der Obhut der Frauen zurückbleiben mußt.«
»Wenn du glaubst, ich könne nicht mit deinen Kriegern mithalten, mußt du einen Angriff auf Walhall selbst im Sinn haben.«
Attila lachte, ein Ausbruch echter Erheiterung, der den vor ihm stehenden vergoldeten Pokal und den nicht dazu passenden Silberteller zum Klingen brachte. »Wenn du im Kampf so tapfer bist wie mit Worten, dann mußt du in der Tat stark genug sein, gegen Walhall anzureiten. Laß es nun gut sein; morgen hast du Gelegenheit, dich zu beweisen. Sei vorsichtig mit dem Khumiß, er hat schon manch anderen weichen Gotenschädel als den deinen gespalten.«
»Ein Hunne freilich kann sich toll und voll damit trinken und ihn so gut vertragen wie die Milch seiner Mutter; denn wir sind im Sattel geboren und von Stuten gesäugt«, fügte Bleyda hinzu. Beim Grinsen verengten sich seine Augen zu schmalen Schlitzen wie Katzenpupillen im Sonnenlicht und glitzerten dünn zu Hagan hinüber. Wie um seinen Worten Nachdruck zu verleihen, hob er von neuem seinen Becher und leerte ihn; doch Hagan bemerkte wohl, daß es ein recht kleiner Becher war. Anstatt die Herausforderung anzunehmen, warf Hagan einen Blick in den Schatten hinter Attilas Thronsessel. Dort stand noch immer der Gyula, auf einen schulterlangen Stab gestützt. Seine dürren Finger strichen über die blanken Knochen des Adlerschädels, der den Knauf bildete. Seine Augen waren halb geschlossen. Hagan drehte sich auf seinem Sitz um und streckte dem alten Gudhija das Horn entgegen.
»Heil und Segen dir, ältester Großvater«, sagte er sanft. Bleyda fuhr so erschrocken auf, daß der Khumißstrahl aus dem Krug des Hörigen sich

in seinen Schoß ergoß; Attilas schwarze Brauen hoben sich erneut, und von den in der Nähe sitzenden Kriegern hörte Hagan ein Zischen in hunnischer Sprache. Der Gyula trat aus dem Schatten hervor und bewegte den Kopf auf eine Art, die eine winzige Verbeugung bedeuten mochte.

»Scharfäugig bist du«, flüsterte er so leise, daß nur Hagan es hören konnte. Er wartete, bis Hagan getrunken hatte und streckte dann die abgezehrte Hand nach dem Horn aus. Noch immer mißtrauisch, beobachtete Hagan ihn scharf, aber der Gyula trank wie jeder andere zahnlose alte Mann, geräuschvoll saugend, während dünne Fäden der klaren Flüssigkeit in die tiefen Furchen um seinen Mund rannen und ihm wie Speichel vom Kinn tropften. Hagan ahnte, daß das Schauspiel hinfälligen Alters, das der Gyula da vorführte, spöttisch gemeint war und seine faltige Haut nur einem schmutzigen Mantel glich, unter dem sich weit edlere Kleidung verbarg. Der Alte nickte ihm zu, gab ihm das Horn zurück und verschmolz mit den Schatten. Hagan konnte ihn nicht mehr sehen.

Noch immer starrten Bleyda und Attila den Burgunder an, der Sohn mit weit aufgerissenen Augen, der Vater mit splitterschmalem, schrägem Blick. Dann beugte sich Attila zu seinem Sohn und flüsterte ihm etwas ins Ohr. Bleyda stand hastig auf und stieß dabei so heftig gegen den Tisch, daß in den Trinkbechern Wellen aufschäumten und sich brachen, als er über die Bank kletterte. Attila winkte Hagan zu sich und legte dem Burgunder in väterlicher Umarmung den schweren Arm um die Schultern. Die Brünne hielt die unwillkommene Wärme seines Körpers nicht zurück, und Hagan merkte, wie sich unter der Berührung des Hunnen seine Muskeln versteiften. Zu seiner Überraschung nahm Attila den Arm sofort herunter. Hagan fragte sich, was andere Friedgeiseln empfunden haben mochten, als sie Attila zum ersten Mal gegenübertraten und er sich vor ihren Augen vom Feind zum Vater verwandelte. Entwurzelt mußten sie sich vorgekommen sein, und um so fester an ihn gebunden, den Blick unverwandt auf sein Gesicht geheftet, um die kleinste Veränderung wahrzunehmen.

»Ich sehe, daß du wirklich unser Verwandter bist«. murmelte Attila. »Du siehst nicht nur aus, als flösse Hunnenblut in deinen Adern; du hast den Blick des geborenen Schamanen.«

Hagan merkte sich im stillen das hunnische Wort, von dem er annahm, daß es ihre Bezeichnung für einen Gudhija war. Attila fuhr fort: »Sie

sagen, deine Mutter Grimhild sei weiser als andere Frauen. Folgst du ihrem Weg?« Der rechte Daumen des Hunnenfürsten rieb über den Adlerkopf aus Bernstein an der schlichten Lederscheide seines Schwertes, ein winziges Zucken, das seine vorgetäuschte Gelassenheit entlarvte.
Hagan wußte nicht, was er antworten sollte. Die Frage enthielt zu viele Untertöne. Wenn ein Burgunder so gefragt hätte . . .
Schließlich erwiderte er: »Ich tue nichts, was einem Mann nicht ansteht.«
Attila nickte. »Du hast bei Wodan geschworen. Ist er es, dem du dein Vertrauen schenkst?«
»Soweit ich darf.«
»Wenn du mit uns in den Kampf ziehst, kannst du deinen Speer über das Heer des Feindes schleudern, aber du darfst nur die dem Gott geben, die du mit eigener Hand gefangennimmst, und es muß so geschehen, daß keiner der Christen es sieht.« Attila lachte. »Ketzer zu foltern ist durchaus erlaubt und viele unserer Christen nehmen sich mit Vergnügen ihre Kriegsbeute von den Frauen – aber einen gefangenen Krieger dadurch zu ehren, daß man ihn nach Walhall schickt, anstatt ihm den Schädel einzuschlagen wie einem verseuchten Schwein, das können sie nicht ertragen. Selbst Thioderik, in dem doch das Feuer der Amalungen lodert, ist in solchen Dingen zimperlich. Nun ja . . . jeder nach seinem eigenen Glauben.«
Hagan konnte nicht an Attila vorbeisehen, und Thioderik saß schweigend da, während Hildebrand erzählte; darum wußte er nicht, wie der Gote die Worte des Hunnenfürsten aufnahm, wenn er sie überhaupt gehört hatte.
»Wird es denn bald einen Kampf geben?«
Attilas Grinsen zeigte Zähne, so gelb wie die Hauer eines alten Ebers. »Noch ehe die Dreckwühler ihre Ernte eingebracht haben. Und ja, wenn Thioderik und Hildebrand dich für brauchbar erklären, wirst du neben meinem Sohn reiten.«
Hagan nickte und begann zu essen. Das geschmorte Schweinefleisch auf seinem Bronzeteller war inzwischen fast kalt, aber trotzdem gut, stark gewürzt mit Speerlauch- und Zwiebelstückchen, sehr ähnlich der Zubereitung bei den Burgundern. Das Brot war flach und schwer, als hätte man es ohne Hefe gebacken, Brot, das besser als Reiseproviant paßte als in eine Halle. Und da war noch etwas Seltsames . . . etwas, das Hagan im

Kopf herumging und ihn nicht in Ruhe ließ, wie eine Hand, die ihn am Zopf zog ... Als einer der Hörigen zu ihm kam, um ihm das Horn nachzufüllen, begriff Hagan, was es war: in der Halle sah man keine Frauen, weder Edelmaiden, die die Getränke einschenkten, noch Dienstmägde. Einen wunderlichen Augenblick lang schien ihm, als schimmerten die kostbaren Wandteppiche des Bischofspalastes durch Attilas dunkle Holzwände, als mische sich ein Hauch des schwülen Duftes christlicher Anbetung unter die derberen Gerüche von Schweiß, Knoblauch und Schweinefleisch: Hagan blinzelte, um den flüchtigen Eindruck zu vertreiben; das hier war die Halle eines Kriegers, nicht die verweichlichte Behausung der Römer.

»Gibt es in diesem Lager eigentlich gar keine Frauen?« fragte er den Fürsten.

»Doch, es gibt Frauen hier, aber sie kommen nicht zu den Versammlungen der Männer. Meistens bleiben sie im Haus ihres Gatten und tun dort ihre Pflicht, gebären Kinder, nähen Kleider und beschäftigen sich mit Dingen, von denen Männer nichts verstehen. Nur wenn ein bedeutender Mann stirbt, kann seine Witwe seinen Platz einnehmen und für seinen Geist herrschen, bis die Kinder erwachsen sind – und das wird hier bis auf weiteres nicht geschehen.«

Hagan fiel ein, was Gundrun wohl zu Attilas Worten gesagt hätte, und das Lachen blieb ihm schmerzhaft wie eine Fischgräte im Hals stecken. *Würde meine Schwester dich heiraten*, dachte er, *ginge es schneller, als du ahnst.*

»Ich weiß, daß es bei den Goten anders ist«, fügte Attila hinzu. »Wenn du eine Frau brauchst, werde ich dir eine bringen lassen; ich möchte nicht, daß es meinem Pflegesohn an etwas fehlt.« Er wartete einen Augenblick, doch Hagan antwortete nicht. »Nein? Nun, es ist deine Entscheidung.«

Drittes Kapitel

Als Hagan am nächsten Morgen erwachte, hörte er Waldhari leise vor sich hin summen. Der Franke hatte einen kleinen Silberspiegel an einen schöngeformten Krug aus rotem römischem Steingut gelehnt und war damit beschäftigt, sich die kurzen Stoppelbüschel von Kinn und Oberlippe zu schaben. Durch die Tür fiel schräg das Sonnenlicht herein, glitzerte auf dem Spiegelrand und blendete Hagan. Er drehte den Kopf, so daß ihm der Strahl nicht länger in die Augen schien. Letzte Nacht war er zu müde gewesen, um es richtig zu genießen, aber jetzt war auch das Aufwachen in einem weichen Bett, ohne frische blaue Flecken vom Schlafen auf Felsen und Baumwurzeln, mehr als angenehm. Er lag da und schaute Waldhari ein Weilchen beim Rasieren zu. Schließlich meinte er: »Wenn dir schon ein Bart wächst, warum läßt du ihn dann nicht weiterwachsen, damit die Leute sehen, daß du ein Mann bist?«
»Weil ich denke, daß sie das auch so wissen«, erwiderte Waldhari sorglos. »Immerhin trage ich die Haare nicht lang wie eine Jungfrau.«
»Ich mag es nicht, geschoren herumzulaufen wie ein Sklave.«
Hagan stand auf und begann sich anzuziehen. Als er sein Panzerhemd übergestreift und das Schwert bequem an der Hüfte zurechtgerückt hatte, fragte er: »Und wie halten wir es mit dem Frühstück?«
»In der großen Halle gibt es etwas zu essen – vielleicht; du hast lange geschlafen. Wir nehmen die meisten Mahlzeiten dort ein, auf Attilas Wunsch.«
Hagan folgte Waldhari nach draußen. Der andere ging schneller, als Hagan es gewöhnt war; während der Burgunder sich stets vorsichtig und lautlos bewegte, um nicht den Blick des Wildes in den Wäldern oder der Männer in der Halle auf sich zu ziehen, schritt Waldhari aus wie einer, der glaubt, niemand werde sich ihm entgegenstellen.
In der Halle saß Bleyda mit zwei anderen jungen Männern. Der eine davon hatte hellrotes Haar, das frei um seine Schultern wallte, der andere eine Fülle krauser Locken, die er im Nacken zusammengebunden

trug. Beide wirkten älter als Hagan, jedoch jünger als Attilas Sohn. Der Flaum auf ihren Wangen verdichtete sich gerade zum ersten weichen Bartwuchs. Alle drei hatten sich an der Tafel niedergelassen, an der Waldhari am Vorabend gesessen hatte. Hagan goß aus einem Krug Dünnbier in sein Horn und nahm sich einen Brotkanten und ein paar Streifen Dörrfleisch. Er kaute und beobachtete die anderen Jungen. Die Falte zwischen den lichten Brauen des Rothaarigen vertiefte sich, als er Hagans Blick begegnete. Der Braunhaarige lächelte ihm freundlich zu.

»Sei mir gegrüßt, Hagan«, sagte er. »Ich bin Wittegar, Hludigars Sohn, von den Markomannen, und das hier ist Arnhelm, Sohn Eburhelms, ein Suebe.«

»Und du hältst dich wohl für kühn, weil du gestern abend Attilas Blick ausgehalten hast, wie?« knurrte Arnhelm. »Haben dir die Zaubersprüche deiner Mutter dabei geholfen? Oder war es eine Gabe von ... deinem Vater?«

Hagan stieg rückwärts über die Bank. Das Silber seines Schwertknaufs lag kühl in seiner Hand, der glatte goldene Ring war weich wie südliche Seide. »Prüfe mich, dann erfährst du es vielleicht.« Er fühlte seinen Puls in der geballten Faust, als schlüge das Herz des Schwertes unter seiner Berührung. Aus dem Augenwinkel sah er Waldharis eckiges Gesicht, das nur milde Neugier zeigte, und ein Bächlein kalten Schweißes rann über seinen Rücken: Hier war keiner, der ihm zur Seite stehen würde, wenn sie sich alle gegen ihn wandten – er hätte ein Warg sein können, umringt von Rüden. Da reckte er sich in aufflammendem Zorn: hatte er nicht selbst immer gesagt, er brauche keine Hilfe?

Arnhelm rührte sich nicht von seinem Sitz. Seine Kinnmuskeln traten hervor und mahlten, als er ein Stück von seinem Brot abbiß und mit vollem Munde erwiderte: »Attila verbietet Kämpfe außerhalb des Schlachtfeldes. Wir werden dich früh genug prüfen.«

Wittegar lachte, und die dünne Narbe, die seine Oberlippe spaltete, färbte sich plötzlich weiß, als blitze eine Dolchklinge auf. »Ganz gewiß werden wir das. Die Geschichten über dich sind dir vorausgeeilt, Hagan. Ich kann es kaum erwarten, herauszufinden ...«

»Doch wenn gewettet wird, werde ich meine Münzen auf Khagan setzen«, unterbrach Bleyda ihn.

Wittegar strich ein paar verirrte Locken zurück, die sich aus seinem Haarriemen gelöst hatten. »Tatsächlich? Gut, ich halte die Wette: eins zu

eins darauf, daß er gegen mindestens einen von uns verliert, entweder im Schwertkampf oder im Ringen – sofern er keine Zauberei einsetzt.«
Bei diesen Worten umklammerte Hagans Hand von neuem den Schwertgriff, aber Bleyda grinste nur.
»Wenig verträgt sich Weiberlist mit Schwertkunst, und ich bezweifle, daß irgendein Gott oder Geist so fleißig auf Jungen mit Holzschwertern achtet, daß er auf einen Ruf vom Übungsplatz herbeieilt. Ich denke, zumindest was das betrifft, könnt ihr beruhigt wetten.«
Wittegar zog eine kleine Goldmünze aus seiner Gürteltasche, und auch Arnhelm wühlte ein Geldstück hervor. Bleyda betrachtete beide und schüttelte den Kopf.
»Ich erkenne diese Gesichter; eure Münzen enthalten nur sehr wenig Gold. Hier, das ist eine von Konstantins Münzen, in die man hineinbeißen kann und Zahnspuren sieht; sie ist mehr wert als eure zusammen. Gewinnt ihr, könnt ihr sie leicht in zwei Teile schneiden. Waldhari, willst auch du eine Münze mit uns wagen?«
Waldhari schüttelte den Kopf. »Ich wette nicht.«
Bleyda zuckte die Achseln. »Dann entgeht dir ein Vergnügen. Willst du die Einsätze für uns verwahren?«
»Ja.«
»Wie ist es mit dir, Khagan? Willst du nicht auf dich selbst wetten?«
»Ich wette bereits meinen eigenen Sieg oder Fall; was könnte ich Wertvolleres einsetzen?«
Bleyda lachte. »Nun, das ist wohlgesprochen! Dann beeile dich jetzt und iß. Die Sonne steigt schon höher, und unsere Goten tummeln sich an den anderen jungen Männern müde. Nur ihr vier Friedgeiseln, die kaum fürchten müssen, ihrer Faulheit wegen verprügelt zu werden, schlaft so in den Tag hinein.«
Der Hunne hatte nicht mehr als die Wahrheit gesagt. Auf dem Übungsplatz kämpften bereits mehrere junge Männer paarweise mit Stöcken und hölzernen Schilden, während von der dahinterliegenden Wiese, wo die Hunnenkrieger sich in ihrer seltenen Kunst, dem Schießen vom Pferderücken aus, übten, das Donnern rasender Hufe und das Schwirren von Bogensehnen herüberklang. Zwischen den Übungspaaren wanderte Hildebrand, bewaffnet mit einer Weidenrute, auf und ab, brüllte Ratschläge und unterstrich diese gelegentlich mit einem saftigen Gertenhieb. Thioderik focht mit einem älteren Hunnen; der

Mann bewegte sich schnell wie eine zustoßende Schlange, so daß sein Schwert manchmal vor Hagans Augen verschwamm, aber er stolperte immer wieder, als sei er das Kämpfen nur vom Pferderücken aus gewohnt.
Als er die Friedgeiseln bemerkte, überließ Hildebrand die jungen Hunnen ihren Übungen und kam auf sie zu. Sobald er nahe genug war, gab er ein lautes Schnauben von sich. »Nie fing ein schlafender Wolf ein Lamm noch ein schlafender Mann seinen Feind. Vermutlich habt ihr nichts zu eurer Verteidigung vorzubringen. Dann also Helme auf, Panzerhemden an, Stöcke und Schilde holen und langsam anfangen – ich will keine Muskelrisse. Hagan, du arbeitest zuerst mit mir.«
Hagan ließ Hildebrand das Tempo bestimmen. Langsam wich die Steifheit des Schlafs aus seinen Muskeln. Die Bewegungen des Goten waren so geschmeidig, daß Hagan kaum registrierte, wie Hildebrands Schläge allmählich immer schneller und härter fielen, bis der Burgunder seine ganze Behendigkeit und Kraft einsetzen mußte, um abzuwehren und seinerseits zuzustoßen. Als es Hildebrand dann gelang, sich Hagan zu nähern und mit dem Fuß dessen Knöchel auszuhaken, waren beide außer Atem. Hildebrand berührte Hagans Kehle mit der Schwertspitze. Der Burgunder nickte, und der Gote half ihm auf.
»Vierzehn Winter?« fragte Hildebrand.
»Ja.«
»Wenn du deine erste Schlacht überlebst, mache ich einen guten Schwertkämpfer aus dir. Deine Beinarbeit ist allerdings schwach, und du bist noch nicht groß genug, um stillzustehen und mit einem erwachsenen Mann Hiebe auszutauschen. Denk immer daran, daß dich deine Füße tausendmal schneller vor einer Gefahr retten können als deine Arme.«
Er steckte zwei Finger in den Mund und pfiff so schrill, daß sich Hagan vor dem durchdringenden Gellen die Ohren zuhalten mußte. »Waldhari! Komm her!«
Der Franke trat von Arnhelm zurück, senkte seine Waffe und kam herbeigelaufen. »Was gibt es?«
»Ich möchte euch beide zusammen sehen. Volle Geschwindigkeit, volle Kraft.«
Waldhari war schnell, fast so schnell wie Hagan, obwohl ihn das Gewicht seines Panzerhemdes etwas behinderte. Auch seine Abwehr war gut; sein Schild sauste nach unten und nach oben, um Hagans Schläge auf-

zufangen. Waldharis eigenen Hieben war schlecht zu begegnen; anders als die meisten Männer wechselte er ständig Tempo und Rhythmus, und zwar so übergangslos, daß es sich um eine Laune der Natur handeln mußte, eine seltene Begabung, die den Kampf mit ihm sehr erschwerte. Hagan versuchte es mit dem Hakentrick, den Hildebrand bei ihm angewandt hatte; aber Waldhari wirbelte so rasch herum, daß Hagans Fuß nur knapp seinen Knöchel streifte, und stieß dann selbst vor, das Holzschwert in weitem Aufwärtskreis geschwungen. Noch während Hagan den Schild hochriß, um seinen Kopf zu schützen, sauste Waldharis Waffe auf Hagans Flanke nieder; im selben Augenblick zischte Hagans Schwert am Schild des Franken vorbei und traf seine Rippen. Waldhari keuchte und krümmte sich; Hagan hätte sich gern die geprellte Seite gehalten, schaffte es aber, aufrecht stehenzubleiben.

»Zwei Tote, aller Wahrscheinlichkeit nach«, bemerkte Hildebrand trocken. »Mit viel Glück, Hagan, hättest du den Hieb überleben, aber in derselben Schlacht keinen eigenen mehr führen können, es sei denn im Berserkerwahn, und dann wäre es zweifellos dein Ende gewesen. Wenn ihr euch erholt habt, versucht ihr es noch einmal, diesmal bitte leicht und schnell.« Er ging davon, um ein anderes Paar von Kämpfern zu überwachen.

Waldhari setzte den Helm ab. Sein Haar war bereits dunkel und verklebt vom Schweiß, die blassen Wangen färbten sich allmählich wieder rot.

»Du mußt einer der besseren Fechter hier sein«, meinte Hagan. »Unter den Jünglingen in Gebicas Halle war ich der erste mit dem Schwert.«

»Ich bin wohl so gut, wie ich sein muß«, antwortete Waldhari. »Thioderik hat mir versprochen, ich dürfte das nächste Mal mit Attilas Heer in die Schlacht reiten, und das hat er bisher zu keiner der anderen Friedgeiseln gesagt.«

Hagan nickte. »Bist zu bereit zum nächsten Gang?«

Nachdem die beiden eine Weile miteinander weitergeübt hatten, trennte Hildebrand sie und stellte Waldhari gegen einen älteren Hunnen und Hagan gegen Arnhelm auf. Der junge Suebe hatte den längeren Arm und wußte auch sein Gewicht gegen einen leichteren Gegner einzusetzen, aber Hagan war schneller und hatte ein besseres Gefühl für den richtigen Augenblick. Diesmal klappte auch Hildebrands Beinhaken; Arnhelm flog der Schild aus der Hand, und er selbst fiel hart zu Boden.

Der Suebe blieb bewegungslos liegen. Doch als Hagan die Hand ausstreckte, um ihm aufzuhelfen, führte er einen bösartigen Stoß gegen Hagans Unterleib. Der Burgunder konnte eben noch die Hüften herumreißen, so daß der Schlag seinen Oberschenkelmuskel traf; der stechende Schmerz im Bein ließ rote Wut in ihm aufflammen. Er warf das Schwert weg, stürzte sich auf Arnhelm und packte ihn mit beiden Händen am Hals.
Durch einen Schleier aus eisigem Blut sah er den Helm des Sueben herunterfallen und hörte aus weiter Ferne Rufe und Schreie. Aber er achtete auf nichts als die kalte Lust seiner Fäuste, die auf den Körper des anderen niedersausten, bis harte Hände sich wie Handschellen um seine Glieder legten und ihn wegzerrten.

Thioderik sprang behende zurück, als er Hildebrands hallenden Aufschrei hörte. Es war kein Schlachtruf, aber er erkannte die Anspannung darin so deutlich, als hätte er selbst ihn ausgestoßen. »Später«, sagte er zu seinem hunnischen Gegner, »geh jetzt.« Der Hunne, ein stämmiger Kämpfer mit ein paar grauen Fäden im Haar, nickte gelassen. Die neue Friedgeisel – Hagan – lag auf Arnhelm, drosch auf ihn ein und schnappte sogar mit den Zähnen nach ihm, als sei ein *Skohsl* aus dem Grabe gestiegen und hätte ihm den Verstand geraubt. Hagans Lippen waren zu einer wütenden Fratze verzerrt, und in dem Blut, das seinen Mund rot färbte, standen scharf und weiß die Zähne. Seine grauen Augen starrten weißumrändert ins Leere. Thioderik vergeudete keine Zeit. Mit einem Satz war er an Hildebrands Seite, und die beiden hoben Hagan mit dem ganzen Körper hoch, während Arnhelms Freunde herbeigerannt kamen, um ihm zu helfen. Vor Thioderiks Fuß stand ein Wassereimer, wie ihn die Männer auf dem Platz verwendeten, um daraus zu trinken oder sich nach einem anstrengenden Waffengang den Inhalt über den Kopf zu gießen. Der Amalung ergriff ihn und kippte ihn über dem Burgunder aus.
Hagan schluckte und blinzelte. Noch immer verzerrte ein Fauchen seinen Mund, und seine Augen starrten an den anderen vorbei, als wären sie nur Schatten vor der Sonne. »Hagan! Hagan, kannst du mich hören?« fragte Thioderik. Der Burgunder regte sich nicht und antwortete auch nicht. Thioderik holte aus und schlug ihn voll ins Gesicht. Jäh gaben Hagans Beine nach.

Thioderik fing ihn auf, ließ ihn zu Boden gleiten und kauerte sich neben ihn.
»Bist du früher schon in einen solchen Wutrausch geraten, oder war das bloßer Jähzorn?« fragte Thioderik sanft. Wenn sich solche Vorfälle auf dem Übungsplatz wiederholten, würde er Attila raten, diese Friedgeisel zurückzusenden und sich ein anderes Mitglied der Burgunderfamilie auszusuchen, vielleicht einen der königlichen Vettern.
Hagan schüttelte schweigend den Kopf.
»Kannst du allein stehen?«
Der Junge erhob sich mühsam. Thioderik sah, daß ihm noch immer die Knie zitterten, aber mit jedem Atemzug stand er fester auf den Beinen. Er nickte. »Vielleicht freut es dich, daß du Arnhelm nicht getötet hast und die Wunden, die du ihm zugefügt hast, als bloße Unfälle bei den Kampfübungen durchgehen können.«
»Es war recht getan«, mischte sich jetzt zu Thioderiks Überraschung Bleyda ein. Attilas Sohn ließ sich selten dazu herab, Jüngeren bei ihren Kämpfen zuzuschauen. »Arnhelm schlug ihn, nachdem Khagan einen klaren Sieg beansprucht hatte; Khagan war völlig im Recht, wenn er ihn grün und blau prügelte. Ich hätte es auch so gemacht.«
»Das mag schon sein«, stimmte Thioderik trocken zu. Bleyda war meistens besser gelaunt als sein Vater, doch er hatte sein volles Maß an Attilas Jähzorn geerbt. »Aber was tust du hier bei den Knaben?«
»Ich kam spät vom Frühstück und wollte mir unsere neue Friedgeisel einmal anschauen; schließlich soll er mir vielleicht eines Tages den Rücken decken.«
Die Antwort klang durchaus unverfänglich, aber trotzdem runzelte Thioderik die Stirn; mit manchen Gewohnheiten der Hunnen konnten die Goten sich nicht so leicht abfinden, vor allem in Attilas frauenlosem Kriegsheer. »Solange du nicht vergißt . . .«
Bleyda lachte. »Ich vergesse nichts.«

Hagan drehte den Kopf zur Seite und spuckte einen Mundvoll Blut aus. Er wußte nicht, woher es kam – sein Mund war unverletzt und ohne fühlbare Schnitte oder Schwellungen. Auch auf seiner Brünne war Blut; er würde sie schnellstens säubern müssen, bevor sich Rost festsetzte.
Thioderik betrachtete ihn mit wachsamem Blick, so als hätte er Schlim-

meres getan, als in einem Übungskampf die Beherrschung zu verlieren. Hagan konnte die Augen nicht von den leuchtendblauen Augen des Amalungen abwenden; ihm war, als sehe er einen Regenbogen um Thioderiks Pupillen schimmern, so glühend, als brenne ein fernes Feuer hinter ihnen.
»Es könnte stimmen«, murmelte Thioderik und sah zu Hildebrand hinüber, der nachdenklich an seinem silbrigen Schnurrbart zupfte.
»Hab den Burschen nur am Anfang zugeschaut, nicht am Ende des Kampfes. Hm . . . Hagan schien der Bessere zu sein.«
»Ich sah, wie Arnhelm fiel und Hagan hinging, um ihm aufzuhelfen«, stellte Waldhari fest.
Thioderik erhob sich kopfschüttelnd. Er verzog den schmalen Mund, als er sich zu Arnhelm umwandte, der im Schatten eines Baumes saß. Wittegar und zwei der jungen Hunnen kümmerten sich um ihn. Hagan sah, daß er das Gesicht des Sueben übel zugerichtet hatte. Aus einem notdürftigen Verband an Arnhelms Arm sickerte Blut. »Ich will sehen, was er und seine Freunde dazu zu sagen haben. Bleyda, geh wieder an deine Übungen. Waldhari, du bringst Hagan sicher nach Hause. Wenn es noch etwas zu besprechen gibt, komme ich zu euch – aber eigentlich hat es den Anschein, als hätte Hagan seine Schulden selbst schon reichlich bezahlt. Wenn ihr nichts von mir hört, kommt heute nachmittag wieder zum Üben.«
Thioderik entfernte sich. Hildebrand trat so eng an Hagan heran, daß weniger als eine Handspanne Raum zwischen ihnen blieb – fast als wolle er mit dem Burgunder ringen. »Brauchst dir keine Sorgen zu machen«, grollte er. »Das hier wird dich nicht hindern, mit uns zu reiten, wenn das Heer zum nächsten Kriegszug aufbricht, glaub mir.«
Hagan merkte, daß er noch ein wenig schwankte, aber er holte tief Atem und fand allmählich das Gleichgewicht wieder. Waldhari ging dicht neben ihm. Hagan wußte, daß der andere ihn lediglich auffangen wollte, falls er stolperte, aber irgendwie störte ihn diese Nähe. Er war froh, als er das Haus erreichte, dessen kühler Schatten das Brennen in seinen Augäpfeln linderte.
»Ich bin es nicht gewöhnt . . .«, begann er stockend.
Waldhari klopfte ihm leicht auf die Schulter. »Ich weiß. Auch ich bin ein Königssohn. So hart die Übungen auch aussehen, es ist etwas anderes, mit den Söhnen von Männern zu kämpfen, die vom Wohlwollen deines

Vaters abhängen, als mit Gegnern, für die du nur irgendein Neuling bist . . . und kein besonders willkommener.«
Hagan dachte über diese Worte nach. Er nickte langsam. Obwohl er sich immer für vorsichtig gehalten hatte, schien ihm auf einmal klar, daß alles, was er zu Hause gesehen und gehört hatte, von Gefolgstreue und Furcht überdeckt gewesen war. Vielleicht war es doch eine weise Entscheidung gewesen, ihn für einige Zeit fortzuschicken.

Nachmittags fehlte Arnhelm auf dem Übungsplatz. Von Bleyda erfuhr Hagan, er habe dem Sueben mehrere Rippen gebrochen und ihm ein ordentliches Stück Fleisch aus dem Arm gebissen.
»Mageres und zähes Fleisch für meinen Geschmack«, lachte der Hunne. »Aber es wird ein paar Tage dauern, bis wir ihn wieder das Schwert schwingen sehen. Komm mit, Hagan; du schleppst ständig diesen Wurfspeer mit – kannst du ihn auch zum Fliegen bringen?«
Die beiden gingen hinüber zu der Ecke des Platzes, wo die Strohzielscheiben für Pfeile und Speere standen. Hagan traf die näher stehenden Ziele besser als Bleyda, konnte sich jedoch im Weitwurf nicht mit dem Älteren messen. Bald gesellte sich auch Waldhari zu ihnen.
»Ich fürchte, bei diesem Wettkampf kannst du nur Dritter werden«, meinte Bleyda und verglich den ersten Wurf des Franken, der den Mittelpunkt verfehlt hatte, mit seinem und Hagans Speer, die noch in demselben Strohmann steckten.
»Oh, warte nur ab.« Waldhari rannte zum Ziel und warf die Speere, stumpfes Ende voran, zu ihm zurück. »Jetzt werft nach mir und seht, was ihr als Antwort bekommt.«
Hagan zauderte, aber Bleyda hob den Arm und warf mit voller Kraft. Die schlanke Waffe beschrieb mit leisem Zischen einen Bogen in der Luft. Waldhari trat behend zur Seite, packte sie hinter der scharfen Spitze und drehte sie mit derselben Bewegung um. Hagans Wurf war langsamer und sorgfältig daneben gezielt, aber Waldhari fing ihn ebenso geschickt auf. Er wirbelte herum und schleuderte beide Speere krachend in zwei weiter entfernt stehende Zielpuppen. Hätte er auf Bleyda und Hagan gezielt, hätte er beide auf einmal treffen können.
»Das möchte ich auch versuchen«, sagte Hagan, »aber erst einmal mit dem stumpfen Ende, denn ich weiß nicht, ob ich es kann.« Es war weit schwieriger, als es aussah; zwar schaffte er es, den heransausenden

Speeren auszuweichen, doch gelang es ihm nicht, sie zu fangen und zurückzuwerfen, wie Waldhari es getan hatte.
»Das mußt du lange geübt haben.«
»Nein. Ich konnte es von Anfang an. Es ist eine angeborene Begabung, nicht etwas, das ich gelernt habe.«
»Ich kann es auch nicht, obwohl ich es schon oft versucht habe«, erklärte Bleyda. »Es wäre sehr nützlich, wenn man es einmal allein mit vielen Gegnern zu tun hätte.«
Waldhari grinste. »Wenn ich in diese Lage komme, bin ich jedenfalls gut vorbereitet.«
»Wenn die Hunde einen Dachs stellen, ist das Ende fast immer das gleiche«, brummte Hagan. Er wünschte dem anderen nichts Böses, aber etwas an Waldharis leichtherziger Selbstsicherheit beunruhigte ihn. Der andere schien die Worte nicht zu hören – er rannte schon wieder über den Platz, um die Speere zum nächsten Wurf zurückzuholen –, aber Bleyda hob eine niedrige, schwarze Braue.
»Was schaust du so düster, Khagan? Du bist von gutem Blute und kämpfst tapfer genug, um wenig Anlaß zur Furcht zu haben. Wenn du dich krank fühlst oder von Geistern geplagt wirst, kannst du dir vom Gyula einen Zauber holen.«
»Ich will gar nicht düster schauen. Der Tag ist schön genug.«
»Vielleicht sollten wir den Platz verlassen und jagen gehen. In den Wäldern ringsum fehlt es nicht an Wild, und gewiß ist es edleres Spiel, auf Hirsche zu schießen, als Stroh und Holz zu durchbohren.« Attilas Sohn beugte sich dichter zu Hagan. »Oder, wenn du Lust hast . . . noch besseres Wild findet sich im Dorf, nur einen kurzen Ritt von hier. Waldhari wird nicht mitkommen, aber die Münzen, die du heute für mich gewonnen hast, reichen für ein paar schöne Stunden in den Betten der alten Adalhild, wo man sich bequem eine Frau teilen kann.«
»Ich würde heute lieber das Blut der Jagd sehen«, entgegnete Hagan.
Bleyda lachte, und seine eckigen Zähne glänzten im dunklen Gesicht. »Wie alt bist du? Vierzehn Winter . . . ja. Warte bis nach deiner ersten Schlacht, dann wirst auch du danach verlangen, deinen Samen so rasch zu säen, wie es nur geht . . . weil es vielleicht das letzte Mal ist. Ich jedenfalls – zwei Kämpfe habe ich überstanden und möchte noch viele weitere erleben, ehe der Schwarze unter der Erde meine Knochen frißt; doch ich finde, in diesen Dingen sollte man keine Zeit vergeuden.«

»In welchen Dingen?« erkundigte sich Waldhari, der hinter ihnen herankam.
»In Männerdingen.«
Waldhari tat, als gähne er und bedeckte den Mund mit der Hand. »Wenn du Hagan die Hurenhäuser zeigen willst, werde ich euch nicht im Wege stehen.«
»Wir sprachen vom Jagen«, erwiderte Hagan. »Hättest du Lust, uns zu begleiten?«

Die drei verbrachten einen recht angenehmen Nachmittag im Wald, obwohl sie nichts erlegten. Als sie zur Abendmahlzeit die Halle betraten, nahm Bleyda wie am Vorabend neben seinem Vater Platz, aber Hagan zweifelte nicht daran, daß er selbst sich heute zu den anderen Friedgeiseln an den Tisch der jungen Stammeskrieger setzen sollte. Er holte seinen Anteil an Brot und Eintopf, füllte sein Horn mit Bier und näherte sich der Bank, auf der Waldhari, Wittegar, Arnhelm und vier oder fünf andere Jünglinge, deren Namen er nicht kannte, beim Essen saßen. Wittegar sah zu ihm auf, murmelte etwas, und die anderen rückten hin und her, bis klar wurde, daß es auf der Bank keinen Platz mehr für Hagan gab.
»Ja?« sagte Wittegar. »Wolltest du etwas?«
»Ich hatte nicht gedacht, daß eure fetten Ärsche diese ganze Bank einnehmen würden. Offensichtlich habe ich mich geirrt.«
Waldhari schüttelte den Kopf und rutschte näher ans Ende.
»Doch, hier ist noch Platz. Wenn du nur ein kleines Stück rückst, Ulfbrand . . . ja. So, Hagan, setz dich hin und iß.«
Hagan lehnte seinen Speer hinter sich an die Wand und zwängte sich in die schmale Lücke, die Waldhari für ihn geschaffen hatte. Ulfbrand starrte ihn kurz aus blaßblauen Augen an. Dann meinte der blonde Junge: »Halt deine Ellbogen aus meinem Teller.« Er sprach mit stark ostgotischem Akzent, überlagert von einem leicht hunnischen Singsangton. Hagan vermutete, daß sein Vater einer von Thioderiks Männern und Ulfbrand keine Friedgeisel war.
»Mein Ellbogen wird deinen Teller nicht berühren, wenn du ihn mir nicht unter die Nase schiebst«, antwortete Hagan vernünftig. Ulfbrand war größer als er, aber seine Kinnbacken und Wangen glänzten von Fett, und unter dem Rand der einfachen blauen Ärmel waren dicke, rundliche

Unterarme sichtbar. »Soweit ich weiß, besteht kein Streit zwischen uns, es sei denn, du wolltest es so.«

»Ach, verpiß dich, Albensohn«, erwiderte Ulfbrand und kehrte Hagan den Rücken zu. Hagan packte ihn an der Schulter und stieß seinen Daumen tief zwischen Schlüsselbein und Muskel des anderen, wobei er den linken Arm abwehrbereit erhoben hielt, falls der Ostgote auf ihn einschlagen sollte. Ulfbrand riß vor Verblüffung den Mund auf. Er zischte: »Nimm deine Hand weg, oder ich schlitze dir den Wanst auf!« Hagan sah, daß er sein Eßmesser umklammerte. Ehe Ulfbrand jedoch seine Drohung ausführen konnte, bohrte Hagan seinen Daumen hart in den Schultermuskel des Goten, um ihn abzulenken, ergriff mit der freien Hand Ulfbrands Handgelenk und drehte es um.

Bevor einer der beiden noch eine weitere Bemerkung machen konnte, lehnte Waldhari sich zu Hagan und flüsterte: »Attila kommt, um uns zu begrüßen.«

Ulfbrand öffnete seine Finger und ließ das Messer auf den Tisch fallen. Widerwillig gab Hagan ihn frei, behielt ihn jedoch weiter im Auge, bis Attilas Schatten über sie fiel.

Der Hunnenfürst lächelte. Hagan wußte nicht, ob das etwas Gutes oder etwas Schlechtes bedeutete, bis Attila sagte: »Wie ich höre, hast du dich heute auf dem Platz wacker geschlagen, Hagan, und bist bereit, mit Männern zu kämpfen.«

»Ich hoffe, daß es so kommen wird«, erwiderte Hagan. Sein Herz klopfte schnell im Ring seiner Rippen, und in den Fingern, mit denen er den Ostgoten gepackt gehalten hatte, pochte hart das Blut. Attila ging weiter und wechselte mit jeder seiner Friedgeiseln einige Worte. Hagan dachte an Gebicas offenes Gesicht und die dröhnende Stimme, in der der Hending mit Gundrun und Gundahari sprach; an das leise Murmeln des Sinwists, wenn er die Rinder und Schweine besänftigte, die als geheiligte Gaben für die Götter an hohen Feiertagen bestimmt waren; und ihm schien, daß Attilas Rede ein Mittelding zwischen diesen beiden darstellte.

Ulfbrands helle Wangen machten einen geröteten Eindruck, obwohl sich das im ebenfalls rötlichen Licht des Feuers nicht genau feststellen ließ. Er aß mit gesenktem Kopf und schaute Hagan nicht an, aber der Burgunder fühlte die Hitze, die von ihm ausging. Hagan hatte keine Angst, blieb aber wachsam, denn er wußte, daß er sich einen weiteren erklärten Feind

gemacht hatte. Nun, mit Feinden hatte er gerechnet; weit gefährlicher wäre es gewesen, hätte er geglaubt, alle anderen würden ihm freundschaftlich entgegenkommen.
Sobald er Essen und Trinken auf Gift geprüft hatte, erwies sich Hagan als schneller Esser; obwohl er spät gekommen war, erhob er sich vom Tisch, bevor auch nur einer der anderen fertig war.
»Wohin gehst du?« fragte Waldhari.
»In unser Haus.«
»Warte einen Augenblick; ich begleite dich.«
»Nein, ich möchte lieber allein sein. Es kann eine Weile dauern, bis ich komme.«
Hier in den hohen Bergen von Attilas Reich schien die Nachtluft dünner, und die Sterne leuchteten heller ohne den leichten Schleier des Rheinnebels. Hagan folgte dem Jägerpfad in den Wald und wanderte lautlos unter dem Geraschel des dichten Laubwerks der Bäume dahin. Seine halb träumende Erinnerung führte ihn ans Ufer des breiten Baches, der an der Siedlung vorüberfloß. Weiter unten war er träge und verstopft vom Abfall, schlammig von den Hufen der Rinder und Pferde, die man dort tränkte, sein Murmeln zerstört vom Geschwätz der Mägde, die sich dort nachmittags einfanden, um auf den Steinen die Wäsche zu klopfen. Hier oben jedoch trübten ihn nur die schlanken, gespaltenen Hufe der Hirsche und die dünnen Schnauzen der Füchse – und Hagans schmale weiße Füße, als er die Schuhe auszog und in das steinige Bachbett trat. Die Kälte betäubte seine Knöchel, scharf wie die Eisscherben der hohen Berge, von denen der Bach herunterkam, das frostige Blut der Riesen, das noch immer aus Ymirs felsigem Leichnam rann. Nach und nach würde das Wasser in die Danu fließen und seine Kraft mit der gewaltigen Flut vereinen, die sogar hier sacht an Hagans Gebeinen zog. Am liebsten wäre er selbst in den Bach getaucht und geschwommen, aber das Wasser reichte ihm an der tiefsten Stelle nur bis zum halben Oberschenkel; die Strömung war nicht stark genug. Wieder verspürte Hagan Sehnsucht nach dem Rhein, nach dem Nebel, dem tanzenden Mondlicht und den murmelnden Stimmen im Fluß. Wenn es hier oben Wasservolk gab, war es noch nicht bereit, mit ihm zu sprechen, oder es redete in einer anderen Zunge als der, die er gelernt hatte, während er im Gestrüpp der Baumwurzeln saß, die an den vom Wasser unterspülten Waldrändern bei Worms wuchsen.

Er hörte den leichten Schritt des Hirsches, bevor er ihn sah. Die alten Schichten verrotteter Blätter dämpften das Hufgeräusch. Lautlos wie eine Eule wandte er den Kopf bachaufwärts und hob den Speer. Der Hirsch war ein Schatten, getupft vom fleckigen Mondlicht, das durch das Gewirk der Zweige über ihm fiel. Scharf wie verdorrte Äste stand sein Geweih vor dem Sommerlaub der Bäume. Er nahm den Kopf in die Höhe, witterte, senkte ihn zum Trinken. Der Speer konnte ihn leicht erreichen; Hagan wußte, daß er das Edelwild mit einem einzigen Wurf töten konnte. Beim Gedanken an das heiße Blut, das langsam unter dem Speerschaft hervorquoll, an das zusammenbrechende Tier, dessen Leben sich ins Wasser verströmen und das Bachvolk nähren würde, lief ihm das Wasser im Mund zusammen. Hagan hatte schon früher so gejagt, wenn der Rhein etwas anlockte, das zu töten er stark genug war. Ihm schien das Plätschern und Sprudeln des breiten Bachs auf einmal lauter zu tönen, die kleinen Wellen an den Vorderbeinen des Hirsches höher zu steigen.

Sein Wurf war rasch und sicher; er sah das weiße Aufblitzen eines rollenden Auges, und schon ergoß sich das Blut des Tieres schwarz in den dunklen Bach. Die dünnen Streifen von den Steinen aufgepeitschten Schaumes am Ufer färbten sich rot. Hagan wartete, bis er wußte, daß das Wasservolk sich sattgetrunken hatte, dann zerrte er den Körper aus dem Bach und brach ihn auf. Die Arbeit ging ihm schnell von der Hand. Als er freilich schwankend unter der Last zur Halle zurückkam, waren dort längst alle Feuer bis auf die Glut heruntergebrannt. Obwohl Hagan daran gewöhnt war, sich im Dunkeln zu bewegen, fand er nur mühsam, ohne Lärm zu verursachen, einen Weg durch den Festsaal zu der Tür, durch die die Hörigen Speisen und Getränke hereingebracht hatten. Erst als er ein schwaches Licht sah, das in der Asche des Herdes glühte und sich am dicken schwarzen Bauch eines darüberhängenden Suppentopfes brach, wußte er, daß er tatsächlich in der Küche stand. Halb durch Tasten, halb durch Zufall fand er einen Holztisch mit tiefen Hackspuren in der Platte und ließ seine Bürde aus Fleisch darauf niedergleiten. Seine Schultern knackten, als er sich aufrichtete und streckte; sein Wams war durchtränkt vom Geruch des Blutes, und er begriff, daß er vor dem Schlafengehen ein weiteres Mal sein Panzerhemd reinigen mußte. Er wühlte herum, bis er eine erloschene Fackel fand; dann kniete er vor den mit Asche bedeckten Kohlen nieder und blies hinein, um sie zu entzünden.

Waldhari lag in tiefem Schlaf. Sein Atem ging sanft und gleichmäßig. Auf dem Tischchen neben seinem Bett lag ein römisches Buch, aus dem ein weißer Leinenstreifen heraushing. Während Hagan die Glieder seines Kettenhemdes mit einer Handvoll Sand abrieb, überlegte er, was der Franke wohl las. Vieles in Latein Geschriebene war wertloses Zeug – das Gezänk um den römischen Glauben, die Geschichten von schwächlichen, winselnden Zauberern, an denen sich christliche Männer auch noch ein Beispiel nehmen sollten –, aber es gab auch nützliche Berichte über die Bewohner und den Aufbau des römischen Imperiums.
Nach einiger Zeit drehte Waldhari sich um, murmelte etwas, stieß dann einen scharfen Laut aus und setzte sich plötzlich auf. Er griff nach dem Kreuz an seinem Hals und starrte Hagan an. Endlich ließ er die Hand wieder sinken und bemerkte: »Ach, du bist das. Wen hast du umgebracht?«
Hagan wußte nicht, ob Waldhari seine Worte im Ernst meinte. »Ich habe gejagt. Wahrscheinlich werden wir morgen Hirschfleisch zu essen bekommen, wenn es die Hunde nicht vor den Köchen finden.«
Waldhari rieb sich die Augen. Seine Haare lagen an der einen Kopfseite flach an und standen auf der anderen borstig in die Höhe. »Machst du das öfter?«
»Ziemlich oft. Ich wollte dich nicht wecken. Mein Bruder ist daran gewöhnt, daß ich nachts komme und gehe.«
»Wenn du nicht anders kannst, wäre es freundlich von dir, den Lärm und das Licht vor der Tür zu lassen.«
Hagan blickte auf die niedrig brennende Flamme im Kamin und die glitzernden Kettenglieder, von denen er das Blut gescheuert hatte. »Ich will es versuchen. Nachdem ich dich nun aber heute nacht geweckt habe, darf ich dir einen Schluck Wein als Entschädigung anbieten?«
»Ich halte nicht viel von Wein. In Aquitanien hatte ich mehr als genug davon, und er schmeckte immer wie muffiger Traubensaft.«
»Die Weißweine vom Rhein sind süßer. Wenn du gern Met trinkst, gefallen sie dir vielleicht besser.«
»Also gut«, sagte Waldhari. »Laß mich versuchen.« Er richtete sich höher auf und zog sich die Decke um die nackten Schultern wie einen Mantel. Obwohl es Sommer war, blieben die Nächte hier oben im Hochland noch kalt. Hagan vermutete, daß es im Winter eisig sein mußte.

Er zapfte eines der Fäßchen an, die Gundahari mitgeschickt hatte. Ein dünner heller Weinstrahl spritzte in Waldharis hohen Tonbecher und Hagans Horn. Waldhari nippte und lächelte dann. »Du hast recht. Das schmeckt besser als gallischer Wein.«
Hagan hob das Horn und trank langsam. Ihm schien der Wein nach fast einem Jahr Lagerzeit herb, die sprudelnde Süße der Ernte nur noch eine Erinnerung ganz hinten auf der Zunge. Jetzt reiften die Trauben wieder auf den Hügeln am Rhein. Manche rankten sich säuberlich an ihren Gitterzäunen entlang, in den Weingärten, die die Burgunder von den Römern übernommen hatten, die sie einst pflanzten; andere wucherten wild über Büsche und Bäume in den Wäldern. Noch einen Mondwechsel und ein wenig länger, dann würden die ersten Erntefeste stattfinden und der frische Saft perlend aus den Fässern rinnen. Gebica und Grimhild würden den Wagen durch Worms und über die Felder führen, gefolgt von ihren Kindern als lebendigen Zeichen des Segens, der auf dem Land ruhte. Hagan würde Wache stehen für Bruder und Schwester... Gundrun war dann immer mit vielerlei Halsketten geschmückt, ihr honigfarbenes Haar mit Gold durchflochten; Gundaharis kastanienbraunen Kopf krönte Eichenlaub; er selbst aber ging verhüllt und in tiefem Dunkelblau hinter ihnen und trug seinen Speer, seit er kräftig genug war, ihn nicht mehr fallen zu lassen.
»Hast du schon Heimweh?«
Hagan blinzelte. Er hätte es gern abgestritten, aber in Waldharis schwermütigem Ton lag etwas so Schlichtes und Aufrichtiges, daß man ihn nicht belügen konnte; es war, als hätte er gefragt, ob der hölzerne Schemel, auf dem Hagan saß, vier Beine hätte.
»Ja.«
»Ich bin schon fast ein Jahr hier und habe immer noch welches. Trotzdem, wenn ich einmal nach Hause zurückkehre und meinen Platz dort einnehme, ist es gut, wenn ich bei den Männern damit prahlen kann, ich hätte neben Thioderik und Hildebrand in Attilas Heer gekämpft – und besser noch, wenn man Lieder über mich singt, bevor ich wiederkomme.«
»Glaubst du, daß das geschehen wird?«
»Ich hoffe es. Ich wünsche mir, daß meine Familie die Nachricht von meiner ersten Schlacht aus dem Mund eines wandernden Skalden hört, eines Mannes, der nicht um jeden Preis der Sippe seines Fürsten

schmeicheln, sondern der nur eine gute Geschichte erzählen will... eine Geschichte, die länger lebt als ich selbst...« Waldharis Hände umschlossen die hohe Wölbung seines Bechers. Obwohl die Schatten, die auf ihn fielen, seine Augen verdunkelten, konnte Hagan sehen, daß Waldharis Blick auf einen Punkt in seinem Rücken geheftet war.
»Mich kümmern Geschichten wenig, wenn nur meine Sippe gedeiht. Ich werde hierbleiben, solange man es für nötig hält, und nach Hause zurückgehen, wenn man mich ruft. Aber herrlich wird es sein, in dieser Schar zu kämpfen; nie sah ich bessere Krieger als unter den Männern hier.«
Hagan trank noch etwas von dem Wein. Allmählich begann er sich ein wenig schläfrig zu fühlen. Er drehte seine Brünne um. Die schweren, glatten Glieder glitten ihm durch die Hände wie ineinandergerollte Schlangen. Es war kein Blut mehr zu sehen. Vorsichtig legte er das Kettenhemd auf den Boden.
»Du hast einen Bruder und eine Schwester«, sagte Waldhari. »Ich bin das einzige Kind meiner Eltern, das ein Jahr überlebt hat.«
»Zu schade, daß du keine Schwester besitzt. Wir suchen noch immer eine Braut für Gundahari. Gundrun ist schon verlobt mit Sigifrith, dem Alamannen.«
»Ja, junge Edelfrauen sind schwer zu finden. Ich hatte gehofft, daß es hier anders sein würde, aber wir bekommen die hunnischen Frauen niemals zu Gesicht, und die Gotenmädchen im Dorf sind entweder schon vergeben oder lohnen die Mühe nicht.«
»Ein scharfes Schwert kann eine Verlobung leicht beenden, wenn du es wirklich willst und das Wergeld bezahlen kannst.«
»Mag sein. Aber ich habe hier keine gesehen, verlobt oder nicht, die ich wählen würde, und ich habe nicht vor, nur aus politischen Gründen zu heiraten. Ich werde warten, bis ich eine Frau gefunden habe, die ich liebe.« Waldhari hob den Becher und sprach mit leiser Stimme, wobei er Hagan nicht ansah: »Auf sie, wo immer sie sein mag: Gott gebe, daß wir bald zueinander kommen.« Er trank den letzten Wein aus und stellte sein Trinkgefäß neben das Buch. »Nun ja... morgen früh wird früh genug sein. Gute Nacht, Hagan.«
Hagan schaufelte Asche über die Kohlen und löschte die Fackel, bevor er die Kleider ablegte und zu Bett ging. Eine Weile lag er noch wach, bedachte Waldharis Worte und lauschte dem ruhigen Atmen des Franken.

Vermutlich würde man auch ihn eines Tages verloben, wann immer Grimhild fand, daß man ein Bündnis auf diese Weise am besten besiegeln könnte. Ihm eine Braut zu beschaffen konnte nicht so schwierig sein, denn er würde wohl kaum jemals Hending werden, und es gab zahlreiche kleinere Stammesführer, die gern eine Tochter mit Gundaharis Bruder verheiraten würden. Er fragte sich, ob Waldhari schon eine Traummaid hatte, mit der er die Frauen, denen er begegnete, verglich, wie das bei Gundahari der Fall war. Hagan hatte nie ernsthaft überlegt, was ihm selbst an einer Frau gefallen würde, und niemand hatte ihn danach gefragt. Er nahm an, daß eine zuverlässige Gattin, die sich um das Hauswesen kümmerte und, sofern man sie fragte, guten Rat gab, der nicht zu Streitereien führte, das Beste war, das ein Mann sich wünschen konnte. Sigifrith hatte Glück, daß er Gundrun bekam, trotz ihrer scharfen Zunge und ihres Jähzorns.

Am nächsten Tag führte Waldhari Hagan weiter in der Siedlung herum und zeigte ihm auch die großen Räderwagen, in denen die Frauen wohnten.

»Es heißt«, erklärte er nachdenklich, »daß das Leben der hunnischen Frauen hier anders aussieht als einst in der Steppe. Hier erblicken wir sie nur nach einer Schlacht, wenn sie uns mit Lobgesängen begrüßen, oder bei Begräbnissen oder zu bestimmten Festtagen, wenn sie an den hunnischen Riten teilnehmen. Es liegt daran, daß Attilas Volk ein Volk von Kriegern ist – ist dir nichts Ungewöhnliches an diesem Lager aufgefallen?«

Hagan überlegte kurz und erinnerte sich dann an die Kornsäcke, hoch aufgehäuft auf den knarrenden Wagen, die zur Erntezeit in die Stadt Worms rollten, und an Gerste und Weizen, die auf dem flachen Schwemmland in der Sommersonne wogten. »Es gibt keinen Ackerbau hier.«

»So ist es. Jeder Mann ist ein Krieger; Hörige und kleine Kinder versorgen die Herden.«

»Aber ich habe die Kunstfertigkeit der Hunnen gesehen. Sie stellen feine Goldarbeiten her, mit Granatsplittern eingelegte Stücke, wie man sie auch bei uns anfertigt, verziert mit Filigran; gewiß haben doch Krieger für solche Kunst keine Zeit, und man findet nur schwer Sklaven, die so geschickt sind.«

»Die Schmiedearbeit stammt von den feinen, kleinen Fingern ihrer Frauen – und die am höchsten Gestellten, die *Khatuns*, sind ihre Goldschmiede.«

Hagan starrte verblüfft auf die Räderwagen in ihrem abweisenden Ring entrindeter Pfähle. Von innen vernahm man hohes Lachen und ein paar leise Worte, die er nicht verstand.

»Und doch schenken sie uns in der Halle nicht den Trunk ein. Ich hätte gedacht, wenn man sie so sehr ehrt . . .«

Waldhari zuckte die Achseln. »Die Gotinnen wohnen unten an der Straße, in dem Dorf, über das Bleyda gestern mit dir gesprochen hat, und sie können dort ungehindert nach ihren eigenen Sitten leben. Attila findet, daß es sein Heer schwächt, wenn sich Frauen dort aufhalten, wo die Männer sie sehen können.«

»Vielleicht hat er recht. Sie bringen stets Streit.«

»Und wer wollte auf solchen Streit verzichten?« lachte Waldhari. Aber Hagan hatte sich nur mißverständlich ausgedrückt, wozu seine schroffe Stimme oft beitrug. Hätte er die Zunge eines Skalden besessen, hätte er Waldhari Strophen aus den Geschichten über die Frauen aus dem hohen Norden vorsingen können – über Hild und Sigirun, die ihre Liebsten zu blutigen Schlachten gegen ihre Väter aufhetzten und dabei, so hieß es, Wodan in Midgard als Walküren dienten, unersättlich gierig nach dem Tod von Männern. Attilas Machtkämpfe waren etwas Vernünftiges, Wohlüberlegtes, wenn auch manchmal Grausames; doch die von Frauen angefachten Kriegsflammen schienen Hagan weder Grund noch Gewinner zu besitzen. Noch immer erweckte Hild allnächtlich die Heere ihres Vaters und ihres Mannes von den Toten, so daß sie ewig weiterkämpften, bis einst die Muspilli erscheinen würden, um die Welt zu verbrennen; und Hagan hatte den Keim der gleichen Wildheit in Gundruns Zornausbrüchen erkannt.

»Dürfen wir überhaupt dort hineingehen?«

»Nur, wenn eine der älteren Frauen – oder der Gyula – einwilligt, dabeizustehen und auf uns aufzupassen. Aber du bekommst alles, was du an hunnischer Goldarbeit begehrst, nach deiner ersten Schlacht, wenn es dir darum geht. Attila hat mich derart mit Schätzen überhäuft, daß ich mir sogar ein richtiges Buch kaufen konnte.«

»Daran hatte ich gar nicht gedacht. Ich besitze nichts, das ich für Goldschmuck eintauschen könnte, und werde auch erst dann etwas haben,

wenn Gebica mir Wein von der neuen Ernte sendet. Trotzdem höre ich gern, daß Attila freigiebig ist.«
»Ja. Er kann es sich leisten, denn die Römer bezahlen ihn, damit er ihre Städte nicht zerstört. Und manchmal, zumindest munkelt man das, wenn sie meinen, sie könnten den Tribut für ihn nicht mehr aufbringen, zerstört er sie trotzdem, und dann steigt der Preis ihrer Sicherheit erst recht.«
»Ein gefährlicher Freund, aber immer noch besser als ein Feind.«
Waldhari hob eine Braue. »Allerdings.«
Wieder blickte Hagan zu den Wagen hinüber. Aus einer halb geöffneten Tür stieg ein dünner Rauchfaden, und Hagan überlegte, wie oft sie wohl in Brand gerieten und ob die Frauen dann noch rechtzeitig herauskamen.
»Hat Attila je eine Jungfrau als Friedgeisel genommen?«
»Nicht, daß ich wüßte. Wieso?«
»Als Hildebrand mich holen kam, sagte er etwas über Gundrun – sie könnte die Künste der hunnischen Frauen lernen. Übel würde es ihr gefallen, in diesen Wagen eingesperrt zu sein.«
Waldhari lachte. »Ich glaube, du brauchst um deine Schwester nicht zu fürchten. Nie hörte ich, daß Attila mehr als einen Jüngling aus derselben Sippe für sich gefordert hat, und da sie verlobt ist, wird er wohl kaum ihre Hand begehren, weder für sich noch für seinen Sohn.«
»Ich hätte nichts dagegen, Bleyda Gundrun zu geben, wäre sie nicht schon durch einen Eid an Sigifrith gebunden. Zumindest wäre es weniger wahrscheinlich, daß sie ihn im Schlaf erdolcht.«
»Weniger wahrscheinlich, als daß sie Sigifrith erdolcht?«
Hagan schlug blitzschnell mit der Rückseite seiner Faust nach Waldharis Schläfe – und einen Zoll breit daran vorbei. Der andere Junge hatte nicht gezuckt, als wüßte er genau, daß der Burgunder ihm nichts tun würde.
»Als daß sie Attila erdolchen würde«, sagte Hagan.
»Deine Schwester scheint eine echte Walküre zu sein. Ich hoffe, du bist nicht gekränkt, wenn ich dir sage, daß ich jedenfalls froh bin, nicht ihr Verlobter zu sein.«
»Vermutlich würdest du etwas zu ihr sagen, das sie wütend macht, und sie würde gar nicht erst abwarten, bis du schlafen gingst.«
»Aha. Dann ist das wohl auch der Grund, weshalb du ständig mit einem Kettenhemd herumläufst?«
Hagan antwortete nicht auf den Scherz des Franken. Sein Rücken prikkelte, als hätten sich die Härchen auf seiner Haut in feine Nadeln ver-

wandelt. Er konnte die leisen Töne unterdrückten Gekichers hören.
»Jemand folgt uns. Deshalb.«
Waldhari zuckte die Achseln. »Attila hat uns alle Kämpfe verboten, außer auf dem Übungsplatz. Sie können uns allenfalls Schimpfnamen nachrufen.«
Hagan drehte sich um. »Dann laß uns wieder auf den Übungsplatz gehen. Ich habe keine Lust, mich den ganzen Tag von einem Schwarm Elstern verfolgen zu lassen, die zu feige sind, mir auch nur mit einem Holzschwert entgegenzutreten.«
»Du hast gestern bewiesen, daß es unklug ist, das zu tun«, erklärte Waldhari milde.
Etwas bewegte sich am Rand eines Zeltes, und Hagan hörte ein gedämpftes Aufklatschen neben seinem Fuß. Er sah nach unten und entdeckte einen braunen Dungfleck. Seine Hand fuhr zum Schwertgriff. Waldhari packte ihn am Gelenk. Wütend riß Hagan sich los.
»Für einen Faustkampf gibt es fünf Peitschenhiebe. Für Kämpfen mit einer Waffe fünfundzwanzig, und das ist keine leichte Strafe. Ich habe einen erwachsenen Goten gesehen, dem fünfundzwanzig Hiebe den Rücken bis auf die Knochen zerfleischt haben.«
»Besser, als wenn man Männern aus edlem Geschlecht nachsagen kann, sie ließen sich von Neidingen mit Dung bewerfen.«
Hagan sprach so laut, daß nicht nur ihre Angreifer, sondern alle Männer in den umstehenden Zelten seine Worte vernehmen mußten. Er hörte das leise Rascheln der ledernen Zeltklappen, aber niemand kam heraus, um nachzuschauen, was vorging.
Eine Hand schoß hinter einem anderen Zelt hervor. Diesmal schlug der Kotbrocken vor Waldhari auf und bespritzte ihm Schuhe und Füße. Das eckige Gesicht des Franken wurde grimmig; er zog die Brauen zusammen, und seine Nüstern weiteten sich. Dann reckte er sich zu voller Höhe auf und rief mit einer Stimme, die viel tiefer klang als gewöhnlich: »Kommt heraus, wenn ihr es wagt, eure Gesichter zu zeigen. Sonst soll jeder erfahren, daß Arnhelm, Eburhelms Sohn, Wittegar, Hludigars Sohn, und Ulfbrand, Thiudebrands Sohn, elende Feiglinge sind, die von Rache nicht mehr verstehen als Sklaven und Schweinehirten.«
Zorniges Geflüster drang an Hagans Ohr, ohne daß er die Worte verstehen konnte. Dann traten Arnhelm, Wittegar und Ulfbrand hinter den Zelten hervor.

»Geh weg, Waldhari«, sagte Wittegar. Der lockenköpfige Markomanne lächelte immer noch, aber Hagan konnte die schwachen braunen Streifen sehen, wo er sich die Hände an der dunklen Hose abgewischt hatte. »Wir haben keinen Streit mit dir, nur mit dem Warg an deiner Seite. Er wollte Arnhelm verstümmeln, und der Fall sollte vor ein ordentliches Thing gebracht und eine gerechte Strafe ausgesprochen werden.«

»Er hat mich zuerst auf ehrlose Art geschlagen«, sagte Hagan.

»Wir kümmern uns nicht um Ehre, wenn wir Wölfe – oder Werwölfe – jagen; wir treiben sie mit Hunden zusammen und schießen sie nieder.«

»Und wessen Hunde wollt ihr sein?«

Ulfbrand begann Flüche herauszusprudeln, aber außerdem vernahm Hagan das Geräusch leichter Schritte und eines Ringes, der an einem Schwertgriff klirrte. Er brauchte sich nicht umzudrehen, um zu erraten, daß Thioderik hinter ihm herankam; genug, daß seine Feinde plötzlich verstummten und über Hagans Schulter hinwegstarrten. Dann trat Thioderik zwischen die beiden Grüppchen.

»Ich hörte viel Lärm und dachte, hier sei etwas Großes im Gange«, bemerkte der Amalung milde. »Habe ich mich geirrt?«

»In der Tat«, entgegnete Waldhari fest. »Es war nur eine freundschaftliche Auseinandersetzung über Jagdangelegenheiten.«

»Ein durchaus passender Gesprächsstoff für junge Edelinge, jawohl. Und da ich weiß, daß Männer von guter Abkunft einander nicht mit Dung bewerfen oder leichtfertig schmachvolle Hetzreden führen würden, kann offensichtlich nichts Derartiges geschehen sein. Aber ihr seht alle so ausgeruht und satt aus, daß ihr wohl besser wieder auf den Übungsplatz gehen solltet; und da ihr starke und hochgeachtete junge Recken seid, sollt ihr alle die Ehre haben, heute nachmittag mit mir zu kämpfen. Da werden wir sehen, wie lange ihr braucht, um einen alten Mann zu ermüden.«

Damit drehte er sich auf dem Absatz um und schritt davon.

Die Jungen folgten ihm wenig später, wobei sie weiterhin einen gewissen Abstand voneinander hielten. Ulfbrands pausbäckiges Gesicht war rot vor Zorn, und Wittegar lächelte nicht mehr. Arnhelm warf immer wieder giftige Seitenblicke auf Hagan und Waldhari, sagte jedoch kein Wort.

Als Hagan und Waldhari an diesem Abend an den Tisch der Friedgeiseln traten, waren alle Bänke besetzt. Die übrigen jungen Männer waren früh gekommen und hatten sich mit Bedacht so verteilt, daß für den Franken und den Burgunder kein Raum mehr blieb. Niemand sah sie an oder forderte sie mit Worten heraus; doch ihre Blicke trafen nur Hinterköpfe und Scheitel, rot, braun und golden. Arnhelm und Ulfbrand unterhielten sich über die falschen Würfel eines der jungen Hunnen, und Wittegar erzählte einem anderen Jüngling laut davon, wie er sich vor zwei Nächten im Haus der alten Adalhild vergnügt hätte.

Hagan und Waldhari sahen einander kurz in die Augen, und Hagan hatte das deutliche Gefühl, daß sie beide das gleiche dachten. Von jetzt an würden sie es sein, die Rücken an Rücken gegen die anderen kämpften; auf Treue oder Freundschaft der anderen Friedgeiseln konnten sie nicht länger hoffen.

Hinter ihnen ertönten Schritte. Hagan sah sich um. Dort stand grinsend Bleyda, den Khumiß-Schlauch in der Hand. »Hai! Was steht ihr da und betrachtet die Knaben?« fragte er. »Hildebrand und Thioderik haben gesagt, daß ihr beim nächsten Kriegszug mit dem Heer reiten werdet. Ihr solltet mit den Männern essen, die an eurer Schulter kämpfen werden, und Thioderik hat erlaubt, daß ihr neben mir auf der Bank der Krieger sitzen dürft.«

Die Sehnen an Wittegars Hals traten in dünnen Strängen hervor, und Hagan hörte, wie ihm vor Anstrengung fast die Stimme brach, als er weiterprahlte. Arnhelm und Ulfbrand blickten nicht auf, waren jedoch verstummt.

»Das ist eine gute Entscheidung und ein freundliches Angebot«, sagte er zu Bleyda. »Mit Freuden essen wir an deiner Seite.«

Viertes Kapitel

Es war einen halben Mondwechsel nachdem Hagan in Attilas Halle Einzug gehalten hatte, und kurz vor der Erntezeit, als es zu früher Morgendämmerung an die Tür des Hauses klopfte, das der Burgunder mit Waldhari teilte. Hagan war mit einem Satz auf den Beinen. Mit gezücktem Schwert spähte er durch einen Spalt in der Holztür. Dort stand im trüben, grauen Licht Hildebrands massige Gestalt. Der Gote trug bereits das Panzerhemd. In der einen Hand hielt er seinen Helm, in der anderen zwei Wurfspeere.
Hagan steckte sein Schwert wieder ein und zog die Hosen an. Dann erst öffnete er die Tür. Hildebrand warf einen Blick auf die Waffe und nickte.
»Macht euch zum Abreiten fertig, ihr beiden, und zwar sofort! Die Römer haben dieses Jahr mit dem versprochenen Tribut geknausert. Attila hat entschieden, wen die Vergeltung treffen soll, und das Heer bricht kurz nach Sonnenaufgang auf. Ihr beide kämpft unter dem jungen Rua; wenn alles nach Plan läuft, werdet ihr nicht mitten ins Getümmel kommen, aber einen guten Vorgeschmack von dem erhalten, was wirkliches Kämpfen bedeutet. Nehmt nur leichtes Gepäck mit; wir setzen mittags über den Fluß und werden bald danach auf den Gegner stoßen.«
Hagan fuhr hastig in seine Kleider und begann sofort, seine Satteltaschen zu packen. Er würde saubere Kleidung nach der Schlacht brauchen, Verbandszeug und etwas von den Kräutern, die Grimhild ihm mitgegeben hatte, um damit sich selbst, Waldhari oder Bleyda zu behandeln, falls sie verwundet würden; dazu etwas Proviant und einen Weinschlauch ... Er mußte kurz die Hand ausstrecken, um zu prüfen, ob sie nicht zitterte.
Das Blut hämmerte so hart in seinen Ohren, daß er das leise lateinische Murmeln hinter sich kaum hörte: Waldhari betete. Er merkte darum auch nicht gleich, daß die sanften, gemessenen Sätze des anderen in ein unregelmäßiges Gestammel übergegangen waren, so als hätte der Franke die feierlich intonierten Worte eines Rituals beendet und spräche

nun selbst zu seinen Göttern. Doch kam es ihm vor, als sei alles Blut aus Waldharis eckigem Gesicht gewichen und nur die leichte Sommerbräune als matte Vergoldung über den nackten Knochen zurückgeblieben. Ihm fielen ein paar Bruchstücke aus Sätzen ein, die der römische Gudhija an Gebicas Hof gesagt hatte ... etwas darüber, daß Christen sich vor einem Priester bekennen mußten, bevor sie ihr Leben wagten, damit ihre drei Götter sie nicht zurückwiesen, weil sie mit unreinem Geist vor sie traten. Es war Hagan schon damals wenig sinnvoll erschienen, und er begriff es auch jetzt nicht recht, aber vermutlich war das der Ritus, den Waldhari jetzt befolgte. Er drehte sich nicht um und war froh darüber, daß er nicht verstand, was sein Freund da sagte, so daß auch sein Vertrauen in Waldhari in der bevorstehenden Schlacht nicht erschüttert werden konnte.

Als er sein Schwert zog, schien es ihm leichter in der Hand zu liegen als noch vor kurzem. Schon die wenigen Wochen, die er damit geübt hatte, bedeuteten einen Unterschied, hatten seine Armmuskeln gestärkt und ihm ein geschmeidigeres Handgelenk gegeben. Er nahm den Streichriemen und glättete die spiegelnd polierten Schneiden zu letzter Schärfe, bevor er die Klinge in die Scheide zurücksteckte. Doch es war der in einer Ecke stehende Speer, der immer wieder seinen Blick auf sich zog; ein schmuckloser, schlanker Wurfspeer mit hellem Eschenschaft und einer Spitze aus schwarzem Eisen, silbrig geschliffen von Feile und Wetzstein. Hagan ging hinüber und hob ihn auf, und wie das Schwert ihm leichter vorgekommen war, so schien der Speer ihm nun schwerer. »Wodan«, flüsterte er so leise, daß Waldhari es in seinem lateinischen Gemurmel nicht hören konnte, »Siegvater, sieh uns heute gnädig an. Segne uns in Kampf und Tod, Erwähler der Erschlagenen, Vater der Todmaiden, die über dem Schlachtfeld schweben. Für den Sieg, den du schenkst, opfere ich dir...«, Attilas Worte fielen ihm ein, »... einen Speer, über das Heer geschleudert, und alle Gefangenen, die ich selbst bezwinge.« Der kalte Finger des Zweifels bohrte sich wie eine Messerspitze in seinen Rücken: stark und geschickt für sein Alter mochte er sein, aber würde es ihm gelingen, einen erwachsenen Krieger lebend in seine Gewalt zu bringen? »Oder das Leben aller, die ich im Kampf töte«, fügte er hinzu.

Waldhari hatte sein Gebet beendet und packte eifrig seine Sachen. Hagan hielt inne und beobachtete, wie ordentlich der Franke dabei vorging;

selbst seinen Tonbecher füllte er mit dem Rest der gedörrten Feigen, die er als Leckerbissen aufgespart hatte.

»Ich kann sie genausogut unterwegs genießen«, erklärte er, als er aufblickte und merkte, daß Hagan ihm zusah. »Bist du schon fertig?«

Hagan schob den Dolch auf die rechte Seite des Schwertgurtes und schnallte den Gurt zu. Seine Brünne klirrte, als er ihn über den Hüftknochen zurechtrückte, bis er bequemer saß. Mit der Linken hob Hagan die Satteltaschen auf und ergriff mit der Rechten den Speer. »Gehen wir.«

Die Hunnen und Goten, die sich an die alten Bräuche ihres Volkes hielten, waren schon draußen bei den Stallungen. Einige saßen auf ihren Pferden, andere standen daneben, legten Zaumzeug an und befestigten Sattelgurte. Die christlichen Goten waren nirgends zu sehen. Hagan nahm an, daß sie in ihrem Tempel um Segen baten. Bleyda, bereits im Sattel, grüßte die beiden Friedgeiseln mit der Hand. »Hai! Seid ihr zur Schlacht gerüstet?« fragte er. »Es wird ein guter Tag dafür werden.«

Er hatte das glatte schwarze Haar auf der Seite seines helmförmigen Kopfes zum hunnischen Schlachtknoten geschlungen. Ein schwerer Silberreif glänzte stumpf an seinem Arm, als er Waldhari und Hagan zuwinkte.

Hagan sah zum Himmel auf, der sich im Osten blaßgelb färbte. Schon jetzt war zu erkennen, daß die Himmelsschüssel klar und glatt wie poliertes Glas sein würde. Das schöne Wetter, das sie seit einiger Zeit hatten, war ein Vorteil für die Hunnen: die Hufe ihrer Gäule würden nicht im Schlamm steckenbleiben, wenn sie vom Sattel auf den Feind schossen.

»Ich reite heute mit Thioderik«, fuhr Bleyda fort. »Er kommt, sobald sein Priester aufgehört hat zu schwatzen. Auf euch beide wartet Rua, also beeilt euch und sitzt auf, damit er euch nicht beim Trödeln erwischt.«

Hagans Pferd wollte ihn beißen, als er ihm den Zaum anlegte. Er versetzte ihm einen kräftigen Faustschlag auf die schwarze Nase. Wiehernd zuckte es zurück. Hagan zerrte seinen Kopf roh am Zügel herunter und hielt fest. »Tu deine Pflicht oder laß dich schinden und zu Eintopf verarbeiten«, knurrte er.

Ein leises, kratziges Gelächter, wie das Rascheln einer Ratte im Stroh, kam aus der Stallecke hinter ihm. Hagan wandte langsam den Kopf und

spähte aus dem Augenwinkel, bis er die Gestalt des Gyula erkannte.
»Weshalb lachst du, ältester Großvater?« fragte er höflich.
»Weil du und dein Pferd so schlecht zueinanderpaßt«, entgegnete der Gyula. »Ich könnte dir ein besseres Roß zeigen ...«
Jetzt bemerkte Hagan, daß er eine kleine, flache Trommel in der einen, einen dreizinkigen Knochenschlegel in der anderen Hand hielt. Das braune Rechteck aus Fell war mit kleinen, dunklen Figuren bedeckt, verzweigten Gestalten, die sich vor Hagans Augen zu bewegen schienen. Der Gyula führte den Schlegel näher an die Trommel, ergriff ihn bei einem Zinken und ließ ihn langsam hin und her tanzen, so daß die beiden anderen Enden abwechselnd das Trommelfell trafen. Es lag etwas in dem sachten, dumpfen Schlag, das Hagan vertraut schien – bis er begriff, daß der Schamane dem Takt des langsam in seinen Adern pulsierenden Blutes folgte.
»Was für ein Roß meinst du, ältester Großvater?«
»Eines, das dich in ein Land tragen könnte, das dir besser anstünde als das, in das du jetzt reiten willst.«
»Ich hoffe, es wird noch einige Zeit dauern, ehe Wodans Grauroß mich holen kommt«, versetzte Hagan, »denn Gundahari wird mich noch viele Jahre an seiner Seite brauchen.«
Der alte Gudhija lächelte und schlug die Trommel ein wenig schneller. »Dann mußt du dich um so besser hüten in dieser Schlacht ... denk mehr an deinen Schildarm, so lästig es dir auch scheinen mag, als an die Lust, dein Schwert ins Fleisch eines Feindes zu stoßen, so sehr dich auch danach verlangt.« *Fast Hildebrands Worte,* dachte Hagan, *hat er uns beim Üben belauscht?*
»Du wirst heute genug Blut vergießen, o ja ...« Der Schamane verdrehte die Augen, weiß standen sie im Schatten, der sein Gesicht verdunkelte. »Doch ein Großteil davon wird dein eigenes sein; dein Leben hängt an der Spitze eines Speers. Grimhild hat allen Schutzzauber ihrer Mutter für ihren ältesten Sohn verbraucht, für dich blieb nichts übrig ...«
Ein seltsamer Krampf wühlte in Hagans Eingeweiden; flüchtig fragte er sich, ob der Eintopf gestern abend nicht mehr ganz einwandfrei gewesen war oder er vielleicht Würmer hatte ... Speerlauch half oft in solchen Fällen ... aber der Gyula raunte nun in seiner eigenen Sprache. Hagan konnte noch nicht genug Hunnisch, um ihn zu verstehen, aber er hatte

das Gefühl, sein eigener Atem würde ruhiger, sein Herzschlag kräftiger, während der alte Mann sprach.
Plötzlich brach der Gyula ab und lächelte Hagan an. »Speerlauch ... ganz recht.« Er griff in den kleinen Beutel an seiner Seite und holte ein paar rundliche Knollen heraus. »Iß eine davon um Mittag und eine zweite, bevor der Kampf beginnt; danach nimm so viele davon zu dir, wie du hinunterbringst und so oft es geht. Ich möchte nicht, daß du die Schlacht überlebst, nur um dann am Wundfieber zu sterben.«
»Ich danke dir, ältester Großvater.«
Der Gyula streckte die Hand nach Hagans Gesicht aus. Der Burgunder hielt sich stocksteif, um nicht zurückzuzucken, doch alles, was der alte Schamane tat, war, Hagans Haar zurückzustreichen, eine Berührung, so leicht wie ein dürres Blatt im Wind. »Gib acht auf dich und komm heil zurück.«
»Ich werde mir Mühe geben.«
Hagan führte sein Pferd hinaus ins wachsende Morgenlicht und zu den anderen, die sich hinter dem jungen Hunnen Rua versammelt hatten, der vom Sattel aus leise mit Bleyda sprach. Hagan kannte Rua flüchtig; er gehörte zu Bleydas engeren Freunden und war von Mutterseite her mit Attilas Sohn verwandt. Die anderen Friedgeiseln waren nicht erschienen, und Hagan war froh darüber. Seit man ihn und Waldhari in die Reihen der Krieger aufgenommen hatte, waren sie den übrigen Jünglingen bei den Übungen und Mahlzeiten seltener begegnet, und Thioderiks Worte hatten dafür gesorgt, daß die Schimpfnamen, die man ihnen versteckt hinterherrief, weitgehend aufgehört hatten. Trotzdem hätte Hagan keinem der anderen getraut, wenn er ihn im Schlachtgetümmel mit Waffen in seiner Nähe gefunden hätte. Statt der Friedgeiseln führte Rua eine Anzahl von Thioderiks jüngsten Goten und etwa zwanzig junge Hunnen ins Feld. Hagan wußte immer noch nicht recht, wie die Truppen eingeteilt waren; vielleicht hatte es etwas mit dem Verhältnis zwischen Pflegevater und Pflegesohn zu tun, daß Bleyda mit Thioderik ritt; vielleicht sollten auch nur die jüngsten Kämpfer zusammenbleiben, um dann dort eingesetzt zu werden, wo es am wenigsten von Bedeutung war. Keiner der jungen Goten grüßte Hagan, aber sie wichen ihm auch nicht aus. Hagan bemerkte das leichte Zucken seines Mundwinkels, als Haribrand lächelte, und sah, wie ungewöhnlich klar sich Bernilas Sommersprossen von der weißen Haut abhoben; und er

verstand, daß sie vermutlich das gleiche empfanden wie er selbst – eine von Furcht geschärfte, brennende Bereitschaft, die Anspannung von Muskeln, die sich straffen und davonschnellen wollten.
»Tief durchatmen und entspannen, die ganze Mannschaft!« grollte Hildebrand, der jetzt auf sie zuritt. »Wenn ihr erst anfangt, darüber nachzugrübeln, habt ihr eure Kraft schon erschöpft, bevor die Schlacht überhaupt in Gang kommt. Der größte Teil dieses Tages ist ohnehin nur ein Vergnügungsritt.«
Hagan hörte, wie Waldhari mit einem langgezogenen, zischenden Seufzer den Atem ausstieß, und merkte, daß auch er die Luft angehalten hatte. In diesem Augenblick furzte Bernilas Gaul, ein gedehnter, knatternder Laut, der über den ganzen Platz zu hallen schien. Die anderen Jungen brachen in Gelächter aus, und ihre steifen, verkrampften Schultern wurden plötzlich wieder locker.
Bleyda griff nach unten und klopfte Hagan auf den Rücken. »Dieses Geräusch werden wir heute noch von vielen unserer Feinde hören, wie? Wahrscheinlich scheißen sie sich schon voll, wenn sie uns nur kommen sehen!«
»Höchstwahrscheinlich«, erwiderte Hagan und vergaß sich so weit, daß er für einen Moment die Lippen hochzog, jene Grimasse, die für ihn einem Lächeln am nächsten kam. Bleyda blinzelte und lachte dann erneut. »Es tut gut zu sehen, wie kampfbegierig du bist. Es gibt schließlich auch keinen Grund zur Sorge; der Gyula hat gestern nacht mit den Geistern geredet und sagt nun, wir würden mit Sicherheit Sieger dieses Tages werden. Doch die Hauptgefahr liegt stets im Unerwarteten, darum schau nicht nur nach vorn, sondern auch nach hinten und zur Seite.«
Hagan nickte und bestieg sein Pferd. Bleyda riß seinen kleinen Fuchs herum und spornte ihn zu einem leichten Galopp. Dann reihte er sich zwischen die gotischen Truppen ein, die unter Thioderiks Führung kämpfen würden. Der Hunne mit seinem glatten Gesicht wirkte zwischen den größeren Männern mit ihren borstigen blonden Bärten und breiten Schnurrbärten schlank und fast wie ein Knabe, ein dunkler Wechselbalg in ihrer Mitte. *Sehe ich für andere auch so aus?* fragte Hagan sich flüchtig.
Doch schon rief Rua die Schar der Jünglinge zusammen und winkte sie dicht heran. Er sprach zuerst auf hunnisch zu ihnen, in jener singenden,

zischenden Sprache, die nur gelegentlich von merkwürdig pfeifenden Krächzlauten unterbrochen wurde.
Hagan verstand ihn besser als den Gyula. »Umzingeln, zurückhalten, kämpfen, verwundet, getötet« – das alles waren Worte, die er täglich auf dem Übungsplatz hörte, ebenso wie die Erkennungsrufe und ein paar Flüche. Allerdings war er mit der Sprache nicht vertraut genug, um einen klaren Sinn hineinzubringen.
Ruas Rede auf gotisch fiel weit kürzer aus, denn der Hunne verfügte nur über einen geringen Wortschatz. »Folgen, zurückhalten«, begann er. »Gelände günstig für sie ... wir versuchen umzingeln. Attila links, Thioderik rechts, wir hinter Thioderik. Unser Trupp Nachhut ... rücken vor, fangen sie ab, wenn weglaufen. Wenn ihr verwundet, zurückreiten ... nicht kämpfen wollen, wenn verletzt. Ihr beide«, er deutete auf Waldhari und Hagan, »zu wertvoll für sterben in erster Schlacht. Immer folgen Rufzeichen, dann alles in Ordnung. Verstanden?«
Hagan nickte mißmutig. Wenn Hildebrand ihnen erklärte, wie man Schlachten lenkte und sich seinen Kampfplatz wählte, zeichnete er immer genaue Pläne in den Staub und bewegte Blätter und Steine, um das Vorrücken der Männer darzustellen, so daß es keinerlei Zweifel daran gab, wohin man gehen und was man tun mußte. Aber Hildebrand hatte auch gesagt: »Alle Pläne auf der Welt sehen im Kopf hübsch aus, aber im Zweifelsfall gehen sie vom ersten Augenblick an daneben. Meistens siegt derjenige, der als erster erkennt, wo und warum sein Plan schiefgeht, und es dann schafft, ihn dort zu ändern, wo es erforderlich ist.«
Ein schriller Pfiff durchschnitt die Luft wie brechendes Rohr. Hagan hielt sich die Ohren zu und zuckte unter dem Echo, das durch seinen Kopf gellte, schmerzhaft zusammen. Doch die anderen johlten, rissen die Waffen hoch und schrien »Attila!« oder »Thioderik!« Hagan wußte nicht recht, welchen Kriegsruf er wählen sollte, aber auch er schwang seinen Speer in der Luft, bevor er seinem Gaul die Sporen gab und dessen Kopf in eine Reihe mit den anderen Pferden zerrte.
Wie von Hildebrand versprochen, verlief der Ritt leicht und ohne Zwischenfälle; es hätte sich ebensogut um einen Jagdzug handeln können. Der frische Wind von den hohen Bergen im Nordosten vertrieb die Hitze, zauste das Haar der Reiter und ließ die Kriegsflaggen flattern – Attilas Adler, Thioderiks Flamme. Die dichten Wälder ringsum waren noch grün und unberührt vom braunen Staub des Herbstes. Die kühle

Brise hob die dunklen Blätter von Eiche und Esche und ließ sie so fest und frisch rauschen wie im Frühling. Obwohl Hagan selten Vergnügen am Reiten fand, wünschte er sich heute, er könnte sein Roß anfeuern und auf dem Weg vorausgaloppieren. Aber in Attilas Heer hatte jeder seinen bestimmten Platz. Zwar drillte er seine Truppen nicht, wie man es sich von den Römern erzählte, aber in der Zeit, die der Hunnenfürst in der Gewalt des Imperiums verbracht hatte, lernte er mehr, als die Stammesfürsten früherer Zeiten jemals gewußt hatten.

Sie ritten in ungefähr südöstlicher Richtung, den Morgen hell im Gesicht. Wenn Hagan recht vermutete, würden Goten und Hunnen am Nachmittag kämpfen und Sunna im Rücken haben. *Andernfalls,* dachte er, *hätte uns Attila bestimmt die Nacht durchreiten oder in der Nähe lagern lassen, um dann gleich frühmorgens loszuschlagen.* Trotzdem ... und er begann sich aufmerksamer umzublicken ... der Schlachtplan ging davon aus, daß die Feinde an einem festen Ort Aufstellung genommen hatten und nun artig darauf warteten, daß Attila und Thioderik zu ihnen kamen. Attila mußte sich schnell entschlossen haben, das schon ... aber wenn die römischen Siedler ihm den geforderten Tribut verweigerten, mußten sie gewußt haben, daß es einen Kampf geben würde, und sich darauf vorbereitet haben. Hagan erkannte jetzt auch, daß die Schar der Jünglinge und Friedgeiseln gut beschirmt inmitten der älteren Männer ritt, vor sich und hinter sich erfahrene Krieger, und daß man ihm und Waldhari wie zufällig die am besten geschützten Plätze zugewiesen hatte. Während er angestrengt über das Dröhnen der Hufe auf der trockenen, ungepflasterten Straße und das Zirpen und Rascheln im Wald hinweghorchte, hatte er den Eindruck, als vernehme er die leisen Töne anderer, mehr planmäßiger Bewegungen. Attila mußte Kundschafter vorausgeschickt haben, die den gesamten Weg abritten, und sich auch sonst gegen Hinterhalte und Überraschungsangriffe vorgesehen haben. Ihm fiel auf, daß die jungen Hunnen um ihn herum nicht ganz so sorglos wirkten wie die Goten; Rua mußte ihnen mehr gesagt haben, als er es auf gotisch konnte. Hagan fletschte befriedigt die Zähne.

»Hai! Woran denkst du?« erkundigte sich jetzt Waldhari. Er hatte seinen Becher aus der Satteltasche geholt und kaute im Reiten gemächlich auf den getrockneten Feigen herum. »Möchtest du eine?«

»Danke.« Hagan nahm das Dörrobst und fing an, daran zu knabbern. Dabei berichtete er Waldhari von seinen Überlegungen.

»Klingt einleuchtend«, entgegnete der andere. »Nun ja, ganz gleich, was geschieht – wenigstens werden wir es bestimmt rechtzeitig genug erfahren, um noch das Schwert ziehen zu können.«
Bevor das Heer anhielt, um eine Mittagsmahlzeit einzunehmen und kurze Zeit zu rasten, geschah jedoch gar nichts. Als sie danach wieder aufstiegen, sah Hagan, daß die Stimmung der Krieger sich verändert hatte. Der Nordostwind schien kälter zu wehen. Er sträubte die kleinen Haare an Hagans Körper und prickelte auf seinen Armen. Der beinerne Schwertgriff lag ein wenig schlüpfrig in seiner Handfläche, obwohl die Bronzebuckel darauf ihm selbst dann festen Halt bieten würden, wenn glitschiges Blut über die Finger floß. Hagan leckte sich die trockenen Lippen und sah sich um. In Sunnas Glast schimmerten die Birkenstämme unnatürlich weiß. Der polierte Himmel schien auf einmal blendend tief, und seine blaßblauen Ränder färbten sich über Hagans Kopf zu dunklem Purpur. Der Speerlauch, den er mittags zu seinem Brot gegessen hatte, verbrannte ihm noch immer den Atem; er hielt eine zweite, geschälte Knolle in seiner Schildhand, bereit, sie zu zerkauen und hinunterzuschlucken, sobald das Kämpfen begann. *Wenn man mich aufschlitzt, wird Waldhari sofort wissen, ob er meine Wunden verbinden oder mir die Kehle durchschneiden soll* . . . Hagans Schwerthand umklammerte das glatte Holz des Speers fester.
War das die Gabe des Gyulas – die sichere Aussicht auf einen schnellen Tod anstatt eines langen Sterbens?

Mancher Mann lebt mit wenig Hoffnung,
mich aber verließ das Glück;
keine Heilung werde ich finden.
Nicht will Odin, daß ich wieder das Schwert führe;
geduldet hat er, daß es zerbrach.
Siege gewann ich, solange es ihm gefiel . . .

Zuerst konnte Hagan sich nicht erinnern, woher die Worte stammten, dann aber fiel es ihm ein. Sigmund der Wälsung hatte sie gesprochen, als er sterbend auf dem Schlachtfeld lag. Doch er war alt gewesen und hinterließ einen Sohn im Mutterleib und viele machtvolle Sagen, die von ihm kündeten, so daß sein Name nicht so schnell vergessen sein würde.

»Jetzt denkst du schon wie Waldhari«, sagte Hagan zu sich selbst und hätte gelacht, wäre er dazu fähig gewesen. Er war für sich selbst verantwortlich und dafür, daß er kämpfte und am Leben blieb, damit er als Krieger zu Gundahari zurückkehrte, dessen Ruhm andere davon abhalten würde, seinem Bruder Schwierigkeiten zu bereiten. Einige der Hunnen spannten jetzt ihre bösartigen, kleinen, doppelt geschwungenen Hornbogen und blickten wachsam um sich. Hagan war diesen Weg noch nie geritten, aber er wußte, daß sie sich den Grenzmarken näherten.
Während das Heer weiterritt, verbreitete sich die Straße. Selbst das Trampeln so vieler Pferdehufe konnte die tiefen Furchen, die Wagenräder im klebrigen Schlamm zurückgelassen hatten, nicht völlig einebnen; sie waren zu Krusten getrocknet, fast so hart wie Sandstein. Der Übergang konnte nicht mehr weit sein. Deutlich hörte Hagan die Danu. Er atmete tief ein und schmeckte die schwache Feuchtigkeit des Flusses. Sein träger Herzschlag wurde schneller, und einen kurzen Augenblick lang war ihm, als schlügen zwei widerstreitende Herzen hinter seinen Rippen – das eine gierig nach dem Lärm und Blut der Schlacht, das andere nur erfüllt von Sehnsucht, ins kühle Reich der Danu einzutauchen und sich von der Strömung, die ihn nach oben tragen würde, flußabwärts treiben zu lassen.
Das Heer hielt an und teilte sich, so daß die Wagen, die die Nachhut gebildet hatten, polternd nach vorn fahren konnten. Auf ihnen waren die Flöße gestapelt; die Hunnen führten nicht zum erstenmal einen Reiterkrieg jenseits des Wassers. Wenn sie Pech hatten, konnten die Schiffe der Römer sie allerdings auf dem Fluß überraschen, und der Tag wäre verloren.
Hagan nahm jedoch an, daß Attilas Späher in den letzten Tagen die Ufer ständig überwacht hatten und nun genausogut wie die Römer wußten, wie es sich mit deren Flotte verhielt.
Die Hunnengäule ließen sich mühelos auf die Flöße führen. Um dagegen Hagans Pferd vom Ufer wegzubekommen, mußte es Rua am Zügel nehmen. »Dich wenig lieben, denke ich«, bemerkte er, und in seiner Stimme funkelte boshafte Heiterkeit. »Kein hunnisches Pferdeblut in dir, Khagan.« Er deutete auf die Ruder. »Du . . . da . . .«
Hagan ergriff eines der Ruder, ein junger Gote das andere, und sie stießen ab. Das Rauschen der Strömung klang angenehm in Hagans Ohren, sang sich durch das Holz nach oben und in alle seine Knochen. Er fürchtete die

römischen Galeeren nicht mehr, denn obgleich es heller Tag war, konnte er das leise Flüstern des Wassers verstehen und wußte, daß die Männer aus dem Süden weit entfernt waren. Das Floß war schwer und der Fluß breit, und doch fühlte er sich nach der Überfahrt stärker als zuvor.
Sie hatten sich noch nicht weit vom Fluß entfernt, als das Heer ein anderes Aussehen anzunehmen schien. Wer bisher den Bogen nicht gespannt hatte, tat es jetzt. Rua hatte den Kopf in den Wind gereckt, als lausche er auf das erste Rascheln von Füßen im Laub. So schnell wie möglich zerkaute Hagan die Speerlauchknolle, schluckte und schluckte, um ihren beißenden Geschmack loszuwerden. Er wog den Speer in der Hand, jeden Augenblick bereit, herumzuwirbeln und ihn zu schleudern, sowie er den ersten Römer erspähte. Waldhari hielt den Bogen schußbereit. Er konnte fast ebenso zielsicher und geschwind vom Pferderücken aus schießen wie ein Hunne, eine Fertigkeit, von der Hagan fürchtete, er werde sie nie erlernen.
Plötzlich gellte aus dem Wald ein schriller Pfiff, ähnlich dem, der am Morgen ihren Aufbruch eingeleitet hatte. Etwas sang eisig kalt an Hagans Ohr vorüber. Er versuchte, Schild, Wurfspeer und Zügel gleichzeitig festzuhalten, während um ihn herum die Männer galoppierten und ihre Pfeile zwischen die Bäume schwirren ließen. Die Römer hatten ihren Standort trotz allem gut gewählt; auf der Straße, wo sie ihre Reitkunst nicht voll einsetzen konnten, waren die Hunnen kaum im Vorteil. In dichten Scharen strömten sie jetzt herbei, keine echten römischen Legionen, sondern eine Horde von Kriegern, die den Männern der Stämme, wie Hagan sie kannte, recht ähnlich sah. Hier und da gab es ein paar römische Hoheitszeichen, um anzudeuten, wer die wahren Herrscher des Dorfes oder der Stadt waren.
Hagan warf seinen Speer, konnte jedoch nicht erkennen, ob er sein Ziel getroffen hatte. Sein Schild zuckte unter dem heftigen Anprall der Pfeile. Die Goten sprangen vom Pferd, und er beschloß, ihrem Beispiel zu folgen. Als die beiden Heere aufeinanderstießen, hörte das Schießen allmählich auf; die Hunnen konnten nicht mehr sicher sein, ob sie Freund oder Feind trafen. Nun mußten sie sich ihren Gegnern auf festem Boden stellen. Tollkühn und rücksichtslos jagten sie auf ihren Gäulen mitten in die gegnerischen Truppen hinein und trampelten sie nieder. Viele schwangen in einer Hand eine wirbelnde Wurfschlinge, in der anderen das Schwert.

Im Laufen zog Hagan sein Schwert und warf sich auf einen großen Mann, dessen schwarzer Bart sich borstig unter dem Helm sträubte. Vor dem ersten Hieb des anderen konnte er sich gerade noch ducken ... *du kannst noch nicht stehenbleiben und Schläge tauschen ... vor und zurück* ... Er wich aus, wie er es von Hildebrand gelernt hatte. Die Klinge des anderen schor ihm ein Stück vom Schild. Aber Hagan schlug niedrig und von außen.

Gleich unter dem Rand des Panzerhemdes drang seine Klinge tief in den hinteren Schenkel seines Gegners ein. Glatt durchschnitt sie Fleisch, zertrennte Sehnen ... wie hell das Blut aufspritzte, als der Mann taumelte und der Länge lang hinstürzte! Hagan wollte bleiben und ein Ende mit ihm machen, doch schon griff der nächste ihn an, klein und stämmig, mit einem Panzerhemd aus Plättchen anstatt aus Ringen – ein echter Römer? Wild schlug Hagan auf ihn ein. Seine Klinge mit dem Lindwurmzeichen ließ gleißende Funken aus der kürzeren Waffe des anderen aufblitzen, wenn die beiden aufeinanderprallten. *Stoßen, nicht hacken* ... Hagans Schwert glitt das Römerschwert hinauf, sprang vom Griff des Gladius an die Kehle des Gegners. Das Singen in seinem Kopf war wie ein Rausch, wie tiefes Einatmen in den Hanfbädern, nur noch köstlicher; kaltes, blaues Feuer loderte in seinem Körper, als hätte er wirklich mit der Schwertklinge das Leben des Feindes in sich aufgenommen ... Waldharis Gesicht huschte bleich an ihm vorbei. Der Franke stolperte rückwärts. Sein Schildarm hing schlaff herunter, während er mit dem Schwert die Hiebe des Mannes, der vor ihm stand, abwehrte. Hagan brüllte etwas, er wußte nicht, was, und rannte auf ihn zu, fing mit dem eigenen, zerhauenen Schild den nächsten Streich ab, stach wieder und wieder auf die hohe Gestalt des anderen ein. Dessen Brünne hielt den Angriff nicht aus. Hagan fühlte, wie sein Schwert sich in Fleisch bohrte, und verstärkte voller Freude den Druck. Er spürte den Hieb nicht gleich, der die Glieder seines eigenen Kettenhemdes aufriß, nur die Kälte, die über seinen Bauch nach oben glitt.

Dann merkte er, daß er nicht mehr aufrecht stand, sondern in einer immer größer werdenden Blutlache am Boden lag. Sein Kopf war seltsam klar, aber seine Augen verstanden die zerfetzten Falten des Kettenpanzers nicht, die lose über das aufgeschlitzte rote Leinen seines Wamses hingen ... das aufgeschlitzte Rot ...

Er hielt sich krampfhaft den Magen, versuchte die Haut zusammenzupressen und das Blut einzudämmen. In einiger Entfernung hörte er den Kampflärm; glücklicherweise war er nicht mitten im Getümmel gestürzt. In seinem Kopf begann sich alles vor Müdigkeit zu drehen, aber er fror zu sehr, um einzuschlafen, bis auf seine Vorderseite, die überall zu brennen begann, während er noch zitterte. Er packte fester zu. Sein Blut sprudelte nicht; die Klinge mußte die großen Wasserläufe seines Körpers verfehlt haben; sein Atem war nicht blasig, also war die Lunge nicht durchbohrt. Vielleicht war die Wunde doch nicht so tief? Aber ihm war kalt, sehr kalt, und er wagte nicht loszulassen, um sich enger in seinen Mantel zu hüllen. Der Schmerz wuchs, brandete mit jedem Herzschlag in großen Wellen gegen Hagans Körper an, flutete nach oben und trübte ihm den Blick, strömte zurück und klärte ihn wieder. Er sah geisterhafte Gestalten, die undeutlich am Himmel entlangzogen; langes, graues Haar wehte hinter ihnen her. Ihre Blicke brannten hell aus schwarzen Schädelhöhlen, und ihre Speere bohrten sich überall um ihn herum krachend in die Erde, als hagelten Pfeile auf einen Schild. Doch keiner davon berührte ihn; harmlos verzischten die Speere in dem dunklen Strom, der um seine kleine Insel aus Blut floß. Der Himmel war bedeckt, Wolken wanden sich herab wie Baumwurzeln; vor ihm, gerade außerhalb seiner Reichweite, schwamm ein Schwanenweibchen. Hagan wußte nicht, ob ihr Gefieder blendendweiß und die Finsternis, die durch sie hindurchblitzte, nur der Abglanz ihres Leuchtens oder ob sie tatsächlich rabenschwarz war und nur der Blitz, der hinter ihm selbst flackerte, sie so hell erscheinen ließ. Er wußte, daß er sie nicht berühren konnte, aber er hätte es gern getan.

Die Feinde um Thioderik waren gefallen, bevor er noch die drei langgezogenen Hornstöße vernahm, die das Ende des Kampfes anzeigten. Er hatte genügend Zeit, um zu bemerken, daß nur noch an wenigen Stellen gefochten wurde, keine davon in seiner Nähe, Zeit genug sogar, um zum Himmel aufzublicken und die Wand aus schweren Gewitterwolken zu erkennen, die sich im Osten zusammenzuballen begann.
Thioderik hatte es gewußt, als Bleyda hinter ihm zusammenbrach. Der nur noch mit halber Schnelligkeit heranschwirrende Pfeil war in langsamem Bogen über das Heer dahingeflogen, wie vom Teufel selbst gelenkt. Er hatte Attilas Sohn zwischen lederner Halsberge und Kinn getroffen, während er noch den letzten Schaft fliegen ließ, ehe die Krieger

aufeinanderprallten. Es schien Thioderik ein grimmiger Scherz, den Gott da mit dem Fürsten der Hunnen trieb – Bleyda so einfach sterben zu lassen, in einer Schlacht, der, das wußte Thioderik jetzt schon, so wenige von Attilas Männern zum Opfer gefallen waren. Nun würde sich zeigen, ob wahre Treue sie verband. Thioderik winkte Hildebrand an seine Seite. Der ältere Krieger hinkte und stützte sich beim Dahinstolpern auf einen zerbrochenen Speerschaft, aber kein Blut befleckte seine Hosen. Wahrscheinlich hatte ihn ein Schlag mit dem Schildrand am Bein getroffen, oder er hatte sich nur beim Kämpfen einen Muskel gezerrt.

»Ruf unsere Männer zusammen«, murmelte Thioderik. »Vielleicht müssen wir eine zweite Schlacht schlagen.«

Hildebrands buschige Brauen zogen sich zusammen. Er rammte das Ende seines Stabes in den Boden, lehnte sich darauf und sah seinen Fürsten an.

»Ja. Ich sah Bleyda fallen – tot wie ein Stein, noch ehe er die Erde berührte. Der Himmelsherr ist mein Zeuge, einer hat immer Pech in der Schlacht.«

Er hinkte eilig davon. Thioderiks Männer waren ohnehin im Begriff, sich wieder um ihn zu scharen, aber der Klang von Hildebrands Stimme zog sie an wie ein Magnet die Eisenfeilspäne.

Ein rauher Aufschrei Attilas tönte über das Feld und brachte für einen Augenblick alles andere zum Verstummen – das Siegesgeheul, das Stöhnen der Verwundeten, die Prahlereien und das Gezänk um die Habe der Toten. Thioderik verstand nicht, was Bleydas Vater da schrie, denn der Khan wehklagte in seiner eigenen Sprache, aber er begriff sofort, daß Attila erfahren hatte, was geschehen war. Allerdings hatte er lange genug an der Seite der Hunnen gekämpft, um die nächsten Worte zu erkennen; und sofort fuhr sein Schwert wieder aus der Scheide, während die Goten rasch einen speerstarrenden Igel um ihn bildeten.

Auch die Hunnen formierten sich erneut zur Schlacht. Thioderik sah Attila an der Spitze eines tödlichen Pfeils aus Reitern heranstürmen. Sie donnerten auf die Goten zu. »Zurück!« brüllte der Khan. »Zurück mit euch! Ich will Thioderik und nur ihn. Er hat nicht um das Leben meines Sohnes gekämpft, ihn nicht beschützt, und doch lebt er. Aus dem Weg, oder ihr werdet alle erschlagen!«

Thioderik strich nicht mit den Fingerspitzen über das Kreuz an seinem verzierten Helm, denn er hatte seinen Frieden mit Gott und Christus vor

der Schlacht geschlossen. Es war Amalung, an den er jetzt dachte, der feuerzüngige Ahnherr seines Geschlechtes, hinter dem all jene schattenhaften *Anses* standen, die Geister der Sippe, denen selbst sein eigener Vater einen Tropfen aus jedem Horn geopfert hatte. Nun schritt er vorwärts. Obwohl die Augen seiner Männer groß und blaß aus den vom Kampf verschmierten Gesichtern starrten, hielt keiner ihn auf.
Im ersten Ring der Speerträger blieb Thioderik stehen, eine einzige Schaftlänge zwischen sich und Attilas Pferd. Das flache Gesicht des Khans war vor Wut schwarz wie Halja; seine Haare hatten sich gelöst und flatterten wild und von Blut verfilzt im auffrischenden Wind. Er sah aus wie ein *Skohsl*, der in wildem Wahn zwischen den Gräbern herumrennt. Der Leichnam seines Sohnes hing schlaff über der Kruppe seines Rosses, und das Schwert des Kriegsgottes glomm düster in seiner Hand.
»Schwöre keine Eide, Attila, und sprich nicht zu den Göttern, ehe du die Wahrheit kennst«, rief Thioderik mit klarer und lauter Stimme. Er konnte die Hitze der Macht spüren, die aus seinem Mund strömte, einer Macht, von der weise Männer ihm erzählt hatten, man könne sie als Flamme lodern sehen. Der alte Priester Frithareikeis hatte behauptet, sie komme vom Teufel, aber er brauchte sie trotzdem, so wie er das Bündnis mit Attila brauchte. »Sieh, im Osten zieht ein Gewitter auf; der Blaue Himmel hat gesehen, was geschah.«
Attilas gerötete Augen flackerten ostwärts. Thioderik hörte das leise Rollen des Donners kaum, aber er sah, wie das Schwert in der Hand des Hunnen zuckte.
»Den ganzen Weg über ritt ich vor Bleyda. Es war kein auf ihn gerichteter Pfeil, der ihn traf, sondern einer, der im Bogen über das ganze Heer flog; das übelste aller Geschicke lenkte ihn an die eine Stelle, an der er noch ein Ziel fand. Nicht ich war es, sondern Bleydas Los, das ihn verriet.«
»Was sollen mir solche Worte? In deine Hut gab ich ihn, und du verlorst ihn. Dafür fordere ich dein Leben.«
Das Schwert des Kriegsgottes sauste durch die Luft. Thioderik wußte, daß Attila ihn niedergeritten hätte; aber nicht einmal ein Hunne würde sein Pferd in die Spitzen einer Wand aus Speeren treiben, galt ihnen doch das Leben des Rosses soviel wie das des Mannes. Das Heer als Ganzes hätte die Wand durchbrechen und die Goten niedermetzeln

können, aber schon fingen die Männer hinter ihrem Führer an, unruhig zu werden und zu murmeln, als einige von ihnen den anderen Thioderiks Worte übersetzten. Attila, der die Stimmung seiner Männer zweifellos so gut kannte wie jedes Ohrenzucken seines Pferdes, wußte, daß der Boden unter seinen Füßen ins Wanken geriet.

»Tritt vor, wenn du keine Furcht hast; schau mir ins Gesicht, wenn du kein Neiding bist.«

»Ich will dich nicht an dem Tage töten, an dem dein Sohn gefallen ist«, antwortete Thioderik. »Du hast kein Weib, das an deiner Stelle herrschen kann, keine Kinder, die deinen Geist weitertragen können. Auch scheint es mir ungebührlich, einen Mann niederzustrecken, der vor Zorn alle Gewalt über sich verloren hat; dein Wahnsinn wird dir nicht kämpfen helfen.«

»Meinst du, ich hätte die Beherrschung verloren?« fragte Attila, und seine Stimme war auf einmal sanft und eisig. Durch das gedehnte Flüstern des letzten Wortes grollte von neuem der Donner, noch immer aus weiter Ferne und leise, doch unerschütterlich wie die Gebeine der Erde. »Möge der Eine über uns es hören: Reite fort von hier, reite so weit du willst, doch sei gewiß, daß die Heere der Hunnen dich aufspüren werden. Viel größer an Zahl ist mein Volk, als du es je gesehen hast, wenn ich es für eine Aufgabe wie diese herbeirufe: Das Leben aller Goten soll verwirkt sein, nicht nur das deine, Thioderik.«

Thioderik wußte, daß der Fürst die Wahrheit sprach. Überall im Osten lebten verstreut kleinere hunnische Scharen. Sie wollten sich nicht wie die Goten für viele Jahre des Kriegsdienstes an Attila binden, aber auf einen schnellen Beutezug würden sie ihm jederzeit folgen. Inzwischen aber würden die Ratgeber des Khans Zeit haben, ihn zur Vernunft zu bringen. Wenn Bleyda erst bestattet war, würde Attila wieder wie bisher davon träumen, nach Westen zu ziehen, und dann auch wissen, daß er Thioderik und seine Männer dazu brauchen würde.

»Laß Hildebrand hierbleiben, um unsere Verwundeten zu pflegen – und als Bindeglied zwischen uns, für eine Weile«, versetzte der Amalung. »Wenn die Zeit gekommen ist, brauchst du mich nicht zu jagen. Ich werde dir in offenem Kampfe gegenübertreten, und Gott soll entscheiden, was dann geschieht.«

Attila starrte auf ihn hinab. Dann riß er jäh sein Pferd herum und galoppierte hinüber zur Straße. Dabei schlugen Bleydas herunterbaumelnde Arme und Beine gegen die Flanken des Tieres, als würde der Jüngling noch immer mit versagender Kraft kämpfen. Hinter ihm her donnerten die Hunnen. Thioderik wußte, daß auf dem Boden der römischen Stadt für viele Jahre nur noch Asche und Knochen wachsen würden, wenn sie damit fertig waren. Wie er es in der düsteren Stimmung nach den hunnischen Schlachten schon früher getan hatte, fragte er sich flüchtig, ob es falsch gewesen war, sein Schicksal mit dem Attilas zu verknüpfen. Aber er brauchte den Hunnen, wie dieser ihn brauchte; er hatte Träume, nicht nur vom Herrschen, sondern von einem Ende seines langen, leidvollen Wanderns . . .

Ganz langsam klärte sich Hagans Blick. An den Gestalten der Männer vorbei, die um ihn herumliefen, sickerte wieder Sonnenlicht in seine Augen.
»Hagan! Hagan!« rief eine Stimme – die eines sehr jungen Mannes, die im Sprechen brach und tiefer wurde. »Hagan, kannst du mich hören?«
Hagan glaubte Gundaharis starke Arme zu fühlen, die ihn aufhoben, umdrehten und auf weiche Blätter betteten. Dann brummte Hildebrand an seinem Ohr: »Kein Geruch nach Speerlauch, obwohl er eine Menge davon gegessen hat. Er könnte am Leben bleiben, wenn er nicht verblutet, bevor wir ihn zurück in die Halle schaffen können – er muß Glück wie Gott Loki haben. Drück du hier, während ich ihn verbinde, Waldhari, das geht auch mit nur einem gesunden Arm.«
Hagan zitterte heftig. Obwohl er das goldene Sonnenlicht durch die grünen Blätter funkeln sah, fror er, als läge er im Schnee. Seine Arme hingen schlaff herab, aber Waldhari preßte einen Stoffbausch auf seine Wunde und hielt sie zusammen. Die Schulter des Franken war unter der Brünne dick angeschwollen, vielleicht über einem Knochenbruch – der Arm darunter war bereits am Körper festgebunden. *Sie müssen geglaubt haben, ich würde sterben,* dachte Hagan, *sonst hätten sie sich früher um mich gekümmert.* Waldhari umklammerte ihn so fest, daß seine oberen Zähne kleine weiße Dellen in der Unterlippe hinterließen, wobei er grimmig auf das Tuch starrte, das er an Hagans Leib preßte, während Hildebrand ihn mit Binden zu umwickeln begann.
»So, das wird halten«, erklärte der alte Gote endlich.
»Waldhari, du bleibst bei ihm und sorgst dafür, daß sie ihn nicht umbringen, wenn sie ihn auf den Wagen legen. Hunnen kümmern sich

nicht groß um ihre Verwundeten, jedenfalls nicht, wenn sie so schwer verletzt sind; aber wenn wir ihn heil zurückbringen, kann eine der Frauen ihn vielleicht nähen. Pack ihn warm ein, er hat viel Blut verloren. Und gib ihm einen Schluck Wein, wenn er ihn verträgt.«
Hildebrand stand auf, und sein Schatten streifte Hagan wie der kühle Hauch einer rasch vorüberziehenden Wolke, als er davonging. Waldhari blieb, wo er war. Er hockte auf seinen Fersen und betrachtete die Verbände des Burgunders.
»Blute ich noch?« fragte Hagan, und seine Stimme war ein trockenes Krächzen in seinen Ohren. Er hatte das Gefühl, bei jedem Wort risse sein Leib von neuem entzwei. Jeder Atemzug schnitt wie frischer, scharfer Schmerz durch die unendliche rote Qual, die die Vorderseite seines Rumpfes darstellte.
»Ich sehe kein Blut mehr.« Waldharis goldbraune Brauen waren fest zusammengezogen. Er war so bleich, als wäre er selbst um ein Haar verblutet, das eckige Gesicht weiß und hart wie ein römisches Steinbild unter dem schweißverklebten Weidengestrüpp seiner Haare.
Der Anblick von Waldharis erschreckend angeschwollener Schildschulter schien Hagan den eigenen Schmerz vergessen zu lassen, so daß es ihm gelang, den Kopf ein wenig zu heben und zu sagen: »Wie schwer bist du verletzt?«
»Hildebrand meint, daß der Knochen wahrscheinlich gebrochen ist. Ich werde eine Zeitlang keinen Schild heben können. Nicht schlimmer als das.«
»Gut. Hol mir das kleine Kästchen aus meiner Satteltasche. Es enthält Arzneien. Und bring mir eine Knolle Speerlauch und einen Becher Wein.«
Waldhari verschwand aus Hagans Gesichtsfeld. Hagan blieb auf der Erde liegen und sah hinauf ins endlose, tiefe Violett des Himmels, und der Schmerz packte ihn und schüttelte ihn mit jedem Herzschlag. Sein Puls ging langsamer als gewöhnlich, als wollte sein Herz mit dem Blutvorrat des Körpers geizen. Er dachte, daß der Speerlauch das Fieber vertreiben und der Mohnsaft seine Qualen lindern würde. Es gab auch noch eine andere Mixtur in dem Kästchen, aus Honig und den schleimigen Wurzeln des Knochenheils; sie half sowohl innerlich als auch äußerlich.
Waldhari kam zurück, und Hagan erklärte ihm, wie er einen Schuß Mohnsaft und ein paar Schluck Wein vermischen sollte. Dankbar leerte

er dann den Becher mit dem Heiltrank. Schon jetzt fühlte er sich trotz der Schmerzen schläfrig, wehrte sich aber nach Kräften dagegen, weil er wußte, daß es nicht an dem Mohnsaft liegen konnte, der noch keine Zeit zum Wirken gehabt hatte.

»Wie ging die Schlacht aus?« flüsterte er, während Waldhari einhändig seine Speerlauchknolle zerdrückte.

Der Franke wandte für einen Augenblick das Gesicht ab und schaute auf das hinter Hagan liegende Feld. Der Burgunder wollte sich aufrichten, um seinen Augen zu folgen, aber Waldhari stemmte seine Handfläche fest gegen Hagans Brust und zwang ihn liegenzubleiben.

»Wir haben gesiegt. Ich glaube – ich weiß, daß ich einen Mann getötet und mehrere andere zumindest übel verwundet habe. Der letzte Gegner hat mir dann den Arm gebrochen. Ich hatte Glück, mein Schild lenkte den Hieb gerade so weit ab, daß er mich mit der flachen Klinge traf anstatt mit der Schneide. Und dann hast du ihn ja erledigt.«

»Und was sonst? Wer ist tot?«

»Es war weniger schlimm als bei einigen der früheren Schlachten. Einige sind gefallen, aber niemand, den du gut gekannt hast...« Waldharis haselnußfleckige Augen huschten hin und her, verstohlen wie ein Forellenschwanz in der Strömung. Hagan wußte sofort, daß er log.

»Du kannst es mir jetzt sagen. Es wird mich nicht umbringen.«

»Bleyda. Darum hat Hildebrand auch erst so spät nach dir gesehen. Attila hat einen seiner schrecklichen Wutanfälle bekommen; er verlangte Thioderiks Tod. Fast alle Männer, die noch kämpfen können, sind jetzt dabei, die Siedlung niederzubrennen.«

Jetzt roch auch Hagan den Rauch, den süßlichen Geruch wie von gebratenem Schweinefleisch, bei dem ihm das Wasser im Mund zusammenlief, und wie aus weiter Ferne hörte er die schrillen Schreie. Instinktiv bewegte er sich und wollte sich aufrichten, aber Waldhari drückte ihn sanft nach unten.

»Es ist alles gut, Hagan«, beruhigte der Franke, dessen Stimme zitterte. »Du bleibst hier, und ich passe auf dich auf, bis sie mit den Wagen zurückkommen. Keiner von uns muß... jedenfalls war Bleyda sein einziger Sohn; kein Wunder, daß er vor Grimm außer sich ist.«

Ein totes Dorf zahlt keinen Tribut, dachte Hagan; aber er wußte, daß überall an der Grenze andere Dörfer lagen, die nur hören würden, daß Attila in ein Land eingefallen war, das das Imperium für sich beanspruchte, und daß er zerstört, getötet und verbrannt hatte, bis nichts mehr übrig war als eine Lichtung zwischen den Bäumen, wie von einem Waldbrand verwüstet, und eine Straße, die daran vorbeiführte. Was der Hunnenfürst getan hatte, bedeutete keinen Verlust für ihn und vergrößerte eher noch den Ruhm seiner Schreckensherrschaft. Doch Waldharis schmale Lippen waren fest zusammengepreßt, seine Knöchel weiß, wo sie den Tonbecher umklammerten, und er vermied es, zu den dünnen, schwarzen Schlangen hinüberzuschauen, die sich in den Himmel ringelten.

»Du bist froh, daß du nicht dabeisein mußt, nicht wahr?« fragte Hagan. Seine Vorderseite wurde allmählich taub, oder vielleicht begann der Mohnsaft zu wirken. Es hätte ebensogut Waldhari sein können, der sein Leben verlor; *fast war ich es selbst, und vielleicht bin ich es auch noch,* dachte er.

»Ja«, versetzte Waldhari nüchtern. »Hätte Attila mir befohlen, ihm dorthin zu folgen, hätte ich mich geweigert – um meiner Seele willen.«

»Und doch hast du dich im Kampfe wacker geschlagen.«

»Es ist etwas anderes, ob man Männer in der Schlacht tötet oder ... das tut, was jetzt dort unten geschieht.«

Er machte eine Bewegung mit dem gesunden Arm. Hagan hatte gehört, was sich abspielte, wenn die Hunnen über eine Stadt herfielen: Frauen und Kinder wurden geschändet, Säuglinge auf Schwertspitzen gespießt oder als Zielscheiben für Speer und Pfeil in die Luft geschleudert; alles, was aufrecht stand, wurde niedergebrannt und kein Leichnam liegengelassen, ohne daß man ihm die Gliedmaßen abgehackt hatte. Waldhari wußte das sicher genausogut; kein Wunder, daß seine Hände zitterten, wenn es das war, was er jetzt vor sich sah. *Und doch ... wäre ich nicht verwundet ...* dachte Hagan.

»Wo ist Thioderik?« erkundigte er sich. »Was tut er jetzt?«

»Keiner der Hunnen wagte ihn anzugreifen. Die Goten haben das Schlachtfeld bereits verlassen, mit Ausnahme derjenigen, die die Verwundeten versorgen. Es heißt, daß Thioderik sich zu Hrodgar begeben will. Zwar fürchtet dieser Attila, doch mit dem gotischen Heer an der Seite seiner eigenen Truppen können die Hunnen wenig gegen ihn ausrichten. Er soll ein milder und gerechter Mann sein.«

»Du hast mir erzählt, Attila sei freigiebig nach einer Schlacht«, murmelte Hagan. Ja, es mußte der Mohnsaft sein, der ihm das Atmen er-

leichterte, auch wenn er ihm die Gedanken verwirrte. »Vielleicht schenkt er mir eine andere Brünne, wenn man meine nicht ausbessern kann.«
»Sie hat nur diesen einen Riß vorn in der Mitte. Man kann ihn bestimmt flicken. Ich habe dir auch dein Schwert unversehrt wiedergebracht und es gereinigt, bevor ich es in die Scheide steckte. Und ich fand deinen Speer, zumindest nehme ich an, daß er es ist; er sah so aus, und er durchbohrte den Hals eines Mannes.«
Hagans linke Hand wanderte zögernd an seine Seite. Ja, der beinerne Griff lag kühl in seinen Fingern, und die kleinen Bronzebuckel hielten seine Hand fest, als er die Faust um den Griff schloß. »Ich danke dir.«
»Es war das wenigste, das ich tun konnte. Ich bin überzeugt, daß du mir das Leben gerettet hast.«
Hagan öffnete den Mund, um noch etwas zu sagen, verrenkte aber statt dessen die Kiefer zu einem knirschenden Gähnen. Wieder senkte sich Schwärze über seine Augen, und diesmal gelang es ihm, loszulassen und sich dem Halbschlaf hinzugeben, den der Mohn ihm schenkte.
Trotz des Mohnsaftes war die Rückfahrt im Wagen äußerst schmerzhaft. Bei jedem Holpern, jeder Erschütterung rötete frisches Blut die Verbände der Verletzten und brachte die aufgeschichteten Leichname in Bewegung, als sei in den erkaltenden Körpern ein Rest von Leben zurückgeblieben. Die Hunnen hatten ihre eigenen Schwerverwundeten zurückgelassen; nach dem Gnadenstoß verströmten sie ihr Lebensblut im Gras. Hagan bemerkte verschiedentlich schwarzhaarige Leichen mit sauber durchschnittener, offener Kehle. Die Goten dagegen gaben sich große Mühe, ihre Verletzten zu retten, soweit nicht erkennbar jede Hilfe zu spät kam. Einer der älteren Krieger – Hagan wußte seinen Namen nicht mehr – saß aufrecht an der Wagenwand, umklammerte seinen Brustverband und hustete ab und zu einen Mundvoll Blut über den Rand. Vermutlich hatte er einen Pfeil durch die Lunge bekommen, aber die Kunst eines guten Heilers konnte ihn vielleicht noch durchbringen. Andere Männer zeigten verstümmelte Gliedmaßen; an einigen dieser Hände und Füße würde sich Brand einstellen und man würde sie abhacken müssen, damit sie nicht anfingen, grünen Gestank zu verbreiten und ihre Besitzer zu vergiften. Hagan war durchaus froh, daß man ihm keinen Gnadenstoß gegeben hatte; aber er fragte sich, ob man denen einen Gefallen tat, die man am Leben ließ, obwohl sie nie wieder kämpfen konnten. Natürlich waren die Hunnen früher ein Wandervolk gewesen –

sie ritten oder sie starben, und es gab keinen Ort, an dem sie rasteten, so daß Verwundete oder Kranke auch nirgends gesund werden konnten. Falls die Burgunder auch einmal so gelebt hatten, war es lange in Vergessenheit geraten.
Einige der Verwundeten stöhnten, andere fluchten mit rauher Stimme. Obwohl der frische Wind über den Wagen blies, war nicht allein das Stroh, sondern das Holz selbst vom Gestank nach Scheiße, Pisse und Blut durchtränkt. Hagan kaute langsam auf einer neuen Speerlauchknolle herum und ließ sich von ihrem beißenden Öl die üblen Gerüche der Verwundeten aus Mund und Nase brennen. Brust und Bauch taten noch immer weh, obwohl der Mohnsaft den Schmerz ein wenig verdrängt hatte. Waldhari war nicht auf dem Wagen; trotz seiner verletzten Schulter konnte er einigermaßen reiten. Sosehr er sonst das Reiten verabscheute, jetzt beneidete Hagan den Franken. Es würde viele Tage dauern, bis Grimhilds Sohn wieder zu Pferde saß oder auch nur das leichte Gewicht seines Schwertes heben konnte.
Rua fuhr den Wagen. Schnalzend trieb er die Gäule an, als stapele sich auf den Brettern hinter ihm nichts als eine Kornlast. Einige der Goten verfluchten ihn müde, wann immer ein Rad gegen einen Stein stieß. Die Hunnen saßen nur stumm da und blickten finster vor sich hin. Hagan merkte, daß sie sich schämten, weil sie zu schwer verletzt waren, um zu reiten.
Auch Rua schwieg, starrte düster in die Bäume und peitschte ab und zu mit den Zügeln die Flanken der Pferde. Einer der Hunnen spuckte erbost auf die Straße und murmelte etwas in seiner Sprache. Hagan schloß die Augen und versuchte wieder zu schlafen, jedoch ohne viel Erfolg. Trotz der Mäntel, in die Waldhari ihn eingepackt hatte, fror er immer noch, und das Rütteln des Wagens riß ihn ständig aus seinem Dösen. Ab und zu klatschte ihm ein Regenguß ins Gesicht. Dennoch verging die Zeit schneller, als er dachte. Hätte die betäubende Wirkung des Mohnsaftes nicht bereits nachgelassen, als sie Attilas Siedlung erreichten, wäre ihm das hohe, unheimliche Singen der Hunnenfrauen wie ein weiterer Mohntraum erschienen. Er roch die zerquetschten Blumen und Birkenblätter, aber niemand warf den Verwundeten etwas davon zu; die Hunnen begrüßten nur diejenigen, die noch im Sattel sitzen konnten.
Rauhe Hände hoben Hagan vom Wagen. Der Himmel, zu dem er aufblickte, war dunkel und wurde nur ab und zu vom Funkeln ferner Blitze

erhellt. Er biß die Zähne zusammen, um ein Stöhnen zu unterdrücken, als man ihn in das kleine Haus trug und auf sein Bett legte.
»Kann ich irgend etwas für dich tun?« fragte Waldhari.
»Wasser«, flüsterte Hagan. Seine Kehle war so trocken, daß er kaum sprechen konnte.
Waldhari setzte den Becher an seinen Mund. Hagan hob den Kopf und trank gierig, bis das Gefäß leer war. Er wollte zunächst keinen weiteren Mohnsaft, noch nicht. Er hatte zu wenig davon, und der Preis war zu hoch – wenn er jetzt alles aufbrauchte, woher sollte er neuen Vorrat bekommen? Sein Herzschlag war wie das Getrommel von Hufen auf seiner Brust, jeder Atemzug eine langsame Woge von Schmerz.
»Wie starb Bleyda?«
»Ein Pfeil aus dem Wald, die Schlacht hatte kaum begonnen. Es hätte jeden treffen können. Aber Attila gibt Thioderik die Schuld, weil Bleyda hinter ihm ritt und der Amalung noch am Leben ist.«
»Habe ich Fieber? Mir ist warm.«
Waldhari legte ihm die Hand auf die Stirn, eine federleichte Berührung, als streife man ihn ganz kurz mit dem Zipfel einer Wolldecke. »Du bist kalt wie die Nachtluft; wir müssen dich noch besser einpacken.« Er häufte weitere Decken auf Hagans Bett. Ihr Gewicht lastete auf dem Verwundeten, als wären sie aus Bleifäden gewebt. »Ich will sehen, ob ich mir noch ein paar zusätzliche Decken leihen kann. Ich komme gleich wieder. Versuch zu schlafen, wenn du kannst.«
Das Feuer brannte zur Glut herab, aber Hagan glaubte frischen Rauch zu riechen, überall Rauch, als brenne das Strohdach des kleinen Hauses. Waren die Römer gekommen, um ihre Toten zu rächen? Er wollte schreien, um Waldhari zu warnen, aber aus seinem Mund kam nur ein leises Wimmern.
»Still, sei still, Enkelsohn«, wisperte die Stimme des alten Mannes an seinem Ohr, sacht wie das Scharren horniger Fingernägel auf der trockenen Haut des bemalten Trommelfells. »Um dich herum brennen die heiligen Kräuter; sie vertreiben alles Böse aus deiner Wohnung; sie verjagen die Fieberunholde aus deinem Bett, aus deinem Bettzeug, aus dem Leinen, das deine Wunde umgibt ...«
Jetzt erkannte Hagan die gebeugte kleine Gestalt des Gyula an seinem Bett, und es kam ihm sogar vor, als sehe er den Rauch, der dem Kohlebecken neben ihm entströmte, mit den Augen des alten Mannes ... seine

leuchtende Reinheit, die die kleinen, grünlich-roten Würmer verscheuchte, die sich unbemerkt durch Stroh und Stoff geschlängelt hatten.
»Atme den Rauch, höre den Hufschlag des Rosses, das dich davonträgt, das dich zurückbringt . . .« Undeutlich fühlte Hagan, daß der Gyula sich an seinen Verbänden zu schaffen machte. Er dachte, der Alte müßte aufgehört haben zu trommeln, doch immer noch vernahm er das stetige Pochen, auch als der Schamane die Stoffbinden entfernte und den länglichen Stoffbausch aus verkrustetem Leinen von seiner Wunde wusch, die er dann langsam mit dicker Salbe bestrich. Feurige Pein durchfuhr ihn, als der Gyula seinen Körper berührte. Sie sank herab zu dumpfem Schmerz.
»Du bist zu weit fortgegangen heute, zu tief ist deine Wunde«, murmelte der Gyula. »Auch wenn dein Leib anderen unversehrt scheint, hast du ein Stück deiner Eingeweide und einen Teil deines Blutes am Ufer des tiefen Flusses gelassen, wo der Schwan schwimmt. Wir müssen hingehen und sie holen, ehe ein Untier sie frißt, oder du wirst krank werden und sterben. Bist du bereit, mit mir zu kommen?«
»Ich bin bereit«, hauchte Hagan, der kaum seine eigenen Worte hören konnte.
Diesmal waren es die zaundürren Finger des Gyula, die seinen Kopf hoben, und das Getränk in seinem Mund war saurer Khumiß mit bitteren Kräutern. Als Hagan ihn hinunterschluckte, wurde seine Zunge taub. Der Schamane hatte seine Trommel wieder in der Hand. Hagan sah, wie er sie leise schlug, sah, wie die kleinen, dunklen Gestalten sich um die Arme des Gabelkreuzes, die in der Mitte des Trommelfells zusammentrafen, wanden und drehten.
»Steh auf«, befahl der Gyula, und ohne daß Hagan begriff wie, stand er. Seine Wunde tat ihm dabei nicht weh. Er fühlte sich, als schwebe er eine Handspanne über der Erde, wie trunken vom Rauch der Hanfbäder oder vom Saft des Mohns. Doch als er hinunterblickte, erkannte er seinen Magen, der noch immer unverbunden klaffte, die Muskeln, zurückgeschlagen wie Mantelsäume, das Heben und Senken der graublauen Lungen im Inneren des Brustkorbs, die dunkle Leber und die bleichen Windungen und Schlingen seiner Eingeweide. So wie der Gyula gesagt hatte, konnte er sehen, wo ein Stück seines Darms sauber abgetrennt war und kleine Blutstropfen noch immer träge aus den durchschnittenen rosa Schläuchen an beiden Enden sickerten.

An seiner Seite wartete der Gyula. Jetzt, da der Schamane sich nicht länger unter der Last seiner Jahre krümmte, sah Hagan, daß er in Wirklichkeit ein großer Mann war, so groß wie Attila, doch weniger breit. Seine Augen glühten, rote Granatzwillinge, in denen sich der feurige Schein aus den Augen des Adlerschädels am Knauf seines Stabes spiegelte. »Leg diesen Mantel um, Hagan«, sagte er. Seine Stimme war alt wie zuvor, doch sie hallte in der dunklen Luft über dem dumpfen Trommelschlag wider. »Die, zu denen wir reisen, dürfen nicht sehen, daß du verletzt bist, sonst werden sie versuchen, uns alle beide zu zerfleischen.« Hagan nahm das Stück Finsternis von seinem Arm und wickelte sich hinein, bis Nacht und Nebel ihn ganz verhüllten.
Neben dem Gyula stand ein Pferd, ein zottiges, schwarzes Steppenpferdchen, in dessen Fell beim blassen Schimmer des Mondlichts im Nebel Silberfäden glitzerten. Auf einen Wink des Schamanen stieg Hagan auf. Der Gyula ergriff die Zügel des Tieres und begann es zu führen. Ihr Weg führte abwärts.
Hinab und nach Norden, dachte Hagan benommen und starrte auf den geflochtenen Kriegerzopf, der dunkel im Nacken des Gyula hing. Es kam ihm vor, als gingen sie durch einen Wald, dessen knorrige Bäume nach ihnen griffen wie aus Hanf gedrehte Schlingen; als könne er die Umrisse der Waldwichte sehen, die sich zwischen den Bäumen bewegten und mit langen, gestrüpppartigen Armen nach oben in die Zweige und nach unten in die Wurzeln griffen. Er tastete an seiner Seite; der Griff seines Schwertes schmiegte sich tröstlich in seine Hand, und daneben steckte sein Speer. Ein schwaches, blaues Leuchten, matt wie Morgenglanz im Nebel, umspielte die Ränder der Kristallperle, die an der Spitze der Schwertscheide hing. Hagan ballte seine Faust um sie und spürte, wie Herz und Atem ruhiger wurden, sobald er ihre glatte Kälte berührte.
»Ja, du bist noch immer ein Krieger, mein Heckendorn«, raunte der Gyula, und seine Stimme klang sanft und stetig wie rauschendes Wasser. »Dachtest du, alle, die hierherkommen, verlören die Kraft ihres Mannestums? Viele Helden sind vor dir diesen Weg gegangen . . . viele trugen Schwert und Speer hinab zum dunklen Fluß . . . an manchen Stellen strudelt er grau von vielen Waffen, den Waffen der Erschlagenen, die im bleiernen Wasser schäumend aneinanderklirren . . . du mußt den Weg lernen . . .«

Die Straße vor ihnen glänzte in der Dunkelheit sanft wie poliertes Bein. Die Hufe des silberschwarzen Pferdes dröhnten dumpf, als schritte es über Eis, unter dem kein Wasser gefesselt lag. Eiskalte Luft umwehte sie, die allmählich gefror. Fest umklammerte Hagan sein Schwert, damit er nicht zitterte. Die Skalden sagten, daß in Wodans Halle Klingen wie Feuer brannten. Hagan spürte die Wärme des Schwertes unter seiner Hand, zu roter Kohlenglut angefacht vom Blut, das es an diesem Tag getrunken hatte. Doch schien ihm die Flamme, die an der Spitze seines Speers flackerte, kalt wie ein vom Fluß glattgeschliffener Eisblock; ein geisterhaftes, blaues Licht, das das Eisen säumte, und ein rotes Licht, das das blaue schwach umblitzte und ihm den Weg zeigte ... *hinab und nach Norden.*
Er nahm die Hand vom warmen Bein und der Bronze des Schwertgriffs und griff zum geschmeidigen Eschenholzschaft. Unter seinen Fingern schmolzen die winzigen Reifkristalle, die dort festgefroren waren. Der Speer summte in seiner Hand; er nahm ihn aus der Schlinge und hielt ihn hoch. Sacht ließ er die Spitze über dem Kopf des Gyula hin und her pendeln. Ihm war, als sei das schwarze Eisen zum Rabenschnabel geworden, als sehe er die Schattenflügel am bleichen Schaft und fühle den Herzschlag des Speers in seinem Arm. Eine Woge von Kraft durchflutete seinen Körper, als hätte er tief eingeatmet und einen Aufschrei der Ehrfurcht ausgestoßen; doch er hatte weder geatmet noch geschrien.
Der Gyula blieb zurück. Während Hagan mit dem Speer den Weg zeigte, ging er jetzt neben dem Pferd her. Der Burgunder hörte das Rauschen des Flusses – breit und stark wie die Danu, tief und weise wie der Rhein toste es in seinen Ohren und brauste in seinem Blut, als vereinigten sich die Stimmen von neun vollzähligen Kriegsheeren darin zu einem einzigen Geschrei, bei dem der Ruf eines jeden Mannes den nächsten herausforderte und gleichzeitig dessen Worte übertönte. Die kalte Luft war feucht von Gischt. Hagan konnte den Wasserfall nicht sehen, hörte aber das dumpfe Prasseln der Flut, die aus großer Höhe auf die Flut in der Tiefe herabstürzte. Voller Eifer rammte er dem Pferd die Fersen in die Seite und wollte ihm schon die Sporen geben, als die Stimme des Gyula leise und klar durch das Rufen des Flusses klang.
»Vorhin warst du nicht so begierig, die Deinen zu verlassen.«
Selbst bei Hochwasser war der Rhein nicht so laut ... Hagan merkte, daß das Pferd unter ihm langsamer wurde. Plötzlich war ihm, als sehe er

wie aus weiter Ferne Gundaharis stämmige Gestalt. Sein Bruder ritt allein durch grüne Felder. Sein Kastanienhaar glänzte rötlich im Sonnenschein, und heller noch blinkte ein Goldreif auf seinem Kopf, Flammen, die bei Tageslicht harmlos brannten, aber jeden Augenblick auflodern und ihn verzehren konnten. Noch während Hagan hinsah, verblaßte das Feuer und nahm eine blaue Farbe an – Grabhügelfeuer, das über dem Gold der Toten brennt ...

Hagan wollte das Herz stehenbleiben. Dann sah er den Bart, der dunkel über die gedrehten, goldenen Halsringe wallte, schwarz auf bläulicher Haut. Da wußte er, daß es nicht Gundahari war, der durch jenes ferne Land ritt, sondern Gebica.

Es ist ein Gesicht, dachte er. *Alle müssen einst diesen Weg gehen.*

»Achte jetzt nicht auf andere Schatten«, warnte der Gyula. »Halte deinen Speer fest und vertraue unserem Pferd; die Straße wird hier gefährlich.« Unwillkürlich blickte Hagan in die Tiefe. Unter sich sah er den steilen Pfad durch die schroffen Felsen, schlüpfrig von der Gischt des gewaltigen Wasserfalls, der tief unten donnernd dahinrauschte. Vom schwarzen Fluß quoll eine Sturmwolke weißen Schaumes auf. Er wäre gern abgestiegen und mit dem Gyula gegangen, aber es war ein größeres Wagnis, vom Pferderücken zu klettern als sitzenzubleiben. *Der Rückweg wird noch härter sein,* dachte Hagan und faßte den Speer fester.

Jetzt sah er die aufgetriebenen Leiber ertrunkener Männer in der Flut, so wie er sie manchmal nachts im Rhein gesehen hatte – Untote, die sich noch immer krümmten und wanden und aus Mündern voller Schlamm riefen. *Dieser Ort ist mir nicht fremd – es ist mein eigener Fluß.* Er verzerrte die Lippen zu der zähnefletschenden Grimasse, die ihm als Lächeln diente. Obwohl er es nicht angetrieben hatte, ging das Pferd schneller. Seine Hufe klapperten hart auf dem Steinpfad.

Als sie den Fuß der Klippe erreicht hatten, troffen Hagans Haare und Kleider von Gischt, die so kalt war wie Leichenblut. Er vernahm den Wasserfall nicht mehr und fühlte nur noch das dumpfe Krachen, das ihm durch Mark und Bein und bis in den nassen schwarzen Felsen zu seinen Füßen dröhnte. Seine Speerspitze flammte heller, als er den Weg einschlug, den sie ihm wies. Der Gyula hielt sich lautlos an seiner Seite, so wie Hagan eines Tages an Gundaharis Seite bleiben würde, um zu bewachen, zu behüten und auf den Weg zu helfen. Dort, wo die Klinge des Gegners sie zerschnitten hatte, begannen Hagans Eingeweide zu

schmerzen; doch es war nicht die brennende Pein des Eisens, sondern ein Wundsein, wie es ihn stets überkam, wenn er an die fernen Ufer des Rheins dachte. Der Gyula sah zu ihm auf. Aus der silbervergoldeten Blässe seines Gesichts glühten die dunkelroten Granataugen. Er schnalzte dem Pferd etwas zu und schlug es auf die Flanke, bis das rasche Klopfen seiner Hand die Hufe wieder schneller trotten ließ.
Das wilde Schäumen des Flusses und die Gestalten, die schwarz im bleichen Schaum trieben, verblaßten, als sie weitergingen, bis nur noch ein paar kleine Strudel hell im Wasser aufglänzten und Hagan keinen anderen Laut hörte als das leise Plätschern der kleinen Wellen am Ufer. Endlich zog der Gyula die Zügel des Pferdes an, so daß es stehenblieb. Stumm winkte er Hagan abzusteigen. Als seine nackten Füße den eiskalten Stein berührten, fuhr es Hagan wie ein Schlag durch alle Glieder; er stolperte und wäre fast gefallen. Der Gyula fing ihn mit einem Arm auf und stützte ihn so lange, bis er mit Hilfe seines Speerschafts wieder allein stehen konnte.
Der alte Schamane deutete über den Fluß. Hagans Blick folgte seinem hellen Finger. Dort auf dem schwarzen Wasser schwamm ein schwarzer Schwan, der wie spöttisch den Hals bog. Hagan sah die winzigen blauen Flämmchen, die über den dunklen Blutstropfen an seinem Schnabel glühten.
Einen Augenblick verharrte er wie angewurzelt. Sein Kopf war leer. Dann wand sich etwas Bleiches unter seinen Füßen, und Hagan drehte den Speer um und stieß zu. Zielsicher spießte er den fahlen Wurm.
Der jähe Schmerz traf ihn völlig unerwartet. Er biß sich hart auf die Zunge und krümmte sich vor der stechenden Qual in seinem Bauch. Aber er ließ den Speer nicht los. Langsam hob er die Waffe in die Höhe und drehte sie dabei ein zweites Mal um. Die weißliche Schlange, die sich seiner Wunde entgegenringelte, hatte weder Kopf noch Schwanz, und schwarze Blutstropfen sickerten träge aus ihren beiden Enden. Hagan richtete die Speerspitze auf die klaffende Wunde, die seine Eingeweide zerriß, und ließ das Ding, das an der Waffe zappelte, selbst seinen Platz finden. Ein letzter, schrecklicher Schmerz versengte seinen Körper, als er die scharfe Spitze wieder herauszog; dann war da nur noch die glühende Narbe von der Brust bis zum Unterleib, die hell auf seinem weißen Körper leuchtete, als hätte man zerbrochenes Silber mit Golddraht gelötet.

Der Laut, den Hagan jetzt hörte, konnte der erleichterte Seufzer des Gyula sein oder sein eigener, aber er endete nicht wie ein rascher Atemzug. Hagan fuhr herum. Doch als der Gyula zur Seite trat, senkte auch er die Speerspitze.

Gebica ritt einen Rotschimmel. Mann und Roß waren so mit Gold behangen, daß Hagan sich wunderte, wie sie sich überhaupt noch bewegen konnten. Leichenfeuer brannte auf den Schätzen, die sie trugen. Gebicas Haut war bereits dunkelgrau, und seine Augen starrten groß und weiß aus ihren schwarzen Höhlen.

Hagan stand da und glotzte ihn an. Was er vorhin gesehen hatte, war ein Schatten gewesen, etwas, das irgendwann einmal geschehen konnte – so hatte er geglaubt. Es war zu früh, die große Eiche stürzen zu sehen . . . Hagan dachte an die Wärme von Gebicas großer Hand auf seinem Haar und daran, wie er sich stets dem offenen Lächeln des Hendings und der breiten Tiefe seiner väterlichen Umarmungen entzogen hatte.

Ich nahm das Schwert aus seiner Hand entgegen und ging dorthin, wo er mich brauchte, um seines Erstgeborenen und des ganzen burgundischen Volkes willen, erinnerte er sich selbst. *Was hätte ich mehr tun können?*

Der Wind seufzte aus den Tiefen von Gebicas Körper, bis der erschlaffte Kiefer und die geschwollene Zunge sich wieder bewegten und ihn zu Worten formten. »Hagan, mein Sohn. Ich habe mir gewünscht, daß du länger leben würdest als ich; ich habe gehofft, daß deine Aufgabe als Friedgeisel dir kein Unheil bringen würde.« Er hob die Hand, offensichtlich, um Hagan über den Kopf zu streichen, zog sie aber hastig zurück, als fürchte er, seine kalte Berührung könne schädlich sein. Der Schatten seiner Hand ließ Hagan vor Leid und Qual erschauern, auch wenn er nicht wußte, ob die scharfe, eisige Welle, die ihn erfaßte, von der Nähe des Toten oder der Erinnerung an den lebenden Gebica aufgewühlt worden war.

»Zwar stehe ich am Ufer des Flusses, doch ich lebe noch«, antwortete Hagan. »Weder du noch meine Geschwister müssen um mich trauern, zumindest nicht so bald. Aber sag mir, wie steht es um meine Gesippen? Was brachte dich so früh an diese Ufer?«

»Deinen Gesippen in der Welt der Lebenden geht es gut.« Gebica hob dem goldumwundenen Arm. Ein paar Tropfen Feuchtigkeit rannen von seinem Ärmel und liefen über die schöngeformten Windungen aus flammendem Metall wie eisiger Schmiedeschweiß. »Gundahari und Gundrun weinen noch um mich, doch schon fließen ihre Tränen sachter; sie wissen, daß ich mir keine Trauer von ihnen wünsche, sondern ihre Kraft, damit sie unser Volk zusammenhalten und auf dem aufbauen, das ich für sie begründete. Und Grimhild...«

Gebicas Körper zeigte keinerlei Blutspuren; er war nicht an einer Wunde gestorben. Die fahlgelben Toten waren an einer Krankheit verschieden; Haare und Kleider der Ertrunkenen waren triefend naß; das wußte Hagan aus dem Geflüster, das er in den Nächten gehört hatte. Was, wenn nicht für ihn gebrautes Gift in Trank oder Speise, hätte dem toten Herrscher diese dunkle Farbe, diese leidvolle Miene verleihen können?

»Stets hat sie zu Gundaharis Wohl gehandelt und wird ihm guten Rat geben, solange sie lebt und nach bestem Wissen – es ist nicht ihre Schuld, wenn vieles davon sich zum Üblen wendet. Was geschehen ist, ist geschehen. Ich muß nun den Fluß überqueren, wenn mein Pferd ihn durchwaten kann. Lieber hätte ich auf das Eintreffen des Sinwists gewartet, der mir den Weg gewiesen hätte; aber er ist eine kleine Weile vor mir hierher geritten.«

»Einmal sah ich hier ein Boot«, sagte Hagan langsam. »Ich werde dich hinüberrudern, wenn ich nur...«

»Mein Sohn«, seufzte Gebica, und seine Stimme war so leise und tonlos wie Hagans eigene, »was hätte ich mehr für dich tun können? Gab ich dir je weniger an Geschenken oder Fürsorge als deinen älteren Geschwistern? Wäre es so, hättest du das Recht, Buße von mir zu fordern.«

Wieder hob er den Arm, von dem salzige Tropfen fielen. Gold klingelte an Gold wie Glocken im Regen.

Du besitzt jetzt die Weisheit der Toten, wollte Hagan sagen. *Jetzt kannst du mir sagen, wer mein Vater ist.* Seine Hand am Speerschaft zitterte, so sehnte er sich danach, es auszusprechen, aber die Zunge lag ihm wie ein Stück Eisen im Mund. Gebica hatte Hagan immer seinen Sohn genannt und sich Mühe gegeben, das Wort wahr zu machen; es war Hagan gewesen, der seiner Nähe ausgewichen war.

Und so erwiderte er nur: »Nicht um meinetwillen sollst du auf den Weg verzichten, den du gehen mußt. Mir geht es gut, und ich bin glücklich. Zwar wurde ich in der Schlacht verwundet, aber ich tötete meine Gegner, und eines Tages werde ich wieder gesund sein. Komm, ich werde dich rudern.«

Das kleine Boot tanzte am Ufer, als sei es an einem Felsen vertäut, aber Hagan sah kein Seil, das es hielt. Zwei Ruder hingen verwittert und halb zersplittert in den Dollen. Er nahm Gebicas Roß am Zügel und führte es. Das Boot sank unter dem Gewicht des Tieres nicht tiefer und kippte auch nicht, als es die Füße bewegte. Doch als Hagan sich rührte, schwankte der kleine Kahn.

Er tauchte die Ruder in den Fluß und stieß ab. Dunkles Wasser tropfte sanft von den hölzernen Ruderblättern. In geringer Entfernung zog die schwarze Schwänin ihre Kreise. Hagan wagte nicht, sie anzublicken, damit er nicht vom Wege abkam und ihr auf ewig über den Fluß folgen mußte; doch wenn sie an ihm vorüberschwamm, blinzelte er und sah das weiße Aufleuchten ihres Gefieders.

Das jenseitige Ufer des Flusses lag im Nebel. Das Boot prallte an einen Felsen und rührte sich sekundenlang nicht; und als Hagan sich umschaute, waren Gebica und sein Pferd verschwunden. Hagan packte die Ruder fester und wartete, während die Strömung sein Boot schaukelte, wartete auf die langsame, tote Stimme des Hendings im grauen Nebel, auf die Worte, die seine stumme Frage beantworten würden. Doch es kamen keine Worte, nur die Erinnerung an etwas, das Gundahari gesagt hatte: »Aber ich weiß, daß du heil und gesund zurückkehren wirst ... was sollte ich sonst anfangen?«

Und so stieß Hagan wieder vom Ufer ab und ruderte dorthin zurück, wo der Gyula bei seinem Pferd auf ihn wartete.

Obwohl der Rückweg ihm länger erschien, war er bequemer. Der Hufschlag lullte ihn ein, bis alles um ihn herum im Nebel verschwamm. Irgendwo unterwegs merkte er, daß der Gyula nicht mehr neben ihm ging. Aber das Pferd hatte den schwarzen Kopf erhoben, und seine Hufe klapperten munter die Straße entlang, als wisse es, daß es nach Hause ging. Hagan wagte nicht, es zu wenden oder zu lenken; sein Blick begann sich zu umwölken, seine Sinne sich zu trüben, bis selbst der starke Leib des Rosses unter ihm sich allmählich in Morgennebel aufzulösen schien. Nur der nagende Schmerz in seinem Bauch war noch Wirklichkeit, der Schmerz und das leise Klopfen, Klopfen des Trommeltaktes in seinen Ohren.

»Hagan. Hagan. Kannst du mich hören?« Hagan kannte die Stimme, kannte sie sogar gut, wußte aber nicht, woher. Er wußte, daß er verletzt war; Grimhild würde gleich kommen und Mohnsaft und Heilkräuter bringen ...

»Hagan?«
»Gundahari?« murmelte er matt. Er hob den Arm, aber die Hand, die nach ihm griff, war zwar schwielig und kräftig, aber zu schmal und zu kühl, um seinem Bruder zu gehören.
»Halb hast du recht. Nicht der *Kämpfer* im Heer, sondern der *Führer* im Heer – nicht Gundahari, sondern Waldhari.«
Hagan verzog den Mund und versuchte zu lächeln. Bei der Bewegung tat ihm alles weh, und Waldhari hielt seine Hand fester.
»Der Gyula hat dich gewaschen und genäht, während du bewußtlos warst. Ich hätte dich gern länger schlafen lassen, aber du fingst an, um dich zu schlagen und wirres Zeug zu stammeln, und ich hatte Angst um . . .« Waldhari unterbrach seinen Satz wie ein Schmied, der Metall zerhackt. Dann wurde sein Ton weicher. »Kann ich dir etwas bringen?«
»Wasser. Und den Nachttopf.«
Waldhari brachte Hagan erst den Topf und hielt ihm dann seinen eigenen Tonbecher an die Lippen. Hagan trank gierig. Verschüttete Tröpfchen liefen ihm kalt über Gesicht und Brust. Er hörte den Franken etwas in einer fremden Sprache murmeln – Latein, Gebete vielleicht, auf jeden Fall keine Verwünschungen.
Hagan reckte den Kopf und versuchte einen Blick auf seine Wunden zu werfen. Eine säuberliche Reihe schwarzer Stiche kroch die rote Linie hinunter, Spinnenfinger, die seinen Leib zusammenhielten. *Aber er war bei mir. Ich sah . . .*
»Waldhari«, brachte Hagan mühsam hervor. »Hending Gebica ist tot.«
»Du hast schlecht geträumt. Soll ich dir noch etwas von dem Mohnsaft geben, oder glaubst du, daß es davon schlimmer wird?«
»Es war kein Traum. Ich sah ihn am Flußufer . . . ich habe ihn hinübergerudert.« Hagan fühlte, wie ihm die Schweißtropfen der Krankheit herunterliefen und in sein Haar und über seine Flanken rannen. »Ich sage dir, ich sah ihn.«
»Ich werde dir ein Stück Brot und einen Schluck Wein holen. Ich habe gehört, daß Essen und Trinken gesund sind, wenn man einen Alptraum gehabt hat, und da deine Eingeweide nicht durchbohrt sind, kann es dir nicht schaden.«
»Es war kein Alptraum . . . ich sah ihn reiten . . . und ich glaube, das schwarze Pferd war ein Hengst.«

Waldhari legte kurz die Hand auf Hagans schweißnasse Stirn, ein warmer Hauch auf der eiskalten Haut des Burgunders. »Fieber hast du nicht«, murmelte er vor sich hin. »Brot und Wein werden dir guttun; zusammen können sie Wunder wirken.« Er lächelte ein kleines Lächeln, wie er es oft tat, wenn er sich über ein kluges Wortspiel freute, und Hagan wußte inzwischen genug über den Glauben seines Freundes, um zu wissen, was er meinte.

»Ich will keinen Christenzauber«, erklärte er.

Die kleinen Muskeln an Waldharis kantigem Kinn strafften sich wie Zügel, die seine Zunge zurückzogen. Er schüttelte den Kopf. »Nein. Ich bin kein Priester, und vielleicht wärst du gar nicht imstande, die Hostie zu schlucken, wenn man sie dir reichte. Ganz einfach Brot und Wein für dich, mein Freund; wenn du nichts zu dir nimmst, kannst du nicht gesund werden.«

Vorsichtig und mit einer Hand – man sah deutlich, wie sehr ihn seine Schulter schmerzte – schob Waldhari ihm ein paar Kissen in den Rücken und brachte die versprochene Mahlzeit. Hagan aß und trank langsam und zwang sich, alles bei sich zu behalten, obwohl er solch brennende Qualen litt, daß ihm jeder einzelne Bissen und Schluck wieder hochzukommen drohten. Aber er wußte, daß ein Erbrechen noch viel schmerzhafter sein würde, als dazusitzen und etwas herunterzuschlukken, und so nahm er sich zusammen. Zwei Becher Wein schafften seiner Wunde ein wenig Erleichterung und ließen ihn erneut schläfrig werden, jedoch nicht so benommen, daß er vergaß, was er am Flußufer erlebt hatte. Noch ehe der Mond das nächste Mal zu- und wieder abgenommen hatte, würde ein Bote kommen und Gebicas Tod melden ... und ihn selbst vielleicht nach Hause holen, obwohl er das nicht mit Bestimmtheit sagen konnte. Er sah hinüber zu Waldhari, der in seinem lateinischen Buch las. Die blaßgoldene Kerzenflamme glänzte in seinem Haar und beleuchtete die eckigen Wangenknochen. Ab und zu bewegte der Franke den verletzten Arm in der Binde. *Ich würde ihn vermissen*, erkannte Hagan jäh.

Er erwachte vom Zuschlagen der Tür. Ein schwarzer Schatten von riesiger Größe schwoll herein und verdeckte das graue Regenlicht. Hagans trüber Blick wollte nicht klar werden; eine plötzliche, heiße Angst, brennender als die Wunde in seinem Bauch, versengte ihn – hatte er

vielleicht einen Schlag oder Tritt an den Kopf erhalten, während er auf dem Schlachtfeld lag? Das konnte bedeuten, daß er in wenigen Tagen blind sein oder im Wahnsinn sterben würde. Er blinzelte hastig dreimal. Nach und nach klärten sich seine Augen.
Attila hatte sich nach der Schlacht noch nicht gewaschen. Sein Filzwams war steif und dunkel, das Haar ein verkrustetes Gestrüpp. Er stank nach Pferdeschweiß, fauligem Blut und schalem Bier, und mit jedem Rascheln seiner Kleidung strömte eine neue Geruchswelle von ihm aus. Das gelbliche Gesicht des Hunnenfürsten war von Striemen verwüstet, als hätte er es immer wieder mit den Fingernägeln aufgekratzt, und seine Augen glühten rot aus Höhlen, die blau unterlaufen waren wie in einem Leichenschädel. Kein Gold schmückte seinen Arm; man hätte ihn für den allerärmsten Knecht am Morgen nach einer Prügelei im Rausch halten können, wären da nicht das Schwert des Kriegsgottes an seiner Seite und der schwere Beutel in seiner Hand gewesen.
»Du lebst noch«, grollte Attila. Hagan wußte nicht, was er aus der Stimme des Hunnenfürsten heraushörte – Erleichterung oder Enttäuschung. Beides hätte ihn nicht überrascht. Er richtete sich halb auf dem Ellenbogen auf und wünschte sofort, er hätte es nicht getan, denn der Schmerz war so schneidend, als hätte man ihn von neuem aufgeschlitzt.
»Man sagt mir, du hättest tapfer gekämpft.«
»Ich habe drei Männer mit dem Schwert getötet, und Waldhari sagt, er habe meinen Speer im Leichnam eines vierten gefunden.«
»Du wirst einmal ein großer Held werden – wenn du am Leben bleibst. Hast du die Unglücksbotschaft vernommen?«
»Ja. Ich trauere um ihn. Er war mein Freund.«
»Ja ... er hätte dich gern besser kennengelernt.« Attila hielt inne, als erwarte er eine Antwort, aber Hagan war nicht sicher, was der Hunne von ihm hören wollte. Darum schwieg er. »Wir verbrennen ihn heute nacht. Du wirst dabeisein.«
Hagan nickte, obwohl selbst diese winzige Bewegung schmerzhaft an seinen zerstörten Muskeln zerrte. Er hatte die Holperfahrt auf dem Wagen überlebt, er würde es auch aushalten, zu Bleydas Einäscherung getragen zu werden.
»Einstmals ... in der Steppe ... wurde nur den größten der Männer solche Ehre zuteil, denn man fand leichter Gold als Holz«, fuhr Attila wie zu sich selbst fort. »Jetzt leben wir inmitten von Bäumen, aber die

Verbrennung ist noch immer die letzte, höchste Ehre, die wir erweisen können – und das Blut der Männer, das mit den Tränen der Frauen fließt. Wenn du an deiner Wunde stirbst, sollst auch du eingeäschert werden.«
»Dafür danke ich dir«, erwiderte Hagan, »aber die Burgunder verbrennen ihre Toten nicht. Ich möchte lieber in der Erde liegen – oder im Wasser.«
Attila blinzelte unsicher, und erst jetzt bemerkte Hagan, wie betrunken der Fürst war. *Und er hat jeden Grund dazu*, dachte Hagan. »Wie du willst. Wenn es andere Riten gibt, die dir teuer sind oder die beachtet werden müssen, damit du nicht zum Wiedergänger wirst, solltest du sie besser bald mitteilen. Ich schicke die Männer, die dich hinaustragen werden, vor Sonnenuntergang.«
Hagan wußte sehr gut, daß er lebte; der Schmerz in seiner Wunde war tief und unablässig; seine volle Blase drückte auf den Bauch, und es juckte ihn überall von den Flöhen, die ihn im Stroh des Wagens entdeckt hatten. Und doch war ihm, als sehe er sich in Attilas geröteten Augen als Leichnam widergespiegelt und höre den Fürsten zu einem Toten sprechen.
»Wenn Männer sterben, hinterlassen sie uns Gold, und darin liegt ein gewisser Trost«, begann der Hunne wieder. Er wog den Beutel in seiner Hand und legte ihn neben Hagans Kopf. »Wenn du mehr willst, brauchst du es nur zu sagen.«
»Meine Brünne ist vorn zerrissen. Mir wäre es lieb, wenn man sie ausbessern oder mir eine andere geben könnte.«
Attila warf den Kopf zurück und stieß ein kurzes, keuchendes Lachgebell aus. »Kleiner Khagan, du hättest damals in der Steppe geboren sein sollen! Du bekommst eine neue Brünne und einen guten Helm dazu, ganz gleich, ob du sie dann auf dem Schlachtfeld trägst oder im Grab. Du hast mich zum Lachen gebracht, als ich glaubte, ich könnte nie wieder lachen und am allerwenigsten an diesem Tag.« Er tätschelte Hagan unbeholfen den Kopf, drehte sich um und ging hinaus, mit so sicherem und festem Schritt, als wäre er der nüchternste aller Männer.
Waldhari hatte fürsorglich den sauberen Nachttopf auf dem niedrigen Tischchen an Hagans Bett stehenlassen, wo er ihn bequem und ohne große Anstrengung erreichen konnte. Daneben fand er Brot und eine kleine runde Scheibe weißen Schafskäse, eine Knolle Speerlauch, einen Becher Wasser, einen Weinschlauch und seinen Mohnsaft. Gewiß war es

nur die von seiner Wunde verursachte Schwäche, die ihn so weich stimmte, aber Hagans Herz krampfte sich zusammen, als er die Zeichen von Waldharis Anteilnahme sah.

Er nahm nur ein wenig Mohnsaft in Wein zu sich, denn er würde den Trank vor allem später brauchen, wenn man ihn zu Bleydas Einäscherung trug. Doch als er endlich ein Stück Brot und etwas Käse gegessen und den Speerlauch hinuntergewürgt hatte, war der Schmerz immerhin so erträglich geworden, daß ihm von neuem die Augen zufielen. Dankbar ergab er sich dem Schlaf.

Es war Waldhari, der ihn das nächste Mal weckte. Seine Stimme mit dem sanften fränkischen Tonfall wob eine seltsame Geschichte in Hagans quälende Halbträume – etwas über eine Frau, die sich in eine Eule, und einen Mann, der sich in einen Esel verwandelte, einen Esel auf der Suche nach dem Zauberspruch, der ihn wieder zum Menschen machen würde. Als Hagan endlich die Augen aufschlug, sah er Waldhari an seinem Bett sitzen. Der Franke las ihm laut aus seinem Buch vor.

»Ich dachte, es wäre auf lateinisch«, sagte Hagan verblüfft.

»Das ist es auch. Ich übersetze beim Lesen. Ich hoffte, du bekämst davon vielleicht angenehmere Träume.«

Hagan lag da und lauschte seinen Worten. Obwohl ein Römer das Buch geschrieben hatte und weder Schlachten noch Heldentaten darin vorkamen, mußte er doch zugeben, daß es eine durchaus hübsche Geschichte war, die ihn außerdem von dem unaufhörlich nagenden Schmerz seiner Wunde ablenkte.

»Wie lange ist es noch bis Sonnenuntergang?« fragte er, als Waldhari geendet hatte.

»Es wird nicht mehr lange dauern, bis sie uns zu der Einäscherung holen.« Der Franke runzelte die Stirn. »Man hat mir gesagt, Attila wolle dich dort sehen.«

»Ja. Ich habe es von ihm selbst erfahren.«

»Wenn du daran stirbst, kannst du dich darauf verlassen, daß ich deinen Verwandten den Grund sage.« Waldhari biß die Zähne zusammen und machte ein grimmiges Gesicht.

»Ich glaube nicht, daß ich sterben werde.« Hagan schlug die Decke zurück und betrachtete seine Wunde. Um einige der Stiche herum war das Fleisch etwas gerötet und geschwollen, aber das war alles; soweit er feststellen konnte, heilte sein Körper recht gut.

»Nicht, wenn du im Bett bleibst und dich schonst, bis du wieder gesund bist.«
»Nach diesem Abend werde ich das auch tun. Könntest du mir mein Wams und die Hosen geben, damit ich angezogen bin, wenn sie mich abholen?«
Als es an der Tür klopfte, trug Hagan seine Festkleidung und das Schwert an der Hüfte. Die große Dosis Mohnsaft, die er noch eingenommen hatte, begann bereits zu wirken. Der Beutel, den Attila ihm überreicht hatte, war mit hunnischem Goldschmuck und einer Börse, schwer von römischen Münzen, gefüllt gewesen. Jetzt steckte an seinem Mantel eine Goldfibel, die leicht gebogen die Falten zusammenhielt. An ihrem einen Ende bildeten granatäugige Adlerköpfe einen Halbkreis, während ihn vom anderen Ende her eine zierlich granulierte, bärtige Maske mit Smaragdaugen anstarrte. Die hunnische Arbeit war ein wenig stilisierter als die der Burgunder und etwas feiner, aber die Fibel paßte trotzdem gut zu Hagans mit Adlerköpfen verzierter Gürtelschnalle. Er überlegte kurz und griff dann nach einer Goldkette, wie er sie in dieser Art noch nie gesehen hatte. Sie bestand aus zu einer dünnen, runden Schlange geflochtenen Gliedern, von denen sauber aufgereiht kleine Kegel aus verziertem Blattgold herunterhingen. Er streifte sie über den Kopf; der Blütenzweig aus rötlichem Gold hob sich prachtvoll von seinem dunkelblauen Wams ab. Waldhari starrte mit sonderbarer Miene auf den Schmuck, sagte aber nichts. Hagan zerbrach sich darüber nicht weiter den Kopf; selbst heute war das einzige Gold, das die hohe Geburt des Franken anzeigte, die kleine Fibel, die seinen Mantel hielt, und das Kreuz mit den vier gleichlangen Balken an seinem Hals, das offensichtlich aus einem runden Anhänger herausgesägt war, denn die verschlungenen Muster der Arme waren allesamt in der Mitte abgeschnitten.
Als allerdings die vier Hunnen mit der Bahre eintraten, blieben sie ruckartig stehen und glotzten Hagan erschrocken an. Ein stämmiger Jüngling wich, soweit es in dem kleinen Häuschen überhaupt möglich war, vor ihm zurück und murmelte etwas in seiner Sprache. Die älteren Männer standen nur da und beobachteten ihn aufmerksam.
»Was gibt es?« fragte Hagan erstaunt.
»Es sind die Blumen des Todes«, ertönte die Stimme des Gyula von der dunklen Türöffnung her. »Wir geben sie nur denen mit, die wir ins Grab

senden. Attila hatte keine Hoffnung für dein Leben.« Er lachte leise, und Hagan hörte Eisen klirren.

Waldhari bekreuzigte sich.

Hagan wollte die Kette abnehmen, aber seine Finger gehorchten ihm nicht, und er konnte den Verschluß nicht öffnen. Wieder kam von der Stelle, wo der Gyula stand, das Klirren und Klappern von Eisen. »Nein, laß sie an. Hast du nicht den Fluß überquert?«

Er will einen Gudhija aus mir machen, ob es mir paßt oder nicht, dachte Hagan. Aber der Mohnsaft breitete sich über seine Gedanken wie eine Decke aus falscher Wärme und lähmte ihren Widerstand – und ihm schien, daß Attilas Grabgeschenk an seinen Hals gehörte, ganz gleich, was daraus wurde. Er sagte nur: »Ich bin bereit.«

Die Hunnen hoben ihn vorsichtig auf die Bahre und trugen ihn nach draußen. Dort warteten zwei Jünglinge mit Fackeln, zwischen ihnen der Gyula. Hagan drehte den Kopf und starrte den Schamanen an. Der Gyula war mit Wams und Hosen aus Bärenfell bekleidet, die über und über mit kleinen Knochen aus Eisen behängt waren – nicht allein Menschenknochen; Hagan sah die eisernen Skelette kleiner Schlangen, die winzigen Schädel von Vögeln und vierfüßigen Tieren neben Menschenschädeln. In der einen Hand hielt der Gyula seinen Stab, in der anderen die Trommel. Seine Füße waren nackt, das faltige Gesicht war geschwärzt wie das eines Toten. In sein wallendes Haar hatte er dünne, pergamentartige Stücke abgestreifter Schlangenhaut geflochten. Hagan vermutete, daß sein Aufputz fast doppelt soviel wog wie ein langes Panzerhemd. Dennoch tanzte der alte Schamane so leichtfüßig vor seiner Bahre her, daß das Klappern des herabbaumelnden Metallschmucks ihre Ankunft den Weg hinunter sang. Dabei schlug er mit dem Adlerschädel am Knauf seines Stabes die Trommel.

Hagan wußte nicht, ob der Weg länger war, als er angenommen hatte, oder nur der Mohnsaft sein Zeitgefühl trübte. Sie schienen endlos gewandert zu sein, und doch war der Himmel noch nicht völlig finster, als die Hunnen Hagans Bahre achtsam auf einem niedrigen Hügel absetzten. Dort hatte sich anscheinend der größte Teil des hunnischen Heeres versammelt. Vor dem hohen Scheiterhaufen aus ineinandergeflochtenen Ästen saßen sie hoch zu Roß. Ein Kreis hunnischer Frauen umringte den Holzstoß. Sie waren in lange, sackartige Kleider aus Filz und in schim-

mernde Pelze gekleidet. Überall in den gedrehten Flechten ihrer langen schwarzen Haare glitzerte Goldschmuck.
Man hatte Bleydas Gesicht geglättet; es war nun still. Auf den breiten, flachen Wangenknochen lag ein fettiger Glanz. Das Kinn war mit einer Schlinge aus Golddraht hochgebunden. Der junge Hunne sah aus wie aus altem Elfenbein geschnitzt, das schimmernde Abbild eines Schlafenden. Nichts verriet, was er empfunden haben mochte, als der Pfeil seine Kehle durchbohrte. Hagan dachte an sein Lachen, an das geschmeidige, drahtige Spiel seiner Armmuskeln, wenn er die Übungsspeere warf. Er spürte ein seltsames Erschauern in seinen Lenden und wünschte sich halb, er wäre mit Bleyda in das Hurenhaus im Dorf gegangen, um dort mit ihm zusammen seinen Samen gegen den drohenden Schatten zu vergießen, der sich ihnen entgegenstellte – ob es nun der verhüllte Schatten Wodans mit dem Speer oder der schwarze Schatten Ärlik Khans in seinem kleinen Boot war, das spielte keine Rolle. Aber es war zu spät für solche Gedanken. Bleyda lag da wie Hagan selbst, mit der gleichen Halskette aus dünnen goldenen Totenblumen, die auf seinem roten Wams glänzte. Doch auf seinen Augen lasteten Münzen aus römischem Gold, und die Wunde an seinem Hals war ein schwarzer Fleck auf der gelblichen Haut. Jäh fühlte Hagan den kalten Hauch einer Vorahnung: ihm war, als habe Attila diese Ähnlichkeit beabsichtigt, vielleicht sogar mit dem Gedanken gespielt, Hagan zusammen mit seinem Sohn auf die dunkle Straße zu schicken. Er wünschte, er hätte schon sein neues Panzerhemd und wäre stark genug, es zu tragen. Wenigstens hatte er sein Schwert und das Wissen, daß eine solche Tat im Beisein der anderen Friedgeiseln wenig wahrscheinlich war.
Attila trug eine aus Holz geschnitzte Adlermaske mit goldenen Federfransen auf dem Kopf; die dunklen Augen des Mannes funkelten durch die großen, gemalten Augen des Vogels. An der Spitze seines Heeres saß er unbeweglich auf seinem Roß, und seine kräftige Gestalt verschmolz mit dem Pferderücken. In der Hand hielt er die Zügel von Bleydas Pferd. Ein dicker Pfahl war schräg und niedrig vor ihm in den Boden gerammt.
Der Gyula tanzte auf ihn zu, schlug seine Trommel und sang eine kleine Weile. Dann trieb er neben dem Scheiterhaufen seinen Stab in die Erde, hängte die Trommel daran und streckte den Arm aus.
Attila legte ihm den Griff eines schweren Dolches in die Hand.

Ein paar Sekunden lang sprach der Gyula zu dem Pferd. Sanft streichelte er ihm den Hals. Hagan merkte kaum, wie er die Hände wechselte; die Bewegung war die gleiche, doch auf einmal sprudelte ein dicker Sturzbach von Blut aus der Halsschlagader – *so muß es bei Bleyda gewesen sein* –, und das Pferd brach in die Knie und sank zu Boden.
Der Gyula nahm den Fackelträgern eine ihrer Fackeln ab und steckte sie in den Holzstoß. Als die Flammen auflodderten, trieb Attila sein Roß in einen Galopp und führte die Männer in hartem, schnellem Ritt um das Leidfeuer. Erdklumpen flogen von den Hufen der Pferde, während sie um den brennenden Scheiterhaufen jagten. Eine Stimme fing an zu singen, andere fielen ein, und ihr Klagelied war schrill wie der heulende Wind über dem Knistern der Flammen. Hagan konnte die Stimmen der Frauen nicht von denen der Männer unterscheiden. Vermutlich sangen sie Loblieder auf Bleyda – auf seine junge Kraft, seine Tapferkeit und darauf, wie er im Kampf gefallen war, der mächtige Sohn des großen Khans. So jedenfalls hätte Hagan es für angemessen gehalten.
Hagan sah, wie Attila im Reiten den Dolch zog und sich die Arme aufzuschlitzen begann, bis dunkle Blutstropfen aufspritzten. Dann riß sich der Khan die Maske vom Kopf und zog einen scharfen Schnitt über seine beiden Wangen. Es schien, als weine er Blut, doch soweit Hagan feststellen konnte, glänzte kein Wasser in Attilas Augen. Andere Hunnen hinter ihm folgten seinem Beispiel, und Hagan fielen Attilas Worte vom Blut der Männer und den Tränen der Frauen ein. Langsam zog er den Dolch, schob die Schneide zwischen die goldenen Windungen eines der Armringe, die Attila ihm geschenkt hatte, und ließ sie zubeißen. Die kleine Wunde klaffte sekundenlang weiß, dann floß Blut. Er hatte nicht so tief geschnitten, wie er es gern getan hätte, denn er wußte, daß er wenig Blut zu verschenken hatte. Aber ein gutes, breites Bächlein rann über das Gold, tropfte über den Rand der Bahre und von dort zur Erde. *So kann ich weinen,* dachte Hagan. *Hätte ich das gewußt . . .*
Der Gyula zog Bleydas Pferd mit raschen, sauberen Griffen das Fell ab. Sein Messer glitzerte hell im Schein des Leidfeuers. Hagan erkannte, daß er am Hals kräftiger sägte und hörte Knochen krachen. Dann hob der Schamane das Roß – Kopf und leere Haut – in die Höhe und warf es über den schrägen Pfahl. Er rammte die Unterseite des Schädels hart gegen das zugespitzte Ende und zog das Fell so zurecht, daß die Hufe zu beiden

Seiten des Pfostens herunterbaumelten, als laufe das Tier noch immer im Wind.
Jetzt traten die Frauen mit ihren kleinen Messern zu dem abgehäuteten Leichnam, schnitten Stücke ab, steckten sie auf Holzspieße und hielten sie zum Rösten in das Totenfeuer.
Dann streckten sie sie den Kriegern hin, die sie ihnen in vollem Galopp vom Pferderücken aus der Hand rissen. Eine Frau kam zu Hagan und hielt ihm schüchtern ihren Spieß hin. Hagan nahm ihn. Der Braten war noch halb roh, sein Blutgeschmack würziger und schwerer als das gesottene und geschmorte Pferdefleisch, das die Burgunder manchmal zu heiligen Tagen verzehrten.
Der Gyula tanzte um das Feuer. Seine eisernen Knochen klirrten und schepperten. Eben noch im Kreis der Frauen, sprang er davon, weiter und zwischen die dahindonnernden Rosse. Er schien einen Satz zu machen und plötzlich in der Dunkelheit zu verschwinden; dann stand er vor Hagan, lehnte seinen Stab an die Bahre und hielt dem Burgunder die Trommel hin. »Schlag sie für mich. Schlag fest und gleichmäßig, bis ich sie wieder hole.«
Verwirrt nahm Hagan die Trommel und begann zu trommeln. Blutstropfen spritzten um ihn herum. Er wußte nicht, ob es der Mohnsaft oder die frische Wunde oder die Kraft der Trommel selbst war, aber die galoppierenden Krieger begannen zu einem einzigen wirbelnden Ring der Macht zu verschmelzen, und die Gestalten der klagenden Frauen erstarrten zu hohen, schwarzen Steinen. Allein von ihnen allen bewegte sich der Gyula; seine eisernen Knochen flogen, und Fetzen von Schlangenhaut glommen wie milchige Kometen in seinem Haar. Plötzlich spürte Hagan eine Woge von heißer Kraft in seinen Adern, brennend wie feuriger Wein. Härter schlug er die Trommel, bis der Holzrahmen unter seiner Hand bebte. Mit jeder Umkreisung kam der Gyula den Flammen näher, bis sie unter seinen nackten Füßen auflloderten und in weiten, schimmernden Bögen von seinen fliegenden Händen sprangen. Ein Windstoß wehte die üppige Süße bratenden Fleisches zu Hagan hinüber, und er fürchtete schon, auch der alte Schamane sei ein Raub der Flammen geworden; doch seine Hand auf dem straffen Fell der Trommel zauderte nicht einen Herzschlag.
Dann sah Hagan, wie der Gyula durch das Feuer ging und den Leichnam aufhob, der in hellen Glanz gehüllt dalag. Er trug ihn fort. Obwohl der

Geruch nach geröstetem Fleisch stärker denn je war und überall aus dem Scheiterhaufen schwarze Rauchfahnen zu steigen begannen, sah Hagan, als der Schamane heraustrat, daß Bleyda unversehrt und sauber in seinen Armen ruhte, nur gezeichnet vom Blut, das frisch und rot aus dem Loch in seinem Hals tropfte. Der Gyula schritt weiter, hinüber zu dem Gehölz, wo sein Pferd wartete. Dann verschwand er im Schatten. Hagan trommelte weiter. Die Hunnen umjagten das Leidfeuer, bis ihre triefenden Pferde langsamer wurden und eines nach dem anderen aus dem tobenden Kreis taumelten. Mitten im Kreis erkannte Hagan den dunklen Umriß von Bleydas gesichtsloser Leiche, die schattenhafte Arme und Beine spreizte, als wolle sie die Flammen abwehren, die jetzt, genährt von Bleydas schwärzlichem Fleisch, heller brannten als nur vom Holz allein. Die Frauen weinten, und die Männer bluteten, und Hagan schlug die Trommel, wie ihn der Gyula geheißen hatte, überzeugt, daß er ihre Schläge donnern hörte wie Hufe, dort auf der langen Straße, auf der der Schamane Attilas Sohn führte.

Der Scheiterhaufen war fast niedergebrannt, und nur ein paar unruhige Flammen flackerten noch über den langen, verkohlten Stöcken, die Bleydas Knochen waren. Da griffen starke Finger nach Hagans Handgelenk und brachten die Trommel mitten im Schlag zum Verstummen.

»Sehr gut«, murmelte der Gyula und legte Hagans Arme sanft an seine Seiten zurück. »Bleyda sitzt nun bei seinen Ahnen; wir brachten ihn sicher durch alle Gefahren des Weges.«

Hagan nickte, zu müde zum Sprechen. Waldhari war nirgends zu sehen. Wahrscheinlich war der Franke schon früher gegangen, als das Feuer noch hoch auflodere.

»Es war gut, daß du das getan hast, Hagan. Um so schneller wirst du gesund werden; denn du hast Kraft gewonnen, während du die Trommel schlugst. Geh nun schlafen. Ich werde die Männer rufen, damit sie dich heimtragen.«

Fünftes Kapitel

Der Bote kam zu Beginn der dritten Woche nach der Schlacht, ein Jüngling namens Folkhari, ein Sänger, dem Hagan einige Male in Gebicas Halle gelauscht hatte. Folkhari war schon von weitem unschwer als Burgunder zu erkennen, denn sein langes Haar glänzte im Sonnenschein hell wie gebleichtes Stroh; seinen Schädel jedoch hatte man gleich nach der Geburt eingebunden und in die spitze Helmform wachsen lassen, die sowohl bei den Burgundern als auch bei den Hunnen verbreitet war. Hagan hatte am Übungsplatz gewartet, den Männern beim Fechten zugeschaut und ein paar Schwert- und Fuß-Bewegungen versucht, die seine noch nicht ganz ausgeheilte Wunde nicht überanstrengten. Doch als er Folkharis goldene Kopfspitze über einem der großen Alamannenpferde sah, die zu Gundruns Verlobungsgeschenken gehört hatten, hielt es ihn nicht länger; ohne noch einen Gedanken an seine Gesundheit zu verschwenden, rannte er los. Die noch weiche Narbe rächte sich mit einem stechenden Krampf, und Hagan war außer Atem, bevor er noch die halbe Strecke zurückgelegt hatte. Wohl oder übel mußte er anhalten und langsamer auf den Skalden zugehen. Folkhari glitt vom Pferderücken, nahm die Zügel und führte sein Tier. Selbst Hagan fiel auf, daß es weniger gut gedrillt war als die Steppenpferdchen der Hunnen und Burgunder. Immerhin folgte es seinem Reiter durchaus willig.
»*Fro* Hagan. Ich fürchte, ich bringe dir traurige Kunde.«
»Hending Gebica ist tot.«
Aus Folkharis hellem Gesicht wich das Blut, und seine klaren Züge wurden starr wie eine von den Römern gemeißelte Marmormaske.
»Worte reisen schnell unter den Hunnen«, flüsterte er, und Hagan begriff, daß er einen Fehler gemacht hatte. Er wollte um keinen Preis bei den Männern als zauberkundig gelten oder gar bei seiner Rückkehr das Amt des Sinwists antreten müssen. *Dafür weiß ich zu wenig, und man braucht mich für andere Dinge.*

»Nein«, erwiderte er darum rasch. »Es war ein Reiter auf der Straße, dessen Weg zufällig den meinen kreuzte. Ich habe niemandem sonst davon erzählt, denn ich weiß, wie leicht solche Gerüchte übertrieben werden – kaum hat ein Herrscher einmal Durchfall, heißt es schon, er sei gestorben –, und ich hoffte, es sei nicht wahr.«

Folkharis Kettenhemd klirrte über seiner Brust, die sich in tiefem Atemzug hob und senkte. Langsam nahmen seine Wangen wieder Farbe an. »Oft hörte ich, du seist weise; nun erkenne ich, daß es sich wirklich so verhält. Doch leider bringe ich dir kein von fahrenden Recken ausgeschmücktes Gerücht. Ich selbst sah den Hending, mit Gold bedeckt, als wolle Grimhild noch einmal das Wergeld für Otter zahlen; ich half, den besten alamannischen Rotschimmelhengst festzuhalten, als Gundahari ihm die Kehle durchschnitt; und als man den Hügel gehäuft hatte, da ritt ich an der Spitze der Schar und sang Lieder von Gebicas Tod und unseren Gram über seine letzte Fahrt.«

So waren die Hunnen um Bleydas Totenfeuer und danach um den flachen Hügel geritten, den man über seiner Asche errichtet hatte. »Ich denke, du wirst diese Lieder heute abend noch einmal singen müssen, wenn Attilas Gefolgschaft in der Halle beim Mahl sitzt.« Er hielt den Atem an und drückte die Handflächen vorsichtig auf die schmerzende Narbe. Gesund mochte er sein, aber ganz sicher war sein Fleisch noch nicht vollständig wieder zusammengewachsen.

»Aber wie geht es dir, Hagan? Ich weiß, daß du immer von bleicher Gesichtsfarbe warst, aber trotzdem scheint mir, du sähest weniger gut aus, als du solltest.«

»In meiner ersten Schlacht wurde ich verwundet, nicht mehr. Ich bin fast geheilt.« Hagan zog sein Wams hoch und zeigte Folkhari die Narbe. Der Skalde pfiff durch die Zähne.

»Dein Glück muß groß sein – und ich erinnere mich, du rufst Wodan an. Er muß dich sehr bevorzugen, wenn dieser Hieb dich nicht töten konnte.« Folkhari seufzte. »Aber ich bin noch nicht fertig mit meiner Trauerbotschaft für dich, obwohl du über diesen Teil meiner Nachricht schweigen solltest. Der Sinwist starb kurz nach deiner Abreise.«

»Wie ist er gestorben?«

»Drei Tage schlief er, fast ohne zu atmen, und niemand wagte ihn zu berühren. Dann wurde sein Leib starr, und er zog alle Glieder an, und deine *Frowe* Mutter sagte, er würde nicht mehr in ihn zurückkehren. So

heißt es in den uralten Liedern aus der Zeit, da wir noch die Steppe durchstreiften – daß mehr als einer der großen Gudhijas starb, weil er zu lange in den Anderswelten weilte.« Folkharis Stimme sank zu einem weichen, beruhigenden Singsang herab. »*Swartshoef der Weise, verhexter Sänger älterer Urzeit . . . Schlief seinen Zauberschlaf, verfaulte im Schlaf, verweste im Zauber . . . Eine Birke wächst aus seinem Kopf, eine Erle aus seinem Bauch, zwei Kiefern wachsen aus seinen Schultern . . .*«
Hagan kannte die Verse, in einer alten Mundart geraunt, singend wie die Sprache der Hunnen. Folkharis nächste Worte hörte er nicht. Er hatte niemals weinen können wie andere Menschen, aber der Kummer schnürte ihm hart die Kehle zu, so daß er auch nichts sagen konnte. Erinnerungen an die Güte des alten Mannes stürmten auf ihn ein – an Süßigkeiten aus Honig und Minze in seinem Mund, geflüsterter Trost, die federleichte Berührung der langfingrigen Hand des Sinwists, die seine ersten tastenden Schritte durch die Tür aus Nacht und Nebel gelenkt und ihn zurückgerissen hatte, als es so aussah, als könnte er sich dort verirren und für immer verweilen müssen – so, wie es das Los des Sinwists selbst geworden war.
Hagan hustete rauh. »Soll ich mit dir nach Worms zurückkehren?« fragte er und war ausnahmsweise froh darüber, daß weder Stimme noch Gesicht seine Gedanken verraten konnten.
»Nein. Jetzt am allerwenigsten, da Gundahari erst einmal den Hochsitz seines Vaters behaupten muß. Jetzt müssen die Verträge bindender denn je sein, und was man Gebica geschworen hat, muß den Gebicungen gehalten werden, damit niemand auf den Gedanken kommt, das Königreich aus Gundaharis Hand zu reißen, bevor er es fest im Griff hält.«
Hagan ließ den Kopf sinken und hob ihn wieder – ob er zustimmend nickte oder sich unter einer Last beugte, die er nicht abschütteln konnte, wußte er selbst nicht. Er hatte gewußt, daß es so kommen würde, wenn denn sein Bruder gut beraten war, und niemals würde Grimhilds Herz ihren Verstand besiegen, und so sollte es auch sein.

Grübelnd saß Attila in seiner dunklen Halle und starrte in den leeren Weinbecher. Seinen Durst hatte er schon mehrere Tage zuvor ersäuft, aber anders als bei früheren Gelegenheiten war ihm das Herz davon nicht leichter geworden. Ab und zu rührte sich etwas in seinen Lenden, und er dachte trübe, daß er versuchen könnte, einen neuen Sohn zu zeugen; doch es gab keine *Khatun* wie Bleydas Mutter, die er hätte heiraten können. Deutlicher denn je – als hätte der Steppenwind sich endlich einen Weg durch die hohen Tannen des Landes, in dem er jetzt wohnte, gebahnt – erinnerte er sich daran, wie Bortai gelacht hatte, wie ihr schwarzes Haar flog, als er sie vor sich aufs Pferd riß; wie geschickt ihre Schenkel den starken Hals des Rosses umklammert hatten, als sie vor dem Heer ihres Vaters dahinjagten; wie sie bewiesen, daß sie einander würdig waren, er, indem er sie gewann, sie, indem sie ihm willig folgte.

Obwohl alle Frauen, die mit dem Hunnenheer zogen, stark waren, gab es keine, deren warmes Gesicht ihr Leuchten hatte, keine mit ihren kraftvollen Zügen oder dem lieblichen Schwung ihrer Hüften, wenn sie sich umdrehte. Wie grobe Zerrbilder kamen sie ihm vor, denn Bortai entstammte dem reinen Blut des Ostens, ohne die Schwere jenes helleren, nördlichen Menschenschlages, mit dem die Hunnen sich vor langer Zeit vermischt hatten. Und obwohl er der Herr der Heere war, vertrockneten seine Lenden, wenn er andere Frauen berührte, so als sei das Roß, auf dem er und Bortai zusammen geritten waren, tot, wenn er es allein besteigen wollte. Damals war Attila ein junger Mann gewesen, noch ohne die Last der Herrschaft auf den geschmeidigen Schultern, weder Väterchen noch Schreckensfürst, doch der beste Reiter und Fechter im Stamm. Damals hatte er sich noch nicht gegen den Verrat seines Bruders wehren müssen, hatte das Klagegeschrei nicht gehört, das aus den Frauenzelten aufstieg, als die Kraft ihres Sohnes Bortais Hüften zerriß wie eine vom Keim gesprengte Samenkapsel. Damals hatte er an nichts anderes zu denken brauchen als an sie und sich selbst, an die Frühlingsblumen, die die Steppen süß machten; und das erste Zeichen heranwachsenden Lebens in Bortais Leib war ihrer beider größtes Glück gewesen.

So weit ist es mit mir gekommen, dachte Attila, *der Adler, der am höchsten fliegt, findet kein würdiges Gefäß für seinen Samen.* Er hatte daran gedacht, daß es ein böser Streich der Geister oder Grimhilds Hexenkunst gewesen sein konnte, wenn die burgundische Friedgeisel eine so furchtbare Wunde überlebte, während ein winziger Zufall Bleyda getötet hatte. Zweimal schon war er von seinem Sitz aufgesprungen, entschlossen, Hagan zu erschlagen, weil er das Leben seines Sohnes ge-

stohlen hatte. Jedesmal aber stand der Gyula vor ihm und schüttelte den Kopf.
Und wenn auch er sich von mir abgewandt hat? dachte Attila. Dann konnte der Khan ebensogut hingehen und das Holz für seinen eigenen Scheiterhaufen zusammentragen; nicht einmal das Schwert des Kriegsgottes schützte vor jedem Zauber. Doch der Gyula war immer treu gewesen ...
»Auch Thioderik war treu, und doch verriet er mich«, flüsterte der Hunne vor sich hin, »und auch Hrodgar und ...«
Vielleicht würde er morgen Hildebrands Kopf auf ein Banner spießen und seine Boten ausschicken, die Stämme des Ostens zu sich zu rufen. Er würde zu Hrodgars Halle reiten und sie dem Erdboden gleichmachen. Die Hufe der Hunnenpferde würden die heiße Asche und die verkohlten Knochensplitter tief in die Erde hineinstampfen. Thioderik war ein Mann von Macht, vor allem wenn ihm das Amalungenfeuer aus dem Mund sprang, wie es damals an jenem Tag auf dem Schlachtfeld geschehen war; doch weder er noch die gotischen Fußtruppen würden standhalten können, wenn die geballte Macht der Hunnen gegen sie anritt. Das Schwert des Kriegsgottes an seiner Seite schien zu summen, sanft und eindringlich wie die Lieder, die spät nachts aus den Wagen der Frauen erklangen. Es war, als spüre es seine Gedanken und wolle ihn anfeuern.
So ermutigt, kam Attila schwerfällig auf die Füße. Hildebrand sollte der erste sein; sein Blut am Schwert des Kriegsgottes war das richtige Opfer für einen Sieg. Diese Aufgabe konnte er keinem anderen anvertrauen. Er mußte zu Hildebrand hingehen und die Tat selber tun, damit Götter und Geister sahen, daß er zum Kampf bereit war.
Weit riß er die Hallentür auf und stand blinzelnd im schattengefleckten Sonnenlicht. Zwei Jünglinge traten ihm entgegen wie seltsame Spiegelbilder, dunkel der eine, golden der andere: Hagan und ein hellhaariger junger Mann mit dem helmförmigen Kopf der Hunnen. Der blonde Burgunder kniete vor ihm nieder, berührte mit der Stirn die Erde und sagte: »Heil dem Kriegsgott! Heil Khan Attila!«
Attila winkte ihm, sich zu erheben. Er wagte nicht das Schwert des Kriegsgottes zu ziehen; er wußte, daß es hungrig war. Der Burgunder richtete sich auf und sah Attila offen ins Gesicht.
»Folkhari bin ich, mich sendet mein Hending. Ich bringe dir Kunde vom Volk der Burgunder.«

»Kommt herein. Wir wollen essen und trinken.«
Er rief nach den Sklaven, und sie brachten Wein für die Burgunder und Stutenmilch für den Khan, dazu verschiedene Speisen. Der Bote aß und trank in höflichem Schweigen und wartete, bis Attila ihm die Erlaubnis zum Reden gab. Wer immer ihn geschult hatte, war ein guter Lehrmeister gewesen. Endlich lehnte Attila sich in seinem Hochsitz zurück und gab dem Boten ein Zeichen.
»Nun berichte.«
»Hending Gebica ist tot. Er starb an einer Krankheit. Sein Sohn Gundahari ist jetzt Hending der Burgunder. Gundahari wünscht die Verträge zu halten, die sein Vater schloß, auch jene, die das Leben seiner Geschwister betreffen: Gundrun ist nach wie vor mit Sigifrith dem Alamannen verlobt, und Hagan als Friedgeisel für dich noch wertvoller als zuvor.«
Attila brummte vor sich hin. Damit hatte er nicht gerechnet, denn soweit er wußte, war Gebica ein kräftiger Mann gewesen, der noch gute zwanzig Jahre hätte leben und sein Reich hätte regieren können. Was er dagegen von Gundahari gehört hatte, war uneinheitlich – er sei schon jetzt von gewaltigem Körperbau, ein Ringer, den nur wenige erwachsene Männer besiegen könnten, doch habe er noch in keiner Schlacht gekämpft; sein Verstand sei träge, er könne kaum Atem holen, ohne daß sein Bruder oder die Mutter ihm sagten, wie er dabei vorgehen solle . . .
»Will er überall in seinem Lande Frieden halten? Oft sind junge Männer kriegslüstern.«
Ein kleines Lächeln umspielte Folkharis feingeschnittene Lippen.
»Gundahari besitzt kluge Ratgeber. Du kannst überzeugt sein, daß er nicht übereilt handeln wird. Doch hat er keinen Zweifel daran gelassen, daß er keinem Kampf aus dem Wege gehen wird, zwingt man ihn dazu.«
»Welchem Gott folgt er?« Wenn Gundahari den Glauben seines Volkes nicht verlassen hatte, war das ein gutes Zeichen; die Christen ließen sich von den Worten ihrer friedlichen Lehre wenig beeinflussen und waren zu allem fähig, während die Goten ihren Schutzgöttern große Bedeutung beimaßen.
»Er ruft Frauja Engus an, den man vielfach als Friedensgott kennt. Doch Gundahari trägt das Zeichen von Engus' Kriegseber und verehrt den Gott in dieser Gestalt – als Beschützer des Landes und mit grimmigen

Hauern. Und wie der Eber scheut unser Hending nicht den Kampf. Er ist in jeder Beziehung ein Mann.«
Nachdenklich zupfte Attila an seinem Schnurrbart und drehte ihn zwischen den Fingern. Keinen Kampf scheuen und ein guter Kämpfer sein, das waren zweierlei Dinge, und wenn man von Hagans Fertigkeiten ausging, so waren die Burgunder gewiß gute Fußkämpfer, hatten aber das Reiten offenbar längst verlernt – einen Hunnen, der so ungeschickt im Sattel saß wie Hagan, hätte sein eigenes Volk längst umgebracht. Andererseits konnte man Hagan wohl kaum als typischen Vertreter seines Stammes betrachten, und – das hatte Folkhari deutlich zum Ausdruck gebracht – die Burgunder besaßen immer noch starke Verbündete. Vielleicht zusammen mit den Goten ... wenn er die Goten noch hätte ...
»Gundahari mag vielleicht langsam im Lateinlesen sein«, unterbrach Hagan seine Gedanken. »Aber unsere Lehrer in der Kriegskunst sagten, darin werde er unseren Vater wohl noch übertreffen.«
Attila hörte kaum zu. Ein Hunnenprinz mochte mit seinem Bruder um die Herrschaft streiten, würde aber für ihn töten oder mit dreister Stirn lügen, wenn ihn ein Fremder bedrohte. »Ich würde gern mehr von Gebicas Tod erfahren«, meinte er. Obwohl er dabei Folkhari ansah, beobachtete er Hagan aus schmalem Augenwinkel. »Wann und wie ist es dazu gekommen?«
»Es war vor etwas über einem halben Mond, und es kam ganz plötzlich. Frau Grimhild sagt, ihm müsse im Schlaf das Herz geborsten sein. Manche hielten es für die Folge eines Alptraums, aber die Königin ist ... klug genug, um ihren Gemahl vor solchen Dingen zu schützen ... wenn nicht klüger. Auch kennt man sie als große und weise Heilerin, darum würde ihr in einem solchen Fall niemand widersprechen.«
Hagans aschfahle Maske verlor ihren üblichen grimmigen Ausdruck nicht, noch stieg ihm Blut in die hohen Wangenknochen. Hätte Attila ihn nicht schon vor seiner Verwundung gekannt, würde er noch immer angenommen haben, die Blässe des Burgunders verrate einen Todgeweihten; aber Hagan war, soweit Attila wußte, fast gänzlich wiederhergestellt. Und doch waren zu eben der Zeit, als Hagan eigentlich hätte fallen müssen, Attilas Sohn und Gebica gestorben. Der Fürst war mehr denn je davon überzeugt, daß hier Geisterzauber im Spiel gewesen sein mußte.

»Weinst du nicht über die Nachricht vom Tod deines Vaters?« fragte der Khan Hagan sanft.
»Ich habe gelernt, nach Hunnenart zu weinen«, antwortete der Jüngling. Er hob den linken Arm. Am äußeren Muskel zeigte sich ein blasser Striemen. Der Gyula hatte Attila erzählt, daß der Burgunder sich die Wunde bei Bleydas Einäscherung beigebracht hatte. Jetzt zog Hagan sein Schwert und ließ die Schneide neben der Narbe über den Arm gleiten.
»So trauere ich um Gebica, der mir meinen Namen und die Waffe eines Mannes gab.«
Er schnitt tief; die Wunde klaffte unter der Klinge, und Attila sah den fadenschmalen, weißen Fettrand über dem hellroten Muskel, bevor das dunklere Rot von Hagans Blut langsam hervorzuquellen begann, um dann schneller zu fließen und herunterzutropfen. Dann nahm Hagan das Schwert in die andere Hand und hielt es einen Augenblick an seinen rechten Arm. »So trauere ich«, sagte er wieder. Der zweite Schnitt war kürzer, aber tiefer; einen Herzschlag lang schimmerte Knochen auf, bevor dunkles Blut ihn überschwemmte. Ebenfalls wie ein Hunne hatte Hagan für seine Schnitte sorgfältig Stellen ausgesucht, an denen weder Sehnen noch große Blutgefäße gefährdet waren; sein *Weinen* machte ihn nicht kampfunfähig, sondern tat nur ein paar Tage weh und hinterließ eine Narbe.
Noch immer zeigte sein Gesicht keine Regung. Er wischte die Klinge an seiner dunklen Hose ab und steckte sie wieder ein. Doch schien es Attila, als liege eine grimmige Befriedigung in der Art, wie Hagan langsam die Faust ballte und wieder spreizte, damit das Tränenblut schneller floß, heruntertropfte und in den festgestampften Erdboden sickerte. *Seine Seele ist hart wie die eines Hunnen,* dachte Attila mit widerwilligem Respekt. Freilich bedeuteten solche Schnitte einem Mann, der in seiner ersten Schlacht beinahe sämtliche Eingeweide verloren hatte, wohl nur wenig.
Der andere Burgunder starrte ihn mit großen Augen bewundernd an. »Füttern dich die Hunnen mit den Herzen von Wölfen und Bären?« fragte er. »Wahrlich, hier hast du Härte gelernt.«
»Das Leben der Hunnen hat große Ähnlichkeit mit dem, das unsere Vorfahren einst geführt haben müssen, als wir zuerst aus den Steppen nach Westen ritten. Vielleicht solltest du hierbleiben, damit du die ältesten Lieder, die du singst, noch besser verstehst.«

»Ja, vielleicht – deshalb, oder um neue Taten von dir zu sehen, aus denen ich dann neue Lieder machen kann.«
Attila hatte die Unterhaltung allmählich satt. Vielleicht waren Hagan und Folkhari ja Schlafdeckenfreunde gewesen, ehe Hagan zu den Hunnen kam, aber das war für ihn ohne Bedeutung.
»Und was ist mit . . .«, Attila kramte in seinem Gedächtnis, »mit Gundrun? Weint und klagt sie noch um ihren Vater, oder sehnt sie sich danach, ihr Leid in Sigifriths Armen zu stillen?«
Folkhari hatte sich gut in der Gewalt, wie es sich für einen jungen Mann ziemte, den man als Boten in die Hallen hochgestellter Männer schickte; aber Attila sah, wie seine Mundwinkel und das scharfgeschnittene Kinn sich strafften. »Gundrun und Sigifrith sind beide noch jung, sie nähern sich erst dem sechzehnten Winter. Und die Alamannen haben ihr Land lange in Frieden regiert, obwohl es heißt, Sigifrith sei schon jetzt zu einem der stärksten und waffengewaltigsten Männer herangewachsen. Wäre er nicht Herwodis' und Alaperchts einziger Sohn, hätte man ihn längst zu einem Pflegevater geschickt, bei dem er sich in der Schlacht bewähren könnte. So aber wollen sie nichts davon hören, daß er das Land verläßt; sie haben Frieden und Freiheit dadurch bewahrt, daß sie stets ein starkes Heer unter Waffen halten. Inzwischen bereitet sich Gundrun auf die Hochzeit vor und trauert nur, daß ihr Vater nicht noch ein Jahr leben konnte, um daran teilzunehmen.«
Obwohl der Bote einen hellen Bariton hatte, in dem die Klangfülle des geschulten Sängers nur ganz leicht mitschwang, vernahm Attila jedes einzelne Wort überdeutlich, und alle waren wie Speerspitzen, die sich schützend gegen die Rosse der Hunnen richteten. Ob die Dinge wirklich so fest geregelt waren, wie Folkhari behauptete, war eine andere Frage. Attila wußte selbst sehr genau, wie hart es für einen jungen Herrscher war, sich über das erste Jahr hinaus auf dem Thron seines Vaters zu halten, selbst wenn ein starkes Heer hinter ihm stand; auch hatten die Burgunder stets das Recht gehabt, ihren Hending abzusetzen, wenn er in der Schlacht versagte oder die Ernten schlecht waren . . .
»Werden wir dieses Jahr viel Wein aus Worms bei uns sehen?«
Folkhari runzelte die Stirn. »Das Wetter am Rhein war zur Erntezeit feucht und kalt. Unsere Vorratshäuser werden uns bis zur nächsten Ernte ernähren, und der Hending kann dir und seinem Bruder sicher ein

paar Fässer senden, aber es wird nicht so viel sein wie in manchen früheren Jahren.«
Attila lächelte innerlich, ließ sich aber nichts anmerken.
Er wußte, daß es den Goten schwerfiel, in Hunnengesichtern zu lesen, wenn sie nicht selbst unter dem Steppenvolk gelebt hatten. »Die Götter müssen Gebicas Tod betrauern.«
»So sagen viele«, antwortete Folkhari, und der Kummer, der seine klare Stimme trübte wie ein Nebel, verriet Attila, daß Gebica beliebt gewesen war. Um so besser; wie die Menschen nun einmal waren, würden sie den Sohn des Hendings stets am Schatten seines Vaters messen, ein Vergleich, den er nicht aushalten konnte. Doch die Worte *Gundrun bereitet sich auf die Hochzeit vor* gingen ihm nicht aus dem Sinn. Er würde später darauf zurückkommen, wenn er den Hauptinhalt der Botschaft genauer überdacht hatte.
Hagans Arme bluteten jetzt weniger heftig, obwohl er nichts getan hatte, um das Blut zu stillen. Das Gesicht des Burgunders war inzwischen beinahe blaßgrau, als sei er bereits mehrere Tage tot. Die Schnitte waren zu tief, und es war zuviel Blut geflossen; das war kein bloßes Schauspiel. Freilich, eine Reihe alter, weißer Narben an Attilas Armen zeigte, daß Blutschuld tiefere Trauerwunden schlagen konnte als schuldloses Leid.
»Ich denke, du hast nun genug geweint, Khagan«, meinte Attila freundlich. Gundaharis Bote sollte sehen, daß er sich – zumindest im Augenblick – liebevoll um seine Friedgeisel kümmerte. »Verbinde dir die Arme. Du wirst niemandem nützen, wenn du schon wieder soviel Blut verlierst, nachdem du doch kaum genesen bist.«
Hagan kreuzte die Unterarme und hielt sich die tiefen Schnitte. Er preßte die Ränder zusammen, bis das Blut zum dunklen Rinnsal versickerte.
»Das schaffst du allein nie«, sagte Folkhari. »Khan Attila, mit deiner Erlaubnis werde ich meinen Stammesgefährten begleiten und ihn versorgen.«
»Du hast meine Erlaubnis. Frage ihn dabei nach der Schlacht, in der mein Sohn fiel; ich möchte heute abend Lieder davon hören, damit ich weiß, daß nicht nur die Hunnen, sondern auch die Goten ihn ehren, wie es ihm gebührt.«
»Du hast den Sinwist nicht erwähnt«, bemerkte Folkhari, als sie zu Waldharis und Hagans Haus gingen. Dort hatten sie auch Folkharis Ge-

päck abgestellt, nachdem sie sein Pferd zu den Hunnengäulen geführt und dort freigelassen hatten. »Und doch schien mir, als weintest du auch um ihn.«

Hagan sprach ganz leise. »Wenn er es noch nicht vom Gyula weiß, wollte ich nicht, daß Attila vom Tod des Sinwists erfährt. Der Khan mißt den Zeichen von Göttern und Geistern große Bedeutung bei. Erführe er, daß sowohl der Hending als auch der Sinwist in weniger als einem Mondwechsel die Burgunder verlassen haben, so könnte er darin einen Hinweis sehen, daß das Land eine neue Herrschaft braucht – mit ihm als dem besten aller Herrscher.« Er schloß die Linke fester um den rechten Arm. Er hatte die Schneide des Schwertes am Knochen gespürt, aber das war nur gerecht, denn er war überzeugt, daß es seine Abreise gewesen war, die das letzte Band des alten Gudhija an Midgard gelöst hatte – so wie er selbst es verlassen hätte, wären da nicht seine Geschwister oder Waldhari gewesen, die ihn zurückriefen. Er wußte nicht, was es für ein Gefühl war, heiße Tränen zu vergießen, aber das heiße Blut hatte für ihn gesprochen und seinen Schmerz gelindert.

Ein plötzlicher Schwindel erfaßte ihn, aber es gelang ihm, sich aufrecht zu halten und ohne zu taumeln weiterzugehen, bis sie die Wärme des kleinen Hauses erreicht hatten und er sich niederlassen konnte. Er wünschte sich, Folkhari würde gehen und ihn allein lassen; es war ein Unterschied, ob man die Nachricht von einem lebenden Menschen und am hellen Tag erfuhr oder von einem Toten im Land der Toten. Aber Folkhari tat, was er gesagt hatte; Hagan mußte ihm zeigen, wo die leinenen Verbandsstreifen lagen, und dann die Arme ausstrecken, damit der Sänger seine Wunden damit umwickeln konnte. Folkharis warme Hände waren so sanft wie Grimhilds oder Gundruns Hände, obwohl sie die Schwielen von Harfensaiten und Schwertgriff trugen. Er zog das Leinen fest und betrachtete dabei aufmerksam die Farbe von Hagans Fingerspitzen.

»Ist es auch nicht zu straff? Wir wollen dir auf keinen Fall das Blut abschnüren.«

»Es ist gut.«

Folkhari knotete die Enden zusammen und stutzte sie mit seinem Dolch. »Deine Mutter gab mir ein Geschenk für dich mit. Sie sagte, du hättest inzwischen wahrscheinlich soviel Gold, wie du nur wolltest, während andere Dinge bei den Hunnen vielleicht schwerer zu bekommen wären.«

Er holte aus seinem Mantelsack einen kleinen Holzkasten. Darin lagen mehrere mit Wachs versiegelte und in Wolle gebettete Glasflaschen mit eingeritzten Runen: Grimhilds Kräutertränke. »Gib gut acht; du mußt sie an ihren Farben erkennen. Das Schwarze ist Schierling, das Purpurrote Sturmhelm, das Blaue Zauberer-Nachtschatten; die goldene Flasche enthält einen starken Saft aus Mohn, Hanf und ähnlichen Pflanzen, von dem du sparsam Gebrauch machen solltest, um schlimmste Schmerzen zu mildern.«

»Diesen hätte sie mir ein wenig früher schicken können«, versetzte Hagan unwillkürlich. Folkhari hob die Brauen und lachte dann.

»Ganz bestimmt. Das Klare, sagt sie, darf man nur tropfenweise verwenden, um damit, wenn es nötig ist, den Sinn eines Menschen zu ändern – zum Beispiel dann, wenn Attila es sich in den Kopf setzt, zur Erntezeit, während das Volk auf den Feldern arbeitet, über Worms herzufallen.«

Hagan nickte. Er hatte von Hildebrand gelernt, daß der völlige Verzicht der Hunnen auf Pflanzen und Ernten viel dazu beigetragen hatte, sie so gefürchtet zu machen. Kein Volk, das von seinen Feldern lebte, würde zu einer Jahreszeit, in der man jede Hand für das Korn brauchte, auf den Gedanken kommen, Krieg zu führen oder mit einem Angriff zu rechnen. Die Hunnen dagegen machten sich nichts daraus, Volk und Felder zusammen zu vernichten und dann weiterzureiten, um in wenigen Tagen der nächsten Ansiedlung den Lebensunterhalt eines ganzen Jahres zu rauben.

»Du hast dich verändert, seit du hier bist«, erklärte Folkhari unvermittelt.

»Inwiefern?«

»In Worms warst du immer so sorgsam darauf bedacht, daß dir und deinen Geschwistern nur ja nichts Übles widerfuhr; du ließest Gundahari tapfer und verwegen und Gundrun wild sein, aber du gabst acht. Ich habe dich immer als den weisen Wachhund deines Bruders gesehen, nie als den rasenden Wolf an der Spitze des Rudels. Doch Wunden, wie du sie trägst, werden Männern geschlagen, deren Tapferkeit ihrer Vernunft davonläuft, Helden oder Berserkern. Auch scheinst du mir – ich weiß nicht recht, wie ich es sagen soll – du scheinst mir nicht mehr ganz von dieser Welt zu sein . . . als hätte der Sinwist dich doch noch zum Gudhija gemacht.«

»Das ist nicht das Schicksal, das mir bestimmt ist, Folkhari, und das weißt du auch. Ich kam hierher, um Kriegskunst zu lernen, damit ich meinen Bruder auf dem Schlachtfeld beschirmen kann. Wahr ist freilich, daß ich mich selbst im Kampf nicht gut genug schützte; ich war zu gierig nach Blut, um an mein eigenes Leben zu denken. Nun, da ich weiß, was mich erwarten kann, wird das nicht wieder geschehen.«
»Hoffentlich. Aber du scheinst mir auch mehr zu reden als früher, vielleicht weil deine Art unter den Hunnen weniger auffällt als bei deinem eigenen Volk.«
»Darüber denke ich selten nach. Sag mir, hast du eine Botschaft von meinen Geschwistern an mich?«
»Beide schicken dir Grüße und hoffen, daß es dir gut geht. Sie sind beide neugieriger auf das, was du erlebt hast, als daß sie ihrerseits große Neuigkeiten hätten; außer daß Gundahari sagt, du fehltest ihm jetzt ganz besonders, weil es immer sein größter Wunsch gewesen sei, daß du bei dem Festmahl, an dem er den Hochsitz seines Vaters übernähme, an seiner Seite säßest.«
»Das hatte ich auch gehofft. Er muß gut auf sich achten, bis ich wiederkomme. Wie steht es mit Gundrun?«
»Sie ist wohlauf, obwohl ich glaube, daß sie sich mehr nach Sigifrith sehnt, als gut ist. Niemand hat von ihm gehört, außer daß er mit Ragan dem Schmied im Wald umherstreift; vielen dünkt das unziemlich für einen jungen Edeling.«
»In ihm steckt mehr, als andere sehen. Falls Attila dich übrigens fragt, würde ich raten, günstig von ihm und den Alamannen zu sprechen. Wodan braucht nicht erst Tote aus dem Grab zu erwecken, um zu erfahren, daß ein Mann, der seinen Sohn verloren hat, bald daran denken könnte, einen anderen zu zeugen, und Gundrun ist keine Frau für einen Mann wie Attila.«
Folkhari atmete tief ein und mit einem langgezogenen Seufzer wieder aus. »Du bist nicht der einzige, dem diese Möglichkeit einfällt. Deine Mutter sprach zu mir, bevor ich fortritt . . .«
»Wir können es nicht wagen, uns den Haß der Alamannen zuzuziehen. Sie fügten unserem Volk genug Schaden zu, als wir Krieg um die Salzquellen führten, auch wenn damals keine Seite den Sieg davontrug. Aber zwischen Attila und uns liegen viele Länder, während die Alamannen unschwer Truppen an unserer Grenze zusammenziehen können. Sag

mir, gibt es noch andere Jungfrauen, auf die man Attilas Blick lenken könnte, wenn er schon eine Frau aus den Stämmen heiraten will?«
Folkhari stützte das Kinn in die Faust. Im Sonnenschein, der schräg durch die offene Tür fiel, wirkten seine schönen Züge ernst. »Ich weiß, daß Hildegund, Gundorms Tochter – Gundorms des Sueben, nicht verwandt mit Gebicas Vetter Gundorm, obwohl sie beide Christen und allgemein wenig beliebt sind –, etwa im gleichen Alter mit Gundrun steht und noch nicht verlobt ist. Es wurde erwogen, für Gundahari um sie zu werben, aber ihr Stamm ist nicht groß genug, als daß es sich für Gundahari lohnte, selbst wenn sie keine Christin wäre. Doch mit Attila verhält es sich anders, denn er ist und bleibt ein Fremder für uns, auch wenn Thioderik auf seiner Seite steht.«
Hagan nickte. »Erzähl ihm von ihr. Er wird dich wieder zu sich rufen lassen, später am Abend, um nicht nur, wenn du nüchtern bist, mit dir zu sprechen, sondern dich auch im Rausch auszuhorchen. Er ist ein kluger Mann, der weiß, daß man Wahrheit an vielen Orten findet.«
Folkhari beugte sich vor. Sekundenlang lag seine Hand freundschaftlich auf Hagans Schenkel; dann zuckte Hagan vor der Berührung zurück, und Folkhari ließ ihn so eilig los, als hätte er glühendes Eisen angefaßt. »Ja, er ist klug, doch selbst ein kluger Hengst kann alle Weisheit vergessen, wenn er eine junge Stute riecht.«
»Dann darf er auf keinen Fall Gundrun in die Nase bekommen.«
Folkhari strich sich das Kinn. Hagan sah die kurzen Härchen darauf im Sonnenlicht glänzen, als hätte er sie nach alter Sitte mit Butter eingerieben. »Ich werde ihm raten, so gut ich kann. Sag mir... hast du schon eine solche Stute gewittert?«
»Nein.«
Folkhari saß einen Augenblick schweigend da, als wollte er noch etwas sagen. Hagan fragte sich, ob er von sich aus fortfahren sollte, denn er dachte an seine Unterhaltung mit Bleyda. Da jedoch gab es ein Geräusch an der Tür, und Waldhari kam herein.
»Ihr sitzt hier so still?« fragte der Franke. »Woran denkt ihr?«
Folkhari lachte. »Wir reden über Frauen. Spuken dir auch welche im Kopf herum?«
»Noch nicht«, brummte Waldhari. Hagan kam es vor, als würde sein Gesicht plötzlich hell, und er wußte nicht, ob der andere erblaßt war oder nur die Sonne stärker strahlte.

Nach dem Brauch seines Volkes hatte Attila sein Roß gesattelt und war allein ausgeritten, um die Worte seiner Ahnen deutlicher hören zu können. Er hatte das wogende Grasmeer der Steppe nicht vergessen, so wenig wie die schmalen Samenkapseln, die seine Hufe aufgewirbelt hatten wie Schaum in einem seichten See. Die dunklen Tannen bedrückten ihn wie ein Tag und Nacht getragenes Panzerhemd, das er nicht abstreifen konnte – *wie Hagan, das Kind der Toten*, fiel ihm unwillkürlich ein. Doch der Weg war klar: größeren Reichtum boten die von Sklaven besäten Felder des Westens, als die weiten, freien Länder des Ostens jemals bieten konnten; Rom brachte mehr und besseres hervor als die besten Sklaven, die die Hunnen erbeuten konnten, wenn sie die breite Erde, von der sie stammten, verließen.

Attila war kein Schamane, aber darum nicht ahnungslos; er wußte alles, was ein Mann wissen konnte, ohne einen Teil seiner Seele Ärlik Khans unterirdischem Reich oder einer der hellen Welten über sich zu verschreiben. Und er kannte die Erfahrungen, die seine Ahnen auf ihren langen Wanderungen erworben hatten: daß ein Mann frei über die Oberfläche des Landes dahinreiten konnte, daß es aber die Frau war, die Wurzeln in die feuchte Mutter Erde darunter senkte; ihre Zaubersprüche und die Opfergaben, die sie Göttern und Geistern darbrachte, sicherten das Leben des Stammes. Es war dieser Kern von Wahrheit, der ihn quälte wie ein harter Brotkrumen in einer Zahnlücke. Thioderik war ein Mann von Macht, aber ihn banden nur Worte an Attila – und Worte hatten nicht ausgereicht, als der Pfeil Bleydas Kehle durchbohrte. Nein, was er jetzt empfand, war mehr als das ... es war der Schmerz einer abgebrochenen Dornspitze in einer schwärenden Wunde: *Gundrun bereitet sich auf die Hochzeit vor.*

»Es ist eine Frau aus den Gotenstämmen, die sich mir verbinden muß«, flüsterte er, und das Roß warf den Kopf in den Nacken und wieherte. Attila nickte seiner Klugheit Antwort zu. So wie die Goten ihn »Väterchen« nannten, trug auch sein Pferd nur diesen Namen, ebenso wie die Schenkel, die ihn im Sattel hielten, und der Arm, der das Schwert schwang, nicht anders hießen; doch den Hengst verwirrten alle die Unterströmungen nicht, die den ruhigen Fluß der Sonne über den Himmel trübten, und er verstand darum vieles besser als jeder andere, der kein echter Schamane war.

Hagans Schwester, Grimhilds Tochter, war ohne Zweifel eine Frau von

Macht. Sie würde ein blasses Gesicht und scharfe Züge haben wie alle Goten, so daß ihr Anblick Bortais Geist nicht reizen würde, mit seinen Tränen Attilas Hoden zum Schrumpfen zu bringen. Mit ihr konnte er vielleicht einen anderen Sohn zeugen.
Er hatte das Gefühl, dabei auf den Rat des Gyula verzichten zu können. Sein Schwert summte in der Scheide und sang von Ländern, reif zur Eroberung, überall dort, wohin die seltsame Rune am Griff zeigte. Der blonde Sänger ähnelte vielen anderen, die Attila kannte: Jünglinge, die einen Mann suchten. Gewiß konnte man ihn so leicht auf den einen wie auf den anderen Pfad lenken und ihn dazu bringen, seinem Fürsten von Attilas Willen und Wert zu erzählen.

Die Sonne stand schon tief, als Folkhari Hagans Haus verließ und zu Attilas Halle hinüberging. Ihr rötliches Licht stach durch die Bäume wie ein Bündel uralter Bronzespeere, vergoldete die Birken, die zwischen den dunklen Kiefern hervorleuchteten, und färbte auch das schwarze Haar des Hunnen rot, der dem Skalden den Weg zeigte. Zwar hatte der Wein, den der Hending seinem Bruder geschickt hatte, nicht mehr so süß geschmeckt wie am Rhein, aber er war Folkhari stärker vorgekommen, und der Sänger mußte vorsichtig gehen, damit er nicht stolperte. Den ganzen Nachmittag hatte er mit Hagan und Waldhari zusammengesessen und getrunken und zwischen den Gesängen, die Waldhari für sie aus dem Lateinischen übertrug, seine eigenen Lieder gesungen. Hagan, der den beiden Wortgewaltigen wenig entgegenzusetzen hatte, füllte die Becher und schien ihnen mit Vergnügen zu lauschen, wenn Folkhari richtig deutete, was hinter seiner grimmigen Maske vorging. Folkhari hatte sich gewünscht, Hagans Herz zu erfreuen und ihn von den traurigen Nachrichten dieses Tages abzulenken; Hagans Blut hatte ihm die tiefe Trauer des anderen klarer gezeigt, als jedes Mienenspiel es gekonnt hätte.
Der Hunnenfürst saß allein auf seinem Hochsitz. In der Dunkelheit unter den niedrig gewölbten Dachbalken der Halle funkelten seine schwarzen Augen wie polierter Gagat. Der Krug auf dem Tisch hatte einen dicken Bauch und einen schmalen Hals mit einem eckigen, scharf nach oben ausgestellten Griff. Folkhari hatte nicht gedacht, daß die Hunnen sich auch so schlichten und friedlichen Tätigkeiten wie dem Töpfern widmeten. *Sie sind nicht so wild, wie es den Anschein hat,*

überlegte er. Als Attila den Krug nahm, um zwei Becher Wein einzugießen, erkannte Folkhari, daß der Griff durchbohrt war und Luft ansaugte, während der Wein leicht aus dem kleinen Halsloch floß.
»Komm und trink mit mir«, brummte Attila freundlich. »Wir wollen auf die Toten trinken, wie es bei unseren beiden Völkern Brauch ist.« Obwohl er am Nachmittag schon einiges getrunken hatte, merkte Folkhari doch, daß Attilas Atem nicht nach Wein roch. Der lange, eingefettete Haarzopf des Hunnenfürsten hing halb aufgelöst herunter, als sei Attila hart gegen den Wind galoppiert, und die morgendliche Rötung seiner Augen war verschwunden. Der Sänger wußte nicht, was diese Veränderung herbeigeführt hatte, aber er dachte an Hagans warnende Worte, und sein schlummerndes Mißtrauen verwandelte sich in wachen Argwohn.
»Ja, laß uns trinken«, stimmte er zu. »Auf deinen Sohn Bleyda, von dem Hagan und Waldhari mir erzählt haben – von dessen Leben und Ehre ich morgen abend singen will, wenn ich morgen früh nicht so krank vom Wein bin, daß ich keine Verse schmieden kann.« Er hob den Becher und nippte daran. Auch Attila hob seinen Becher und goß die Hälfte des Inhalts auf den Erdboden, bevor er trank.
»Dann müssen wir dafür sorgen, daß du nicht krank wirst«, antwortete er. »Erzähl mir lieber von Worms; ich würde gern mehr von Hagans Sippe erfahren, denn nie hatte ich einen Jüngling wie ihn unter meinen Kriegern.«
Folkhari begann ausführlich zu berichten. Er verweilte bei Grimhilds Weisheit und Gundaharis vielversprechender Tüchtigkeit im Kampf, erzählte breit von den Freundschaften, die der junge Hending unter den Stämmen schon geschlossen, und den Verträgen, die er den Römern abgetrotzt hatte. Attila lauschte mit gespitzten Ohren. Obwohl er immer wieder den Becher zum Mund führte, merkte Folkhari wohl, daß er jedesmal nur wenige Tropfen trank. Doch unter allem spürte er die rastlose Unruhe des Hunnen, der wie ein alter Eber in den Wind witterte, noch unentschlossen, ob er fliehen oder angreifen sollte. Endlich meinte Attila wie beiläufig: »Und was gibt es von Gundrun zu berichten? Du hast sie nicht erwähnt. Ist etwas an ihr auszusetzen?«
»Sie ist eine wohlerzogene und schöne Jungfrau aus edlem Geschlecht, was gibt es da mehr zu sagen? Ihrer Mutter ähnelt sie weniger als Gundahari Gebica; sie hat einen starken Willen und ist oft grimmiger

Laune, so daß nicht alle, die in Gundaharis Halle sitzen, Sigifrith beneiden.«
»Ist sie so weise wie Grimhild?«
»Sie wird Sigifrith eine gute Frau sein, denn schon jetzt heißt es von ihm, er halte es mehr mit Taten als mit dem Nachdenken. Allerdings hat sie nicht alle Kräuterkunst ihrer Mutter gelernt. Es mag Menschen geben, die von dem munkeln, was Grimhild sonst noch weiß und kann, doch niemand erzählt solche Geschichten von Gundrun.«
Attila fuhr sich mit der Hand durch das Haar und glättete mit den an seinen Fingern haftenden Butterresten seinen Schnurrbart. »Nun, Sigifrith ist noch jung, und einem tapferen, jungen Mann kann vieles zustoßen. Sag mir ehrlich, wieviel liegt Gundahari daran, an dieser Verlobung festzuhalten, die sein Vater schloß? Sind die Burgunder nicht stärker geworden in den letzten Jahren, während die Alamannen friedlich zu Hause saßen? Ließe sich keine bessere Heirat aushandeln?«
»Feierliche Eide wurden geschworen, die Gundahari damals selbst bezeugt hat. Er gilt bei vielen als lebende Verkörperung der Seele seines Vaters. Auch sind die Alamannen im Frieden nicht schwächer geworden; Alapercht hatte Zeit, seine gewaltigen Schlachtrösser zu üben, die stärksten Jünglinge für seine Gefolgschaft zu gewinnen, Zeit auch, Ragans beste, im Drachenfeuer geschmiedete Schwerter an seine Männer zu verteilen; man darf nicht vergessen, daß der beste Schmied am Rhein Herwodis' Mutterbruder sein soll und Sigifriths Pflegevater ist. Wenig weise schiene es den meisten, sich mit der Sippe des Lindwurms Fadhmir auf einen Streit einzulassen, und noch immer singt man von der Quelle des Rheins bis hinauf ins fernste Nordland von den Taten der Wälsungen. Nein, Gundruns Hochzeit ist fest beschlossen; es ist Gundahari, für den wir eine passende Braut suchen.«
»Und was habt ihr gefunden?«
»Es gibt einige Maiden von edlem Geblüt, die im richtigen Alter sind, aber keine scheint gänzlich für ihn geeignet. Eine ist die beste: Hildegund, die Tochter des Sueben Gundorm. Sie zählt fünfzehn Sommer und ist von nicht ganz mittlerer Größe, doch von lieblicher Gestalt. Sie spricht Latein wie eine Römerin. Wäre sie keine Edelfrau, würden so viele Leute ihre Webereien und die Wandteppiche, die sie stickt, kaufen wollen, daß sie keinen Augenblick Ruhe von Weberschiffchen und Nadel hätte. Auch soll sie eine vorzügliche Reiterin sein, besser als mancher Jüngling in ihres

Vaters Heer. Ihr Haar ist lang, von kupfergoldener Farbe, und sie ist schöner als alle anderen Jungfrauen der Stämme am Rhein.«
»Wenn sie so reizvoll ist, warum hat Gundahari sie dann noch nicht geheiratet?«
»Gundorm und die Seinen halten sich streng an den Glauben des Südens. Grimhild aber dünkt es übel, den Burgundern eine Königin zu geben, die die heiligen Segenssprüche zur Schlacht- und Pflanzzeit nicht kennt und vielleicht versuchen wird, Gebicas Kinder den Göttern abspenstig zu machen, die ihnen soviel Gunst erwiesen haben. Außerdem hat Gundorm Gundahari auch so Treue gelobt...« *Was er so Treue nennt*, dachte Folkhari. Er fand, daß der schwarzhaarige Suebe, dessen dürre Hände Frau und Tochter in so strenger Zucht hielten und der seine Männer an Leib und Seele zu binden versuchte, die Unduldsamkeit des südlichen Glaubens in ihrer schlimmsten Form verkörperte, ohne eine Spur der Weisheit, die vom römischen Wesen beeinflußte Männer wie Waldhari, ja selbst viele Christenpriester zu Menschen machte, mit denen man gern Gespräche führte. »Obwohl Gundorms Heer stark ist und er gutes Land besitzt, braucht Gundahari keine engere Bindung an ihn.«
»Aaah.« Ein zischender Seufzer aus Attilas Mund. Wieder floß der Wein gurgelnd aus dem seltsamen Krug. »Wohnen die Sueben nicht in Hispania? Ich weiß, daß es so ist, denn einer ihrer Söhne lebt als Friedgeisel bei mir. Was führte Gundorm hinab an den Rhein?«
»Die Sueben wohnen an vielen Orten; sie sind ein großer Stamm, doch weit verstreut, und es gibt viele kleine Fürsten unter ihnen. In seiner Jugend kämpfte Gundorm für Rom, und Rom gab ihm Land in Gallien, nahe der Grenze, die die Stämme uns einhalten ließen, als wir vor einigen Wintern den Rhein überquerten.«
»Und du meinst, daß Gundorm eine solche Verbindung nicht ablehnen würde?«
»Sein Glaube macht ihn nicht blind für den eigenen Vorteil.«
»Spricht man denn von einem anderen Verlobten?«
»Gundorm sucht eine bessere Heirat für sie, als er bisher gefunden hat. Er weiß sehr gut, welchen Schatz er sein eigen nennt, und ist entschlossen, den vollen Preis für sie zu fordern.«
Wieder strich sich Attila den Schnurrbart und rollte ihn mit den Fingern zu glatten Spitzen. »Laß mich darüber nachdenken. Kommst du auf dem Rückweg nach Worms durch Gundorms Land?«

»Gundorm wohnt ein paar Tagesritte vom jenseitigen Flußufer entfernt, doch wenn es einen guten Grund dafür gäbe, könnte ich ihn ohne Schwierigkeiten aufsuchen.«
»Vielleicht wäre meine Freundschaft ein solcher Grund.«

Es war schon spät, als Folkhari in Hagans und Waldharis kleines Haus zurückkehrte, doch zwei kleine Öllampen und eine Kerze spendeten noch immer Licht. Das Feuer in der Mitte des Raums war heruntergebrannt, aber sie hatten die Kohlen noch nicht zugedeckt. Eilig schlüpfte Folkhari herein, froh über die Wärme. Hier im Hochland war es kälter als in Worms, und obwohl erst die Hälfte der Erntezeit vorbei war, lag in der Nachtluft schon die Schärfe des Winters.
Hagan saß mit untergeschlagenen Beinen vor dem Ring aus flachen Steinen, der ihnen als Feuerstelle diente, und scheuerte mit einem sandigen Lappen seine Brünne. Sanftes Pergamentrascheln von Waldharis Buch im milden Kerzenschein untermalte wie ein Kontrapunkt das Klirren und Schaben seiner Arbeit. Bevor Folkhari noch richtig zur Tür hinein war, stand Hagan bereits geduckt und kampfbereit da. Waldhari hatte nicht einmal von seiner Seite aufgeblickt.
»Was gibt es Neues von Attila?« fragte Hagan. »Was hat er gesagt?«
»Wenn du für Gundrun fürchtetest, so habe ich gute Neuigkeiten. Der Gedanke, sie zu heiraten, scheint ihn sehr beschäftigt zu haben, aber ich glaube, es ist mir gelungen, seinen Blick auf Hildegund zu lenken, Gundorms Tochter.«
Waldhari sah ihn an. »Wie hast du das erreicht? Attila gilt als Mann, der sich schwer umstimmen läßt.«
»Ich habe ihm alles mögliche über ihre Vorzüge erzählt. Tatsächlich habe ich sie nicht alle selbst gesehen, aber ich bin sicher, daß eine Frau von guter Erziehung auch gut weben und sticken kann; sie kann wahrscheinlich reiten, und Gundorm selbst prahlte damit, sie verstünde die Worte der Messe, obwohl er ihr Lesen für Zeitverschwendung hielt. Außerdem habe ich Attila gesagt, nur Hildegunds Christenglaube halte Gundahari davon ab, um sie zu werben.«
Hagan zog die Oberlippe zurück, daß die Zähne rot im Feuerschein glänzten; es sah aus wie eine Grimasse des Schmerzes, aber Folkhari wußte, daß er gelacht hätte, wenn es ihm möglich gewesen wäre. Der Sänger seufzte vor Freude leise auf. »Es ist gut, daß ein Mann, der sich

auf das Geschichtenerzählen versteht, als erster mit ihm sprach«, sagte Hagan. »Wenig Gutes erwarte ich von den Sueben; gleich, als ich hierherkam, hatte ich große Schwierigkeiten mit einem von ihnen. Wir wollen nur hoffen, daß Attila nicht weiß, was die sagen, die Gundorm verbannt hat, weil sie nicht die Knie vor ihm beugen wollten, als ob er ein römischer Kaiser wäre, oder sich weigerten, seinen Gott ganz genauso anzubeten wie er.«
»Ja, das wollen wir hoffen. Aber es ist wahr, daß Hildegund recht hübsch aussieht, oder wenigstens, daß ihr Haar lang und hell und sie selbst nicht häßlich ist.«
Waldhari klappte sein Buch zu, nicht ohne die Stelle vorher sorgfältig mit einem hellen Stoffstreifen zu kennzeichnen. Dann legte er es in seine kleine Truhe. Nun erst fragte er: »Will Attila sie als seine junge Frau zu sich holen oder als Pflegetochter?«
»Die Worte, die er mir für Gundorm mitgab, sprechen vom Heiraten«, antwortete Folkhari.
»Das war wohl zu erwarten«, meinte Waldhari achselzuckend. »Wenn es am Leben als Attilas Pflegling überhaupt etwas auszusetzen gibt, dann, daß nur wenige Fürsten ihm ihre Töchter schicken würden, selbst wenn er sie haben wollte. Trotzdem scheint es mir schmachvoll für eine solche Frau, wenn man sie einem Mann wie Attila einfach so ausliefert. Wird sie wenigstens die Möglichkeit haben, ja oder nein zu sagen?«
»Die wird ihr Gundorm gewiß nicht gewähren.«
Waldhari runzelte die Stirn. Folkhari schien es, als recke der Franke sich höher in seinem Stuhl und als klinge seine helle Stimme tiefer und kräftiger, als er sagte: »Das ist übel gehandelt. So würde ich mit meiner Tochter gewiß nicht umgehen.«
»Gundorm sagt, sein Gott gibt ihm das Recht und die Pflicht dazu.«
»Das ist nicht das, was der Christenglaube gebietet«, entgegnete Waldhari. »Es ist schon vorgekommen, daß Herrscher von ihren Königinnen bekehrt wurden, aber ich bezweifle, daß das auf Attila zutrifft.«
Hagan schwieg. Er legte das Panzerhemd beiseite und griff nach Dolch und Wetzstein.
Schrill klang die Schneide bei jedem Streich, und Folkhari schien es, als wolle Hagan mit der Stimme von Eisen und Stein sprechen und ihm etwas sagen, das zu verstehen die Ohren des Sängers zu stumpf waren.

»Attila hat auch andere Dinge erwähnt, die ihr gewiß hören möchtet«, fuhr er rasch fort, um das dröhnende Schweigen zu füllen, bevor es unerträglich laut wurde. »Er hat Hildebrand und einen seiner Hunnenrecken – sein Name war zu fremdländisch, um in meinem Kopf haftenzubleiben – zu Hrodgars Halle geschickt. Vertraut Thioderik ihren Worten, so wird er morgen abend wieder in Attilas Halle sitzen.«

Er hörte Hagans pfeifenden Atem. Waldhari klatschte leicht in die Hände. »Das ist in der Tat eine gute Nachricht. Übel hätte es uns angestanden, in Attilas Heer zu bleiben, wenn man Thioderik daraus vertrieben hätte. Nun aber wird ihr neues Friedensbündnis überall bekannt werden, wenn du wieder unterwegs bist, und wir werden in späteren Jahren davon erzählen können. Auch verdiente Thioderik Attilas Zorn über dieses Unglück nicht; er ist der bessere Mann.«

»Eine gute Nachricht ...« wiederholte Hagan. »Ein Sieg in der Schlacht wird um vieles wahrscheinlicher, wenn Thioderik wieder bei uns ist, nicht allein der Stärke seiner Goten wegen, sondern weil er der weiseste Kriegsplaner und der beste Ausbilder hervorragender Kämpfer ist. Um mehr als die Hälfte geringer wäre Attilas Macht ohne Thioderik, ohne ihn und ohne die Zuneigung, mit der so viele Männer der Stämme an dem Amalung hängen.«

Am nächsten Tag gab es keine Kampfübungen. Erwachsene Männer und Friedgeiseln wurden vor Morgengrauen aus den Betten geholt, um beim Schlachten und Braten von Schweinen und Rindern zu helfen; denn ein Bote war vorausgeritten und hatte gemeldet, daß Hrodgar und seine Gefolgschaft Thioderik begleiten würden, um am Willkommensfest für ihn teilzunehmen. Attila hatte nur die Achseln gezuckt und gemeint: »Hrodgar nahm Thioderik viele Nächte bei sich auf; nun muß ich dem Gastgeber wohl vergelten, was mein Mann ihm schuldet.«

Während Hagan durch das Lager ging, hatte er das Gefühl, eine dunkle Wolke, die darüber gelegen hatte, habe sich gelichtet. Er hatte gewußt, daß die Krieger, ob Hunnen oder Goten, sich an Thioderik gewandt hatten, wenn es um Gerechtigkeit bei Attilas schroffem Jähzorn ging; aber er hatte nicht gewußt, wie sehr sich alle, ihn selbst eingeschlossen, auf den stillen Ostgoten verließen – das Vertrauen in das Amalungenfeuer, das selten zu versengender Flamme aufloderte, stets aber die ruhige

Wärme sacht glühender Kohlen verbreitete. Nur am Nachlassen der bisherigen Anspannung konnte Hagan ermessen, wie sehr Thioderiks Abwesenheit auf allen gelastet hatte, und er fand, daß er etwas von dem begriffen hatte, was Königtum bedeutete; eine Gabe, die Gundahari mit viel gutem Rat und Frauja Engus' Segen vielleicht allmählich erwerben könnte. *Wenn man sich nur darauf verlassen kann, daß er gerecht und wahr spricht und er trotzdem lernt, seine Gedanken nicht zu verraten und nicht mehr als einem einzigen Menschen anzuvertrauen, was ihn bekümmert...*
Doch obwohl die Krieger an diesem Morgen frohe Worte sprachen und man aus den Wagen der Frauen wieder Lachen hörte – obwohl der Himmel klar war wie römisches Glas und der Wind schneidend vor Kälte und erfüllt vom Duft bratenden Fleisches – am frühen Nachmittag spürte Hagan noch immer die drückende Schwere in der Luft, die an bedeckten Sommertagen Gewitter über den Rheinebenen ankündigte. Er wußte, daß er nicht der einzige war, der sich unbehaglich fühlte und der eigenen plötzlichen Begeisterung mißtraute; obwohl die Badehäuser den ganzen Tag geheizt und süß vom Rauch waren, fand er sich, als sie zum Baden gingen, mit Waldhari und Folkhari allein; und als sie herauskamen, sahen sie, wie Goten sich allmählich zu Goten fanden und Hunnen zu Hunnen, wie sie ihre Klingen schärften und um sich blickten wie Vieh, das in einem verirrten Windstoß auf einmal den Wolf wittert.
Um die Mitte des Nachmittags trafen die Reiter ein. Hagan hatte Waldhari und Folkhari zu sich gerufen. Mit dem Rücken gegen die Wand standen sie an einer Ecke der Halle. Dort konnten sie kämpfen, notfalls aber auch in den Wald fliehen. Sie waren nicht die einzigen in der Menge, die vollständig bewaffnet waren.
Die guten Brünnen und Helme, die Thioderik und Hrodgar zu Ehren angelegt worden waren, verkündeten zugleich die Entschlossenheit der Goten, ihren Fürsten zu schützen, vielleicht auch die Bereitschaft der Hunnen, dem Wink des ihrigen zu gehorchen; Hagan fiel auf, daß viele der Steppenkrieger bereits bespannte Bogen trugen.
Als endlich Attila aus der Halle trat, waren Hrodgars Männer so nahe herangeritten, daß Hagan Thioderiks helles Haar über ihrer Schar leuchten sah. Der Hunnenfürst wartete, bis das letzte Pferd zum Stehen gekommen war, und rief dann mit seiner schroffen Stimme: »Sei aber-

mals willkommen, Thioderik, so willkommen wie damals, als du auf der Flucht vor Odowakers Zorn zum ersten Mal aus dem Westen zu uns kamst. Zwar konntest du meinen Sohn nicht schützen, doch lange hast du tapfer und treu für mich gekämpft; mögest du es noch viele Male tun!«

Jetzt lenkte Thioderik sein Roß nach vorn. Die Pfeile der Hunnen hätten ihn niederstrecken können. Hagan dachte, selbst er könnte den Amalungen jetzt treffen, wenn er das wollte. Auch Gundahari würde solche Wagnisse eingehen müssen; Hagan wußte, daß ein allzu wohlbehütetes Leben in den Augen der Menschen an Wert verlor. Doch beim Gedanken daran, daß sein Bruder so im Sattel sitzen könnte, den helmlosen Kopf von der Sonne beschienen, mit einem Panzerhemd, das die kleinen, schnellen Pfeile der Hunnen so mühelos durchbohren konnten wie Leinenstoff – oder Waldhari: der würde vielleicht auch einmal vor seinem Heer reiten müssen, als sei ein Mann, der ihn mit dem Tode bedroht hatte, noch immer ein vertrauter Freund – wenn Hagan daran dachte, umschloß seine Hand den Schwertgriff fester, und ein Prickeln ging durch seine Muskeln, so sehr verlangte es ihn, Schild und Klinge zu heben.

»Über Jahre kämpften meine Männer neben den deinen. Oft waren wir Gefährten im Feld und teilten die Kriegsbeute gerecht zwischen Adlern. Ich sagte dir, daß ich zurückkehren würde: einem Mann, der solches Leid trug wie du, kann man alle bösen Worte vergeben. Froh bin ich nun, zu deiner Halle zu reiten, nicht als ein Einsamer und Elender, dem nur ein einziger Recke den Rücken deckt, sondern als Anführer der Goten, Kampfgefährten der Hunnen!«

Als Thioderik geendet hatte, ergriffen die Goten ihre Schilde, schlugen mit den Speeren darauf und stießen Freudenrufe aus. Hagan hörte Waldhari murmeln »Gott sei Dank« und dachte, daß die meisten der Anwesenden Thioderik jetzt in Sicherheit glaubten, weil sie wußten, welche Ströme von Blut unter den Kriegern geflossen wären, hätte Attila das Zeichen gegeben, den Goten zu töten. Trotzdem hätte Hagan niemals einen ihm anvertrauten Menschen einer solchen Gefahr ausgesetzt.

»Kommt in die Halle und seid willkommen!« rief Attila über den Lärm. »Wir wollen in Frieden miteinander trinken; das Festmahl wird schon bald gerichtet sein.«

Hagan war kaum überrascht, als die Männer beider Heere schon beim Hereintragen des Bratens betrunken waren. Mit der ersten Runde römischen Weines und dem ersten Trinkspruch für die drei Fürsten war das Gelächter schon laut geworden. Die drei saßen am Herrentisch wie Bildsäulen von Wodan, Donar und Frauja Engus, Attila in der Mitte, Thioderik zu seiner Rechten, Hrodgar zur Linken. Als sie die Becher hoben, antworteten ihnen die Heilrufe der meisten, aber Hagan hörte manche Männer leise murmeln und verstohlen ihre Götter preisen. Er selbst nippte nur an seinem Horn und beobachtete die anderen. Nur wenige von ihnen blieben mäßig; Folkhari, der noch singen mußte, und Waldhari, der nie viel trank, beteiligten sich nicht mehr an der dritten und vierten Runde. Die Hunnen, die Goten und Hrodgars Krieger dagegen wetteiferten miteinander, wer am meisten vertrug. Auch das war ein günstiges Zeichen; derart betrunkene Männer planten keinen bewaffneten Verrat, und so verschlagen er sonst auch sein mochte, Attila würde nicht aus Rache einen Gast vergiften, mit dem er ein Treuebündnis geschlossen hatte. Als man die fünfte Runde einschenkte, erhob sich der Hunnenfürst und forderte mit erhobener Hand Ruhe.

»Laßt uns nun die Lieder zu Ehren meines Sohnes hören! Gundahari der Burgunder hat uns seinen Sänger geschickt, der in allen Landen von Bleyda singen und sagen wird. Tritt vor, Folkhari, und singe.«

Folkhari erhob sich von seiner Bank, löste die Harfe vom Rücken und schnallte sie sich so um den Leib, daß er stehend spielen konnte. Er schritt langsam zu Attilas Tafel. Im Feuerschein glänzte sein spitzer Kopf wie ein goldener Helm; zwei dicke Flechten des kostbaren Metalls flossen über seine Schultern. Hagan fand, Gundahari habe eine gute Wahl getroffen, als er Folkhari zu seinem Boten an mächtige Fürsten erkor.

»So hört denn die Mär von den Taten der Jungen«, rief Folkhari. Vor dem vollen Klang seines Baritons verstummte das letzte Gemurmel; obwohl er nicht schrie, trugen seine Worte in jeden Winkel der Halle. »Hört nun die Kunde von Leid und Kühnheit, von der ersten Schlacht, die ihr alle schlugt, damals in eurer Jugend. Manch tapferer Freund blieb freudig am Leben, während viele im Felde fielen...«

Er griff in die Saiten seiner Harfe.

»Endlich der Tag... erstes Erntegold
deckt die Brust der Erde, die Edelmaid ruft
nach ihren Männern, richtet festlich das Mahl
den kühnen Knaben, die zu ihr kommen.«

Während Folkhari schneller sang, schien es Hagan, als höre er den Hufschlag der Hunnenreiter auf dem harten Boden, den schwereren Marschtritt der Römer im Schnarren der tiefsten Harfensaite. Dann faßte ihn jäher Schreck wie ein Blitz, der die Schwertklinge hinaufzuckt: Folkhari hatte seinen Namen ausgesprochen, sang von seinem Kampf!

»Der grimme Hagan, mit hartem Brust-Stein,
zögerte nicht, zum ersten Mal blutend,
berserkertapfer zertrennt er Brünnen,
während Waldhari wacker das Schwert schwingt.«

Waldharis Mund stand offen, und seine Augen waren groß und ganz verwirrt vor Freude. Vorgebeugt starrte er Folkhari an und umklammerte mit beiden Händen seinen Tonbecher, als wolle er sich dadurch beweisen, daß er die Worte des Sängers nicht träumte.

»Schutzlos der Rücken, schirmt ihn kein Bruder.
Wilder Waldhari, starker Held Hagan,
beide verletzt für das Leben des Freundes,
hell scheint die Treue der Schildgefährten.

Seltsam lenkt das Schicksal die Lose,
einem zum Wohl, zum Weh dem andern.
Todwund lag Hagan, gewann sein Leben,
Wind bläst in Asche, wir klagen um Bleyda.«

Folkhari sang weiter, aber die Worte hallten in Hagans Kopf so laut wider, daß nichts, was danach kam, sie vertreiben konnte. Waldhari stellte den Becher hin, drehte sich zu Hagan um und faßte die Hände des Burgunders mit warmem Griff. Als Hagan den Druck erwiderte, fühlte er die benommene Verblüffung und Freude des anderen, und die gleiche heiße Woge überströmte sein eigenes Herz und wollte es fortreißen. Er merkte, wie sein Gesicht sich schmerzhaft verzog, als versuche es, Waldharis breites Grinsen nachzuahmen. Man sang von ihnen! Sie wandelten auf den Spuren Hermanns des Cheruskers und Thioderiks, Sigimunds und Sigilinds, Alarichs und Attilas und all jener anderen großen Männer und Frauen, von deren Taten die Lieder Folkharis und seiner Skaldenbrüder kündeten! Tiefer jedoch als die erste brennende Flut der Freude durchdrang ihn eine neue Gewißheit des eigenen Wertes: Wenn er jetzt in die Halle seines Bruders zurückkehrte, würde sein Wort im Rat ein dutzendmal schwerer wiegen und seine Macht, Gundahari zu schützen, um ebensoviel größer sein, denn der Ruhm, den er in Attilas Heer erworben hatte, würde ihn begleiten.

Attila saß stumm da, während Folkhari sang. Ihm war, als müßte ihm das Herz in der Brust brechen, denn der Burgunder sang alles das, was sein eigener Kopf kaum in Worte fassen konnte, obwohl Folkhari in der rauhen und unmelodischen Zunge der Goten sang. Der Hunne wußte, daß er vor den versammelten Kriegern nicht weinen durfte; er hatte im Angesicht des eigenen Volkes bereits sein Blut vergossen, und die Goten betrachteten es als Schwäche, wenn ein Mann Trauer oder Schmerz zeigte. Er konnte nur lauschen, während die schwellende Kehle des Sängers die Worte hinausrief, die er selbst nicht schreien durfte, so als ströme sein Trauerblut in Folkharis Lied ein zweites Mal. Er umklammerte den Adlerkopf aus Bernstein an seiner Schwertscheide, um stark zu bleiben, und horchte auf die Stimme des Kriegsgottes, die leise zwischen den Saiten der hohen Burgunderharfe summte und ihm zuraunte, daß sein Arm noch immer ein Schwert schwingen, sein Herz eine Frau erobern konnte. Niemand wußte besser als das hungrige Schwert, wie Männer töteten und getötet wurden, und doch standen immer wieder neue, starke Krieger auf, um die Erde mit ihrem Blut und den Leib der Frauen mit ihrem Samen zu füttern, damit das Schwert niemals Hunger litt oder die Schmiedefeuer ausgingen. Und der wilde Rat des Kriegsgottes gab Attila Hoffnung, erinnerte ihn an die nährenden Wurzeln des Lebens, ohne die keine einzige Schlacht geschlagen würde, weil die weite, grüne Welt nur eine flache Ebene aus toter, unfruchtbarer Erde wäre.

»Zu Asche verbrannt unsre edlen Söhne.
Der Jugend Freunde tot und gefallen.
Das Ende der Welt erwarten wir willig,
sie von Halja zu holen an Baldurs Hand.«

Das Lied war zu Ende. Im letzten Nachhall der Harfensaiten stand Folkhari still da. Dann schlug tosender Lärm über ihm zusammen. Die Männer ließen Becher und Hörner auf den Tisch krachen und brüllten oder stampften nach hunnischer Art mit den Füßen, daß es wie Hufgeprassel klang. Folkhari beugte anmutig das Knie vor Attila und berührte mit der Stirn den Boden. Attila glaubte ihn sagen zu hören »Zu Khan Attilas und seines Sohnes Ehre«, aber es war so laut in der Halle, daß er es nicht richtig verstand. Das Lied hatte ihm keine Freude gemacht, aber ihm war, als hätte es die schärfsten Kanten seines Kummers geglättet. Darum löste Attila, wie es auch ein gotischer Fürst getan haben würde, einen der dicken Goldreifen vom Handgelenk und warf ihn, als der Sänger sich wieder erhoben hatte, Folkhari über den Tisch zu.
»Ich werde das Lied singen, wohin ich auch gehe, das verspreche ich dir«, sagte der Sänger. »Alle sollen von den Taten deines Sohnes und seinem Tod erfahren.«
»Ausgezeichnet. Mag Gundahari dich als Segen für seinen Hof und gutes Wort in meinem Ohr würdigen; meines Wohlwollens kannst du stets gewiß sein.«
»Möchtest du, daß ich weitersinge?«
»Nein. Das Essen wird bald aufgetragen werden, und du hast dir deinen Teil verdient. Schone deine Stimme bis nach dem Mahl und überlege dir inzwischen fröhliche Lieder, denn es gibt keine weiteren Sorgen, über die die Männer heute abend noch nachdenken müßten.«

Hagan sah Folkhari die schwere Goldschlange über den Arm streifen, als er zurückging. Er fühlte sich sonderbar schwindlig. Plötzlich zog er den Reif herunter, den er über dem Verband am linken Arm trug. »Attila gab dir den Skaldenlohn«, sagte er, als Folkhari nah genug war. »Mir scheint, daß ich nicht weniger tun kann, denn es war schön, meinen Namen in deinem Lied zu hören.«
»Auch ich möchte...« Waldhari griff nach der goldenen Kette, an der sein Kreuz hing, streifte sie über den Kopf und hielt sie dem Sänger hin.

»Nimm das, wenn es dir gefällt. Ich trage das Zeichen im Herzen, und dein Lied verdient eine angemessene Gabe.«
Folkhari lachte und schüttelte den Kopf, daß die goldenen Zöpfe über die Schultern zurückflogen. »Nein, von euch beiden nehme ich kein Gold. Dazu wird später noch Gelegenheit sein, wenn du bei deinem Bruder in der Halle sitzt, Hagan«, er sah von ihm auf Waldhari, »und du den Platz neben deinem Vater einnimmst; denn ich bin überzeugt, daß ich noch viele Lieder über euch singen werde. Auch würde ich nicht das Zeichen deines Glaubens von dir nehmen, Waldhari, auch wenn es aus gutem Herzen kommt. Aber wenn du willst, Hagan, wollen wir als Zeichen der Freundschaft die Goldreife tauschen, denn ich würde mich mit Freude deinen Freund nennen.«
Hagan wußte kaum, was er darauf antworten sollte. Noch nie hatte jemand seine Freundschaft gesucht, auch Sigifrith nicht ... *nicht einmal Waldhari.* Aber seine Stimme hatte ihm oft schon den Dienst versagt, wenn es um schöne Worte ging, darum streckte er Folkhari nur stumm den Armring wieder hin und nahm von ihm Attilas Reif entgegen. Die Spange war für einen starkknochigen Mann geschmiedet; die Anstrengung, sie über seinem schmaleren Arm zusammenzudrücken, ließ frisches Blut aus seinen Verbänden sickern. Aber das rötliche Gold verbarg den dunkleren Fleck, bevor Folkhari oder Waldhari etwas bemerkten.
Inzwischen trug ein Teil der Hörigen die Speisen herein, Schweine und Ochsen, die den ganzen Tag über in großen Erdgruben geröstet worden waren; andere Sklaven schenkten Getränke nach. Noch nie hatte Hagan soviel Wein in Attilas Halle gesehen. Er nahm an, daß er entweder aus der Plünderung nach ihrem Kriegszug stammte oder andere Dörfer ihn danach als Tribut abgeliefert hatten. Er war herb und leicht mostig wie der meiste Wein aus Rom, aber zu dem Echo von Folkharis Lied, das Hagan noch immer im Kopf herumging, paßte der starke Geschmack vorzüglich.
»Ich möchte auf euch beide trinken«, erklärte Hagan und hob ihnen sein Horn entgegen. »Es freut mein Herz, solche Männer an meiner Seite zu wissen.« Er nahm einen tiefen Zug und reichte Waldhari das Horn.
»Auch ich freue mich darüber«, antwortete Waldhari leise. »*Schutzlos der Rücken, schirmt ihn kein Bruder,* das ist wohl wahr.«
Nacheinander hoben der Franke und der burgundische Sänger das Horn. Hagan sah, daß Waldhari ein solches Trinkgefäß nicht gewöhnt war; fast

hätte er den Wein über sich geschüttet, als die erste Welle aus der tiefen Krümmung schwappte. Folkhari dagegen meisterte es mühelos, obwohl die Männer am Hof des Hendings eher aus römischen Gläsern oder aus Bronze- und Silberpokalen tranken. Hagan wollte gerade etwas über die Vorzüge des älteren Trinkgefäßes sagen, als ihm ein kaltes Prickeln langsam das Rückgrat hinaufstieg wie Eiswasser, das einen Krug füllt. Er schloß den Mund, bevor die Worte herauskommen konnten. Er wußte, was er sehen würde, wenn er sich umdrehte.

Der Gyula stand hinter ihm, ein Schatten unter Schatten. »Khagan«, flüsterte er, und seine Stimme raunte so leise, daß Hagan wußte, nur er allein konnte sie hören. »Komm mit mir; ich brauche dich.«

Hagans Blut strömte ihm kalt zu Herzen, ein langsames Pochen, das in seinen Ohren schneller wurde. Einen Augenblick saß er da, hin- und hergerissen zwischen dem Wunsch, nach dem Grund zu fragen, wie es die Vernunft gebot, und dem Bedürfnis, alles geheimzuhalten was er von dem Gyula erfuhr. Doch der alte Schamane hatte ihm den Weg über den Fluß gezeigt und ihn wieder zurückgebracht, und Hagan wußte, daß er ihm Gehorsam schuldete.

»Wenn ich vor Ende des Festes nicht wieder bei euch bin, dann bringt mir etwas zu essen mit nach Hause«, bat er Folkhari und Waldhari. Waldhari nickte nur, aber in Folkharis Augen meinte Hagan die Andeutung eines tieferen Verstehens zu erkennen – wenn der Sänger nach Worms zurückkehrte, würde es Getuschel geben, daß Hagan bei den Hunnen nicht nur die Kriegskunst, sondern auch etwas von den Künsten des Sinwists lernte. Aber darüber würde er später nachdenken; jetzt mußte er dem Gyula folgen, der sich bereits Attilas Tisch näherte.

Das Gesicht des Hunnenfürsten war vom Wein schon dunkler gerötet. Er schien das leichte Klopfen des Gyula auf seine Schulter gar nicht zu spüren. Aber als der Schamane ihn fester packte, fuhr er herum, als hätte ihn der kalte Stahl eines Dolches in den Hals getroffen. Selbst Hagans scharfe Ohren vernahmen nicht, was der Gyula seinem Fürsten mitteilte, aber Attila preßte die Lippen fest aufeinander und erhob sich schwerfällig von der Tafel. Ohne ein Wort zu Thioderik oder Hrodgar zu sagen, ging er hinter dem Gyula durch die Tür am anderen Ende der Halle. Hagan folgte den beiden, vorbei an den erstaunten Küchensklaven und hinaus in die kalte Nachtluft. Der Mond glitzerte dünn wie die Schneide einer Sichel. Seine weiße Helligkeit beleuchtete den blassen

Pfad aus nackter Erde, der sich an den kleinen Häusern und den Wagen der Frauen vorbeischlängelte und durch schütteres Gras zum Zelt des Gyula führte.

Hagan blinzelte heftig, als er sich durch die Lederklappe duckte. Die Luft im Zelt war schwer von altem Rauch wie in einem nie gelüfteten Badehaus, und er konnte anfangs kaum atmen. Von innen war die Behausung größer, als man von außen erkennen konnte. Hagan sah jetzt, daß das Lederzelt nur das Dach eines breiten Erdhauses bildete. Darin brannten drei Feuer, eines auf jeder Seite des Eingangs, das dritte am hinteren Ende. Der Gyula nahm Hagans Hand und geleitete ihn vorsichtig um eine mannslange Grube. Hagan hörte es rascheln und zischen. Zuerst gewahrte er nur eine wogende Masse aus Glanz und Schatten; aber als seine Augen sich allmählich an das Licht gewöhnten, erkannte er, daß es sich um ineinandergeringelte Ottern handelte, die in wenigen Minuten mit Leichtigkeit einen Mann töten konnten. Ein Unhold mußte ihm diesen Gedanken eingegeben haben; er hoffte, daß er nichts bedeutete. Aber er schauderte, als fühle er das Gewürm über seine Haut kriechen. Attila und der Gyula ließen sich mit untergeschlagenen Beinen vor dem dritten Feuer nieder, jeder auf einer anderen Pferdehaut, die noch Schädel und Hufe trug. Die, auf der Attila saß, war rötlichgrau, die des Gyula weiß. Aber es lag noch eine dritte Haut da, schwarz mit silbrigem Unterfell, und Hagan wußte, daß das sein Platz war. Das Pferdefell berührte ihn sanft und lag warm an seinen Schenkeln; fast spürte er das Spiel der Muskeln unter der Haut, fast . . .

Als er sah, wie Hagan sich auf die dritte Pferdehaut setzte, verfinsterte sich Attilas Miene. Jetzt zweifelte er nicht mehr daran, daß der Gyula den Jüngling unterrichten wollte, und wenn Hagan sich als geeignet erwies, würde er den Stab des Gyula übernehmen, wenn man dem Alten eines Tages den Scheiterhaufen errichtete. Dann wäre er es, dem Attila vertrauen mußte, wenn es den Rat der Götter und Geister galt – sofern er nicht sein ganzes Wissen zu seinem eigenen Volk nach Hause mitnahm und die Hunnen ohne einen Schamanen als Führer ihrer Seelen zurückließ. Aber der Fürst konnte nichts dagegen unternehmen; er konnte sich so wenig in die Angelegenheiten des Gyula einmischen, wie er den Frauen vorschreiben konnte, was sie in der Abgeschlossenheit ihrer Wagen tun sollten. Er konnte sich nur darauf verlassen, daß die

Götter und Geister wirklich noch mit dem Gyula sprachen und die Vorväter seines Stammes es mit Wohlwollen ansahen, so daß nichts Böses daraus entstehen konnte.
»Du hast mir nicht gesagt, was du vorhast«, begann der Gyula milde. Obgleich Hagan neben ihm saß, sprach der Alte hunnisch, und Attila antwortete in derselben Zunge.
»Was meinst du, ältester Großvater? Du weißt, wie teuer mir dein Rat ist.«
»Du hast mich nicht gebeten, die Welten über uns zu erkunden, um zu sehen, was geschieht, wenn du die Gotin in den Wagen führst, in dem einst Bortai wohnte, obwohl du weißt, daß das großen Einfluß auf das Wohl und Wehe unseres Stammes haben wird. Warum bist du töricht geworden, du, der immer so klug war?«
»Zwar bin ich kein Schamane, doch nicht taub für die Stimmen der Götter und Geister. Allein ritt ich über die Ebene, und ich fühlte ihre Worte in meinem Herzen und verstand ihren Willen. Lange sind wir dorthin geritten, wo die Sonne sinkt; in meiner Jugend nahm ich eine Frau aus dem ältesten Geschlecht des Ostens, jetzt aber scheint mir, daß ich ein Weib aus den neuen Stämmen des Westens freien muß, damit unser Volk an Macht zunimmt.«
Der Gyula starrte ihn an. Seine dunklen Augen glommen in ihrem Zwillingsnest aus Runzeln wie polierte Steine in Büscheln von Wintergras. Attila fühlte, wie der Schamanenblick durch ihn hindurchfuhr, ein eisiger Wind, den selbst das Schwert des Kriegsgottes nicht aufhalten konnte. »Du fühltest ihre Worte . . .«, murmelte der Gyula. »Diese Worte mögen Gutes bringen oder Übles, aber es gibt viele heiratsfähige Gotinnen, und mehr als eine hat schon deine Gedanken getrübt. Nun werden Khagan und ich in die Zukunft schauen, um zu erfahren, was diese Jungfrau für uns bedeuten kann. Ihr Name ist aus den zwei Worten für Krieg und Kampf zusammengesetzt; die Goten sind tapfer, ihren Frauen solche Namen zu geben. Ich brauche keine Geister, um zu wissen, daß sie Unruhe im Heer verursachen wird, denn ich kenne die Gotenmädchen. Sie wird nicht in den Frauenwagen bleiben wollen; sie wird glauben, daß deine Halle zuerst und vor allen ihr gehört; denn die Goten geben ihren Gemahlinnen die Schlüssel ihrer Häuser, um zu zeigen, daß im Innenbereich die Frau die alleinige Gewalt innehat und ihr volles Vertrauen besitzt. Schlimmer noch, sie ist

eine Christin; und wenn sie wirklich an ihren Gott glaubt, kannst du dich nicht darauf verlassen, daß sie anderen die Freiheit zubilligt, nach ihren eigenen Sitten zu beten; und ganz gewiß wird sie den Rat nicht schätzen, den ich dir geben werde. Ihr Vater ist ein habgieriger Mann, und das ist das schlimmste, denn wenn sie ihm etwas erzählt, wird er es ohne Zweifel demjenigen verraten, der ihm den größten Vorteil verspricht – ob Gundahari oder die Römer, das gilt ihm gleich. Nun hast du gehört, was dir jeder Mann von gesundem Verstand sagen kann. Möchtest du trotzdem noch mehr wissen?«
»Ja, das will ich«, entgegnete Attila. »Mir scheint, du hast mir nur eine Seite geschildert. Wir leben deshalb schon so viele Jahre hier, weil wir an die Grenzmarken der großen Heere und, was mehr ist, der großen Bündnisse gestoßen sind. Wir können Schlachten gewinnen, bisher aber keine Kriege. Ich habe nicht geschlafen, als man mich als Pflegling zu den Römern sandte, sondern zugesehen, wie sie die fremden Stämme aufeinanderhetzten, so daß jene, die sich hätten gegen sie verbünden sollen, statt dessen selbst Feinde wurden. Damals nahm der Adler des Südens die Beute der Schlachtfelder für sich; nun soll sie dem Adler des Ostens gehören.« Er strich über den Adlerkopf an seinem Schwert; der Bernstein prickelte warm in seiner Hand. »Um Thioderiks willen haben die Fürsten des Westens mir ihre Söhne geschickt. Bin ich erst mit einer ihrer Töchter verheiratet, wird die Zeit kommen, daß wir unsere Lager auf Land aufschlagen können, von dem sie anerkennen, daß es uns gehört. Dann können wir im Inneren eines bereits zerbrochenen Schildes losschlagen, anstatt gegen einen Schild zu prallen, der heil und unversehrt ist. Es wird noch Jahre dauern, das stimmt, aber du hast mir oft gesagt, daß ich lange im Angesicht des Blauen Himmels wandeln werde und den Tod in der Schlacht nicht fürchten muß.«
»Auch das ist wahr«, murmelte der Gyula. »Und doch sprechen wir immer noch, wie Menschen sprechen; oft trägt gesunder Menschenverstand den Sieg davon, oft aber kümmern sich die Götter und Geister gar nicht darum, weil sie mehr wissen als wir. Willst du nun ihren Rat hören, und bist du bereit, dich daran zu halten?«
Attilas Zunge lag schwer in seinem Mund. Er wußte, daß seine Worte ihn binden würden, nicht allein gegenüber dem Gyula, sondern gegenüber allen den Holden und Unholden, die unsichtbar draußen vor den Zeltwänden warteten – und gegenüber Hagan, der den Gyula und ihn

mit dem festen Blick eines Raben beobachtete, der vom Galgen herunterstarrt. Freilich wußte Attila nicht, wie gut Hagan überhaupt die Hunnensprache verstand. Doch wie auch immer: ihm blieb keine Wahl. An dieser Stätte, heilig vom Rauch hundertfach angerufener Götter und Geister, konnte er am allerwenigsten sagen, er wolle ihren Rat nicht hören oder gar gegen ihr Gebot handeln.
»Ich will ihn hören. Ich werde mich daran halten.« Er wiederholte die Worte auf gotisch, damit auch die Wesen, die Hagan begleiteten, es verstehen und ihm ihre Gunst gewähren sollten. Wollte er eine Gotin heiraten, durfte er nicht gleich zu Anfang die erzürnen, die Macht über sie hatten, seien es nun die alten Gottheiten der Stämme oder die neuen der Christen.
»Dann wollen wir beginnen.«

Hagan hatte bis auf den Schluß kaum die Hälfte der hunnischen Worte verstanden. Als er noch ein kleines Kind gewesen war, hatte der Sinwist Gebica vor allem Volk manchmal die gleiche Frage gestellt, und Gebica hatte immer das gleiche geantwortet; danach hatten sich Hending und Sinwist gemeinsam in das Lederzelt zurückgezogen. Im Laufe der Zeit waren diese Zeremonien seltener geworden. Hagan wußte nicht mehr, ob das letzte Mal drei oder schon vier Winter zurücklag. Vor Gundruns Verlöbnis hatte nichts Derartiges stattgefunden, aber der Sinwist hatte Sigifrith unauffällig zur Seite genommen, und der junge Alamanne war mit dem gleichen verwirrten Blick und den geweiteten Pupillen zurückgekommen, die Gebica immer gehabt hatte, nachdem er den Rat der höheren Mächte eingeholt hatte. Nun schien es Hagan, daß die Hunnen Dinge wußten, die bei den Burgundern seit einiger Zeit in Vergessenheit geraten waren, und daß es vielleicht nicht schaden konnte, wenn er mehr darüber erfuhr, damit er und Gundahari notfalls die volle Seelenkraft des Stammes gegen alle Feinde einsetzen konnten – allerdings nur, wenn er dazu nicht Schwert und Speer niederlegen und Stab und Trommel nehmen mußte.
Der Gyula griff hinter sich ins Dunkel und öffnete eine alte Satteltasche aus rissigem Leder. Daraus holte er eine lederne Haube, grob in der Form eines Adlerkopfes gearbeitet, einen Khumißschlauch, einen kleineren Beutel und einen getrockneten Pilz, dessen Hut zu einem gehörnten Halbmond zusammengeschrumpft war; weiße Fliegenflecke leuchteten auf dem schwärzlich gewordenen Rot wie Knochensplitter in

altem Blut. »Wenn es Zeit ist«, flüsterte der Alte Hagan zu, »dann wirf das hier ins Feuer.« Dabei reichte er Hagan den Beutel. Er selbst setzte die Haube auf und steckte den Pilz in den Mund. Hagan hörte, wie sich die Kiefer des alten Mannes unter dem Leder bewegten und sein zahnloser Gaumen mahlte und speichelte, um den Fliegenpilz aufzuweichen. Endlich hob der Schamane den Khumißschlauch, warf den Kopf in den Nacken und trank tief, um den zerkleinerten Pilz hinunterzuspülen. Anschließend gab er Hagan den Schlauch. Der Trank enthielt mehr als nur Khumiß; Hagan roch den scharfen, fauligen Geruch von Fliegenpilzen, wie der Gyula gerade einen verzehrt hatte, dazu Hanf, Wacholderbeeren und andere, nicht genau auszumachende Kräuter. Das war das Gebräu, vor dem ihn der Gyula am ersten Tag gewarnt hatte; jetzt aber hatte er, obwohl sein Hals nackt war, das Gefühl, das Gewicht der goldenen Kette aus Totenblumen zu spüren und in der Ferne das Rauschen des Schwanenflusses zu hören. Darum trank er, wenn auch nicht so tief wie der Gyula. Er wollte den Schlauch an Attila weiterreichen, doch schon fühlte er die Berührung des alten Mannes, die seinen Arm lähmte, obwohl der Gyula sich nicht geregt hatte. Darum verschloß er den Schlauch einfach wieder und legte ihn zwischen sich und den Schamanen.

Jetzt nahm der Gyula seine Trommel und begann sie zu schlagen. Der dreiarmige Knochen flog über die bemalte Haut, auf und ab wie die Schwingen eines Vogels, der gegen einen scharfen Wind kreist. Das leise Pochen wurde in Hagans Ohren immer lauter. Es hallte durch das Erdhaus, als wären die darübergespannten Häute ein einziges Trommelfell, geschlagen von den Flügeln eines riesigen Adlers, bis der Ton das Knistern des Feuers und das Gemurmel des Gyulas überdröhnte. Nur das Zischen der Ottern war noch vernehmbar. Um jede Flamme glühte ein funkelnder Ring aus farbigem Licht; sie schlangen sich ineinander wie Baumwurzeln aus brennendem Gold. Hagan wußte nicht, wie lange er so dasaß und ihnen zuschaute, gebannt vom hallenden Schlag der Trommel; aber allmählich strömte ihm Hitze in Kopf und Brust, Schweiß brach aus seiner Stirn und stach in den Augen; und aus dem Augenwinkel sah er das Gesicht des Gyula, das wie glühend geschmiedetes Metall glänzte. Es schmolz und dehnte sich aus, bis es die Gestalt der Adlerhaube annahm, die der Schamane trug. Da wußte Hagan, daß es Zeit war, und er warf den Beutel ins Feuer.

Die fettige Wolle loderte prasselnd auf und schüttete ihren Inhalt aus getrockneten Kräutern in die hungrigen Flammen. Hagan meinte zu sehen, daß der Rauch nicht vom Feuer aufstieg, sondern als dicke blauweiße Wolke vom Scheitel des Gyula nach unten schwebte und sich über die drei Männer legte wie die Nebel der Welten auf der anderen Seite des Tors. Er roch Birke, Wacholder und Fichte, Hanf, der stärker war als jede Badehaus-Mischung. Durch den Rauch nahm er die undeutliche Gestalt des Gyula wahr, der sich vorbeugte und durch seine Adlerhaube in tiefen Zügen die Luft einsog. Der Schlag der Trommel war so laut und tief, daß Hagan ihn kaum noch hören konnte; es war, als sei er zum Herzschlag der Welten geworden und treibe den Saft des Lebens in die Adern des Baumes, der sie alle hielt.

In seinen Ohren tönte der Singsang des Gyula. Obwohl der alte Schamane in trillerndem Hunnisch sang, verstand Hagan die Worte.

»Geh wie die Sonne! Geh wie die Sonne!
Hinab in die Höhle, die uralte Tiefe.
Birkenborke beleuchtet den Weg,
brennende Birke erhellt unsern Pfad.
Ich schlage meines Vaters Trommel,
die Trommel des Adlersohnes,
die Trommel, die die Geister ruft.
Von Ärlik unter uns,
von Ülgän über uns
rufe ich euch zu mir,
rufe ich die Mächtigen zu mir.
Aus dem Schnabel des Adlers rufe ich,
aus dem Bauch des Adlers rufe ich,
aus dem Samen des Adlers rufe ich.
Ich bin der Sohn des Adlers,
in seinem Nest wurden meine Knochen geschmiedet.
Kommt, ihr Weisen,
kommt, ihr Götter,
kommt zu mir, ihr Geister!«

Während er so sang, begann der Rauch Gestalt anzunehmen. Er wand sich zu bleichen Schatten von Menschen mit Vogelflügeln und Tier-

köpfen, Menschen mit Hörnern und Menschen mit Hufen, Menschen mit nackten Schädeln auf ihren Hälsen.
Der Gyula sang.

»Sagt mir, sagt mir, ratet mir!
Gesippen, gestärkt vom heiligen Rauch,
sprecht zu mir in Worten,
kündet mir Wissen in Zeichen.
Aus dem Osten kamen wir,
Wind vertrieb uns aus der Steppe,
heulender Ostwind,
steigender Sturm aus den Dünen der Dämmerung.
Ihr nahmt den Sohn des Ostens –
soll der Herr unseres Stammes
seinen Samen im Westen säen?
Mit welchen Geistern müssen wir kämpfen,
was schützt das Westland,
welche Wesen bringt die Gotin in unsere Mitte?
Müssen wir sie als Feinde erkennen,
oder dürfen wir Freunde sie heißen?«

Hagan hörte die Stimmen, die von allen Seiten auf ihn einflüsterten – im Zischen der Ottern, im Knistern des Feuers, im Schlag der Trommel. Zuerst waren es nur sinnlose Lautfetzen, verzerrt im Echo der ledernen Höhle, doch ganz langsam formten sich aus dem Murmeln verständliche Worte.
»Hütet euch vor ihren Wesssen – sssie sssind unssserem Volke nicht freund.«
»Und doch musss der Adler im Wessstland nissstem ... musss auf diesssen Pfaden die Braut erobern.«
»Sssöhne wird Attila zeugen ... neuer Sssamen wird ausss ssseinen Lenden fliessen ... fruchtbar issst die Frau ausss dem Wesssten.«
»Hüten sssoll er sssich vor der Schlacht-Maid ... niemals darf er ihr trauen.«
»Fessst will er sie halten ... doch ein zu fessster Griff wird sssie verscheuchen. Sssanft sssoll er sein, nicht Braut sssie nennen, bisss von ssselber sssie kommt.«

»Hüte dich vor der Frau . . . hütet euch vor ihrem Geissstern . . .«
»Und doch darf er sssie freien, versssucht er esss nicht sssofort.«
»Keinem darf Attila trauen.«
Schon wurden die Stimmen in Hagans Ohren schwächer. Der Schnabel an der Maske des Gyula schwankte hin und her, während der Schamane sich in der Rauchwolke wiegte und im Takt der Trommel vor sich hin summte.
»Was siehst du?« flüsterte Attila. »Ältester Großvater, was siehst du?«
»Ich sehe uns umringt von Geistern, mächtigen Wesen der alten Tage. Khagan soll zuerst sprechen, denn er hat ihre Worte deutlicher gehört als ich. Danach will ich sie für dich deuten.«
Hagan hatte gar nicht vorgehabt, etwas zu sagen, aber schon öffnete sich sein Mund, und die Worte der Geister stürmten hervor wie ein Wind, der durch seinen Schädel brauste. Selbst in der Dunkelheit konnte er sehen, wie Attilas breites Gesicht sich verfinsterte und die gewaltigen Muskeln des Hunnen sich spannten. Seine Schultern zogen sich zusammen wie die Schwingen eines Adlers vor dem Abflug.
»Was soll das bedeuten?« fragte der Hunnenfürst, als Hagan erschöpft schwieg. »Ältester Großvater, kannst du diese Worte enträtseln?«
Die Augen des Gyula glänzten dunkel durch die leeren Augenhöhlen seiner Maske. »Ruf das Mädchen als Friedgeisel zu dir, nicht als Braut. Vielleicht kannst du sie gewinnen, doch es ist alles andere als gewiß; ihre Geister sind mächtig, ihr Wille ist stark. Sie ist kein Jagdfalke, sondern eine scheue Stute; geh vorsichtig an sie heran, mit Honig in der Hand, und zürne nicht, wenn sie davongaloppiert. Doch es stimmt, daß du eine Frau aus dem Westen heiraten und mit ihr Söhne zeugen sollst, ob es nun diese Maid ist oder eine andere. So lautet der Rat der Götter und Geister. Du hast geschworen, ihm zu folgen, nun geh und tu, was du mußt.«
»Welche Gabe verlangen sie für ihre Worte? Soll ich ein weiteres Pferd schlachten?«
»Ihre Worte gewährten sie dir ohne Gabe, denn sie werden genug erhalten, wenn die Zeit gekommen ist; ein dunkler Schatten verhüllt die Opfer, die gebracht werden müssen, so daß ich sie nicht klar erkennen kann; doch der Preis steht nun fest.«
»Mag es so sein; ich habe geschworen.«
Der Gyula schlug die Trommel schneller und sang von neuem.

»Nun schwinden die Alten aus meinen Augen.
Antwort gaben sie meiner Frage,
darum will ich nicht länger sie halten;
verhallender Hufschlag schickt sie davon.
Brecht auf, ihr Adler,
brich auf, Gewürm,
brecht auf, ihr Söhne von Himmel und Erde.
Brecht auf, brecht auf, fahrt wohl,
bleibt uns alle gewogen.
Krallt euch nicht fest in lebende Seelen,
ihre Zeit ist noch nicht gekommen.
Fahrt dahin in Frieden, fahrt wohl,
zu den Zelten Khan Ärliks unter uns,
zu den Zelten Khan Ülgäns über uns.
Brecht auf, brecht auf,
fahrt in Frieden dahin,
bleibt uns alle gewogen,
älteste Ahnen,
fahrt nun wohl.«

Die Hand des Gyula über der Trommel wurde langsamer, schlug sachter und sachter, bewegte sich nicht mehr. Er nahm die lederne Schnabelhaube vom Kopf und legte sie sorgsam zur Seite.
»Nun geh zurück zum Festmahl, Attila. Du warst nicht so lange weg, daß sich die Männer deshalb allzu viele Gedanken machen werden. Du, Khagan, bleibst bei mir. Es dauert eine ganze Nacht, bis die Wirkung des Trankes nachläßt, und bevor du mein Zelt verläßt, mußt du gelernt haben, wie man sich schützt: die Geister sind hungrig, und ein von der Sicht verwirrter Jüngling im ersten Rausch seiner Macht ist eine willkommene Beute für sie.«
Hagan wußte, daß das ein guter Rat war. Noch immer glaubte er das leise Raunen und Heulen über dem Lederdach zu hören und wunderte sich, daß Attila so sorglos in die Nacht hinausschritt. Doch der Hunnenfürst war blind für die bläulichen Gestalten, die sich unter der dünnen Sichel des Mondes drängten, und das Schwert an seiner Seite brannte noch vom schützenden Feuer des Kriegsgottes.
Der Gyula legte Hagan die Hand auf die Stirn. In den schwarzen Tiefen

seiner Augen flackerte mattes Himmelsfeuer. »Nun will ich dich unterweisen. Nun sollst du lernen, was du wissen mußt, denn du bist für die Welt der Geister und Götter geboren ...«

Als Hagan am nächsten Tag das Zelt des Gyula verließ, stand Folkharis gesatteltes und bepacktes Pferd vor seinem und Waldharis Haus angebunden, und der Sänger saß davor, zupfte müßig an seiner Harfe und unterhielt sich mit Waldhari. Als Hagan näher kam, verstummten sie. Folkhari stand geschmeidig auf.
»Ich bin froh, daß du zurückkommst, Hagan. Ich wollte nicht abreisen, ohne dich noch einmal gesehen zu haben, aber die Sonne steigt mit jedem Atemzug höher.«
»Auch ich hätte ungern auf den Abschied von dir verzichtet«, antwortete Hagan. »Wohin reitest du jetzt? Gibt es noch etwas von gestern abend zu berichten?«
Es war Waldhari, der erwiderte. Er saß noch immer mit untergeschlagenen Beinen auf der Erde. »Als Attila gestern abend wieder beim Festmahl erschien, gab er Folkhari eine Botschaft für Gundorm mit. Er möchte, daß Hildegund zu ihm kommt, vorläufig nicht als Braut, sondern als Friedgeisel.«
»Aber es gab noch eine zweite Botschaft, von der nur wir drei erfahren dürfen«, ergänzte Folkhari. »Insgeheim soll ich Gundorm sagen, er möge seiner Tochter alles mitgeben, was sie zur Hochzeit braucht, weil Attila den Gedanken daran keineswegs aufgegeben hat. Ich weiß nicht, warum er davon Abstand genommen hat, sogleich um sie zu werben, denn das war sein ursprünglicher Plan. Er verbarg es gut, aber ich hatte den Eindruck, daß er tief erschüttert war – von etwas, das du vielleicht weißt, wenn du es uns sagen willst.«
»Es ist wenig verwunderlich, daß er sein Vorhaben geändert hat«, versetzte Hagan. »Der Gyula sprach zu den alten Stammesgeistern, so wie es der Sinwist früher tat, Folkhari, wie du dich vielleicht erinnerst; und sie gaben ihm diesen Rat.«
»Dann haben die Hunnen sich weniger verändert als wir, seit wir die Steppen verließen«, murmelte Folkhari. »Schien der Rat dir gut?«
»Ich konnte das Schlechte daran nicht vom Guten unterscheiden; Empfehlungen vermischten sich mit Warnungen, und der hauptsächliche Gedanke war anscheinend, daß Attila das Mädchen gewinnen könnte,

wenn das sein Wunsch war, daß er dabei aber äußerst vorsichtig vorgehen sollte.«

»Das ist nichts Ungewöhnliches, wenn ein alter Mann eine junge Maid heiraten will«, warf Waldhari ein. »Doch wenn sie soviel Aufwand wert ist, muß ihr Anblick sich lohnen. Ich jedenfalls freue mich darauf, sie kennenzulernen, ob Attila sie nun erobert oder nicht.«

Hagan sah seinen Freund scharf an. Waldhari hatte den Kopf in den Nacken gelegt und schaute zu den beiden Burgundern auf, die Augen vor dem hellen Glanz der Morgensonne leicht zusammengekniffen. In Hagans Nerven prickelten noch die Nachwirkungen des Trankes, den der Gyula ihm gereicht hatte. Ein heimlicher Schauer lief ihm über den Rücken, als er sagte: »Du solltest vorsichtig mit solchen Reden sein. Attila könnte sie übelnehmen.«

»Dann werde ich sie nicht vor seinen Ohren sprechen«, erwiderte Waldhari unbekümmert. »Sag mir, Folkhari, ist die Jungfrau römischen oder arianischen Bekenntnisses?«

»Soweit ich weiß, folgen Gundorm und seine ganze Sippe dem römischen Brauch.« Folkhari grinste. »Darum werdet ihr beide euch wohl mehr zu sagen haben als Mann und Maid sonst, und das könnte euch notfalls das Leben retten, falls du vorhast, dich im verborgenen mit ihr zu treffen, wie es in deinen Geschichten aus dem Süden immer erzählt wird. Aber warte ab, bis du sie gesehen hast. Vielleicht gefällt sie dir überhaupt nicht, oder sie zieht dir den mächtigen Fürsten Attila vor.«

»Das wird sich zeigen.« Waldhari sprang auf. Folkhari schnallte sich die Harfe auf den Rücken und band sein Pferd los. »Leb wohl, Folkhari. Vielleicht haben wir mehr erlebt, von dem du singen kannst, wenn du wiederkommst.«

»Das hoffe ich – und daß es mit weniger Schmerzen für euch verbunden ist.« Folkhari drückte kurz Waldharis Schultern, drehte sich dann um und umarmte Hagan einen Herzschlag lang. »Und du, Hagan? Gibt es etwas, das ich deiner Familie ausrichten kann, wenn ich wieder in Worms bin?«

»Bestell ihnen, daß es mir gut geht und ich sie grüßen lasse. Und . . . sag Gundahari, aber keinem anderen, daß ich hier mehr als nur Kriegskunst lerne, um einmal der Ratgeber zu werden, den er braucht.«

»Ich werde es ausrichten.« Der Sänger stieg auf und setzte sein Pferd in einen leichten Trab. Hagan und Waldhari blickten ihm nach, bis sein goldenes Haar nicht mehr aus dem Schatten der Kiefern hervorleuchtete.

»Fühlst du dich eigentlich wohl, Hagan?« fragte Waldhari dann. »Du siehst aus, als kämst du gerade aus deinem eigenen Grab.«

»Ich habe letzte Nacht kaum geschlafen und habe etwas sehr Starkes getrunken.«

»Aha. Nun, wenn du an deinem Kater stirbst, hast du wenigstens den Trost, daß dein Name in Folkharis Lied weiterlebt.«

Hagan verzog die Oberlippe, um Waldharis Grinsen zu erwidern.

»Allerdings. Mögen ihn die Götter auf seiner Reise beschützen, damit er es in vielen Hallen singen kann.«

»Amen.«

Sechstes Kapitel

Obwohl Folkhari vom Hochland in die Rheinebene hinabgeritten war, wo die Drohung eines frühen Wintereinbruchs eigentlich geringer sein mußte, wurde der Wind täglich kälter und peitschte wie ein wilder Waldbrand helles Rot und Gold in das sommerliche Laub. Als der Sänger die Tore von Gundorms steinerner Burg erblickte, war die Luft nicht nur schwer vom eisigen Hämmern der suebischen Kirchenglocken, sondern auch vom scharfen Geruch baldigen Schnees. Noch bevor er der Burg zu nahe kam, war Folkhari vor einem Ebereschenbaum stehengeblieben, dessen Beerenbüschel wie Blutstropfen aus den dunkelgelben Blättern hervorleuchteten. »Donars Schutz«, flüsterte er leise, »schirme mich vor allen Unholden und dem unheiligen Zauber der Christen. Erlaube mir, dir einen Zweig zu rauben.« Die kleine Traube aus hellroten Beeren löste sich leicht vom Ast. Folkhari steckte sie in seine Gürteltasche, entkorkte seinen Weinschlauch und goß vor dem Weiterreiten ein paar Tropfen auf die Wurzeln der Eberesche.
Der Torwächter war ein großer Mann. Unter einem dicken Mantel aus einfacher grauer Wolle trug er ein Wams von düsterem Grauschwarz. Der Speer, den er senkte und Folkhari entgegenhielt, deutete auf mehr als Ehrenbezeugungen und Abschreckung hin.
»Wer bist du«, begann er, »der du am Festtag des heiligen Cornelius in so buntscheckiger Kleidung zu uns kommst?«
»Ich wollte euren Heiligen nicht beleidigen, denn ich wußte nicht, daß heute sein Festtag ist«, entgegnete Folkhari milde; er war den Umgang mit den Christen und ihren vielen Kleingötter-Helden gewöhnt. »Wenn du mir einen dunklen Mantel leihst, will ich gern meinen hellen ablegen und meine Kleidung so bedecken, daß niemand daran Anstoß nimmt.«
Der Wächter runzelte die niedrige Stirn und schüttelte dann den Kopf. »Ich besitze nur diesen einen Mantel. Aber wenn du hier erwartet wirst, wird man dir auch angemessene Kleidung für das abendliche Mahl geben. Nun nenne mir deinen Namen und Auftrag.«

»Folkhari heiße ich, Folkwards Sohn, Hending Gundaharis Bote, mit Erlaubnis meines Königs zu Fürst Gundorm gesandt, um ihm eine Nachricht des großen Khans Attila zu überbringen. Meine Worte sind nur für Gundorms Ohren bestimmt, doch darf ich dir sagen, daß sie eurem Volk keinen Schaden bringen.« Er zog die beiden Wahrzeichen heraus, die man ihm mitgegeben hatte – den von Grimhild auf rote Seide gestickten goldenen Adler der Burgunder und das mit blutroten Granaten besetzte Abbild des hunnischen Steppenadlers, gefertigt von einer der Hunnenfrauen. Der Torwächter musterte die beiden ein Weilchen aufmerksam, und Folkhari konnte fast hören, wie er sich ganz langsam zu der Überzeugung durchrang, der Wert des Überbringers müsse wohl dem Reichtum des verwendeten Materials entsprechen. Er lehnte den Speer hinter sich an einen Pfosten, klopfte ans Tor und rief: »Um des heiligen Cornelius und seines Martyriums willen – öffnet!«
Von innen betrachtet erwies sich Gundorms Burg als nicht besser oder schlechter als der Sitz vieler anderer Kleinfürsten, denen man die ehemaligen Siedlungen der Römer als Wohnung überlassen hatte: viereckige Gebäude aus Stein und Holzbalken, zwischen denen ein paar Hunde nach Abfällen suchten, während ein Hahn mit aufgerichtetem Kamm vor der Haupttür umherstolzierte. Neben den Häusern wuchsen vereinzelte Bäume; im braunen Laubwerk sah Folkhari rötliche Äpfel aufleuchten, und hier und da stand in gelben Flammen eine Eberesche. Nur das tiefe Geläut der Kirchenglocken erinnerte ihn daran, daß dies ein christlicher Ort war, und er verstand allmählich Hagans Anfälle von plötzlichen Kopfschmerzen, denn der Lärm nahm kein Ende, und Folkhari konnte kaum noch einen Gedanken fassen.
Nun strömten dunkelgekleidete Menschen aus den Häusern und strebten der Kirche zu. Folkhari wartete geduldig. Er wußte, daß Gundorm oder einer seiner Leute ihn schon noch aufsuchen würden.

Hildegund war fast fertig zur Messe angekleidet, als sie ihren Vater hörte, der vom anderen Ende des Ganges ihren Namen schrie und dabei mit dem Fuß aufstampfte, daß es vom Steinboden hallte. Hastig warf sie sich den schwarzen Mantel um, steckte ihn mit einer einfachen Bronzenadel fest und eilte Gundorm entgegen.
Der Suebenfürst war so düster gekleidet wie seine Untertanen, aber sein schwarzes Wams bestand aus feinstem Leinen und der schwarze Mantel

aus hochwertigem Pelzwerk. Das lange Haar hatte er nach hinten geflochten, so daß sein Gesicht so hager und knochig aussah wie die Gesichter der Heiligen, deren Legenden er liebte. Seine blauen Augen standen ein wenig vor, fast als wollten sie von innen her bersten. Er zeigte seine Zähne, und Hildegund begriff, daß ihr Vater voller Gier war; wonach, das wußte sie nicht.

»Es ist ein Mann an unseren Hof gekommen – König Gundaharis Bote Folkhari, an den du dich vielleicht von unserem letzten Besuch in Worms erinnerst. Geh hin, fülle einen Glaspokal mit unserem besten Wein, trag ihn zu ihm in den Hof hinaus, wo er wartet, und begrüße ihn, so freundlich du nur vermagst. Zuerst aber löse dein Haar und kämme es aus, leg deinen weißen Pelzmantel an und streife ein paar Armringe über. Der heilige Cornelius wird es uns nicht verübeln, wenn du einem Gast die geziemende Ehre erweist, und Folkhari muß dem König Gutes von dir berichten. Trödele nicht herum, aber beeile dich auch nicht allzusehr. Die Messe beginnt erst dann, wenn du deinen Platz eingenommen hast. Nun fort mit dir, Mädchen!«

Gundorm hob die Hand, und Hildegund eilte zurück in ihre Kammer. Mit zitternden Händen zog sie die Nadeln heraus, die den langen, rotgoldenen, um ihren Kopf gewundenen Zopf hielten; so grob zog sie den Kamm durch das dicke Haar, daß ein Zinken abbrach und sie vor sich hinfluchte – wie sie es gelernt hatte, so leise, daß nur sie selbst und Gott es hörten. König Gundaharis Bote und der Befehl ihres Vaters, am Festtag eines Heiligen ihren Putz anzulegen – es konnte etwas ganz anderes bedeuten, aber was sich Gundorm davon erhoffte, war völlig klar. Der Fürst hatte seiner Tochter den Besitz eines guten, silbernen Spiegels nicht verboten, darum konnte Hildegund sehen, daß ihre Wangen unter dem dichten Schwarm von Sommersprossen rosig glühten und ihre hellgrünen Augen beim Gedanken an die geheime Hoffnung, die sie an ihren schwellenden Brüsten genährt hatte, zu glänzen anfingen. »Gebe Gott, daß es das ist, was ich vermute – Gott und der heilige Cornelius«, fügte sie rasch hinzu, denn sie war viel zu vorsichtig, einen Heiligen an seinem eigenen Festtag nicht in ihre Gebete aufzunehmen.

Gundaharis Bote wartete in der Mitte des Hofes. In seinem orangegelben Mantel war er so auffällig wie eine Königskerze, die aus totem Gras hervorblüht, vor allem, wenn sie die Spitze seines verformten Burgunderschädels betrachtete. Sofort ging Hildegund langsamer und verkürzte

ihre Schritte sorgsam zu einem bescheidenen, jungfräulichen Trippeln; kleiner als die meisten, hatte sie sich, um nicht hinter ihnen zurückzubleiben, längst einen raschen, weit ausholenden Gang angewöhnt, für den ihr Vater sie schon oft gescholten hatte.
»Sei willkommen bei uns in Halle und Heim, *Fro* Folkhari«, hauchte sie und schaute über den Rand des Pokals zu ihm auf, wie ihre Mutter es ihr gezeigt hatte. »Gottes und des heiligen Cornelius' Segen dir und deinem König an diesem heiligen Festtag.« Zu spät biß sie sich auf die Zunge. Sie wußte, daß Gundahari und die meisten in seiner Halle Pagani waren – Heiden. Würde Folkhari ihren Segen für einen Fluch halten?
Doch der Burgunder nahm den Becher aus ihrer Hand an und lächelte ihr freundlich zu. *Ohne den spitzen Helmschädel,* dachte Hildegund, *wäre er ein besonders schöner Mann.* »Dein Willkommenstrunk erfreut mein Herz, in meinem und in Gundaharis Namen; um so mehr, wenn eine so liebliche Hand ihn mir reicht.«
Er hob den Pokal und trank. Im grauen Nachmittagslicht glühte der rote Wein düster im Glas.
Hildegund wußte nicht weiter. Durch die noch offenen Kirchentüren sah sie, daß das Gebäude fast voll war und keine Nachzügler mehr kamen. Noch immer läuteten die Glocken, nun aber langsamer, als erlahmten allmählich die Arme, die die Seile zogen. Gundorm würde böse sein, wenn sie noch lange zögerte. Doch ihre erste Pflicht galt dem Gast, und wenn Gott ihr gnädig war, würde sie sich über die Wünsche ihres Vaters nicht mehr lange Sorgen machen müssen.
»Wie kann ich dir weiter gefällig sein?« fragte sie. »Alles hier hat sich zur heiligen Messe versammelt, und auch ich sollte mich bald dort einfinden; vorher aber möchte ich dich versorgt wissen. Gern würde ich die Hörigen rufen, damit sie dir eine Kammer bereiten, aber auch sie ... Doch wenn du dich in die Halle setzen möchtest, hole ich dir etwas zu essen und zu trinken und lege Holz auf das Feuer.«
»Nein. Wenn es dir nicht allzusehr mißfällt, daß jemand, der kein Christ ist, unter euch sitzt, so würde ich dich gern begleiten, um den Teil eurer Messe zu hören, der mir erlaubt ist. Oft lohnt es sich, den Geschichten der Priester zu lauschen, ob sie nun von den Taten und Helden unseres eigenen Volkes oder von fremden und fernen Menschen erzählen.«
Hildegund hätte vor Erleichterung geseufzt, hätte Gundorm es ihr nicht mit vielen Schlägen ausgetrieben, Menschen, auf die er Eindruck machen

wollte, ihre Gedanken zu verraten. Trotzdem war es ein gutes Zeichen, denn wenn die Burgunder auch größtenteils Pagani waren, konnten sie doch den Christen nicht so feindlich gesinnt sein wie manche Christen ihrerseits denjenigen, die noch in der alten Finsternis verharrten.
Gundorms finstere Miene verwandelte sich in ein Lächeln, als er über dem Kopf seiner Tochter den hinter ihr hergehenden Folkhari sah. Auch dafür war Hildegund dankbar. Ihre Mutter Rasnawika saß mit gesenktem Haupt da, das weißblonde Haar mit einem schwarzen Schleier bedeckt wie bei einer Witwe. Hildegund merkte wohl, wie sich die angespannten Sehnen an ihrem Hals und den Schultern lockerten, als Gundorm ihre bleiche Hand losließ.
Kaum hatten Hildegund und Folkhari Platz genommen, verstummten die Glocken, doch sie hallten noch immer im Kirchenschiff nach, als die Stimmen der Versammelten sich zum Psalm erhoben. Hildegunds Singstimme war nicht besonders kräftig, aber sie wußte, daß sie klar und richtig sang, und es erfreute sie jedesmal, wenn sie Gott in Worten und Melodien anrief.
»Meine Zuversicht setzte ich auf den Herrn, und er erhörte mich ...«
Vater Markus hatte eine schlechte Aussprache. Der alte Vater Gregorius, der Hildegund Latein und Lesen gelehrt hatte, würde ihm ordentlich auf die Finger geklopft haben. Manchmal knirschte auch Hildegund mit den Zähnen, wenn der rauhe Barbarenakzent des jüngeren Priesters die römischen Worte entstellte; aber dennoch blieben diese Worte vertraut, besänftigten ihren unruhigen Geist und verwandelten ihre zitternde Erregung in stilles, wärmeres Glühen. Was auch kommen würde, sie konnte darauf vertrauen, daß Gott es so wollte – solange sie sich selbst darum kümmerte, was Gottes Wille war, und stark genug blieb, ihn auszuführen, ermahnte sie sich; denn Hildegund hatte längst begriffen, daß Gott selten den Trägen half. Während Gundorm Vater Markus glaubte, wenn er gegen die Schriften des Pelagius wetterte, war Hildegund weit weniger davon überzeugt; ihr schien der Britenpriester ein besserer Lehrer für vernünftige Menschen, die ihre Pflicht taten, anstatt nur auf die göttliche Gnade zu warten – *oder auf einen Ruf des Königs?* dachte sie plötzlich, und sosehr sie sich auch dagegen wehrte, überlief sie ein kleiner Schauder.
Hildegund merkte, daß ihre Gedanken abgeschweift waren, als Vater Markus' Rede von schlechtem Latein zu schlichtem Suebisch überging.

Zwar sollte die Predigt von Rechts wegen auf lateinisch gehalten werden, aber Vater Markus konnte in dieser Sprache kaum die Liturgie hersagen. Jetzt erzählte er die Geschichte des heiligen Cornelius, die Hildegund schon oft gelesen hatte: der alte Papst, der behauptete, die Kirche könne auch denen vergeben, die unter Verfolgung vom Glauben abgefallen waren, und ebenso den vielen Unvollkommenen, von reuigen Mördern und Ehebrechern bis hin zu jenen, die eine zweite Ehe eingingen.

Der unsichere Tenor des Priesters fuhr fort: »Und der heilige Cornelius wandte sich in aller Schärfe gegen den Ketzer Novatian, welcher da lehrte, die Kirche könne denen vergeben, die einmal abtrünnig geworden seien. Der heilige Cornelius aber lehrte uns, daß unser Gehorsam unverbrüchlich sein muß.«

Hildegund war zu klug, um zu stöhnen, auch nicht heimlich, als Vater Markus nicht abließ, sich über die Vielzahl derer zu verbreiten, die man hinausstoßen müsse in die Finsternis, verflucht von Gott und den Menschen. Sie schloß die Augen wie im Gebet. Vater Markus hatte wieder einmal die Namen verwechselt und schrieb nun Cornelius' Barmherzigkeit seinem Rivalen und Novatians falsche Strenge dem gütigen Heiligen zu. *O heiliger Cornelius,* betete sie stumm, *vergib auch ihm. Ich glaube, seine ärgste Sünde ist, daß er nicht genug Latein versteht, um die Heiligenlegenden, die er liest, richtig zu begreifen, und daß er meint, er wisse genug, um andere zu belehren, während er doch in Wirklichkeit unwissender ist als ein Mensch, der weiß, daß er keine Bildung besitzt. Laß seine Worte vorübergehen, ohne daß sie den Seelen seiner Zuhörer Schaden zufügen.*

Sie war erleichtert, als Markus seinen blutrünstigen Bericht über das Martyrium des Heiligen, den man geköpft hatte, beendete und sich wieder seiner mangelhaften Liturgie zuwandte. Hier kam es auf Gottes Wort an und nicht auf den, der es verkündete. Als der Priester der Gemeinde den Rücken kehrte und Brot und Wein aufhob, die damit zu Leib und Blut wurden, glaubte Hildegund einen Herzschlag lang den Herrn dort stehen zu sehen, so wie er in Jerusalem beim Abendmahl gestanden hatte. Als die Messe vorbei war, hatte sie ihre Fassung wiedergewonnen. Nun war sie bereit, ruhig dazusitzen und Folkharis Botschaft zu lauschen, wie es sich für eine Jungfrau gehörte, nämlich ohne hin- und herzurutschen und sich dauernd auf die Lippen zu beißen.

Die gewöhnliche Schlachtzeit stand so nahe bevor, daß man vorab schon einen Ochsen getötet und für das Fest gebraten hatte. Sofort nach der Messe eilte Rasnawika in die Küche; Hildegund war sicher, daß Gundorm ihr, während er auf seine Tochter und Folkhari wartete, entsprechende Anweisungen erteilt hatte. Ihre eigene Pflicht bestand darin, Folkhari nun in die Halle zu führen, ihm einen neuen Becher einzuschenken und dabei unverbindlich mit ihm zu plaudern. Das fiel ihr leicht, denn es war weit angenehmer, als sich anhören zu müssen, wie Gundorm Vater Markus' schlechte Predigt lobte, und sich auf die Zunge zu beißen, um nur ja nicht damit herauszuplatzen, daß sie die Geschichte ganz anders gelesen hatte.

»Wie gefiel es dir bei den Hunnen?« erkundigte sie sich und füllte Folkharis Pokal. »Ich habe gehört, sie seien ein grimmiges und wildes Volk, das rohes Fleisch ißt und im Sattel geboren wird.«

»Nichts davon habe ich gesehen. Das Festmahl, das Attila zu Ehren von Thioderiks Rückkehr gab, war so gut gekocht wie nur irgendeines in Worms. Und was die Geburt im Sattel angeht – ja, ihre Männer sind die besten Reiter der Welt, doch nie begegnete mir eine hunnische Frau. Sie setzen keinen Fuß aus ihren Wagen.«

»Das muß ein trauriges Leben sein.«

»Vielleicht. Aber sie hocken ja nicht nur da und spinnen; das Gold, das du hier siehst –«, der Sänger zog ein feingearbeitetes goldenes Abzeichen hervor, das reich mit klaren, tiefroten Granaten besetzt war, »das wurde von den Händen hunnischer Frauen geschmiedet, so wie alle kostbaren Metallarbeiten in Attilas Reich. Auch verpflichtet Attila die gotischen Frauen nicht zu dieser Lebensweise, obwohl die meisten von ihnen in einem Dorf wohnen, das am Rande seiner Hofburg liegt, oder sich in ihren eigenen Häusern und bei ihren Familien aufhalten. Die Jünglinge jedenfalls, die ich dort traf und die als Friedgeiseln gekommen sind, schienen mir glücklich. Ihnen kam die Art der Hunnen nicht weiter seltsam vor, vor allem auch deshalb, weil Attila es jedem selbst überläßt, welchem Glauben er folgen will, und Kämpfe wegen verschiedener Götter streng verboten sind, wie es in einem solchen Vielvölkerheer auch sein muß.«

»Man würde von einem Barbaren kaum soviel Weisheit erwarten.«

Der Sänger schüttelte den Kopf, daß die goldenen Zöpfe nach hinten flogen. »Wenig klug wäre es, Attila einen Barbaren zu nennen. In seiner

Jugend weilte er als Friedgeisel in Rom, und obwohl er fest an den alten Sitten seines Volkes hängt, hat er dort viel gelernt. Er ist ein mächtiger König und alles, was ein König sein sollte, und wenn sein Herz manchmal allzu hart urteilt, steht hinter ihm immer noch Thioderik, der ihn mäßigt. Auch Gundahari wünscht nichts mehr als seine Freundschaft, und nur darum bin ich von meinem Weg nach Worms abgewichen, um deinem Vater Attilas Botschaft zu bringen.«

»Dann kommst du also nicht von Gundahari?« fragte Hildegund, in deren Eingeweiden Furcht und Übelkeit zu wühlen begannen wie ein nagender Wurm.

Folkhari legte sekundenlang seine Hand auf die ihre. Seine Berührung war warm und tröstlich. »Ich kann mir vorstellen, was du vielleicht vermutet hast, und muß dir sagen, daß es nicht zutrifft. Es ist Attila, der dich für sich fordert, noch nicht als Braut, obwohl er daran denkt, sondern als freie Friedgeisel, wie die jungen Recken, die er in sein Heer aufgenommen hat.«

Hildegund wußte nicht, was sie denken oder wie sie antworten sollte. Das war es nicht, wonach sie sich gesehnt hatte; doch es gab Ehen, die ihr Vater für sie schließen, und Schicksale, die er ihr hätte auferlegen können, vor denen sie weit größere Angst hatte. Zwar wäre sie lieber südwärts nach Rom gezogen oder hätte einen jungen Mann aus einem zivilisierteren Stamm geheiratet; doch Attila war ein gewaltiger Herrscher und wohnte von Gundorm weit entfernt. Wenigstens würde er ihr nicht dauernd die Worte des heiligen Paulus über den Platz der Frau vordeklamieren, wenn sie lesen oder über Dinge des Geistes sprechen wollte. *Aber mein Vater muß zustimmen,* dachte sie, *und es ist ganz und gar nicht sicher, daß diese Lösung seinen Vorstellungen entspricht. Fragt er mich jedoch, so gehe ich willig.*

Hildegund beugte sich näher zu Folkharis spitzem Kopf und sprach mit leiser Stimme, damit kein anderer es hören konnte. »Wenn dich mein Vater fragt, so rühme Attila und seine Stärke und erkläre ihm, daß diese Verbindung mehr wert ist als jede andere, die er hierzulande finden könnte, falls Gundahari nicht doch . . .«

»Ich fürchte, darauf besteht keine Hoffnung«, erwiderte Folkhari ebenso leise. »Es ist nicht deinetwegen, aber Gundahari will sich nicht so eng an die Sueben anschließen, und Grimhild wird niemals eine Königin dulden, die nicht notfalls an ihrer Statt den Göttern die Opfer bringen kann, auch wenn die Burgunder sonst nichts gegen Christen haben. Vielleicht hätte man später einmal für Hagan um dich geworben, aber er ist noch jung zum Heiraten, und wahrscheinlich wirst du das Leben mit Attila leichter finden.«

»Ich habe Gerüchte über Hagan gehört«, meinte Hildegund. »Sie sagen, er werfe einen Schatten auf das Haus der Gebicungen, denn niemand wisse...«

»Vergiß diese Gerüchte!« versetzte Folkhari scharf. »Wenn auch niemand mit letzter Sicherheit sagen kann, ob Hagan Gebicas Sohn ist, muß doch jeder eingestehen, daß Grimhild sich ihren Buhlen nicht übel wählte. Hagan ist tapfer und stark wie ein Held der Vorzeit und weise dazu. Wenn du in Attilas Halle einziehst, tust du gut daran, dir seine Freundschaft zu erwerben, die du gewiß gewinnen kannst, wenn du ihn nicht anstarrst, als sei er ein Unhold. Nein, was ich meinte, war nur, daß eine Frau, die sein Bett teilt, es wohl nicht einfach haben wird, denn er ist ein junger Krieger, der wenig an Liebe denkt und die Berührung von Stahl und Wetzstein höher schätzt als die von Mann oder Maid, während Attila ein weiser Mann ist, der sich in dem, was zur Ehe gehört, auskennt. Aber noch etwas muß ich dir sagen...« Seine Stimme war so leise geworden, daß Hildegund an ihn heranrücken mußte, als wären sie ein Liebespaar.

Die hellen Stoppeln auf seiner Wange streiften beinahe ihre Haut. »Ich weiß, wie die Verhältnisse in diesem Hause stehen; ich weiß, wie übel dein Vater jede Andeutung von Widerspruch oder davon, daß die ihm Anvertrauten etwas anderes sein könnten als willige Sklaven, nimmt. Attila ist anders. Wenn du zu ihm kommst, zeige ihm deine Stärke, und er wird dich dafür achten. Wenn du ihm aus gutem Grunde widersprichst, wirst du höchstwahrscheinlich deinen Willen durchsetzen; gibst du ihm aber in entscheidenden Dingen nach, hast du für immer verspielt.«

Hildegund wollte weiterfragen, aber das Geräusch von Schritten auf dem steingepflasterten Boden draußen ließ die beiden auseinanderfahren, als seien sie wirklich ein Liebespaar. Die Tür der Halle öffnete sich, und Gundorm trat ein. Er hatte das Wams gewechselt und trug nun rote römische Seide unter dem schwarzen Pelz. Seine Arme waren schwer von Ringen, und das lange schwarze Haar wallte frei herunter und mischte sich mit den Fellen des Mantels. Rasnawika, die ihm lautlos folgte, war ebenfalls in Seide gekleidet. Ihr Gewand war dunkelgrün und ihr Haar auch jetzt zurückgebunden und verhüllt, wie es einer verheirateten Frau ziemte. Hildegund hatte ihre Eltern selten so herausgeputzt erlebt. Seide war zu kostbar, um sie dem Fett und den Weinflecken der Festhalle auszusetzen, und selbst an den höchsten Festtagen wurde Christus selten mit Gundorms und Rasnawikas bestem Staat geehrt.

»Nun denn, *Fro* Folkhari«, begann Gundorm. Obwohl er versuchte, tief und dröhnend zu sprechen, konnte er den schrillen Ton seiner Stimme nicht verbergen. Hildegund wußte, daß sie Vater und Mutter ehren sollte, aber Gundorms Gejaule und sein biegsamer Gang erinnerten sie unwiderstehlich an einen Kater, der nach einer rolligen Kätzin maunzt. »Du bist weit geritten, und ich hoffe, meine Tochter hat dich gebührend empfangen.«

»Das hat sie, wie es besser nicht sein könnte«, antwortete Folkhari und hob den Becher, wie um die Wahrheit seiner Worte zu beweisen. »Hildegund ziert deine Halle, wie sie selbst die höchste der Hallen zieren würde.«

»Du sprichst freundlich«, meinte Gundorm, und aus seinen leicht verzogenen Mundwinkeln schloß Hildegund, daß er, wie so oft, am liebsten »freundlicher, als sie es verdient« hinzugefügt hätte – doch jetzt war sie eine Ware, die er verkaufen wollte. »Auch wenn mir Christus keine Söhne schenkte, segnete er mich doch mit dieser wunderschönen Tochter. Uns allen wird das Herz schwer werden, verläßt sie dereinst das Haus ihres Vaters.«

»Das kann ich mir gut vorstellen. Doch so ist es nun einmal mit Mädchen-Kindern; alles, was man für sie aufwendet, dient nur dazu, Hilfe und Schmuck für einen anderen zu schaffen. Oft freilich wiegt der Nutzen eines starken Schwiegersohnes den Verlust der Tochter auf.«

Gundorm lächelte und strich sich das glattgeschorene Kinn, als wachse dort ein Bart. Er trat mit stolzen Schritten zu seinem Hochsitz, bescheiden gefolgt von Rasnawika, und ließ sich in der sorgfältig einstudierten Art nieder, die er irgendeinem gemalten Kaiser abgeschaut hatte. »Das habe ich oft vernommen und darum lange gewartet, um zu sehen, wem ich meine Tochter geben soll. Viele haben um sie geworben, doch keiner war ihrer würdig – keiner, dessen Hand mir stark genug schien, meinen kostbarsten Schatz zu hüten. Im übrigen ist sie noch jung zum Heiraten.«

»Ja, sie ist jung«, stimmte Folkhari zu. Er verzog keine Miene, und trotzdem glaubte Hildegund, ein leises Lächeln in seinen Worten zu hören. »Darum wird dir das Angebot, das ich dir bringe, gewiß um so willkommener sein, weil es diese ihre Jugend berücksichtigt. Der große Khan Attila sendet mich, um sie zu sich einzuladen – noch nicht als Braut, denn die Hunnen lehnen es ab, eine Frau zu heiraten, die noch nicht voll erblüht ist –, sondern als Friedgeisel, um die edle Kunstfertigkeit der Hunnenfrauen zu lernen und in der Halle des Fürsten den Trunk zu kredenzen. Es ist seine entschiedene Absicht, sie später zu heiraten, doch es kämpfen noch viele andere bedeutende Männer und edelgeborene Jünglinge in seinem Heer. Sicher hast du längst Lieder über Thioderik gehört; und auch Hagan, Gundaharis Bruder, lebt als Friedgeisel im Kreis der Edelinge, die der große Kriegsfürst um sich geschart hat.«

»In der Tat ist es eine Ehre, wenn Attila uns diesen Antrag macht, denn kein großer Mann übernimmt die Pflegschaft für das Kind eines Geringeren.« Gundorms blaue Augen glitzerten. Er beugte sich vor. »Doch sag mir, was bietet der Hunne für den Verlust meiner Tochter, falls wir sie zu ihm schicken? Man sagt, Attila sei großzügig und besiegele den Eid seiner Friedgeiseln mit vielen wertvollen Geschenken.«

»Attila nutzt seine Schätze weise; er verschwendet sie nicht sinnlos. Doch sagte er mir, daß er dir einen doppelten Preis senden würde, denn es gibt zwar viele junge Männer in seiner Gefolgschaft, aber deine Tochter ist die erste Jungfrau, die er dieser Ehre für würdig hält. Ich weiß nicht, welche Gaben er den Burgundern spendete, als er Hagan zu sich rief; die zweifache Menge würde die Augen vieler Edelinge zum Strahlen bringen und ihre Treue sichern.«

Während er so sprach, war sein Becher leer geworden. Bevor ihr Vater sich vergessen und ihr eine seiner scharfen Zurechtweisungen erteilen konnte, stand Hildegund hastig auf und schenkte ihm nach.

»Gewiß wäre es schön, könnte meine Tochter diese Ehre genießen. Wie aber wahrt man dort die Keuschheit einer Jungfrau? Es heißt, daß man unter Attilas Männern kaum Frauen erblickt; der Mittelpunkt eines Kriegsheers ist kein Ort für eine behütet aufgewachsene Jungfrau.«

»Die Frauen der Hunnen zeigen sich selten, denn kein Mann darf eine Frau sehen, mit der er nicht verheiratet ist, es sei denn in Gegenwart der ältesten Frauen. Sie wohnen in eigenen Wagen, und in einem solchen Wagen und unter der Obhut der Großtante von Attilas erster Gemahlin

– die schon lange tot ist; du brauchst nicht zu fürchten, daß deine Tochter die zweite Stelle einnehmen müßte – würde auch Hildegund leben. Nirgends könnte ihre Keuschheit sicherer sein als bei den Hunnen; ihre eigenen Sitten sorgen dafür.«
»Und würde man mich entschädigen, wenn doch etwas vorfiele? Man wagt weit weniger, wenn man einen Sohn als wenn man eine Tochter hergibt; denn ein Mann kann Kriegswunden überleben, doch für eine zerstörte Jungfernschaft gibt es kein Heilmittel.«
Obwohl Hildegund gelernt hatte, ihre Gedanken zu verbergen, konnte sie doch nicht verhindern, daß ihr heiße Röte die Wangen versengte. Schändlich dünkte es sie, daß ihr Vater mit einem Mann, der ihnen allen fast fremd war, über solche Dinge sprach. Aber sie wußte längst, daß man ihren Wert abschätzen würde wie den einer Zuchtkuh und ihre Jungfräulichkeit bei jedem Handel das Zünglein an der Waage sein würde. Trotzdem tat es ihr weh, wenn Gundorm wie selbstverständlich die Möglichkeit erwog, diese Jungfräulichkeit könne verlorengehen, als halte ihr Vater seine Tochter für eine Dirne, die man keine Sekunde aus den Augen lassen dürfe. Sie war dankbar, daß Folkhari sie bei seiner Antwort nicht ansah und sich verhielt, als berechne er den Preis einer ganz anderen, weit entfernten Frau.
»Sollte ein solches Unglück geschehen, so kannst du sicher sein, daß Attila dir einen großzügigen Brautpreis bezahlt und die Angelegenheit auf die für alle vorteilhafteste Weise regelt. Das hat er mir geschworen, und ich werde es vor Gundahari bezeugen.«
»Und wann gedenkt er mir den Friedgeisel-Preis zukommen zu lassen?«
»Sobald er die Nachricht von deinem Einverständnis hat; doch wünscht er, daß Hildegund diese Nachricht bereits begleitet, denn der Winter kommt früh in den Bergen an der Danu, und bald schon wird die Reise dorthin schwierig sein.«
»So mag es sein. Hildegund, pack deine Sachen; du wirst so bald wie möglich aufbrechen.«
»Und noch eines sage ich dir, damit du dich schon jetzt darauf einrichten kannst«, fuhr Folkhari fort. »Obwohl Attila sie jetzt als Friedgeisel wünscht und die Worte, die ich zu dir spreche, nur für uns allein bestimmt sind, trug er mir auf, dich zu ersuchen, du mögest Hildegund alles mitgeben, was sie für ihre Hochzeit braucht, denn er will nicht länger warten als unbedingt erforderlich.«

Hildegund hörte ihren Vater durch die Zähne pfeifen. Gundorms Mund deutete das dünne Lächeln nur an, aber in seiner Stimme lag schmetternder Triumph, als er sagte: »Rasnawika, du hast es vernommen. Kümmere dich darum.«

Nach dem abendlichen Festmahl winkte Gundorm seiner Tochter. »Komm mit. Es gibt einige Dinge, von denen ich sicher sein muß, daß du sie verstehst.«
Gehorsam folgte Hildegund ihrem Vater in sein Gemach. Der Raum quoll über von allen möglichen heiligen Gegenständen, von denen zwei einen besonderen Ehrenplatz einnahmen; ein großes Kruzifix, so sorgfältig geschnitzt, daß jeder Blutstropfen und jede Furche des qualvoll verzerrten Christusgesichtes messerscharf aus dem dunklen Holz hervortraten, hing an der Wand, und unmittelbar darunter stand auf einem hohen Tisch das kostbarste von Gundorms Besitztümern, ein Bergkristallkästchen, in dem das kleinste Fingerglied des heiligen Irenäus ruhte. Gundorm setzte sich nicht hin. Groß und hager überragte er seine Tochter, wie er es getan hatte, seit sie sich erinnern konnte, zu ihr herabgeneigt wie eine schmale Klippe, die jeden Augenblick bersten und als donnernde Lawine niedergehen kann.
»Du weißt, was du zu tun hast, Tochter.«
»Ich soll Attilas Friedgeisel und, so Gott will, später seine Gemahlin werden, um für gute Gemeinschaft und Bündnistreue zwischen dir und dem Fürsten der Hunnen zu sorgen. Das ist mir vollkommen klar; was brauche ich sonst zu wissen?«
»Du mußt wissen, daß es keine Rückkehr für dich gibt. Entweder du heiratest Attila oder einen anderen, ebenso hochgestellten Edeling – oder du kannst dir eine Arbeit suchen, ob du nun in einer Herberge am Straßenrand die Schweineställe ausmistest oder dich für Soldaten auf den Rücken legst. Wenn du nämlich einmal so fern von deiner Heimat unter den wilden Barbarenhorden gelebt hast, besteht für dich keine Hoffnung mehr auf eine gute Heirat unter zivilisierten Menschen. Trotzdem aber meine ich, daß der Gewinn das Wagnis lohnt, denn wenn du Erfolg hast, wirst du das Weib eines der mächtigsten Fürsten auf Erden sein und das Bindeglied zwischen unserem Stamm und der gewaltigen Stärke seines Heeres und seinem Glück in der Schlacht; und solltest du Attila nicht so gut gefallen, wie ich es hoffe, so gibt es dort zahlreiche andere hervor-

ragende Männer, die, wie es heißt, nur unter wenigen Frauen wählen können.«

Hildegund saß da und starrte ihren Vater an. Obwohl er sie häufig grob behandelt hatte, war sie auf diese brutalen Worte so kurz vor ihrem Abschied nicht gefaßt gewesen. Gundorm hob den Arm und versetzte ihr einen Backenstreich – nur leicht, es würde kein Abdruck zurückbleiben. »Mach den Mund zu! Du siehst aus wie ein toter Fisch. Deine Aussichten sind besser, als wir es uns je für dich erträumt hätten; du wirst dich geziemend dankbar erweisen und nicht versagen. Verstanden?«

»Jawohl«, antwortete Hildegund. Obwohl sie mühsam einen demütigen Ton wahrte, verkrampften sich ihre Hände in den Rockfalten; sie kochte vor Wut. Jawohl, sie würde alles tun, was Gundorm wünschte; Christus hatte sie aus dem Haus ihres Vaters errettet, und sie wollte gewiß nicht in Ungnade dorthin zurückgeschickt werden, auch wenn sie keinen anderen Fehler begangen hätte, als dem Hunnenfürsten für eine Heirat nicht gut genug zu gefallen. *Und möge Christus mir meinen Zorn auf meinen Erzeuger vergeben,* dachte Hildegund, *aber ich würde keinen räudigen Köter so behandeln, wie er mich behandelt, geschweige denn mein einziges Kind.*

»Sieh zu, daß du dich bewährst«, fuhr Gundorm fort. »Wir haben viel Gold aufgewendet, um dich auf die Ehe mit einem Herrscher vorzubereiten. Es ist nur gerecht, wenn du für eine gewisse Entschädigung sorgst. Wie lange, denkst du, wirst du brauchen, um reisefertig zu sein?«

»Zwei Tage, wenn ich reiten soll, drei, wenn ich im Wagen fahren darf.«

Gundorm biß sich auf die Unterlippe. Die scharfen Zähne färbten das helle Fleisch weiß. Nach einer Weile erklärte er: »Ich will nicht, daß Attila denkt, wir ließen dich hier herumtollen wie einen Wildling oder schätzten dich so gering, daß du die Reise zu Pferd machen müßtest. Du sollst den kleinen Wagen haben, und ich werde eine Schar zuverlässiger Männer auswählen, die dich begleiten sollen.«

»Dafür danke ich dir, mein Vater.«

Gundorm streckte die Hand aus und preßte zwei steife Finger in Hildegunds Halsgrube, bis ihr der Atem ausging. »Geh nun. Bereite dich rasch und umsichtig auf deine Abreise vor, oder du wirst es bereuen.«

Hildegund taumelte keuchend zurück, raffte, so gut sie konnte, ihre Röcke und eilte aus Gundorms Gemach. Aber sie ging nicht in ihre Kammer, sondern rannte hinüber zur Kirche. Ihre Schritte hallten auf

leerem Stein; die Kerzen waren längst ausgeblasen, aber noch immer roch es lieblich nach Bienenwachs und Weihrauch. So stand sie einen Herzschlag lang da und lauschte auf andere Geräusche als ihren eigenen Atem. Doch Vater Markus gehörte nicht zu den Menschen, die sich länger als nötig in der Kirche aufhalten, und auch sonst war niemand da, um allein sein Gebet zu sprechen.
Hildegund ballte die Fäuste und preßte sie gegen die Schenkel. Vornübergekrümmt unterdrückte sie mit aller Macht einen Wutschrei; die schroffe und scharfe Schneide ihrer Stimme sollte die süße Erinnerung an den Klang der Psalmen zwischen den Steinen nicht zerstören.
»Christus, es ist nicht gerecht!« flüsterte sie, und wie als Antwort darauf begannen all die kleinen, schmerzenden Stellen in ihrem Körper aufs neue zu brennen: das linke Handgelenk, zwei Rippen, der Ringfinger der rechten Hand... Knochen, die gebrochen waren, wenn sie ihren Vater enttäuschte, Knochen, die schief zusammengewachsen waren und bei jedem Wetterwechsel weh taten. »Was habe ich getan? Was habe ich nicht getan? Warum behandelt man mich so, obwohl ich doch immer mein Bestes gegeben habe?«
Zu erbittert, ihr Haupt gesenkt zu halten, hob Hildegund den Blick und starrte grimmig auf den Altar, vor dem ihr Vater wenige Stunden zuvor gekniet hatte. »Ich kann meinen eigenen Vater nicht verfluchen«, murmelte sie. »Herr, richte du.«
Dann endlich kamen die Tränen und strömten glühendheiß über ihr Gesicht. Im Grunde, dachte sie, hatte sie wohl immer gewußt, was sie Gundorm wert war – an Liebe nicht den kleinsten Kupferring, wie sie so gern geglaubt hätte, sondern immer nur ihren Brautpreis und den Nutzen als Werkzeug seiner Politik.
Sie stand auf und weinte, bis keine Tränen mehr kamen und ihr Atem nur noch ein leeres Schluchzen war wie ein Würgen nach schwerem Erbrechen. Sie war zu klug, um Rache zu schwören, denn es gab keinen, den sie treffen konnte. Sie wußte nicht mehr, was sie wollte oder worauf sie hoffte, nur das eine wußte sie genau: wenn sie es fand, würde sie sich daran klammern bis zum Tod, und zum Teufel mit allen, die es ihr entreißen wollten.

Lange bevor ihr Wagen über die Waldpfade zu seiner Burg rollte, wußte Attila von Hildegunds Ankunft. Aus Passau, wo sie Gast des Bischofs gewesen war, hatte man ihm die Nachricht gebracht, und die hunnischen Reiter und Späher, die ungesehen die Wälder durchstreiften, hatten über jede Etappe ihrer Reise Meldung erstattet. Am Morgen des Tages, an dem sie eintreffen sollte, erhob der Hunnenfürst sich früh; seit der Nacht vor seiner ersten Schlacht hatte er nicht mehr so unruhig geschlafen. Vorher hatte er sich lange überlegt, wie er seine Umgebung auf Hildegund vorbereiten sollte. Bei den Männern gab es keine großen Umstellungen, außer daß er Thioderik und Hildebrand beauftragt hatte, den Goten zu erklären, daß sie Hildegund als Hunnin und nicht als Gotin zu behandeln hatten, daß sie also niemals mit einem Mann allein sein durfte, der nicht ihr Ehemann war oder sich auf diese Weise dazu erklärte. Anders verhielt es sich mit den Frauen. Sie verfügten über ihre eigene Rangordnung und eigene Regeln, konnten einer Neuen leicht lästige Arbeiten aufhalsen und kannten Mittel und Wege, sie allein und verlassen dastehen zu lassen. Attila erinnerte sich noch recht gut an seine ersten Wochen als Friedgeisel in Rom, wo viele Leute der Meinung gewesen waren, ein Barbarenprinz sei allenfalls soviel wert wie ein römischer Straßenkehrer, eher aber weniger. Er hatte Hildegund nicht ausgesucht und den doppelten Friedgeiselpreis für sie bezahlt, damit ein auf sie einhackender Hühnerschwarm sie vertrieb. Einst war Bortai seine Augen und Ohren im Inneren des Pfahlhags gewesen. Jetzt beschämte es ihn, daß er sich selbst dorthin begeben mußte, um von ihrer Großtante Gehör und Hilfe zu erbitten, in einem Reich, wo er kein Fürst unter den Herrschern, sondern nur ein vorübergehend geduldeter Gast war. Aber es ließ sich nicht vermeiden, denn er konnte nicht sicher sein, daß der Gyula seine Worte so überbringen würde, wie er das wünschte, und einem anderen ließ sich solche Botschaft ohnehin nicht anvertrauen. Also lenkte er seine Schritte nach dem Wall aus Pfählen inmitten des Lagers.

Wie der Anführer der Männer waren die Frauen früh aufgestanden. Der Winter stand bevor, und der Filz mußte gewalkt werden, damit sie und ihre Männer warme Kleider, warme Decken und dicke Zeltplanen hatten, um die verschlissenen zu ersetzen. Schon hörte er ihr Singen in der kalten Luft. Über das rhythmische Stampfen der Füße und hölzernen Keulen auf dem Filz klangen in hohen Tönen die halb heulenden Melodien, die sich die Hunnenfrauen sich einst über die weite Steppe von Wagen zu Wagen zugerufen hatten.

Die Umzäunung um den Hag der Frauen wurde nur von einem schwarzen Pferdefell durchbrochen, das zwischen zwei glattpolierten Baumstämmen hing. Attila klopfte dreimal an den rechten Pfosten und rief dann laut: »Kisteeva! Attila ist hier!«

Eine Hand mit geschwollenen Knöcheln zog die Pferdehaut zurück. Attila nahm an, daß die alte Frau längst am Tor gesessen und auf ihn gewartet hatte, denn die Frauen hatten ihre eigenen Methoden, Neuigkeiten, die eigentlich nur für den Fürsten der Halle bestimmt waren, schon vorher zu erfahren.

»Tritt ein, Attila. Um Bortais willen will ich dich sicher geleiten, obwohl ich höre, daß du eine neue Frau nehmen willst, und mit eigenen Augen gesehen habe, wie du alle Wagen in Aufruhr versetzt hast, damit für sie Filz gewalkt, gestickt und ein eigener Wagen hergerichtet wird. Hast du auch vor, Bortais altes Tantchen zu verstoßen und die Mutter der Gotin ihren Platz einnehmen zu lassen, wenn du verheiratet bist? Falls ja, solltest du die Jungfrau besser nicht in diesen Hag führen, denn ich werde ihr die Augen auskratzen und ihr mit der Schere den Hals abschneiden.«

Trotz Kisteevas hohem Alter war ihre Stimme immer noch fest; sie sang mit aller Kunst der Steppenfrauen, und die langjährige Übung hatte ihrer Kehle den Wohlklang eines Mädchens von zwanzig Wintern erhalten. Ihre Haut jedoch war so faltig geworden, daß selbst Attilas schmerzliche Erinnerung keine Spur von Bortais zarten Zügen mehr im Gesicht ihrer Großtante finden konnte. Die vielen kleinen Haarzöpfe, die ihr wie ein Vorhang vom Kopf hingen, waren schon lange weißgebleicht und dünn, und ihre Hand zitterte am Knochengriff des Gehstocks, den sie als Stütze benutzte.

»Ich habe nichts dergleichen vor, und das weißt du sehr gut«, antwortete Attila. »Wer sollte denn die Frauen des Stammes zur Arbeit anhalten, würdest du nicht mit deinem Stock auf sie einprügeln? Aber es ist wahr, daß ich gekommen bin, um mit dir über die Gotenmaid zu sprechen.«

Kisteeva hob den Stock, fuchtelte damit vor seinem Gesicht herum und kicherte vergnügt. »Aha! Der große Krieger braucht Ratschläge für seine Hochzeit – er hat das eine Schwert zu oft, das andere nicht oft genug geschwungen! Laß mich Kholemoeva rufen; wenn wir allein in meine Hütte gehen, wird man glauben, du hättest meine Keuschheit geraubt, und du müßtest mich heiraten und die Gotin zur zweiten Gattin machen; ich aber würde sie schlagen, bis sie heulend zu ihrem Stamm zurückrennt.«

Die Alte warf den Kopf zurück, holte tief Luft und stieß einen schallenden Ruf aus. »Kholemoeva! Kholemoeva! Laß deine Arbeit liegen und komm ans Tor!«

Die Frau, die daraufhin erschien, war fast ebenso alt wie Kisteeva, aber ihr langes Haar war noch schwarz, und sie ging ohne Stock. Attila hatte nie viel von Kholemoeva gehalten, denn er wußte von Bortai, daß sie Streitigkeiten unter den Frauen schürte und herabsetzend über ihre Männer sprach. Doch Kisteeva betrachtete sie als ihre beste Freundin, und nie sah man die eine ohne die andere. Zudem war es nur gut, wenn sie selbst hörte, was er zu sagen hatte; Frauen waren nicht so heilig, daß ein Weib, das längst verwitwet war und dem Stamm keine Kinder mehr schenken würde, in jedem Fall vom Schwert des Kriegsgottes verschont bliebe.

Mit Kisteeva und Kholemoeva ging Attila zu Kisteevas Wagen. Der hölzerne Aufbau war innen vollständig mit reichen Stickereien ausgekleidet, von denen Kisteeva einige selbst angefertigt hatte, als ihre Finger noch schlank und geschmeidig genug für die feine Arbeit gewesen waren. Andere stammten von Bortai; Attila hatte sie nach ihrem Tod nicht mehr in seiner Nähe ertragen können. Der Boden war mit zottigen Schaffellen belegt, und überall gab es weiche Kissen. Attila wußte, daß Kisteeva selbst zu Bortais Lebzeiten den größten Teil des Tages damit verbracht hatte, in ihrem Wagen zu liegen und den anderen Frauen Anweisungen zu erteilen. Wie es sich damit jetzt verhielt, konnte er nur vermuten, aber er sah sehr wohl, daß es Kholemoeva war, die den Krug brachte und ihnen den Khumiß einschenkte, während Kisteeva sich auf dem bequemsten Platz niederließ.

»Nun, Attila«, begann die alte Frau und unterstrich ihre Worte damit, daß sie den Stock nach ihm schwenkte, »welche Torheit hat dich befallen, daß du dir in deinem Alter eine Gotin als Frau wählst, obwohl es doch eine Menge hunnischer Jungfrauen mit vollen Brüsten und langem, schwarzem Haar gibt, die dich nur allzugern umarmen würden?«

»Unsere Stämme drängen westwärts, wie sie es stets getan haben. Es ist von Vorteil, wenn ich in das Land heirate, nach dem wir streben. Aber das ist es nicht allein – der Gyula hat gesehen, daß es so bestimmt ist, und ich gehorche seinem Rat.«

Kholemoeva sog zischend den Atem ein, und die Krähenfüße an ihren Augen vertieften sich, als senke sie die Lider vor der grellen Sonne. »Du mußt sehr gründlich darüber nachgedacht haben, wenn du den Gyula um eine Vorschau batest«, meinte sie. »Doch was für eine Häsin willst du in unseren Kaninchenbau setzen? Hast du keine Furcht, daß sie die jüngeren Frauen auf merkwürdige Gedanken bringen und ihnen den Wunsch einflößen könnte, mit nacktem Gesicht unter die Männer des Heeres zu gehen?«

»Ich hoffe eher, daß ihr sie unsere Sitten lehrt, damit sie eine passende Gemahlin für mich wird. Versteht mich recht – ich war so vorsichtig, nicht zu versprechen, daß ich sie heiraten werde; denn vielleicht begreift sie ja nie, was zu einer hunnischen Braut gehört.«

»Also steht noch nicht alles fest«, murmelte Kholemoeva, und der kühle Glanz in ihren dunklen Augen berührte Attila unangenehm.

»Fest steht, daß man sehr schnell meinen Zorn spüren wird, sollte sie hier einen kalten Empfang finden. Und falls sie mich heiratet, werden sich die freuen, die ihr freundlich entgegenkamen; doch alle, die sie schlecht behandelten, werden zittern.«

»Das heißt, du willst uns um ihretwillen verstoßen«, murrte Kisteeva.

»Das will ich ganz und gar nicht, wie ich dir bereits gesagt habe. Vielmehr hoffe ich, daß alles wieder so wird wie damals, als Bortai lebte und als meine Gattin im Hag der Frauen herrschte; sie liebte dich und vertraute mehr als allem anderen deinem Rat.«

»Nun, das wird von dem Mädchen und ihrem Verstand abhängen.«

Kisteeva strich sich den schütteren Vorhang aus weißen Zöpfen am Hals zurecht und glättete ihre Filzröcke. »Zum Glück spreche ich ein wenig Gotisch, denn ich weiß, daß sie ganz bestimmt kein Hunnisch lernen wird.«

»Man hat mir berichtet, sie könne Latein, und ich weiß aus eigener Erfahrung, daß jede weitere fremde Sprache leichtfällt, hat man erst einmal eine gelernt. Zusammen mit allen den anderen Dingen, die sie wissen muß, sollst du sie auch im Hunnischen unterweisen.«

»Gut. Ich will es versuchen. Aber wenn sie sich langsam oder unwillig zeigt, darfst du nicht mir die Schuld geben, vor allem, da ich sie ja vermutlich nicht verprügeln darf, auch wenn es nötig ist.«

»Allerdings nicht«, entgegnete Attila streng; er wußte nicht recht, welche von Kisteevas Worten ernst gemeint waren und welche nicht. »Sorg

dafür, daß sie sich bei uns zu Hause fühlt und als meine Gemahlin bei uns bleiben will.«
Kisteeva gab ein meckerndes Gelächter von sich. »Oh, sei gewiß, daß ich ihr davon vorschwärmen werde, wie männlich du bist und welches Glück sie hat, einen solchen Hengst in ihr Bett zu bekommen! Ich kann ihr alles sagen, was sie über die Freuden im Inneren der Jurte wissen muß.«
»Zweifellos«, antwortete Attila und verzog nun doch den Mund unwillkürlich zum Lächeln. Kisteeva hatte vier Ehemänner überlebt, und er wußte, daß die Zahl der Krieger, die nachts den Weg in ihren Wagen gefunden hatten, wohl kaum an zwei Händen abzuzählen war; die Gesetze des Stammes waren streng, doch nur unter den scharfen Tagesaugen des Blauen Himmels.
»Trotzdem darfst du nicht enttäuscht sein, wenn sie nicht auf uns hört«, bemerkte jetzt Kholemoeva. »Sie soll ja erst fünfzehn Winter zählen, und du bist ein Mann in der Vollkraft deiner Jahre, der die Dreißig lange überschritten hat. Junge Mädchen verhalten sich manchmal recht töricht, und damit muß man wohl besonders bei den Goten rechnen, die ihren Frauen soviel Freiheit mit Männern lassen.«
»Das mag sein, wie es will; ich vertraue dem Rat des Gyula«, versetzte der Khan, obwohl Kholemoevas Worte in ihm brannten wie Schweiß in einer frischen Wunde. »Und selbst das jüngste Mädchen wird mich nicht alt nennen, wenn sie mich erst reiten und fechten gesehen hat.«
»Nun, wenn du nicht als alter Mann angesehen werden willst«, sagte Kisteeva in befehlendem Ton, »mußt du uns erlauben, etwas dagegen zu unternehmen. Ich werde dir das Haar mit Schwarzkraut einreiben, damit es glänzt wie bei einem Jüngling, und deine Haut mit geklärter Butter und Stutenmilch salben, so daß du jung und gesund wirkst. Du mußt so viel Khumiß trinken, daß du entspannt bist, doch nicht so viel, daß du Dummheiten treibst. Und du mußt dir den Mund dreimal mit frischem Wasser ausspülen und süße Kräuter kauen, bevor du dem Mädchen so nahe kommst, daß sie deinen Atem riechen kann. Zeig ihr dein Feuer, doch bedränge sie nicht, denn ein junges und zartes Mädchen fürchtet sich schnell, wenn sie den Stier mit aufgerichtetem Horn sieht.«
Erbost sprang Attila auf und stampfte so heftig auf den Wagenboden, daß er auf seinen seit langem festgestellten Rädern schwankte. »Ich

brauche keinen Weiberkram, um Hildegund zu zeigen, daß ich ein Mann bin, den man heiraten kann!« brüllte er. »Nehmt eure Mittelchen und hebt sie für einsame Frauen auf; ich kann auf bessere Art beweisen, daß ich nicht alt und schwach geworden bin!«
Ohne Rücksicht auf alles zuvor Gesagte und Gedachte sprang er aus dem Wagen und warf hinter sich krachend die Tür zu, und ohne einen Blick oder ein Wort nach rechts oder links stürmte er durch den Hag. Hinter sich hörte er das Flüstern und Rascheln der Frauen. Er wußte, daß sie seine zornigen Worte gehört hatten, und das machte ihn nur noch wütender. Nun würden alle wissen, daß Attila zu Kisteeva gegangen war und sie ihm Schwarzkraut und Einreibungen mit Butter empfohlen hatte, damit er jünger aussah. Am schlimmsten aber war die Furcht, daß ihr Rat klug gewesen war, wenn selbst ihre alten Augen die dünnen grauen Fäden gesehen hatten, die anfingen seinen Zopf zu bleichen, und die Spuren während vieler Jahre gegen Wind und Sonne zusammengekniffener Lider in seinen Augenwinkeln. Aber dennoch – dennoch erinnerte er sich an Bortais Worte und daran, wie sie gelacht hatte, während sie damit beschäftigt war, eine lange Schnittwunde an seinem linken Arm zu nähen. Er war damals schwach vom Blutverlust gewesen und nicht nur von der Schlacht, sondern auch von der langwierigen Arbeit danach erschöpft – sie hatten die Beute einsammeln, denen, die zu schwer verletzt zum Reiten waren, die Kehlen durchschneiden, die Männer vom Vergewaltigen und ihren anderen Vergnügungen mit den Überlebenden zurückrufen und schließlich das Heer wieder zu den Wagen führen müssen. Damals hatte er auch von der Furcht gesprochen, die ihn quälte: was würde sie denken, wenn er mit entstelltem Gesicht aus der Schlacht nach Hause kam, wenn jahrelanger Krieg und unzählige Narben ihn am Ende so häßlich machten wie den alten Oglik? Und Bortai hatte gelacht, ihm mit den Fingern über die Wange gestrichen und gemeint: »Frauen blicken tiefer als Männer, Attila. Männer sehen das Gesicht, Frauen das, was darunter liegt. Du kannst selbst feststellen, daß Oglik schon zwei junge Gattinnen gehabt hat, und wäre es nicht eine Schande und tödliche Unterstellung, derartiges zu behaupten, so könnte man davon munkeln, daß er zu später Nachtstunde in die Wagen anderer Frauen schleicht – was selbstverständlich nicht zutrifft; er ist ein anständiger Mann, der die Gesetze des Stammes ehrt. Nein, du brauchst niemals Sorge zu haben,

daß ich oder jede andere Frau dich zu häßlich finden, um dich zu begehren, so viele Kampfnarben du auch trägst.«
Doch wie steht es mit dem Alter, Bortai? dachte er. *Gilt es auch dafür?* Einen Herzschlag lang zögerte sein Schritt. Er sah die getrocknete Pferdehaut vor dem Zelt des Gyula. Die lose herunterhängenden Hufe schlugen im leichten Wind klappernd aneinander. Der Gyula konnte die Stimmen der Toten zu den Lebenden bringen, konnte die Toten unter der Erde hervorrufen; aber es kostete ihn große Kraft, und den Geist, den er rief, noch mehr. Und obwohl derjenige, der von einem Schamanen solche Arbeit verlangte, in diesem Leben nichts dafür bezahlen mußte, hatte der Gyula Attila davor gewarnt, die Frau, die er liebte, zu rufen, denn seine Sehnsucht würde so unendlich werden, daß er niemals Ruhe finden und niemals wirklich trauern könnte. Die Weisheit des Gyula hatte gesiegt, als die Wunde noch frisch und brennend war, und sie siegte auch jetzt, nachdem der Schmerz zum leise pochenden Weh vieler langer Jahre herabgesunken war. Anstatt den Gyula aufzusuchen, eilte Attila zum Badehaus. Er schrie nach den Badeknechten; der heiße Dampf und der süße Rauch waren das, was er jetzt brauchte – ganz so, als sei es wirklich sein Hochzeitstag, den er heute feiern wollte, und nicht nur der Empfang einer neuen Friedgeisel.
Während er sich an der Tür auszog, vernahm er innen Stimmen. Mit einem Wink entließ er die herbeihastenden Sklaven. Die Worte waren nicht zu verstehen, aber Hagans tiefe, rauhe Stimme und Waldharis hellerer Tonfall unverkennbar. Attila wollte die Friedgeiseln wegschikken, um ungestört zu bleiben, doch als er eintrat, sah er, daß sich Thioderik bei ihnen befand. Bequem auf der obersten Bank ausgestreckt, hörte er den beiden jungen Kriegern zu.
»Hai, Attila«, begrüßte er den Khan. »Ich freue mich, dich zu sehen. Du hast dich in den letzten Tagen vollständig zurückgezogen; das ist nicht gut für einen Mann.«
»Ich hatte vieles zu bedenken. Wir haben noch Zeit für einen Kriegszug, bevor die Schneefälle so stark werden, daß sich der Aufbruch nicht mehr lohnt, und ich habe sorgfältig geplant. Man hat mir zugetragen, daß ein ganz bestimmter Kleinfürst heimlich von Aufruhr spricht, weil ihm der Tribut an mich zu teuer scheint. Er glaubt, die Krieger der Hunnen seien zu weit verstreut, als daß ich sie zusammenrufen könnte, bevor er es erfährt und seine Verbündeten zu Hilfe rufen kann. Ja, er hat sogar be-

reits viele Männer um sich geschart und anderen, die unter dem hunnischen Joch seufzen, Gerüchte in die Ohren geträufelt; und mit dem Unterschiedsbetrag zwischen dem Erntetribut, den er angeblich gerade noch aufbringen konnte, und dem, den er schuldig war, hat er Söldner angeworben. Ai, solche Leute besitzen ein kurzes Gedächtnis, doch was Attila hat, das behält er.«

Thioderik rückte zur Seite, damit der Hunne sich neben ihm auf der obersten Bank niederlassen konnte. Die Wärme des Badehauses war willkommen wie Sonne im Winter; schon fühlte Attila, wie der Schweiß auf seiner Haut zu perlen begann. Er streckte die Beine aus und bemerkte zufrieden, daß nur wenig Fleisch über den breiten Gürtel quoll, der auch jetzt das Schwert des Kriegsgottes an seiner Seite hielt; wenige Männer seines Alters konnten das von sich sagen, und er hatte lange Zeit gar nicht auf solche Dinge geachtet; neuerdings freilich ritt er oft ganze Tage. Dennoch konnte er nicht umhin, verstohlen die Körper der anderen zu mustern. Thioderik: mager, jeder Muskel hervortretend wie eine fein gedrehte Schnur; Hagan: das leichte Knochengerüst einer Edeljungfrau, doch an Schultern und Brust schon jetzt schwer wie ein erwachsener Mann, längs über dem straffen Bauch die furchtbare Narbe aus seiner ersten Schlacht; Waldhari: biegsam wie ein römischer Gaukler, dünner und geschmeidiger als seine Mitgeisel. Attila wußte, daß er der Größte und Kräftigste von ihnen war, aber ihre schlanke Jugend störte ihn. Obwohl er noch immer in vollem Galopp einen Goldring von der Erde aufheben konnte, erinnerten ihre Körper ihn an die Zeit, in der er so dünn wie Waldhari und gelenkig genug gewesen war, sich unter den Bauch seines Pferdes zu ducken, wenn die feindlichen Pfeile zu schwirren begannen.

»Wenn wir kämpfen müssen, bevor der Schnee fällt, muß es ein größerer Angriff sein, den du planst, nicht aber ein wirklicher Feldzug«, bemerkte jetzt Hagan und sah Attila aus dunklen Augen an. Wie der Hunnenfürst legte auch der Burgunder mit der Kleidung nicht das Schwert ab. Die langen Finger strichen über den Goldring am Griff. *Er sehnt sich nach neuen Kämpfen*, dachte Attila, und ein dunkler Schmerz durchfuhr ihn: Es würde lange dauern, bis seine Söhne von Hildegund alt genug waren, um in der Schlacht das Schwert zu führen.

»Du hast deine jungen Männer gut ausgebildet, Thioderik. Ja, sobald Hildegund eingetroffen und geziemend empfangen worden ist, werden

wir wieder ausziehen, und es wird einen wirklichen Kampf geben, besser, als wir ihn in letzter Zeit erlebt haben. Dann werden wir auch sehen, ob Hildegund die passende Gemahlin für einen Hunnen ist.«
»Willst du sie mit uns auf den Kriegspfad nehmen?« erkundigte sich Waldhari.
Attila wußte nicht, ob er ihn verspottete oder ernsthaft fragte; Waldharis helle Stimme war schwer zu beurteilen. Er merkte jedoch, daß die Frage ihn verdroß, und antwortete darum unwirsch: »Hildegund wird sich in allem hunnischer Sitte fügen; sie wird in den Wagen der Frauen und unter der Obhut der ältesten *Frowe* bleiben, und kein Mann außer ihrem Gatten – sobald sie verheiratet ist – soll sie sehen, es sei denn am hellen Tage und unter geziemender Aufsicht. Nein, was ich meinte, war, daß hunnische Frauen nicht mit in die Schlacht ziehen wie die Gotinnen, sondern zu Hause sitzen und warten, ohne daß jemand sie tröstet, ehe ihr Mann oder die Nachricht von seinem Tod zurückkommt. Es ist Geduld, die sie beweisen muß, indem sie wartet und mit seidenem Faden winzige Stiche näht, während ich in der Hitze der Schlacht kämpfe.« Er schaute finster auf Waldhari hinab, der seinen Blick gelassen erwiderte. »Doch darüber brauchst du dir nicht den Kopf zu zerbrechen, denn es ziemt sich ohnehin nicht, daß eine Maid, mit der du nicht verlobt bist, jemals auch nur ein Wort mit dir spricht. Du bist zu jung, um ungehindert im Hag der Frauen aus- und einzugehen, und kein Geflüster darf meine Braut schmähen, wie es gewiß geschähe, unterhielte sie sich mit einem jungen Gotenkrieger.«
»Dann gibt es keinen Anlaß zur Sorge, denn ich bin kein Gote, sondern ein Franke«, erwiderte Waldhari. Attila ballte die Faust um den Schwertgriff, daß das Metall ihm fast die Hand verbrannte; der Junge würde vielleicht nie erfahren, wie nahe er in diesem Augenblick dem Tode war, hätte nicht Thioderik die Hand auf Attilas Schulter gelegt.
»Es ist wahr«, erklärte der Amalung, »daß es viele Völker außer den Goten gibt, aber trotzdem solltest du deine Zunge besser hüten, Waldhari, denn auch unter den Hunnen gibt es verschiedene Stämme, und doch nennst du sie alle bei einem Namen. Aber ich möchte für Hildegund sprechen, Attila, weil sie als Friedgeisel hierherkommt und du mir vor Jahren die Sorge für alle Friedgeiseln übertragen hast, ohne zu erwähnen, daß die Dinge anders liegen könnten, falls deine Wahl jemals auf ein Mädchen fallen sollte. Ebenso haben wir uns schon vor langer

Zeit darauf geeinigt, daß die Frauen der Goten unten im Dorf und nicht beim Heer wohnen sollten, damit es nicht zum Streit zwischen eurer und unserer Lebensweise käme. Du würdest von keinem Falken verlangen, auf Dauer in einem Hühnerstall zu leben, auch wenn du ihn an die Hütte des Falkners gewöhnen kannst; ebensowenig kannst du eine freie Gotin zwingen, auf ewig in den Frauenwagen zu sitzen; sie würde deinen Hof als das schlimmste aller Gefängnisse empfinden. Höre auf meine Worte, Khan. Du hast mir oft gesagt, du brauchtest meinen Rat, wenn du zu den Völkern des Westens sprichst, jetzt aber ist er dir nötig wie nie. Wenn du willst, daß Hildegund zum Bindeglied zwischen dir und den Stämmen wird, mußt du ihr gestatten, auch ihre und deine Sitten miteinander zu verbinden. Laß sie alles, was sich gehört, beachten, wenn sie die Wagen verläßt, laß sie stets von einer älteren Frau oder einem zuverlässigen Mann begleiten, aber laß sie herumlaufen, reiten und in deiner Halle den Trunk kredenzen. Ich kann im Namen meiner Goten sprechen, wenn ich sage, daß eine Jungfrau, die beim Gelage das Bier einschenkt, dir viele Herzen öffnen wird, denn wir lieben die Frau mit dem Horn, und die Männer lauschen ihrem Rat. Dadurch wird Hildegund deine Halle vertraut scheinen, und du wirst alle Vorzüge einer Frau aus dem Westen genießen, wenn du unter ihrem Volk und dessen Verwandten sitzen willst; und wenn du es richtig anfängst, wird es für alle erfreulicher sein, als wenn sie im Wagen hockt und sich vor Sehnsucht nach Freiheit verzehrt.«

Thioderik schob ein paar schweißdunkle Haarsträhnen von der hohen Stirn zurück und wischte sich das beißende Salz aus den Augen. Er beugte sich vor, als wollte er aus dem Korb auf der Bank unter sich eine Handvoll trockenen Hanfes nehmen, ergriff aber statt dessen die Kelle und goß frisches Wasser auf die glühenden Steine. Der zischende Dampf stieg in einer weißen Wolke auf und drang langsam in alle Poren von Attilas Körper; wider seinen Willen spürte der Hunnenfürst, wie seine Muskeln sich entspannten.

»Und doch«, wandte er ein, »würde es zweifellos überall Anstoß erregen, könnte Hildegund ungehindert mit den anderen Friedgeiseln sprechen, denn dann würde es bei vielen Getuschel geben, daß es auch zu ganz anderen Dingen kommen könnte. Ich denke, daß ich den jungen Männern lieber verbieten sollte, sich überhaupt in ihrer Nähe aufzuhalten, vor allem dann, wenn sie sich so frei bewegt, wie du vorschlägst.«

Hagans Miene zeigte auch jetzt ihren gewöhnlichen grimmigen Ausdruck; der Hunnenfürst hätte nicht sagen können, was er dachte. Doch er beobachtete vor allem Waldhari, und es entging ihm nicht, daß die Augen des Franken um eine Haaresbreite schmaler und seine Nüstern um eine Haaresbreite weiter wurden; ganz gewiß hatte er irgend etwas im Sinn gehabt, und das machte Attila nur noch zorniger.

Thioderik schüttelte den Kopf. »Verbotene Früchte schmecken am besten, das wissen wir seit dem Sündenfall. Wenn sie vom Augenblick ihrer Ankunft an hier als deine Gemahlin auftritt, überall hingeht und in der Halle das Bier einschenkt, ist sie sicher, denn du darfst nicht vergessen, daß uns die Frauen heilig sind. Die Friedgeiseln muß sie als Söhne betrachten, nicht als kühne junge Männer, die zu Liebhabern werden könnten, ließen Hildegunds Hüter sie nur einen Herzschlag lang aus den Augen. Lang ist es her, daß ich meine Braut im Lande der Römer zurücklassen mußte, und doch weiß ich noch wie heute, wie es uns zueinander drängte und daß einer der wichtigsten Gründe dafür ihr Vater war, der nicht dulden wollte, daß sie einen jungen Abenteurer heiratete, trotz meines edlen Blutes und meiner großen Hoffnungen. Nein, deine Gattin muß deinen Pflegesöhnen eine Mutter sein, damit niemand etwas anderes von ihr glauben kann.«

Thioderiks Worte gefielen Attila wenig. Aber er erinnerte sich daran, wie Bortais Brüder ihm nachgejagt waren, als er mit ihr davongaloppierte, und an das Sirren der Pfeile an seinen Ohren. Sie hatten vorbeigeschossen, denn es war keine echte Entführung, aber trotzdem war sein Herz vom Rausch des Blutes erfüllt gewesen, und ihr biegsamer Körper schien ihm noch lieblicher und wertvoller, als er sich über sie duckte, um sie vor den Geschossen zu schützen, während er sein Roß antrieb. Und obwohl er es besser wußte, war da etwas in ihm gewesen, das sich nach einem wirklichen Kampf sehnte; und Attila verstand, daß Thioderik noch etwas aus seiner heißen Jugend im Gedächtnis behalten hatte, das ihm selbst entfallen war, und daß sein Rat zwar bitter, aber gut war. Er erinnerte sich auf einmal auch daran, so deutlich wie an den Ritt mit Bortai, wie er und die anderen Jungen sich nachts zu den Wagen der Frauen geschlichen und versucht hatten, winzige Gucklöcher in die Wagenwände zu bohren, und wie mit dem Khumißschlauch auch das Geflüster herumgegangen war, daß es Witwen gab, die nach Mitternacht ihre Türen unversperrt ließen, oder Mädchen, die das Hemd fallen ließen, ehe die ihren ganz geschlossen waren ... Dabei sahen die Friedgeiseln weniger von den Frauen als seinerzeit die hunnischen Knaben, denn Hagans und Waldharis Zerwürfnis mit den jungen Goten verhinderte, daß sie deren Mütter und Schwestern kennenlernten; zudem gab es viele, die sich ihre eigenen Gedanken darüber machten, warum keiner der beiden Jünglinge je den Weg zum Haus der alten Adalhild gefunden hatte.

»Aber wenn sie unbedingt herumlaufen muß, und das scheint ja wohl der Fall zu sein, dann nicht unbewacht. Unsere Hunnenfrauen sind zu scheu, um ihre Wagen zu verlassen, und der Gyula hat anderes zu tun, als eine Jungfrau zu hüten.« Er bemerkte den leichten Schauder, der Thioderik überlief, ähnlich wie bei einem Pferd, das die Fliegen abschüttelt. Er erwähnte dem Amalung gegenüber nur selten den Namen des Gyula, weil er wußte, daß der Aberglaube der Goten aus einem großen Schamanen ein Ungeheuer machen konnte, aber es gab Zeiten, in denen man Thioderik ein bißchen antreiben mußte.

»Dann laß sie mit mir kommen, wenn sie hinaus will, sofern du mir vertraust. Niemand lebt mehr, der Thioderiks Ehre schmähte; sollten lose Zungen schwatzen, wird mein Schwert Hildegunds und auch meinen Namen zu schützen wissen.«

Wie immer sprach Thioderik ruhig. Ein weniger erfahrener Mann hätte seine Worte als allzu schlicht übergehen können, aber obwohl sie heute nur wenig Hanf auf die Badehaussteine geworfen hatten, sah Attila, daß aus dem Mund des Goten weißglühend wie Feuersteinfunken das Amalungenfeuer flammte, und er wußte, daß er seinem Verbündeten nicht weiter widersprechen durfte.

»Wie du willst, doch du trägst die Verantwortung. Vielleicht kommt sie ja von allein zur Vernunft, wenn sie genug schwitzende junge Männer mit Holzschwertern gesehen hat, und zieht dann doch den Aufenthalt im Frauenwagen vor.«

»Vielleicht kann ich auch helfen«, warf Hagan unerwartet ein. »Der Gyula hat mir gesagt ...«

Einen Herzschlag lang schien die schroffe Stimme zu ersticken, als zwinge er die Worte nur unwillig am rauhen Stein seiner Kehle vorbei. Dann ballte er die Fäuste, daß die dicken Muskeln der Oberarme und Schultern auf der weißen Haut hervortraten, und fuhr fort: »Er hat mir erklärt, daß ich, weil ich sein Lehrling bin, nach hunnischem Brauch im

Hag der Frauen frei ein- und ausgehen darf. Weil ich aus einem Stamm komme, der es als Schande empfindet, und weil ich auch unter Goten leben muß, brauche ich keine Frauenkleider zu tragen, wie es ein junger Schamane der Hunnen müßte, sondern nur mein Haar auf eine bestimmte Art nach hinten zu flechten, damit euer ganzer Stamm weiß, daß ich . . . daß ich keine Bedrohung für den guten Namen einer Frau bin. Und so wie der Gyula eine Frau bewachen kann, wenn sie mit einem Mann allein ist, kann ich es auch.«

Attila starrte ihn verblüfft an. Er konnte kaum glauben, daß der empfindliche Burgunder es über sich gebracht hatte, vor Thioderik solche Worte zu sprechen, selbst wenn er mit Waldhari das Bett teilte. Aber es ließ sich nicht leugnen, daß ein junger Schamane in Frauenkleidern unter die Mädchen gezählt werden mußte und daß allein der Gyula das Recht hatte, zu entscheiden, was genügte, um Hagan als Schamanen zu kennzeichnen, wenn er den Hag der Frauen betrat.

»Das ist wohl wahr«, erwiderte er langsam. »Ich kann nicht bestreiten, daß dir dieses Recht zusteht. Du darfst sie also abholen und wieder in den Hag zurückbringen, so wie der Gyula es tun würde. Und ebenfalls wie der Gyula bist du für sie verantwortlich; auch Schamanen sind schon getötet worden, wenn sie ihr Wissen und ihre Stellung mißbraucht haben.«

»Das brauchst du nicht zu befürchten«, versicherte Hagan.

Sie saßen schweigend da und schwitzten. Dabei konnte Attila nicht umhin, auch die Männlichkeit der drei anderen zu sehen und sie mit seiner eigenen zu vergleichen. Erfreut stellte er fest, daß er sogar in der Hitze des Badehauses sowohl Thioderik als auch Waldhari um die Länge eines ganzen und die Dicke eines halben Fingergliedes übertraf. Und obwohl Hagan etwa so lang wie er selbst und vielleicht noch etwas breiter ausgestattet war, sah es kaum danach aus, als könne dem Burgunder etwas daran liegen, der suebischen Jungfrau den Hof zu machen; falls aber doch, würde ein christlich erzogenes Mädchen sich wohl kaum von seinem finsteren Blick und seiner erklärten Treue zum Totengott Wodan bezaubern lassen.

Als endlich die Nachricht kam, daß der Wagen sich Attilas hölzerner Burg näherte, war der Khan zum Empfang bereit. Obwohl er Kisteevas Worte, als sie sie sprach, verächtlich zurückgewiesen hatte, waren Haar und Haut mit frischer, geklärter Butter eingerieben, daß sie glänzten, und er hatte sich die Zeit genommen, sein Haar zum vielfach geflochtenen Knoten des mächtigen Kriegers zu schlingen. Er hatte sogar das Wams angelegt, das Bortai vom Kragen bis zum Saum mit feinem seidenem Faden und den goldenen, von ihr selbst geschmiedeten Nadeln bestickt hatte. Seit ihrem Tod hatte er es nicht mehr getragen, und im Lauf der vielen Jahre war es ihm am Körper so eng geworden wie der Lederpanzer eines kleineren Mannes. Doch keine Arbeit aus dem Westen konnte sich an Farbschönheit und Kunstfertigkeit mit ihm messen; nicht einmal die Römerinnen nähten so fein wie die Hunnenfrauen. An seiner Hüfte lag dunkel das frisch polierte Schwert des Kriegsgottes. Immer wieder rieb Attila den Adlerkopf, und jede Berührung des Bernsteins war wie ein stummes Gebet an seine Ahnen, die Söhne des Adlers, daß ihr Samen nicht aussterben möge. Das Gold an seinen Armen wog schwerer als jemals Brünne oder Waffen, und er hatte befohlen, daß auch seine Männer alles Gold tragen sollten, das er ihnen geschenkt hatte. So gehörte sein Schatz noch immer ihm, denn er zeigte den Wert seiner Krieger und die Treue, die sie an ihn band.

Er ging hinaus ins Freie, wo die Pferde noch frei umherliefen und das dürre Herbstgras abweideten. Dort stieß er den besonderen Pfiff aus, der sein Roß herbeirief. Obwohl sein Körper nicht mehr so leicht war wie in seiner Jugend, lag mehr Kraft in seinen Beinen; noch immer konnte er in den Sattel springen, ohne sich auf die Kruppe seines Hengstes zu stützen, und wenn er die Füße fest im Bügel hatte, bewegte er sich im Sattel geschickter als am Boden. Das Herz ging ihm auf. Mit den Knien wendete er das Pferd und stieß den weithin hallenden Schrei aus, der einst die verstreuten Wagen der Hunnen aus den fernen Weiten der Steppe zusammengerufen hatte, wenn große Dinge bevorstanden, ob Krieg oder Fest. Überall im Lager fand sein Ruf ein Echo. Das höhere Klagen der Frauen erhob sich über den Stimmen der Männer, und Attila wußte, daß auch Hildegund es vernehmen mußte, denn wenn nichts Unerwartetes geschehen war, befand sich ihr Wagen schon in Hörweite.

Goten und Hunnen hatten sich wie zum Fußkampf aufgestellt, auch wenn sie vor lauter Gold und blankgescheuerten Kettenhemden weit heller glänzten, als es vor einer Schlacht der Fall gewesen wäre. Hinter Thioderik und Hildebrand wartete das kleine Häufchen der Friedgeiseln,

Hagan und Waldhari in einiger Entfernung von den beiden anderen. Attila saß als einziger zu Pferde, und so mußte es auch sein, denn so überragte er alle anderen. Wieder stieg der Schrei der Hunnen auf und verlieh seinem Herzen Stärke. Er achtete wenig darauf, daß Waldhari und manche der Goten zusammenzuckten und die Augen schlossen, denn er kannte die Gefühle von Macht und Freude, die sein Volk da so wild herausschrie. Deutlicher bemerkte er die Mienen der Männer, die neben dem Wagen herritten; oft schon hatte er diese Mischung aus Abscheu, brennendem Zorn und Furcht in den Gesichtern von Feinden gesehen, die den Schlachtruf der Hunnen hörten, wenn auch noch nie in den Zügen von Boten; nie auch hatte er Männer erblickt, die so fest die Amulette an ihren Hälsen umklammerten oder so leidenschaftlich das Kreuz schlugen. Er lachte auf: wenn Hildegunds Leibwache das Mädchen nicht freiwillig herausgab, war es sein gutes Recht, sie hier und jetzt für sich zu fordern, denn sie befand sich auf seinem Land, und die Männer ihres Vaters hatten den Mut bereits verloren.
Der Wagen hielt vor der Halle. Der älteste Leibwächter ging zu ihm und hob die Maid heraus. Hildegund war kleiner, als Folkhari gesagt hatte; selbst für eine Hunnin wäre sie erheblich unter Mittelgröße gewesen. Was jedoch ihr Haar betraf, hatte der Sänger nicht gelogen, es floß herab wie rötlich geschmolzenes Gold aus den Schmieden der Frauen. Von ihrem Gesicht hätte Attila nicht sagen können, ob es schön war oder nicht. Ihre Haut war dicht bedeckt mit bräunlichen Flecken, ein häufiges Merkmal von Goten ihrer Gesichtsfarbe; sie hatte feste Züge, schmaler als die der Hunnen, und ihre Augen waren von einem ungewöhnlichen, blassen Grün. Aber sie war gut gebaut, klein und fest wie ein gutes Steppenpony, und die rosige Jugend ihres Gesichtes ließ alle Mängel vergessen, die ihr Äußeres vielleicht aufwies. Auch hatte sie das Geschrei der Hunnen nicht dazu gebracht, sich an ihr goldenes Kreuz zu klammern; mutig trat sie vor, und ihre straffe Anmut verriet Attila, der daran gewöhnt war, die Zuchttauglichkeit von Pferden zu beurteilen, daß ihre Söhne starke Männer sein würden. Der Gedanke durchbrauste ihn wie der starke Met der Goten. Er stieß einen Schrei aus wie in seiner Jugend, als er mitten in den Ring ihrer Brüder hineingeritten war, um Bortai zu rauben. Der Stoß seiner Ferse spornte sein Roß zum vollen Galopp. Hildegund hatte eine Sekunde zu lange gewartet; Attilas Arm fing sie in der Luft auf, als sie zur Seite sprang, und riß sie nach oben. Selbst eine

völlig überraschte Hunnin hätte ihm die Arme entgegengestreckt und wäre wie beflügelt von seiner Kraft zu ihm in den Sattel gesprungen. Hildegund dagegen erstarrte zu Stein, und ihr steifes, regungsloses Gewicht ließ Attila fast das Gleichgewicht verlieren. Nur seine Riesenstärke und die Übung langer Jahre verhinderte, daß sie beide stürzten. Es gelang ihm, sie zu seiner Schulter hinaufzuschwingen, umzudrehen und vor sich in den Sattel zu setzen. Er drückte sie an sich, riß das Pferd herum und jagte auf den Wald zu. Nur noch wenige Atemzüge, dann waren sie außer Sichtweite; und ob sie dann auf der Wiese für ihn bereit war oder nicht – jeder würde wissen, daß Attila sich seine Braut genommen hatte . . .

»Setz mich ab.« Die Worte kamen mit dem ersten Atem, der keuchend in Hildegunds Lungen drang, nachdem Attilas harter Arm sie so jäh umfaßt und ihr die Luft herausgepreßt hatte. Es mußte Attila sein; kein anderer würde gewagt haben, sie in seiner eigenen Burg zu entführen. Wieder holte sie Atem, um sich gegen den schmerzhaften Druck seiner dicken Armringe auf ihren Körper zu stemmen, drehte sich dann um und sah ihm in die Augen. »Setz mich ab«, wiederholte sie, so energisch sie konnte, und kämpfte mit der würgenden Übelkeit, die der plötzliche Anprall seines Schwertgriffs gegen ihren Bauch verursacht hatte.
Hildegund wußte, daß Attila sie zittern fühlte wie ein Birkenblatt im Sturm. Was er nicht wissen konnte und sie selbst auch nicht wußte, war, wieviel davon Furcht und wieviel Wut war. Bei dem tierischen Geheul der Hunnen war ihr im fahrenden Wagen fast das Herz stehengeblieben; daß man sie dann so empfing, sie – bevor auch nur ein einziges Wort der Begrüßung gefallen war – mit einem Griff packte, der eher dazu taugte, einen Gegner beim Ringkampf zu würgen, und einfach wegschleppte, das war einfach zuviel. Hildegund hatte bei ihrem Vater vieles erduldet, sowohl Prügel als auch grobe Worte, aber nie hatte er sie auf diese Art hochgerissen oder sie so roh geschüttelt, wie Attilas harte Hände es getan hatten.
Sie hatten jetzt beinahe den Waldrand erreicht. Plötzlich brachte Attila sein Pferd jäh zum Stehen, wobei er Hildegund festhielt; sonst hätte der jähe Ruck sie aus dem Sattel geworfen.
»Was mißfällt dir daran?« fragte er. Seine Stimme war tief und rissig wie ein zu lange gebrannter Tontopf. Sie konnte die Minzblätter in seinem

heißen Atem und die mit Butter eingefetteten Haare riechen. *Er ist wirklich ein Barbar*, dachte Hildegund. *Man hat mich nicht genügend vorgewarnt, sonst hätte ich es mir noch einmal überlegt.* Dann aber fielen ihr Folkharis Worte wieder ein und gaben ihr den Mut, aufrichtig auf Attilas Frage zu antworten.

»Es ist nicht Brauch bei den Sueben, Jungfrauen aus edlem Geschlecht, die aufgrund eines Vertrages zu ihnen kommen, wie Kriegsbeute zu behandeln, seien sie nun Friedgeiseln oder Gemahlinnen. Ich hatte freundliche Worte erwartet, Speise und Trank nach der langen Reise, nicht aber Grobheiten zum Empfang, weder von einem Goten noch von einem Hunnen. Nun setz mich ab. Mir ist im Sattel nicht übel geworden, seit ich das Reiten lernte, aber du hast meinen Magen so durchgerüttelt, daß ich das vielleicht nicht mehr lange behaupten kann.«

Das flache Gesicht des Hunnen war für Hildegund schwer zu deuten. Die kleinen Falten in den Winkeln seiner schrägen Augen verdeckten die Gedanken dahinter. Trotzdem schien es ihr, als würden die tiefen Kerben um Attilas Mund noch tiefer. Er schüttelte den Kopf, als sei er ihm auf einmal zu schwer geworden. Dann hob er sie vorsichtig hoch, und Hildegund staunte über seine Kraft, denn so klein sie selbst auch war, für einen Reiter war es nicht leicht, eine Frau vor sich in die Höhe zu heben und dann sanft auf den Boden niedergleiten zu lassen. Auch hatte sie, wenn sie es recht überlegte, noch nie einen Reiter gesehen, der so gut war, daß er Attila diese Übung hätte nachmachen können, sogar mit einer erfahrenen und willigen Mitspielerin. Sie war so beeindruckt, daß ein großer Teil ihres Zornes verflog. Sie hatte zwar schon von der unvergleichlichen Reitkunst der Hunnen gehört, aber mit einer Hand und in vollem Galopp eine widerstrebende Frau hochzureißen und sicher in den Sattel zu setzen, ohne selbst den Halt zu verlieren . . .

»Ich wollte dir Ehre erweisen und vergaß dabei, daß du keine von unseren Frauen bist, die sehr wohl wissen, was es bedeutet, wenn man so entführt wird, und glücklich darüber sind. Aber du wirst die hunnischen Sitten schon noch lernen. Wenn die Eide geschworen sind und das Festmahl stattgefunden hat, kommst du in den Hag der Frauen, und die alte *Frowe* Kisteeva, deren Stimme die lauteste darin ist, wird dir alles erklären. Nun aber fasse dich, und ich werde dich wieder heraufheben. Es wäre eine große Schmach für uns beide, kämest du zu Fuß zurück,

während ich ritte, und zwar auch dann, wenn wir die ganze Zeit in Sichtweite anderer Menschen waren.«
Hildegund holte tief Luft und versuchte sich zu beruhigen. Sie zitterte immer noch zu sehr, um den Sattel anzufassen und hinaufzuklettern, obwohl sie sah, daß das kleine Hunnenpferd leichter zu besteigen war als die größeren Rosse, die ihr Vater von den Römern bekommen hatte. Da sie jedoch inzwischen überzeugt war, daß Attila sie nicht noch einmal erschrecken würde, streckte sie ihm die Arme entgegen und ließ sich von seiner Kraft in die Luft schwingen. *Er hat große Ähnlichkeit mit dem Adler auf seinem Wahrzeichen,* dachte sie, *und ich weiß nicht, ob ich gern seine Beute bin.* Wenigstens war sie jetzt sicher, daß er nichts Böses mit ihr im Sinn hatte.

Waldhari biß die Zähne zusammen, als der Hunnenfürst auf den Wald zujagte. Er hatte gesehen, wie bleich Hildegunds Züge waren, als sie unter dem gräßlichen Geschrei der Hunnen vom Wagen stieg, und den Ausdruck von Furcht und Abscheu bemerkt, der über ihr Gesicht huschte, als Attila sich auf sie stürzte. Sie war ein ungemein tapferes Mädchen, so bis zum letzten Herzschlag stehenzubleiben und nicht laut zu kreischen, als Attila sie an sich riß; dennoch – so begrüßte man keine Edelfrau.
Wie ein Blitz hatte es Waldhari durchzuckt, ein heißes Begehren, von dem er stets gehofft hatte, es würde ihm fremd bleiben: der Drang, das Schwert zu ziehen und zu kämpfen, nicht, um seine Geschicklichkeit zu erproben oder seinen Wert zu beweisen, sondern in wirklichem Grimm, gierig danach, den blauen Stahl mit dampfendem Blut zu röten. Noch immer glühten seine Wangen von dieser Hitze, als er dem Reiter nachblickte. Attilas massiger Körper verdeckte Hildegunds helles Haar und sahneweißes Kleid, so daß man im Schatten des Hunnen nichts von ihr erkennen konnte. Waldhari ballte die Fäuste, um zu verbergen, daß seine Hände zitterten. Er wußte nicht, was über ihn gekommen war und warum es ihn mit solcher Wucht gepackt hatte. Oft hatte er an Hildegund gedacht und sich gefragt, ob er sie wohl schön finden und Attila wirklich so darauf erpicht sein würde, sie zu heiraten, wie es den Anschein hatte – vor allem auch, weil sie eine Christin war –, aber diese Aufwallung, die aus den heißen Wurzeln seines Körpers kam, schien ihm der Tollheit ähnlicher, von der Ovid schrieb, als dem, was er in

wertvolleren Büchern gelesen hatte. Dennoch waren es christliche Worte, die ihm in den Sinn kamen: *Es ist besser zu freien als zu brennen.* Wenn dies das Brennen war, von dem der heilige Paulus berichtete, hatte der fromme Mann seinen Ruf als Heiliger redlicher verdient, als Waldhari zuvor gedacht hatte. Die Sonne brannte hell in Hildegunds Haar, als Attila sie vom Pferderücken hob und sanft auf die Erde setzte, und in Waldhari brannte ein düsteres Feuer, das ihn zugleich erschrocken und atemlos machte.

Thioderik, der den Ritt so gespannt wie alle anderen beobachtete, schüttelte den Kopf und brummte etwas vor sich hin. Waldhari wagte ihn nicht anzusprechen, aber er wußte, daß Hagan es hören würde, wenn er ihm etwas zuflüsterte, selbst wenn er dabei kaum die Lippen bewegte.

»Die erste Runde als Freier hat Attila verloren, denke ich.«

»Dann ist es nur gut für ihn, daß kein anderer bei dem Spiel mitspielt«, erwiderte Hagan fast ebenso leise. Waldhari musterte das Gesicht des Burgunders, um festzustellen, ob sich seine Oberlippe wenigstens zu einer Andeutung seiner seltenen Grimasse verzog, aber die Maske des anderen blieb unbeweglich, und seine nächsten Worte ließen klar erkennen, daß er keinen Scherz beabsichtigt hatte. »Und für diesen anderen vielleicht noch besser.«

Waldhari gab keine Antwort, denn Attila hatte Hildegund jetzt wieder in den Sattel gesetzt und ritt langsam mit ihr zurück. Wenigstens hatten die Hunnen ihr Geheul eingestellt, so daß er sich selbst wieder denken hören konnte. Er spreizte die weißverkrampften, schmerzenden Hände, glättete sein Wams und reckte sich, so hoch er konnte. Obwohl sie jetzt beide schnell wuchsen, überragte er Hagan noch immer um beinahe einen Zoll. Als das Pferd näher kam, erkannte Waldhari, daß Hildegund ruhiger wirkte; was immer zwischen der Jungfrau und Attila vorgefallen war, schien gut für sie ausgegangen zu sein.

Zu Waldharis Überraschung reichte man Hildegund, sobald alle Männer in der Halle Platz genommen hatten, einen gefüllten Krug. Nach dem, was Attila im Badehaus gesagt hatte, war Waldhari davon ausgegangen, der Hunne würde zumindest verbieten, daß sie sich bei den Festen frei im Saal bewegte und mit den Männern, denen sie einschenkte, ungehindert redete. Doch der Khan hatte sich Thioderiks Rat offensichtlich zu Herzen genommen; er trank Hildegund zu, als lebten sie seit Jahren zusammen, und deutete dann nicht nur auf den Amalung und die Friedgeiseln, sondern machte eine Armbewegung, die die gesamte Halle einschloß. Obwohl die Hörigen ständig ihren Krug nachfüllten, hatte Attila anscheinend beschlossen, sie einige Worte mit jedem Anwesenden sprechen zu lassen, und sich also auch darin an Thioderiks Empfehlung gehalten.

»Sie hat sich schnell wieder erholt«, sagte Hagans rauhe Stimme an seinem Ohr. Waldhari fuhr zusammen, stieß seinen leeren Becher um und konnte ihn gerade noch auffangen, ehe er am Boden zerschellte.

»Sie scheint eine wirklich erstaunliche Frau zu sein«, stimmte er zu. Dann, weil es ihm leichter fiel, den Freund zu necken, als mit seinen eigenen Gedanken ins reine zu kommen, fuhr er fort: »Läßt dich das nicht an deine eigene Hochzeit denken? Wenn Attila sie am Ende doch nicht will, kommst du für Hildegunds schöne Hand so gut in Frage wie ich.«

Hagan schüttelte ernsthaft den Kopf. »Ich möchte Gundorm nicht zum Schwiegervater haben und auch keine Frau heiraten, die ein Kreuz trägt. Allerdings werde ich wohl kaum eine Wahl haben; ich muß nehmen, was Grimhild für am besten hält, und mich darauf verlassen, daß sie klug genug ist, mir eine Gefährtin zu suchen, die zu mir paßt.«

Waldhari seufzte. Es machte keinen Spaß, Hagan mit solchen Dingen aufzuziehen. Das freudlose Gemüt seines Freundes tat ihm oft leid, doch nie mehr als dann, wenn sie von den Frauen sprachen, mit denen sie vielleicht ihre Zukunft teilen würden.

Jetzt kam Hildegund auf sie zu. Entweder hatte man ihr den Rang der Männer in Attilas Halle mitgeteilt, oder sie wußte Platz und Stellung selbst ausgezeichnet zu beurteilen. Offenkundig hatte sie ihre Haltung vollständig zurückgewonnen.

Beim Einschenken lächelte sie den Männern zu. Ihr Gang war mehr kraftvoll als anmutig, aber sie hatte nichts Ungeschicktes an sich. Waldhari nahm an, sie müsse eine gute Reiterin und Tänzerin sein, und war von Herzen froh, daß Thioderik sich dagegen ausgesprochen hatte, sie im Hag der Frauen eingesperrt zu halten.

»Seid gegrüßt«, sagte Hildegund und hob den Krug. Ihre Stimme war tief und sanft, hatte aber einen Unterton, der auf Stärke im Notfall schließen ließ. Ihre suebische Aussprache ähnelte stark der gotischen, war jedoch klarer und für Waldharis Ohren weniger ermüdend. »Ihr müßt meine Mitgeiseln sein, und da ihr bei den im Kampf bereits er-

probten Männern sitzt, vermute ich, daß ihr Waldhari und Hagan seid. Folkhari sang von euch in der Halle meines Vaters.«
Waldhari konnte nur grinsen. Seine gewöhnliche Wortgewandtheit hatte ihn jäh verlassen. Es war Hagan, der antwortete: »Das hast du klug erkannt. In Liedern erwähnt zu werden ist noch neu für uns. Wir heißen dich willkommen unter den Friedgeiseln, zumindest, was uns hier betrifft; die beiden anderen tun sich etwas schwerer, einen Fremden mit freundlichen Worten zu empfangen, obwohl es dir mit ihnen vielleicht anders ergeht als uns.«
»Du meinst, anders als dir«, unterbrach ihn Waldhari. »*Frowe*, was Hagan meint, ist, daß du in dieser Halle von Herzen willkommen bist und wir hoffen, dich bei vielen Festmählern hier zu sehen.«
»Das werdet ihr gewiß«, erwiderte Hildegund. »Ich denke, ich werde euch noch oft die Becher füllen.« Geschickt drehte sie den Krug, um einen letzten Tropfen, der oben am Ausguß hing, in Hagans Horn zu schütteln, und wandte sich dann dem Hörigen zu, der ihr mit weiteren Krügen folgte.
»Attila ist ein glücklicher Mann«, erklärte Waldhari, sobald sie außer Hörweite war.
»Attila ist von seinem Kriegsgott gesegnet, auch wenn ich glaube, daß er einen großen Teil seines Glücks sich selbst verdankt; nur ein starker Arm kann dieses Schwert schwingen«, entgegnete Hagan. »Das Mädchen hat sich schnell von seinem Schreck erholt, und sie ist von gutem Verstand. Ich meine, daß Folkhari unserem Pflegevater keinen Bärendienst erwiesen hat, als er ihm riet, sich Hildegund zur Gattin zu wählen.«
Inzwischen hatte Hildegund einmal die Halle umrundet. Attila hob die Hand, gebot Ruhe und winkte der Suebin vorzutreten. Obwohl die Breite des Tisches zwischen ihnen lag, erschien das Mädchen vor der Hünengestalt des Hunnen so winzig wie ein goldener Farn am Fuß eines schwarzbemoosten Winterbaums. Wieder spürte Waldhari das Verlangen, sie zu beschützen, sie in seinen Mantel zu hüllen und vor der Kälte zu bewahren. Doch Attila sprach in mildem Ton zu ihr, obwohl seine Stimme bis in den letzten Winkel des Saales trug.
»Hildegund, Gundorms Tochter, als Friedgeisel bist du in unsere Halle gekommen. Nun will ich dir schwören, beim Blauen Himmel über mir und dem Schwarzen unter mir, dich freundlich zu behandeln, deine

Keuschheit und deinen Ruf so zu behüten, wie sie mir von deinem Vater anvertraut wurden, bis ich dich eines Tages einem Ehemann gebe, und niemals etwas von dir zu verlangen, das deiner Sippe Schaden zufügen könnte. Diesen Eid leiste ich dir. Willst du mir nun deinerseits geloben, mir bis zu deiner Hochzeit zu gehorchen wie einem Vater?«
»Ich schwöre es, solange ich nichts tun muß, das gegen die Sitten meines Stammes oder meinen Christenglauben verstößt. Bei Vater und Sohn und heiligem Geist schwöre ich es; mögen sie über meine Taten und deren Beweggründe richten.«
Der Khan erhob sich und schritt um den Tisch herum. »Dann sei willkommen, *Frowe*, in meiner Halle, wo man dich und dein Bier immer mit Freuden begrüßen wird!«
Diesmal, so schien es Waldhari, war Hildegund nicht überrascht; als die mächtigen Arme des Hunnen sie aufhoben und hoch in die Luft hielten, sprang sie ihm entgegen, voll Vertrauen in seine Kraft. Waldhari wußte, daß er sie, obwohl sie gewiß leicht war, nicht so mühelos hätte hochheben können, und der Gedanke riß wie die Finger eines ungeschickten Harfners an den Saiten seines Herzens.

Während Hildegund zwischen Attila und Thioderik bei Tisch saß, erklärten ihr die beiden Fürsten, wie ihr Leben von nun an aussehen würde. Immer, wenn sie den Hag der Frauen verließ, mußte sie in Sichtweite von entweder Thioderik oder Attila oder auch dem Gyula bleiben, es sei denn, sie konnte eine der alten Frauen bewegen, ihre Schamhaftigkeit zu überwinden und sie zu begleiten. Im Inneren des umfriedeten Geländes durften Männer sie zwar aufsuchen, aber auch nur dann, wenn sich eine ältere Frau ständig in ihrer Nähe aufhielt, so daß nicht das geringste Getuschel aufkommen konnte. Verstieß sie auch nur einmal gegen diese Regeln, würde sie für immer im Hof der Wagen eingesperrt bleiben, während der Mann nach altem Hunnenbrauch getötet würde. Was für ein Brauch das war, wollte Hildegund lieber nicht wissen, und bevor Attila es ihr sagen konnte, fuhr Thioderik fort: »Der Grund dafür ist nicht, daß wir glauben, es fehle dir an Keuschheit, sondern nur, daß die Sitten der Hunnen strenger sind und Attila seine Pflicht verletzen würde, hütete er dich weniger umsichtig. Und wenn du unter den Hunnen heiraten solltest, was, wie wir alle wissen, wahrscheinlich ist, mußt du so leben, wie sie es von der Braut eines Fürsten erwarten.«

Hildegund nickte langsam. »Tacitus schreibt, die Stämme der Germanen schätzten die Jungfräulichkeit heute so hoch wie einst, und er hält sie den Römern als Musterbild der Tugend vor, nach der diese streben sollten. Mir scheint, die Hunnen könnten ein solches Vorbild für die Christen des Westens sein.« Sie blickte auf ihren Teller. Das Gefäß selbst war eine gute römische Silberarbeit mit einem Randschmuck aus getriebenen Weintrauben, aber unter den Speisen, die daraufzuladen Attila sie genötigt hatte, gab es fremdartige Dinge: mehrere Stücke gedünsteter Teigwaren, die mit Lammfleisch gefüllt waren, und zwei Spieße mit gerösteten, zwischen Rindfleischscheiben aufgefädelten Zwiebeln. Nur die gebratene Wachtel war etwas, das sie kannte, und auch die enthielt ein Gewürz, das zwar den Geschmack betonte, ihr aber zugleich ein wenig die Zunge verbrannte.

»Bist du also bereit, dich soviel wie möglich im Hag der Frauen aufzuhalten?« fragte Attila.

»Ich werde es versuchen. Auf jeden Fall werde ich die Regeln befolgen, die du mir gegeben hast. Aber ich bin zu Hause viel geritten, und bis ich die Sprache der Hunnen gelernt habe, wird es öde für mich sein, wenn ich mit niemandem reden kann.«

Es kam ihr vor, als stoße Attila bei diesen Worten einen leisen Seufzer aus. Ihr fiel ein, daß er einmal Friedgeisel in Rom gewesen war, und der Gedanke gab ihr Mut, denn er würde wissen, was es hieß, in einem fremden Land allein zu sein.

»Ein paar von unseren Frauen sprechen gotisch«, erwiderte der Khan, »weil sie mit Goten verheiratet sind oder die Männer verstehen wollen, die zu ihnen kommen und sich aus dem Gold, das sie in der Schlacht erbeutet haben, kostbare Schätze schmieden lassen. Vielleicht können Frauen aus dem Dorf in den Hag kommen, um dich zu besuchen, oder Thioderik kann dich ab und zu für einen Nachmittag zu ihnen bringen. Du darfst auch reiten, sofern du ordnungsgemäß bewacht wirst, aber vergiß nicht, daß du auf gar keinen Fall allein fortreiten darfst. Das ist keiner hunnischen Frau erlaubt, und die Strafen dafür waren einst grausam; denn als wir noch kein festes Lager hatten und unsere Frauen sich freier bewegten, war das der schnellste Weg für den Stamm, seine Jungfrauen zu verlieren, sei es durch den Tod, sei es durch Entführungen.«

Hildegund nahm einen der gedünsteten Klöße, drehte ihn nachdenklich

in den Fingern und biß hinein. Das Lammfleisch der Füllung war mit Schnittlauch und Minze vermengt, dazu mit etwas, das leicht nach fettem, saurem Käse schmeckte. Sie war plötzlich hungrig und verzehrte rasch zwei weitere Klöße. Dann griff sie nach dem schon kalt werdenden Spieß und beobachtete verstohlen, wie Attila den seinen in Angriff nahm. »Gibt es hier eigentlich eine Kirche?« fragte sie. »Und einen römischen Priester? Ich hörte, die Goten seien Arianer.«
»Das sind sie«, bestätigte Thioderik. »Ich glaube, der einzige Römer in diesem Lager ist Waldhari. Zwar folgen auch Hrodgar und der größte Teil seiner Leute dem römischen Bekenntnis, aber sie haben weder Priester noch Kirche, weil der Bischof in Passau sie ihnen noch nicht gewährt hat.«
Hildegund hörte es mit Betrübnis, beschloß jedoch, zunächst nicht weiter danach zu fragen. Später, wenn Attila sie tatsächlich heiraten wollte, würde er ohnehin für Priester und Kirche in seiner Ansiedlung sorgen müssen.

Nach dem Festmahl nahmen Attila und Thioderik Fackeln zur Hand, um den Weg zu erleuchten, und begleiteten Hildegund selbst zu dem Pfahlwall, der die Wagen umschloß. Attila klopfte und rief etwas auf hunnisch. Die Frau, die daraufhin erschien und den Vorhang aus Pferdehaut zurückschlug, war uralt. Sie schwankte an ihrem Stock, und das Flämmchen der kleinen steinernen Öllampe hüpfte und tanzte in ihrer zittrigen Hand. Sie war nicht größer als Hildegund, und ihre gelblichen Handgelenke waren dünn wie Strohhalme; das Suebenmädchen mußte an die Kornpuppen denken, die die Feldarbeiter alljährlich zu Beginn der Erntezeit aufstellten.
»Das ist Kisteeva«, erklärte Attila. »Sie wird deine Beschützerin sein, wo immer sie kann. Wenn du wissen willst, wie es im Hag der Frauen zugeht, mußt du sie nur fragen. Dein Gepäck ist bereits abgeladen und in deinen Wagen geschafft worden. Wir wollen uns nun verabschieden, denn ich sehe, daß du von der langen Reise ermüdet bist. Wir werden später noch Zeit haben, über andere Dinge zu sprechen.«
Thioderik blieb noch einen Augenblick länger stehen. Er sah Hildegund aus ruhigen blauen Augen an und sagte: »Wenn du mich einmal suchst und ich nicht in der Nähe bin, erlaubt das hunnische Gesetz, daß du nicht mehr als drei Schritte vor den Vorhang trittst und dir einen Boten

rufst. Allerdings solltest du vielleicht lieber eine Hunnin bitten, es für dich zu tun, denn wie du heute ja schon gehört hast, tragen ihre Stimmen weiter als unsere.«
»Ja, das habe ich gehört«, entgegnete Hildegund trocken. Sie konnte bei der Erinnerung an das erste schaurige Heulen in den Bäumen einen Schauder nicht unterdrücken, war aber viel zu klug, um vor ihrer neuen Hüterin mehr darüber zu sagen.
»Nun, dann will auch ich dich verlassen und hoffen, daß du in deiner neuen Heimat glücklich wirst.«
Die alte Frau ließ die Pferdehaut wieder herunterfallen. Der sanfte Luftzug des Leders streifte Hildegunds Wange wie die Flügel einer vorbeihuschenden Fledermaus. Kisteeva lachte, kein Greisinnengekrächz, sondern ein schallendes Meckern. »So – du bist also die Frau, die Attila soviel Umstände gemacht hat? Für jemanden, der hier alles auf den Kopf gestellt hat, bist du nicht besonders groß.« Ihr Gotisch hatte einen starken Akzent, war jedoch so deutlich, daß Hildegund sie gut verstehen konnte. Im Weitergehen redete Kisteeva ununterbrochen und legte kaum einmal eine Atempause ein, in der Hildegund ihr hätte antworten können, falls sie das gewollt hätte. »Komm mit, dein Wagen steht dort drüben. Wir haben ihn nach alter Weise eingerichtet, obwohl es uns eine Woche gutes Filzwetter gekostet hat und die Festwämser unserer Männer deshalb weniger reich bestickt sind. Sieh, das dort sind die Kochzelte, aber darum mußt du dich vorläufig nicht kümmern, denn du wirst aus meinem eigenen Topf vorzüglich speisen. Attila hat es befohlen – der arme Junge, er hat den wenigen Verstand, den er besaß, restlos verloren.«
Hildegund konnte sich ein verblüfftes Auflachen nicht verbeißen. »Armer Junge« war die letzte Bezeichnung, die sie im Zusammenhang mit Attila erwartet hätte. Kisteeva drückte ihr die Öllampe in die Hand und strich ihr über das Haar, eine warme, tröstliche Berührung. »Schau, ich sah durch eines meiner kleinen Gucklöcher zu, wie er dich packte, und ich merkte, wie ahnungslos du warst! Dafür hätte ich dem Burschen eines mit dem Stock überziehen können; selbst unsere Frauen lieben eine kleine Vorwarnung, ehe man sie zum Brautraub entführt. Ich wette einen Goldring gegen eine Knochennadel, daß deine Brüder dich nie von Pferd zu Pferd geschwungen haben. Sie braucht heiße Tücher für ihre blauen Flecken und Baldriantee für ihr Gemüt, wenn sie heute abend

hierherkommt, sagte ich zu mir, und hatte ich nicht recht? Hat dieser törichte Mensch dir nicht weh getan?«
»Ich habe noch nicht nachgeschaut«, gab Hildegund unsicher zu, aber sie war überzeugt, daß Kisteeva recht hatte. Ihr Magen und Hals hatten angefangen, stärker zu schmerzen, weil die überanstrengten Muskeln allmählich steif wurden. Aber es war ein anderes Wort der alten Hunnin, das ihr nicht aus dem Sinn ging. »Brautraub?«
Kisteeva lachte wieder und warf den Kopf in den Nacken, daß die an ihren vielen kleinen weißen Zöpfen befestigten Goldringe klirrend aneinanderschlugen. »Ai, du kennst die Sitten unseres Volkes nicht! Wenn ein Mann eine Frau vor sich aufs Pferd reißen und so schnell mit ihr wegreiten kann, daß man die beiden nicht mehr sieht – für eine so lange Zeit, wie ein Hengst, der seinen Samen rasch verspritzt, zum Beschälen braucht –, dann sind sie durch Brautraub verheiratet. Danach muß er den vollen Brautpreis bezahlen, oder sie werden beide hingerichtet; man erdrosselt das Mädchen langsam mit einem Strick aus nassem Leder, der sich beim Trocknen zusammenzieht, und er wird so getötet, als hätte er die wertvolle Zuchtstute eines Stammesbruders gestohlen und verletzt. Du kannst sehr stolz darauf sein, daß Attilas Herz so sehr nach dir verlangte und er dich schon heute abend zu seiner Braut machen wollte; er hat nichts von seinem jugendlichen Feuer verloren, obwohl er über viele, viele Tagesritte hin der größte Fürst weit und breit ist.«
Hildegund war auf dem Absatz stehengeblieben. Sie zitterte so, daß sie nicht weitergehen konnte. »Das hat mir niemand gesagt«, flüsterte sie. »Auf diese Art wollte er mich heiraten?«
»Der dumme Junge! Zwar ist er der mächtigste Kriegsherr, den unser Volk je gekannt hat, und gewiß kann er eine Schlacht planen und Männer nach seinem Willen befehligen – aber noch nie gab es einen Mann, der imstande war, seine eigene Hochzeit richtig vorzubereiten oder sein Hochzeitshorn zu beherrschen. Ai, so habe ich ihn erlebt, als er jung war und seine und meine Sippe drei Tage und Nächte um Bortais Brautpreis feilschten. Am Ende bekam er es satt, riß sie in den Sattel und jagte davon. Das brachte mir viele Goldringe ein, mir und allen anderen, doch dieser ganze Schatz bedeutete für Attila keinen Verlust, denn die Heirat vereinte unsere Stämme, und nachdem sein Vater und Bruder... ums Leben kamen, gelangte alles wieder zu ihm zurück. Er ist ein schlauer Mann, der zu behalten versteht, was ihm gehört; hätte er nicht so un-

überlegt gehandelt, würdest du das sehen. Aber es gibt keinen Hengst, der so toll ist wie einer in den besten Mannesjahren, wenn er eine junge, für ihn bereite Stute wittert. Nun komm, Kind, es ist zu kalt, um hier herumzustehen. Meine alten Knochen fangen an weh zu tun.«
Verwirrt folgte Hildegund Kisteeva zum Wagen. Wie bei allen anderen im Hag waren seine Räder durch große Eichenklötze festgestellt; im übrigen war er jedoch so fahrbereit wie der, in dem sie gekommen war. Das Innere war mit buntgefärbtem Filz ausgekleidet, der im Schein der Öllampe leuchtend rot und orange glühte. Kisteeva brannte an Hildegunds Flamme einen Span an und entzündete die anderen Lampen, die verstreut umherstanden. Es gab weder Tische noch Stühle, aber der Boden des Wagens war dick mit Filzteppichen und Schaffellen belegt, und überall gab es Kissen, deren bunte Stickerei im Glanz echter Seide schimmerte. *Ja, Attila will mich wirklich zu einer Hunnin machen,* dachte Hildegund, die zu müde und verstört war, um zu entscheiden, ob sie dieser Wunsch erboste oder rührte. Ihre beiden Truhen, die eine mit der Hochzeitsausstattung, die andere mit ihrer Kleidung und den liebsten Schätzen, hatte man achtsam an die Seite gestellt und eine Decke aus gemusterter Seide darüber gebreitet. Zuerst dachte sie, die Muster seien eingefärbt und die Seide dann auf den dickeren Filz genäht; das war schon sehr beeindruckend, denn selbst die Römer gingen nicht so selbstverständlich mit dem Gewebe aus dem Osten um. Aber als Hildegund die Decke zurückschlug, fühlte sie die winzigen Stiche einer unvorstellbar feinen Stickerei. Der Wert der Arbeit überstieg noch den Wert des Stoffes, und der hätte bereits als Mitgift für Hildegund und fünf andere Frauen wie sie ausgereicht.
»Ai, das war die Hochzeitsdecke meiner Nichte Bortai«, sagte Kisteeva, und Hildegund meinte in den dunklen, schrägen Augenwinkeln der alten Frau Tränen glitzern zu sehen. »Fast vier Jahre hat sie daran gearbeitet. Sie begann, bevor Attila ihr mehr bedeutete als ein heller Schimmer auf den Feldern des Westens, und sie wurde nur wenige Tage ehe er sie entführte, damit fertig. Später wollte er die Decke nicht in der Halle haben, denn er konnte ihren Anblick nicht ertragen.«
»Wie ist sie gestorben?« fragte Hildegund unwillkürlich.
»Sie starb bei Bleydas Geburt.« Kisteevas runzlige Lider senkten sich, und sie wiegte sich an ihrem Stock und sang leise ein paar Worte eines hunnischen Klageliedes. »Es ist das Los der Frauen, so wie die Männer

im Kampf fallen müssen; aber es ist immer am traurigsten, wenn es beim ersten Mal geschieht.«

Die Hunnin drehte sich um und öffnete die Wagentür. Der Laut, der ihrer Kehle entquoll, schrillte in Hildegunds Ohren und verursachte ihr Kopfschmerzen; nie hätte sie geglaubt, daß eine so alte und gebrechliche Frau einen solchen Schrei ausstoßen und seine heulenden Töne dann noch so lange halten könnte, ohne Atem zu holen.

»Nun wird man uns heißes Wasser und Kräuter bringen, damit ich dich richtig versorgen kann. Ich habe auch eine gute Schüssel Yoghurtsuppe und einen Krug Khumiß bestellt, denn du wirst die Hunnen niemals wirklich kennenlernen, wenn du nicht lernst, die Speisen zu lieben, die wir aßen, als wir noch über die Steppe ritten.«

Siebtes Kapitel

Am Tag nach Hildegunds Ankunft fochten die Männer wie gewöhnlich mit ihren hölzernen Schwertern. Im Lauf des Morgens wechselte Waldhari zu den Hunnen, um sich in ihren Reitkünsten zu üben, während Hagan bei den Goten blieb und zu Fuß kämpfte. Als Hildebrand und Thioderik ihre Männer zum Mittagsmahl entließen, waren die Reiter noch nicht fertig. Hagan schlenderte hinüber, um ihnen zuzuschauen. Ausnahmsweise hatte sich Attila heute unter seine Krieger gemischt. Er schoß so schnell vom Pferderücken herunter, daß seine Bogensehne zwischen zwei Schüssen nur als undeutlicher Schatten sichtbar war, während seine Pfeile sich mit dumpfem Aufschlag in einen kaum fingerbreiten Fleck der Zielscheibe bohrten. Hagan war kein schlechter Schütze, wenn er mit beiden Beinen fest auf der Erde stand, aber die Geschicklichkeit der Hunnen raubte ihm jedesmal den Atem. Attilas Zielsicherheit bewies, daß er nicht nur seines edlen Geblütes wegen Kriegsherr war.
Auf der anderen Seite des Feldes ritt Waldhari einen schnellen Kreis. Hagan unterdrückte einen Schreckensruf, als ein junger Hunne begann, den Franken mit stumpfen Pfeilen zu beschießen. Die Geschosse der Hunnen für derartige Übungen waren kaum dicker als Schilfrohre und so gefertigt, daß sie harmlos an Sätteln oder Lederpanzern zersplitterten, aber Hagan kam es jedesmal vor, als spotte solches Spiel den Göttern; hatte nicht Baldur auf diese Art den Tod gefunden? Allerdings konnte Waldhari reiten wie ein Hunne. Seine Füße steckten fest in den Lederschlaufen, die es Attilas Kriegern ermöglichten, alle Schlachten vom Sattel aus zu schlagen. Jetzt duckte er sich unter den Hals des Pferdes; Hagan blieb fast das Herz stehen, als er unter dem Bauch des Tieres zu hängen schien. Aber sein Schreck verging, als ihm einfiel, daß man Waldhari nur schwer aus der Ferne töten konnte, solange er wußte, daß Pfeile auf ihn zielten.
Dem Hunnen waren die Übungspfeile ausgegangen. Waldhari ließ sein

Pferd in Schritt fallen, glitt behende von seinem Rücken und führte es dorthin, wo Hagan wartete. »Hai, das ist die richtige Art, sich im Kampf zu üben!« lachte der Franke. »Hast du Lust mitzukommen? Ich wollte, wenn ich mein Pferd versorgt und meine Sachen weggeräumt habe, zum Hag der Frauen gehen und herausfinden, wie Hildegund sich eingelebt hat.«
»Vielleicht ist es gut, wenn ich dich begleite«, antwortete Hagan. Am Abend vorher war Waldhari sehr still gewesen und hatte nur dagesessen und finster ins Feuer gestarrt, und Hagan wußte selbst nicht recht, wie man jemanden zerstreute, dem etwas auf der Seele lag. »Ich würde auch gern die Schmieden der *Khatuns* sehen, von denen ich soviel gehört habe. Attila hat erklärt, wir würden bald wieder kämpfen; vielleicht bringe ich dann den Hunninnen mein Gold, damit sie es für mich verarbeiten.«
Da Hagan den Hag der Frauen noch nie betreten hatte, würde er wohl den Gyula aufgesucht und um seine Begleitung gebeten haben. Waldhari jedoch schritt geradewegs auf die dort hängende Pferdehaut zu und klopfte an einen der Pfosten. Die Torhüterin war jung, vielleicht vierzehn oder fünfzehn Winter; ihre schrägen Augen und der feine Knochenbau erinnerten Hagan ein wenig an Bleyda, ebenso der lange, seidige schwarze Haarschweif. Obwohl die Hunnen für die Augen der Westleute oft alle gleich aussahen, dachte Hagan, sie könne vielleicht mit Attilas totem Sohn verwandt sein. Einen Herzschlag lang fragte er sich, was Grimhild wohl sagen würde, wenn er eine hunnische Braut mit nach Hause brächte.
»Wir möchten mit Hildegund sprechen«, sagte Waldhari. Das Mädchen schüttelte den Kopf, daß der Pferdeschwanz über die zarten Schultern flog, und ließ die Haut wieder fallen.
Waldhari verzog angewidert die Lippen. Hagan hatte seinen Freund noch nie fluchen gehört, jetzt aber schien es, als raffe Waldhari allen Zorn zusammen und sei kurz davor, ein häßliches Schimpfwort auszustoßen.
»Warte! Ich glaube nicht, daß sie uns wegschicken wollte. Ich höre sie weitergehen und ...«, er strengte die Ohren noch mehr an, »ich kann zwar das Hunnische nicht so gut verstehen, aber jemand hat Hildegunds Namen erwähnt. Jetzt kommen andere Frauen; ich denke, sie werden uns einlassen.«
Der Ledervorhang wurde erneut zurückgeschlagen. Vor ihnen standen

zwei junge Frauen, die Kleine, die sie zuerst begrüßt hatte, und ein größeres Mädchen, ihr so ähnlich, daß Hagan sie für Schwestern hielt. Die Größere musterte sie mit wachsamem Blick und winkte ihnen dann näherzutreten. »Ihr ... aufpassen, immer bei uns bleiben. Niemals allein mit Frau, verstehen? Eine alte Frau oder zwei junge immer müssen dabeisein.«

»Wir verstehen«, antwortete Waldhari, und Hagan nickte bestätigend.

In einer Ecke des Hags standen mehrere Frauen an einem großen Bottich. Obwohl der Wind aus der Gegenrichtung kam, konnte Hagan den stechenden Harngeruch riechen, der aus dem Behälter aufstieg. Die Frauen gossen große Kellen mit dampfendem Wasser auf nasse Wollbahnen, die neben dem Bottich lagen, klopften sie mit Holzkeulen oder stampften sie mit den Füßen. Dabei sangen sie leise vor sich hin, ein von gelegentlichen halblauten Aufschreien unterbrochenes Lied.

Obwohl die Melodie lebhaft und rasch war und die Frauen bei der Arbeit lachten, hatte die Weise für Hagans Ohr etwas Trauriges. Von einer anderen Stelle tönten das leise Klirren von Metall auf Metall und das Zischen eines Schmiedefeuers zu ihm herüber; eine kräftig gebaute Frau mittleren Alters saß mit untergeschlagenen Beinen auf einem Schaffell vor ihrem Wagen und bog mit einer kleinen Zange Eisenring um Eisenring zu einem Kettenpanzer zusammen. Eigentlich war es kein Wunder, dachte Hagan, daß die Kunstfertigkeit der Hunnen ausschließlich Sache der Frauen war; wenn die Männer von Geburt an üben mußten, um so reiten und kämpfen zu lernen, wie Waldhari es von Natur aus konnte, blieb ihnen keine Zeit, Gegenstände aus Stahl oder Ton zu formen.

Auch Hildegund saß, zusammen mit drei anderen Frauen, auf Schaffellen und Kissen im Freien. Zu Hagans Erstaunen war sie bereits wie eine Hunnin gekleidet, nämlich in ein langes Filzhemd und einen zottigen Umhang aus Schafspelz. Sie und die beiden jüngeren Frauen spannen Wolle in kleine Schüsseln; die ältere Frau trank aus einem hauchdünnen Tonbecher etwas Dampfendes. Selbst Hagan fiel auf, daß Hildegund das Spinnen offenbar schlecht von der Hand ging; ihre Finger bewegten sich nur langsam, und sie hatte die Zähne zusammengebissen, als wollte sie sich zu keiner Bemerkung hinreißen lassen.

»Hai, Hildegund«, begrüßte Waldhari sie. »Stört es deine Arbeit, wenn wir uns zu dir setzen?«

Hildegund blickte auf, und ein rasches erleichtertes Lächeln ging über ihr Gesicht. Bevor sie jedoch sprechen konnte, antwortete die alte Frau für sie. »Nicht, wenn ihr an ihrer Stelle spinnt – wenn ihr schon hier seid, könnt ihr genausogut arbeiten . . . Ai, laßt euch nieder, junge Männer, und trinkt etwas; wenn sie nicht mit euch reden will, werde ich es tun.«
Die Hunninnen rückten zur Seite, so daß Hagan und Waldhari Hildegund gegenüber Platz nehmen konnten. Die Alte goß ihnen Schalen mit dem heißen Getränk ein. Sein Geruch war Hagan fremd, scharf von unbekannten Kräutern, mit einem Schuß saurer Milch. Er stellte es vorsichtig zum Abkühlen hin und hoffte, daß sie schon fort sein würden, bevor er es wirklich trinken mußte.
»Wie ist das Leben bei den Hunnen?« fragte Waldhari Hildegund.
Die Suebin blickte bekümmert auf ihre Spindel und die Schüssel hinab. Die Spindel bestand nur aus einem kleinen Knochen, durch den ein eiserner Haken gesteckt war, aber Hagan erkannte den Schimmer der darumgewickelten Seide, des zarten Stickfadens, der die kostbaren Wämser der Hunnen schmückte, obwohl über diesen gelben Fasern noch eine dünne, klebrige Schicht lag. »Ich bin keine große Flachs- und Wollspinnerin, und von Seide verstehe ich gar nichts. Ständig reißt mir der Faden. Es war freundlich von Kisteeva, mir diese Arbeit zu geben, statt mich im Gestank des Filzbottichs stehen zu lassen, aber ich habe es ihr schlecht vergolten. Ich hätte mir denken können, daß Seide feinere Finger braucht als Wolle, aber ich wußte nicht, daß sie als schmieriger Klumpen Klebstoff anfängt, den man zuerst einmal waschen muß. Ich wollte meine eigene Spindel nehmen, aber die war überhaupt nicht geeignet. Nun fürchte ich, daß Geduld nicht zu meinen größten Tugenden gehört.«
»Vielleicht taugst du ja besser zum Sticken oder zur Goldschmiedearbeit«, meinte Waldhari ermunternd. »Hast du dich sonst gut eingerichtet? Gestern abend sahst du ein wenig müde aus.«
»Ja, es geht mir gut. Kisteeva ist sehr gütig zu mir.«
»Ja, und hätte ich gewußt, daß du der Köder bist, der junge Krieger anlockt, uns beim Spinnen zuzuschauen, dann hätte ich Attila schon längst gebeten, sich eine Gotin zu suchen«, kicherte die alte Frau. »Du da, mein hübscher, schwarzhaariger Khagan – willst du deinen Tee nicht trinken? Der Gyula hat mir erzählt, daß sein neuer Schüler unbekannten Getränken mit großer Vorsicht begegnet.«

Waldhari lachte. »Dein Ruf eilt dir voraus, Hagan. Aber hier trinken alle aus demselben Topf, darum brauchst du wohl keine Bedenken zu haben.«

Hagan nahm die Schale und nippte daran. Es schmeckte scharf, und er nahm an, daß das Gebräu Khumiß enthielt. Aber nach dem ersten Schluck empfand er es als durchaus angenehm. Gerade wollte er fragen, ob Hildegund und ihre Beschützerin Lust hätten, sie zu den Schmiedinnen zu begleiten; doch als er den Mund zum Sprechen öffnete, erscholl der laute Ruf eines Mannes in der kalten Luft. »Kisteeva! Kisteeva!«

Die Alte schnaubte, warf den Kopf in den Nacken und stieß einen der gellenden Schreie aus, die so oft durch den Hag der Frauen hallten. »Närrischer Mann! Weiß er nicht, daß ich nicht dauernd aufspringen kann, um ihn hereinzulassen? Der Gyula ist zehn Winter jünger als ich; soll er sich doch um Attila kümmern, wenn unser Fürst nichts Besseres zu tun hat, als seine Frauen zu plagen. Nun gut – Bokturbaeva, geh du mit Bolkhoeva und hole den großen Khagan. Meine Knochen sind müde vom langen Herumsitzen draußen in der Kälte.«

Die beiden Frauen, die Hagan und Waldhari hereingelassen hatten, erhoben sich aus ihrer anmutigen Hockstellung und trabten davon. Wenn Hagan eine Möglichkeit gesehen hätte, mit Waldhari in einem anderen Winkel des Hags zu verschwinden, ohne dadurch gegen die Gesetze der Hunnen zu verstoßen, hätte er es getan, aber er tröstete sich mit dem Gedanken, daß sie den Regeln, die man ihnen mitgeteilt hatte, getreulich gefolgt waren.

Er hatte sich nicht geirrt. Attilas Lächeln erstarrte, als er die beiden jungen Friedgeiseln bei Hildegund auf dem Boden sitzen sah, und seine ersten Worte waren: »Was treibt ihr hier? Wollt ihr jetzt spinnen statt fechten lernen?«

»Nach dem, was Hildegund vom Seidenspinnen erzählt, bin ich bereit, mich mit Waffen zu begnügen«, antwortete Waldhari fröhlich. »Nein, wir dachten, wir sollten sie besuchen, um zu sehen, wie ihr das Leben im Frauenhag gefällt; außerdem wollte Hagan gern zuschauen, wie die *Khatuns* das Gold bearbeiten.«

Bei diesen Worten begann Kisteeva leise zu kichern. Ihre Zähne waren braune, abgekaute Stummel, aber es fehlte kein einziger. Sie streckte den Arm aus und tätschelte Hagans Hand; er mußte alle Muskeln spannen,

um nicht zurückzuzucken. »Ich zeige es ihm gern – und die jungen *Khatuns* ebenfalls.«
»Sehr gut. Dann kannst du sie jetzt mitnehmen – nein, ich habe noch eine Neuigkeit für sie.« Attila liebkoste den Knauf seines Schwertes, und es war nicht Hagan, den er ansah, sondern Waldhari, als er fortfuhr: »Ihr müßt euch für einen viertägigen Ritt und eine Schlacht rüsten; morgen brechen wir auf. Weil ihr das letzte Mal so tapfer gekämpft habt, soll euch diesmal größere Ehre zuteil werden; Hagan, du wirst mit den besten Goten hinter Thioderik reiten, und du, Waldhari, mit den besten Hunnenkriegern hinter mir.«
»Das ist in der Tat eine hohe Ehre«, erwiderte Waldhari ernsthaft und erhob sich. »Ich hoffe, wir werden uns ihrer würdig erweisen.«
»Davon bin ich überzeugt. Nun dürft ihr euch mit Kisteeva entfernen, während diese beiden Jungfrauen hier mit bei Hildegund bleiben werden.«
Hagan sagte nichts, duldete aber, daß die alte Frau ihn bei der Hand nahm und fortzog, wobei sie ohne Pause von den Mädchen im Hag schwatzte. Hagan hörte kaum zu; mit Mädchen hatte er wenig im Sinn. Was ihn beschäftigte, waren Attilas Worte. Der Khagan stellte sie unter seine besten Männer; das bedeutete, daß sie dort kämpfen würden, wo es am gefährlichsten war, und nicht mehr in der sichereren Umgebung der Jünglinge. Und obwohl Hagan und Waldhari sich in ihrer ersten Schlacht bewährt hatten, schien es ihm wenig einleuchtend, daß man Knaben, denen das volle Gewicht und die volle Kraft eines Mannes fehlten, den tödlichsten Platz im Heer gab.
Er dachte noch immer darüber nach, als sein Blick auf eine Maid fiel, die mit entblößten Armen eine goldene Kante um den Saum eines Gewandes hämmerte. Ihre breite Stirn war nachdenklich gerunzelt, und aus ihrem Mundwinkel lugte vorwitzig die Zungenspitze. Das Schmiedezelt war heiß wie ein Badehaus, und der jungen Hunnin klebte vor Schweiß das Hemd an den kraftvollen Rückenmuskeln und den Rundungen der üppigen Brüste. Hagan zweifelte nicht daran, daß Kisteeva sehr wohl wußte, wie die Schmiedearbeit den Körper eines Mädchens betonte. Waldhari neben ihm schlug die Augen nieder und musterte aufmerksam die glühenden Kohlen in der Esse.
»Das ist die Tochter von Attilas Heerführer Saganov. Sie spricht gutes Gotisch, ai, Saganova?«

»So ist es«, antwortete das Mädchen langsam. »Kommen die jungen Krieger des Goldes wegen? Ich habe fertige Stücke zum Zeigen und kann nach euren Wünschen andere anfertigen.«
»Zeig sie, zeig sie unbedingt«, befahl Kisteeva. »Zeig ihnen deine schönsten Sachen. Khagan ist der neue Lehrling des Gyula, und der alte Bock sagt, er habe sich schon jetzt als geborener und erprobter Schamane erwiesen.«
Saganova holte tief Atem, legte den Kopf schief und sah aus großen, schrägen Augen zu Hagan auf. »Ai. Laßt mich sehen, was ich habe. Einem Schamanen einen Gefallen zu erweisen bringt Glück.«
Die Stücke, die sie herbeiholte, gefielen Hagan auf Anhieb. Er hatte stets die Kunst geliebt, mit der kleine Granatsplitter in einem Muster von Adlerfedern oder Fischschuppen in Gold eingelegt wurden, und die Hunnenfrauen stellten solche Dinge weit zierlicher her als jeder gotische Schmied, vielleicht, weil ihre Finger feiner und gelenkiger waren. Saganova verzierte ihren Schmuck zusätzlich mit Süßwasserperlen, die wie zu Bündeln gedrehte Seide rosig und weiß auf dem Gold schimmerten. Auf einer Gürtelschnalle hatte sie beides verarbeitet: Hexenarme aus Gold glühten zwischen Granat-Dreiecken, und das Ganze war von einem Perlenkranz umringt. Hagan sah die Sonne aus den Nebeln des Rheins aufsteigen. Ohne zu überlegen, griff er nach der Schnalle und strich vorsichtig mit den Fingern darüber – über die weichen, glatten Perlen, den kalten Glanz der Granate. Kisteeva sagte etwas auf hunnisch zu Saganova. Die beiden sprachen so schnell, daß Hagan nicht einmal einzelne Worte verstand, aber als sie fertig waren, nahm Saganova das Schmuckstück und hielt es Hagan einladend hin. »Bitte, nimm es von mir an und lege bei den Göttern und Geistern ein gutes Wort für mich ein.«
»Das will ich tun. Ich danke dir.«
»Nun zieh deinen Gürtel aus, damit sie die Schnalle daran befestigen kann«, gebot Kisteeva. »Und wenn es dir zu heiß wird, dann streife auch das Wams ab.« Sie lachte meckernd. »Doch weil du ein Krieger bist, will ich dir sagen, was du sonst noch als Gegenleistung tun kannst. Wenn du den Toten ihre Habe abnimmst, achte gut auf ihre Amulette. Keine Geistermacht kommt der in der Schlacht gewonnenen gleich, darum nimm die Amulette der Toten und bring sie zu uns nach Hause. Ai, gut erinnere ich mich an Sipkeev, meinen zweiten Gatten; als er von seinem ersten Kampf heimkehrte, brachte er mir ein Armband aus Zauber-

steinen mit. Es umschloß noch das Handgelenk seines Feindes, denn er hatte den ganzen Arm abgehackt, um zu beweisen, daß er es nicht einfach von einem durchreisenden Händler gekauft hatte.«
»Oder daß er wenigstens jemanden umgebracht hatte, um seinem Geschenk den passenden Rahmen zu geben«, schlug Waldhari vor. »Ist das ein üblicher Brauch der Hunnen?«
»Nein. Es sind nur die kühnsten Männer, mit den stärksten Seelen, die es wagen, mit ihren erschlagenen Feinden im selben Sattel zu reiten; es zeigt, daß sie sich nicht vor den Toten fürchten. Ai, man sieht solche Männer neuerdings nur noch selten, aber vielleicht bringt Khagan uns einen schönen Schädel mit, aus dem man ein Trinkgefäß arbeiten kann, oder ein paar Ringe, die noch an den Fingern stecken?«
»Nicht, wenn ich auf dem Heimweg vier Nächte das Zelt mit ihm teilen muß«, erklärte Waldhari mit angewiderter Miene. »Ich fürchte die Toten nicht, aber ich will nicht in ihrem Gestank schlafen. Hagan selbst ist schlimm genug, wenn er sich nicht wäscht.«
»Ich gehe öfter ins Badehaus als du.«
Kisteeva kicherte. »Eine Hunnenfrau stört ein guter Geruch nach Mann nie, ai, Saganova?«
Die Schmiedin schüttelte den Kopf. »Meine Großmutter hat mir von der Zeit in der Steppe erzählt, als man sich den ganzen Winter nicht waschen konnte. Ich ziehe das hölzerne Badehaus vor.«
»O ja, und so manche listige Jungfrau späht durch ihr Guckloch, wenn sich die Männer vor der Tür ausziehen, nicht wahr?«
»Und noch mehr alte Frauen, die längst wissen sollten, wie der Körper eines Mannes beschaffen ist«, versetzte Saganova gelassen.
Waldharis Gesicht glühte von mehr als nur der Hitze der Kohlen in der Esse. Hagan, daran gewöhnt, nackt im Rhein zu schwimmen, ohne sich Sorgen zu machen, ob ihn jemand dabei beobachtete, blieb ungerührt. Aber er dachte, es würde wohl lange dauern, bis sein Freund wieder seine Kleider vor der Tür des Badehauses ablegte.
Sie hielten sich so lange wie möglich in Saganovas Hütte auf. Aber als Kisteeva sie fortbrachte, lehnte Attila noch immer an Hildegunds Wagen, so daß sie einen weiten Bogen um die Spinnerinnen schlugen. Als sie aus dem Hag heraus waren, seufzte Waldhari tief auf. »Ich hätte Hildegund gern Lebewohl gesagt, bevor wir aufbrechen. Wahrscheinlich reiten wir morgen früh bei Tagesanbruch.«

»Wenn Attila fortsetzt, was er begonnen hat, könnte sie heute abend beim Essen sein. Doch wenn du in der Schlacht gut auf dich achtgibst, und deinen Rücken so gut wahrst wie deine Brust, dann wirst du wahrscheinlich auch wieder hierher zurückkehren.«
»Was soll das heißen?«
»Ich denke, daß Attila nicht nur, um uns zu ehren, so plötzlich beschlossen hat, uns mitten ins Getümmel zu stellen, obwohl wir dort zweifellos viel Ehre gewinnen können, sofern wir nicht erschlagen werden – von Feind oder Freund.«
Jäh wich das Blut aus Waldharis Gesicht und hinterließ unter der hellen Goldbräune eine geisterhafte Blässe. »David und Uria«, flüsterte er. Dann schüttelte er den Kopf und nahm wieder ein wenig Farbe an. »Nein. Keiner von uns steht ihm bei Hildegund im Weg, und niemals hörte ich, daß Attila seine Eide nicht halte. Und es kommt auch nicht ganz so unerwartet, denn ich weiß, wie sehr die Hunnen es bewundern, daß ein Bewohner des Westens so reiten kann wie sie, und ich habe Thioderik und Hildebrand mehr als einmal davon reden hören, wie schnell sich dein Geschick mit dem Schwert erhöht hat, seitdem du von deiner Wunde genesen bist. Ebensowenig darf es uns überraschen, wenn man uns trennt, denn ich kämpfe zu Pferd besser und du zu Fuß. Ich will nichts Böses in dieser Auszeichnung wittern, solange man mir nicht das Gegenteil beweist.«
»Und ich würde einen Armring wetten, daß es Attila nicht eingefallen ist, uns neue Plätze im Heer zu geben, ehe er uns heute mit Hildegund sprechen sah. Doch wie auch immer – das Mittagessen ist lange vorbei, und wenn wir in der Schlacht an gefährlichster Stelle stehen sollen, dürfen wir nicht noch mehr von unserer Übungszeit versäumen.«

Als die Zeit zum Abendessen gekommen war, eilte Waldhari hinüber zur Halle. Er hatte keine Gelegenheit gehabt, das Badehaus aufzusuchen, und nach dem, was die hunnischen Frauen erzählt hatten, auch wenig Lust dazu. Statt dessen war er bachaufwärts hinter das Lager gegangen und hatte sich mit einem Lappen gewaschen, den er in das eiskalte Quellwasser tauchte. Für heute abend hatte er sogar aus dem hintersten Winkel seiner Truhe die schlichten, goldenen Armreife hervorgesucht. Kurz hatte er erwogen, Hagan zu bitten, ihm ein paar der schön gearbeiteten Schmuckstücke zu leihen, die der Burgunder so gern trug, wenn

er sicher war, daß es keinen Kampf geben würde, aber es widersprach seinem Charakter; er neigte mehr dazu, den vom Apostel Paulus niedergelegten Regeln der Schlichtheit und Mäßigkeit zu folgen.
Es wäre gar nicht schlecht, wenn Hagan eine hunnische Schmiedin heiraten würde, dachte er, als er die Ringe überstreifte. Die Hunnen waren selbst so wild, daß sein grimmiges Wesen ihnen gefallen mußte, und sie achteten seine Eigenheiten. Hagan schien von Saganovas Handwerkskunst und ihren strahlenden Augen so entzückt, wie Waldhari ihn nur je gesehen hatte. Auf dem raschen Weg zur Halle malte er sich das erfreuliche Bild seines Freundes aus, wie er in einem Wagen auf seidenbesticktem Kissen saß, den dunklen Kopf des Hunnenmädchens an seiner Schulter. Es war eine Vorstellung, die ihm ausgezeichnet gefiel – allerdings verwandelte sich das schwarze Haar vor seinem geistigen Auge unschwer in rotes Gold, und er selbst saß an Hagans Stelle.
Wieder fragte er sich, ob Hagan mit seiner Befürchtung recht hätte, daß Attila Böses gegen sie im Schilde führe, und wieder wies er den Gedanken zurück. Es sah Hagan zu ähnlich, in einer Ehrung Tücke zu wittern und böse Absichten hinter guten Worten. Er selbst wollte den Wolf erst dann fürchten, wenn er ihm in die Augen sah.
Wie Hagan vermutet hatte, befand sich Hildegund in der Halle und schenkte bereits die Getränke ein. Waldharis Bauchmuskeln zogen sich zusammen, als er in die Halle blickte, wo ihre kleine Gestalt zwischen den Kriegern umherging. Sie hatte ihre hunnische Kleidung mit ihrem gewöhnlichen Gewand vertauscht und trug ein langes, loses, ärmelloses Überkleid von hellgrüner Farbe über einer engen, langärmligen Robe von dunklerem Grün, von dem sich ihre Armreifen funkelnd abhoben, wenn sie den Krug drehte. Ein kleiner Zopf hielt auf beiden Seiten das feurige Haar zurück, das ihr offen über den Rücken wallte.
»Ich freue mich, dich hier zu sehen«, sagte sie und füllte Waldharis Becher mit Bier. »Ich hätte heute nachmittag gern mehr mit dir gesprochen. Es gibt einige Fragen, die ich dir gern stellen würde, denn Thioderik sagt, du seist der einzige andere römische Christ in diesem Lager.«
Waldharis Handflächen waren glitschig von Schweiß. Aus Angst, ihn fallen zu lassen, stellte er seinen Tonbecher hin. »Ich beantworte dir gern alles, was ich kann. Es war nicht leicht für mich, hier zu leben, ohne einen Priester oder anderen Christen, mit denen ich über meinen Glauben sprechen konnte. Aber ich habe auf Gottes Gnade vertraut und darauf,

daß er mir helfen und vergeben wird, wo ich vielleicht gefehlt habe. Ich vertraue darauf, daß es sein Wille war, der mich an diesen Ort geführt hat.«

Hildegunds Lächeln ließ ihre blassen Augen leuchten. »Das zu hören, tut mir wohl. Ich hoffe, wir können uns weiter darüber unterhalten.«

»Ich auch. Und hoffentlich läßt es sich einrichten, ohne daß Hagan uns ständig überwacht, denn er hält wenig von der Kirche, und es ist schwer, in seiner Gegenwart offen zu sprechen.«

Hildegund lachte. »Ich kann es mir vorstellen.«

Hagans tiefe Stimme ertönte unmittelbar hinter ihnen. Hildegund erschrak, und etwas von dem Bier in ihrem Krug schwappte heraus. »Ihr braucht aber jemanden, der euch überwacht, sofern ihr nicht gegen Attilas Regeln verstoßen wollt.«

»Hat dir noch nie jemand gesagt«, knurrte Waldhari, dem zumute war, als hätte sich eine Klette zwischen den Sattel und sein Hinterteil gedrängt, »daß heimliches Lauschen unhöflich ist?«

»Wenn ihr so versunken seid, daß ihr mich gar nicht kommen hört, könnt ihr wohl kaum mir die Schuld geben«, versetzte Hagan und schlüpfte an Waldharis Seite. »Guten Abend, Hildegund.« Er hielt ihr sein Horn zum Füllen hin.

»Guten Abend, Hagan.« Sie goß ihm Bier ein und ging weiter.

Erst kurz vor dem Ende der Mahlzeit fand Waldhari noch einmal Gelegenheit, mit Hildegund zu sprechen. Hagan hatte sich schon früh entfernt; er sagte, er wolle den Gyula noch treffen und Waldhari solle nicht aufbleiben und auf ihn warten, falls er spät komme. Waldhari war durchaus froh, keine Einzelheiten zu erfahren, noch froher freilich, als Hildegund, die ihm nachschenkte, innehielt.

»Attila sagt, daß ihr morgen früh bei Tagesanbruch in den Kampf reitet«, begann sie. »Ich möchte dir eine gute Fahrt, eine gesunde Heimkehr und jederzeit Gottes und aller Heiligen Segen wünschen.«

Die schlichten Worte, so ähnlich denen seiner Mutter, als er damals den Weg zu Attilas Halle antrat, griffen Waldhari ans Herz. Stumm saß er da, starrte Hildegunds sommersprossige Nase und das feste, kleine Kinn an und brachte einen Augenblick lang kein Wort heraus. »Ich danke dir dafür«, sagte er endlich. »Es ist lange her, daß jemand einen solchen Segenswunsch für mich gesprochen hat. Bete für mich, wenn du magst, so wie auch ich dich in meine Gebete einschließen will.«

»Das werde ich, du kannst dich darauf verlassen.« Hildegund setzte eine Schaumkrone auf seinen Becher und verließ ihn. Waldhari starrte lange in den allmählich zusammensinkenden Bierschaum, so verwirrt, als wäre sie stehengeblieben und hätte ihn geküßt. Er hatte vorher nie gemerkt, wie sehr er sich danach sehnte, das abendliche Geläut der Kirchenglocken und die trockene Stimme seines Vaters, der von der Ernte oder vom Wetter sprach, wieder zu hören; nun aber erinnerte ihn das Grün von Hildegunds Kleid plötzlich an die sanfteren Hügel seiner Heimat im milden Herbstnebel. *Man hat sie hierher geschickt, damit sie Attila heiratet*, ermahnte er sich selbst, und der Gedanke durchbohrte ihn so schmerzhaft und ungesund wie eine Lanze, die in ein unreifes Geschwür sticht. Im Grunde seiner Seele wußte er, daß er nicht so tief trauern würde, wie es seine Pflicht war, wenn Attila in der kommenden Schlacht fiel. *Möge Gott mir gnädig sein*, dachte er, *ich allein kann mir nicht helfen. Und darum*, fügte er hinzu, und es beruhigte ihn ein wenig, *gestehe ich, daß Augustinus weiser ist als Pelagius.*

Er wollte versuchen, heute nacht an andere Dinge zu denken; er würde sich wieder an das Gedicht zum Preise Gottes setzen, das er angefangen hatte, und sich dabei Psalmen aufsagen, um sicherzugehen, daß er sie noch nicht vergessen hatte.

Die Dämmerung kam früher, als es Hagan lieb war. Mehr als die halbe Nacht war er bei dem Gyula gewesen und hatte gelernt, zu den Göttern und Geistern des Hunnenvolkes zu sprechen und ihren Rat für die bevorstehende Schlacht zu erbitten. Was er erfahren hatte, gab ihm Mut, denn das Verhängnis lag nicht so unausweichlich über ihm wie bei seinem ersten Kampf, obwohl ihm viele Gefahren drohten. Mit Hilfe des Gyulas hatte er sich auch mit allem Zauber geschützt, den Grimhild ihm mitgegeben hätte, würde sie nicht ihre ganze Kraft für Gundahari aufgewendet haben. Er hatte daran gedacht, seinerseits etwas für Waldhari zu tun, aber er wußte, daß der Christ es ihm nicht gedankt hätte. Die Künste des Schamanen flogen ihm zu, als sei er allein dafür geboren, so daß der Gyula immer wieder murmelte, es müßten von früher her, als auch die Burgunder noch die Steppe bewohnten, Spuren von Hunnenblut in Hagans Adern fließen und man dürfe ihn nicht wieder an das Westvolk vergeuden. Jetzt aber hatte er Schlaf in den Augen, als er sie beim ersten Morgenlicht öffnete, und seine Glieder

waren steif und kalt, als er aus seinen Decken kroch und zum Nachttopf stolperte.
Waldhari war schon wach, summte vor sich hin und rasierte sich im Schein einer kleinen Öllampe. »Hast du fertig gepackt?« fragte er.
»Das habe ich gestern abend getan, als du noch beim Essen warst.« Hagan streifte Wams und Brünne über und nahm dann, wie der Gyula es ihm gesagt hatte, die goldene Totenblumenkette, die er sich sorgfältig um den Hals legte. Hell glänzte sie auf den grauen Gliedern des Panzerhemdes. »Hast du dich von Hildegund verabschiedet?«
»Ja. Ich habe mich gefreut, als sie mir Segen für unsere Fahrt wünschte.«
»Aha. Nun, es steht Attilas Gemahlin wohl an, seinen Kriegern ihre Fürsorge zu zeigen.«
»Vorläufig ist sie erst seine Friedgeisel«, entgegnete Waldhari. Sein sonst so munterer Ton war gedämpft, und Hagan sah, daß etwas Schweres in der Haltung seines Kinns und den gesenkten braunen Brauen lag, das früher nicht dagewesen war. »Trotzdem tröstet es mich, daß sie hier ist. Ich habe so lange in diesem frauenlosen Lager gelebt, daß ich vergessen hatte, wie öde das Dasein ohne weibliche Gesellschaft ist.«
»Du hättest doch ins Dorf gehen oder mit den Hunninnen sprechen können.«
»Die Goten hüten ihre Töchter fast ebenso eifersüchtig wie die Hunnen – Attila hat ihnen da ein schlechtes Beispiel gegeben. Und ich mache mir nichts aus Hunninnen, obwohl ich glaube, daß sie zu dir gut passen würden, nachdem du ihren schönen Schmuck ja sogar in der Schlacht tragen willst.«
»Das liegt nicht an der Hand, die ihn geschmiedet hat«, versetzte Hagan; aber selbst wenn er geglaubt hätte, sein Freund wolle es wissen, hätte er Waldhari nichts von der Bedeutung der Totenkette oder dem Grund, weshalb er sie jetzt trug, erklären können; das waren Dinge, die nur der Gyula und seinesgleichen wissen durften. »Ich habe wenig Zeit, an Mädchen zu denken, auch wenn es den Anschein hat, als sei ich der einzige in diesem Lager, den sie nicht verrückt machen.«
»Nun, es wird ein Tag kommen, an dem auch du dein Herz verlierst; dann werde ich dich an diese Worte erinnern.«

Obwohl Hagan und Waldhari in verschiedenen Abschnitten des Heeres kämpfen sollten, war der Ritt doch so lang, daß sie die meiste Zeit zusammenbleiben konnten. Man hatte ihnen ein gemeinsames Zelt zugeteilt, ein Hunnenzelt aus dickem Wollfilz, das, wie sie in der ersten Nacht feststellten, noch stark nach Schafen roch, mit der schwachen darunterliegenden Schärfe des Harnbottichs, in dem es gewalkt worden war. Das Zelt war so klein, daß keiner von beiden sich umdrehen konnte, ohne an den anderen zu stoßen. Hagan fühlte durch die Decken die Wärme von Waldharis Körper, und es war nicht unangenehm, sondern so, als läge man gerade so nah an einem Feuer, daß es einen wärmte, ohne daß die Hitze aber so groß wurde, daß man die Decken wegwarf. Bei dieser Nähe mußte Hagan wieder an Bleyda denken und daran, wie sie vielleicht miteinander ins Dorf gehen wollten, um sich eine Frau zu teilen. Er fragte sich, ob er in dieser Nacht genauso eng neben Bleyda gelegen hätte, wäre Attilas Sohn nicht gefallen. Aber er freute sich, bei Waldhari zu sein, den Franken ruhig atmen zu hören und sich an seiner Seite zu wärmen, zu wissen, daß der andere lebte und gesund war. Selbst wenn Waldhari nicht geschlafen hätte, würde ihm Hagan diese Gedanken niemals anvertraut haben, denn es bestand keine Hoffnung, daß der andere seine Gefühle erwiderte, und Worte dieser Art wurden leicht übelgenommen; er wußte, wie er selbst noch vor kurzem auf ähnliches geantwortet hatte.

Folkhari würde es anders aufnehmen, dachte er dann und rieb sich die Narben an den Armen, wo er seine Trauer um Gebica und den Sinwist eingeritzt hatte. *Und seine Berührung war nicht unwillkommen, soweit ich es überhaupt aushielt, einem anderen so nahe zu sein.* Hagan wußte inzwischen, daß das kein Zeichen von Schwäche in seinem Wesen war, denn die Totenblumen um seinen Hals bewiesen seine erste Schlacht, die ersten von ihm Getöteten und seine Überquerung des Flusses, und niemand konnte ihn weich oder weibisch schelten, nachdem er mehr als andere gewagt und überlebt hatte. Doch diese Dinge waren Waldhari so fremd und unwillkommen wie das andere, wenn nicht noch fremder ... Er sprach mit Hagan nur noch selten über seinen Glauben, aber Hagan wollte alles über Waldharis Sehnsucht nach Hildegund oder anderen Frauen hören, bis ihre Wege sich trennten. Es war ein trüber Gedanke für den Burgunder, aber er konnte nichts anderes tun, als in der Dunkelheit wach zu liegen, den Geruch nach Schafen und Pisse einzuatmen und auf Waldharis leises Ein- und Ausatmen neben sich zu lauschen.

Das Glück war mit Attilas Männern auf dieser Fahrt. Obwohl die Wolken schwer und grau über den dunklen Tannen hingen und Bergnebelschwaden über den Pfad zogen wie gestaltgewordene Geister, obwohl die Luft eiskalt und schneidend war, wenn die Krieger frühmorgens die Köpfe aus den Zelten steckten – der drohende Schneefall fand nicht statt. Die Wege blieben frei. Hart lag die kalte Erde unter den Pferdehufen. Hagan hatte sich angewöhnt, nach Hunnensitte einen zottigen Schafledermantel zu tragen, den Pelz nach innen gewendet. Einen seiner Weinschläuche hatte er gegen eine hunnische Schaffellmütze eingetauscht. Waldhari hatte gelacht und gemeint, ohne Hagans weiße Haut und spitze Nase könne man glauben, er käme geradewegs aus der Steppe geritten, und er fragte, ob Hagan seine Vorbereitungen dazu treffe, einer hunnischen Jungfrau den Hof zu machen. Aber Hagan kümmerte das alles wenig, denn seine Ohren waren warm.

Inzwischen schlossen sich immer neue Reitertrupps Attila an. Der Khagan hatte nicht zu laut geprahlt, als er behauptete, seine weitverstreuten Scharen schneller sammeln zu können, als ein Bewohner des Westens sich vorzustellen vermöchte.

Die Schnelligkeit und Ausdauer der kleinen Hunnengäule und die Zähigkeit ihrer Reiter ließen die Kerntruppe rasch zu einem kleinen Heer anwachsen, und Hagan zweifelte nicht daran, daß die Hunnen innerhalb weniger Wochen eine Streitmacht aufbieten konnten, die es mit jedem Heer der großen Stammeskönige aufnehmen würde. Andererseits verriet die Menge der Männer, die Attila um sich geschart hatte, daß der Kampf diesmal härter werden würde als beim vorigen Mal. Am letzten Tag ihres Rittes waren Hagan und Waldhari darum schweigsamer als gewöhnlich und dachten beide daran, wohin man sie gestellt hatte.

»Ich finde«, begann Hagan, als sie abends ihr Zelt aufgebaut hatten und nun beim Schein von Waldharis Öllampe ihr Brot und ihre Wurst verzehrten, »daß jetzt der richtige Zeitpunkt ist, von dem guten Wein zu trinken, den ich mitgebracht habe, denn niemand kann sagen, was uns das Schicksal in diesem Kampf bestimmt hat. Und ich möchte gern, daß du mir etwas von den Helden früherer Zeiten vorsingst, damit es uns für die bevorstehende Schlacht Stärke verleiht.«

»Wieviel Wein hast du denn bei dir?« fragte Waldhari lachend, als Hagan zwei volle Schläuche unter seinen Habseligkeiten hervorzog. »Ich hoffe doch, du hebst noch etwas für den Rückweg auf.«

»Das tue ich, aber als ich mich zu unserer Fahrt rüstete, packte ich so viel ein, daß wir uns heute einen fröhlichen Abend machen können.«

»Kein übler Einfall. Lieber wäre es mir zwar, wenn hübschere Hände als deine mir den Becher füllten, aber ich danke dir trotzdem. Was soll ich dir vorsingen?«

»Ich würde gern das Lied von der Hermannsschlacht hören – oder, wenn du sie kennst, eines von den Liedern über die großen Kämpfe in Hending Gebicas Jugend; ich denke, wir sollten derer gedenken, die uns erst unlängst verlassen haben.«

Waldhari nippte eine Weile schweigend an seinem Wein und dachte mit halbgeschlossenen Augen nach. Dann begann er zu singen, und seine Stimme entströmte dem Mund wie junger, leichter Wein. Es war ein Lied, das Hagan oft gehört hatte. Es handelte von Gebicas erstem Krieg nach seiner Hochzeit und erzählte nicht allein von der Tapferkeit des Hendings, sondern auch davon, wie Grimhilds Seele in Vogelgestalt über ihrem Gatten schwebte und den Pfeilhagel abwehrte, der schon die Männer zu beiden Seiten des Herrschers getötet hatte, und wie sie, während sie ihn schirmte, mit den Schreien ihrer Macht, die wie Fesseln waren, den Feinden ihre Kraft raubte.

»Es ist eine schöne Geschichte«, meinte Waldhari, als das Lied zu Ende war. »Ein hübscher Gedanke, daß lebendige Frauen den Männern, die sie lieben, wie Engel helfen können oder daß ihre Liebe so stark ist, daß sie sich als Vogel zeigt, der den Krieger in der Schlacht schützt. Ich hoffe, daß Hildegunds Gebete mich auch so schützen.«

»Es ist mehr als nur ein Gedanke oder die listige Zungenfertigkeit eines Skalden«, erwiderte Hagan, schwieg dann aber sofort, weil er wußte, daß Waldhari am nächsten Tag besser kämpfen würde, wenn er glaubte, daß Hildegunds Gebete an ihren Gott ihn stärkten. Es konnte nur schaden, wenn er erfuhr, daß die Frauen der Stämme die Kunst beherrschen, ihren Leib zu verlassen, um hoch über der Walstatt für ihre Männer zu kämpfen und sie nicht nur vor ihren Feinden zu schützen, sondern, sofern ihr Tod nicht unwandelbar feststand, sie auch vor Wodans Jungfrauen zu retten, den Walküren, den Erwählerinnen der Erschlagenen, die in jedem Kampf mitritten und über Leben und Tod entschieden. Hagan selbst brauchte keine solche Hilfe, denn der Gyula hatte ihm gezeigt, wie er sich wehren konnte, aber es beunruhigte ihn, daß Waldhari ohne Schutz von oben ritt. »Vertraue so gut du kannst, damit du so gewaltig kämpfst, wie es dir möglich ist.« Hagan nahm einen tiefen Zug aus seinem Horn. Die warme Glut des Weins floß in seine Glieder. »Ich wünsche mir immer noch, man würde uns nicht an verschiedenen Abschnitten einsetzen. Es wäre besser, wenn wir einander den Rücken decken könnten.«

»Ja, das finde ich auch. Aber hab keine Furcht, ich werde gut aufpassen. Du bist es, der nicht vergessen darf, auf sich zu achten, damit du dich nicht wieder zu tollkühn ins Getümmel stürzt.«

»Ich glaube, ich habe meine Lektion gelernt«, erwiderte Hagan. Die Worte blieben ihm in der Kehle stecken, noch während er sie aussprach, als er im flackernden Lampenlicht auf den schmalen Schatten von Waldharis geschmeidigem Körper blickte.

So saßen sie lange im Gespräch beisammen. Hagan hatte gerade den dritten Weinschlauch angebrochen und beschlossen, daß es der letzte vor dem Schlafengehen sein sollte, als Waldhari plötzlich bemerkte: »Es war schön, mit Folkhari zu trinken und einander Freunde zu nennen.« Obwohl er nicht so viel getrunken hatte wie Hagan, vertrug der Kopf des Franken weniger; die Worte kamen langsamer als gewöhnlich, und er bewegte die Zunge so vorsichtig, als fürchte er, die Laute könnten ihm aus dem Mund fallen und zerbrechen.

Hagans Gesicht konnte den jähen Sprung des Lachses in seiner Brust nicht zeigen, aber er merkte, wie seine Augen sich weiteten. »Ja, das war es«, bestätigte er. »Würdest du . . . würdest du mehr tun?« Es war gesagt, ehe er die Worte zurückhalten konnte. Obwohl ihm warm war, erfaßte ihn ein kalter Schauer der Furcht. Ihm war zumute, als sei ihm ein Glaskrug aus der Hand gefallen, den er nicht auffangen konnte, und er müsse zusehen, wie das Glas auf dem steinernen Fußboden zerschellte.

»Ich habe oft vernommen, daß Männer, die nicht in einer Sippe geboren wurden, doch Brüder sein können, wenn sie ihr Blut vermischen. Hagan, so wie du mir in der Schlacht das Leben gerettet hast und ich dich pflegte, als du zu sterben drohtest, so möchte ich jetzt mein Blut mit deinem vermengen. Nur Gott, oder wenn du so willst, das Schicksal, weiß, ob einer von uns morgen noch lebt und in diesem Zelt schläft. Wenn aber der eine durchkommt und der andere nicht, würde ich gern glauben, daß beider Blut noch warm durch die Adern fließt; und wenn wir sterben, fallen wir nicht allein.«

»Das ist wohlgedacht«, antwortete Hagan, und eine warme Woge der Erleichterung und Freude schwemmte sein Schaudern fort. »Gern will ich mein Blut mit deinem mischen. Auch wenn hier niemand ist, der eine Rasensode für uns ausstechen könnte, um darunter hindurchzugehen, so haben wir doch Wein und ein Horn und unsere Mutter, die Erde, die immer unter unseren Füßen liegt, um den Trank in sich aufzunehmen.«
Er füllte das Horn mit Wein, hielt es Waldhari mit der linken Hand hin und zog mit der Rechten den Dolch. Im flackernden Licht fand er vorsichtig tastend die Narbe an seinem linken Arm, mit der er um Bleyda geweint hatte, und zog einen weiteren Schnitt daneben. Waldhari runzelte angespannt die breite Stirn, ergriff das Messer und ritzte eine ähnliche Wunde in seinen eigenen Arm. Sie warteten einen Augenblick, bis es tiefrot aus beiden Schnitten rann. Dann nahm Hagan das Horn in die Rechte, und die beiden preßten darüber ihre Arme aneinander, so daß das vermischte Blut in den Wein tropfte,
Waldharis Blut war warm und flüssig an Hagans Arm; es erhitzte die Ader, in die es tropfte, und Hagan hatte das Gefühl, als fließe sein eigenes ein wenig schneller und nicht ganz so kalt, weil Waldharis Blut es berührt hatte.
»Nun sollen es Wodan und Donar und Ziu sehen, Frauja Engus und seine Schwester Frawi sollen es sehen; nun soll Wara, Eid-Frowe, es bezeugen!« rief Hagan, und Waldharis hellere Stimme fiel ein: »Nun sollen es Gott und Christus sehen, und der Heilige Geist und alle Heiligen sollen es bezeugen!«
»So schwöre ich Waldhari, Alpharis Sohn, Brüderschaft; so wollen wir einer Sippe sein, als hätte derselbe Mutterleib uns hervorgebracht.«
Waldhari wiederholte die Worte, und nur eine Sekunde stockte seine Stimme, als er sagte: »Hagan . . . Gebicas Sohn . . .«
Nun sprach Hagan wieder: »Möge die Erde den Trank unserer gemeinsamen Geburt trinken; möge die Erde unsere Mutter sein wie in Urzeiten, als Askr und Embla, Esche und Ulme, ihrem Boden entsprangen . . .«
»Als der Mensch aus Erde geschaffen wurde«, murmelte Waldhari. Sie hoben das Horn und tranken nacheinander daraus, zuerst Hagan, dann Waldhari. Das Blut gab dem weißen Rheinwein einen vollen, salzigen Beigeschmack. Hagan spürte die Macht, die davon ausging; kein Wunder, daß Götter und Geister das Blut so liebten, das man bei Schlacht-

festen und hohen Feiertagen für sie vergoß, wenn sie diese Kraft daraus gewannen.
Jeder hielt mit einer Hand das Horn; so öffneten sie den Eingang des Zeltes und gossen den Trank vorsichtig ins Gras.
»So soll es sein«, sagte Hagan.
»So soll es sein.« Waldhari ergriff plötzlich seine Hand. Im Flackerschein der Lampe leuchteten seine braunfleckigen Augen überraschend hell aus dem sommerlich gebräunten Gesicht. Sein Griff war glitschig vom Blut, aber Hagan hielt sich an seiner warmen Stärke fest, als ziehe Waldhari ihn aus tiefem Wasser. »Nun sind wir wirklich Brüder. Auch wenn wir einander morgen nicht den Rücken schirmen können, haben wir einander doch wenigstens unsere Herzen geöffnet.«
»Das haben wir«, erwiderte Hagan und wußte, daß wie damals, als er aus seinen Adern geweint hatte, auch diesmal sein Blut ausgesprochen hatte, was sein Mund nicht sagen konnte.

Als die beiden am nächsten Morgen in aller Frühe aus dem Zelt krochen, sahen sie, daß das Wetterglück Attila verlassen hatte. Schneeflocken, groß wie römische Silberstücke, sanken lautlos herab. Noch während sie zuschauten, wurde der Schnee immer dichter, und schon verschwand das andere Ende der Zeltreihe hinter dem grauweißen Vorhang.
»Aber das ist ein Vorteil für die Hunnen«, meinte Hagan. »Andere Völker führen nur selten im Winter Krieg; sie aber haben das Wetter der Steppe noch nicht vergessen.« Fast glaubte er sich selbst daran zu erinnern – an den rauhen, heulenden Wind, der die Ebenen mit seiner blauen Kälte peitschte, an den Lärm von tausend Hufschlägen, die auf die hartgefrorene Erde hämmerten, auf das eisige Dach von Ärlik Khan, der schon bald seine Tür für viele Männer öffnen würde ... Hagans Frösteln kam nicht von der Kälte, obwohl er doch wußte, daß es Wodans blauer Mantel war, der seine Augen bedecken würde, falls er heute im Kampf fiel.
»Ja ... aber was ist, wenn sie sich weigern herauszukommen?«
»Dann wird man sie in ihren Betten abschlachten.«
Waldhari reckte sich, wie um den Gedanken abzuschütteln, warf Arme und Kopf nach hinten und ließ sich dann wieder zusammenfallen. »Nun gut. Wenn der Kampf nicht mehr auf dem Schlachtfeld stattfindet oder die Männer sich ans Plündern machen, werde ich bei den Hunnen-

pferden bleiben; einer muß es schließlich tun, und sie hassen diese Aufgabe so sehr, wie ich mich darüber freuen werde. Ist dein Kettenhemd auch so kalt wie meines, Hagan? Es fühlt sich an, als wäre jeder Ring ein Eistropfen.«
»So ist das mit Eisen, wenn es schneit«, versetzte Hagan trocken. »Zieh deinen Mantel darüber. Wenn du dich bewegst, wird dir schneller warm, als du jetzt glaubst.«
Die knöcherne Signalpfeife der Hunnen ertönte dreimal scharf: »*Bald reiten wir.*« Rasch bauten Hagan und Waldhari ihr Zelt ab, rollten es zusammen und luden es auf das ihnen zugeteilte Packpferd. Wieder schrillte die Pfeife. Einen Herzschlag lang drückten die beiden Jünglinge einander die Hände, eisiger Handschuh an eisigem Handschuh.
»Möge dein Gott mit dir sein, bis wir einander wiedersehen«, sagte Hagan.
»Und deiner mit dir.«
Dann war Waldhari fort, ein grauer Geist im immer heftiger werdenden Schneesturm, und Hagan mußte seinen eigenen Platz suchen.
Als er sich in die Schar der Goten einreihte, nickte Thioderik ihm kurz zu. Der Amalung war gegen den Schnee dick vermummt. Von den Rändern seines Helms hingen Wollstreifen wie zottige weiße Haarsträhnen um das hagere Gesicht und die Schultern.
»Bist du kampfbereit? Hast du gebeichtet – nein, ich vergaß. Bist du versöhnt mit Wodan und Frauja Engus und allen anderen Göttern oder Wesen, an die du glaubst?«
»Ja, das bin ich.«
»Denk daran, Hagan, wenn du einmal deine eigenen Krieger anführst: woran immer sie glauben mögen, Männer mit guter Seele kämpfen besser.«
Der Rat leuchtete Hagan ein, doch noch ermutigender war Thioderiks gelassene Gewißheit, daß Hagan eines Tages die Stelle des Heerführers bei Gundahari einnehmen würde. Er blieb bei diesem Gedanken, während er sein Pferd bestieg und losritt, gegen den bitteren Schnee, der ihm das Gesicht wund schürfte.
Hagan zog seinen blauschwarzen Mantel enger und bewegte die Finger in den Handschuhen, damit sie nicht zu kalt wurden, um das Schwert festzuhalten. Er flüsterte Wärmerunen vor sich hin und formte dabei im Kopf leuchtende Stäbe: Fehu, ᚠᚷᚲᛏ, die Rune des Goldes und seiner

Flamme; Nauthiz, ᚾ, die Rune des Notfeuers, das aus dem Inneren kommt; Sowilo, ᛋ, die Rune der Sonne, um das Eis zu schmelzen und seinen Willen zu festigen, wenn er zum Sieg in die Schlacht ritt. Es dauerte nicht lange, und er fühlte ihre Wärme in seinem kalten Blut. Trotzdem hörte er nicht auf; er würde ihre Kraft für den Kampf brauchen.

Die Schlacht, so hatte er von Thioderik erfahren, sollte auf einer großen Ebene stattfinden. Die Hunnen würden zunächst geradewegs auf den Feind zureiten und mit ihren Pfeilen, Wurfschlingen und der Furcht, die sie verbreiteten, seine Aufstellung durchbrechen. Danach würden die Goten von den Flanken aus nachrücken und den Gegner daran hindern, sich neu zu ordnen, während sie ihn in der Zange hielten; zugleich sollten sie dafür sorgen, daß keine in den Wäldern versteckten feindlichen Truppen hervorbrachen, um den Hunnen eine Falle zu stellen. Der Kampf würde auf allen Seiten hart werden, und niemand würde von hinten viel sicherer sein als von vorn. Wenn Attila tatsächlich auf Verrat gegen Waldhari sann, konnte er ihn leicht ausführen. Hagan fügte seinem Gesang eine weitere Rune hinzu: *Mannaz*, ᛗ. »Den Menschen freut der Mensch«, murmelte er. *Mannaz* war auch die Rune der Blutsbrüderschaft, und nachdem Waldhari nun von seinem Blute war, konnte alles, womit Hagan seine Seele schützte, vielleicht auch seinem Bruder Glück bringen.

Obwohl der Schneesturm so stark war, daß eine Reihe kaum noch die nächste sah, hielten die durchdringenden Knochenpfeifen der Hunnen alles in guter Ordnung. Hagan schmerzte der Kopf von ihrem schrillen Ton, aber er duldete diese Pein willig um der Klarheit willen, die die langen oder kurzen Pfiffe brachten. Attilas Schar, in der Waldhari ritt, nahm, wie geplant, die vorderste Stellung ein. Bei den Goten, die weniger daran gewöhnt waren, bei solchem Wetter in den Kampf zu reiten, gab es ein paar Nachzügler, aber der Ruf der Pfeifen brachte sie allmählich zum Aufschließen.

Plötzlich ertönte von vorn ein einziger langgezogener Aufschrei. Der Feind hatte das Feld betreten; Attilas Krieger stürzten sich auf ihre Beute. Hagan konnte den Lärm durch den Schneesturm hören, die hohen, wilden Kreischlaute der Hunnen und das tiefere Brüllen der Pannonier. Die Goten sprangen von ihren Pferden und banden sie hastig fest. Hagan, den Speer in der erhobenen Hand, folgte ihrem Beispiel.

Nun sollte Wodan neue Opfer erhalten, alle Getöteten, die Hagans Speer von ihrem Körper trennte; nun würden Walküren und dunkle Idisi sich satt trinken an Männerblut. Der Gedanke daran ließ Hagan schneller atmen, und die Runen, die er unterwegs gesungen hatte, vereinigten sich zu einem wirbelnden Stab aus Sonnenfeuer, der sich in seinem Körper drehte, als sei er schwindlig von einem der Tränke des Gyula. Nur mit dem Bindezauber, den der alte Schamane ihn gelehrt hatte, gelang es ihm, seine wachsende Raserei zu mehr als der brennenden Blutlust seiner ersten Schlacht zu formen, damit er nicht vor lauter Gier danach, von neuem zu töten, in die nächste Schwertspitze hineinrannte, sondern die Macht, die heiß in ihm aufwallte, in wirkliche Kampfkraft umsetzte.

Jetzt ertönten die drei scharfen Pfiffe, die Thioderiks Schar galten. Rechts und links von ihm nahmen Widuhelm und Haribrand ihre Schilde hoch, um sie mit Hagans Schild zu verschränken, und auch Hagan hob seinen Schild. Die Goten setzten sich in Bewegung. Stetig und rasch schritten sie auf die Walstatt zu.

Die erste Welle der Feinde brach sich an ihrem Schildwall. Hagan sah blaue, weit aufgerissene Augen unter Helmrändern, offene Münder, im Schneetreiben kaum zu erkennen. Er stach mit dem Speer zu, bevor er ihn schleudern und das Schwert ziehen würde, denn der erste Anprall der hunnischen Reiterei hatte vielen der Gegner ein solches Entsetzen eingejagt, daß die ersten, auf die die Goten trafen, eine leichte Beute für sie waren. Aber die erfahreneren Pannonier sammelten sich schon wieder. Sie fochten mit dem Mut der Verzweiflung. Ein Pfeil streifte Haribrands Helm und glitt ihm seitlich ins Auge. Er fiel nicht, senkte jedoch den Schild, und ein großer Mann im Lederpanzer sprang vor, um durch die Lücke in den Schildwall einzudringen. Obwohl Hagans Schwert ihm die Eingeweide durchbohrte, war die Bresche geschlagen, und der Feind strömte herein. Einen Herzschlag lang stand Hagan mit dem Rücken an Widuhelm gedrückt und stach verzweifelt um sich, wieder und wieder, bis er endlich zur Seite schlüpfen konnte. Die Beinarbeit, in der er sich geübt hatte, während seine Wunde heilte, kam ihm jetzt gut zustatten, denn er konnte so gut Haken schlagen wie blockieren, plötzlich zur Seite springen und weniger geschickten Hieben ausweichen. Zugleich sah er im Augenwinkel, wie die Wesen in der Luft über dem Schlachtfeld Gestalt annahmen, glimmende Irrlichter aus blauem Feuer inmitten des Schneesturms – Walküren mit Rabenschnäbeln, die ihre Speere warfen;

blutige Erschlagene früherer Schlachten, die ihren Söhnen die Schwerthand führten; dunkle Idisi, die auf Wölfen ritten, mit Natternzügeln und Otternpeitschen, und herabstießen, um an den Leichen der Toten zu nagen, ehe noch die Seele das Fleisch verlassen hatte. Ihr Anblick erfüllte Hagan mit neuer Kraft und wildem Jubel. Um seinen Hals brannte das bleiche Grabhügelfeuer der goldenen Totenblumen und in seinen Gliedern die Flamme des Schamanen, und ihm schien, als wandele er in derselben Welt wie diese Geister der Schlacht und alle, die sein Schwert traf, müßten nach Wodans Ratschluß sterben; und als sei der blauschwarze Mantel, der ihn umflatterte, eins mit den tiefhängenden Wolken und dem schreienden Wind über ihm, dem Wind, der heulend aus dem Lande der Toten kam.

Er sah die Furcht, die die Gesichter der Anstürmenden verzerrte, sah, wie ihr Mut sie verließ und ihre Schwerter herabsanken; an seiner eigenen Hand am Schwertgriff blitzte weiß der entblößte Knochen. Als einziger von allen Männern, die auf der Walstatt miteinander rangen, stolperte Hagan nicht über die Leichen zu seinen Füßen, glitt nicht aus auf den dunklen, glatten Blutlachen, die im Schnee zu Eis gefroren.

Er sah den Schatten über dem Feld, den finsteren Gott auf dem grauen Roß, ihn, dessen Speerspitze eisige Blitze über die Walstatt schleuderte, hinunter auf die Taumelnden, deren Blut in den vom Kampf zerwühlten, aufgeweichten grauen Schnee spritzte, und er wußte, daß es Wodans blauer Mantel war, der ihn selbst in den Schatten des Todes hüllte und ihm alle seine Abzeichen verlieh, so daß er für alle, die sein Gesicht sahen, zum Boten des Gottes wurde.

Als die Feinde auf dem Feld gefallen waren, bedeutete das noch nicht das Ende der Schlacht. Wie sie es immer taten, stürmten die Horden der Goten und Hunnen jetzt die Ansiedlung der Gegner, um zu plündern und mit den Überlebenden ihr grausames Spiel zu treiben. Es war kein kleines Dorf, sondern schon fast eine Stadt, in die sie eindrangen.

Hagan war unter denen, die zur Axt griffen und die Weinfässer aufbrachen. Traubenblut floß in purpurnen Sturzbächen und füllte Becher, Hörner und Münder der Plünderer. Der Wein machte Hagan noch wilder und schürte die Raserei, die in ihm loderte. Er sah, wie andere, die mit ihm liefen, Schätze aus den zerstörten Häusern rissen, sah sich sträubende Frauen, die entsetzt seinem Blick auswichen. Er achtete nicht auf sie, denn er fühlte die dunklen Geister, die Wilde Jagd der tollwütigen Toten, die mit ihm durch die Gassen tobten. Manche Krieger sangen beim Trinken, und ihre berauschten Stimmen überbrüllten die Schreie der hilflosen Einwohner; andere suchten nach feurigem Gold. Hagan sah auch ein wenige Jahre altes Kind, von einem Speer durchbohrt, das sich an einem Spieß drehte wie ein Schwein, und eine kleine abgetrennte Hand in einer Pfütze von Blut; er sah eine blonde Frau mittleren Alters, der sämtliche Glieder schief gebrochen waren und deren Geschlecht blutig klaffte wie eine Schwertwunde. Ihm war, als stünden hinter ihm auch die Geister all dieser Erschlagenen, angstvoll und wütend, und als risse die gewaltige Windbö, die jetzt die vom schwarzen Rauch der brennenden Strohdächer noch dichter gewordenen Schneewolken aufpeitschte, sie mit sich nach oben.

Die Raserei der Toten, die ihn angestachelt hatte, schien ihn mit einem Schlag verlassen zu haben. Plötzlich war sein Kopf wieder kühl. Er stand da, und der eisige Wind ließ sein Rückgrat erstarren.

Obwohl um ihn her noch immer die Goten und Hunnen grölten und tobten und große Rußstücke sich, während die Flammen höher loderten, unter die weißen Schneeflocken mischten, war Hagan wieder ganz er selbst; selbst der Weinrausch in seinem Kopf war verflogen. Er war nur noch müde. Seine Muskeln schmerzten, und dort, wo ihn im Gefecht eine Klinge gestreift hatte, brannte der Schweiß, der über seinen Schildarm lief.

Er wußte, daß es wenig Sinn hatte, sich den Plünderern anzuschließen. Alles Gold und Silber ging ohnehin an Attila, der es später verteilen und auch ihm davon geben würde. Hagan sah sich um, suchte in Stapeln und noch nicht niedergebrannten Häusern und fand schließlich ein kleines Weinfäßchen, das er leicht auf der Schulter tragen konnte. Dann blieben nur noch die Dinge, um die Kisteeva gebeten hatte, die Amulette der Getöteten, aber Hagan meinte sich undeutlich zu erinnern, daß er die Hand nach Männern ausgestreckt hatte, deren Wunden von seinem Schwert stammten, um ihnen bestimmte Schmuckstücke abzunehmen, die vor seinem Geisterauge heller glänzten als andere. Er griff an seine Gürteltasche; ja, sie klirrte schwerer als vorher. Einen Ring hatte er geraubt, einen schweren, goldenen Siegelring, in dessen Onyxplatte der römische Mercurius eingraviert war; daran hing noch der schlaffe Halbhandschuh der Haut, die Hagan mit dem blutverkrusteten Finger, an dem der Ring

klebte, abgerissen hatte. Um Waldharis willen warf Hagan diese Trophäe weg, bevor er den Ring wieder in seine Tasche steckte.
Sein einziger Wunsch war jetzt die Suche nach seinem Freund; er mußte wissen, ob Waldhari noch lebte. Er durfte nicht rennen, weil ihn die erschöpften Beine auch so kaum trugen, aber er ging, so schnell er konnte, zurück zum Schlachtfeld. Schon hatte frischgefallener Schnee die Leichen mit einem dünnen weißen Schleier bedeckt, und der Schlamm, in dem sie lagen, war unter der leichten Schneeschicht zu Wogen aus grauem Eis gefroren. Zwischen den erstarrenden Toten und dem schlüpfrigen Eis kam Hagan nur mühsam vorwärts. Mitten auf der Ebene blieb er stehen und schaute sich um. Er sah nur den grauweißen Flockenwirbel, hörte nur das leise Stöhnen der letzten Verwundeten, die man auf der Walstatt liegengelassen hatte und die sich der Kälte noch nicht ergeben hatten. Noch immer glaubte er die bleichen Geister mit dem Schwert in der Hand vor sich zu sehen und die Pfeile vorbeirauschen zu hören wie Schneeflocken im Sturm, doch schon breitete sich ein stilleres und dunkleres Licht über das Feld. Hinter den Wolken mußte die Sonne untergehen; hier unten verwandelte sich das Grau allmählich in das tiefe Blau der Dämmerung. Dunkelheit schmolz in den Mantel, den er noch immer trug.
Er stapfte über das Feld und blickte über die schneebedeckte Verwüstung aus zerfetztem Fleisch und herausgequollenen Eingeweiden hin, und fast war es, als sehe nicht er selbst durch seine Augen, sondern ein anderer, der da sein furchtbares Reich betrachtete.
»Nun ist das Leben erloschen, denn mein ist der Sieg«, raunte der tiefe Wind in seiner Kehle. »Sieger und Besiegte, sie alle gehören mir. Solange ihr lebtet, wart ihr Gegner, doch nun vereint euch Wodan in seiner Schar. Erhebt euch nun, reitet in seinem Zug! Folgt alle treulich, bleibt stehen, nennt eure Eide – ich kenne den Namen jedes Mannes, der an mir vorbeigeht. Doch eure Gebeine müßt ihr der Erde geben, euer Fleisch den Wölfen. Ruht unterm sacht wachsenden Gras des Hügels. Auch wenn Jahre vergehen und Menschen vergessen, ich werde mich erinnern, ich, der Unsterbliche, nachts beim Festmahl in der Halle der Erschlagenen. Und meine Füße werden die Erde über euch niedertreten, um euch festzuhalten in euren Hügeln.«
Obwohl das Schneetreiben nicht heftiger wurde, hatte Hagan das Gefühl, der Wind wehe stärker und kälter und brause an ihm vorbei. Huf-

schlag umtoste seinen Kopf, betäubte ihm Ohren und Gedanken – das Heer der Toten brach auf und folgte dem achtbeinigen Roß nach Walhall. Schnee wehte Hagan in die Augen; er rutschte aus und fiel unter den Wind, quer über den Leichnam eines rothaarigen Mannes, das Kinn in den Knochensplittern und der gefrorenen Gehirnmasse, die einst das Gesicht des Toten gewesen waren.

Sobald er sich etwas erholt hatte, rappelte er sich auf und klemmte das Fäßchen wieder unter den Arm. Wodans Heer war verschwunden. Er wußte, daß Waldhari nicht darunter gewesen war, aber der Christ wäre ohnehin nicht in die Halle seiner Vorväter eingeritten. Er merkte, daß er die Richtung verloren hatte und im Schnee und in der wachsenden Dunkelheit nicht mehr sehen konnte, wohin er ging. Er würde zum Rand des Feldes laufen und es dann außen umrunden müssen, bis er entweder die Pferde der Hunnen oder den Weg fand. Der Wind hatte nachgelassen, aber es schneite noch stärker als vorher – als hätte der Zug der Toten die Flocken aus den Wolken gestampft.

Er war erst wenige Minuten gegangen, als er einen leisen Gesang vernahm. Die Worte waren lateinisch, aber er erkannte das wohllautende Steigen und Fallen von Waldharis Stimme. »Deus meus, Domine...« Tief atmete er die eisige Luft ein und drehte den Kopf, bis die Töne deutlicher wurden. Und auf einmal stolperte er, so schnell er nur konnte, über die Toten und das schlüpfrige Eis, bis er endlich durch Waldharis Lied das leise Wiehern der Pferde hörte und die Flamme der kleinen Lampe sah, die matt im fallenden Schnee schimmerte.

»Hai, Waldhari!« schrie er. »Waldhari!«

Jäh brach das Lied ab. Hagan hörte die tastenden Schritte seines Freundes, und der Lampenschein schwankte auf ihn zu. »Hagan! Wo bist du?«

»Bleib, wo du bist; ich kann dein Licht sehen.«

Hagan wußte, daß Waldhari ihn erkannt hatte, als er den Franken nach Luft schnappen hörte. Er beeilte sich zu sprechen. »Hab keine Furcht, ich lebe. Ich bin nur müde vom Kampf und allem, was danach kam.«

»Wahrscheinlich wäre es zuviel erwartet, daß ein Badehaus die Plünderung überstanden hat«, seufzte Waldhari, als Hagan näher kam. Sie sahen einander nun deutlich, und unvermittelt schlang Hagan beide Arme um seinen Freund und drückte ihn einen Herzschlag lang eng an sich. Waldhari erwiderte die Umarmung. Dann ließen sie einander los und traten zurück.

»Es war ... es war nicht allzu entsetzlich, dort unten?« fragte Waldhari.

»Ich kann mich kaum erinnern«, antwortete Hagan aufrichtig. »Trotzdem war es wohl besser, daß du bei den Pferden geblieben bist. Eigentlich müßte jemand kommen und uns helfen, sie in die Stadt zu bringen, denn es würde mich wundern, wenn Attila dort alles niederbrennen würde, ohne ein Siegesfest zu feiern, und noch überraschter wäre ich, wenn er dich die ganze Nacht hier in der Kälte stehen ließe, was immer er auch mit dir vorgehabt haben mag.«

»Einen Becher Wein und ein warmes Bett würde ich nicht ablehnen«, gab Waldhari zu. »Auch wenn ich diesmal nicht verwundet wurde – wenn ich mir einmal meine Schlachten aussuchen kann, kämpfe ich nur noch im Sommer.«

Hagan wollte gerade entgegnen, als der schrille Ton einer Hunnenpfeife über die Ebene gellte.

»Halt dir die Ohren zu«, warnte Waldhari, holte aus seinem Beutel eine ähnliche Pfeife und ließ einen durchdringenden Antwortpfiff ertönen.

So wie Hagan vermutet hatte, erschienen drei Hunnen, die Waldhari helfen sollten, die Pferde in die Stadt zu führen. Sie begrüßten ihn wie einen Freund, klopften ihn auf den Rücken und lobten seine Tüchtigkeit im Kampf. Als sie jedoch Hagan erblickten, wichen sie zurück, umklammerten ihre Amulette und tuschelten untereinander. Hagan hatte von dem Gyula genug Hunnisch gelernt, um einige ihrer Worte zu verstehen; ins Burgundische übertragen, hätten sie *Mirk-Alf* und *Draug* gelautet, Dunkelalbe und Untoter; und mit dem Namen Ärlik Khan bezeichneten die Hunnen den schwarzen Herrscher von Halja, der Unterwelt.

»Sehe ich so krank aus?« flüsterte er Waldhari zu, während sie die Posten passierten.

»Du siehst tatsächlich aus, als wärst du lange krank gewesen, aber ich glaube, es ist nur deine blasse Hautfarbe und das viele Blut an deinem Körper. Bestimmt sehe ich genauso fürchterlich aus wie du – und rieche auch so.«

»Nun, in einer Stadt muß es Wasser geben. Allmählich juckt es mich, und ich möchte nicht alle Fliegen und Flöhe weit und breit anziehen.« In Wirklichkeit war Hagan nicht unzufrieden darüber, daß es ihn so juckte und das vom vielen Blut steifgewordene Wams so scheuerte, denn das bewies, daß er noch unter den Lebenden weilte und die Raserei, die für eine gewisse Zeit von ihm Besitz ergriffen hatte, vorbei war. Von dem Gyula wußte er, daß er die Totenblumen erst dann vom Hals nehmen durfte, wenn er wieder im Lager war, denn bis man ihn mit den erforderlichen Zeremonien gereinigt hatte, stand er noch immer auf der Grenze zwischen den Welten. Aber lebendiges Fleisch konnte die Macht der Toten nur in begrenztem Umfang ertragen, und Hagan wußte, daß er sich bald von allem, was durch ihn hindurchgeströmt war, ausruhen mußte.

Kaum waren die Krieger davongeritten und außer Sichtweite, als Kisteeva zu Hildegunds Überraschung auch schon das Tor aus Pferdehaut wegnahm und die hunnischen Frauen sich nach Belieben im Lager ergehen konnten.
»Ist das immer so?« fragte die Suebin Bokturbaeva. Die beiden sammelten Holz, um das Badehaus zu heizen, das sonst den Männern vorbehalten war. Das Hunnenmädchen hielt einen Augenblick im Bücken und Stapeln inne, und seine schrägen Augen verengten sich zu nachdenklichen Schlitzen.
»Nein ... nicht immer so«, erwiderte sie in ihrem zögernden Gotisch.
»Nicht wenn ... muß Kampf mehr als zwei Tagesritte von hier sein, weil sonst vielleicht überraschend zurückkommen ... uns herumlaufen sehen. Dann wir herauskommen und Blumen werfen, aber alle zusammen ... das anders.«
»Aber wissen sie davon?«
»Es ist unser Recht. In alter Zeit ... Steppenzeit ... Großmutter sagen, wenn Männer nicht da, Frauen alle Arbeit tun. Jetzt Sklaven mitarbeiten ... sie keine Männer, wir nicht vor ihnen weggehen ... aber wir nicht vergessen.«
Die nächsten Tage kamen Hildegund recht seltsam vor. Die Frauen lachten und tranken mehr, als sie es im Hag gesehen hatte, aber ihr Lachen hatte etwas Schrilles und ihre Fröhlichkeit etwas Grausames. Sie sah, wie Mädchen Steine nach den Hunden warfen oder den Sklaven grundlos Fußtritte versetzten, einfach deshalb, weil es in ihrer Macht stand. Zuerst gefiel es ihr, durch den Wald zu streifen oder ungehindert auf den von den Männern zurückgelassenen Pferden zu reiten und die Gangart der häßlichen kleinen Steppengäule zu prüfen, die

länger und schneller galoppieren konnten als alle anderen Pferde, die sie kannte; doch als aus den zwei Nächten vier und dann fünf wurden, dachte Hildegund immer mehr an die Männer in der Ferne und fragte sich, ob sie alle noch atmeten. Es wäre traurig, dachte sie, wenn Waldhari oder Thioderik gefallen wären; vor allem aber wußte sie nicht, was aus ihr werden sollte, wenn Attila fiel. Würde sie auf die Barmherzigkeit irgendeines Goten oder einer Friedgeisel hoffen müssen, damit man sie als Frau oder wenigstens als Dienstmagd aufnahm, oder würde ihr Vater einer Rückkehr nach Hause zustimmen? In solchen Gedanken wanderte sie durch das Lager. Dabei fiel ihr auf, daß die Tür eines der kleinen Friedgeisel-Häuschen offenstand und in einer zerbrochenen Angel schaukelte.

»Das ist das Haus von Khagan und Waldhari«, sagte die sanfte, singende Stimme eines Mannes hinter ihr.

Hildegund fuhr herum, sprachlos vor Schreck. Es war der Gyula, der dort stand, der kleine, alte hunnische Hexer. Hildegund war zu stolz, nach dem Goldkreuz an ihrem Hals zu greifen, freute sich aber trotzdem, daß es hell auf dem weichen, grauen Filz ihres hunnischen Arbeitskleides glänzte.

»Dann sollten sie sich darum kümmern, daß es in besserem Zustand ist«, erwiderte sie spitz und versteckte ihre Furcht hinter scharfen Worten, wie sie den Geschmack nicht mehr ganz frischen Fleisches unter scharfen Kräutern versteckt hätte. »Willst du mir helfen, es wieder in Ordnung zu bringen?«

Der Gyula lachte, ein leises, zahnloses Prusten. »Das ist Hörigenarbeit; ich habe es so lange nicht getan, daß ich bestimmt vergessen habe, was dazu gehört. Auch wäre ein alter Mann wie ich dir ohnehin nur eine geringe Hilfe. Aber wenn du mit mir hineinkommen willst, kann ich etwas anderes für dich tun.«

Hildegund stand einen Augenblick fluchtbereit da, den Fuß schon in der Luft. Vernünftig und christlich von ihr wäre es gewesen, der Versuchung und Neugier nicht nachzugeben und schleunigst den Ort zu verlassen. Unter anderen Umständen hätte sie das auch getan, aber dann wäre sie auch nicht durch dieses Lager gelaufen und hätte gehofft, daß die Bewegung und neue Eindrücke ihr die nagende Ungewißheit vertreiben würden, und sie hätte sich nicht so rasch auf alles gestürzt, das sie vielleicht davon abhielt, sich den Kopf darüber zu zerbrechen, was mit ihr

geschehen würde, wenn die Männer zurückkamen – *falls* sie zurückkamen.
Also folgte sie – so als ob jeden Augenblick der Boden unter ihr zusammenbrechen könnte – mit vorsichtigen Schritten dem Gyula durch die zerbrochene Tür. Für zwei Männer aus derart vornehmer Familie schien das Häuschen recht ärmlich ausgestattet. Sie wußte, daß Waldharis Vater Alphari als noch etwas mächtiger als Gundorm gelten konnte, und sie hätte auch gedacht, daß man dem Bruder des Burgunderkönigs etwas mehr als ein schmales Bett, einen Stuhl und eine versperrte Truhe zubilligen würde, wobei sie allerdings annahm, daß ihm auch die vier aufgestapelten Weinfäßchen gehörten, denn das Königreich am Rhein war bekannt für seine Weinberge.
Aber der Gyula ging zu der anderen Truhe, die dort stand. Er bückte sich und spielte eine kleine Weile mit dem Schloß, wobei er leise vor sich hin murmelte. Der Deckel sprang auf. Er trat zurück und winkte Hildegund näher.
»Was soll ich mir darin anschauen?« fragte sie mit leicht zitternder Stimme. Die Art des Gyula, in Häuser zu gehen und verschlossene Kästen zu öffnen, gefiel ihr nicht und ließ sie fürchten, daß sie ihn irgendwann nachts in ihrem Wagen entdecken oder eines Morgens ihr Buch verschwunden sein würde.
»Schau dir an, was du willst. Wenn du einen Menschen kennenlernen willst, mußt du wissen, woran sein Herz hängt.«
Wieder überlegte Hildegund, ob sie sich umdrehen und fortlaufen sollte, aber sie wollte nun sichergehen, daß der Hexer kein Unheil anrichtete. Auch konnte sie sich nicht verhehlen, daß sie neugierig war. *Christus, vergib mir*, dachte sie, *so kam Eva vor den Fall. Aber wenn es sein müßte, könnte ich mich bestimmt beherrschen; so lehrt Pelagius, und ich habe ihn immer für weise gehalten.*
»Ich möchte nichts sehen, was mir nicht freiwillig gezeigt wird«, erklärte sie.
Die Hand des Gyula senkte sich in die Truhe. »Dann soll es dir gezeigt werden.« Als sein dünner Schlangenarm wieder aus den säuberlich gefalteten Wämsern und Hosen auftauchte, hielt er ein in Holz und Leder gebundenes Buch, einen gewichtigen Band, so schwer, daß die Hand des alten Mannes zitterte. Hildegund tat einen Schritt auf ihn zu und griff schnell danach, bevor er den kostbaren Gegenstand fallen ließ. Der Ein-

band fühlte sich warm an; sie strich mit den Fingerspitzen über das glatte Leder, als streiche sie die weichen Federn eines herausgefallenen Nestlings. Dann schlug sie es auf.
Waldharis Buch war eines der Werke, von denen Hildegund schon flüchtig gehört hatte: die Erzählungen des Ovid, heidnische Märchen von leichtfertiger Zauberei und den Verwandlungen von Menschen und jenen Halbgöttern, an die das Südvolk geglaubt hatte, ehe Christus zu ihnen kam. Selbst Vater Gregorius hatte sie darauf hingewiesen, daß solche Schriften keine passende Lektüre für einen Christenmenschen waren, wenn auch zu nichtig, um größeren Schaden anzurichten als andere weltliche Zerstreuungen ... doch sie war fern von ihres Vaters Burg, und der kleine Mann, der da vor ihr stand, gefährlicher als alles, was vielleicht in Ovids Texten stand, die gewiß nicht so bedenklich waren, wenn Waldhari, der ein aufrichtiger und frommer Jüngling zu sein schien, sie so schätzte. Und sie hatte ihre drei Heiligenleben so oft gelesen, daß sie sie auswendig hätte niederschreiben können ...
»Nun weißt du es«, sagte der Gyula und war fort, ehe sie ihn zurückhalten konnte. Hildegund wußte, daß sie das Buch zurücklegen und versuchen mußte, das Schloß der Truhe wieder einschnappen zu lassen – aber nachdem sie den Band schon einmal in der Hand hatte, mußte sie einfach auch ein wenig darin lesen ...
Es wurde schon dunkel, als Hildegund endlich Waldharis Kleider wieder hochhob und das Buch, so gut sie es wußte, wieder an seinen Ort legte. Die Truhe enthielt außer Kleidung kaum etwas, nur die schlichten Armreife, die sie am Abend vor dem Aufbruch der Männer an Waldhari gesehen hatte, einen Federkiel und eine Flasche mit Tinte, dazu einige Blätter Pergament. Eines davon war beschrieben, und obwohl ihr klar war, daß sie es nicht lesen durfte, schrieb Waldhari so deutlich und sauber, daß ein Teil der Worte ihr sofort ins Auge fiel.
Zuerst glaubte sie, er hätte einen Psalm für sich abgeschrieben, aber obwohl der Stil der gleiche war, schienen die Worte ihr neu. Zumindest war es kein Psalm, den sie kannte, und sie wußte, daß man nur mit wahrer Weisheit den Namen Christi aus den heiligen Worten der Israeliten herauslesen konnte.

»Ob ich auch stehe im Lager der Finsternis,
jauchzt meine Seele doch im Herrn.

Ob ich auch wandle im Schatten und in den hohen Bergen,
jauchzt mein Herz . . .
Denn ich weiß, daß Christus bei mir ist;
und meine Gedanken sind voller Stärke.
Denn ich weiß, daß er an meiner Seite reitet im Kampf
und neben mir sitzt beim Festmahl.
Denn der Herr hat mir einen Freund geschickt,
auf daß ich nimmermehr einsam bin.«

Nun war es wirklich fast zu dunkel zum Weiterlesen. Sorgsam legte sie das Pergament zurück und tastete so lange an dem einfachen Truhenschloß herum, bis sie es klicken hörte. *Waldhari sollte einen sichereren Platz für sein Buch haben*, dachte sie – doch andererseits, wer von den Kriegern sollte es ihm wohl stehlen wollen.
Als sie das Haus verließ und sich nach einem Sklaven umsah, der die Tür in Ordnung bringen könnte, war keine andere Frau mehr zu sehen, und vom Hag herüber erklang das schaurige Singen der Hunninnen, bei dem ihr jedesmal der Atem stocken wollte. Sie rannte darauf zu, und das Herz hämmerte ihr gegen die Rippen. Es mußte Neuigkeiten geben, aber dem gräßlichen Gejaule ließ sich nicht entnehmen, ob die Männer einen leichten Sieg errungen hatten oder allesamt niedergemetzelt worden waren.
Im Hag klärten sich die Dinge. Ein junger Hunnenkrieger saß vor einem mächtig lodernden Feuer auf einem Stapel gestickter Kissen, umringt von Frauen, die ihn mit Fragen überschütteten und ihm Becher mit Khumiß und alle möglichen Leckerbissen aufdrängten. Hildgund blieb stehen, bis ihr Herzschlag und Atem sich beruhigt hatten, und wischte sich mit einem erleichterten Seufzer den Schweiß von der Stirn. Attila lebte, sonst würde man anstatt des Lachens und Jubelns ein noch weit schrecklicheres Heulen hören.
Eine der Frauen sagte etwas zu dem Krieger. Er blickte strahlend zu Hildgund auf und zeigte seine weißen Zähne. Die schwarzen Augen funkelten. »Ai, da bist du ja. Attila sendet mich mit seinen ganz besonderen Grüßen und hat mir befohlen, dir von seinen Taten in der Schlacht zu erzählen. Er war es, der an der Spitze ritt, als wir die pannonischen Linien durchbrachen, er, der vom Pferderücken aus seine Pfeile schneller verschoß, als das Auge sie zählen konnte; nicht achtete er

der feindlichen Pfeile. Seine Stimme war es, die die Krieger im Schneesturm zusammenhielt, als wir kaum noch erkennen konnten, wer Freund und wer Feind war; sein war die Tapferkeit, die uns Mut zum Kämpfen gab. Den Göttern sei Dank, daß sie unserem Stamm einen Kriegsherrn wie Attila schenkten. Möge er bald wieder starke Söhne haben und sein Geschlecht ewig leben!«

Die Frauen raunten Beifall, aber Hildegund merkte wohl, wie sie aus schmalen Augen auf sie schauten – einige mit wissender Freundlichkeit, viele aber mit Blicken, so schwelend wie Feuer unter feuchten Blättern. Sie wußte sehr gut, daß Attila ein Machtwort zu ihrem Schutz gesprochen haben mußte; sie hatte inzwischen gesehen, wie grausam die Hunninnen sein konnten.

»Möge er ewig leben«, murmelte sie. »Und wie schlugen sich Thioderik und die anderen gewaltigen Recken in Attilas Heer?«

»Ho! Thioderik focht tapfer wie stets; er ist Attilas treuester Verbündeter und verdient den Ruhm, den er sich erworben hat. Diesmal aber stand Ärlik Khan selbst auf und kämpfte in seinem Gefolge; viele Männer sahen den Todesherrn im dunklen Mantel über das Feld schreiten. Auch wenn er das Äußere von Attilas Friedgeisel Khagan trug – an seinem Hals glänzten die Totenblumen, und unter seiner Haut leuchteten die Knochen. Nie sah man einen Jüngling so grimmig streiten, und wer ihm entgegentrat, fiel vor seinem Blick.«

Wieder murmelten die Frauen, doch die alte Kisteeva lächelte, und die junge Saganova klatschte in die Hände. »Habe ich es euch nicht gesagt?« rief Kisteeva vergnügt und schlug mit dem Stock auf die harte Erde. »Ich habe euch gesagt, daß unser Khagan sich hervortun würde; ich wußte es vom ersten Tage an. Bestimmt fließt Hunnenblut in seinen Adern!«

»Und was ist mit Waldhari?« erkundigte sich Hildegund, angstvoll darauf bedacht, das Gespräch von so unheimlichen Dingen abzulenken. »Schlug er sich tapfer, und ist er am Leben?«

»Ai, auch das ist eine Geschichte. Ja, er lebt, und er ritt wie ein Hunne, schoß vom Sattel aus und kämpfte im Sattel und duckte sich vor den Pfeilen hinter den Leib seines Rosses. Ein großes Wunder ist das, denn kein Gote vor ihm beherrschte je diese Kunst. Und obwohl wir alle erstaunt waren, als Attila ihn in sein eigenes Gefolge aufnahm, hat er seinen Platz dort verdient, und ich hätte nie geglaubt, daß ich das einmal

sagen würde. Von diesen beiden, Waldhari und Hagan, wird man noch viele Jahre erzählen, in unserem Volk und deinem.«
Hildegund stieß einen langen, erleichterten Seufzer aus. Alles war gut; Attila würde zurückkehren und sie selbst nun doch nicht allein unter lauter Hunnen hier in der Fremde sein müssen. Wie immer die Schlacht sonst auch ausgegangen war, Christus hatte sich barmherzig gezeigt.

Zwei Tage später wurden die Männer zurückerwartet. Im Hag der Frauen brieten seit dem frühen Morgen Schafe in Erdlöchern. Girlanden aus dunkler Tanne und goldener Birke schmückten die Wagen. Überall sah Hildegund Frauen, die Brei aus Yoghurt und gedörrten Früchten rührten oder Fleisch weich klopften. Endlich, kurz vor Mittag, betrat der Gyula den Hag und rief etwas in dem gleichen gellenden Ton, mit dem die Hunninnen einander von Wagen zu Wagen zuschrien. Sofort versammelten sich die Frauen an der Pferdehaut, in den Händen Taschen aus Filz und Leder und Körbe. Als alle da waren, hob er den Vorhang und ließ sie hinaus. Auch Hildegund hatte sich gern angeschlossen, wobei sie sich dicht an Bolkhoeva und Kisteeva hielt.
»Ai, nun sammeln wir Blumen«, erklärte ihr Kisteeva. »Wir begrüßen die heimkehrenden Krieger, denn sie bringen den Kampf mit sich zurück, und wir müssen ihre zornigen Geister mit Blüten und Liedern besänftigen und die Überlebenden willkommen heißen.« Sie lachte mekkernd. »Am meisten freuen sich die verheirateten Frauen, denn Stahl, der erhitzt und gehämmert wurde, braucht Abkühlung – ai, viele Feuer werden heute nacht entzündet und wieder gelöscht werden! Wenn du einmal Attila heiratest, mußt auch du nach jeder Schlacht bereit sein, denn das Schwert des Kriegsgottes ist das heißeste von allen.«
Hildegund wußte nicht, was sie darauf erwidern sollte; jedes Wort wäre für die Alte nur Anlaß zu noch mehr unzüchtigem Gelächter gewesen. Statt dessen bückte sie sich, um von einem kleinen Busch die gelben Blumen des ausgehenden Sommers zu pflücken. Es waren nur noch wenige übrig, denn durch die frühen Schneefälle waren die meisten verdorrt; aber die Birken hatten noch Blätter, und es gab einige andere grüne Pflanzen, die sie mitnehmen und den Kriegern bei ihrem Einzug zuwerfen konnte.

»Was wird er dir wohl mitbringen?« Kisteeva runzelte die Stirn. »Bortai brachte er immer alles mögliche mit, wenn er vom Kämpfen nach Hause kam. Ihr ganzer Wagen war voller Geschenke von jeder Schlacht, die Attila gewann.«
Hildegund wurde einer Antwort enthoben, denn Bolkhoeva bemerkte plötzlich: »Ich schon glücklich, wenn Ugruk mir eigene Glieder bringt, heil und gesund, und Ehre, gewonnen mit Schwert. Wenn gut kämpfen... vielleicht mein Vater dann eher willig sprechen von Brautpreis.«
Kisteeva fuchtelte mit ihrem Stock nach der jungen Frau. »Schlag dir das aus dem Kopf. Ugruk sollte dir lieber keine Glieder bringen, ganz gleich welche, bevor dein Vater sein Gold genommen hat. Ai, der Preis, den er für dich fordert, hätte einst in der Steppe für zwei Khagan-Gemahlinnen gereicht; doch jetzt hat Attila so viel reiches Land für unseren Stamm erobert, daß Gold fast so billig wie Wolle ist. Trotzdem lieben sie es darum nicht weniger – sie sind wie eine Witwe in mittleren Jahren: je mehr sie die Liebe kennt, desto weniger kann sie genug davon bekommen.«
Obwohl Hildegund sich inzwischen etwas an das Geheul der hunnischen Lieder gewöhnt hatte, ließ sie der erste hohe Schrei, der von der Straße herüberklang, auch jetzt wieder erschauern, und es überlief sie kalt.
»Sie sind da!« rief Bolkhoeva, packte mit der einen Hand Hildegunds und mit der anderen Kisteevas Arm und zerrte sie so rasch hinter sich her, daß die alte Frau und die kleinere Suebin nur mit Mühe Schritt hielten. »Kommt schnell – will nicht verpassen!«
»Ai! Eine alte Frau bin ich!« keuchte Kisteeva. »Man hat doch gerade erst einen Mann gesehen! Wir verpassen sie schon nicht, Mädchen, geh ein wenig langsamer.«
Jetzt hörte Hildegund das Geräusch des Hufschlags, noch bevor sie auch nur den Weg erreicht hatten. Zu beiden Seiten aufgereiht standen schon die anderen Frauen und winkten mit ihren Zweigen und Blumen. Man hatte zwei Feuer am Eingang des Lagers entzündet, zwischen denen die Krieger hindurchreiten mußten. In ihrer Mitte stand der Gyula und warf Hände voll getrockneter Kräuter in die Flammen. Sie loderten knisternd auf und schickten zwei gleich hohe Säulen aus schwarzem Rauch in den grauen Himmel. Die Stimmen sämtlicher Hunninnen erhoben sich zu einem hohen, unheimlichen Chor; Hildegund stand stumm unter ihnen und unterdrückte mühsam den Wunsch, sich die Ohren zuzuhalten.

An der Spitze des Zuges ritt Attila. Selbst an diesem kalten, dunklen Tag funkelte sein Gold. Als er durch die Feuer sprengte, blitzten schwere Armreife und dicke Ketten auf. Lachend zog er einen der Reife ab und warf ihn hoch in die Luft, hinüber zu den Frauen. Als der Ring sich zu senken begann, riß Attila den Bogen hoch und schoß einen Pfeil mitten durch ihn hindurch, bevor das Gold in Kisteevas wartende Hände fiel. Unwillkürlich klatschte Hildegund Beifall. Attila sah mit verblüfftem Grinsen zu ihr hinunter, und zum ersten Mal hatte sie das Gefühl, hinter den schweren Zügen des Mannes den Jüngling zu erkennen. Wie sie es von den anderen Frauen gesehen hatte, griff sie in ihren Korb und warf einen Regen von Birkenblättern und kleinen goldenen Blumen vor die Füße seines Pferdes. Als er ihr jetzt die Arme entgegenstreckte, war Hildegund bereit. Sie ließ sich von ihm aufheben und in den Sattel setzen. So ritt er mit ihr vor allen Männern eine Runde um das Lager, als hätte er sie als Siegespreis der Schlacht gewonnen. Als sie sich umdrehte, sah sie, daß andere Hunnen mit anderen Frauen das gleiche taten; selbst Kisteeva saß lachend auf dem Gaul eines jungen Hunnen und schwenkte ihren Stock durch die Luft. Nur einer von Attilas Männern teilte seinen Sattel nicht; Waldhari ritt allein. Sein Gesicht war bleich, und unter den Augen lagen dunkle Ringe. Er wandte hastig den Kopf ab, als wollte er Hildegunds Blick nicht begegnen; sie hatte den Eindruck, daß er zornig war, aber sie kannte den Grund nicht und konnte nur annehmen, daß die Schlacht doch schrecklicher gewesen war, als die Jubelrufe und unheimlichen Gesänge der Hunnen vermuten ließen.

Der Ritt endete am Tor des Frauenhags. Dort setzte Attila Hildegund nieder, beugte sich zu ihr und raunte ihr leise ins Ohr: »Ich komme später noch zu dir, bevor das Fest beginnt.« Er hielt sie einen Augenblick fest, so als wollte er noch etwas sagen; dann aber richtete er sich auf und verlagerte sein Gewicht, so daß das Pferd in Trab fiel. Als alle Frauen vom Sattel gehoben worden waren, schlug der Gyula den Ledervorhang zurück, und Kisteeva führte sie wieder hinein.

»Männer kommen auch . . . kleine Zeit später«, flüsterte Bolkhoeva Hildegund zu. »Einzige Gelegenheit für sie alle, Fest mit uns zu feiern. Ich so froh, Ugruk wieder sehen, daß Augen voll Wasser von Tränen. Du auch froh, sehen Attila?«

»Ich . . . ja. Ja, doch.«

»Du viel Glück. Wenige heiraten . . . so mächtigen Mann und auch gern haben, verstehen?«

Hildegund nickte. »Zuerst kam er mir seltsam vor und erschreckte mich, aber er ist bei weitem nicht so furchtbar, wie es in manchen Geschichten über ihn heißt.«

»Nein. Er . . . stark, wild, bester Khagan von allen. Manchmal hart . . . aber nie schlecht.«

Hildegund hörte das Johlen der Männer vor dem Hag und das Trommeln von Hufschlag und wußte, daß jetzt Attilas Reiter ihre Künste zeigten. Sie hätte gern gesehen, wie die Hunnen ritten, und dachte, wie schön es wäre, zuzuschauen, wie Waldhari ihnen bewies, daß ein bücherlesender Bewohner des Westens so gut zu Pferde saß wie sie. Aber dazu war keine Zeit. Schon winkte Kisteeva sie und Bolkhoeva herbei, damit sie ihr bei einem sprudelnden Topf mit Lammklößen zur Hand gingen, denn es gab noch viel zu tun, bevor man die Männer an diesem Abend bei den Wagen der Frauen empfangen konnte.

Ein paar Flocken Nachmittagsschnee hatten eben zu fallen begonnen und schmolzen nun im Dampf der Kochtöpfe, als Kholemoeva Attila durch das Ledertor einließ und zu Hildegund führte. Hildegund sah die alte Frau nicht gern kommen; sie hatte immer das Gefühl, daß Kholemoeva auf sie herabsah, und obwohl es ihr auch jetzt noch schwerfiel, die Gedanken hinter den breiten Gesichtern und schrägen Augen der Hunnen zu lesen, wußte sie, daß Kisteevas Freundin nicht ihre Freundin war. Immerhin war es gut, daß Attila bei ihr war, dachte sie; es erinnerte die andere daran, daß Hildegund die Gunst des Khans besaß.

»Komm, Hildegund«, brummte Attila. Er trug einen großen, bauchigen Sack in der einen Hand und winkte ihr nun mit der anderen. »Wir wollen in deinen Wagen gehen, denn ich habe dir etwas zu sagen.«

Hildegund reichte Bolkhoeva ihre Kelle und folgte ihm sofort. Die drei stiegen in ihren Wagen und ließen sich auf den Kissen nieder.

»Ich habe dir ein Geschenk mitgebracht, wie es in unserem Volke Brauch ist – ein sehr mächtiges Geschenk, das aber auch für eine Christin paßt; ich habe dabei besonders an deinen Glauben gedacht.«

Er öffnete den Sack. Hildegund war so außer sich vor Schreck, daß ihr die Sprache wegblieb, als hätte man ihr einen harten Schlag auf den Hals

versetzt. Ihr Mund öffnete und schloß sich, aber sie brachte kein Wort heraus.
In dem Sack lagen drei abgetrennte Köpfe. Die bärtigen Kiefer standen offen, aufgerissene, schon austrocknende, blaue und graue Augen stierten sie an. Trotz der Kälte hatte die Haut bereits einen schwach blaugrünlichen Schimmer angenommen, und Hildegund konnte die ersten Anzeichen der Fäulnis riechen, die wie ein Sumpfnebelhauch von ihnen aufstieg. Am schlimmsten aber waren ihre Hälse, denn über den angetrockneten, braunen, widerwärtigen Schnittflächen hatte man eng um jeden Hals ein goldenes Kreuz geschnürt, und die goldenen Ketten schnitten tief in das erschlaffte Fleisch.
Lieber Christus, betete Hildegund, *ist es das, was Attila mit mir vorhat, wenn ich dir die Treue bewahre? Sind diese Männer gestorben, damit ich vor Entsetzen von deiner Kirche abfalle?* Sie fand keinen anderen Sinn in den Worten des Hunnen. Während sie zu begreifen glaubte, wurde ihr übel. Starr vor Angst saß sie da und sah sich als nächstes Opfer seiner grausamen Wildheit.
»Ich selbst erschlug sie in der Schlacht«, prahlte Attila so stolz, als halte er ihr stummes Grauen für eitel Freude.
»Solche Amulette sind die mächtigsten, und ich wußte ja, daß das auch die Christen glauben, denn ich sah, wie meine Goten den Toten die Kreuze abnahmen und sich selbst umhängten.«
»Willst du ... kein Dank, solches Geschenk?« fragte Kholemoeva, deren Gotisch noch unbeholfener als das von Bolkhoeva war. »Gutes Geschenk ... Mann gibt Frau, bestes Geschenk. Wenige Männer heute noch tun.«
Hildegund wandte das Gesicht von dem scheußlichen Anblick ab und sah zu Attila auf. Obwohl er noch immer mit breitem Grinsen die Zähne zeigte, fingen seine Mundwinkel bereits an sich zu senken, und die dichten Brauen zogen sich zusammen, als er sie schärfer musterte. Hildegund hörte etwas in seiner Stimme, das wie ein gefährliches Pochen klang, als klopften breite Finger an eine hölzerne Schwertscheide. »Ist das Geschenk dir nicht willkommen?«
»Es ist nicht ... nicht Christenart ...« brachte Hildegund mühsam hervor. Vom Geruch der Köpfe war ihr so übel, daß ihr das Essen hochkam und ihre Kehle verstopfte, aber sie schaffte es, die halb erstickten Worte zu flüstern: »Ich danke dir für deine freundliche Absicht ... es ist

nur ... ich habe noch nie so etwas geschenkt bekommen und ... es ist gewiß nicht das, worum ich gebeten hätte ...«

»Nun, denk darüber nach. Eine der anderen Jungfrauen wird dir gewiß zeigen können, wie man mit diesen Köpfen umgeht; die Frauen wissen, was damit zu tun ist.« Er stand auf, ließ jedoch den grausigen Sack liegen. »Ich kann nicht länger bleiben, denn vor dem Fest hier im Hag gibt es noch viel Arbeit. Auch die Goten müssen erhalten, was ihnen zusteht, wenn sie auch nicht hierherkommen dürfen. Doch ich wollte dir dein Geschenk überreichen, bevor in der Halle das Festmahl beginnt.«

Hildegund hatte beinahe den Eindruck, daß etwas wie Bedauern die Rauheit seiner Stimme milderte, zumindest hörte sie, daß Enttäuschung daraus sprach.

»Dafür ... dafür danke ich dir«, stieß sie hervor.

Attila und Kholemoeva stiegen aus dem Wagen und ließen Hildegund, die vor Ekel zitterte, allein mit den drei Köpfen zurück. Sie wollte sie los sein, nichts wünschte sie mehr, aber es waren Christen gewesen, und man mußte sie ehrlich begraben, auch wenn es hier keinen geweihten Boden gab. Sie dachte daran, Bolkhoeva zu rufen, aber die Vorstellung, die andere könne die Schreckenstat des Khans als hohe Ehre betrachten, über die Hildegund außer sich vor Freude sein müßte, war ihr unerträglich. Ebensowenig wollte sie von den Hunnen dabei gesehen werden, wie sie ein Loch grub, um Köpfe und Kreuze zusammen zu bestatten, denn das würde man Attila sicher sofort melden. Aus dem gleichen Grund wollte sie auch Thioderik nicht um Hilfe bitten. Mehr denn je fürchtete sie, den Hunnen zu beleidigen, und weniger denn je wollte sie von den Händen berührt werden, die diese Köpfe abgehackt und die Kreuze um ihre Hälse geknotet hatten.

Endlich fiel ihr ein, an wen sie sich wenden konnte – einen Mitchristen, dem sie vertrauen konnte: Waldhari. Mit wankenden Knien stand sie auf und verließ den Wagen. Der Gedanke, die verwesenden Köpfe dort liegen zu lassen, wo sie schlafen mußte, war ihr abscheulich, aber sie hatte keine andere Wahl. Wenigstens war es kalt, ja, der Schnee fiel jetzt sogar dichter, überzog die dunklen Tannenäste mit einem dünnen weißen Reifpelz und legte eine helle Decke über die Wagendächer.

»Nicht alles gut mit Khan Attila und dir?« fragte Bolkhoeva besorgt, als Hildegund auf sie zukam. »Er traurig aussehen ... bestürzt ... wenn weggehen. Ich ihn nie so gesehen. Was du ihm antun?«

Die Worte der Hunnin überraschten Hildegund. Es war ihr unbegreiflich, wie man in der rohen Grausamkeit, die ihr die Köpfe anderer Christen schenkte – mit den Zeichen ihres Glaubens als letzten, grausigen Trophäen –, liebevolle Zuneigung erkennen konnte; aber nach dem, was sowohl Kholemoeva als auch Bolkhoeva gesagt hatten, konnte sie kaum daran zweifeln, daß ihr Attila wirklich ein . . . Geschenk der Liebe hatte machen wollen – nach der blutrünstigen Art der Hunnen. Wieder überlief sie ein Schauder. Wenn das ein Zeichen seiner Liebe war, wie konnte sie es über sich bringen, sich ihm vor Gottes Antlitz anzugeloben?

Sie zwang sich, ruhig auf die Frage des Mädchens zu antworten. »Er war in Eile, und ich glaube, er wäre gern länger geblieben. Aber jetzt gibt es etwas, das ich tun muß. Wie kann eine Frau in diesem Hag einen Mann rufen, der draußen im Lager ist?«

»Wenn Mann nicht in Hörweite, mußt du anderen schicken, um ihn zu finden. Oder Gyula oder sein Lehrling dich mitnehmen; sie frei durch Tor gehen und auch keine Gefahr für dich, wenn dich bewachen unter Männern oder dir Mann herbringen, wenn du keine Frau bei dir wollen.« Bolkhoeva kicherte plötzlich und krauste das platte Näschen. »Nur wenn Khagan rufen, du ihm Zeit geben müssen für Haar schön flechten, sonst er nicht zu Jungfrauen dürfen. Oh! Das gern sehen wollen. Ich komme mit und für dich rufen.«

Hildegund fragte sich, wie Bolkhoeva auf den Gedanken kam, ausgerechnet der finstere Burgunder würde sich damit aufhalten, erst seine Haare zu flechten, wenn er sich unter den Jungfrauen umschaute. Aber sie ging nicht weiter darauf ein.

Die Rufe der Hunninnen hatten noch einen anderen Zweck als die Unterhaltung von Wagen zu Wagen. Das entdeckte Hildegund jetzt, als sie sich vor Bolkhoevas gellendem Schrei die Ohren zuhielt: die Männer hörten im ganzen Lager, daß man etwas von ihnen wollte. Es dauerte gar nicht lange, bis Hagan eilig angelaufen kam. Der Burgunder schien gerade gebadet zu haben; sein langer schwarzer Haarschweif war naß, und trotz des dichten Schneetreibens trug er über der Brünne und dem tiefblauen Festwams nur einen leichten Mantel. Trotz seiner wie gewöhnlich finsteren Miene schienen Hildegund die grauen Augen ruhiger, als sei der Wahnsinn, der so oft von ihm Besitz ergriff, für eine Weile von ihm gewichen; aber es konnte auch nur der Hanfrauch des Badehauses sein.

»Warum rufst du mich?« fragte er.
»Ich möchte, daß du Waldhari zu mir bringst. Ich will in meinem Wagen mit ihm sprechen, weil . . . oh, du wirst es sehen. Sag ihm, daß ich dringend seine Hilfe brauche, denn ich bin ratlos.«
»Kannst du mir sagen, was geschehen ist?«
Aber Hildegund brachte die furchtbaren Worte nicht über die Lippen. Bei dem Gedanken an die drei Köpfe auf dem Fußboden ihres Wagens versagte ihr Mut. »Ich . . . lieber nicht. Es ist nichts, das uns beiden Unheil verkündet, hoffe ich, aber ich werde nicht allein damit fertig.«
Seufzend wandte Hagan den Blick ab. Obwohl seine Stimme unverändert blieb, sah Hildegund seinen Ärger an der Art, wie seine Hände den Saum des Kettenhemdes umklammerten und wieder losließen.
»Ich werde ihn holen.«
»Danke! Ich danke dir von Herzen!« Hätten sie sich nicht im Lager der Hunnen befunden, würde sie ihn vielleicht vor lauter Erleichterung umarmt haben.
Als Hagan mit Waldhari zurückkehrte, begriff Hildegund, was Bolkhoeva mit ihrer Bemerkung über sein Haar gemeint hatte. Er trug es nicht im einzelnen Zopf der hunnischen Männer, sondern so, wie es viele von den jungen Hunninnen an diesem Morgen sorgfältig gekämmt und geordnet hatten: mehrere Zöpfe mit eingeflochtenen goldenen Ringen, am Hinterkopf durch einen kleinen Rundkamm aus Gold und schöngeschnitztem Holz gezogen. Obwohl er sich nur drei Zöpfe statt der über ein Dutzend, die viele Frauen bevorzugten, geflochten hatte, war die Wirkung erstaunlich – und vage beunruhigend, vor allem über dem Panzerhemd und dem Schwert, die er nicht abgelegt hatte; sie hätte von dem jungen Krieger so wenig erwartet, daß er sich das Haar so kunstvoll frisierte, wie daß er einen Rock anzog.
Obwohl Waldhari besorgt die Stirn runzelte, merkte man deutlich, daß er sich beim Anblick seines Freundes das Lachen verbeißen mußte.
»Er hübsch nein? Ich euch alleinlassen«, erklärte Bolkhoeva. »Du sicher mit Khagan, er jetzt wie Mädchen.«
»Was gibt es?« fragte Waldhari, sobald Hagan und er Hildegund in den Hag gefolgt waren. »Hagan sagt, du wolltest es ihm nicht erzählen.«
»Ich kann nicht. Kommt mit.«
Als Hildegund die Tür ihres Wagens geöffnet und den beiden Jünglingen gezeigt hatte, was darin lag, erstarrte Waldhari. Dann trat er einen

Schritt zurück und reckte sich zu seiner vollen Höhe auf. Seine Nüstern bebten, und er stieß einen langen, tiefen Atemzug aus, als erwäge er den ganzen Umfang dieses Entsetzens. Hagan dagegen stieg in den Wagen und bückte sich, um die Köpfe genauer zu betrachten.
»Das ist Hunnenbrauch. Attila wollte dir eine sehr große Gunst erweisen«, sagte er.
»Ich weiß!« fauchte Hildegund. »Aber was soll ich damit anfangen? Sie brauchen ein christliches Begräbnis, und es muß unauffällig und im Geheimen geschehen, damit Attila nicht denkt, ich verachtete sein Geschenk, und noch zorniger auf mich wird, als er schon ist. Ich könnte nicht...«
»Nein. Nein, wirklich nicht«, stimmte Waldhari zu. »Das ist gewiß eine von Attilas übelsten Taten, dir so etwas zu bringen, obwohl er weiß, daß du Christin bist.«
»Er sagte...« Hildegunds Stimme fing an zu zittern. Sie holte tief Luft und zügelte die plötzlich aufsteigenden Tränen, als würde sie ein unruhiges Pferd bändigen. »Er sagte, er hätte es wegen meines Glaubens getan, und ich dachte, er wollte mir drohen.«
»Ah.« Waldharis Seufzer bedeutete Verständnis und Trost zugleich, so ermutigend wie ein starker Arm um Hildegunds Schultern, und sie konnte fortfahren.
»Er hat gesehen, wie Goten die Toten ausraubten, und dachte, daß wir und die Hunnen die gleichen Sitten haben. Darum brachte er mir... das da.«
»Ja. Hm. Nun, ich denke, am besten schaffen Hagan und ich diese armseligen Überreste hinaus in den Wald und begraben sie dort. Wir haben hier weder einen richtigen Priester, noch würde ich den Begräbnisplatz der Arianer als geweihten Boden bezeichnen; außerdem meine ich, daß niemand außer uns dreien hier etwas von der Sache erfahren sollte. Hoffentlich ist Attila so vernünftig, dich nicht zu fragen, was aus seinem Geschenk geworden ist.«
»Das hoffe ich!« erwiderte Hildegund so inbrünstig, als spräche sie ein Gebet. »Ich denke aber... ich denke, ich muß mit euch kommen. Sie wären zwar ohnehin im Kampf gestorben, aber was dann aus ihnen wurde, geschah um meinetwillen, und niedrig wäre es von mir, wollte ich Menschenköpfe wie Abfall behandeln, den ein anderer für mich fortschaffen muß. Ich könnte es nur nicht ertragen, sie zu berühren oder...«

»Nein.« Waldhari stand da und musterte die Köpfe. Hildegund merkte, daß ihn ein leichter Schauder überlief; offensichtlich hatte er auch keine Lust, sie anzufassen.
»Ich werde sie für dich tragen«, erklärte Hagan und bückte sich, um die Köpfe wieder in den Sack zu stecken. »Wäre Waldharis Nase weniger empfindlich, hätte ich Kisteeva und Saganova auch solche Geschenke mitgebracht, obwohl ich mir vielleicht nicht so viel Mühe gegeben hätte, ausgerechnet christliche Amulette zu finden.« Er sah auf und verzog die Oberlippe zu einer furchteinflößenden Grimasse, die die scharfen, weißen Zähne aufblitzen ließ.
Hildegund zuckte unwillkürlich zurück und bekreuzigte sich. Sie wußte, daß sie bleich geworden war.
»Das ist kein Anlaß zum Scherzen«, bemerkte Waldhari mit überraschend tief gewordener Stimme und sah seinen Freund ärgerlich an. »Rasch, sammle sie auf und dann fort damit.«
Hagan zuckte die Achseln und hob mit einer Hand mühelos den schweren Sack hoch. »Wohin wollen wir gehen? Es darf nicht zu weit entfernt sein, denn es schneit jetzt stark, und die Festlichkeiten werden bald beginnen. Der Gyula hat mich zum Fest der Hunnen eingeladen, aber ich möchte auch eine Weile bei den Goten mitfeiern, und sei es auch nur, um zu hören, wie die Männer dir zutrinken, Waldhari, weil du in Attilas Schar geritten bist.«
»Wir wollen ein Stück am Fluß entlanggehen. Der Boden ist dort weicher, und wir können das Loch tiefer graben.«
Waldhari und Hagan hoben gemeinsam das Grab aus und Hildegund löste sie abwechselnd ab, damit sie einen Augenblick ausruhen konnten. Trotz der Kälte gerieten alle drei bald ins Schwitzen, und die Tatsache, daß sie darauf achten mußten, ihren Festtagsstaat nicht zu verschmutzen, erschwerte die Arbeit noch. Immerhin ging es schneller, als sie befürchtet hatten, und als Hagan erklärte, die Grube sei nun tief genug, um einigermaßen sicher vor umherschnüffelnden Wölfen und Wildschweinen zu sein, war es noch hell. Hagan legte den Sack sanft in die Erde, während Waldhari die Totengebete sprach. Die Stimme des Franken war ernst und ruhig, aber voller Kraft. Hildegund sah die stille Trauer in seiner Miene und die feste Haltung der knochigen Schultern und fand, daß er wohl ein guter Priester geworden wäre; es lag etwas Tröstliches in seinem Auftreten, die schlichten Züge verhießen wahre und verläßliche

Worte, und die Stärke seines Glaubens klang deutlich aus den vertrauten Sätzen, die er sprach.

Aber wenn Waldhari Priester geworden wäre, dachte sie plötzlich, *stünde er jetzt nicht hier neben mir... und ich bin sehr froh, daß er das tut.*

Auf ihrem Rückweg zum Lager kam Hagan ein Gedanke. »Geh du zu unserem Haus, Waldhari, oder nimm einen anderen Weg.«

»Wieso?«

»Weil ich mich daran erinnere, wie Attila uns angeschaut hat, als wir kürzlich bei Hildegund saßen. Obwohl es mir ohne weiteres gestattet ist, sie zu begleiten und dadurch ihren guten Ruf zu schützen, möchte ich den Khan nicht verärgern, vor allem, nachdem sein Geschenk so wenig Jubel hervorgerufen hat.«

»Ah. Das ist klug gesprochen. Ich sehe euch dann später.« Waldhari beschleunigte seine Schritte, ging voraus und bog in den Pfad ein, der zum Haus hinführte. Hagan hatte das Gefühl, Hildegund entferne sich sofort ein Stück von ihm, als hätte sie ohne Waldhari Angst vor seiner Nähe.

»Ich tue dir nichts Böses«, versicherte er. »Meine Pflicht ist es, dich zu behüten, nicht dir weh zu tun.«

»Das weiß ich.« Aber sie wahrte trotzdem den Abstand.

Die Goten fingen eben an, in die Halle zu strömen, als Hagan und Hildegund dort eintrafen. Sie klopften sich die verstreuten Schneeflocken von den Pelzmänteln und drängten sich um die Plätze, die dem Feuer am nächsten waren. Attila hatte bereits seinen Sitz am Herrentisch eingenommen, und Hagan führte Hildegund ohne Zögern zu ihm. Gerade wollte er den Khan begrüßen, als der Hunnenfürst in schallendes Gelächter ausbrach.

»Khagan! Ich sollte dich heute abend wohl besser *Khatun* nennen, denn mir scheint, du hast deinen Haarschmuck ganz vergessen.«

Das hatte Hagan wirklich, nun aber lastete das Gewicht der Zöpfe, der Ringe und des Rundkamms, durch den sie gezogen waren, schwer auf seinem Haupt. Obwohl kein Blut sein Gesicht röten konnte, schloß er einen Herzschlag lang die Augen. Waldhari hatte ihn schon genug geneckt; er hatte keine Lust, sich von Attila oder den Goten weiter verspotten zu lassen.

»Anstatt mich auszulachen, solltest du mir dafür danken, daß ich Hildegund sicher durch das Lager zu deiner Halle geleitet habe. Wenn ich mir jedesmal erst das Haar löse, bevor ich sie an solchen Abenden abhole, und es dann wieder flechte, wenn ich sie zurückbringe, wirst du sie nicht mehr zu Gesicht bekommen, weil ich dann zu nichts anderem mehr Zeit haben werde.«

»Solche Worte habe ich auch schon von anderen Schamanen gehört«, erwiderte Attila, noch immer lachend. Hagan roch den Wein und Khumiß in seinem Atem; er mußte, nachdem er Hildegunds Wagen verlassen hatte, sogleich zum Becher gegriffen haben. »Hildegund! Bist du bereit, uns den Festtrunk zu kredenzen, zu Ehren aller, die mit uns geritten sind – jener, die jetzt hier sitzen, und jener, die auf dem verschneiten Feld zurückbleiben mußten?«

»Ich bin bereit«, antwortete die Suebin ruhig, strich sich eine rotgoldene Locke aus der Stirn und rückte das Kreuz an ihrem Hals gerade. Hagan bemerkte die Geste und fand, daß es einigen Mut erforderte, in Attilas Gegenwart das goldene Abzeichen des Christus zu tragen, wenn man berücksichtigte, was der Hunne ihr geschenkt hatte; entweder hatte sie jetzt weniger Angst als vorhin, oder sie war stark genug, diese Angst zu unterdrücken. Er wartete, bis einer der Hörigen ihr einen Bierkrug gebracht und sie ihm das Horn gefüllt hatte, und begab sich dann an seinen Platz.

Vor ihm auf dem Tisch stand eine Platte mit Brot, nicht dem harten Fladenbrot der Hunnen, das gewöhnlich an Attilas Tisch gereicht wurde, sondern mit guten gotischen Weizenlaiben, dazu ein hölzernes Butterfäßchen. Hagan nahm von beidem. Er lehnte das volle Horn in die Ellbogenbeuge und strich mit seinem Eßmesser die Butter auf das Brot. So saß er, als er am Tisch hinter sich Stimmen hörte.

»Nun wissen wir auch, an welcher Stelle der Albensohn in der vorigen Schlacht so schwer verwundet wurde – er hat sich das Haar geschmückt wie ein Mädchen, um es uns mitzuteilen!«

Es war ein hoher Tenor mit leicht singendem ostgotischem Tonfall – unverkennbar Ulfbrands Stimme, und das Gelächter, das gleich darauf ertönte, kam von Arnhelm und Wittegar.

»Noch dazu wie ein hunnisches Mädchen«, fügte Arnhelm hinzu.

»Wem er wohl gefallen möchte? Keinem von uns, Gott sei Dank.«

Hagan wollte gerade aufstehen, als eine andere, tiefere Stimme sich in die Hohnreden der Jungen mischte. Auch sie hatte einen ostgotischen Akzent, doch ohne den singenden hunnischen Beiklang – es mußte ein älterer Mann sein, einer von denen, die an der Schlacht teilgenommen hatten. Gleich darauf erkannte Hagan die Stimme. Sie gehörte Fritigern, einem von Thioderiks auserwählten Kriegern.

»Töricht ist es von euch, solche Reden zu führen, wenn Hagan sie hören könnte, und ihr würdet es auch nicht tun, wärt ihr vor vier Tagen mit im Feld gewesen. So jung er auch ist, er war im Fußkampf der erste hinter Thioderik, wovon ihr heute abend gewiß noch mehr erfahren werdet, und er kämpfte mit der grimmigen Wut jener mächtigen Unholde, die unser Volk einst Götter nannte. Man hat mir gesagt, daß er danach unter den Verwundeten umherging und ihr Leben sie verließ; und ich sah seinen Blick dabei, dem zu begegnen keiner von euch den Mut gehabt hätte. Aber wenn ich auch nicht weiß, ob er jetzt ein Halja-Runenkundiger werden wird wie der alte Hunne oder in der Welt der Seelen einen anderen Namen trägt, eines weiß ich: er ist schon heute ein besserer Kämpfer als die meisten erwachsenen Männer. Und wenn ihr ihn schmähen wollt, dann werdet ihr alle, die an seiner Seite fochten, zu Feinden haben, denn wir alle hoffen, beim nächsten Zug neben ihm zu kämpfen – und uns nicht seinen Haß zuzuziehen, damit nicht auch wir eines Tages verwundet am Boden liegen, wenn er das Feld abschreitet. Männer wie er brauchen nur ihrem eigenen Willen zu folgen.«

Das Getuschel der drei Friedgeiseln verstummte, und eine ungewohnt angenehme Wärme erfüllte Hagans Brust. Fritigerns Worte beantworteten eine unausgesprochene Frage. Niemand würde sich der Dinge wegen, die der Gyula ihn lehrte, über ihn lustig machen, auch wenn er sich das Haar schmückte und frei im Hag der Frauen aus- und einging, und für jene, die vielleicht verstanden, was in ihm vorging, befleckte keine Schande seine Taten in der Schlacht. Von solchen Gedanken besänftigt, griff er selbst dann nicht zum Schwert, als man ihn leicht an den Zöpfen zog, obwohl Waldhari schon zurückgesprungen war, als Hagan sich umdrehte. Der Franke hatte das Wams gewechselt, was trotz ihrer Anstrengung beim Begraben der Köpfe kaum nötig gewesen wäre, und sein kurzes braunes Haar frisch gekämmt.

»Ziehst du dich jetzt jeden Abend so vornehm an, wenn du in die Halle kommst?« erkundigte sich Hagan.

Die Röte, die Waldharis Wangen färbte, verriet ihm, daß sein Pfeil getroffen hatte, aber der Franke antwortete nur: »Und warum nicht? Nur weil wir unter den Hunnen leben, müssen wir uns nicht gänzlich wie

Barbaren aufführen. Du solltest dich auch besser kleiden; dein Festwams sieht aus, als müßte es jeden Augenblick über den Schultern platzen, und die Ärmel sind auch zu kurz geworden. Vielleicht kannst du deine Goldschmiedin bitten, dir ein neues zu nähen, oder, da du ja unter die Frauen gehen darfst, kann Hildegund dir zeigen, wie man es selber macht.«

Die Worte reizten Hagan nicht so, wie sie es früher getan hätten. Er versetzte nur: »Ich fürchte, dann wäre ich wirklich schlecht gekleidet, müßte ich auf meine eigene Nähkunst vertrauen. Für heute abend genügt, was ich anhabe.«

»Tatsächlich?« grinste Waldhari. »Man hat mir zugeflüstert, daß heute abend eine Menge Leute auf uns schauen werden, sofern du lange genug bleibst.«

»Ich gehe zum Fest der Hunnen, sobald Attila aufbricht, und das wird wahrscheinlich die ganze Nacht dauern, so daß ich für beide Feste genug Zeit habe.«

Immer mehr Männer drängten sich in die Halle, in der es ständig lauter wurde. Hagan hatte den Saal nie so voll erlebt. Ausnahmsweise waren heute kaum Männer zu Hause geblieben, um mit ihren Frauen zu essen, sondern jeder Mann und Jüngling der ganzen Siedlung schien sich eingefunden zu haben. Selbst Hagans scharfe Ohren hatten Mühe, Waldharis Worten zu folgen, und er fragte sich, wie andere sich überhaupt unterhalten konnten.

Endlich erhob sich Thioderik und donnerte mit dem Schwertknauf auf den Herrentisch, bis das Hämmern endlich durch den Lärm drang. Langsam wurde es leiser, bis nur noch ein paar leise gemurmelte Gespräche nicht verstummt waren.

»Hört mich!« rief der Gotenfürst. »Die Feldzüge dieses Jahres sind beendet. Gott hat uns eine gute Ernte an Sieg und Beute beschert. Unsere Schwerter sichern das Land, das wir besitzen, unsere Gegner sind vernichtet. Auch wenn Freunde und Gesippen fielen, der größere Teil ist am Leben und gewann Ruhm. Darum wollen wir trinken und feiern – zum Dank an Gott für das, was wir gewonnen haben und weil wir leben, und zum Gedenken an die, die in diesem Sommer von uns gegangen sind: *denn ein jegliches Ding hat seine Zeit.*«

Thioderik hob das Horn und trank. Die meisten Goten tranken so wie ihr Fürst, aber Hagan sah hier und da auch einen Mann, der Donars

Hakenkreuz über sein Horn zeichnete, ehe er es an die Lippen setzte. Ihm fiel ein, daß es auch an der Zeit war, das Winternachtsfest zu feiern; aber er würde warten und es ein paar Nächte später auf seine eigene Art begehen müssen.

»Nun gibt es drei Namen, die ich heute bei unserem Fest nennen möchte, von drei Jünglingen, die dieses Jahr im Kampfe glänzten. Der erste ist gefallen: Bleyda, Attilas Sohn, von einem verirrten Pfeil getötet, gegen den all seine Kraft und Kriegskunst nutzlos blieben. Um ihn trauern wir alle.

Die beiden anderen leben: Waldhari, Alpharis Sohn, und Hagan, der Gebicunge. Nie sah man so jugendliche Krieger, die wie diese beiden kämpften. Ich glaube, daß sie einmal zwei gewaltige Helden werden, und schon jetzt haben sie unserem Heer und ihrem Pflegevater Attila große Ehre eingebracht und sich den Platz am obersten Tisch der Halle verdient. Hagan und Waldhari, kommt her und setzt euch zu uns, und empfangt aus der Hand eures Pflegevaters die Belohnung für eure Kühnheit.«

Hagan bemerkte, daß Attila nicht lächelte. Sein dunkler Blick ließ sie nicht los, als sie durch die Tische nach vorn gingen. Er fragte sich, wieviel Thioderik Attila vorher von seiner Absicht erzählt hatte und inwieweit der Gote den Hunnen vor den anderen überraschen wollte. Doch der Khan hob die Arme, streifte die schweren goldenen Reife ab und häufte sie vor sich auf dem Tisch auf.

»Nehmt das Gold, das ihr gewonnen habt, meine Tapferen«, grollte Attila. »Laßt es an euren Armen funkeln, damit man weiß, daß ihr zu meinem Heer gehört – kenntlich an den Ringen aus meinem Schatz, Beweisen eurer Treue zu dem Pflegevater, der sie euch gab.«

»Möge die Ehre dieses Heeres immer in uns leuchten«, erwiderte Waldhari.

Doch während er die weiten Armbänder überstreifte, dachte Hagan: *Ringe können auch Fesseln sein; indem Attila uns auf diese Art bindet, verschenkt er nichts, denn mit dem Gold, das wir tragen, bleiben wir sein Eigentum. So vergrößert er seinen Hort; seine Krieger sind Teil seines Schatzes, so wie dieses Gold, das uns an ihn kettet, und so wächst mit unseren Taten, unserer Treue und Kraft sein Reichtum.*

Thioderik winkte ihm, neben ihm Platz zu nehmen, so daß der Gote nun zwischen Hagan und Hildegund saß, mit Hildebrand an Waldharis anderer Seite. »Willkommen an dieser Tafel«, sagte er, ein wenig leiser, weil nun Attila aufgestanden war und anfing, die Namen und Taten derjenigen aufzuzählen, die er besonders ehren wollte. »Ihr seid in der Tat willkommen, ›wohl gekommen‹, denn man wird die ganze Nacht Lieder von euch singen, auch wenn sie nicht von einem so kunstreichen Sänger und Dichter stammen wie dem, den Gundahari als Boten zu uns sandte.«

»Wir wünschen uns nichts Besseres«, antwortete Waldhari. Aber Hagan hatte das Gefühl, daß die braunfleckigen Augen seines Freundes zwar vor Freude glänzten, aber nicht so verwirrt und glücklich schienen wie damals, als sie beide in Folkharis Lied zum ersten Mal ihre Namen hörten. Es beunruhigte ihn, daß Waldharis Blick immer wieder an ihm und Thioderik vorbeihuschte und dem kurzen Aufblitzen von rotem Haar und grünem Gewand folgte, die hier und da hinter der Schulter des Goten sichtbar wurden. *Das wird Unheil bringen,* dachte Hagan mit einer Gewißheit, die nicht nur der eigene Verstand ihm eingab. *Am liebsten wäre ich sitzengeblieben, wo wir waren; dort war das Mädchen, sofern sie uns nicht gerade einschenkte, unerreichbar.*
Als man die Speisen auftrug, aß Attila ein symbolisches Stück vom besten Braten und eine Scheibe Brot und erhob sich dann. »Von Herzen lieb ist mir Thioderiks Volk!« rief er, ohne darauf zu warten, daß es in der Halle still wurde. »Doch die Goten haben ihre Bräuche und wir die unseren. Darum auf, meine Hunnen, wir wollen hinübergehen zu unserem eigenen Fest; die Frauen harren unserer im Hag!« Und etwas leiser sagte er zu Hildegund: »Auch du sollst mit uns kommen und sehen, wie unser Volk feiert, wenn die Männer aus der Schlacht heimkehren; denn eines Tages sollst du dort den höchsten Platz einnehmen.«

Hildegund überwand die Furcht, die an ihrem Herzen nagte, und nickte. Sie hatte Gerüchte gehört, daß die Hunnen ihre Gefangenen folterten, die Schwachen und Hilflosen zum Vergnügen quälten . . . würde sie dabeisitzen und zuschauen müssen? Das wäre das Ende; sie könnte nicht länger im Lager bleiben.

Der Gyula ging zwischen Attila und Hildegund. Hagan war nirgends zu sehen, und Hildegund fragte sich, ob er beim Fest der Goten geblieben war. Es hätte sie nicht gewundert, denn soweit sie wußte, würde man ihn und Waldhari heute die ganze Nacht lang hochleben lassen. *Wie leicht*

haben es doch die Männer, dachte sie, *sie brauchen nur zu zeigen, wie stark sie sind, und jeder jubelt ihnen zu.*
Der große Platz, den man in der Mitte der Wagen geräumt hatte, war jetzt mit einem Ring aus Schaffellen und Kissen umlegt, und zwischen hohen Pfählen spannte sich ein riesiger Baldachin aus Filzbahnen, um den Schnee abzuhalten. Überall am Rand brannten Feuer, und auf am Boden ausgebreiteten Filzdecken warteten Speisen und Getränke. Die meisten Hunnengesichter unter den pelzverbrämten Schafledermützen glänzten von frischem Fett. Die Frauen hatten bereits auf der einen Seite des Ringes Platz genommen, schwatzten miteinander und rückten ihre kunstvollen Zöpfe und Haarkämme zurecht. Nach und nach fanden sich die Männer ein und setzten sich auf die andere Seite.
»Geh jetzt«, befahl Attila. »Und denk daran – wenn du mich tanzen siehst, tanze ich für dich.«
Der Gyula führte Hildegund zu Bolkhoeva, ihrer jüngeren Gefährtin Bokturbaeva und Kisteeva. Kaum hatte die Suebin sich niedergelassen, als Bolkhoeva ihren Arm ergriff. »Dort ist er! Du ihn sehen – meinen Ugruk?«
Der junge Mann, auf den Bolkhoeva zeigte, unterschied sich für Hildegund wenig von anderen jungen Hunnen. Vielleicht war der Blick aus den schrägen Augen unter dem Pelzrand seiner Rotfuchsmütze ein wenig schwermütiger als bei den meisten anderen, und er hatte einen besonders langen, hängenden Schnurrbart, im übrigen war er flachgesichtig, drahtig und krummbeinig vom Leben im Sattel wie fast alle Männer seines Volkes. Doch die Freude, die aus Bolkhoevas dunklen Augen strahlte, bewies, daß sie etwas in ihm sah, das Hildegund nicht sehen konnte, und Ugruks anbetender Blick war auf sie geheftet wie auf eine Erscheinung der heiligen Jungfrau. »Niemals sonst ... nie sehen vor anderen. Ich immer froh über Kriegszug, auch wenn er mir fehlen und ich machen Sorgen; aber ich weiß, er kommen zurück zu mir, und wir uns dann sehen bei Fest.«
»Es ist grausam von den Hunnen, Männer und Frauen so zu trennen«, meinte Hildegund unwillkürlich. »Selbst die frömmsten Christen dürfen wie Bruder und Schwester leben. Warum tut ihr das?«
Kisteeva lachte schallend. »Wir waren Hirten, lange bevor wir Räuber wurden, Mädchen. Du hast wohl niemals Vieh gezüchtet? Die besten Widder zeugen die besten Lämmer, aber wenn Mutterschafe und Widder

dauernd zusammen sind, weiß man nie, welches Lamm von wem stammt. Was aber für unsere Tiere gilt, gilt auch für uns – wenn darum ein Schaf aus der Herde ausbricht, sollte es das lieber geschickt verhehlen und dafür sorgen, daß keine Jungen kommen. Wenn die Krieger aus der Schlacht heimkehren, dann sehen wir, wer der Stärkste und Beste ist. Warte nur, bis die Männer sich sattgegessen haben und der Tanz beginnt, dann wirst du mich schon verstehen.«

Das Festmahl der Hunnen enthielt noch mehr von ihren fremdartigen Gewürzen – Gewürzen, die zugleich brannten und süßten – als die Speisen, die sie sonst zu sich nahmen. Während Hildegund jedes Gericht probierte, erzählte Kisteeva ihr ausführlich, wie man es zubereitete, wobei sie darauf hinwies, wie faul die jungen Frauen waren, deren Arbeit das Kochen war, und wie sie, Kisteeva, dafür sorgen würde, daß Hildegund alles richtig lernte, und wenn es ihre letzte Tat im Leben war.

»Ja, und ich weiß auch noch alles, was Attila sich so gern von Bortai kochen ließ. Er schickte ihr von überall aus der Ferne Boten, nur um sicherzugehen, daß sie alle erforderlichen Gewürze bekam. Das Herz einer Ehe liegt nicht nur in den Kissen, sondern auch im Kochtopf, vor allem dann, wenn ein Mann nicht jünger wird.«

Als der größte Teil der Speisen verzehrt war, sah Hildegund einige der Hunnen, Frauen sowohl als Männer, Knochenflöten und Trommeln hervorholen. Zwei ältere Frauen zerrten aus einem Wagen einen großen Messinggong, dessen Flächen über und über mit verschlungenen Figuren verziert waren, seltsamer als alles, das Hildegund je erblickt hatte, sei es bei Goten oder bei Hunnen. Als man den Gong schlug, tat sie vor Schreck einen Satz; der tiefe Ton war lauter als eine Kirchenglocke. Die Luft erbebte, und unter Hildegunds Fußsohlen wankte die Erde. Sie bedauerte, nichts mitgenommen zu haben, um sich vor der Musik der Hunnen die Ohren zu verstopfen, wußte aber natürlich, daß das unhöflich gewesen wäre. *Nun ... vielleicht ein kleines Seidenkügelchen in jedem Ohr?* dachte sie.

Gegenüber hob Hagan den Kopf und starrte den Gong mit einem Blick an, der Hildegund, wäre er auf sie gerichtet gewesen, große Furcht eingeflößt hätte. Aber inzwischen wußte sie, daß es aussichtslos war, in seinem Gesicht lesen zu wollen; er hätte das Instrument wie ein Verliebter anbeten oder denen, die es schlugen, den Tod wünschen können, ohne daß seine Miene etwas davon verriet. Ihr fiel auf, daß er seine

Haartracht wieder verändert hatte; wie viele von den Hunnenkriegern trug er jetzt einen aufgebundenen Nackenknoten.
Der dritte Gongschlag ertönte. Die Männer warfen ihre zottigen Pelze und Mützen, danach die Wämser ab, erhoben sich alle gleichzeitig von ihren Plätzen und ordneten sich in der Mitte des großen freien Raumes so selbstverständlich zu einer Reihe wie beim Reiten im Glied. Attila war plötzlich nur noch wenig über eine Mannslänge von Hildegund entfernt, und Ugruk stand fast ebenso nah vor Bolkhoeva.
»Jeder Mann tanzen für Frau«, flüsterte Bolkhoeva Hildegund ins Ohr. »Zeigen ihr, wie stark und tapfer, wie gut mit Messer, wie hoch kann springen. Danach wir tanzen für Männer... du werden sehen.«
Mit dem vierten Gongschlag setzten die Trommler und Flötenspieler ein. Sie spielten eine wilde, trillernde Melodie. Es klang nicht ganz so unheimlich wie die meiste andere hunnische Musik, aber trotzdem sträubten sich Hildegund die Haare, weil ihr dabei einfiel, daß sie in dem Wagen schlafen mußte, in dem die Köpfe gelegen hatten. Die Frauen begannen sich im Rhythmus auf die Schenkel zu schlagen und ein an- und abschwellendes Lied zu singen, immer wieder von scharfen »Ai!«-Rufen unterbrochen. Die Männer zogen ihre Messer und tanzten.
Der Tanz der Hunnenkrieger war so wild wie alles andere, das Hildegund von ihnen gesehen hatte: starke, braune Arme, rasch ausgestreckt zwischen blitzartig zustoßendem Stahl, Messer, die gelbliche Gesichter nur um Haaresbreite verfehlten, Sprünge, die sie vom Boden in den Sattel getragen hätten, Schweißtropfen, die heiß von Stirnen und Gliedern tropften, sprühend wie Schlachtenblut. Und doch hätte sie nicht bestreiten können, daß diese geschickten und starken Männer, deren ganze Kriegskunst sich in einen Tanz vor ihren Frauen verwandelt hatte, einen schönen Anblick boten. Sie sah die mächtigen Stränge von Attilas Muskeln unter seiner Haut dahingleiten wie bei dem Leithengst einer Herde in vollem Galopp. Seine funkelnden Messer umwirbelten seinen eigenen und die Körper der neben ihm tanzenden Männer so dicht, daß sie kaum glauben konnte, es fließe kein Blut aus den blitzenden Schnitten; das wilde Aufstampfen seiner Füße, während er sich drehte, sprang und mit den Füßen ausschlug, schien den Boden zu erschüttern. Wäre sein grausiges Geschenk nicht gewesen, hätte sie ihn vielleicht ebenso hingerissen angestarrt wie Bolkhoeva den geschmeidigen Körper ihres Ugruk; so aber sah sie diese mächtigen Arme nur immer Schwert oder

Axt schwingen, sah die scharfen Stahlschneiden, die jetzt die Kehlen seiner Mittänzer kitzelten, in einem Strom von Blut Hälse durchschneiden; und während sie voller Bewunderung auf ihn blickte, lief es ihr kalt über den Rücken.
Kisteeva stieß sie mit dem Stockknauf in die Rippen, kichernd wie ein Mädchen. »Ai! Hat der alte Adler nicht noch Saft in den Knollen? Stell dir so etwas in deinem Bett vor – als ob du mit einem Frühlingsgewitter schlafen würdest. Kein Zweifel, viele andere Frauen wären liebend gern an deiner Stelle!«
Errötend wandte Hildegund die Augen von Attila ab. Ihr war plötzlich so heiß, als hätte sie selber getanzt. Das reizte Kisteeva nur noch mehr zum Lachen, einem wissenden Meckern, das auf Hildegunds Haut juckte wie schaler Schweiß. »Warte nur, du wirst schon sehen! Ai, nächstes Jahr wirst du mit den Frauen für Attila tanzen, darauf wette ich einen goldenen Haarring.«
»Ich trage keine Haarringe«, entgegnete Hildegund. Attila war ihr beim Tanzen immer näher gekommen. Wie ein glitzernder Springbrunnen stiegen die Messer vor seinem Gesicht in die Höhe. Sie konnte nur atemlos zusehen, wie er die Klingen drehte und schleuderte, ohne auch nur eine Sekunde innezuhalten, wenn die Schneiden über seinen breiten Rumpf glitten, ohne daß ein Tropfen Blut floß. Sein Körper war oberhalb des Gürtels fast haarlos. Zahlreiche Narben zogen sich über die dicken Muskeln, teils wulstige Zeichen der Schlacht, teils scharf und so säuberlich, als hätte er sie sich freiwillig zugefügt. Sein Gesicht war hart und angespannt, sein Blick über ihren Kopf gerichtet, als sähe er nichts anderes als die schnellen Schritte seines Krieger-Tanzes. Aber er hatte ihr gesagt, sie solle nicht vergessen, daß er für sie tanze.
Und er will mir zeigen, daß er der Stärkste und der Beste ist – und das ist er, dachte Hildegund. Keiner der jüngeren Männer, so gelenkig und drahtig sie auch waren, konnte den Stahl so dicht über die Haut ziehen, ohne sich zu verletzen, und schon zeigten die Körper derjenigen, die es versucht hatten, viele seichte Schnittwunden. Nicht einer von ihnen bewegte sich so kraftvoll wie er; wirklich, er war ein Adler unter Falken. Hildegund begann zu begreifen, warum sein Stamm ihn liebte. Wieder überkam sie ein seltsamer Schauder, denn noch etwas fiel ihr ein: so mächtig Attila auch war, er wollte ihr gefallen, und dadurch beherrschte auch sie ihn in gewisser Weise. Könnte man ihn nicht dazu bringen, nach

und nach mildere Sitten anzunehmen – vielleicht sogar Christus anzubeten, wenn es der Preis einer Heirat mit ihr war? Dann freilich mußte sie Gottes Weisheit, die sie hierher geschickt hatte, wahrhaft preisen; wenn nicht, gelang es ihr vielleicht, zumindest die Grausamkeit des Hunnenfürsten zu besänftigen; war denn nicht auch ihr eigenes Volk barbarisch gewesen, damals, als Hermann im heiligen Hain der Heiden Römerköpfe an Bäume nagelte?

Auf der Männerseite waren nur Hagan und der Gyula sitzengeblieben. Hunnen, die es nicht schafften, im Tanz mitzuhalten, waren auch nicht stark genug, eine Schlacht zu überstehen, und selten kehrten alte Männer zu einem solchen Fest heim. Hagan wußte nicht, ob er je so tanzen lernen würde; die Hunnen mußten sich von Kindesbeinen an darin geübt haben, sich zu bewegen und gleichzeitig ihre Messer zu werfen. Aber es war schön, den jungen Männern zuzuschauen, wie sie einander gegenübertraten, um sich in gespieltem Kampf gegenseitig Messer über Kehlen und Gesichter zu ziehen, um sich dann wieder den Frauen zuzuwenden, und Hagan fand sich vom Anblick ihrer straffen Körper und scharfen Linien im Innersten aufgewühlt, so daß er sich um so mehr wünschte, mittanzen zu können. Doch er wußte, daß das, was ihm im Kampfe Macht verlieh, etwas anderes als ihre Stärke war und bei diesem fröhlichen Fest keinen Platz hatte. Der Gyula hatte es längst mit Rauch und Schwitzen und Anrufungen der Götter und Geister von ihm abgespült, um sicherzugehen, daß der letzte Rest von Wodans Berührung endgültig von ihm gewichen war. Erst dann durfte Hagan die Totenblumen abnehmen und den Menschen zeigen, daß seine Nähe nicht mehr gefährlich war. Mochten die Goten ihn einen Helden nennen – als er dem Tanz der Hunnen zusah, wußte Hagan, daß er von den anderen Kriegern Attilas weiter entfernt war als je zuvor. Selbst unter diesem Volk, das ihn besser zu verstehen schien als sein eigenes, bedeutete seine Macht zugleich seine Einsamkeit.

»Das gehört zum Schamanen«, sagte der Gyula leise. Hagan erschrak nicht, denn die Stimme des alten Hunnen war wie ein Stück seiner eigenen Gedanken. »Nein, schau nicht weg, denn die Erinnerung daran wird dich erfreuen, solange du lebst. Für jede Freiheit bezahlst du einen Preis – Liebe für Macht, Treue für Liebe –, Gemeinschaft mit anderen für Weisheit. Trotzdem brauchst du nicht traurig zu sein, denn auch du hast

Freunde und kannst Menschen finden, die dich lieben; glücklicher bist du als manche, die dem Adlerflug folgen. Genieße den Tanz, und wenn du einen der Tänzer näher kennenlernen möchtest, darfst du ihn fragen. Auch in dieser Hinsicht sind die Hunnen anders als dein Volk, denn unsere Männer sehen selten Frauen; niemand wird es dir übelnehmen, wenn du einem anderen Mann sagst, daß er dich erregt.«
Hagan wußte nicht, was er sagen sollte. Immer noch sah er den Männern beim Tanzen zu. Er glaubte nicht, daß er so kühn sein könnte, dem Rat des Gyula zu folgen und auf einen der anderen Jünglinge zuzugehen ... aber er konnte sich gut vorstellen, daß Waldhari diesen Tanz lernen würde. Waldhari, der reiten und schießen konnte wie ein Hunne, der Speere in der Luft auffing und sie zurückwarf ... Hagan sah das kurze Haar seines Freundes vor sich, dunkel von Schweiß, sah die scharf hervortretenden Muskeln, wenn er die Messer umherwirbelte und Sprünge machte, sah, wie er sich in der Luft drehte und nach unten stach, bevor er die Erde berührte. Aber Waldhari war ein Christ, den man niemals auffordern würde, die Tänze der Hunnen zu erlernen, und Hagan konnte sich auch nicht vorstellen, daß man ihn in den Festring einlud; falls aber doch, würde Waldhari bestimmt nichts davon wissen wollen, wie gern ihm Hagan den glänzenden Schweiß von den gespannten Muskeln gerieben und mit der Hand über seinen Rücken gestrichen hätte.
Als die Männer ihren Tanz beendet hatten, setzten sie sich wieder hin. Hagans Hunnisch war besser geworden; er verstand, daß ein paar der jungen Krieger die anderen wegen der blutigen Striemen an Gesicht und Armen neckten, die verrieten, wo Messerstiche fehlgegangen waren, und daß andere mit ihren Sprüngen prahlten und sich rühmten, mit ihrem Scheitel den Baldachin gestreift zu haben. Aber sie verstummten bereits wieder, denn die Musik war anders geworden und hatte sich zu einem sanften Steigen und Fallen über einem einfachen Trommeltakt verlangsamt. Die Frauen warfen ihre Mäntel ab und traten in langer Reihe in den Ring.
»Jetzt tanzen sie!« sagte Rua verstohlen zu Hagan, während er sich mit seinem Wams den Schweiß vom Körper wischte. »Ai ... und da ist eine Jungfrau, kommt zu mir ... du nur schauen, hübschestes Mädchen im ganzen Lager.« Der Anführer der Jünglinge grinste von einem Ohr zum anderen und zeigte die Lücke, wo man ihm beim letzten Kampf einen Vorderzahn ausgeschlagen hatte. »Ich für sie tanzen. Kein Kratzer auf

mir und anderen Tänzern neben mir, du gesehen. Aber du nicht versuchen, niemals.«

Er hob die Hand, als wolle er Hagan auf die Schulter klopfen, und ließ sie wieder sinken. »Du schon gut – sch!«

Alle Frauen hatten Fackeln vom Feuer genommen. Jetzt stellten sie sich auf. Anmutig wie Birken wiegten sie sich in ihren bestickten Hemden aus weißem Filz und den weiten, faltigen Seidenröcken. Hagan dachte, daß er nie westliche Frauen gesehen hätte, die sich so geschmeidig bewegten. Die zarten Knochen und schrägen Augen der Hunninnen verliehen ihnen das Aussehen einer Reihe goldener Katzen, und wie Katzen starrten sie auf die durchsichtigen Geister der Luft, die die meisten Menschen nicht sehen konnten. Wie Katzen verbargen sie ihre biegsame Kraft unter weichen Rundungen – einer glatten Schönheit, die Hagan sich nicht erinnern konnte früher an Frauen bemerkt zu haben und die ihn ebenso erregte wie eben noch die Kraft und Gewandtheit der hunnischen Jünglinge.

Unmittelbar vor Hagan und Rua stand Saganova.

»Siehst du!« lachte der Hunne. »Habe ich dir nicht gesagt? Sie auch beste Schmiedin und klüger als Mann – nicht nur Kissen in Jurte, sondern richtige Frau, wie Bortai für Attila.«

Hagan strich mit den Fingerspitzen über die Gürtelschnalle, die ihm die junge Hunnin geschenkt hatte, seidige Perlen und glatte Granate in eisigem Gold. *Es war nur eine Ehrengabe*, ermahnte er sich, *weil ich der Schüler des Gyula bin.* Er erinnerte sich noch gut daran, daß auch der Sinwist oft solche Geschenke erhalten hatte, obwohl sie im Lauf der Jahre seltener geworden waren – selbst sein junges Gedächtnis wußte das.

Der Tanz der Frauen war langsam und fließend wie Wasser, das sich durch die Steine eines Baches windet, erhellt von den Fackeln, die sie zwischen sich schwenkten. Saganovas lichtes Hemd und der weite, weiße Rock, den sie darum gewickelt hatte, waren über und über mit dem Gold behangen, das sie selbst geschmiedet hatte; glitzernd spiegelte sich darin das Feuer ihrer Fackel. So mußte die Sonne im Morgengrauen in ihrem Wagen tanzen, dachte Hagan, eine schöne, goldene Jungfrau, die mit ihrem Licht den Tag zum Strahlen brachte.

Wenn ich denn heiraten muß, fiel ihm plötzlich ein, *dann wäre eine solche Frau nicht so übel.* Aber neben ihm saß Rua und starrte Saganova an, während die Schmiedin träge die runden Hüften schwenkte und in einer klimpernden Woge den Rock fliegen ließ, als sie sich dem Mädchen an ihrer Seite zuwandte, um als ihr Spiegelbild zu tanzen. Dann wirbelte sie jäh zurück und näherte sich, immer noch tanzend, dem Ring der Männer.

Mit einer Hand riß sie die Fackel hoch über den Kopf, mit der anderen griff sie in die tiefen Falten ihres Rockes und zog ein viereckig zusammengelegtes Stück Stoff hervor. Ohne nachzudenken, streckte Hagan den Arm danach aus, als es durch die Luft flog; zielsicher landete es in seiner Hand. »Von Kisteeva!« rief das Mädchen leise und tanzte wieder davon.

Auch andere Frauen warfen den Männern im Ring jetzt Dinge zu. Aber Hagans Blick hing mehr an Ruas düster gerunzelten Brauen und den breiten, fest zusammengebissenen Kiefern. Der Hunne starrte die Friedgeisel an. Sie waren einander so nahe, daß Hagan sah, wie sich Ruas Muskeln spannten, und fühlte, wie seine eigenen hart wurden. Bei dieser geringen Entfernung und im Sitzen zog er besser den Dolch als das Schwert; was ihm Saganova zugerufen hatte, würde seinen Arm ein wenig schützen . . .

»Bilde dir nichts ein«, zischte Rua. »Alte Frau schickt jungen Männern oft Geschenke – aber viel zu verdorrt für hoffen, daß junge Männer deshalb nachts noch in ihren Wagen kommen.«

»Bestimmt hast du recht«, flüsterte Hagan zurück. Er brauchte den dunkelroten Stoff nicht auseinanderzufalten, um zu wissen, um was es sich handelte; er fühlte die schmaleren Ärmelfalten und den gestickten Kragen eines Wamses ähnlich dem, das er jetzt trug – und an der Schulter, dort, wo er den Mantel feststecken würde, fühlte er die Perlen und Granate einer Goldbrosche, deren Muster zu der Gürtelschnalle passen würde, die ihm Saganova geschenkt hatte. Hagan wußte nicht, was er davon halten sollte, aber er sah, wie sich die schweren Brüste der Schmiedin unter dem dünnen Filz bewegten und wie ihr glattes Haar wie nächtliches Flußwasser über ihren Rücken strömte, und es erregte ihn fast ebenso wie das Tanzen der Männer.

Wieder dachte er, daß es nicht übel wäre, eine solche Frau zu heiraten. Aber die Burgunder hatten sich den Sitten der Steppe entfremdet. Er wußte nicht, wie er Saganova in die steinerne Halle der Gebicungen mitnehmen und von ihr erwarten sollte, daß sie tagsüber in der

Schmiede stand und abends mit Grimhild und Gundrun den Wein einschenkte.
Die Frauen traten zurück und hakten einander ein. Nun sprangen die Männer wieder auf. Der Gyula packte Hagan beim Arm und zog ihn in den Reigen. »Alle tanzen jetzt!« rief der alte Schamane ihm zu. »Auch du mußt tanzen – es bringt Unglück, wenn jemand sitzenbleibt!« Hagan faßte den Gyula und Rua unter und sah, wie Bolkhoeva und Kisteeva auch Hildegund in den Kreis nötigten.
Der letzte Tanz bestand aus Stampfen, Ausschlagen und Sichwiegen. Solche Tänze gab es auch bei den Burgundern – spät nachts, wenn das Bier schon reichlich geflossen war. Die Reihe der Männer umkreiste die der Frauen, dann änderten beide die Richtung, drehten sich nach innen und außen. Überall in den beiden Reihen begegneten sich Blicke, wurden Arme gelöst und Geschenke hin und her geworfen. Etwas blitzte auf zwischen Rua und Saganova, und der Gyula ließ Hagans Arm los. »Nun gib ihnen deine Geschenke«, flüsterte der Schamane. Hagan griff in die Gürteltasche und holte etwa die Hälfte der Amulette heraus, die er den von ihm Getöteten abgenommen hatte. Die Reihen drehten sich. Hagan rief »Hai!« und warf Saganova die Stücke zu, so schnell sie fangen konnte. Das Hunnenmädchen grinste und sah ihn aus dunklen Augen an. Ihr Lächeln wurde breiter, als sie die angetrockneten Blutkrusten sah, die Hagan abzuwischen vergessen hatte. Aber Ruas Arm umspannte Hagans mit einem fast schmerzhaften Ringergriff, und seine Augenränder waren weiß vor Zorn. *Ich habe mir einen neuen Feind gemacht,* dachte Hagan.
Darum achtete er darauf, daß es das nächste Mal Ruas Arm war, den er losließ, als die Reihen einander wieder umrundet hatten und Kisteeva vor ihm tanzte. Er mußte sich vorbeugen, um den Abstand zwischen ihnen zu überbrücken, damit er der alten Frau seine Geschenke in die ausgestreckten Hände legen konnte. Er war noch nicht bereit, um einer Frau willen Blut zu vergießen, während Rua nur allzu begierig schien; darum war es besser, den Hunnen glauben zu lassen, Hagan segne mit seinen Gaben nur die Überbringerin und die Spenderin des Wamses. Dabei wußte er, daß diese List niemanden wirklich täuschen würde und den ersten Tag, an dem er beide Geschenke, Wams und Brosche, zusammen trug, wie die Frauen es vorgesehen hatten, nicht überdauern konnte. Aber für heute abend mochte es hingehen.

Nach dem dritten Tanz trennten sich die Tänzer wieder. Die Männer setzten sich auf ihre Seite des Ringes, die Frauen auf die andere. Jetzt aber sprachen sie mehr miteinander, johlten und riefen sich über die nackte Erde hinweg Worte zu. Auch hierin fand Hagan die Erinnerung an die Steppe, und er fragte sich erstaunt, wie die Burgunder das alles hatten vergessen können. Doch sein Volk lebte nicht in Wagen und zog nicht mit den Herden über die Erde dahin wie die Hunnen; es hatte nicht allein Wurzeln im Land geschlagen, wie es auch die Hunnen schon vor langer Zeit getan hatten, sondern es war in die steinernen Schnekkenhäuser der Römer gekrochen. Nur der Sinwist hatte die alten Sitten lebendig gehalten, hatte in seinem Lederzelt mit den Göttern des Nordens und den Geistern der Steppe geredet ... jetzt aber gab es sogar in der Hendingsfamilie Christen, und wenn es nach ihnen ging, würden weder Götter noch Geister den burgundischen Gesippen je wieder helfen können.

Und doch müssen wir mit anderen Völkern auskommen, dachte Hagan, *selbst Attila sucht eine christliche Gemahlin.* Zumindest war Gundahari klug genug, auf Grimhilds Weisheit zu hören, und würde das gewiß auch bei ihm tun. Hagans Bruder stand treu zu Frauja Engus und wußte, wie wertvoll der Rat der Seelen war.

Gebica aber war tot, und nach dem, was er gesehen hatte, machte Hagan sich darauf seinen eigenen Reim. Welche Wirkung sein Tod auf Gundahari gehabt hatte, wußte er nicht. So führte jeder Gedanke zu einem noch unbehaglicheren nächsten Gedanken, und obwohl die Hunnen um ihn herum tranken und lachten, mit gekreuzten Beinen auf ihren Kissen saßen und sich nicht um die Schneeflocken kümmerten, die der Wind unter den Baldachin trieb, konnte Hagan ihr Vergnügen nicht teilen. Hier war weder seine einzige Heimat noch seine erste, und wenn es auch Dinge gab, die ihn vielleicht von Worms ablenkten, war seine Treue doch so fest verankert wie die Wurzeln von Hauspfosten in der Erde. Schwerer war es, behaglich in dieser Runde zu sitzen, wenn man wußte, es würde nicht von Dauer sein.

Achtes Kapitel

Hildegund wachte in kalten Schweiß gebadet auf und starrte die grauen Lichtstreifen an, die die Tür ihres Wagens einfaßten. Noch immer glaubte sie den Gestank der Köpfe in der kühlen Luft zu riechen, und ihre alten Knochenbrüche schmerzten, als hätte man vereistes Metall auf die knotigen Nahtstellen gepreßt. Darunter aber, hämmernd wie das Echo der Trommeln, die letzte Nacht den Takt des Tanzes geschlagen hatten, hallte der endlose Kehrreim von Gundorms Stimme in ihrem Kopf wider, harmonisch ergänzt vom höheren Ton ihrer Mutter: *Du hast versagt, du hast versagt, du hast versagt.* Jetzt hatte sie die gräßlichen Geschenke gesehen, die andere Frauen beim Tanzen von ihren hunnischen Männern erhalten hatten, und wußte, daß sie Attila wirklich enttäuscht hatte und sich glücklich schätzen konnte, noch am Leben zu sein.

Am liebsten hätte sie sich die seidengestickte Decke über den Kopf gezogen, aber sie fürchtete, der Schweiß auf ihrer Stirn könnte einen Fleck darauf hinterlassen. Darum schob sie die Decke fort und trocknete sich Stirn und Rücken an den darunterliegenden Wolldecken. Ihre bebenden Glieder beschwichtigte sie damit, daß es jedenfalls bald Morgen sei und man Geschehenes ohnehin nicht ungeschehen machen könne. Sie wußte, daß die Hunninnen Attila erzählt haben mußten, wie ungeschickt sie sich beim Seidenspinnen anstellte. Auch wenn er, wie er sagte, gestern nacht für sie getanzt hatte, würde es sie kaum überraschen, wenn er heute morgen zu ihr kam, um sie aufzufordern, ihre Sachen zu packen und sich auf den Heimweg zu machen. Nur wenn sie sich beeilte, würde sie vielleicht doch noch einen Weg finden, sich für Attila als nützlich zu erweisen; und sie wußte sehr wohl, daß Attilas unwillkommene Gunst immer noch besser war als das, was sie vielleicht außerhalb seines Hags erwartete.

Sie stand auf, tauchte einen Lappen in die Wasserschüssel an ihrem Bett und wusch sich Gesicht und Hände sauber, bevor sie das Nachthemd abstreifte und in die Kleider für den Tag schlüpfte. Mit hocherhobenem Haupt stieg sie aus dem Wagen und ging mit Schritten, die fest genug waren, das Zittern in ihren Knien zu unterdrücken, auf das Tor des Frauenhags zu.

Neben der Pferdehautklappe wartete ein kleiner hunnischer Junge, ein Kind, das noch so klein war, daß es bei seiner Mutter wohnen durfte, etwa fünf oder sechs Winter. Von der Helmspitze seines Kopfes fiel glänzendschwarzes Haar. Hildegund schwankte, ob sie ihm das weiche Fellchen streicheln oder die Augen vor dem Anblick des verunstalteten Schädels schließen sollte. *Vielleicht wird man auch meinen Söhnen gleich nach ihrer Geburt die Köpfe einbinden...*

»Thioderik«, sagte Hildegund mit gebieterischer Stimme und verscheuchte gewaltsam die quälenden Gedanken. Sie deutete nach außen und wieder nach innen. »Thioderik!«

»Gote?«

»Gote. Thioderik.«

Der Kleine nickte und duckte sich unter den Rand der Pferdehaut. Hildegund wartete, die Hände zu Fäusten geballt, damit ihre rastlosen Finger sie nicht durch unwillkürliches Zucken oder Klopfen verrieten. Sie war keineswegs sicher, daß das Kind sie verstanden hatte, und noch weniger, daß Thioderik schon wach war oder bereit, sich wecken zu lassen, obwohl er am Tanz der Hunnen nicht teilgenommen hatte und als Mann von mäßigen Gewohnheiten galt.

Erst als sie die ruhige Ostgotenstimme auf der anderen Seite des Tores sagen hörte: »Du kannst herauskommen, Hildegund«, fühlte sie, wie ihr das Blut von neuem in die weißen Fäuste schoß, und sah am Flimmern vor ihren Augen, daß sie zu lange den Atem angehalten hatte. Ein lautloses Keuchen, zwei tiefe Atemzüge, dann hatte sie sich so weit gefaßt, daß sie die Haut hochheben und ins Freie treten konnte.

Thioderik schien genauso wach zu sein wie sie; zwar knisterten kleine rote Blitze im Weiß seiner Augen, als ob er schlecht geschlafen hätte, aber sein Haar war sauber gekämmt, und er sah nicht aus wie jemand, der sich hastig in seine Kleider geworfen hat.

»Du bist früh auf«, meinte der Gotenfürst. »Ich hätte gedacht, alle Teilnehmer am Hunnenfest würden bis zum Mittag schlafen.«

»Die anderen vielleicht; aber ich bin nicht wie sie.«

»Und ihre Sorgen sind nicht deine Sorgen; das ist unverkennbar.«

Hildegund sah nach oben in die Himmelshelle von Thioderiks Augen, und seine schlichten Worte wärmten sie wie Herdfeuer in einer Winternacht. Sie mußte ihm sagen, was ihr das Herz beschwerte.
»Ich fürchte, daß Attila mich nach Hause zurückschicken wird, weil ich ihm keinen Nutzen bringe und wenig Hoffnung besitze, die Künste der hunnischen Frauen zu erlernen. Und doch bin ich wohlgeübt darin, ein Hauswesen in Ordnung zu halten und Kornlasten, Bierfässer und Stoffballen zu zählen; aber obwohl mein Vater in diesen Dingen sehr zufrieden mit mir war, scheinen sie hier ohne Wert zu sein.«
Thioderik nickte. »Die Hunnen haben ganz andere Bräuche. Aber manche von den Goten würden sich freuen, wenn eine Frau die Vorratshäuser überwachte, denn das ist Frauenarbeit und eine Kunst, die die Hunnen nicht verstehen und unsere Männer nicht so ausüben, wie sie sollten. Wenn du das tun kannst, will ich mit Attila sprechen. Es wäre gut, wenn er sähe, was er von einer gotischen Frau in seinem Lager erwarten kann. Komm.«
Der Tau des hohen Grases am Wegrand durchnäßte den Saum von Hildegunds Gewand, als sie Thioderik folgte. Sie umgingen Attilas große Halle und gelangten zu den Lagerräumen hinter den Stallungen. Als ihre Augen sich an die Dunkelheit in dem ersten der kleinen Häuser gewöhnt hatten, atmete Hildegund auf. Thioderik hatte die Wahrheit gesagt. Die Kornsäcke lagen wahllos übereinandergeworfen, die Fässer überall verstreut, und sie wußte, ohne erst danach fragen zu müssen, daß es keine Kerbhölzer gab.
»Ich werde hierbleiben und dir helfen, bis die Sonne ein wenig höher steht«, erklärte Thioderik. »Dann holen wir Hagan.«
»Warum ist er es, dem Attila so vertraut, und nicht Waldhari? Man sollte denken, es müßte umgekehrt sein.«
Thioderik betrachtete sie, und seine gemeißelten Züge waren ausdruckslos. »Würdest nicht auch du darauf vertrauen, daß kein Priester den Abendmahlskelch vom Altar stiehlt? So traut Attila jenen, die dem Weg der hunnischen Unholden folgen.«
Der Gotenfürst hielt inne und schloß die Augen. Hildegund hielt den Atem an, um seine Gedanken nicht zu stören. »Nach dem Gesetz der Hunnen«, fuhr er langsam fort, »wird Hagan, sobald er sein Haar zu mehreren Zöpfen flicht und es aufsteckt, unter die Jungfrauen gezählt, ganz, als trüge er Frauenröcke und säße beim Spinnen. Aber darüber

sollte man nicht reden, denn Hagan ist kein Hunne und wird vielleicht einmal zu seinem eigenen Volk zurückkehren, wenn man ihn ruft und er es dann nicht vorzieht, für immer bei den Hunnen zu bleiben. Vor diese Wahl sollte man ihn nicht zu früh stellen.«
Ein kalter Schauer überlief Hildegund, sträubte die Härchen an Armen und Rücken und verstrickte ihre Gedanken in einen Irrgarten halbgefühlter Worte: *Kehrt vielleicht zurück, vielleicht nicht, für immer bei den Hunnen, vor die Wahl gestellt* ... Energisch schob sie sie beiseite. Es war die erste Lektion, die sie in ihrer Kindheit gelernt hatte: Tagträumen nachzuhängen hatte keinen Sinn, wenn es Arbeit zu tun gab.
»Also gut. Zuerst brauche ich ein Kerbholz, um festzustellen, was in den einzelnen Schuppen liegt und wohin es gehört. Auch ein oder mehrere kräftige Rücken wären nützlich, denn ich will Kornsack auf Kornsack und Faß auf Faß schichten, jedes in einem eigenen Haus, und das ist für nur zwei Leute eine äußerst anstrengende Arbeit. Aber du mußt den Knechten die Anweisungen geben, denn ich fürchte, sie werden mir nicht gehorchen.« Zu ihrem Entsetzen merkte Hildegund, daß ihre Stimme ein wenig zitterte, aber was zu sagen war, mußte jetzt gesagt werden, damit sie nicht später für einen Mißerfolg bestraft wurde.
»Dann begleite mich. Attilas Knechte sollen sich daran gewöhnen, Befehle von ihrer *Frowe* entgegenzunehmen, denn das ist dein Recht hier, als Edelfrau und als Friedgeisel, und ich merke, daß du es nützlich einzusetzen gedenkst. Manchmal freilich helfen harte Worte mehr als milde.«
Thioderik führte Hildegund zu der rohgezimmerten Hütte, in der die Sklaven schliefen, auf dem Boden verstreut wie stinkende Deckenhaufen. »Aufwachen!« rief er, und seine Stimme durchschnitt scharf die kalte Luft. »Die *Khatun* Hildegund hat Arbeit für euch, und sie spricht mit Attilas Stimme. Wenn sie sieht, daß ihr euch drücken wollt oder faul seid, wird man euch als Zielscheibe auf den Übungsplatz schicken. Ich selbst werde dafür Sorge tragen und keinerlei Fragen stellen, wenn sie mir sagt, daß ihr allesamt vor Attilas Kriegern herlaufen sollt, damit sie auf euch schießen können. Neue Sklaven finden sich leicht.«
Hildegund starrte auf die Sklaven, die sich auf Hände und Knie erhoben und mit den Stirnen den Boden berührten, daß ihnen das fettige Haar in

die Gesichter hing. Sie hatte das bisher nur gesehen, wenn Attila selbst vorbeikam und die Knechte sich vor seinem Angesicht niederwarfen. Ihre Demutsgebärden stießen sie fast ebenso ab wie die mürrischen Antworten sonst.

»Verschone unser Leben, *Khatun*«, rief einer, und ein anderer fügte hinzu: »Schlag uns, wenn es dir gefällt; wir werden hart für dich arbeiten.« Einige schluchzten sogar, und auch das entsetzte Hildegund, die fest überzeugt war, daß Attila handeln würde, wie Thioderik gesagt hatte, und zweifellos schon früher Sklaven auf diese Art bestraft hatte.

»Auf die Beine mit euch«, befahl sie streng. »Einer von euch – du da, der Dürre – beschafft mir ein kleines, glattes Brett, das ich als Kerbholz benutzen kann. Wer von euch ist für euer Essen verantwortlich? Er soll es zu den Vorratshäusern bringen, damit ihr bei der Arbeit abwechselnd essen könnt. Die anderen gehen sofort zu den Schuppen, denn es gibt eine Menge zu tun.«

Es war schon fast Vormittag. Mit dem Aufräumen der Lagerräume war man gut vorangekommen. Jetzt führte Thioderik Hildegund zu Hagans und Waldharis kleinem Haus. Auf ihr Klopfen erschien sofort Waldhari. Er war bereits angekleidet und hatte sich rasiert. Hagan lag noch im Bett. Er stützte sich auf einen Ellenbogen und strich sich das schwarze, vom Schlaf verwirrte Haar zurück, um sie anzusehen.

»Seid gegrüßt und willkommen«, sagte Waldhari vergnügt. »Was führt euch in unser Haus? Kann ich etwas für euch tun?«

»Leider brauchen wir nicht dich, sondern Hagan. Hildegund ist dabei, die Vorratshäuser aufzuräumen, und Hagan muß sie behüten, denn ich habe heute noch andere Aufgaben. Das Fest ist vorbei, und die Männer müssen anfangen, sich auf künftige Schlachten vorzubereiten.«

»Und was ist mit mir?« erkundigte sich Hagan. »Darf ich so einfach einen Übungstag versäumen?«

»Du mußt viele Dinge lernen, solange du hier bist, Hagan, und nicht alle betreffen das Schlachtfeld. Wenn alles geht, wie es soll, wird ein Tag kommen, an dem du die Verwalter deines Bruders überwachen und dafür sorgen mußt, daß seine Krieger gut gerüstet in den Kampf ziehen. Um Gundaharis willen mußt du dich in allem auskennen, für das die Zeit eines Königs nicht ausreicht, denn niemand weiß, ob die Maid, die er einmal heiratet, mehr als ihre Sippe und Mitgift zur Hochzeit mitbringt.«

»Du hast recht. Warte einen Augenblick, und ich bin bereit.«
»Komm uns zu den Lagerhäusern nach. Die Knechte fürchten jetzt Hildegunds Unwillen und werden fleißig arbeiten, aber Dummheit kann ebenso schädlich sein wie Trägheit.«
»Woher wußtest du, wie du mit Hagan reden mußtest?« fragte Hildegund Thioderik auf ihrem Rückweg zu den Schuppen. »Mir schien er zornig.« *Und ich hatte Angst, mit ihm allein zu sein,* dachte sie, war aber zu klug, es auszusprechen.
»Das war er auch. Aber ich habe gesehen, wie er Waldhari beschützte, und gehört, wie treulich er stets über seinen Bruder gewacht hat. Schon jetzt erkenne ich im Jüngling den Mann, der er einmal werden wird; einer, der sich von keinem anderen das Pferd in den Stall bringen läßt, wird niemals ruhig sein, solange einem anderen die Vorratshäuser seiner Sippe, die er so liebt, anvertraut bleiben.«
»Mein Eindruck ist, daß er für niemanden Zuneigung hegt, sondern die ganze Welt haßt.«
»Das liegt nur daran, daß du ihn nicht kennst und seine Taten nicht miterlebt hast. Aber bedenke, es war vor allem – so glaube ich – um Waldharis willen, daß er sich das Haar flocht und unter die Frauen ging – damit *ihr* beide frei miteinander sprechen konntet. Und vergiß auch das nicht: je weniger Freunde man hat, desto mehr liebt man sie und findet sein Glück in ihnen. Das habe ich auf meinen langen Irrfahrten mit Hildebrand erfahren, und das erfährst wohl auch du bald, wenn du es noch nicht getan hast.«
Hildegund wußte, daß sie lediglich an den gestrigen Tag zu denken brauchte, um die Wahrheit von Thioderiks Worten zu bestätigen. Wie leicht ihr das Herz geworden war, als Hagan sagte, er werde Waldhari holen! »Dann will ich so freundlich zu ihm sein, wie ich nur vermag, auch wenn er es einem nicht leichtmacht.«
Aber zu Hildegunds Erstaunen erwies sich Hagan bei der Einrichtung der Vorratshäuser als große Hilfe. Die Arbeit war ihm offensichtlich nicht neu und durchaus nicht unwillkommen. Auch wenn Hildegund vielleicht immer noch zusammenschrak, wenn sie im Augenwinkel seinen dunklen Schatten gewahrte, und es vermied, ihm allzu nahe zu kommen, hielt sie ihn doch nicht mehr für einen Teufel oder unreinen Dämon. Schließlich wußte sie recht gut, daß solche Wesen nach einer durchzechten, langen Nacht nicht langsam und mürrisch aufwachen

oder sich, wenn sie sich unbeobachtet glaubten, die pochenden Schläfen hielten; und sie war ganz sicher, daß böse Geister sich nicht ab und zu entschuldigten, um hinter einem Baum zu verschwinden.
Sie war eben dabei, im schwindenden, grauen Dämmerlicht die letzten Zahlen auf ihrem Kerbholz einzutragen, als Fackelschein in ihrem Rükken ihren Schatten verdunkelte und sie Attilas dröhnende Stimme hörte: »Heil, Hildegund! Thioderik sagt mir, du habest hart gearbeitet. Laß mich sehen, was du erreicht hast.«
Hildegund zitterten unwillkürlich die Knie, aber es gelang ihr, ihre Unruhe zu verbergen und nicht zurückzuzucken, sondern mit ruhigen Fingern die Tür zu einem der Vorratshäuser zu öffnen, danach zum nächsten. Thioderik trug Attilas Fackel, als der Hunnenfürst sie betrat. Langsam ließ er die dunklen Augen über die aufgestapelten Fässer und die säuberlich geschichteten Korn- und Wollsäcke und Stoffballen schweifen. Hildegund ging neben ihm und zeigte ihm ihr Kerbholz. *Er kann lateinische Ziffern lesen*, erinnerte sie sich; *er war Friedgeisel in Rom*.
Ein Grinsen spaltete Attilas breites Gesicht und hob die Enden seines hängenden Schnurrbarts. Hildegund wußte nicht, ob es freundlich oder grausam gemeint war, denn ihr Vater hatte manchmal gelächelt, bevor er sie schlug. Sie stand mit unbewegtem Gesicht vor ihm, obwohl ihr von der vielen Arbeit des Tages wieder die schlecht verheilten Knochen weh taten.
»Schau, Thioderik«, sagte Attila. »Mich dünkt, daß eure gotischen Frauen bessere Köpfe zum Rechnen haben als die Männer. Ich sehe hier zum ersten Mal eine saubere Aufstellung des Inhaltes dieser Vorratsräume.«
Hildegund atmete lautlos aus. Eine Welle von Erleichterung überkam sie.
»Jeder tut das am besten, was er gelernt hat«, entgegnete Thioderik gelassen. »Bei den römischen Wagenrennen läuft ein Hunnengaul nicht wie ein Römerpferd, und ein römisches Wagenrennpferd kämpft nicht wie ein Hunnenroß. Laß Hildegund die Art von Arbeit verrichten, an die gotische Frauen gewöhnt sind, und sie wird dich nicht enttäuschen.«
Wenn es nicht unziemlich gewesen wäre, hätte Hildegund Thioderik für diese Worte umarmt. Und doch spiegelte sich die Fackel in zwei winzigen Flammen, die in Attilas dunklen Augen loderten. Der heiße Glutblick,

mit dem der Hunnenfürst sie ansah, erschreckte Hildegund zutiefst, denn ihr war, als sehe sie bereits die Hochzeitsfeuer darin brennen. Aber Attila meinte nur: »Du hast gut gearbeitet, Hildegund. Von nun an sollst du die Vorratshäuser und alles, was zur Halle gehört, in eigener Verantwortung verwalten, denn Thioderiks Rat leuchtet mir ein. Nun aber kommt, denn es stehen Speisen bereit, und nur wenige sind munter genug, sie zu essen.«

Seitdem sie eine Aufgabe hatte, von der sie wußte, daß sie sie gut erfüllen konnte, ging es Hildegund besser. Doch als der Winter immer näher rückte und die Nächte länger wurden, fühlte sie, daß sie immer schwermütiger wurde. Selbst das Reiten unter Thioderiks wachsamem Blick oder die Gespräche mit Waldhari, wenn Hagan ihn in den Frauenhag brachte, freuten sie nicht mehr wie früher.
Hildegund hatte gewußt, daß es niemanden gab, den sie danach fragen konnte, wie die Festtage fielen, und darum seit ihrer Abreise von zu Hause sorgfältig die Tage gezählt. Sie hatte an Freitagen kein Fleisch gegessen und an den Namenstagen der Heiligen für sie Kerzen angezündet. Jetzt dachte sie an den seltenen Duft von Weihrauch und Myrrhe in der heimatlichen Kirche und an das Echo der Psalmen, die Christi Geburt feierten, an den Steinmauern. Hier im Lager der Hunnen gab es keinen Ort wie die Kapelle ihres Vaters, wo sie allein sitzen konnte, ohne daß das Kreischen und Plappern der anderen Frauen ihre Gedanken störte. Die Mundart der anderen Stämme klang auf einmal rauher in ihren Ohren, und sie vermißte das warme Glühen der Bienenwachskerzen und den Klang der Glocken in der eisigen Luft. Alles, was ihr hier fremd vorkam, erinnerte sie wieder daran, daß die Tür ihres Vaterhauses ihr verschlossen blieb.
Und so geschah es, daß Attila eines Nachmittags zu Hildegund kam, als sie mit Bokturbaeva und Bolkhoeva beim Spinnen in ihrem Wagen saß und die drei versuchten, gegenseitig mehr von ihren Sprachen zu lernen, und der Hunne feststellte, sie wirke bedrückt, und daß Hildegund antwortete: »Es ist kein Wunder, wenn ich bedrückt scheine, denn ich habe keine Möglichkeit, eines meiner heiligsten Feste zu begehen, das Fest der Geburt Christi. Ich würde so gern einen Priester sehen und die Messe hören, wenn ich nur könnte, und daß ich hier ohne beides auskommen muß, stimmt mich traurig.«

»Genügt dir denn Thioderiks Priester nicht?« fragte Attila verwundert.
»Er ist ein Arianer und darum in meinen Augen kein wahrer Priester; genausogut könnte ich Waldhari um seinen Segen bitten.«
Der Hunne zupfte an seinem Schnurrbart und verlagerte unbehaglich sein Gewicht in den Kissen, als wolle er jäh aufspringen. »Wann findet dein Fest statt?«
»Von heute an gerechnet in elf Tagen.« Hildegund hielt inne und nahm ihren ganzen Mut zusammen. Obwohl sie wußte, daß Attila nicht Gundorm war, der sie stets tun ließ, was den christlichen Glauben betonte, wußte sie auch, daß der Fürst der Hunnen sorgsam darauf bedacht war, jedem in seinem Heer das zu ermöglichen, was zu seiner Religion gehörte; und sie wußte, daß ihre Arbeit in Vorratshäusern und Halle ihm gefallen hatte. »Es wäre genug Zeit, um nach Passau zu reiten, wenn du es mir erlauben würdest. Dort gibt es einen Dom mit einem mächtigen Bischof, dessen Segen uns allen Gutes bringen würde.«
Obwohl es dunkel im Wagen war und nur die steinernen Öllampen flackerten und durch den Türspalt, der die Gerüche nach altem Rauch und Schaffellen erträglich machte, ein wenig schneeweißes Licht fiel, hatte Hildegund im Lauf der letzten Monate gelernt, besser in den flachen Gesichtern der Hunnen zu lesen. Sie sah den Schatten, der über Attilas Gesicht zog, und das leichte Zucken der Augenwinkel, die von schweren Sorgen und von Abneigung sprachen.
»Es ist wohlbekannt, daß ich niemanden in meinem Heere daran hindere, seinem selbstgewählten Glauben zu folgen; auf diese Art können Goten, Hunnen und alle anderen, die sich mir anschließen, in Frieden miteinander leben. Vielleicht wäre es, nachdem es nun mehr römische Christen unter uns gibt als früher, nicht verfehlt, einen Priester hierherzubringen; aber ich weiß nicht, wo man ihn suchen soll.«
»Auch danach müssen wir den Bischof von Passau fragen«, versetzte Hildegund rasch. Sie fühlte die plötzliche Stärke, die sie jedesmal erfüllt hatte, wenn sie in einer Debatte mit Vater Gregorius den Sieg davongetragen hatte, und wußte, daß sie nahe daran war, ihren Willen zu bekommen. »Er kann nach seinem Belieben Priester hierhin und dorthin schikken. Ich bin sicher, wenn wir ihn darum bitten, wird er uns gern einen solchen Mann zur Verfügung stellen, denn er kennt deine Macht.«
»Ja, die kennt er«, lachte Attila, »denn viel von dem guten Wein, den wir trinken, stammt von ihm – Teil seines Tributes, damit die Hunnen seine

Stadt nicht überfallen. Ai, er muß ein mächtiger Schamane sein, denn seine Herrscher haben in ihrem eigenen Land wenig zu sagen, und oft trifft er für sie die Entscheidungen und schwört Waffenruhe in ihrem Namen.«
Als sie das hunnische Wort für den Bischof hörte, zuckte Hildegund zusammen. Der Bischof von Passau – ein Schamane! Sie konnte jedoch nicht bestreiten, daß Attila die Wahrheit sprach, wenigstens soweit sie es wußte. »Dann laß uns zu ihm reisen und seinen Segen erbitten. Auch in anderen Dingen möchte ich ihn gern um Rat fragen, denn . . . obwohl es nichts Unerhörtes ist, daß Christen und Pagani heiraten, wird es doch von vielen für etwas Schlechtes gehalten.«
Sie sah, wie sich unter dem roten Filz seines Wamses die breite Brust des Hunnen weitete und seine Nüstern sich ganz leicht blähten wie bei einem großen Jagdhund, der Witterung aufnimmt. Die dichten Brauen hoben sich. »Dann solltest du allerdings den Rat des Bischofs einholen, und auch ich werde mit ihm sprechen. Wenn wir aber in elf Tagen in Passau sein wollen, dürfen wir nicht säumen, denn du wirst in deinem Wagen reisen, und Khagan und eine andere Jungfrau werden dich begleiten.«
Hildegund sah auf die engen, dunklen Wände des Wagens. Er genügte für sie und Bolkhoeva, aber Hagan den ganzen Weg nach Passau und zurück auch noch darin zu haben . . .
»Das ist unziemlich«, entgegnete sie ruhig. »Dein Volk mag nichts dabei finden, solange sein Haar geflochten und aufgesteckt ist, aber ich versichere dir, selbst wenn er die ganze Fahrt über weite Röcke trüge und spänne, wäre das für mich bei allen, die gotisch sprechen, eine große Schande. Noch immer kennt man bei uns viele Sagen aus alter Zeit, in denen männliche Unholden Frauenkleider anzogen, nur um unter denen, die sie verkleidet begleiteten, ihren Samen zu säen. Wenn Hagan mitkommen muß, damit ich mich freier bewegen kann, so mag es sein, auch wenn ich bezweifle, daß die Fahrt ihm Freude bereiten wird; aber er muß mit dir reiten oder in einem eigenen Wagen fahren. In meinem, wo ich mich jeden Morgen an- und jeden Abend auskleiden muß, will ich ihn nicht haben. Laß ihn lieber ein Zelt mit Waldhari teilen.«
»Waldhari? Wer hat von Waldhari gesprochen? Was soll er dabei?«
»Er ist ein römischer Christ wie ich, und ich denke, daß er nicht zurückbleiben darf, wenn wir zur Christmesse nach Passau reisen. Er muß

genau wie ich beichten und die Hostie nehmen, vielleicht sogar noch nötiger, denn er war noch länger bei euch und ohne einen Priester. Und auch wenn ich wenig über Krieger und ihre Bräuche weiß, so habe ich doch nie gehört, daß es schaden kann, wenn man auf Reisen einen der besten unter ihnen in seiner Gefolgschaft hat.«
Attilas Brauen zogen sich zusammen und verdunkelten die durch jahrelanges Stirnrunzeln entstandene Falte. Hildegund merkte mit leisem Erschrecken, daß sie etwas Falsches gesagt oder wenigstens Attila ihren Worten eine Bedeutung beigemessen hatte, die ihn erzürnte. »Mißfällt dir etwas?« fragte sie schnell. »Gibt es Gründe, Waldhari zu tadeln?«
»Ungut ist es für eine unverheiratete *Khatun*, auf diese Art von einem jungen Mann zu sprechen, vor allem dann, wenn er sie ohnehin öfter aufsucht, als es sich schickt, und sie sich anscheinend mehr darüber freut, als sie es sollte. Wenn Waldhari uns auf dieser Fahrt begleiten soll, mußt du mir schwören, daß du nicht mit ihm reden und auch sonst keinen Umgang mit ihm pflegen wirst.«
Hildegund war zumute wie an ihrem ersten Tag bei den Hunnen, als der Anprall ihres Körpers gegen Attilas Schulter ihr jäh den Atem geraubt hatte und sich um ein Haar ihr Magen empört hätte. Doch hatte sie jetzt weniger Angst, denn inzwischen kannte sie Attila besser, und sie antwortete mit den hitzigen Worten, die ihr oft Schläge von ihrem Vater eingebracht hatten: »Wenn du Waldhari für meinen Liebhaber hältst, so solltest du lieber deine eigenen Gedanken einer Prüfung unterziehen. Ich sehe ihn gern, weil er mein Bruder in Christus ist und weil ich weiß, daß ich ihm, so fern von meiner eigenen Sippe, Vertrauen schenken darf; ich würde ihn genauso schätzen, wenn er eine Maid oder ein Graubart wäre. Viele der Frauen hier sagen mir, wieviel reizvoller doch Hagan als Gatte für mich wäre, aber hast du jemals bemerkt, daß ich seine Gesellschaft suche?«
Attila blinzelte und schaukelte auf seinen Fersen. Als er ihr antwortete, klang die tiefe Stimme sanft. »Keine Frau seit Bortai hat solche Worte zu mir gesprochen. Fürchtest du nicht den Zorn des Kriegsgottes?«
»Ich vertraue auf Christus«, versetzte Hildegund, obwohl sie merkte, daß sie am ganzen Leib bebte. Der faulige Verwesungsgeruch war längst aus dem Wagen gewichen, aber sie hatte nicht vergessen, wozu Attila fähig war. Doch er schien nicht böse, darum fuhr sie fort: »Wenn du dir Sorgen machtest, wir hätten über andere Dinge gesprochen, als wir

sollten, dann sei wieder guten Mutes, denn ich versichere dir, daß niemand über uns in Zorn geraten muß.«
Wieder zupfte Attila an seinem Schnurrbart. Die verschleierten Augen musterten sie wachsam. »Ich werde sehen, wie alles sich fügt. Vielleicht sprach ich zu früh; es mag sein, daß ich dir unrecht getan habe. Falls ja, so bitte ich dich, laß es gut sein; ein Fürst muß an viele Gefahren denken, die vielleicht nie eintreten, um derjenigen willen, die wirklich kommen.«

Es war nur eine kleine Schar, die von Attilas Lager aufbrach: Hildegund und Bolkhoeva im Wagen, Attila, Waldhari, Hagan und vier von Attilas besten Hunnenkriegern zu Pferde. Der Khagan hatte es verschmäht, mehr Männer mitzunehmen und gesagt, es gebe unterwegs keine Bedrohung, der man nur mit größerem Gefolge begegnen könne; und er wolle nicht Schrecken in der Stadt Passau verbreiten, wenn er mit so vielen Hunnen dort einzog, daß die Menschen sich fürchteten.
Es schneite wieder. Schon reichte der Schnee Hildegund bis zu den Knien, und Pferdehufe und Wagenräder knirschten leise durch die weißen Wehen. Das ganze Waldgebiet, jeder Ast und Zweig, war mit einem dicken Reifpelz bedeckt, der bleich von den dunklen Tannen schimmerte und blendendhell von den dünnen Ästen der kahlen Bäume glänzte. Hildegund und Bolkhoeva saßen in dicke, hunnische Filzmäntel gehüllt hinter den Reitern und lenkten ihren Wagen, und Hildegund fand, wenn ihre Augen nicht von unterschiedlicher Farbe wären, könnte man die Hunnin und sie nicht auseinanderhalten.
»Es ist gut, daß wir... wenigstens abwechselnd im Wagen sein können, wenn zu kalt, und uns am Feuerkasten aufwärmen«, meinte Bolkhoeva, deren Gotisch bessere Fortschritte machte als Hildegunds Hunnisch. Hildegund war froh, sie als Reisegefährtin zu haben, obwohl sie nicht recht wußte, was sie in Passau mit ihr anfangen sollte. »Aber ich bin glücklich, Außenwelt zu sehen. Jetzt zwei Jahre her, daß Wagen rollen, und als Attila seine Halle baute, dachten viele von uns, daß sie nie wieder rollen würden.«
»Ich freue mich auch, einmal hinauszukommen«, stimmte Hildegund zu und sah durch den wehenden Schneeschleier auf die Reiter. Ab und zu verließen die Hunnen den Pfad und durchstreiften die Wälder. Nur der Fürst und seine beiden Friedgeiseln blieben bei dem Wagen. »Ich

wünschte nur, das Wetter wäre besser. Was glaubst du, wie lange es dauern wird, bis die Männer Hagan bitten, sich mit ihnen in den Wagen zu setzen?«

»O nein ... das tun Hunnenmänner nie. Draußen in der Steppe reiten sie Tage und Tage und müssen nie nach Hause kommen.«

»Wie alt warst du, als ihr die Steppen verließt?« fragte Hildegund.

»Ich bin geboren dreiundzwanzig Jahre nachdem die Hunnen die Goten vertrieben und sich Gotenkönig aufhängte in Scham als Geschenk für die Götter. Ich hoffe, das ist kein Kummer für dich.«

»Er war nicht von meinem Stamm«, erwiderte Hildegund. Jeder kannte die Geschichte von Irminareik, dem grausamen und wölfischen König des Ostreichs, und wie er beim Ansturm der Hunnen selbst sein Leben beendet hatte. Sein Tod allein hätte der Welt wenig Schaden gebracht, aber er öffnete der Flut der Völker die Schleusen, so daß Alareik nach Rom zog und die Stadt in Barbarenhand fiel. Hildegund wußte nicht recht, ob das gut oder schlecht war, denn Rom hatte viel gegeben und viel getan und war das Herz der Kirche; aber die Sueben gediehen auf einer Mischung von dem, was das Imperium hinterlassen, und dem, was Gundahari ihnen abgewonnen hatte. Und selbst der burgundische Hending war ein Barbar, auch wenn er in einer vornehmen Steinburg wohnte und sein Volk gelernt hatte, Wein zu keltern.

Mittags wurde nicht gerastet. Die Männer aßen im Sattel, während Hildegund und Bolkhoeva sich abwechselnd um die Glut im mit Erde ausgelegten Feuerkasten des Wagens kümmerten und Brot für die Krieger wärmten, die dann zu ihnen hinritten, um es aus ihren Händen entgegenzunehmen. Einer der Männer sagte etwas zu Bolkhoeva, und sie lachte.

»Was hat er gesagt?«

»Er sagt ...« Das Hunnenmädchen kicherte. »Er sagt, wie gut es ist, Frauen auf der Reise zu haben; Männer sind nicht so nützlich, wenn Essen gebraucht wird; und heißes Brot ist im Schnee besser als kaltes Fleisch.«

An der Art, wie Bolkhoeva lachte, erriet Hildegund, daß sie ihr zwar die Worte, nicht aber den Sinn übersetzt hatte. Noch sicherer war sie, als die Hunnin plötzlich seufzte und fortfuhr: »Ach, wenn doch nur Ugruk hier wäre! Du hast wenigstens deinen Mann hier und kannst ihm Brot geben, auch wenn du nicht in Sicherheit bei ihm sitzen kannst.«

Hildegund erschrak. Ihre Ohren unter der dicken Schaffellhülle wurden heiß. In der Stimme der anderen glaubte sie das Echo von Attilas Anschuldigung in bezug auf Waldhari zu hören, und einen Herzschlag lang huschte ihr Blick schuldbewußt zu dem schlanken Rücken des Franken. Als einziger der Männer trug er nicht den hunnischen Fellumhang und die Mütze mit den Ohrenklappen, sondern einen schlichten braunen Mantel aus dicker Wolle und eine tief über die Ohren gezogene Kappe. Er hatte sich einen Stoffstreifen um das Gesicht gewickelt, um beim Reiten die schlimmste Kälte abzuhalten, aber Hildegund konnte trotzdem die leisen Töne gedämpften Singens hören.
»Vielleicht ist unser Khan der am wenigsten sichere Mann, um bei ihm zu sitzen«, sagte Bolkhoeva, und Hildegund seufzte, als ihr klar wurde, daß die Hunnin Attila gemeint hatte. »Andere Männer fürchten seinen Zorn, aber er fürchtet nur den Donner des Blauen Himmels und den Haß der Geister. Darum, wenn er unsere Gesetze oder seine eigenen Eide brechen will – niemand könnte ihn aufhalten.«
Hildegund wollte dem jähen Erschrecken, das ihr den Magen umdrehte, keinen Namen geben. Sie meinte nur: »Thioderik ist der Hüter aller Goten und Friedgeiseln in Attilas Lager und auch der meine. Ich vertraue auf seine Fürsorge und ... noch hat mir Attila nicht Anlaß gegeben, an ihm zu zweifeln.«

Als es dunkel wurde, machten die Reisenden halt. Attila hatte Hildegund erklärt, daß sie kein Festmahl in Hrodgars Halle einnehmen würden, weil das ihren Weg um einen halben Tag verlängerte, sondern statt dessen ohne Unterbrechung nach Passau weiterreisen wollten, ohne eine einzige Nacht unter einem Dach zu verbringen. An diesem Abend beneidete Hildegund die Männer nicht, denn sie sah, wie sie den Schnee vom Boden und von heruntergefallenen Ästen abkratzten, um überhaupt ein Feuer in Gang zu bringen. Als Hagan in den Wagen kam, um einen Ast als Brandfackel anzuzünden, erschreckte der blaugraue Farbton seiner Haut die Suebin so sehr, daß sie, obwohl sie sich in seiner Gegenwart immer noch nicht recht behaglich fühlte, unwillkürlich sagte: »Komm zurück, Hagan, wenn das Lagerfeuer brennt, und wärme dich bei uns auf. Keiner wird etwas von dir haben, wenn du unterwegs stirbst.«
»Es geht mir besser als Waldhari, der nicht so dick angezogen ist wie ich, und auch für ihn besteht keine Lebensgefahr«, entgegnete Hagan. »Aber

ich werde Attila fragen, ob ich ihn eine Weile in den Wagen setzen darf, denn er ist nicht so abgehärtet wie die Hunnen.«
Hildegund beobachtete ihn von der Tür aus. Sie sah, wie Hagan den Hunnenfürsten anredete und Attila den Kopf schüttelte. Bald jedoch brannte das Feuer der Männer kräftig, das feuchte Holz knackte und zischte in den Flammen, und Hildegund bemerkte, daß Waldharis Gesicht wieder Farbe annahm.
»Attila liebt diesen Jüngling nicht«, murmelte Bolkhoeva Hildegund ins Ohr. »Gibt es einen Grund dafür? Ich höre nur, er reitet erstaunlich gut, wie ein geschickter Hunne, obwohl er nicht mehr Seele zeigt als ein Christenpriester.«
Hildegund ließ die Bemerkung über den Priester unerwidert, denn sie wußte, daß die Hunnin entweder nicht zuhörte oder vor sich hinsang, wenn sie von ihrem Glauben zu sprechen anfing; um so schwerer fiel es ihr, sich vorzustellen, daß Attila ihnen wirklich diese Reise nach Passau erlaubt hatte. So meinte sie nur: »Es liegt an mir, weil Attila mehr zu sehen glaubt, als wirklich da ist, wenn ich Waldhari anschaue. Das ist weder meine noch Waldharis Schuld. Genausogut könnte Attila auf Hagan eifersüchtig sein, der mich viel öfter sieht als Waldhari, weil er auch Attila selbst in den Hag begleiten muß.«
Bolkhoeva kicherte. »Ai, jemand anders ist eifersüchtig auf Khagan ... Rua, er denkt, Khagan ist sein ärgster Feind, weil Saganova beim Tanzen dem Schamanenjungen ein Geschenk gegeben hat und seitdem Rua kaum noch etwas von ihr bekommt, und vorher waren fast Worte von Verlobung zwischen ihnen. Warum soll Attila nicht auch so denken, wenn zwanzig Winter mehr auf seinem Kopf sind und man erzählt, daß diese beiden Jungen einmal große Helden in seinem Heer sein werden?«
Hildegund schauderte. »Wie kann Saganova ... was findet sie an ihm? Ich würde nie einen Mann haben wollen, der sein Haar wie eine Jungfrau trägt und frei umhergeht, wo es anderen Männern verboten ist. In meinen Augen ist das *ergi*.«
»Was ist das für ein Wort?«
»Es bedeutet ... einen Feigling, einen schändlichen Menschen, einen Mann, der...« Hildegund errötete und brachte die abscheulichen Worte nicht über die Lippen.
»Nein, du nicht verstehst.« Bolkhoevas Gotisch wurde unbeholfener, sie fuchtelte mit dem Finger nach Hildegund. »Frauen haben starken Zau-

ber, viel stärker als Männer. Darum fürchten sie sich vor uns . . . darum kommen selbst Männer mit Ehefrauen nur in den Hag, wenn müssen. Aber Schamanenzauber noch stärker. Du nachdenken . . . lieber haben Mann, den in jedem Mondwechsel dreimal oder viermal sehen, oder Mann, der ohne Gefahr jeden Tag zu dir kommen kann? Lieber Mann haben, für den du allen Zauber sprechen müssen, oder Mann, der selbst zu Göttern und Geistern spricht, für dich und für ihn? Und Schamanen wissen mehr über Frauen als andere Männer. Kisteeva mir erzählen . . .« Sie kicherte. »Als Gyula jünger war, er viel Mann. Damals großer Mann, Krieger, er kommen zweimal, dreimal jede Nacht, immer wenn schleichen in Frauenhag. Dann hören Schamanenruf, gehen als Frau, lernen was Frau gefällt – er noch viel *besser*! Kräuter und Weisheit zusammen, er kommen vielleicht vier- oder fünfmal, dazwischen bereiten Lust, und niemand achten darauf, was er und Kisteeva spät nachts tun. Ich hörte ältere Frauen sagen«, sie lachte jetzt unverhohlen, »daß er dann Gyula werden, erster Schamane in Stamm, heilig und nicht so viel Zeit für Spiele, weil sonst Kisteevas fünfter Ehemann werden müssen . . . und sie ihn lebendig auffressen!«

Hildegund mußte trotz ihrer Entrüstung mitlachen; sie zweifelte nicht an der Wahrheit von Bolkhoevas Worten. Aber als sie auf Hagan blickte, der neben Waldhari am Feuer saß, überlief es sie dennoch kalt, denn er war so unter seinem Hunnenumhang und der Fellmütze verborgen, daß man im Feuerschein nur die spitze Nase und die dunklen Augen wahrnahm und nicht erkennen konnte, welche Art Wesen er war – Mensch oder Albe, Jungfrau oder Jüngling, Gote oder Hunne. Seine Haut war noch immer grau wie die eines Toten. Neben ihm wirkten Waldharis schlichte, rotwangige Züge unter der einfachen braunen Kappe unerschütterlich und zuverlässig wie ein römischer Steinblock; selbst im Schneegestöber und dem Wind, der zwischen ihnen wehte, noch ein freundlicher Anblick.

Sie waren nun drei Tage unterwegs. Die dahinziehenden grauen Wolkenbänke wurden heller und dünner und rissen am Himmel zerfetzte Löcher auf. Die Schneeflocken wurden kleiner und weniger, bis nur noch einige wenige auf den Pfad fielen. Hildegund fiel auf, daß die Hunnen wachsamer schienen und die Spähritte entlang der Straße immer länger dauerten. Es war, als erwarteten sie Gefahr.

Aber niemand würde es doch wagen, Attila anzugreifen, dachte sie. Selbst wenn man genügend Männer schickte, um ihn zu töten, mußte jeder wissen, daß die Hunnen schrecklicher Rache nehmen würden, als ein Bewohner des Westens sich überhaupt vorstellen konnte. So dachte Hildegund noch, als sie den durchdringenden Ton einer Knochenpfeife und das jähe, spuckende Keuchen hörte, das ihn erstickte.
»Zurück in den Wagen!« herrschte Attila die beiden Frauen an, zog mit der rechten Hand das Schwert und ließ mit der linken die Wurfschlinge kreisen. Die beiden anderen Hunnen auf dem Weg hatten bereits die Bogen heruntergerissen. Einer von ihnen setzte ebenfalls die Pfeife an und blies ein paar schrille Töne. Dann brachen die Männer aus dem Wald, eine abgerissene Horde, in mehrere Schichten zerlumpter Mäntel und Hosen gewickelt, aber mit Äxten und Schwertern, Speeren und Bogen bewaffnet.
Hildegund starrte aus der Tür auf die umherschwirrenden Pfeile und kaute an ihren Knöcheln. Einige der Räuber brachen bereits zusammen und spritzten dort, wo sie lagen und um sich traten, ihr Blut in den Schnee. Aber auch einer der Hunnen war zur Seite gekippt; sein Körper hing schlaff an der Seite seines wild umherkreisenden Pferdes, der Fuß noch fest in einer der Lederschlaufen am Sattel. Hagan war vom Pferd geglitten und stand nun fauchend im Getümmel. Sein Schwert blitzte so rasend schnell, daß das Funkeln Hildegunds Augen blendete. Er hatte die Mütze verloren, und die Zöpfe flogen ihm um den Kopf, als stünde er mitten im Sturm. Die goldenen Haarringe sprühten rote Blitze. Waldhari ritt hin und her, schlug zu und duckte sich. Einen herzzerreißenden Augenblick glaubte Hildegund, er sei vom Pferd gestürzt, aber er hatte sich nur hinter den Hals des Tieres fallen lassen, um einem Axthieb auszuweichen, und sein eigener Hieb, quer über den Pferderücken, durchschnitt Hand und Hals des Mannes mit der Axt im selben Streich. Vier der Angreifer hatten sich gegen Attila zusammengerottet, als wüßten sie, daß er der Anführer war. Sie drängten ihn immer weiter an den Wagen zurück. Hildegund schluckte, als sein von oben geführter Schlag einen Kopf spaltete und helles Blut und graue Gehirnmasse sich im Schnee ausbreiteten, während sein Wurfseil sich einem anderen Mann um den Hals legte und ihn mit furchtbarer Wucht zu Boden riß – eine Henkersschlinge als Kriegswaffe. Plötzlich fiel ihr ein, was geschehen würde, wenn Attila und die anderen fielen, und jähe Leiden-

schaft durchzuckte sie, Furcht und Haß auf demselben glühenden Amboß gehämmert. *Töte sie alle!* flüsterte sie Attila lautlos zu, den ganzen Körper angespannt von der Heftigkeit ihres Wunsches.
Jetzt standen dem Hunnenfürsten nur noch zwei Männer gegenüber. Schon fiel seine Schlinge um den Kopf des einen, während er das Schwert nach dem anderen schwang. Aber der Mann, den das Seil traf, war breitschultrig und stiernackig und hatte gesehen, wie sein Gefährte starb; er hielt das Kinn gesenkt, so daß die Schlinge sich um sein Gesicht und nicht um den Hals zuzog. Dann warf er sich zur Seite. Attila verlor das Gleichgewicht, sein Hieb zerschlitzte leere Luft. Sofort ließ der Hunne das Seil fallen und richtete sich im Sattel auf. Aber sein zweiter Gegner führte bereits den nächsten Hieb gegen ihn, so daß er ihn abwehren und die Seite, auf der er die Wurfschlinge getragen hatte, ungeschützt lassen mußte.
Ohne überhaupt nachzudenken, griff Hildegund hinter sich in den Feuerkasten. Als der stiernackige Räuber die Axt schwang, hatte die glühende Kohle schon ihre Hand verlassen, flog sicher und schnell vorwärts und traf ihn mitten im Gesicht. Mit einem Aufschrei wich der Mann zurück, und die Spitze des von Attila in weitem Bogen geschwungenen Schwertes fuhr ihm durch den offenen Mund. Seine Kiefer klafften in aufgerissenem, rotem Gähnen, und er kippte um.
Niemand war mehr am Leben als die, die mit Attila aufgebrochen waren. Nur der eine Hunne, der inzwischen endlich vom Sattel gefallen war, hatte den Tod gefunden. Als Hildegund nach einer Weile wieder zu Atem kam und auf die Leichen sah, merkte sie, daß es nicht mehr als zwanzig Räuber gewesen waren; nur ihr heftiger Ansturm hatte sie wie ein ganzes Heer erscheinen lassen.
Die Suebin zitterte so, daß sie sich kaum aufrecht halten konnte, aber sie schob sich am Türpfosten hoch und strich sich die Röcke glatt, als Attila auf sie zukam. Noch immer blickte er finster, und seine Augen unter der zottigen Mütze waren wie schwarze Schlitze, aber an seinen Worten merkte sie, daß es nur der Widerschein des Kampfes war, der noch in seinem Gesicht brannte.
»Du mußt ein Hunne gewesen sein, als dein Geist das letzte Mal Fleisch trug, und eher ein Krieger als eine Maid!« rief er mit lauter Stimme. »Nicht seit unser Volk kämpfend durch die Steppe zog, sah ich eine Frau handeln wie dich. Was hast du geworfen?«

»Eine Kohle aus dem Feuerkasten«, antwortete Hildegund. Sie zeigte ihm ihre Handfläche, in der sich bereits eine kleine Blase bildete, obwohl sie die Kohle nicht lange genug angefaßt hatte, um größere Schäden davonzutragen.

»Das ist den Lohn eines Kriegers wert.« Attila tastete unter den Schafspelzen an seinem Hals und wühlte eine schwere Kette hervor, an der ein goldenes Medaillon hing, halb so groß wie Hildegunds Handfläche. Hildegund, die nicht recht wußte, wie sie ihm danken sollte, nahm es entgegen. Da drehte er sich plötzlich um und stapfte davon, wobei er ein paar hunnische Worte schrie. Einer seiner Krieger ritt herbei und ergriff die Zügel des Pferdes, dessen Reiter gefallen war. Die anderen sprangen aus dem Sattel und begannen die Toten zu durchsuchen.

Hagan kauerte bereits neben einem der im Schnee liegenden Körper. Hildegund dachte zuerst, er plündere ihn aus, dann aber hörte sie seine tiefe, rauhe Stimme rufen »Für Wodan!« Der Speer in seiner Hand hob sich und stieß zu. Eine Welle von Gestank nach Blut und Kot, der ihr bisher noch gar nicht recht zu Bewußtsein gekommen war, stieg auf und schlug ihr entgegen. Ihr Magen drehte sich um, und sie beugte sich aus dem Wagen und erbrach sich.

»Du hast noch nie gesehen, wie Männer getötet werden?« fragte Bolkhoeva und goß ihr einen Becher Wein ein, damit sie sich den Mund ausspülen konnte. »Ich auch alles ausgespuckt, erstes Mal.«

»Ich . . . nein. Leichen, ja, aber nicht das Töten.« *Und niemals das Abschlachten der Gefallenen*, fügte sie innerlich hinzu. Aber noch während sie daran dachte, wußte sie, daß es einige Zeit dauern würde, bis sie für die Seelen der Toten beten konnte. Es hätten Attila oder Waldhari oder beide sein können, die dort lagen; jetzt, in diesem Augenblick, hätten ihr die Räuber die Kleider vom Leib reißen, ihr die Beine auseinanderzerren und ihre stinkenden Körper an sie pressen können, wären Attila und seine Männer nicht zu ihrem Schutz da oder nicht stark und geschickt genug gewesen, sich gegen eine solche Übermacht durchzusetzen. Sie konnte sich selbst nicht belügen: vielleicht hatte sie mit ihrem glücklichen Kohlenwurf Attilas Leben gerettet, aber das machte sie weder zur Kriegerin noch zur Schildmaid. Wieder empörte sich ihr Magen, und der Wein spülte Säure an ihren Gaumen, denn nun erst begriff sie ganz, was aus ihr werden würde, wenn sie versuchte, aus dem Hunnenlager zu fliehen, wenn sie Attilas Mißfallen erregte oder wenn sie nicht heiratete und ihr Vater sie verstieß. Noch immer starrte sie auf die offenen Münder und gebrochenen Augen, die toten Glieder, die steif zu werden und sich in der Kälte zusammenzuziehen begannen, noch während die Hunnen ihnen sorgfältig die Waffen und armseligen Schmuckstücke abnahmen. Und wenn sie Pech hatte, würde man sie nicht schnell genug umbringen . . .

»Trink deinen Wein, komm näher an Feuerkasten«, forderte Bolkhoeva sie gutmütig auf. »Du warst sehr tapfer. Nicht viele stark genug für in Feuer greifen. Vielleicht bitten wir Saganova, dir Schmiedekunst beizubringen, wenn zurück im Lager?«

Hildegund sah auf das schwere Medaillon, das noch immer in ihrer Hand hing. Es war keine hunnische Arbeit, sondern Römergold mit einer Inschrift in altem Latein. Einige von den Abkürzungen des Imperiums waren ihr nicht bekannt, aber nach kurzer Zeit gelang es ihr, zu entziffern: »Zur Erinnerung an die Erhebung des höchst ehrenwerten Incitatus in den Senat. Gepriesen sei sein Wirken.« Sie konnte sich nicht erinnern, wer Incitatus gewesen war. Vielleicht konnte sie Waldhari fragen, wenn Attila es erlaubte; er war der einzige von ihnen, der es wissen konnte.

»Ich werde es mir überlegen. Vielleicht fällt es mir leichter, als Seide zu spinnen.«

Es dauerte nicht lange, bis die Hunnen den Räubern und ihrem eigenen gefallenen Kameraden alles abgenommen hatten, was ihnen wertvoll erschien, und wieder aufstiegen. Hildegund saß neben Bolkhoeva und sah zu, wie die Hunnin mit der Zunge schnalzte und den Wagenpferden kleine Gertenhiebe versetzte, bis sie anzogen. »Sind wir denn schon fertig? Begraben die Hunnen nicht wenigstens ihre eigenen Toten?«

»In der Steppe hat man keine Zeit für die Gefallenen. Manchmal wir bringen die Körper großer Männer nach Hause, wie diesen Sommer Attilas Sohn Bleyda. Laß die Wölfe sie begraben; sie tun es gern.«

Der Wagen begann zu rollen. Hildegund schloß die Augen, als erst die Vorder- und dann die Hinterräder über die Leichen holperten. Ihre Handfläche tat allmählich sehr weh. Sie stand auf, stützte sich mit einer Hand ab und kratzte mit der anderen einen Klumpen Schnee vom Wagendach. Sie hätte es gleich tun sollen, aber es war ihr nicht eingefallen.

»Trotzdem schön, Männer kämpfen zu sehen«, bemerkte Bolkhoeva sinnend. »Ich jetzt begreifen, warum du vielleicht findest, Waldhari lohnt anschauen. Aber ich lieber Khagan haben, auch wenn er zu Fuß kämpft. Natürlich liebe ich nur Ugruk; am besten ihn im Kampf sehen, wenn Attila nur mitgenommen hätte.«

Attila ritt vor den anderen her. Noch kochte sein Blut vom Feuer des Kampfes, mehr aber von den Gedanken, die von allen Seiten auf ihn einstürmten. Hildegunds Tapferkeit hatte ihm fast den Atem geraubt – wie sie, ohne einen Augenblick zu zögern, die heiße Kohle gepackt und geworfen hatte – und zwar, um *ihn* zu retten; auch das loderte in ihm wie ein Signalfeuer im dichten Schneesturm. Und doch ... daß er, Attila, die Hilfe einer Frau gebraucht hatte, das war wie eine Klette unter dem Sattel, eine Wunde, in der Schweiß brannte. Er wußte nicht, ob es ein übles Zeichen des Kriegsgottes oder ein gutes war; hatte der Gott ihm seine Gunst entzogen oder wollte er ihm auf diese Art beweisen, daß Hildegund mehr als alle anderen Jungfrauen seiner würdig war, obwohl sie nicht zu den Hunnen zählte? Er dachte daran, daß ihn mehrere Tagesritte von dem Gyula trennten. Dann aber fiel ihm ein, daß er ja Hagan bitten konnte, das Amt des Schamanen für ihn auszuüben, sofern der Jüngling genug gelernt hatte, um diese Aufgabe allein zu erfüllen, und dazu nicht mehr als ein heißes Zelt und ein qualmendes Feuer brauchte. Und wenn Hagan vielleicht auch noch nicht aus seinem Körper herausgehen konnte, so konnte er doch zumindest die Götter und Geister anrufen und darauf hoffen, ihren Rat zu hören.
Der Hunnenfürst warf einen Blick nach hinten auf den Frauenwagen. Die beiden eingemummten Gestalten, eine etwas größer als die andere, hatten die Köpfe zusammengesteckt, und er konnte nicht feststellen, nach wem sie Ausschau hielten oder worüber sie sprachen. Fester ballte er die Faust um die Zügel und spornte sein Roß zu einem schnellen Trab. Dabei dachte er unwillkürlich an eine Zeit, in der ihn ein Fieber auf das Lager gestreckt und er schwitzend und schlotternd unter seinen Decken am Boden der Jurte gelegen hatte. Damals hatte Bortai ihm kalte Umschläge auf die Stirn gedrückt, ihm herbe Kräutertränke eingeflößt und mit ihrer leisen, sanften Stimme die heilenden Zauberlieder der Frauen gesungen. Damals hatte er sich gefühlt wie jetzt: beschämt über die eigene Schwäche und zugleich froh über ihre Stärke, und zornig darüber, daß er sich darauf stützen mußte. Aber damals hatte es keinen Rivalen gegeben, der ihm zusah, niemand, auf dessen Taten sie hätte blicken

können, wenn er versagte; denn das hatte ihm den tiefsten Stich versetzt, daß er fast gestürzt wäre, wo Waldhari siegte, und alles vor Hildegunds Augen. Und doch war es nicht Waldhari gewesen, für den sie die Kohle geschleudert hatte, und sie mußte es getan haben, ohne nachzudenken, wie man es in der Schlacht tat, so daß man daran sah, wem ihr wahres Herz gehörte.

Attila zügelte sein Pferd und wartete am Wegrand, bis Hagans Gaul hinter den anderen hergetrottet kam. »Khagan«, sagte er so leise, daß die Frauen ihn nicht hören konnten, »ich brauche dich als Schamanen.«

Der Burgunder drehte sich zu ihm um und heftete den undurchdringlichen grauen Blick auf den Hunnenfürsten. »Was soll ich sehen?«

»Ich möchte wissen ... was Hildegunds Zeichen in diesem Kampf bedeutet.«

»Ich habe nichts an ihr gesehen. Ich hatte genug damit zu tun, mich selbst zu schützen, und konnte nicht auf den Frauenwagen achten.«

Während Attila ihm alles erzählte, begann Hagan im Sattel vor- und zurückzuschaukeln. Attila sah, wie seine Pupillen immer größer wurden und bis auf einen schmalen Rand aus grauem Eis das ganze Auge ertränkten. Den Hunnen überlief es kalt, denn ihm war, als erkenne er den Schädel, der bleich unter der Haut des jungen Schamanen leuchtete, und sehe die hohle Schwärze hinter seinen Augenhöhlen. Die gleiche Erscheinung hatte er auch schon bei dem Gyula bemerkt, wenn man diesem zur rechten Zeit die rechte Frage stellte; aber der alte Mann verhüllte sich dabei stets mit seiner Kapuze, damit andere Menschen ihn nicht zu deutlich sahen.

Sacht floß der Wind durch Hagans Mund und seufzte in seiner rauhen, tiefen Kehle, als wehe er über die steinige Steppe. »Der Kriegsgott sieht sie freundlich an, o ja. Doch hüte sich Attila, zu viel an sie zu verlieren; nicht gebe er ihr sein Schwert, fest halte er seine Seele. Hüten soll sich Attila, wenn er die Stadt betritt; seine Amulette soll er tragen und das Haupt nicht neigen vor dem fremden Priester, drängt ihn die Jungfrau auch dazu. Viel schon gab er, doch nun naht das Ende; besser beraten wäre die Fahrt, hättest du vorher gefragt. Und doch muß Attila vieles ertragen: kein Blut vergießen an ihrer heiligen Stätte, auf daß er nicht verstoßen werde; freundlich reden mit Menschen, die ihn zum Zorn reizen oder verlangen, daß er mit Geringeren den Nacken beugt. Das Haar der Jungfrau ist ein Zeichen, ihre Kohle ist ein Zeichen; ihr Weg ist umwunden vom rotbrennenden Gold. Diese Stute zu zäumen wird Attilas ganze Kraft fordern, wie ihm schon gesagt wurde, und unsicher bleibt, ob es zum Guten oder zum Üblen geschehen wird: du selbst, Attila, wirst das entscheiden.«

Hagan verstummte und schlug die Augen nieder. Nach einer Weile hob er die Hände und rieb sich die Schläfen, als wollte er die roten Druckstellen eines engen Helms glätten. Er wankte im Sattel. Unwillkürlich griff Attila hinüber, um ihn aufzufangen, aber schon reckte der Jüngling sich wieder.

»Geh nach hinten und fahr ein Stück im Wagen«, befahl der Hunnenfürst rauh. Er hatte gesehen, wie der Gyula den Weg des Schamanen bis ans Ende seiner Kräfte gegangen war. Die Warnung, die er soeben erhalten hatte, bestärkte ihn darin, daß er Hagan bei guter Gesundheit brauchte, wenn er in die Stadt der Christen ging, denn vielleicht mußten seine Amulette neu besprochen werden, und er brauchte Schutz gegen den Zauber der Schamanen aus dem Süden, damit sie ihm nicht Schwert und Männlichkeit zugleich stahlen. »Du bist erschöpft; ich weiß, daß das vorkommen kann.«

Hagan nickte nur, stieg ab und reichte Attila die Zügel. Der Hunne nahm sie ungern, denn Hagans Gaul war eine träge Mähre, eine Schande für alle Tiere mit den Hufen des Windes, die je über die weite Erde gebraust waren. Sobald er darum gesehen hatte, wie Hildegund und Bolkhoeva den Wagen anhielten und dem Burgunder hineinhalfen, ritt er nach vorn und zog den schwarzen Wallach hinter sich her.

»Nimm du ihn«, gebot er Waldhari. »Hagan muß sich im Wagen ausruhen.«

»Ich werde mich heute abend, wenn wir das Zelt aufstellen, daran erinnern – dann bin ich bestimmt ebenso müde und hoffe, daß ich auch einmal an einem warmen Ort rasten darf.«

»Aus dir wird nie ein Hunne«, meinte Attila, zufrieden über die Antwort des Franken.

»Und das ist auch gut so, denn ich habe nicht den Wunsch danach. Du bist mir ein gütiger Pflegevater, aber mir gefällt, was ich bin.«

Attila brummte nur und ritt weiter. Er wußte, daß es sinnlos war, sich auf ein Wortgefecht mit Waldhari einzulassen, wenn er nicht in Wut geraten wollte, denn die klugen Antworten der Friedgeisel schienen immer nur den einen Zweck zu haben, ihm das Blut im Kopf zu erhitzen. Er überlegte, ob es nicht doch eine Möglichkeit gab, den Jungen vorzeitig nach Hause zu schicken. Aber auch er hatte Eide geschworen, und nach der letzten Schlacht würde es einen schlechten Eindruck machen, wenn er Waldhari ohne Grund entfernte – und einen noch schlechteren, wenn es Gerüchte gab, es geschehe um Hildegunds willen.

Wie früher hörte Hagan das Rauschen der Danu lange bevor die kleine Schar die Mauern von Passau erblickte. Trotz des vielen Schnees war der Fluß noch nicht zugefroren. Das Geräusch stimmte Hagan froh, so als fühle er die kalte Kraft des Wassers durch seine Adern strömen und seine müden Glieder stärken. Als sie näher ritten, hörte er wieder die Stimmen der drei Fluten, die gleichzeitig aufschrien, während sie aufeinanderprallten und sich vermengten. Es würde kalt sein zum Baden, aber Hagan war auch schon im Winter geschwommen.
Als sie in Sichtweite der Stadt kamen, fiel Hagan auf, daß Waldhari mit großen Augen auf die steinernen Bauten zwischen den Holzhäusern starrte; hinter sich konnte er Hildegunds kurzes Keuchen und ihre Worte hören: »Es sieht beinahe aus wie zu Hause.« Für Hagan unterschieden sich Passaus graue Steine stark vom roten Sandstein in Worms, aber auch er konnte sich eines leichten Anflugs von Heimweh nicht erwehren, und ihm war, als habe er schon zu lange in Attilas Lager verweilt. Die hunnischen Zöpfe schienen an seinem Hinterkopf zu zerren, die Schaffellmütze auf seinem Haar fühlte sich fettig an . . . als sei das Band, das ihn mit dem Steppenvolk verknüpfte, im Begriff, sich aufzulösen. Jetzt verstand er, wie die Burgunder auf ihrem Weg nach Westen allmählich ihre Erinnerung verloren hatten. Aber Hagan wollte nichts verlieren; trotzig griff er nach dem geschnitzten Kamm, der die Zöpfe hielt, rückte ihn zurecht und steckte ein paar lose Haarsträhnen wieder in die goldenen Ringe.
Diesmal sprach niemand vom Waschen, bevor sie die Halle des Bischofs betraten; für Attila war es unwichtig, und Hagan zweifelte nicht daran, daß in Kürze für Bäder gesorgt werden würde. Und in der Tat, nachdem die Priester mit den geschorenen Köpfen sie begrüßt und hereingebeten hatten, und Hagan gesehen hatte, daß die Pferde sicher versorgt waren, erschien ein anderer Priester, um ihnen mitzuteilen, der Bischof freue sich, sie beim Abendessen zu sehen und gewiß würden sie sich inzwischen in ihren Gemächern ausruhen und waschen wollen. Hagan

merkte, daß Attila bei diesem Vorschlag zornig auffahren wollte; aber der Hunne bezwang sich und erwiderte, daß sie das gern tun würden.
»Du gehst mit den Jungfrauen, Hagan, und achtest auf sie«, befahl er. »Du schläfst, wo sie schlafen, und ißt, wo sie essen, denn ich wünsche nicht, daß sie in diesem Hause allein sind.«
Der junge Priester schien Einspruch erheben zu wollen, verstummte jedoch vor Attilas Blick. Er neigte den geschorenen Blondkopf und forderte Hagan, Hildegund und Bolkhoeva mit einer Gebärde auf, ihm zu folgen.
»Es ist nur eine Kammer bereitet und nur für zwei«, erklärte er entschuldigend. »Ich werde zusätzliches Bettzeug bringen.«
Er sah die beiden Mädchen an. »Welche von euch ist die Gemahlin?«
»Gott behüte!« platzte Hildegund heraus. Bolkhoeva errötete nur und kicherte.
»Bring getrenntes Bettzeug, denn wir teilen kein Lager«, wies Hagan ihn an und starrte dem blonden Jüngling in die Augen, bis dieser den Blick senkte. »Ich bin kein Gatte, sondern ein Wächter, wie Attila gesagt hat. Und bring uns auch eine zweite Wanne mit warmem Wasser, denn es ziemt sich nicht, daß wir drei zusammen baden.«
Als der Priester sich entfernt hatte, sah Hagan die Mädchen an und fragte: »Wer von uns soll als erster baden? Wenn wir warten, bis das Wasser für eine zweite Wanne heiß ist, hat sich dieses hier längst abgekühlt.«
»Das ist mir gleich, wenn du nur vor die Tür gehst, während wir uns waschen«, erwiderte Hildegund. »Aber du bist geritten, und wir saßen im Wagen, darum brauchst du das Bad vielleicht nötiger als wir.«
»Das ist wirklich so«, gab Hagan zu. »Ihr dürft diesen Raum nicht verlassen, aber wenn ihr den Anblick meines Körpers fürchtet, solltet ihr euch umdrehen und euch anderweitig beschäftigen, solange ich bade.«
Hildegund biß sich auf die Lippen, als wollte sie etwas entgegnen, sagte aber nichts, sondern machte kehrt und fing an, in ihrem Gepäck zu kramen. Bolkhoeva prüfte mit dem Finger eines der Betten und setzte sich darauf. Sie sah zu, wie Hagan sich bückte, um das Panzerhemd von den Schultern gleiten zu lassen, dann die Kleider abstreifte und in das große Halbfaß mit dampfendem Wasser kletterte, das mitten im Raum stand.
An der Gastfreundschaft des Bischofs gab es nichts auszusetzen; nur selten stand bei der Ankunft von Gästen eine solche Menge warmen

Wassers bereit. Natürlich hatte Passau gute Gründe, Attila und die Seinen so zuvorkommend zu behandeln; Hagan zweifelte nicht daran, daß die Hunnen, wenn sie sich etwas mehr Zeit nahmen und eine größere Streitmacht sammelten, die Stadt genauso auslöschen konnten wie jene pannonische Siedlung. Aber das heiße Wasser tat gut, weichte vom langen Reiten verspannte Muskeln auf und löste die Schmutzschicht von seiner Haut. Er flocht die Zöpfe auf, reichte Bolkhoeva Kamm und Ringe und kauerte sich nieder, um auch das Haar zu waschen.
»Du kämpfst guten Kampf«, bemerkte das Hunnenmädchen. »Ist das die Narbe von deiner ersten Schlacht?«
»Ja.«
»Viel Glück für dich. Kein Wunder, daß der Gyula dich als Lehrling will. Ich hoffe nur, Ugruk hat auch so viel Glück, jedesmal, wenn verwundet. Komm, laß mich Haar wieder flechten. Ich flechte immer für meine Schwester nach Bad, und viel hübscher als du.«
Hagan musterte sie scharf. Er hatte gehört, daß selbst eine Gewandnadel töten konnte, wenn man sie an die richtige Stelle unter dem Gehirn stach. Wenn es keinen Grund für eine Untersuchung gab, würde man nie mehr erfahren, als daß die Götter den Verstorbenen in aller Stille zu sich genommen hatten. Er dachte, daß es keinen besseren und leichteren Weg gab, an die Stelle im Nacken heranzukommen, als wenn man jemandem angeblich beim Haarflechten half.
»Ich werde es selbst tun.«
»Warum? Ich kann es viel leichter.«
Hagan schüttelte den Kopf.
»Gut, dann sage ich dir wenigstens, wie.«
Zum Abendessen mit dem Bischof zog Hagan das Wams an, das Saganova ihm beim Tanzen gegeben hatte. Es war nach gotischem Schnitt gefertigt, bestand aber aus tiefrot gefärbtem dünnem Filz und war an Ärmeln und Hals mit bunter, hunnischer Seidenstickerei verziert. Dazu trug er Saganovas Brosche und Gürtelschnalle. Ausnahmsweise hatte er das Wams über die Brünne gestreift, damit man die Brosche auch sah.
Hildegund war zurückhaltender gekleidet als in Attilas Halle. Statt der Grün- und Sahne-Töne, die sie sonst bevorzugte, hatte sie schlichtes Weiß und Grau gewählt, das ihr sommersprossiges Gesicht blaß und fleckig und den langen roten Zopf unecht und grell erscheinen ließ.

Bolkhoeva war angezogen wie immer, mit einem langen gegürteten Hemdkleid aus grauem Filz und einem Umhang aus Schaffell.
»Ich werde nicht am Festmahl teilnehmen«, erklärte das Hunnenmädchen plötzlich, als Hagan gerade hinausgehen und nach einem Priester suchen wollte, damit er sie zum Speisesaal führte. Er blieb, die Hand an der Tür, stehen.
»Unziemlich ist es für eine unverheiratete Jungfrau, an seiner eigenen Tafel die Speisen eines fremden Schamanen zu essen. Niemand kann sagen, mit welchem Zauber er sie zubereitet«, fuhr Bolkhoeva fort.
Hildgund schnaubte laut. »Unsinn! Bischöfe tun so etwas nicht. Allenfalls wird er Christi Segen darüber sprechen, und das wird dir nicht schaden, auch wenn du nicht verstehst, was es dir Gutes bringen kann. Du wirst einsam und hungrig sein, solange wir uns hier aufhalten, wenn du dich weigerst, mit uns zu essen.«
»Attilas Männer auch nicht hier essen. Wir alle bringen eigenes Essen mit; wissen, was tun müssen. Schau, in der Ecke ist Feuer. Ich koche für mich.«
»Nun, wenn du nicht mitkommen willst, bist du hier in Sicherheit«, antwortete Hagan, während Hildgund zornig vor sich hin murmelte. Auch wenn er nicht glaubte, daß der Bischof ihnen ausgerechnet mit Hilfe verzauberter Speisen etwas Böses zufügen wollte, hatte er wenig Lust, den Mann der Kirche auch noch zu verteidigen, indem er gut über ihn sprach. »Es gibt nur diese eine Tür, die man mit wenig Aufwand schließen und verriegeln kann. Vielleicht bist du hier drin wirklich weniger gefährdet als draußen.«
Hildgunds Wangen begannen unter den Sommersprossen rot anzulaufen. Ihre hellgrünen Augen wurden schmal. »Eine Schande ist es für Christen, wenn Pagani glauben, es könne eine Jungfrau gefährden, ausgerechnet hier, in dieser Feste der Heiligkeit, frei umherzugehen, noch dazu an der Seite einer anderen Jungfrau und mit einem Mann, der sie beschützt. Es wird dir nichts geschehen, Bolkhoeva, außer daß du besser zu essen und zu trinken bekommst als in deinem Wagen und dabei auf guten Bänken oder sogar Stühlen sitzen kannst, beleuchtet von schönen Kerzen statt qualmiger Lampen.«
»Sacht, Hildgund«, warnte Hagan. »Attila wollte dir auch nichts Böses, als er dir die Geschenke seiner Liebe brachte, und ich weiß noch sehr gut, wie übel du sie aufnahmst. Bolkhoeva sollte nichts essen müssen, über

das der Bischof geheimnisvolle Gebete zu einem fremden Gott gemurmelt hat, wenn sie es nicht will, und vielleicht hat sie es auch nicht gern, dazusitzen und sich anstarren zu lassen wie ein wildes Tier in einem römischen Bestiarium. Lieber bringe ich selbst ihr etwas von den Speisen mit und achte darauf, daß keine christlichen Zaubersprüche es befleckt haben.«

Hildegund klappte den Mund fest zu und wandte den Blick ab. »Nun gut. Ich hoffe, du wirst dem Bischof erklären, daß sie nur müde von der Reise ist und ihn nicht kränken will.«

»Das dürfte das Vernünftigste sein.« Hagan berührte Bolkhoevas Schulter. Selbst durch die dicke Filzschicht fühlte er, wie weich ihr Fleisch war, das sich in seine Hand schmiegte. »Bleib ruhig hier, Bolkhoeva. Fürchte dich auch nicht zu schlafen, denn keine christlichen Unholden werden deine Seele verwirren, auch wenn ihr Glockengeläut vielleicht deine Ohren verwirrt.«

Hildegund ging, den Rücken so steif wie möglich, vor Hagan her. Sie wußte, daß sie Bolkhoeva nicht so hätte bedrängen dürfen. Im Lager der Hunnen hätte sie niemals so mit ihr gesprochen, aber es war ein Unterschied, ob man den Aberglauben der Hunnen in ihren eigenen Wagen und Zelten miterlebte oder ihn hier sah, umgeben von guten römischen Mauern, an denen mit schlichtem Leinen und einfacher Wolle bestickte Wandteppiche hingen. Sie war unfreundlicher zu der Hunnin gewesen, als diese jemals zu ihr, auch wenn sie nicht einmal wußte, ob sie das als Sünde bekennen konnte, denn immerhin war sie für den guten Ruf des Bischofs und der Kirche eingetreten und damit letztlich für Christus. Ebensowenig wußte sie, ob Hagans Angebot besser oder schlechter war als ihr Versuch, Bolkhoeva zum Abendessen mitzuschleppen. Vielleicht würde das Zusammensein mit Christen die Hunnin auch näher zu Christus geführt haben, aber wenn sie es sich recht überlegte, sah sie ein, wie fremdartig die schrägen Augen und das Filzhemd Bolkhoevas in einer christlichen Halle gewirkt hätten und wie barbarisch den dort Versammelten ihre Zöpfe mit den Goldringen und dem Holzkamm erschienen wären. Hagan schien das allerdings nichts auszumachen; er trug nicht nur Haare und Wams nach Hunnenart, dazu das Urhorn, das aussah, als stamme es aus der ältesten Frühzeit der Stämme, an der Hüfte, sondern er behielt auch den Wurfspeer in der Hand, obwohl sie

sich im Inneren des Hauses und im Gastfrieden aufhielten. Aber Hildegund erinnerte sich auch an ihren ersten Abend bei Attila, als die Männer der Gefolgschaft sie alle mit wilden Augen angestarrt hatten – als liefe sie ohne Kleider vor ihnen herum. Nein, das hätte sie Bolkhoeva nicht gewünscht, wenn sie auch nur einen Augenblick darüber nachgedacht hätte, wie es einer Hunnin unter Christen zumute sein mußte.
Diese Gedanken gingen ihr noch durch den Kopf, als sie mit Hagan in die bischöfliche Halle eintrat. Der Saal war vornehmer eingerichtet als der ihres Vaters. Dunkles Dämmerlicht fiel durch Fenster aus goldgetöntem Glas. Überall brannten bereits goldene Bienenwachskerzen, deren schwerer Duft zusammen mit der Süße des Weihrauchs die Luft erfüllte. Hinter dem Herrentisch, an dem der Bischof in seinen prächtigen Gewändern aus Leinen und Seide thronte, hing ein riesiger Wandteppich mit dem Martyrium des heiligen Petrus. Attila und Waldhari hatten bereits neben dem Bischof Platz genommen. Von den Hunnen war, wie Bolkhoeva gesagt hatte, keiner anwesend. Attila schien sich durchaus behaglich zu fühlen. Zu Hildegunds Überraschung sprach er mit dem Bischof Latein, zwar mit starkem Akzent und nach Jahren des Nichtgebrauchs scheinbar schwerfällig, aber klar und verständlich. Die Kelche vor ihnen auf der Tafel waren aus echtem Glas, zur Hälfte mit tiefrotem Wein gefüllt.
Als Hagan und Hildegund hereinkamen, erhob sich der Bischof und begrüßte sie. »Heil, Hagan. Bei deinem letzten Besuch fragtest du mich nach Frauen. Nun sehe ich, daß du eine Frau gefunden hast.«
»Hildegund, Gundorms Tochter, ist eine Friedgeisel wie ich«, antwortete Hagan, »keine Verlobte.«
Hildegund wollte gerade bemerken, sie könne für sich selbst sprechen, und holte im warmen Duft von Kerzen und Weihrauch Atem. Da aber begannen die tiefen Glocken des Doms zu ertönen und die Stunde des Sonnenuntergangs zu verkünden. Hildegund schoß das Wasser heiß in die Augen und ertränkte die Worte in ihrer Kehle. Sie konnte nicht sprechen, denn das jähe Glücksgefühl, daß sie vor einem Bischof in seiner steinernen Halle stand, überkam sie so mächtig, daß sie kaum stehen konnte und einen Herzschlag lang fürchtete, sie müsse in Ohnmacht fallen. Man mußte es ihr wohl ansehen, denn der Bischof tat einen Schritt auf sie zu, als wollte er sie auffangen, und Waldhari fuhr halb von seinem Sitz auf.

Auch er... das kurzgeschorene, braune Haar und rasierte Kinn, die bei den Goten so auffällig schienen, hatten hier ihren Platz. Er trug ein Wams aus feingewebtem braunem Leinen mit nur einer schmalen Kante dunkelroter Stickerei am Hals und dazu passende braune Hosen, ein Goldkreuz an einer Kette und einen schlichten goldenen Armreif, Gegenstände, wie jeder Christ aus guter Familie sie tragen konnte, wenn er nicht an die harten Regeln über persönlichen Schmuck glaubte, die Gundorm seiner eigenen Familie und seinen Anhängern auferlegte. Es waren die besorgten Falten auf Waldharis breiter Stirn, die Hildegund die Kraft gaben, sich aufzurichten und zu sagen: »Vergib mir, Heiligkeit. Ich war nur überwältigt davon, Christi Halle zu betreten, nachdem ich so lange unter Fremden gelebt habe.« Auch sie sprach Latein; das breite Lächeln, das auf das Gesicht des Bischofs trat, belohnte sie dafür. Er hob die Hand, und sein Amethystring blitzte, als er das Zeichen des Kreuzes über sie schlug.

»Sei willkommen in der Halle Christi im Namen Christi, meine Tochter«, antwortete er. Seine Stimme war ein voller Bariton, der tief aus der kräftigen Brust kam; Hildegund hörte schon das Echo der Messe in seinen wundervoll gemessenen lateinischen Kadenzen. »Im Namen des Vaters, des Sohnes und des heiligen Geistes, komm und nimm an meiner Tafel Platz.«

Hildegund ließ sich auf der linken Seite des Bischofs nieder, Attila gegenüber, und Hagan setzte sich links neben sie und lehnte seinen Speer an die Wand. Obwohl die Tafel so lang war, daß zwanzig oder mehr Menschen daran hätten sitzen können, waren sie nur zu fünft. Der Bischof hatte sie so gesetzt, daß alle einander gut sehen konnten, Attila, der rechts von ihm saß, Auge in Auge mit Hildegund und Waldhari Hagan gegenüber. Offensichtlich war er darin geübt, Gastgeber gebildeter Abendgesellschaften zu sein, bei denen das Hauptvergnügen bei Tisch in der Unterhaltung bestand. Hildegund bemerkte plötzlich, daß sie sogar lateinisch dachte. Das war der Einfluß der Zivilisation und die Freude, deren Sprache wieder zu vernehmen.

Ein junger Priester erschien mit zwei weiteren Weinkelchen. Zu Hildegunds Entsetzen goß Hagan den seinen sofort in sein Horn um und spritzte auch noch ein paar Tropfen auf den Boden. Dabei murmelte er so laut »für Wodan«, daß alle am Tisch es hören konnten, und roch dann an dem Wein, als erwarte er, Gift darin zu finden. Zum Glück beachtete der

Bischof ihn nicht weiter und meinte nur: »Es war sehr freundlich von dir, Attila, diese jungen Menschen zur Christmesse hierherzubringen. Wie man mir oft erzählt hat, behandelst du deine Geiseln tatsächlich wie eigene Abkömmlinge.«

»Es ist mir ein Vergnügen, denn deine Gastfreundschaft ist unübertrefflich. Auch habe ich vieles mit dir zu besprechen«, erwiderte Attila. »Doch das kann warten, bis wir unter vier Augen reden können.«

»Ja. Nur eines wüßte ich gern: Warum wähltest du den Burgunder zu deiner Begleitung? Ich weiß, daß er kein Gefolgsmann Christi ist, und er scheint sich hier auch nicht wohl zu fühlen.«

»Weil nach der Sitte der Hunnen Hildegund und die andere Jungfrau, die sie begleitet, bewacht werden müssen; und ihr Hüter muß ein ...«

Hildegund merkte, wie Attila nach einem Wort suchte. Waldhari blickte interessiert in einen Winkel der Decke. »Ich kann dir nur erklären, daß Hagan es tun kann, nicht aber Waldhari. Ich hoffe, daß Hagans Anwesenheit dich nicht stört.«

»Du weißt, daß es ihm verboten ist, an meiner Messe teilzunehmen; der Segen Christi ist für die christliche Familie bestimmt, und Hagan scheint ein überzeugter Heide zu sein.«

Attilas gelbliche Züge verdüsterten sich, und Hildegund hielt den Atem an. Vor ihren Augen flackerte die Erinnerung an goldene Kreuze an enggeschnürten Halsketten. Auch wenn er sich das Haar sauber gekämmt hatte und sogar ein rotes Gotenwams trug, ließen Attilas hunnisches Gesicht und der hängende Schnurrbart ihn hier noch barbarischer aussehen als in seiner eigenen Halle. Sie merkte, wie seine breiten Schultern sich spannten, als wolle er das Schwert ziehen, und wie der muskelkräftige Körper des Bischofs sich straffte, als bereite er sich auf einen Kampf vor; dann aber schien dem Hunnenfürsten etwas einzufallen. Er unterdrückte seinen Zorn, und das dunkle Blut wich aus seinem Gesicht.

»Du brauchst keine Angst um die Sicherheit der Jungfrau zu haben, während sie die Messe hört«, fuhr der Bischof fort und sah den Hunnen dabei immer noch unverwandt an. »Der christliche Glaube betrachtet die Keuschheit als eine der Kardinaltugenden, so daß keine Frau sicherer sein kann als in unserem Dom. Gewiß hast du das doch in Rom gesehen oder davon gehört? Zu behaupten, ihr könne bei uns Gewalt angetan werden, heißt unseren Glauben und unsere Ehre zugleich beleidigen.«

Attila stieß einen langen Atemzug durch die Zähne und schaute in sein Weinglas, bevor er es nahm und daran nippte. Auch das schien Hildegund fremd, denn gewöhnlich stürzte Attila den Inhalt des Bechers hinunter. Ihn hier in zivilisierter Kleidung und mit den sorgfältigen Bewegungen zu sehen, die er sich als junge Friedgeisel angeeignet haben mußte, erinnerte sie an die Possen eines gutgedrillten Tanzbären. Im Gegensatz zu ihm bewegte sich Waldhari, der unter den Hunnen immer so steif und fehl am Platze schien, mit der angeborenen Gewandtheit eines Mannes, der in der Halle seines Vaters sitzt, und zwar auf dem Stuhl des Erben, der ihm von Kindesbeinen an zugestanden hat. Und noch etwas wurde ihr auf einmal klar: wenn er so entspannt dasaß und das warme Licht der Kerzen auf sein Gesicht schien und golden in seinem glatten braunen Haar glänzte, dann war Waldhari für sie nicht nur ein tröstlicher Anblick wie sonst, wenn er unter den Hunnen der einzige war, dem sie vertrauen konnte, sondern er war auch ein schöner Mann. Die weiten Nüstern paßten zum kräftigen, kantigen Kinn, und die Breite der Stirn zeigte, wie wertvoll die darunter verborgenen Gedanken waren – seine Lieder und Geschichten, seine lateinischen Gedichte und vor allem sein Glaube. Plötzlich schaute Waldhari sie über den Tisch hinweg an. Die unregelmäßigen Brauen beschatteten die braungefleckten Augen, aber in ihren Tiefen spiegelten sich zwei Kerzenflammen, die wie poliertes Altarholz schimmerten.

»Ist dies ein Gespräch, bei dem ich mitreden darf?« fragte Hagan. Seine rauhe Stimme und der schroffe Klang der gotischen Worte rissen Hildegund aus ihrem Sinnen. Wie alle anderen am Tisch sah sie ihn an.

»Es ist ein Gespräch, das auch dich angeht«, entgegnete der Bischof sofort. »Du darfst nicht zur Messe gehen, wenn du nicht getauft werden willst.«

»Nie werde ich den Glauben meines Volkes verlassen oder die Ahnen vergessen, die ihn uns gaben.« Hagan strich über seinen Speerschaft wie ein Christ über sein Kreuz – nur daß man die Geste leicht als Drohung auslegen konnte.

»Dann mußt du dir einen anderen Zeitvertreib suchen, solange du hier bist. Die Jagd ist gut in den Wäldern, Hirsche und Eber sowohl als Wölfe, wenn du es wagst, ihnen allein gegenüberzutreten, und wenn du willst, kannst du auch fischen. Ich will dir sogar meinen eigenen Eberspieß leihen.«

»Ich werde schon etwas finden, auch wenn ich kaum allein auf die Eberjagd gehen werde. Außerdem ist jetzt die Zeit unseres Julfestes; wirst du mir erlauben, es nach meiner Art zu halten?«
Hagan starrte dem Bischof hart in die Augen, bis der ältere Mann den Blick abwandte. Er sah nicht auf Hagan, sondern über den Tisch hin, als er antwortete: »In den Mauern dieser Stadt wird es keine heidnischen Opfer geben. Was du außerhalb tust, geht nur dich etwas an, aber es wäre besser, wenn ich nicht feststellen müßte, daß mein Volk oder unsere Tiere darunter zu leiden hätten.«
»Ich werde mich bemühen, deine Herde nicht zu erschrecken.«
Hätte Hildegund nicht gewußt, daß Hagan immer so grimmig dreinschaute, wären seine Worte ihr noch unheimlicher gewesen. Aber auch so rückte sie ihren Stuhl ein Stück von ihm fort und wünschte sich von ganzem Herzen, man hätte nicht ihn zu ihrem Wächter bestellt und es wäre Waldhari, der jetzt an ihrer Seite saß.

Am nächsten Tag, so hatte Waldhari es Hagan erklärt, war der Vorabend des christlichen Festes, aber schon dann würde eine große Feier stattfinden und jedermann damit beschäftigt sein, seinen Geist zu reinigen oder andere Vorbereitungen zu treffen. Hagan hatte ohnehin wenig Lust, sich nach dem Abendessen noch länger bei den anderen aufzuhalten. Immer, wenn er ein paar Atemzüge geschwiegen hatte, waren die Christen wieder in ihr lateinisches Gespräch verfallen, und wenn sie sich bereit fanden, ihm ihre Worte zu übersetzen, dünkten sie ihn nutzloses Geschwätz – ob ein afrikanischer Priester namens Augustinus oder ein britischer Priester namens Pelagius recht hatten, ob einen eigene Taten oder verliehener Segen ihren Göttern wohlgefälliger machten und dergleichen mehr. Es war schmerzlich für Hagan gewesen, Waldharis Grinsen zu beobachten, wenn er geistreiche lateinische Bemerkungen fallenließ, bei denen der Bischof und Hildegund lachten und Attilas Miene sich verfinsterte; und es schien ihm ungerecht, daß er Hildegunds wegen hatte mitreisen müssen und nun weder Attila noch Waldhari bereit waren, für sein Recht einzutreten, den Segen der Götter auf seine eigene Art zu erflehen.
Bolkhoeva saß still im Zimmer und spann, als störe es sie nicht weiter, eingesperrt zu sein und mit niemand reden zu können; sie hatte bereits erklärt, die Geräumigkeit und Wärme hier seien angenehmer als in

ihrem Wagen und es sei schön, nicht den ganzen Tag das Geplapper ihrer Schwester anhören oder mit Hildegund Gotisch sprechen zu müssen. Hagan nahm diese letzte Bemerkung als Wink und ließ sie in Ruhe. Nach einer Weile fing er an, seine Wintersachen anzuziehen. Als er fertig war, lief ihm bereits der Schweiß über den Rücken, aber er wußte, daß er nicht frieren würde. Er nahm seinen Speer, verabschiedete sich von Bolkhoeva und machte sich auf die Suche nach dem Außentor. Außerhalb des heiligen Bereichs ging es in Passau so lebhaft zu wie in jeder anderen größeren Stadt zur Julzeit. Die tiefhängenden grauen Wolken, aus denen ein paar Schneeflocken taumelten, schreckten die Händler nicht ab, die auf dem Stadtplatz ihre Buden errichtet hatten und der vorübergehenden Menge ihre Lebensmittel und Handwerkserzeugnisse verkauften. Hagan sah sich alles an, fand aber nichts, das ihm gefiel. Das meiste war christlicher Tand, Kreuze aus Holz und Stroh und ähnliche Gegenstände, aber nirgends gab es einen Waffenschmied oder wenigstens eine Bude mit guten Messern. Er trat an einen Stand und vertauschte eine kupferne Halbmünze gegen genug heißen Würzwein, um sein Horn zu füllen. Dann ging er weiter und nahm ab und zu einen Schluck. Die Kräuter waren nicht so gut wie die, mit denen Grimhild ihren Wein würzte, und man hatte am Honig zum Süßen gespart, aber das Getränk wärmte angenehm.

Bald hatte er den Weg hinab zu der Stelle gefunden, wo die Flüsse ineinander mündeten. Lange Zeit stand er dort und schaute ihnen zu, der weißen Flut, die in die blaue schäumte, und der schwarzen, die sanfter einsickerte. Ihre Farben wurden dünner, liefen langsam auseinander und verblaßten schließlich, als die Danu sie ganz in sich aufgenommen hatte. Hagan wäre nur allzugern geschwommen, aber am eisigen Wind, der ihn in die Nasenspitze stach, merkte er, daß die Luft erheblich kälter war als am Vortag. Im Wasser würde es auszuhalten sein, aber wenn er herauskam, würde ein Rennen zwischen dem Anziehen seiner Kleider und einer schweren Erkältung beginnen. Er trank von seinem Wein und blickte düster in die drei Flüsse. Er hatte das Gefühl, alles deutlicher zu sehen als jemals zuvor – auch die sich windenden Gestalten des hungrigen Flußvolks unter dem Wasser. Manche waren widerwärtig, schleimige schwarze Wassermänner mit von schlangenhaften Welsbarten umwogten hechtzähnigen Mäulern; andere schienen lieblich. Die kleinen Strudel, die den Spiegel des bleichen Flusses trübten, entstiegen wirbelnd den Armen langhaariger Frauen, deren volle Brüste auf dem Wasser schwammen und deren dunkle Augen Hagan aus knochenweißen Gesichtern anstarrten. Eine lächelte, als wisse sie, daß er sie sehen konnte, und streckte die Arme nach ihm aus. Wie aus weiter Ferne hörte er ihre Stimme rufen: »Steig herab zu mir, mein Kleiner, steig herab. Ich kann dir Freude schenken; ich will deine Liebste sein und dich küssen und herzen, bis dir die Sinne vergehen. Komm ins Wasser und laß dich umarmen.«

Hagans Fuß hob sich; einen Herzschlag lang wollte er hinab ans Ufer gehen und sich ins Wasser gleiten lassen. Aber er wußte, was die Umarmung der Flußnixen bedeutete, und er war noch nicht bereit, sich ihr hinzugeben.

»Komm herab!« rief sie. »Du bist nicht wie andere, ich brauche nicht dein Tod zu sein. Komm und wohne mit mir unter dem Fluß.«

Hagan wußte, daß ihre Arme naß und kalt sein würden; sie würde ihn fest umschlingen und mit ihrem Kuß den Atem aus seinem Mund saugen. Solche Frauen hausten auch im Rhein, und wenn ihre Liebsten an Land zurückkehrten, waren sie aufgetrieben und von Fischen zerfressen, und man erkannte sie nur, weil man sie vermißte. Trotzdem konnte er beinahe fühlen, wie die harten Rundungen ihrer Brustwarzen seine Brust streiften und ihre glatten Beine ihn umschlossen ... ihr Angebot, das klagende, wortlose Lied, das von ihren weißen Lippen floß, war unmittelbar an seinen Körper gerichtet.

Hagan drehte sich um und ging davon, und noch lange nachdem er das Flußufer hinter sich gelassen hatte, glaubte er ihr Weinen zu hören.

Daheim in Worms wäre alles ganz anders gewesen. Hagan wäre mit Gundahari und Gundrun in den Wald gegangen, um Stechpalmen, Tannen und Eiben zu schneiden, Bäume, die auch im Schnee das Grün des Lebens behielten, und hätte ihre Äste zum Aufhängen in die Halle gebracht. Die drei Geschwister hätten Kränze aus Immergrün und gedörrten Äpfeln gewunden, um die Sippenpfosten der Burgunder damit zu schmücken, und Grimhild hätte duftende Kräuter ins Feuer geworfen, damit lieblicher Wohlgeruch die Halle erfüllte – nicht der erstickend schwere Geruch, der Hagan das Atmen in der Halle der Christen erschwerte, sondern eine saubere Süße, wie der Wald nach dem Regen. Es hätte Honigkuchen und gesüßten Wein gegeben, und seine Geschwister hätten Jullieder gesungen. Das Fest hätte schon mehrere Tage früher

begonnen, mit der dunkelsten Nacht, in der man bei Sonnenuntergang das Feuer entzündete und bis zur Morgendämmerung brennen ließ, jetzt aber würde es seinen Höhepunkt erreichen, wenn alle Frauja Engus' heiligen Eber anbeteten und ihm ihre Opfergaben darbrachten, um ihm dabei die Worte in die borstigen Ohren zu flüstern, die er in der dreizehnten Julnacht den Göttern weitersagen sollte.
Daheim würde auch Hagan jetzt über den Wortlaut des Gelöbnisses nachdenken, das er vor allem Volk ablegen würde, wenn jedermann seinen Schwur bei den Borsten des Ebers tat; er würde sich auf seine Trinksprüche beim feierlichen Gelage vorbereiten, denn wenn er auch nicht singen konnte, so konnte er doch eine gewisse Wortkunst zeigen. Diesmal hätte ihm vielleicht sogar Folkhari helfen können, damit er sich seiner schroffen Art nicht zu schämen brauchte, wenn gewandtere Redner ihren Spruch ausbrachten. Und dieses Jahr hätte er auch mit vielen Dingen prahlen können – mit zwei Schlachten in der Welt der Männer und manchem Wissen, das er sich angeeignet hatte, um damit Gundahari so beraten zu können, wie es der Sinwist einst mit Gebica getan hatte.
Aber nein ... dieses Jahr würden nur Götter und Geisterwesen seine Eide und seinen Ruhm hören, ein Gedanke, der so schwer auf Hagan lastete, als hätte er sich ein zweites Panzerhemd um die Schultern gelegt. Obwohl er die Nähe vieler Menschen bei solchen Festen manchmal als erstickend empfand und an den meisten Tagen froh war, sie nicht zu sehen, schien es ihm doch übel, zur Julzeit seiner Sippe fernbleiben zu müssen, ohne daß andere an ihre Stelle traten. Im Lager der Hunnen hätte er sich wenigstens mit dem Gyula unterhalten oder Saganova beim Schmieden zuschauen können, während Kisteeva den anderen Mädchen befohlen hätte, ihm etwas zu essen und Becher mit Khumiß oder ihren heißen Kräutertränken zu bringen. Hier in Passau machten selbst die Leute auf der Straße das Abwehrzeichen der Christen, wenn er vorbeikam, und man hatte ihm deutlich gesagt, wie unwillkommen er im Bereich der Christenpriester war. Hagan dachte nicht oft über solche Dinge nach, denn auch in Worms war er von vielen nicht anders behandelt worden. Aber nachdem er bei den Hunnen als heiliger Mann galt, fiel es ihm schwerer, die Kränkung abzuschütteln, daß man ihn hier für einen Unholden ansah, um so mehr, als Waldhari ihn seiner christlichen Riten wegen im Stich gelassen hatte und lieber mit Hildegund und dem Bi-

schof Latein sprach und die Jungfrau anglotzte wie ein Welpe die mütterliche Zitze, als sich mit Hagan die Stadt anzuschauen. Hagan wußte, daß Waldhari ihn täglich sah und keinen Grund hatte, sich ausgerechnet jetzt an ihn zu hängen, wenn es hier so viel gab, das er nur für so kurze Zeit genießen konnte. Trotzdem verbitterte es ihn, daß man ihn hier so kaltherzig sich selbst überließ, obwohl er der einzige war, der von Anfang an gar nicht nach Passau gewollt hatte.

Er hatte seinen Wein ausgetrunken. Zwar hatte er gehört, daß manche von Wein traurig wurden, aber ihm selbst war das noch nie widerfahren. Er folgte seiner Spur zurück durch die Straßen, in denen Schneematsch lag, umging die Stätte der Christen und schlug den Weg in die andere Richtung und in die Wälder ein. Dort gab es wenig zu sehen, denn seit Tagesanbruch war Neuschnee gefallen, und nur ein paar Vogelspuren zerkratzten die glatte Fläche. Aber hier unter den weißlichen Nadeln der dunklen Tannen und den kahlen, bereiften Ästen von Esche, Eiche und Birke fühlte er sich weniger einsam als unter den vielen Menschen in der Stadt. Hier, wo die großen Felsblöcke grau und moosfleckig unter ihren Schneemützen hervorschauten, konnte er sich einbilden, er sei freiwillig allein fortgegangen. Seine Schritte wurden leichter. Er stapfte nicht mehr mühsam durch die kniehohen Verwehungen, sondern hielt sich an die Stellen des Pfades, wo weniger Schnee lag. Schon bald sah er das Hellrot der Stechpalmbeeren unter ihrer weißen Decke und das dunkle Grün der dornigen Blätter, das hier und da zwischen ihnen unter dem Schnee hervorleuchtete.

Hagan überlegte kurz, zog dann einen Fausthandschuh aus und berührte den Baum. Er stach sich den Finger an einem Dorn, und ein Blutstropfen erschien auf der blassen Haut. Von dem Blatt schien ein schwaches Glühen auszugehen, als nähere er seine Hand einer Kohle, und er wußte, daß alles gut war. Vorsichtig schnitt und brach er ein Dutzend von den dünneren Zweigen ab, dazu einen längeren Ast, um ihn zu spalten und die anderen damit zusammenzuhalten. Er wischte die Schneeschicht von einem Felsen, setzte sich hin und machte sich ans Werk.

Der fertige Kranz war ein wenig schief, aber fest und haltbar geflochten. Jetzt fühlte Hagan sich fröhlicher; Götter und Geister würden wissen, daß er sie nicht verlassen hatte, und selbst ein Christenbischof konnte wohl kaum etwas Böses an dem Ring aus roten Beeren und dunklen Blättern finden. Nun konnte Hagan am Feuer sitzen und unter dem Kranz, der das

Rad des Jahres und die grüne Lebenskraft unter dem Schnee bedeutete, sein Festbier trinken, und vielleicht würde das genügen . . . immerhin hatte er ja Wodan bereits ein Julopfer dargebracht.
Es wurde schon dunkel, als Hagan zum umfriedeten Bereich der Christen zurückkam. Das Tor öffnete sich, und er wollte gerade hindurchgehen, als ihm der Priester, der dort Wache stand – ein älterer, kräftiger Mann, dessen Tonsur an ihrem dunklen Rand schon mit Weiß vermischt war –, mit seinem Stab den Weg versperrte.
»Das da mußt du draußenlassen«, erklärte er.
»Es ist nur ein Kranz«, versetzte Hagan verwundert. »Was kannst du Böses daran finden?«
»Es ist etwas Heidnisches, und der Bischof hat mir ausdrücklich gesagt, daß du nichts dergleichen – ob Grünzeug oder Opferfleisch – auf das Gelände des Doms mitbringen darfst.«
Hagan hob den Speer. Auch wenn der Priester vielleicht gut mit seinem Stab umzugehen verstand, zweifelte Hagan kaum daran, daß er den anderen töten konnte. Doch vor seiner Abreise aus Worms hatte man ihm eingeschärft, daß gute Beziehungen zum Bischof von Passau für die Burgunder wertvoll waren, und so gern er den Mann auch erschlagen hätte, wußte er doch, daß es böse Folgen haben würde, wenn er einen Christenpriester an ihrem heiligen Festtag tötete.
»Bedrohe mich, soviel du willst«, sagte der Priester ruhig, »aber du kommst hier nicht durch, ehe du deinen Kranz nicht fortgebracht hast.«
Hagans Speer sank herab, als sei er seinen Armen zu schwer geworden. Es gab nichts, was er noch sagen konnte. Er drehte sich um und ging zurück zum Wald. Soeben begannen die Kirchenglocken zu läuten, und ihre tiefen Töne hallten schmerzhaft in seinem Kopf wider. Selbst außerhalb der Stadtmauern konnte er sie noch hören. Er ließ den Kranz, an einen Stein gelehnt, im Wald liegen, zur Freude jedes Waldwesens oder müden Wanderers, der ihn fand – falls jemand es überhaupt in Hörweite des unablässigen Domgeläuts aushielt.
Als er sein Zimmer im Haus der Christen wieder betrat, saß Bolkhoeva noch immer beim Spinnen. Sie sagte nichts; vielleicht spürte sie seine Gefühle. Seine Kopfschmerzen waren schlimmer geworden, und er wollte nur eines – allein sein. Voll angekleidet legte er sich auf sein Bett, schlug die Ecken seiner Decke um sich und starrte zu den kalten grauen Steinen des Daches hinauf.

Hildegund kam nachmittags von der Beichte, und zum ersten Mal seit Wochen – seit man ihr mitgeteilt hatte, sie würde zu Attila geschickt werden – war ihr leichter ums Herz. Sie hatte das Gefühl, einen Kübel Säure ausgespien zu haben: sie hatte dem Priester von den Köpfen erzählt und davon, wie sie heimlich in Waldharis Buch und seinen Gedichten gelesen hatte, aber auch, wie sie Attila beim Tanzen angeschaut und ihm im Kampf geholfen hatte. Die Stimme, die ihr die Buße zumaß, war ein voller, tiefer Bariton; sie konnte den Bischof kaum verwechseln, auch wenn er sich hinter der Dunkelheit und dem Geheimnis des Beichtstuhls verbarg. Er sagte ihr, daß sie mit den Überresten der Toten richtig verfahren, daß aber Neugier die Sünde der Eva und die Tapferkeit einer Judith zwar lobenswert, aber besser zur Verteidigung von Christenmenschen als von Attila anzuwenden sei und sie in Zukunft die Augen vor den Tänzen der Hunnen verschließen solle, denn solches Tun war, ebenso wie die grausame Wildheit dieses Volkes, Teufelswerk, und sowohl Lust als auch Stolz zählten zu den Todsünden.
»Und außerdem«, hatte der Bischof hinzugefügt, »bedenke achtsam, was du dir wünschst – den Glanz der Welt und die Beute des Krieges oder eine reine Seele und die Wonnen des Himmels im Jenseits. Besser ist es für eine Jungfrau, keusch zu bleiben, als zu heiraten, so sagt uns der heilige Paulus; doch es ist besser zu heiraten, als zu brennen. Aber eine Frau sollte zu ihrem Mann aufblicken und ihr Mann zu Christus; und auch wenn eine Frau nicht selten die Seele ihres Mannes zum Licht lenken kann, wäre es nicht trotzdem besser für dich, einen Mann zu suchen, dessen Blick den deinen erhebt? Gott kann uns seltsame Wege führen, aber ich glaube nicht, daß du dazu geboren bist, sein Apostel bei den Hunnen zu sein, auch wenn dein Beispiel und ein getreuer Priester unter ihnen vielleicht manche zur Wahrheit leiten können. Überlege dir, was deinem eigenen Geist den größten Nutzen bringen kann, und laß dich nicht von deinem Stolz dazu verführen, dir ein größeres Kreuz aufzubürden, als du es tragen kannst; so dienst du Christus am besten.«
Hildegunds Buße war nicht leicht, aber auch nicht zu schwer gewesen. Nach kurzem Nachdenken blieb sie beim Hinausgehen noch einmal an der Tür stehen. Der Anhänger, den Attila ihr geschenkt hatte, lag noch in ihrer Gürtelbörse. Sie zog ihn heraus und ließ ihn in den Opferstock

fallen. Der Priester, der dort die Aufsicht führte, sagte nichts, aber sie konnte das leichte Lächeln unter seinem dichten Bartgestrüpp erkennen.

Sie verließ den Dombereich nicht, denn Attila hatte ihr streng untersagt, ohne Hagans Begleitung oder die des Bischofs hinauszugehen, aber es fiel ihr nicht weiter schwer. Ihr genügte es, den Weihrauch zu atmen, in der Wärme und dem milden Licht der Kerzen zu stehen, die überall in der Kirche brannten, und zu dem großen geschnitzten Christus über dem Altar aufzublicken. Es war ein Christus in all seinem Glanz, der dort hing, das Haupt gekrönt von einem Heiligenschein aus vergoldetem Holz.

»Ob ich auch stehe im Lager der Finsternis, jauchzt meine Seele doch im Herrn«, murmelte Hildegund. Einige Zeilen von Waldharis Gedicht waren in ihrem Kopf haftengeblieben, und sie wollte sie auch nicht daraus vertreiben, obwohl sie noch nicht gewagt hatte, ihn um den vollständigen Text zu bitten, weil sie ihm dann hätte gestehen müssen, was sie getan hatte.

»Ob ich auch wandle im Schatten und in den hohen Bergen,
jauchzt mein Herz ...
Denn ich weiß, daß Christus bei mir ist;
und meine Gedanken sind voller Stärke.
Denn der Herr hat mir einen Freund geschickt,
auf daß ich nimmermehr einsam bin.«

»Wo hast du das her?« vernahm sie plötzlich die klare Stimme des Franken an ihrem linken Ohr. Sie zuckte zusammen und fuhr herum.
»Ich ...« Sie errötete heftig und schuldbewußt; sie konnte ihm nicht in die Augen sehen. Aber sie hatte gebeichtet und Absolution erhalten. Nun brauchte sie nur noch zu hoffen, daß auch Waldhari ihr vergab.
»Als ihr auf dem Kriegszug wart ... eure Türangel war zerbrochen, und der Gyula öffnete deine Truhe. Ich fürchte, ich habe in deinem Buch gelesen, und als ich es zurücklegte, sah ich dein Gedicht ... kannst du mir verzeihen? Ich habe schon eine Buße für Evas Sünde erhalten.«
»Ich fühle mich geschmeichelt, daß du es dir gemerkt hast«, antwortete Waldhari ernsthaft. »Ich würde dir sogar dann vergeben, wenn es nicht der Vorabend der Christmesse wäre, an dem niemand einen Groll hegen

darf – auch wenn ich überrascht bin, daß eine Pelagianerin sich so wenig beherrschen konnte.«
»Der Fehler liegt allein in meiner eigenen Schwachheit; das nächste Mal wird es mir besser gelingen.« Plötzlich begriff sie, daß er sie neckte, wie er es oft bei Hagan tat, und sie gab ein erschrockenes kleines Lachen von sich.
Waldhari lächelte. »Es ist schön, dich lachen zu sehen. Ich finde, daß du dich viel strenger gibst, als es deiner Natur entspricht, und ich habe mir schon seit Wochen Sorgen gemacht, weil du so traurig aussahst.«
»Seitdem ich hier bin, fühle ich mich froher. Aber weshalb sollte es dich beunruhigen, wenn ich traurig aussehe – ist nicht Hagan dein Freund?«
»Vielleicht gerade weil er mein Freund ist und ich beim Frühstückstisch schon mehr als genug finstere Mienen zu sehen bekomme. Jedenfalls bedeutet es mir viel, daß du dich für mich verwendet hast und ich mit hierher durfte. Ich hatte gar nicht erkannt, wie schwer meine Seele belastet war, bis ich von der Beichte kam und die alten Schuppen von mir abfielen wie eine Schlangenhaut, und ein neuer, gereinigter Mensch zum Vorschein kam. Ich muß eine Möglichkeit finden, öfter nach Passau zu kommen.«
Ein Bild wie dieses wäre Hildegund nicht eingefallen. Waldharis Worte zeigten ihr deutlicher, was sie selbst empfunden hatte, als sie es hätte ausdrücken können. Wieder stellte sie fest, daß er in seiner geradlinigen Art ein sehr gutaussehender Mann war. Trotz der Schwertschwielen an seinen Händen konnte sie am spitz zulaufenden Zeigefinger noch den schwachen Tintenfleck erkennen. Ihn zu heiraten würde sein, als freite sie zugleich einen Krieger und einen gebildeten Priester, denn er konnte sie bei Tag beschützen und ihr bei Nacht Gedichte vorlesen oder mit ihr über Augustinus und Pelagius diskutieren, und wenn er predigte, würde sie vor seinem Latein nicht zurückzucken müssen. Waldharis Festtagswams wurde ihm an Saum und Ärmeln zu kurz und spannte über den Schultern . . . sie konnte ihm ein neues nähen, ja, das konnte sie . . . Hier im Dom trug er kein Schwert, aber sie wußte nicht, ob das daran lag, daß er so fest auf Christi Hut vertraute, oder daran, daß er das Werkzeug des Blutvergießens nicht an einen heiligen Ort mitnehmen wollte; dennoch fühlte sie sich angezogen von der Stärke seines Glaubens.
Aber ich werde Attila gehören, ermahnte sie sich selbst, *und Waldhari steht allein, fern von seiner Sippe, und wird wohl kaum gegen den*

Hunnen kämpfen können. Nein, es war wohl besser, aus dem, was Gott ihr geben wollte, das Beste zu machen, so wie der Knecht mit den beiden Talenten, als mehr zu begehren, als er ihr zubilligte; denn dieses letztere war auch ein Grund für den Sündenfall gewesen.
»Du siehst nachdenklich aus«, meinte Waldhari. »Soll ich dich allein lassen?«
»Nein. Ich war nur ein wenig zerstreut. Es ist keineswegs unmöglich, daß uns der Bischof einen Priester mitgibt, und wenn er es tut, können wir unsere Seelen jede Woche reinigen.«
Waldhari klatschte in die Hände, so sanft, daß sich die weihrauchgeschwängerte Luft kaum bewegte. »Oh, wie wunderbar wäre das!« Vor Aufregung fiel er ins Lateinische. »Wir wollen ganz inbrünstig darum beten.«
»Ja, das wollen wir«, erwiderte Hildegund in derselben Sprache. »Und ... da ist noch ein anderer Ratschlag, den mir der ... ein weiser geistlicher Ratgeber erteilt hat.«
Waldhari hob fragend die geschwungenen Brauen.
»Er zitierte den Apostel Paulus über die Ehe und schlug vor, eine Jungfrau solle sich am besten einen Mann suchen, der ihren Geist beflügelt und ihr hilft, eins mit Christus zu werden.«
Mehr wollte sie nicht sagen, aber Waldhari zerquetschte mit einer Hand fast die andere, als wolle er sich mit Gewalt daran hindern, den Arm auszustrecken und Hildegund zu berühren. Mit leicht geöffnetem Mund starrte er sie an und flüsterte: »Das dünkt mich ein guter Rat, wenn es auch der Wunsch der Jungfrau wäre und ihr nicht eine tödliche Feindschaft einbrächte. Mir schiene es das Schönste auf der Welt, wenn dieser Rat Früchte tragen würde.«
Hätte Attila solche Worte aus Hildegunds Mund gehört und sie verstanden, wäre seine Antwort ein gegen alle Feinde gezücktes Schwert gewesen, und er hätte das Mädchen aufs Pferd gerissen und wäre mit ihr davongaloppiert, zurück zu den Zelten der Hunnen, falls man sie nicht beide unterwegs erschlagen hätte, was freilich hier in Passau weit wahrscheinlicher war. Hildegund war auf einmal froh, daß Waldhari ein Franke, und zwar ein zivilisierter Franke war.
»Wir werden sehen, was Christus uns bringt«, meinte sie.
Nun begannen die Glocken zu läuten. Ihr tiefer Klang hallte leise durch den steinernen Dom. Die ersten Leute kamen herein und suchten ihre

Plätze. Waldhari schaute sich um und winkte dann Hildegund, mit ihm nach vorn zu gehen, wo sie den Bischof deutlich sehen und hören konnten.
Während die beschwörende, klangvolle Stimme des Bischofs durch die süßen Weihrauchwolken ertönte und die vertrauten, erhebenden Worte der Messe sang, wanderte Hildegunds Blick immer wieder seitwärts zu Waldhari, und sie sah, wie er seinerseits schnell die Augen auf den Altar richtete. Unwillkürlich dachte sie, wie es wohl wäre, wenn sie so weiterleben könnten, er und sie, Seite an Seite bei vielen zukünftigen Messen, und wie schön es sein müßte und ihr Herz jauchzen würde, wenn sie dann mit ihm ihre Gemächer aufsuchen würde.
Die Messe nahm ihren Fortgang und hüllte Hildegund in eine warme Decke aus Vertrauen und Glück. Sie wußte, es war Gottes Stärke, die sie umgab, und seine Liebe, und es war gut, nach dieser langen Zeit bei den Hunnen wieder einmal so dazusitzen, und noch besser, die Worte von der Stimme eines weisen Priesters gesprochen zu hören, auf dessen Erfahrung sie vertrauen konnte und der nicht nur gelehrt, sondern auch gütig schien.
Sie merkte zunächst nicht, daß der Wind zunahm, denn ihre Gedanken und die Stimme des Bischofs übertönten ihn; als jedoch die Glocken wild zu hämmern begannen, hörte sie das tiefe Stöhnen draußen und das Kreischen des Sturmes über den Dachschindeln. Der Bischof runzelte die Stirn und sprach lauter, aber der Wind tobte immer heftiger. Schließlich verstummte der Bischof und sah über die Köpfe der Menge nach hinten. In der Leere seines Schweigens fing ein Kind laut zu weinen an.
»Bleibt alle, wo ihr seid!« rief der Bischof. »Wenn der Fluß steigt, seid ihr hier am sichersten. Wir befinden uns auf erhöhtem Boden, unsere Mauern sind aus Stein, und dies ist Gottes heiliges Haus. Hier braucht ihr weder Flut noch Sturm, noch die Werke des Teufels zu fürchten. Wer keine Kinder allein zu Hause gelassen hat, soll hierbleiben.«
Aber Hildegund sah viele, die ihre Kreuze umklammerten und in deren Augen Furcht stand. Waldhari neben ihr rutschte hin und her und zuckte wie ein unruhiges Pferd.
»Christus bewahre uns vor den Dämonen der Luft«, murmelte er, während der Bischof erneut zu singen begann. Hildegund fand, der Franke hätte ein passenderes Gebet wählen können; der Rat des Bischofs, im Dom zu bleiben, bis die Gefahr von Unwetter und Hochwasser vorüber sei, schien ihr vernünftiger.

Am Ende der Messe hatte der Sturm noch nicht nachgelassen, was Hildegund, weil er auch so plötzlich gekommen war, eigentlich vermutet hatte. Im Gegenteil schien es draußen immer schlimmer zu werden. Der Bischof sprach kurz mit seinen Meßdienern, und es dauerte nicht lange, bis junge Priester mit geschorenen Köpfen und ein paar andere Jünglinge – vielleicht solche, die ihre Gelübde noch nicht abgelegt hatten – mit Tellern voll heißem Brot und Eintopf und Krügen mit gutem, starkem Bier herumgingen. Hildegund, Waldhari und einigen anderen brachten sie Wein.

»Klug von ihm, die Menschen durch Essen hier zu halten«, meinte Hildegund undeutlich, den Mund voll Brot.

»Und gütig. Vielleicht denkt er an die Hochzeit zu Kana.«

Sie hatten den Bischof nicht aufstehen und fortgehen sehen, aber es dauerte nicht lange, bis die Glocken wieder läuteten, laut und grimmig. Hildegund verstand, daß Unheil drohte. Sie sah, wie auch Waldharis eckiges Gesicht blaß wurde.

»Der Fluß muß über die Ufer getreten sein«, sagte sie unsicher. »Ich nehme an, die Glocken sollen alle warnen, die nicht im Dom sind, damit sie sich in Sicherheit bringen.«

»Vermutlich. Es ist aus vielen Gründen gut, ein Christ zu sein ...« Waldhari schluckte und schloß einen Herzschlag lang die Augen. »Hoffentlich ist Hagan heil zurückgekommen. Auch bei den Hunnen wandert er oft nachts zu unserem kleinen Flüßchen, denn er ist am Rhein aufgewachsen; aber ich habe gehört, daß die Danu reißender sein kann als der Rhein, wenn sie Hochwasser führt.«

»Wir werden es bald herausfinden. Hier kannst du nichts anderes für ihn tun als beten; ich werde nicht zulassen, daß du jetzt draußen nach ihm suchst.«

»Ich glaube nicht, daß er mir für meine Gebete danken würde«, entgegnete Waldhari.

Hildegund hätte ihm gern etwas Tröstliches gesagt, aber das einzige, das ihr einfiel, war: »Bestimmt wird selbst Hagan sich bei einem solchen Wetter nicht im Freien aufhalten. Er wird bei Bolkhoeva sitzen, Wein mit ihr trinken und sich über ... worüber auch immer ... mit ihr unterhalten. Das Unwetter wird nicht ewig dauern, und Hagan kann in einer fremden Umgebung sehr gut für sich selbst sorgen.«

Hagan lag auf seinem Bett wie ein Block aus kaltem Stein. Er konnte sich nicht erinnern, jemals so niedergeschlagen gewesen zu sein oder, wenn es schon keine Beschäftigung für ihn gab, nichts gefunden zu haben, das ihn von dem ablenkte, was geschehen und nicht mehr zu ändern war. Jetzt blieb ihm nichts anderes übrig als abzuwarten. Es war schlimmer als bei einer Krankheit, denn dann mußte sein Leib ihn wenigstens zeitweise schlafen schicken, während er jetzt hellwach war und nur an die finstere Decke starren oder zuhören konnte, wie die Seide wispernd durch Bolkhoevas Finger glitt. Wenigstens hatte der Lärm aus dem Dom aufgehört; auch die Christen konnten beim Geschepper ihrer Glocken keinen feierlichen Ritus abhalten.

Wenn ich zu Hause wäre . . ., dachte Hagan. Dann fiel ihm ein, daß es hier niemanden gab, der ihn störte, wo er lag, und niemanden, der ihn zurückhielt. Der Gyula hatte ihm gezeigt, wie man die eigene Haut zurückließ und frei dahinflog; er konnte es versuchen und schauen, wie es seiner Sippe zu Worms erging.

Hagans Atem wurde tiefer und ganz langsam, kaum mehr als ein Seufzer des Windes in seinem Mund. Er fühlte seine Seele, eingefädelt in seinen Körper; hinter den geschlossenen Lidern sah er den kalten blauen Schimmer seiner Gestalt unter der Finsternis seiner Haut. Er begann sich zu verwandeln – Arme breiteten sich zu Schwingen aus, Federn wuchsen nach unten, Füße krümmten sich zu grausamen Krallen . . . Sein Gesicht wurde zum scharfen Hakenschnabel des Adlers. Er fühlte den menschlichen Körper um sich herum nicht mehr, nur noch den mächtigen Schlag seiner Schwingen, die ihn auf ihrem eigenen Wind aus dieser Hülle hoben. Bolkhoeva glänzte im Dunkeln wie eine blasse Rose, aber es kam ihm vor, als liege ein Schatten auf ihr wie eine Kapuze über ihrem Gesicht, und er wußte nicht, was das bedeuten sollte.

Höher stieg er, bis er das große, rauschende Glimmen der drei Flüsse sehen konnte, die zu einem einzigen wirbelnden Turm schimmernder Macht ineinanderbrausten. Mit schrägen Schwingen flog Hagan darauf zu. Die Wasserkraft erfaßte ihn wie ein mächtiger Aufwind, der ihn höher und höher warf, bis die Danu nur noch ein glitzernder Faden inmitten von Schwärze war. Er flog jetzt hoch über dem Gebirge. In den verschneiten Gipfeln spiegelte sich, durchsetzt von schwarzen Schroffen, das tiefe Blau des Nachthimmels; dazwischen sah er die langsam dahinschreitenden Gestalten der Bergriesen, grau wie Stein.

Westwärts schwang sich der Adler, dem Rhein zu. Unter sich gewahrte er warme, goldene Lichter, die in der Dunkelheit leuchteten, kleinere und größere, Hallen und Herdstellen, alle die Orte, an denen Menschen zum Julfest versammelt waren. Ab und zu loderte es irgendwo auf; dann wußte Hagan, dort hatte man Worte der Macht gesprochen oder das Blut eines Opfertieres vergossen. Mehr als ein Berggipfel strahlte in anderer Helligkeit, schimmerte rot oder eisblau. Das bedeutete einen weisen Mann oder eine Seherin, Runenkundige oder Hexen, die dort saßen, um mit den Toten zu sprechen, die frei durch diese Nächte ritten, oder um den Rat eines Gottes oder Geisterwesens zu suchen, vielleicht auch, um tief in den Schicksalsbrunnen zu schauen und zu erforschen, was das kommende Jahr bringen würde. So hoch Hagan auch flog, er hörte das leise Klirren der Zwergenhämmer im Fels; er sah die bleichen Gespensterlichter, wo die Scharen der Alben von Hügel zu Hügel ritten; hell war ihre Spur, wenn sie durch Häuser zogen, in denen man ihnen Essen hingestellt hatte, trübe dort, wo man ihren Ritt vergessen und weder Geschenke zurückgelassen noch Segen gesprochen hatte. Die Grabhügel standen offen und leuchteten feurig; offen standen auch die Türen der Grabkammern, und Hagan hörte die leisen Festgeräusche der Toten. Der Rhein floß kraftvoll dahin, wie Festbier schäumten die dunklen Wasser. Als Hagan näher flog, schien der Wind über dem Fluß ihn in die mächtige Strömung hinabziehen und in die Flut stürzen zu wollen. Er wehrte sich nicht, sondern spreizte die Flügel und ließ sich in langem, langsamem Gleitflug treiben; der Wind trug ihn stromabwärts nach Worms.

Gebicas Halle – jetzt Gundaharis – leuchtete warm aus dem eisigen Flußnebel hervor, ein Feuerzeichen, das Hagan den Weg wies. Viel Wichtiges war dort bereits gesprochen, jeder starke Schwur, jede Prahlerei, jeder Trinkspruch auf die Götter hatte das Leuchten heller werden lassen. Die Lichter der Stadt, die die Burg umringten, machten dagegen einen schütteren Eindruck, manche Häuser und Hallen standen leer, auch wenn andere glänzten; doch das Haus des Hendings schimmerte heilig. Abwärts kreiste Hagan und blieb einen Augenblick auf dem Dach sitzen. Innen erkannte er den hellsilbernen Schutzwall von Grimhilds Gemach; er wagte keinen Versuch, ihren Zauber zu brechen. Aber da war die große Halle – Fackelschein flackerte wie zum Willkommen aus den großen Türen, und der Ruf, den Grimhild und Gundahari bei Sonnenuntergang gerufen hatten, hallte noch nach.

»Seid alle willkommen, ihr Götter und Wesen,
Vorfahren und Freunde, im Frieden der Halle,
Setzt euch zum Julmahl, zum Singen von Sagen,
Fest und Gelage feiert als Gäste!«

Nun ließ der Adler sich vor der Halle auf dem Boden nieder, und Hagan konnte aufstehen und als Mensch durch die Tür gehen. Der Saal des Hendings war geschmückt, wie er ihn im Gedächtnis hatte, mit Kränzen und Zweigen und hellen Fackeln. In seinem Koben neben dem linken Sippenpfosten schlief der Juleber und schnarchte auf einem Strohhaufen. Jemand hatte ihm ein Band um den borstigen Hals gewunden. Zwei Jahre war er gezähmt worden, damit man ihn nun in der Halle herumführen und so die Macht von Frauja Engus und seiner Schwester verbreiten konnte, während das Volk seine Eide bei seinen Borsten schwor. Gundahari saß auf dem Hochsitz zwischen den beiden Pfosten, dort, wo er wohl Gebicas Leichenbier getrunken hatte, nachdem der Hending in seinen Hügel gebettet worden war. Hagan mußte einen Augenblick stehenbleiben und ihn anstarren. Gundaharis Körper war noch breiter und muskelkräftiger geworden, so daß er immer mehr wie sein Vater aussah; sein Bart war spärlich, doch der Schatten versprach Fülle, und das rundliche Gesicht des Jünglings war härter geworden und ähnelte nun mehr Gebicas schweren Zügen. Doch es lag kein Schatten über ihm, kein grauer Schleier nahenden Todes; das Licht, das in seinem Körper schimmerte, war golden, und Hagan sah, wie es der Halle Leben verlieh, als würden alle Fackeln jeden Augenblick neu an seinem Herdfeuer entzündet.
Und dieses Feuer, begriff Hagan, stammte von einem noch größeren. Noch während er ihn ansah, stand Gundahari auf, hob das Horn nach dem schlafenden Schwein und rief: »Heil Frauja Engus, Königsgott und Sippengott – Heil ihm, der uns Land und Ernte geschenkt hat, Heil dem Eberzahn, der uns in der Schlacht schirmt!«
Der Eber hob den Kopf, die Augen auf einmal tief und weise; Hagan mußte wegschauen, als sein Licht aufflammte und die Borsten wie Gold im Sonnenlicht blitzten. Ehrfurcht erschütterte Hagan, denn obwohl er mit Frauja oder seiner Zwillingsschwester, der Frawi, selten etwas zu tun

hatte, wußte er doch, daß es großen Segen bedeutete, wenn der Gott auf diese Weise Midgard berührte. Als Gundahari sich wieder setzte, ließ das Strahlen allmählich nach, aber Hagan sah, daß das Fleisch des Schweines es nur verhüllte und auf Gundaharis Klinge wartete, die am letzten Abend des Julfests die ganze Macht des Segens freisetzen würde.

Weißgekleidet und mit frei wallendem Haar saß Gundrun zur Linken ihres Bruders, und ihr rötlicheres Feuer mischte sich hell mit dem seinen. Obwohl sie kaum gewachsen zu sein schien, war ihre Gestalt fraulich geworden, und ihre Gesichtsknochen traten deutlicher hervor. Grimhild zur Rechten des Hendings glühte dunkel; es war, als hätte sie einen Mantel über das Feuer geworfen, das in ihr brannte, damit es das ihres Sohnes nicht erstickte. Ihre Mutter war dünner als früher, und die Falten schnitten grausamer in ihr Gesicht; aber trotz ihrer abgemagerten Finger hielt sie das Eßmesser mit all ihrer alten Kraft, und Hagan verstand, daß ihr Leben noch lange nicht beendet war.

Für Hagan war kein Platz bereitet, obwohl er unsichtbar unter den lebendigen Festgästen umherging und ein paar von ihnen zurückzuckten, wenn er an ihnen vorbeikam. Aber es gab Speise und Trank für alle, und manche der an der Tafel Sitzenden waren bleich und ihre Gesichter weiß oder grau. Als Hagan nach einem Brotlaib griff, legte einer von ihnen die eisige Hand auf die seine; ein junger Mann mit hunnisch geformtem Schädel und herabhängendem Schnurrbart, mit einem Wams, das dem Hagans sehr ähnlich sah. Er schüttelte den Kopf, und Hagan verstand die Warnung. Wenn er, solange er als Geist wandelte, etwas vom Julmahl aß, würde er bei den Toten bleiben müssen. Hagan nickte dankbar und ging weiter. Nun stand er am Herrentisch.

Langsam streckte er die Hand aus und legte sie auf Gundaharis breite Schulter. Sein Bruder zuckte zusammen. Hagan sah, wie ihn ein Schauder überlief, und ließ los. Grimhild hob den Kopf, und plötzlich stach ihr Blick scharf wie eine Messerspitze gegen sein Brustbein. Da wußte er, daß sie ihn zumindest als Schatten wahrnahm. Ihre dunklen Augen schienen ein wenig größer zu werden, und ihr Blick schwankte, als hätte der kalte Sog der Furcht ihr etwas von ihrer Kraft geraubt.

»Du mußt zurück«, raunte Grimhild, und ihre Lippen bewegten sich kaum. Hagan wußte, daß seine Geschwister sie nicht hören konnten. »Du wirst dich überanstrengen und vergessen, wo dein Körper liegt. Kehr um!«

Hagan wußte, daß sie recht hatte; schon fühlte er, wie seine Macht langsam von ihm wich, wie seine Seele dem Körper nach und nach die Lebenskraft entzog. Und doch war es mehr als das, denn er zog auch Kraft aus der Halle, in der er stand, und schickte sie zurück zu seinem Leib, und in diese Richtung floß mehr Kraft als aus der anderen. Er war überzeugt, er könne die Nacht unbeschadet hier verbringen. Doch zugleich schmerzte es ihn tief, daß Gundahari vor seiner Berührung zurückgezuckt war und Gundruns blaue Augen durch ihn hindurchstarrten. Er fühlte sich wie einer der längstvergessenen Toten, der zu Gesippen sprechen will, denen sein Name weniger bedeutet als ein Wispern im Wind.

Und dann hörte er das Rascheln von Gewändern hinter sich und das leise Klimpern von Saiten. Folkhari stand dort und rief: »Hending, ich will dir von den Taten deines Bruders singen. Ich sang dir von seiner ersten Schlacht, in der er so furchtbar verwundet wurde, nun aber sollst du von seiner zweiten Schlacht hören, in der er sich als mächtiger Krieger erwies.«

Wäre Hagan mehr als ein Geist in der Halle gewesen, hätte er geweint, als der blonde Sänger die Stimme erhob. Er fühlte, wie ihn die Worte durchbebten, fühlte das Erschauern der Harfensaiten, und er wußte, wäre er tot gewesen, so hätte jetzt seine Macht aus Folkharis Stimme gesprochen und sein Blut in die Herzen aller, die ihm lauschten, Hagans Macht getrommelt.

Wir tun gut daran, auf unsere Verstorbenen zu trinken und von ihren Taten zu singen, dachte Hagan, *wohlgetan ist es, ihnen Blut, Stutenmilch und Bier auf die Erde zu gießen und an den heiligen Festen Speisen für sie hinzustellen – denn sie leben fort in uns, und wir müssen ihre Macht bewahren, auf daß nicht alles verdorrt und vergeht.*

Aber Hagan war nicht tot und konnte nicht alles ertragen; so wie er das für die Geister gedeckte Essen nicht verzehren konnte, so vermochte er sich auch den Lebenden nicht zu schenken wie sie. Und als hätte jemand in weiter Ferne Worte der Macht gesprochen, die ihn zurückriefen, fühlte er, wie seine Gestalt sich von neuem veränderte und seine Adlerschwingen ihn fast gegen seinen Willen in die Lüfte trugen.

Auf diesem Flug sah er mehr als vorher. Die trüben Orte waren nicht leer, sondern lagen nur im Schatten. Dort hatte man die Geister vergessen, so daß sie nun traurig durch die Nacht schweiften. Hier hatte man die Götter nicht angerufen, damit sie Haus und Hof mit ihrem Segen erhellten, sondern sie ausgesperrt wie Bettler im Regen. Eis sträubte ihm das Gefieder, denn ihm war, als sehe er ein Land, aus dem das Leben herausgesaugt war, welke Bäume an der Stelle einst blühender, an denen Obst und Brot gehangen hatten und die mit Getränken für die Ahnen bewässert worden waren.

Und immer noch breitete der Schatten sich aus wie Brand in einem verwundeten Glied, ein paar Flecken in Worms, ein paar am Rhein. Wo immer die Römer ihre Steine gesetzt hatten, vertrieb Finsternis das Licht der Götter, und die hellen Stellen wurden weniger. Passau, der heilige Ort, an dem die Flüsse sich trafen, lag fast vollständig unter dem schwarzen Leichentuch, in dem nur ein paar trübe Lichter glommen wie abgewetzte Löcher in einem dicken Mantel. Am schwärzesten war der Christendom; obwohl Hagan die Kerzen darin sehen konnte, ging kein Licht von ihnen aus, und die Toten, denen ihre Sippe das Mahl hätte bereiten sollen, wanderten klagend umher, dünne Gespenster, vom Winde verweht. Selbst das Strahlen der drei großen Wasser war getrübt, als sperre ein Damm den Strom der Flüsse; Hagan sah, wie sich dort, wo aus der Vereinigung der dreifachen Flut heilige Macht hätte hervorbrechen müssen, Unheil zusammenbraute.

Zorn stieg in seiner Adlerbrust auf; er sah Gundahari und Gundrun erschlagen an den roten Steinen des Rheins liegen, das Fleisch des Julebers den Hunden vorgeworfen, die Julkränze in die Flammen geschleudert. Äxte zerschlugen die geheiligten Pfosten seiner Sippe, und jeder Hieb fand ein schauderndes Echo in seinen Gliedern. Er sah die großen Bäume stürzen, Donareichen und Wodaneschen gefällt werden; er sah die Mauern von Passau höher und höher wachsen, bis er sie weder überfliegen noch zu Fuß hineingelangen konnte, sondern für immer im Schnee umherwandern mußte, weil es niemanden gab, der ihm Gastrecht gewährte.

Kräftiger schlug er mit den Flügeln, denn der Wind rauschte durch sein Gefieder ... der mächtige Wind aus Riesenheim im Osten, aus dem der Schnee schrie, aufgepeitscht von den Schwingen des alten Adlers Leichenschlucker, der im fernsten Ostland horstete. Dieser Wind durchbrauste ihn nun, von Hagans Zorn zum Sturm aufgestachelt, der durch die weite Steppe heulte, über hohe Klippen und durch grausame Schluchten kreischte und brüllend zum breiten Fluß hinabstürzte, wo das Wasservolk ihm springend und rufend antwortete. Hagan schrie seine Wut heraus, ein Adlerschrei über der Stadt. Ein paar Lichter strahlten heller, andere verloschen furchtsam, und Hagans Haß wurde noch größer. Er hörte seine Worte, heulend im Wind.

»Hört mich, Dunkelheit, Wind und Wälder – Wolke und Schnee und Himmel zusammen! Vergessene Geisterwesen, die einst Opfer empfingen ... geheiligte Tote, aus eurer Heimstatt vertrieben ... Erhebt euch und rast nun! Laßt die Flüsse steigen gegen jene, die ihren Strom verflucht haben. Kommt herbei, ihr Geheiligten, unterdrückt, doch nicht verloren, geschlagen, doch nicht vernichtet! Wodan, ich rufe dich! Reite grimmhelmig auf graufelligem Wind, reite furchtbar auf achtbeinigem Roß! Donar, ich rufe dich! Üblere Feinde als Riesen drohen – schlag zu mit dem Hammer! Frauja Engus, Hüter des Volkes, Gesegneter, komm von den Festen des Friedens – Eberzahniger, Hirschgehörnter, schirm deine Sippe unten auf Erden, halte die heiligen Feuer hell!«

Nun schien es Hagan, als überspannten seine Schwingen die Breite der Flüsse, als jage jeder Flügelschlag eine neue Sturmbö gegen Passau und peitsche das Wasser auf, bis es so weiß schäumte wie der Schnee, der darüberwehte. Er griff weiter aus, raffte immer größere Macht zusammen: die Flüsse stiegen, gierig danach, ihre Uferdämme zu brechen und sich die Gaben zu holen, die man ihnen zur Pflanz- und zur Erntezeit versagt hatte. Der Dom stand auf höhergelegenem Grund, aber Hagans Schwingen hämmerten den Wind gegen seine Mauern und schüttelten seine Glocken in mißtönendem Schreckgeläut. Wieder entrang sich der Schrei seinem Schnabel, ein harscher Siegesruf: all ihre Macht schützte sie nicht völlig vor dem, was er geweckt hatte, denn selbst Christen mußten mit Flut und Erde leben.

Der Priester hatte seinen Blätterkranz nicht hineingelassen; nun riß ein wirbelnder Schneekranz an den Steinen der Christen, zerrte den Mörtel aus den Mauerspalten und die Schindeln von den Dächern. Und obwohl die Christen ihre Kirchenglocken jetzt im Ernst läuteten, steigerte der Klang nur noch Hagans wilde Wut.

»Wodan, bring mir dein wildes Heer! Alle ihr Toten, die erschlagen vom Feld fuhren, alle, die ihr verloren wandert, reitet nun, reitet!« Die Klauen des Adlers krümmten sich, als breche er einem Lamm das Rückgrat. Immer härter schlugen seine Schwingen, wirbelten den Wind aus dem Land der Toten auf, den Julwind, der die Mirk-Alben und rastlosen Geister aus Walhall und Haljas Reich hertrug, aus den Hügeln und öden Winkeln, wo ihre Knochen bleichten. Blau brannten ihre Fackeln durch die Finsternis, zerrissen den Schatten; wenige dort unten konnten sich weigern zu glauben, wenn sie die Stimmen im Wind hörten, und viele huschten hinaus, um Bier und Butter hinauszuwerfen, die sie früher als Gaben für die reitenden Toten auf die Dächer gestellt hatten.

Doch noch andere ritten: der Wagen mit den Ziegenböcken knarrte schwer durch den Sturm, und der Blitz des Hammers versengte Hagans Geisteraugen. Ein entsetzliches Eisengerassel übertönte den Donner, und Hagans Adlerschrei verwandelte sich in ein kreischendes Auflachen, denn die Domglocken waren vom Dach gestürzt und hatten krachend die Steine im Hof zerschmettert. Noch stärker wurde der Sturm, stärker als Hagans Macht; in seinen Flügeln rauschte der Wind, riß ihn empor und trug ihn fort.

Seine Schwingen schlugen nicht mehr, aber seine Klauen hielten fest. Ihm war, als umkralle er den Lederhandschuh eines Jägers, hocke wie ein Falke auf dem Arm des Falkners, unter dem Schatten seines Speers. Das einzige Auge des Jägers glühte im tiefblauen Schatten der Kapuze in eisigem Graublau; seine Wangenknochen waren totenschädelweiß, und im dunklen Bart glänzte silberner Rauhreif. Der Wind schlug Hagan seinen Schrei um die Ohren, und nun war es, als hebe der Jäger ihn in den Sattel, und er sitze vor dem grimmen Reiter, das Kettenhemd kalt an seinem Körper, die hunnischen Mädchenzöpfe wie Peitschen in seinem Gesicht.

»Hagan, mein Krieger, gut hast du gelernt und vieles erreicht.« Die Stimme des Reiters klang tief und schroff in Hagans Ohren, als höre er das Echo seiner eigenen Stimme aus einer tiefen Höhle. »Aber das ist noch lange nicht alles . . . ich brauche mehr von dir, viel, viel mehr.«

»Was willst du noch?« flüsterte Hagan. »Ich werde es dir geben.«

»Du sollst mein Speer sein, der Speer des Todes, der mir die Opfer weiht. Aber ich will noch mehr. Du bist mein Krieger; sei auch meine Walküre, Erwählerin der Erschlagenen. Zwar sollst du nie an der Seite deiner Schwestern das Netz aus Eingeweiden weben, doch ich will dir Menschenknochen ins Haar flechten, und du sollst denen, die das Schicksal bestimmt hat, das Horn halten. Als Idis oder als Krieger darfst du schützen, wen du liebst, doch als Walküre soll deine Speerspitze sie zum Tode verurteilen. Und doch sollst du wissen, daß das meine Macht ist:

Walküre und Walkürer, Gandula und Ganduleis, Walthaguna und Walthaguneis, Geisanula und Geisanuleis – meine Wunschtöchter spiegeln meine Namen, wie sie mich selbst spiegeln. Und der Tag wird kommen, da du in einen Teich schaust und mein Gesicht dir entgegenblickt; dann sollst du wissen, daß mein Urteil gefällt und die Zeit für dein Opfergeschenk an mich gekommen ist.«

Hagan fühlte, wie er schwächer wurde. Er spürte die Goldringe seiner Zöpfe unter dem Helm und das schwere Kettenhemd auf den Schultern, aber er wußte nicht, ob er darunter Rock oder Hosen trug, und konnte auch die Gestalt seines Körpers nicht recht erkennen – war er ein feinknochiger Jüngling oder eine kräftig gebaute, eckige Jungfrau? Doch der Speer brannte eiskalt in seiner Hand, und er schien nun allein zu reiten. Er lenkte sein schwarzsilbernes Roß über die schäumenden Fluten, in denen Planken und Stücke zerbrochenen Holzes stiegen und fielen und über die Dachspitzen fast versunkener Häuser strudelten. Aber heute nacht fand hier keine Schlacht statt, wenigstens nicht zwischen Menschen. Wenig Arbeit gab es in Passau für Wodans Walküren, denn andere hatten die Geister der Toten geholt, die der Flut zum Opfer gefallen waren.

Hagan strengte sich an, doch der Speer entsank seiner Hand, und das Roß wandte den Kopf, bevor er an den Zügeln ziehen konnte. Schon griffen warme Finger nach seinem Arm und schüttelten ihn sanft. Als er sich loswand, drehte sich alles um ihn, und er konnte nur daliegen und die vom Heiligenschein des Kerzenlichtes umstrahlte dunkle Gestalt anstarren.

»Hagan?« wiederholte Waldharis klare Stimme. »Hagan, wach auf!«

In Hagans Kopf hämmerte es noch ärger als vorher, als er sich schlafen gelegt hatte. Er kam sich vor, als hätte man ihn mit einem Peitschenknall in seinen Kopf zurückgetrieben. Nun wußte er, warum Grimhild immer so zornig gewesen war, wenn er sie zurückrief, denn der leiseste Ton dröhnte ihm in den Ohren wie Christenglocken.

»Geh weg«, murrte er und drehte sich um.

»Hagan, du mußt aufstehen! Der Fluß steigt, und vielleicht ist selbst dieses Gelände nicht sicher. Steh auf und nimm, was du tragen kannst. Wir müssen uns beeilen, damit wir auf höheren Grund kommen.«

Hagan rollte sich aus dem Bett und griff nach dem Sack, der die wenigen Schätze enthielt, die er mitgebracht hatte. Jeder Knochen im Leib tat ihm weh. In seinem Schädel schmerzte das Gehirn schlimmer als nach einer langen, weinschweren Nacht, aber es gelang ihm, seinen Gliedern seinen Willen aufzuzwingen.

»Bolkhoeva«, krächzte er, »bist du fertig?«

»Ja, Khagan. Nun müssen wir eilen; sie haben ein Horn geblasen, um uns zu warnen, weil Glocken heruntergefallen. Zieh Mantel und Mütze an, denn der Sturm ist entsetzlich, und niemand kann sagen, wann wir wieder sicheres Feuer finden.«

Hagan vermummte sich, so gut er konnte. Er zitterte schon jetzt so, daß er annahm, es würde kaum noch einen Unterschied bedeuten. Immerhin konnte er seinen Speer als Stab nutzen und sich so durch die steinernen Hallen hinaus in den schneidenden Schnee schleppen, der ihm die Haut von Nase und Wangen schürfte. Nicht weit unter sich hörte er das Tosen der Wasser, und es gab ihm die Kraft, sich zusammen mit den anderen, die jetzt den Dombereich verließen und den Pfad hinauf zum Wald einschlugen, in Bewegung zu setzen. So zerschlagen er sich auch fühlte, konnte er doch seine Freude nicht unterdrücken: die Glocken waren herabgestürzt, und die von den Göttern Abgefallenen hatten ihren verdienten Lohn bekommen.

»Reißt es fort«, flüsterte er, »reißt es fort, und laßt es nie wieder auferstehen.« Seine Lippen wichen zurück und entblößten die Zähne. Zwar blendeten die wirbelnden weißen Wolken seine Augen, und sein Fleisch trübte ihm die innere Sicht, aber noch immer spürte er, wie wild die Toten im Sturm dahinbrausten, um sich zu holen, was man ihnen in diesen Julnächten verweigert hatte.

Neuntes Kapitel

Obwohl das Unwetter beim Fest der Christen in Haus und Hof des Bischofs kaum bleibenden Schaden angerichtet hatte und die Menschen schon am nächsten Morgen wieder aus den Wäldern herunterkommen und die Wasserpflanzen vom Hof kehren konnten, hatte Attila sich von dem Augenblick an, als er das erste Heulen des Windes über den gemeißelten Steinen gehört hatte, unbehaglich gefühlt. Auch wenn er kein Schamane war, stammte er aus dem Blut der Khagane und wußte, wann die Geister sich regten. In seiner Jugend war er mit den anderen Kindern zwischen den Herden gelaufen und hatte von älteren Jungen Geschichten über Schamanen erzählt bekommen, die Geister riefen, deren Macht ihre eigene überstieg, Geister, die in furchtbarer Wut Entsetzliches unter den Stämmen verübt hatten, bis ein noch stärkerer Schamane sie wieder bannen konnte. Attila hatte auch vom Zorn des Blauen Himmels gehört, der gottlose Taten rächte – und es waren sein Donner und Blitz gewesen, die die Domglocken getroffen hatten. Am liebsten hätte er den Gyula bei sich gehabt, um seinen Rat einzuholen. Hagan hatte seit jenem Abend fast nur geschlafen, und Attila war nicht sicher, ob die Ereignisse der Nacht der Friedgeisel nicht doch Schaden zugefügt hatten.
Doch trotz seiner Bedenken hinsichtlich ihres Glaubens war der Khan nicht gewillt, Hildegund so leicht aufzugeben. Darum suchte er zwei Nächte nach dem Sturm den Bischof auf, um in seinem Gemach unter vier Augen mit ihm zu reden.
Dieses Gemach war nicht so reich ausgestattet wie der übrige Palast, aber doch bequem, mit guten Pelzen auf dem Bett und Wachskerzen in Wandhaltern. In einer Ecke lehnten Eberspieß und Jagdbogen. Über dem Lager hing der gefolterte Götze der Christen. Es hätte, dachte Attila, die Kammer jedes beliebigen christlichen Edelings sein können, freilich mit Ausnahme des Buchs, das auf dem viereckigen Eichentisch lag, eines umfangreichen Folianten mit vergoldetem und mit Steinen besetztem

Ledereinband. Der Bischof saß da und schrieb auf ein Stück Pergament. Seine Stirn furchte sich tiefer, während er sich die Buchstaben überlegte, die er malte. Als Attila eintrat, blickte er auf.
»Salve, rex Hunnorum. Wie kann ich dir helfen?«
»Ich wünsche deinen Rat«, entgegnete Attila. Obschon er ungern Latein sprach, weil es ihn an seine Zeit als Friedgeisel erinnerte, in der man ihm oft gesagt hatte, seine so mühsam gedrechselten Sätze seien plump und barbarisch, wollte er doch einen guten Eindruck auf den Bischof machen, damit dieser ihn in seinen Plänen unterstützte. »Wie du dir vielleicht schon gedacht hast, erwäge ich, die Jungfrau Hildegund zur Ehe zu nehmen.«
»Ich habe vermutet, daß das dein Begehr sein könnte, ja.«
»Ich möchte nun wissen, welche Bedeutung bei einer solchen Heirat eurem Glauben zukommt. Wird Hildegund einen eigenen Priester benötigen, und was ist erforderlich, damit die Hochzeit ungehindert stattfinden kann?«
Attila hätte nicht erwartet, den Bischof überrascht zu sehen, jetzt aber hoben sich die buschigen braunen Brauen des Christen, und der Blick seiner hellblauen Augen schien an Schärfe zuzunehmen. »Manche halten es für eine schwere Sünde, wenn Christ und Nichtchrist miteinander in den heiligen Stand der Ehe treten«, murmelte der Bischof. »Du würdest auf jeden Fall zu unserem Glauben übertreten oder dich wenigstens darin belehren lassen müssen, damit du deine Gemahlin nicht zur Sünde verleitest oder ihr Dinge verweigerst, die für die Reinheit ihres Geistes nötig sind.«
»Wenn ich den Glauben meines Volkes aufgäbe, würde es zu großen Unruhen kommen, die mich leicht den Thron kosten könnten«, erwiderte Attila. »Aber es würde niemanden stören, wenn ich mich in eurem Glauben unterweisen ließe, denn eine neue Gottheit oder Religion läßt sich den vielen, denen meine Gefährten anhängen, unschwer hinzufügen.«
Der Bischof runzelte die Stirn, das drohende Stirnrunzeln eines Kämpfers. Unwillkürlich huschte Attilas Blick zu Speer und Bogen im Winkel; er hatte nicht ahnen können, daß der Christ seine Worte so übel aufnehmen würde.
»Das Christentum ist kein Glaube, der die Anbetung von Idolen und falschen Göttern oder Ketzerei und Irrlehren duldet, Dinge, die bei dei-

nem Volk weit verbreitet sind«, erklärte der Bischof, dessen Stimme zu einem tiefen Grollen herabgesunken war. »Das überzeugt mich noch mehr davon, daß Hildegund vor allen Gefahren, die ihren Geist und ihren Glauben bedrohen könnten, sicher behütet werden muß und daß du mehr über Gottes wahre Religion erfahren solltest.«
Attila rieb mit dem Daumen den Adlerkopf aus Bernstein an seinem Schwertgriff und dachte nach. Noch schien das Metall vom Nachhall des Donners zu summen; ihm schien, daß er sich auf ein großes Wagnis einließ. Doch Götter und Geister hatten ihm nicht ausdrücklich von der Heirat mit einer Christin abgeraten, und sie mußten gewußt haben, welchen fremden Zauber sie mitbrachte und daß er sich dessen Einfluß nicht völlig entziehen konnte. Wer nichts wagte, gewann nichts; das hatte er gewußt, als er damals mit Bortai davongaloppierte, so genau, wie er es jetzt wußte.
»Willst du das Erforderliche tun, damit ich es kann?« fragte er. »Ich kann mich nicht mehr lange in Passau aufhalten; mein Volk verlangt meine baldige Rückkehr.«
»Ich werde dir einen Priester mitgeben – Vater Bonifacius, dessen Name schon sagt, wes Geistes Kind er ist, denn er ist seit Jahren für seine guten Werke berühmt. Er wird dich alles lehren, das du wissen mußt, und du kannst dich darauf verlassen, daß er Hildegunds Geist läutern und sie im Angesicht des Herrn bewahren wird.«
»Kann ich mich auch darauf verlassen, daß er unter meinen Leuten Frieden bewahrt? Wie du weißt, lautet unser Gesetz, daß niemand den Glauben eines anderen schmähen oder aus religiösen Gründen Streit suchen darf. Ohne dieses Gesetz hätte meine Gefolgschaft sich längst selbst zerstört; so aber stehen Hunnen, arianische Goten und Goten, die noch dem alten Glauben folgen, einander im Frieden bei und schirmen einander im Kampf. Ein Priester, der Unfrieden schürt, ist etwas, das ich mir nicht erlauben kann.«
Der Bischof schürzte die Lippen. »Ich werde ihm dazu klare Anweisungen geben. Im Gegenzug mußt du ihm jedoch eine eigene Wohnung zur Verfügung stellen, in der er dem Glauben der Pagani und Ketzer nicht allzu stark ausgesetzt ist und jedem, der es wünscht, die Beichte abnehmen und eine Messe lesen kann.«
Attila zuckte die Achseln. Er hatte Thioderiks Arianern gestattet, sich eine Kirche zu bauen; was konnte eine zweite schaden? Und wenn sie

Hildegunds Herz erfreute und ihr das Leben bei den Hunnen angenehmer machte, lohnte sich die kleine Mühe. Erwies sich der Priester als Störenfried, konnte er ihn immer noch zum Bischof zurückschicken oder wenigstens die Nachricht von seinem bedauerlichen Ableben überbringen lassen.

Als sie endlich die Pferde sattelten, um Passau zu verlassen, ging es Hagan besser. Noch immer fühlte er sich ein wenig schwach, als hätte er ein langes Fieber überstanden. Aber die Kopfschmerzen kamen immer seltener, und selbst der stoßende Trab seines Pferdes verursachte kein solches Hämmern in seinem Schädel, wie er befürchtet hatte. Er wußte, daß er sich in der Nacht des Unwetters zuviel zugemutet und Glück gehabt hatte, überhaupt lebendig und ohne größere Beeinträchtigungen zu sich selbst zurückzukehren. Trotzdem tauchte auch jetzt noch immer wieder der Schatten eines blauen Rockes unter seiner Brünne im Augenwinkel auf, und wenn die Goldringe in seinen Zöpfen seinen Nacken streiften, war ihm manchmal, als fühle er statt ihrer die warme Glätte von Knochen. Aber es hatte wenig Sinn, darüber nachzugrübeln: wenn Wodan ihn nicht nur als Krieger, sondern auch als Walküre forderte, würde Hagan trotzdem seinen Gott nicht aufgeben. Scham, so dünkte ihn jetzt, war etwas für Männer wie Gundahari und Waldhari, die herrschen und darauf achten mußten, was das Volk von ihnen dachte; Hagans Aufgabe war es, zu tun, was getan werden mußte.

Weit mehr beschäftigte ihn die Erinnerung daran, wie Waldhari sich verhalten hatte, und mehr noch die Tatsache, daß Vater Bonifacius, der jetzt, die schwarzen Röcke über die Hosen geschürzt, mit ihnen ritt, derselbe graumelierte Priester war, der ihm und seinem Kranz den Zugang zur Halle verwehrt hatte. Schlimm genug, daß Waldhari ihn um Hildegunds willen im Stich ließ, aber der Gedanke, daß sein Freund nun ständig zu einem Mann laufen und ihn um Rat fragen würde, der Hagan und einem so unbedeutenden heiligen Gegenstand derart ablehnend gegenüberstand, war für den Burgunder fast unerträglich. Hagan wußte nicht, wie er mit Waldhari über all das sprechen sollte, und die beiden waren auch nie allein. Am zweiten Tag jedoch sandte Attila sie als Späher voraus, um den Weg zu erkunden. Da fragte Hagan:
»Wird Attila mir einen anderen Mitbewohner zuweisen, wenn du ausgezogen bist?«

»Warum? Meine Zeit als Friedgeisel dauert noch zwei Jahre, und ich dachte immer, du würdest dann auch nicht mehr lange bei den Hunnen bleiben, weil du nur kurz nach mir gekommen bist und wir fast gleichaltrig sind. Oder willst du Saganova heiraten und bei den Hunnen wohnen, anstatt zu deiner Sippe nach Worms zurückzukehren?«
»Ich muß zurückgehen, wenn mein Bruder mich ruft«, sagte Hagan, obwohl ihm der Gedanke daran einen Herzschlag lang in der Kehle steckenblieb wie eine Fischgräte – er sah sich selbst, in jedem Kampf an Thioderiks Seite, die goldenen Blumen um den Hals... die Heimkehr zu Tanz und Festmahl, die sinnverwirrenden Lieder der Hunnen ... sah sich Saganova beim Schmieden zuschauen oder im Zelt des Gyula auf der schwarzen Pferdehaut kauern ... Er schüttelte den Kopf und verscheuchte die Bilder.
»Nein, das meinte ich nicht. Ich dachte, du wolltest schon früher ausziehen.«
»Wie kommst du darauf?«
»Weil du nun einen Priester hast, der in einem kleinen Stechpalmenkranz eine Todsünde sieht. Wie lange glaubst du, daß er es dulden wird, daß wir zusammenleben und über Götter und Welten reden?«
Waldhari sah hinauf zu den schneepelzigen Tannenästen. Hoch oben in einem der vor ihnen stehenden Bäume plapperte ein Specht. Rasch griff Waldhari zum Bogen, zielte und schoß. Der Specht flog erschrocken und taumelnd auf, schlug über der kleinen Schneelawine, die der Schuß und seine Flucht ausgelöst hatten, heftig mit den Flügeln und schwirrte rasch davon.
»Du hast schon besser geschossen«, sagte Hagan unwillkürlich. »Ich denke, der Vogel ist unversehrt entkommen.«
»Ich habe auf den Astknorren gezielt, der einen Finger breit unter seinen Füßen saß, und ihn nur mit einer halben Fingerbreite Abstand von dem Vogel getroffen. Ich wollte das Tier nicht töten, denn es hat mir nichts getan, und wir haben genug zu essen.«
»Dann war es ein vergeudeter Pfeil.«
»Das muß nicht sein. Halte einen Augenblick meine Zügel und meinen Schwertgurt.«
Waldhari sprang vom Pferderücken und beugte sich vor, um die Brünne von seinen Schultern gleiten zu lassen. Er legte sie über den Sattel. Hagan sah zu, wie er nach dem untersten Ast der Tanne sprang, ihn packte

und sich hinaufschwang. Behende wie ein Eichhörnchen kletterte er nach oben. Einmal brach unter seinem Fuß ein Ast, aber schon stand er auf dem nächsten. Besorgter denn je schaute Hagan sich um. Wenn auch nur eine kleine Schar Räuber sie überfiel, konnten sie Waldhari, ebenfalls wie ein Eichhörnchen, mit Leichtigkeit vom Baum schießen, und Hagan hatte keine Lust, allein gegen eine ganze Horde zu kämpfen, solange es sich vermeiden ließ. Darum rief er auch, obwohl er kein verdächtiges Rascheln oder Männerstimmen hörte, Waldhari nicht zu, er solle vorsichtig sein, als der Franke die Füße und eine Hand auf die dünnen, oberen Äste der Tanne stützte und mit der anderen Hand seinen Pfeil aus dem Holz zog. Es hätte ohnehin wenig genützt.

Als er seinen Pfeil wieder hatte, kletterte Waldhari in einer Wolke von Schnee herunter. Hagan hielt den Atem an, bis er sicher wieder am Boden stand.

»Siehst du, ich habe nichts vergeudet als ein bißchen Zeit, und davon haben wir genug. Aaah!« Er nahm die Brünne vom Sattel. »Ich sehe wieder einmal, warum man so selten im Winter kämpft.«

Hagan antwortete nicht und wartete nur. Waldhari stieg auf. Hagan gab ihm Zügel und Schwertgurt zurück, und sie setzten sich wieder in Bewegung.

»Was ist zwischen dir und Vater Bonifacius vorgefallen?« erkundigte sich Waldhari nach einer Weile. »Und was meintest du mit einem Kranz?«

»Ich hatte mir einen Stechpalmenkranz gebunden und wollte ihn mit in meine Kammer nehmen. Da hielt er mich am Tor auf und sagte, ich dürfe nichts dergleichen an die Stätte der Christen bringen.«

»Das war übel gehandelt!« rief Waldhari. »Unrecht war es, dir nicht ein Stückchen von deinem eigenen Fest zu gönnen. Selbst Christus verwandelte Wasser in Wein, nur um die Gäste einer Hochzeit zu erfreuen. Mein Hagan...« Er hielt sein Pferd an und sah Hagan gerade in die Augen. Seine schlichten Züge, blaß unter der braunen Wollmütze, waren ernst. »Hast du gedacht, er würde mir befehlen, mich von dir abzuwenden, und ich würde ihm gehorchen?«

»Ja.«

»Nähme ich an, deine Freundschaft könne meiner Seele schaden, so hätten sich unsere Wege getrennt, lange bevor wir einander Brüderschaft schworen. Ich weiß, daß du meinen Glauben an Christus nicht

erschüttern kannst, so wenig, wie ich den deinen an Wodan ins Wanken bringen könnte, und daß es darum gar keinen Sinn hat, deshalb zu streiten. Aber auch wenn die Priester einem Christen den Weg zu Gott öffnen und ich glaube, daß Augustinus recht hat und Erlösung durch Gnade kommt, so muß der Mensch sich doch um seine Seele selbst kümmern. Viele Ketzer waren einst geweihte Priester, so daß man sich auf das Wort eines Priesters nie so verlassen kann wie auf Gottes Wort.«
»Unsere Götter wandeln manchmal in Menschengestalt«, murmelte Hagan, »aber es kommt nur selten vor. Jedenfalls glaube ich nicht, daß dich Wodan für Walhall erwählt hat, und ich bin froh, daß es mit uns nicht so steht, wie ich fürchtete.«
»Ich habe viel Zeit mit dem Bischof und Hildegund verbracht, weil der Bischof ein weiser Mann ist und ich Männern wie ihm selten begegne – Vater Bonifacius gleicht ihm nicht. Und was Hildegund betrifft . . .« Waldhari seufzte tief. Die Ringe seines Kettenhemdes klirrten, als seine Brust sich hob und senkte. »Hagan . . . ich glaube, ich liebe sie. Ich habe gebeichtet, was ich empfand, als Attila sie bei ihrer Ankunft entführte, und auch, was ihr Anblick in mir entzündet. Und doch brechen wir keinen Eid, wenn wir einander lieben, ohne uns zu berühren, denn sie hat sich keinem anderen angelobt. Ich begehre nicht meines Nächsten Weib, denn Hildegund ist eine frei geborene Jungfrau und nicht versprochen, was immer Attila auch später planen mag.«
»Besser schiene mir, du weihtest einer Walküre dein Herz; denn Attila hat ihr bereits Geschenke seiner Liebe gebracht und gezeigt, daß er jeder ihrer Launen nachgibt.«
»Der Wunsch nach einem Priester ist mehr als eine Laune!« versetzte Waldhari scharf. Doch gleich darauf wurde sein Blick wieder milder, und er starrte in die schneetrübe Dämmerung des gewundenen Weges, über dem die Schatten der Tannen lagen. »Ich weiß, daß ich mich auf schwankendem Boden bewege. Attila würde mich töten, wäre er sicher, daß sich ihr Herz mir zuneigt – denn, Gott sei mir gnädig, auch ich würde jedesmal am liebsten das Schwert gegen ihn erheben, wenn ich ihn auf das Tor des Frauenhags zuschreiten sehe; und obwohl ich gebeichtet und Buße getan habe, ist diese Wut nicht von mir gewichen. Aber im Dom konnte ich ein paar kurze Worte mit ihr sprechen, und seitdem hoffe ich, daß sie mich vielleicht lieben kann. Sie . . . sie erinnerte sich an ein Gedicht von mir, das ich dir nicht vorgelesen habe, weil

ich fürchtete, es könne dir mißfallen. Mein Hagan, ich möchte dich um deine Hilfe bitten, soweit du sie mir gewähren kannst, ohne . . . ohne die Eide zu brechen, die du vielleicht geschworen hast.«
»Lieber würde ich dir helfen, am Leben zu bleiben.«
»Und mir wäre es am liebsten, wir blieben alle am Leben; ich möchte Hildegund nicht in Gefahr bringen.«
»Dann meide sie und suche dir eine andere Jungfrau.« Fast hätte Hagan gesagt: *Oder schicke Botschaft an ihren Vater und frage ihn, ob er sie dir gibt.* Aber sofort fiel ihm ein, was er über Gundorm, den Sueben, gehört hatte. Obwohl Waldhari von gutem Geschlecht war, stand er doch unter dem Fürsten der Hunnen, und wenn es wahr war, was Folkhari und andere sagten, hatte es keinen Sinn, den Sueben zu bitten, er möge sich statt für Attila für den Franken entscheiden.
»Aber das will und kann ich nicht, denn ich kann meinem Herzen nicht gebieten.«
»Dann zügle es wenigstens, damit es nicht an euer beider Tod schuldig wird.«
Ein Schauder wollte ihn überlaufen, als er diese Worte sprach, so als rühre sich der Speer in seiner Hand – noch nicht geschleudert, sein Flug noch keine silberne Narbe in der Luft, noch nicht hineingerissen in den Strom des Verhängnisses –, aber eine Warnung, daß das Schicksal nahe war. Wieder schien es ihm, als rausche der Rock um seine Beine, als stapften die Hufe des Pferdes nicht durch tiefen Schnee, sondern durch weiche Wolken, und er nahm den Speer aus der rechten in die linke Hand und sah Waldhari nicht an. *Ich muß reiten nach Wodans Willen,* dachte er, *aber eine gewisse Wahl bleibt mir, wo er das Urteil noch nicht gesprochen hat; darum nennt man die Walküren Erwählerinnen der Erschlagenen.* »Näher bist du dem Tod durch dein Herz, als du weißt, Bruder, doch du brauchst nicht zu fallen. Vertrau meinen Worten, Waldhari . . . siehst du auch die schöne Braut bei den Bänken, laß dir von der silberhaarigen Sif nicht den Schlaf rauben, noch soll sie die Jungfrau zu Küssen locken . . .«
Ihm war, als sehe er die goldenen Fäden des Schicksals sich entrollen, weit in die Dunkelheit hinter den schneebedeckten Tannen. Er sah Blut auf dürrem Gras und den Leichnam eines gewaltigen Mannes, der auf den bunten Blättern der Erntezeit lag. Er fühlte, wie der Speer seine Hand verließ, aber er wußte nicht, nach wem er ihn warf . . .

Waldhari fing ihn auf, als er im Sattel wankte. Der Franke war so dicht an ihn herangeritten, daß die Pferderücken fast aneinanderstießen. »Ist dir nicht gut, Hagan? Anscheinend hast du die Erkältung noch nicht überwunden, die du dir bei der Christ-Messe zugezogen hast. Du siehst noch ein bißchen toter aus als gewöhnlich!«

»Es geht mir gut«, antwortete Hagan, aber er schüttelte Waldharis warmen Griff nicht ab, denn die Hand des Franken auf seiner Schulter stützte ihn nicht nur, sondern beglückte ihn auch, und sein Herz wurde sogleich ein wenig leerer, als Waldhari sie wieder wegnahm. Er wußte, daß eine engere Umarmung ihn noch mehr gefreut hätte. »Du brauchst keine Angst um mich zu haben.«

»Ich habe nur Angst um dich, wenn du so bleich wirst und aussiehst, als würdest du aus dem Sattel fallen. Komm, wir wollen zurückreiten, damit du eine Weile im Wagen mitfahren kannst. Attila kann mir einen seiner Hunnen geben.«

Sie hockten im Erdhaus des Gyula, der Alte und Attila. Als der Khan alles berichtet hatte, was ihm in Passau widerfahren war, sah der alte Schamane ihn so lange und scharf an, daß der Khagan von einer Gesäßhälfte auf die andere zu schaukeln begann wie ein Kind, das die ihm anvertrauten Schafe verloren hat. »Und du brachtest ihren Priester mit hierher und versprachst, seinen Worten zu lauschen.«

»Ja, das tat ich«, gab Attila zu. Es erzürnte ihn, daß der Gyula so zu ihm sprechen durfte – daß ein so hinfälliges Bündel aus welker Haut und geschrumpften Knochen solche Macht besaß, Macht, vor der selbst der Khagan der Hunnen seine Gedanken bezähmen und zuhören mußte. Einen Schamanen zu brauchen war so schlimm, als brauche man eine Frau, denn beiden konnte man nicht mit den Waffen eines Mannes antworten, und beide verstanden es, einem Mann den Saft aus den Hoden und die Kraft aus dem Schwert zu stehlen, während er noch nach Wegen suchte, mit ihnen fertig zu werden. Und doch brauchte er Hildegund, damit sie ihm Söhne gebar, und den Gyula, damit sein Volk in der Gunst der Götter und Geister blieb und darin wuchs und gedieh.

»Und ich darf nicht mit dir in sein Haus gehen, um dich vor seinem Zauber und vor allem anderen, das geschehen kann, wenn eine Frau sich frei im Reich der Männer bewegt, zu schützen.«

»Nein«, bestätigte Attila mit dem Gefühl einer merkwürdigen Erleichterung. Endlich konnte er dem Gyula einmal etwas verweigern, und der Schamane durfte es ihm nicht zum Vorwurf machen.

Der Gyula kratzte sich am Kinn, wo ein paar verstreute weiße Haare sprossen, nicht mehr als auf Kisteevas Wangen; selbst für einen Hunnen war sein Gesicht besonders haarlos, vielleicht, weil er so oft Frauenkleider getragen hatte, bevor er zu alt wurde, um im Frauenhag als Bedrohung zu gelten.

»Sollte irgend etwas geschehen, mußt du sofort zu mir kommen. Mir scheint, ihre Flüche sind stark, doch ihr Segen ungewiß, und sie spenden die ersteren reichlicher als den letzteren, um des Hasses willen, mit dem sie alle verfolgen, die nicht zu ihnen gehören. Doch du hast sie eingeladen und ihnen Sippenrecht gewährt, so daß wir keinen Zauber gegen sie richten dürfen, ehe du nicht mit Sicherheit weißt, daß sie dir etwas Böses angetan haben.«

»Kannst du mir nicht wenigstens einen Schutzzauber geben?« fragte Attila.

»Willst du den Priester durch die heiligen Feuer gehen lassen? Sie würden alles Unheil aus seiner Seele brennen, und du brauchtest nicht zu fürchten, daß er einen Fluch mit sich bringt.«

»Das hat er bereits abgelehnt. Er ist nicht unwissend, und ich glaube, der Bischof hat ihm alles über unsere Bräuche erzählt. Aber ich kann ihn nicht fortschicken wie jeden anderen, der Aufnahme in unsere Jurten begehrt, denn wenn ich Hildegund haben will, muß ich ihn dulden.«

Der Atem des Gyula entfuhr zischend dem zahnlosen Mundfleisch. »Und warum nimmst du dir nicht einfach die Maid, wenn du nicht von ihr lassen kannst, und läßt es auf den Zauber des Fremden, den sie mitbringt, und auf das Wagnis einer Frau, die frei in deiner Halle umhergeht, ankommen? Sie ist keine der Unseren ... keine Bortai, die dich im Schlaf erdolchen wollte und manch einen guten Khumißbecher aus dem Osten auf deinem Kopf zerschlagen hat, wenn ich mich in meinem hohen Alter noch recht an das Geschrei im Wagen und das Krachen von feinem Ton an den Wänden und deinem Schädel erinnere.«

»Weil ...« *Weil sie Bortai ähnlicher ist, als du ahnst,* hätte Attila gern gesagt. *Du erinnerst dich an einen Wirbelwind aus der Steppe, aber ich denke an die sanfte Brise im wogenden Gras und einen hellen Falken, der von meinem Arm zum Himmel aufsteigt und auf seine Beute her-*

abstößt – und wieder zu mir zurückkommt . . . denn lange Tage und noch längere Nächte saß ich mit ihr in der Jurte, bis sie mich als ihren Mann anerkannte. Ich bin immer noch derselbe wie in meiner Jugend, Zähmer von Falken und Roß; und aus deinem Munde kamen die Worte, daß ich Hildegund zähmen sollte wie eine edle, wilde Stute, bis sie gern mein Zaumzeug annimmt. Tausend im Krieg gefangene Frauen hätte ich vor ihr haben können, aber keine hätte mir Söhne geschenkt wie Bleyda, stark an Leib und Seele, denn ihre Kinder wären Sklavenkinder gewesen, gleichviel ob Sklaven der Klinge selbst oder nur der Bedrohung damit. In ihr aber erkenne ich Stärke, und wie sie sich zügelt und beherrscht, um keine Furcht zu zeigen, und solchen Willen bezwingt man nicht einfach durch Gewalt.

Aber so sprach nicht einmal der Khagan der Hunnen mit dem Schwert des Kriegsgottes an der Seite mit dem Gyula seines Stammes. Darum antwortete Attila schlichter und genauso aufrichtig, wenn auch nicht ganz so aus vollem Herzen: »Die Goten haben merkwürdige Anschauungen von ihren Frauen. Zwar hat ein Vater das Recht, seine Töchter zu verheiraten, aber es geschieht selten, ohne daß die Jungfrau zustimmt oder zumindest nicht nein sagt. Wenn ich im Westland Wurzeln schlagen will, darf man nicht von mir sagen, ich hätte Hildegund zur Ehe gezwungen oder das Land ihres Vaters gehöre mir nicht mit vollem Recht.«

»Hm.«

Noch immer beunruhigte Attila der Blick des Gyula, aber er wußte, daß es sinnlos war, das Schwert des Kriegsgottes oder die Hilfe des Sippenadlers gegen den alten Schamanen anzurufen. »Ai, du weißt, daß ich nicht von dir abfallen werde, denn ich traue dir mehr als jedem anderen Mann in diesem Lager.« *Seit Bleydas Tod,* fügte er innerlich hinzu.

»Und du mußt einem Menschen vertrauen, denn dein Sohn ist tot«, versetzte der Gyula. Attila zwang sich zur Ruhe, damit keine Bewegung sein Erschrecken verriet; er wußte nur zu gut, wie Schamanen die Gedanken anderer lesen konnten. »Geh nun und lerne von dem Fremden, was er dich lehren will, aber hüte dich vor allen diesen Christen, damit sie dir nicht mit ihren Ritualen das Mark aus der Seele saugen.«

Der verdorrte, braune Arm des Gyula zeigte zur Tür. Er hatte gesagt, was er zu sagen hatte. Attila stand auf und ging, und seine Gedanken waren nicht weniger sorgenvoll als vorher.

Hildegund hatte geglaubt, sie würde sich freuen, wenn Vater Bonifacius erst einmal sein eigenes Haus am Rande des Frauenhags bezogen hätte. Aber der Priester stimmte sie weit weniger froh, als sie angenommen hatte. Es war schön, jemanden zu haben, dem man beichten konnte und von dem sie wußte, daß sich unter seinen Händen Brot in lebendiges Fleisch und Wein in fließendes Blut verwandelte. Aber wenn sie ihn fragte, ob er etwas Neues über Pelagius und seine Lehren gehört hätte, wurde das schroffe Gesicht des Priesters noch unheilverkündender, und er antwortete lediglich: »Gewiß wird man ihn bald einen Ketzer nennen, denn Gott ist mit Augustinus. Vielleicht habe ich das eine oder andere gehört, aber ich werde es dir nicht mitteilen, denn du solltest an ihn und seine Irrlehren überhaupt nicht denken.« Und doch konnte Hildegund ihre Seele Gott hingeben, wenn Vater Bonifacius die geheiligten Worte der Messe sprach, denn was er wissen mußte, hatte er gut gelernt, und wenn er Attila in ihrem Glauben unterwies, konnten weder sie noch Waldhari etwas an seiner Gelehrsamkeit tadeln. Freilich gab es zwischen Waldhari und dem Priester etwas wie eine Spannung, das wußte Hildegund, denn der Franke klopfte weit seltener an Vater Bonifacius' Tür, als sie anfangs gedacht hatte. Aber Waldhari behielt seine Gedanken für sich, denn er war ein friedliebender Mensch, und Hildegund wollte sich nicht in Dinge drängen, die ihm allein gehörten; das hatte sie schon einmal getan, und nur Gottes Segen und Waldharis Gutmütigkeit hatten sie vor üblen Folgen bewahrt.

So ging es von der Christ-Messe bis nach dem Passahfest, als der Schnee allmählich von den Tannen schmolz, die Eschen ihre spitzen, schwarzen Knospen wie Speere reckten und die Birken den ersten dünnen, grünen Schleier über ihre schlanken, weißen Stämme breiteten.

Vater Bonifacius hatte Attila viel über das christliche Passahfest erzählt. Er hatte dem Hunnen dargelegt, wie der Christus seinen Anhängern Fleisch zu essen und Blut zu trinken gegeben hatte und wie christlicher Zauber jetzt Brot in das eine und Wein in das andere verwandeln konnte. Attila war dabei fast schlecht geworden, und er war froh gewesen, als der Priester ihm erklärte, das Fest sei zu heilig, als daß er ihm beiwohnen dürfe. Am folgenden Sonntag dagegen hatte es Vater Bonifacius beliebt, ihn aufzufordern, zur Messe zu erscheinen; auch wenn Attila an dem eigentlichen Ritual nicht teilnehmen durfte, sollte er daneben sitzen und zuschauen »und Gottes Macht spüren, wenn er dir die Gnade erweist«, hatte der Christ hinzugefügt.

So vorgewarnt, hatte sich Attila von dem Gyula mit Kräutern beräuchern lassen und in einem Beutel alle seine Amulette mitgebracht; auch wollte er, so wenig das Vater Bonifacius gefiel, um keinen Preis das Schwert des Kriegsgottes an der Tür zurücklassen. Zuviel hatte ihm der Priester von der Macht Christi vorgeschwärmt und dabei Worte gesprochen, die dem Khan fast schmachvoll in den Ohren klangen, zum Beispiel, daß Attila das Haupt beugen sollte, weil kein anderer Fürst, Gott oder Geist Vater Bonifacius' Gott auch nur im entferntesten gleichkam, daß die Stolzen sich demütigen sollten und ein Khan sich vor Gott als Sklaven zu betrachten hätte. Davon wollte Attila nichts wissen, und obschon er sich vor wenigen Dingen fürchtete, war er doch kein Narr und würde sich nicht schutzlos den unnatürlichen Zaubergesängen des Christenpriesters aussetzen.

Das Gemurmel der Messe war jedoch kein sinnloses Geplapper mehr für ihn, denn Vater Bonifacius hatte ihm den Sinn hinter den Worten erläutert. Der stämmige Priester stand in seinem kleinen Haus vor dem Tisch, der sein Altar geworden war, und sah auf Hildegunds weißverschleierten Kopf und Waldharis unauffälliges braunes Haar hinab. Die beiden knieten auf Kissen vor ihm. Vater Bonifacius betrachtete sie mit dem selbstgefälligen Blick eines Mannes, der seine Feinde so vernichtend geschlagen hat, daß er es sich leisten kann, freundlich mit ihnen zu sprechen, wenn sie sich vor ihm demütigen. Hinter ihm auf dem Tisch lag der kleine braune Brotlaib, und daneben stand der einfache Messingkelch mit dem Wein. Für Attila sahen sie wie eine ganz gewöhnliche leichte Mittagsmahlzeit aus, und doch konnte er den Blick nicht von ihnen wenden, denn man hatte ihm nur zu oft versichert, daß das Brot wirklich zu Menschenfleisch wurde, und er konnte sich unschwer ausmalen, wie der Wein zu lebendigem Blut gerann und dicke Blutstropfen vom goldschimmernden Rand des Pokals liefen. Obwohl selbst ein neben ihm Sitzender es nicht bemerkt hätte, drehten sich Attila alle Eingeweide um, als Vater Bonifacius nach dem Brotlaib griff und seinen Zauberspruch intonierte.

»Hoc est corpus meum ...« *Dieses ist mein Leib* ... Das braune Brot wurde nicht rot, und es tropfte auch kein Blut heraus wie aus einem Stück Fleisch, das aus einem lebendigen Glied geschnitten war, aber

Attila hörte, wie Waldhari und Hildegund verzückt den Atem einsogen. Er wünschte sich den Blick eines Schamanen; wie sollte er, wenn das Aussprechen des Fluchs über eine Speise ihr Aussehen nicht veränderte, mit Sicherheit wissen, daß das Brot, das man ihm bei Tisch vorlegte, wirklich Brot und nicht der verhexte Leichnam dieser Christen war? Bei dem Gedanken wurde ihm erneut übel, aber er konnte ihn nicht verscheuchen, denn jetzt begann Vater Bonifacius mit seinem schaurigen Mahl. Attila war froh, daß er Hildegunds Gesicht nicht sehen konnte, nur ihren verschleierten Hinterkopf und die feste Haltung der schmalen Schultern.

»Hoc est sanguis meus...« *Dieses ist mein Blut*... Attila starrte in gebanntem Entsetzen auf den Wein; dunkelrot war er zwar, aber er funkelte noch immer wie Wein und war auch so flüssig, und die Lippen des Priesters, als er den Becher senkte, waren purpurn. Hildegund konnte ihm einen Trunk kredenzen, der mit solchem Blut gemischt war – gerade nahm sie aus Vater Bonifacius Hand den verfluchten Kelch entgegen und trank demütig daraus –, und er würde es niemals erfahren. Obwohl sie ihm den Rücken zudrehte, glaubte er ihren kleinen Mund rot von Menschenblut zu sehen, und wieder schauderte ihn.

Und so etwas will ich heiraten? dachte er verwundert.

Aber alle Männer wußten, daß Frauen gefährlich waren; aus ihren Körpern floß Blut ohne eine Wunde; sie ließen Kinder in sich wachsen, manche stark und gesund wie ihre Väter, manche schwach und mißgestaltet, Schabernack der Götter. Und wenn sie wollten, raubten Frauen Männern auch ihre im Kampf errungene Männlichkeit, ließen Sehnen erschlaffen und schwächten Glieder. Darum sperrte man sie ja auch ein; aber darum brauchten Männer sie auch.

Attila betrachtete den geschmeidigen Bogenschwung von Hildegunds Rücken, als sie vor Vater Bonifacius kniete, und den leichten Glanz ihres hellen Haares unter dem dünnen weißen Schleier, und die Gefahr erregte seine Lenden nur noch mehr. Wenn er Hildegund gewann, würde ihm auch die dunkle Macht der Christen und ihrer blutigen Rituale gehören; konnte er sie nehmen, nahm er mit ihr auch alles andere. Attila zweifelte selten an seiner eigenen Stärke, aber hier lagen die Dinge anders, denn es ging nicht nur um die Geheimnisse einer Frau, sondern er hatte es auch mit den Mächten der Christen zu tun. Aber Schamanenkraft schützte Männer vor Frauenmacht, und ein mächtiger Schamane konnte Attila auch vor dem Einfluß des Christentums bewahren, wenn er nur rechtzeitig gewarnt wurde und rechtzeitig handeln konnte.

Und so achtete Attila in den Tagen nach seiner ersten Messe mit großer Sorgfalt auf jeden Schritt, den er tat, ob irgend etwas darauf hindeutete, daß ein Fluch der Christen ihn getroffen hatte, jener Fluch aus dem Blut eines Mannes, der schändlich gestorben war, im Stich gelassen von dem Gott, der ihn gezeugt hatte. Er hielt fest an seinen Amuletten, auch dann noch, als sein Blut mit dem wachsenden Gras zu steigen begann und Hildegunds Brüste unter dem weichen Filz ihres Hemdes freier zu wogen schienen, so wie es Bortais Brüste einst getan hatten, als er mit ihr über die Steppe ritt.

Es war nur einen halben Mond nach der Passah-Messe, an einem schönen Tag, als die Wärme der Sonne mehr als nur ein Versprechen des Sommers zu sein schien. Da führte der Gyula Thioderik und Attila in den Frauenhag. Attila war nach der Messe sehr schweigsam gewesen, als hätte Gott endlich seine Seele bewegt, und er hatte wenig mit Hildegund oder Vater Bonifacius geredet. Nun aber wirkte er vergnügter, als Hildegund ihn je gesehen hatte. Seine Zähne glänzten wie Elfenbein aus dem Süden, und sein Schritt kam ihr leichter vor, nicht mit der wachsamen Leichtfüßigkeit des Kriegers, der gleich zuschlagen wird, sondern mit der tänzelnden Kraft des sich aufbäumenden Hengstes, dem der Wind den Duft einer Stute zuträgt. Sein Haar war neu geflochten und glänzte von frischer Butter, und sein Schnurrbart war zu säuberlich herabhängenden Spitzen gedreht.
»Ai, Hildegund!« begrüßte er sie. »Komm mit uns, denn mir ist etwas Vorzügliches eingefallen.«
Hildegund legte erfreut Spinnschale und Seide beiseite. Zwar konnte sie mit der Knochenspindel mittlerweile besser umgehen als bei ihrer Ankunft, aber es gab vieles, das sie lieber tat.
»Was ist es?« fragte sie und trat zu den drei Männern.
»Folge mir, dann wirst du es sehen.«
Thioderik grinste freundlich. »Ich glaube, es wird dir gefallen, *Frowe*; hab keine Furcht.«
Die Worte des Amalungen beruhigten Hildegund. Es konnte also nicht die Hochzeit sein, die Attila so plötzlich eingefallen war. Darum ging sie

gern mit, vorbei an der herunterhängenden Pferdehaut, den schlammigen Pfad entlang, der durch die grünen Wiesen führte, auf denen die Hunnenkinder ihre Herden hüteten, und weiter zum Sommergehege, in dem sich die Pferde tummelten.
Attila steckte die Finger in den Mund und pfiff, einen eigenartigen Ton, der anstieg, fiel und von neuem anstieg. Noch ehe das schrille Echo verklungen war, stand sein Roß am Zaun, und ein anderes trottete ihm nach, eine hunnische Rotschimmelstute.
Hildegund kamen die Hunnengäule mit ihren großen Köpfen, kurzen Beinen und unförmigen Körpern klein und häßlich vor, aber Attila beugte sich vor, streichelte die Stute und flüsterte ihr mit halbgeschlossenen Augen leise Worte ins Ohr, als richte er Zärtlichkeiten an eine Geliebte. Darum streckte auch Hildegund die Hand aus und tätschelte der Stute das rauhe Wangenfell. »Hai, du Hübsche«, sagte sie. »Ich wünschte, ich hätte dir etwas zu knabbern mitgebracht.«
»Zuviel Futter verdirbt ein Pferd«, erwiderte Attila und trat vom Zaun zurück. »Ai, warte nur, bis du sie laufen siehst! Ich habe sie unter den Dreijährigen besonders für dich ausgewählt, denn der burgundische Sänger erzählte mir, du seist eine ausgezeichnete Reiterin – besser als alle Jünglinge im Heer deines Vaters, behauptete er.«
»Ach ja?« murmelte Hildegund erschrocken. Sie sah wieder auf das Pferd, und die Stute rollte ein schwarzes Auge nach ihr. Natürlich konnte sie reiten, ja, aber sie hatte die Hunnen gesehen und konnte sich nicht vorstellen, was Attila von ihren Künsten im Sattel erwartete. »Du weißt, daß die Sueben zu Fuß kämpfen?«
Attila warf den Kopf zurück, als hätte sie ihn geschlagen, und lachte laut auf. »Fürchte dich nicht, ich gehe nicht davon aus, daß du reiten kannst wie ein Hunne. Aber sie soll dein eigenes Pferd sein. Hunnenfrauen reiten oft mit ihren Brüdern oder Ehemännern, denn es gab einst Zeiten in der Steppe, in denen jeder von uns ein Pferd besteigen und schneller fliehen mußte, als die Wagen fuhren, damit nicht der ganze Stamm ausgerottet wurde.«
»Ich . . . ich danke dir«, stammelte Hildegund. Die dunklen Augen des Hunnen ließen sie nicht los, als wollte er sie mit seinem Blick festhalten; er hob die Hand, ließ sie dann aber wieder sinken, als seien ihm erst jetzt die von ihm selbst aufgestellten Regeln eingefallen.
Es fiel Hildegund zunächst schwer, sich an den Sattel zu gewöhnen. Die

ledernen Fußschlaufen zogen ihre Beine weiter nach hinten, als sie es kannte, aber sobald sie ihren Sitz gefunden hatte, raubte ihr der windschnelle Galopp der kleinen Stute fast den Atem, und sie merkte, daß sie den Bewegungen des Hunnenrosses leichter folgen konnte als denen der größeren Pferde ihres Vaters. Die Stute war so wenig ein Arbeitspferd wie ein wilder Falke eine Henne, und doch reagierte sie auf die leiseste Berührung von Hildegunds Knien. Die Reiterin sah zu den scharfen Spitzen der dunklen Tannen am hellen und klaren Himmel auf, sah die weite, mit den Sternen der ersten weißen und goldgelben Blumen übersäte Wiese, sah, wie alles an ihr vorübersauste, als die Hunnenstute rannte, und fühlte sich so tief bewegt wie schon lange nicht mehr.

Auch das gehört zum Leben der Hunnen, dachte sie, als Attila herangaloppiert kam. Der Khan trug ein Holzschwert und einen Schild in den Händen. Als er auf gleicher Höhe mit ihr war, holte er mit dem Schwert aus und warf ihren Zopf in die Höhe.

»Wie gefällt dir dein Pferd?« rief er laut. »Ist es ein schönes Geschenk?«

»Ja! Wunderschön!« schrie Hildegund zurück und sah das leichte Erröten unter Attilas gelblicher Haut. Seine Augen glänzten wie im Fieber, aber er grinste, wie er es selten tat, und sie fühlte, wie ihr Herz einen Sprung tat und ihm antwortete. Sie ertappte sich bei dem Gedanken: *Wenn er immer so wäre, könnte ich es mit ihm aushalten...*

Nach einer Weile schwenkte der Khan sein Pferd herum, und Hildegund folgte ihm; sie waren schon fast außer Sicht Thioderiks und des Gyula.

»Reite du nun in sichere Entfernung und schau zu, wie Thioderik und ich uns im Schießen und Ausweichen üben. Wir kämpfen zu Pferde und zu Fuß. Das tun wir oft; du kannst dabei lernen, mit welcher Art Wunden du rechnen mußt, wenn Hunnen und Goten aus der Schlacht heimkehren.«

Am Rand des Pferdegeheges zügelte Hildegund die Stute, nicht allzu nahe bei dem Gyula, der müßig an dem rohen Holzzaun lehnte, aber nahe genug, um alles genau zu beobachten. Thioderik und Attila legten Rüstungen an und spannten ihre Übungsbogen, um aufeinander zu schießen. Die dünnen Pfeile prallten von den Schilden ab wie Wespenschwärme. Attila ritt so gut wie nur irgendeiner der jungen Hunnen, und sein dicker Kriegerzopf flog ihm um den Hals. Für Hildegund, die ihn im wirklichen Kampf gesehen hatte, war die Leichtigkeit, mit der er jetzt im Spiel focht, keine Überraschung. Wieder merkte sie, daß sie ihn bewunderte, und erinnerte sich an ihr jähes, eisiges Entsetzen, als sie das Schwert auf ihn zusausen sah und wußte, daß sein Tod ein noch viel schlimmeres Ende für sie selbst bedeuten würde. Thioderik war ein besserer Kämpfer als die beiden Räuber und verstand mit einem berittenen Gegner umzugehen.

Hildegund dachte, daß er und seine Männer wohl die einzigen waren, die es dank der Übung langer Jahre mit einer gleich großen hunnischen Streitmacht aufnehmen konnten. Die beiden Männer, der eine zu Fuß, der andere im Sattel, drehten und wandten sich. Drohend zischten die Holzschwerter durch die Luft. Hildegunds Stute trat unruhig von einem Fuß auf den anderen, als sehne sie sich danach, am Kampf teilzunehmen.

Hildegund erkannte, daß vor allem Attilas Beine gefährdet waren. Sie erinnerte sich an die vielen blutigen Verbände an den Schenkeln der aus der Schlacht heimkehrenden Hunnen. Thioderik dagegen mußte Kopf und Schultern vor Attilas Schlägen schützen. Wäre der Gote nicht so geschickt gewesen, hätte ihm selbst das Holzschwert eine beträchtliche Anzahl unangenehmer Hiebe versetzt. Und obwohl an Attilas Beinen einige Schläge abgeprallt waren, die ihm für Tage blaue Flecken eintragen würden, endete die erste Runde mit dem hämmernden Klang von Holz auf Thioderiks Helm.

Der Hunne ritt ein Stück zurück und umkreiste einmal seinen Gegner. Dann fingen die beiden wieder mit ihrem Pfeilspiel an.

Attila zeigte die ganze Geschicklichkeit der Hunnen. Er schnellte von einer Seite des Pferderückens zur anderen und schoß quer über den Hals des Tieres, als wäre dieser eine Mauer aus rötlichem Stein und nicht Teil eines in vollem Lauf dahinrasenden Rosses. Thioderik antwortete mit einem blitzartig abgeschossenen Köcher von Pfeilen; wieder duckte sich Attila und schwang sich dann plötzlich unter den Pferdebauch.

Dann geschah etwas. Hildegund konnte nicht genau erkennen, was es war, aber Attilas Roß brach seitwärts aus. Sekundenlang sah sie einen Fuß um sich schlagen, und schon rollte der Hunnenfürst unter den Hufen seines Pferdes hervor, und der dünne Klageruf des Gyula tönte über das Feld.

Thioderik ließ die Waffen fallen und eilte zu Hilfe. Aber als der Gote ihn erreichte, stand Attila schon auf den Füßen, obwohl Hildegund an seiner schiefen Haltung und dem leichten Hinken, als er auf sein Pferd zuging,

sehen konnte, daß er sich bei dem Sturz das Bein erheblich verletzt haben mußte.
Als sie näher kam, merkte sie, daß in den tiefen Furchen seiner Stirn Schweißperlen glitzerten und seine gelbliche Haut fahl wie altes Pergament geworden war. Er umklammerte den Griff seines Schwertes und blickte zu ihr auf. Hildegund konnte den Ausdruck seiner Augen nicht deuten, die tiefer und wilder waren als die eines verwundeten Pferdes und vor Schmerz heller glänzten als die eines warnend knurrenden Wachhundes. Sie wußte nicht, ob sie die Hand nach ihm ausstrecken und ihm helfen sollte oder besser zurückwich, damit sie kein plötzlicher Schwerthieb traf.
»Kein großes Kampfspiel wird es heute mehr für mich geben«, erklärte er rauh. »Reite du mit Thioderik, wenn du willst, denn seine Ehre bürgt für die deine, solange ihr euch nicht außer Sichtweite der anderen begebt ... aber das weißt du ja selbst. Ich werde später mit dir sprechen. Ich hoffe, du hast Freude an deinem Geschenk.«
Das Pferd des Khans war wieder zu ihm gekommen, näherte sich und stieß mit dem Kopf gegen die Schulter seines Herrn, als wolle es ihn besänftigen. Attila zuckte nicht, aber sein Gesicht färbte sich weiß, und Hildegund erkannte Zahnspuren in seiner Unterlippe. Er ging um das Pferd herum und zog sich mit Hilfe des unverletzten Beins in den Sattel. Dann trabte er zurück zum Pferdegehege, wo die kleine braune Gestalt des Gyula ihn bereits erwartete.
Thioderik band sein Roß vom Zaun los. Hildegund ritt zu ihm. Der Gote schüttelte den Kopf. Sein schmales Gesicht war grimmig.
»Noch nie sah ich einen Hunnen vom Pferd fallen, außer manchmal die Kinder, wenn sie noch üben«, sagte er leise zu Hildegund. »Es ist gut, daß nur wir und der Gyula Zeugen dieses Sturzes waren. Kann ich mich darauf verlassen, daß du zu keinem anderen davon sprichst?«
»Das kannst du. Aber wie ist es dazu gekommen? Konntest du es besser sehen als ich?«
»Er hätte es besser wissen und nicht versuchen sollen, sich unter den Pferdebauch zu ducken; das ist selbst bei den Hunnen nur ein Kunststück für einen jungen und gelenkigen Mann und mehr etwas zum Anschauen als von wirklichem Nutzen im Kampf. Aber solche Dinge geschehen, wenn ein Mann von Attilas Jahren im Frühling sein Alter vergißt; er hat großes Glück gehabt, daß er nicht schwerer verletzt ist. Du

allerdings solltest dich wohl geschmeichelt fühlen, denn es gibt gewöhnlich nur einen Grund, der Männer zu solcher Torheit treibt; und auch das Geschenk eines Hunnenrosses ist ungemein selten. Darum bin ich nun noch fester davon überzeugt, daß die Dinge so stehen, wie ich vermutet habe. Lange Zeit ist Attila dem klugen Rat anderer gefolgt und hat sein wildes Herz bezwungen, weil Politik und Bündnisse es forderten; darum, und durch die Gnade Gottes, bin ich heute noch am Leben. Aber kann es dich überraschen, daß ein lange eingedämmter Fluß, der rauschend in sein altes Bett zurückströmt, das nicht langsam und vernünftig tut, sondern tobend und wild, und daß er manches alte Ufer einreißt und andere trocken zurückläßt?«
Der Amalung stieg geschmeidig in den Sattel. Hildegunds Stute trottete im gleichen Schritt neben seinem Roß her. »Ich habe gehört, daß er letzten Sonntag sogar mit dir die Messe besucht hat, ein wirklich großes Wunder, wenn man bedenkt, wie sehr er auf seinen alten Halja-Runenleser vertraut. Es muß ihn tief berührt haben, denn er hat danach kaum mit mir geredet und viel länger vor sich hin gegrübelt, als er es sonst tut, wenn nicht gerade etwas Schreckliches geschehen ist.«
»Das ist mir auch aufgefallen . . . es würde es mir leichter machen, den Rest meines Lebens hier zuzubringen.«
Obwohl Thioderiks blaue Augen offen und freundlich waren, hell wie der Himmel, der sich in ihnen spiegelte, und obwohl sie seine Amalungenflamme in der Sonne, die ihr Haar und Rücken wärmte, fast fühlbar empfand, wagte Hildegund nicht weiterzusprechen. Sie wagte nicht, ihm zuzuflüstern, daß sie Attila zwar allmählich eine gewisse Zuneigung entgegenbrachte, ihr wirklicher Herzenswunsch aber dahin ging, in einer Halle aus Stein zu wohnen, die nicht von den haarsträubenden Gesängen der Hunnen dröhnte, sondern in der Waldharis klare Stimme nachklang, die seine lateinischen Gedichte las. Sie sagte auch nicht, daß es zwar gut und schön war, mit Attila über die Wiese zu reiten, daß sie sich aber glücklicher fühlte, wenn sie an Waldharis Seite kniete und Vater Bonifacius die Worte der Messe über sie sprach, und daß ihr die Hostie, die sie mit dem Priester und dem jungen Franken teilte, besser schmeckte als das kräftig gewürzte Lamm oder die üppigen Braten, die man zum festlichen Mahl an Attilas Herrentisch auftrug. Und schon gar nicht konnte sie davon reden, wie ihr Herz hüpfte, wenn sie sah, wie die Sonne goldene Strahlen in Waldharis glattes braunes Haar zauberte,

wenn ihn Hagan durch den Frauenhag zu ihr führte, auch wenn das nur selten geschah und Attila häufig kam. Sie konnte es nicht sagen, weil Thioderik zwar ein Gote und sogar eine Art Christ war, aber auch und vor allem Attilas Mann.
»Ja«, fuhr Thioderik fort. »Ich hatte mir schon gedacht, daß du dich ohne einen Priester von deiner eigenen Art nicht wohl fühlen würdest. Ich habe mehrfach mit Attila darüber gesprochen, als die Zeit der Christ-Messe näher kam, und ihm dringend geraten, dich nach Passau reisen zu lassen; nie aber hätte ich daran gedacht, daß er dich begleiten könnte. Ich kann es mir nur damit erklären, daß er dich beschützen wollte, und das war ja auch klug von ihm, denn er hat mir erzählt, was unterwegs vorgefallen ist und wie tapfer du dich im Kampf gehalten hast.«
»Hast du etwas gehört . . . hat er etwas über seine Hochzeitspläne gesagt?«
»So gut wie nichts. Er meinte lediglich, daß eure Heirat zu gegebener Zeit stattfinden würde. Ich denke, daß ihm sein Halja-Runenleser mitgeteilt hat, die Zeichen seien nicht eindeutig, oder sonst etwas Heidnisches, und daß er nun auf einen günstigeren Zeitpunkt wartet, wie ein Römer, der nach der Pfeife seines Sterndeuters tanzt. Trotzdem solltest du es als verheißungsvoll werten, daß er zur Messe gekommen ist, auch wenn er noch nicht getauft ist und Leib und Blut des Herrn noch nicht genommen hat.«
Thioderik hielt inne und drehte sich um. Eine kleine Weile sah er hinüber zum Wald. Hildegund folgte seinem Blick, bemerkte aber nur den leichten Schleier der grünen Knospen über den Laubbäumen, hier und da unterbrochen von den dunklen Zweigen der Tannen, die hinter ihnen aufragten. Als Thioderik wieder zu ihr hinschaute, hätten seine Augen einem Priester oder einem Bischof gehören können. Ihr Glanz schien bis in Tiefen zu reichen, die weit hinter dem kleinen Spiegel seiner Pupillen lagen, Tiefen, die sich bis hinab zum Licht einer Welt ohne Ende dehnten. »Ich glaube«, sagte er, »daß du einen anderen Herzenswunsch hast – daß du dich nicht nach einer schnellen Heirat sehnst, sondern lieber abwarten möchtest, ob nicht noch etwas anderes geschieht.«
Hildegund umklammerte die Zügel so fest, daß die Stute den rotgrauen Kopf hob und einen Schritt zur Seite machte. Sie wußte nicht, ob es ein Lachen oder ein Weinen war, das ihr in der Kehle saß, aber sie wußte, daß Thioderik ihre Gedanken nur allzu genau gelesen hatte. Er konnte

sie an Attila verraten ... sie aber auch vor einer verfrühten Hochzeit bewahren.

»Ich bin noch jung«, begann sie vorsichtig, »kaum über den sechzehnten Winter hinaus. Ich hatte gehofft, es würde länger dauern, bis ich heiraten müßte, wenigstens noch ein Jahr. Ich bin gegangen, wohin mein Vater mich schickte, denn so lehrt unser Glaube, und ich hatte keine andere Wahl. Aber wenn du es über dich gewinnst, mit Attila zu sprechen, und er sich entschließt, mir mehr Zeit zu lassen – vor allem dann, wenn Hoffnung besteht, daß er Christus als seinen Herrn annimmt –, dann würde ich dir ewig dankbar sein und auch eine bessere Ehefrau werden, wenn die rechte Zeit zum Heiraten gekommen ist.«

»Sechzehn ist nicht zu jung zum Heiraten, aber siebzehn auch nicht zu alt«, murmelte Thioderik sinnend. »Aber ich will Attila diese Gedanken weitergeben, als seien sie meine eigenen; etwas davon ist mir auch wirklich schon durch den Kopf gegangen. Auf jeden Fall wirst du bis zum Spätsommer ledig bleiben, denn die Hunnen heiraten am liebsten, wenn ihre Herden fett und die Tage noch warm sind. Ob freilich Attila danach noch ein weiteres Jahr wartet, hängt von vielen Dingen ab, vor allem aber, meine ich, von den Worten des Gyula.«

Der Schmerz in Attilas verstauchtem Hüftgelenk brannte im ganzen Körper und versengte seine Nerven mit der Flamme bitterer Beschämung. Er war vom Pferd *gefallen*, nicht, wie es manchmal im Kampf geschah, heruntergezerrt oder, was ebenfalls vorkam, zum kurzen Abspringen gezwungen worden, um einem Hieb auszuweichen, nein, *gefallen* ... wie ein ganz kleines Kind, so als hätte er nie ein Männerschwert geführt oder ein Männerroß geritten. Hunnen fielen nicht vom Pferd, so wenig wie Goten über ihre Füße stolperten, sogar noch weniger, denn selbst der betrunkenste Hunne konnte sich immer noch im Sattel halten. Und er war bei etwas gefallen, das er früher mit Leichtigkeit getan hatte, etwas, das er häufig bei den jungen Männern sah, einem Kunststück, das er oft Bortai vorgeführt hatte, um ihr seine Schnelligkeit und Gewandtheit, seine Geschicklichkeit als Reiter zu zeigen ... und Hildegund hatte es gesehen. Im finstersten Winkel seiner Gedanken malte er sich aus, wie ihre hellgrünen Augen Lachfältchen bekamen, und er wußte nicht, ob er ihr lieber den Hals umdrehen oder sie auf den Rücken werfen und sich ihr so beweisen sollte.

So stark und schmerzgewohnt er auch war, spürte Attila doch die Schwäche in dem verletzten Bein und wußte, daß er etwas hinkte. Zum Glück ging der Gyula auf dieser Seite, so daß sein Gang nicht so leicht auffiel, und bis zur Behausung des Schamanen war es nicht weit.
Kaum war die Zeltklappe hinter ihnen zugefallen, als Attila feststellte: »Jetzt hat ihr Fluch Unheil über mich gebracht. Kannst du einen Zauber wirken, der mich schützt, nachdem wir nun gesehen haben, daß sie mir wirklich schaden wollen?«
»Ai«, antwortete der Gyula sanft, »wir haben gesehen, daß sie dir geschadet haben, und zwar vor den Augen der Gotin und nachdem du ihrem Festmahl aus Menschenfleisch und Blut beigewohnt hast. Zuerst muß ich dich nun von ihrem Zauber reinigen und dein Bein heilen; dann wollen wir überlegen, wie wir dich in Zukunft schützen. Leg deine Kleider ab.«
Attila zog sich aus. Es tat schon weh, das Bein nur so weit zu bewegen, daß er die Hosen abstreifen konnte. Wären beide Füße aus den Bügeln gerutscht, wäre ihm wohl nichts geschehen; so aber hatte ein Absatz sich verfangen, so daß sein ganzes Gewicht einen Augenblick lang an diesem Fuß hing. Der Khan legte sich auf das Fell des Rotschimmels, dessen rauhes Haar ihm angenehm den Rücken wärmte, regte sich nicht und starrte an die dunkle Spitze des Lederdachs, während die dünnen Finger des Gyula auf das Fleisch zwischen Bein und Hüfte drückten. Der Khagan konnte das leise Zischen nicht unterdrücken, das durch seine Zähne drang, als der alte Schamane den Schenkel zwischen die beiden trokkenen Handflächen nahm und das Bein vorsichtig in verschiedene Richtungen drehte. Er wagte nicht zu sprechen, als der Gyula sich an seiner Leiste hinauftastete. Stechender Sehnenschmerz schoß ihm kalt durch den Körper, blaue Blitze, die ihm größere Angst einjagten als der Sturz selbst.
»Du solltest für eine Handspanne von Tagen wenig laufen und die Gesellschaft anderer Menschen meiden«, verkündete der Gyula endlich. »Aber es ist noch nicht zu spät, dich zu schützen, weder deine Gesundheit noch deine Männlichkeit.«
Der gefrorene Atem wich aus Attilas Lungen. Die Finger, die den Rand der Pferdehaut umkrampft hatten, lockerten sich, und das Blut sickerte in sie zurück. Der Gyula bückte sich und blies in sein Feuer. Attila sah, wie die bläuliche Wolke sich aufwärts kräuselte und sich unter der

Dachspitze wand und ringelte. Er roch den sauberen Duft von Wacholder und Birke und wurde von glühenden Zweigbündeln umfächelt, deren dicke weiße Rauchfahne ihn in einen süßduftenden Glücksmantel hüllten, während der Schamane seinen reinigenden und heilenden Zaubergesang anstimmte.

Mehrere Stunden lag er so im Zelt des Gyula. Die Umschläge des Schamanen kochten ihm langsam den Schmerz aus dem Bein, und die Gesänge des Alten brannten und spülten ihm den Christenzauber aus dem Geist. Als er wieder, ohne zu hinken, gehen konnte, erklärte ihm der Gyula, mehr brauche er nicht zu tun, warnte ihn jedoch, nicht zu weit zu laufen, nicht zu lange zu stehen und vor allem nicht zu reiten oder zu rennen, bevor nicht eine Handspanne von Tagen vorüber sei.

»Besonders aber darfst du der Gotin oder ihrem Priester nicht begegnen, ehe du vollständig wiederhergestellt bist«, fügte der alte Mann hinzu. »Keine Gefahr droht dir von Waldhari, denn Khagan ist immer bei ihm, und ich glaube auch, daß Waldhari kaum Zauberkraft besitzt, wenn man vom Segen seiner Götter absieht, der auf ihm ruht. Es sind die Frau und der Priester, vor denen du dich hüten mußt; ihre Macht ist es, die von unserer Macht besiegt werden muß, wenn du sie nicht fortschicken willst.«

»Dann besiege sie!« versetzte Attila schärfer, als er eigentlich gewollt hatte. Obwohl sein Bein nicht mehr schmerzte, war ihm von den Stunden im dichten Rauch ein schwaches Pochen hinter den Augen und ein schwindliges Fliegengesumm im Kopfe zurückgeblieben. Er zwang sich zur Ruhe und fuhr fort: »Du weißt, daß ich dir vertraue, und ich habe viel von dir gelernt – auch, daß man die größte Macht dadurch gewinnt, daß man die Kraft eines Feindes unter den eigenen Willen zwingt. Wenn ich einen Sohn mit ihr zeuge . . .«

»Wenn du einen Sohn mit ihr zeugst . . .« murmelte der Gyula. Attila wußte nicht, ob es der Rauch war, der seine Stimme so undeutlich klingen ließ, oder ob ihm die Geister ins Ohr raunten oder nur die Zahnlosigkeit des alten Mannes. »Ai, kannst du nicht darauf verzichten? Ist nicht der Einsatz zu hoch für solch geringen Gewinn?«

»Das haben die Goten vor manchen Schlachten auch gesagt«, erwiderte der Khan. »Doch was mein ist, das halte ich fest. Niemand soll mir meine Schätze rauben, komme, was da will; und ich werde Hildegund so wenig loslassen wie einen Goldring in meinem Schatzhaus oder den mit meinen Reifen bedeckten Arm eines Kriegers.«

Der Gyula pfiff kopfschüttelnd durch die Zähne. »Ai, viel Macht wird nötig sein, um diesen Kampf zu gewinnen. Ich vermag es nicht allein. Ich brauche Khagans Stärke und die *Khatun* Saganova, um das Gold zu schmieden, das dem Zauber Gestalt verleihen soll; und sie müssen alles erfahren. Inzwischen brauche ich einen Tropfen von deinem Blut und drei deiner Haare, eines vom Kopf, eines aus dem Bart und eines von deinem Geschlecht.«

Rasch riß Attila sich die Haare aus. Selbst im trüben Licht des Feuers sah er, daß eines davon heller schimmerte als die beiden anderen, und wieder wühlte Zweifel in seinen Eingeweiden: auch wenn ihn der Gyula vor bösem Zauber bewahren konnte – wer schützte ihn vor dem schleichenden Unheil des Alters? Er war froh, als der Schamane die drei Haare in ein kleines Lederbeutelchen legte und es zuschnürte, so daß er das anstößige graue Haar zwischen den beiden schwarzen Haaren nicht mehr zu sehen brauchte. Er zog das Schwert des Kriegsgottes halb aus der Scheide und fuhr mit der Fingerkuppe über die Schneide, gerade so tief, daß ein paar Blutstropfen aus der schwieligen braunen Haut quollen, die er auf den Fetzen weißen Filzes drückte, den der Gyula ihm hinhielt.

»Nun geh und ruh dich aus. Du bekommst deinen Zauber, bevor du wieder richtig laufen kannst, wenn der Mond sich der Fülle nähert.«

Attila verließ die Behausung des Gyula, wobei er sich so gerade hielt wie nur möglich. Zwischen Bein und Leiste fühlte er einen ziehenden Wundschmerz, aber er konnte gehen wie ein Mann. So erreichte er die Halle, wo er sich grob durch die dort versammelten Männer drängte und sein Gemach aufsuchte. Darin sah es ähnlich aus wie in einem Wohnwagen, nur geräumiger; die gleichen Teppiche und Felle lagen auf dem Boden, darüber die Kissen, die seine Mutter und Bortai mit feiner Seide bestickt hatten. Die Beleuchtung bestand aus Öllampen und einem Feuer in der Mitte des Raumes. Attila rückte hin und her, bis sein Bein bequem lag, saß dann da, goß sich einen Becher Wein ein und starrte in die Flammen. Er dachte an schwarzes Haar, das sich mit rötlichem Gold mischte, an Bortais glatte, bräunliche Haut, die wie Wolken im starken Wind zerstob und zu den dichten Ansammlungen kleiner Sommersprossen wurde, die Hildegunds weißes Gesicht bedeckten . . . und was sein inneres Auge sah, erweckte Gefühle in ihm, die das Herz keines Mannes beschweren sollten.

»Aber du bist tot, Bortai, und sie lebt«, flüsterte er. »Kannst du mir nicht gewähren ... denn ich finde dich wieder in ihr, deine Tapferkeit, deine starken Worte ... Ich weiß sogar noch, wie die Geister deines Volkes mich quälten, bis ich stark genug wurde, ihnen zu widerstehen, weil es immer so ist, wenn zwei Stämme heiraten. Ich gebe die Erinnerung an dich nicht auf; es ist deinetwegen, daß ...« Langsam vergoß er den Wein, ließ den dunklen Strom eine Lache bilden und in das knisternde Feuer rinnen. So konnte man den Toten ihren Anteil geben, nachdem das erste Trauerblut getrocknet war. Er schenkte sich einen neuen Becher ein und trank ihn langsam, während er Bortais Wein zusah, der feucht in den Erdboden sank und dann als zischende Wolke vom Feuer aufstieg.

Waldhari und Hagan kamen vom Übungsplatz und gingen am Bach entlang. Sobald sie weit genug entfernt waren, um Waldharis Schamgefühl nicht mehr zu verletzen, wollten sie sich im Wasser abkühlen und den Schweiß des Tages von ihren müden Gliedern waschen. Obwohl Thioderik nicht dagewesen war, hatte Hildebrand die beiden härter als gewöhnlich arbeiten lassen. Kaum konnten sie Atem holen, da hatte er sie schon mit einem anderen Gegner kämpfen oder sie eine neue Folge seiner endlosen Drillübungen durchlaufen lassen; in der neuen Wärme der Sonne war seine Ausbildung nicht nur anstrengend, sondern schon grausam gewesen. Aber so erschöpft er auch war, fühlte Hagan sich dennoch so wohl, als hätte er längere Zeit im Schwitzbad gesessen; das gleiche angenehme Glühen wärmte seine Muskeln, und wie dort hatte er das Gefühl, alles Schädliche aus seinem Körper hinausgetrieben zu haben. Er freute sich auf das Wasser, das eiskalt über ihn hinfließen würde, und vielleicht auf einen Becher Wein mit Waldhari danach, ehe sie zum Abendessen in die Halle gingen.

Selbst Hagans scharfe Ohren überhörten das Geräusch der Schritte. Der alte Gyula stand einfach plötzlich da, wie ein Bergnebelschwaden, der sich in feuchter Luft verdichtet. »Ich brauche dich, Khagan«, sagte er leise auf hunnisch. Hagans Hunnisch war im Lauf des Winter so viel besser geworden, daß er und der Schamane sich meistens in dieser Sprache verständigten.

»Jetzt?«

Der Gyula nickte. »Triff mich beim Badehaus der Frauen, so schnell du kannst.«

»Ich komme.« Der Gyula verschwand wieder, und Hagan sagte zu Waldhari: »Geh allein weiter. Ich weiß nicht, wie lange ich fortbleiben werde. Mir scheint, daß es um große Dinge geht, aber noch weiß ich nichts darüber.«

Waldhari zuckte die Achseln. »Das geht nur dich und den Gyula an. Soll ich dir etwas zu essen mitbringen, falls du heute abend nicht in die Halle kommst?«

»Das wäre freundlich von dir.«

»Und . . . gehst du vielleicht zuerst nach Hause? Würdest du dann meine Brünne mitnehmen? Ich glaube nicht, daß ich sie für die Fische im Bach brauche, die wohl eher an meinen Zehen herumknabbern werden.«

»Außerdem würde sie im Wasser rosten«, meinte Hagan. Waldhari beugte sich vor, ließ das Kettenhemd von den Schultern gleiten und faltete es über Hagans Arm. Dann ging er weiter bachaufwärts.

Obwohl Hagan wußte, daß Waldhari wenig für den Gyula übrighatte, waren Waldharis lange Schritte so sicher und unbeschwert wie immer. Er schien es gut zu verstehen, unangenehme Gedanken abzuschütteln und sich von ihnen nicht berühren zu lassen – ausgenommen seine Gedanken über Hildegund, die immer schwerer auf ihm zu lasten schienen.

Obwohl ihm vor Müdigkeit ganz leicht die Beine zitterten, trieb ein Gedanke ihn rasch nach Hause: Was war, wenn die Aufforderung des Gyula etwas damit zu tun hatte, daß Waldhari Hildegund begehrte – oder damit, daß sie ihn für sich wollte? Mit unsicheren Fingern flocht Hagan sich die Goldringe ins Haar und steckte die kleinen Zöpfe durch den vergoldeten Kamm. Er wußte nicht, wie er sich verhalten sollte, wenn es so war. Oft schon hatte er gewünscht, Hildegund wäre nie zu ihnen gekommen oder Waldhari hätte sie nie gesehen. Und dennoch begriff er sehr gut, daß Waldhari, wenn er schon heiraten mußte – wie es jeder Edeling tat und auch Hagan eines Tages tun würde –, kaum eine bessere Gattin wählen konnte als Hildegund, auch wenn er selbst sie nicht hätte zur Frau haben wollen.

Er rannte nicht zum Frauenhag, ging aber, so schnell er konnte. Wie jedesmal, wenn er durch das Pferdehauttor trat, stand ihm plötzlich ein Doppelbild vor Augen. Sekundenlang sah er sich nicht nur als jungen Krieger, sondern zugleich als Schildmaid mit Brünne und Schwert; obwohl er sich heute, während noch Schweiß und Schmutz des Übungsplatzes an seinem müden Leib trockneten, kaum vorstellen konnte, wie

die hunnischen Frauen so etwas glauben sollten. Doch auf seinem Weg zum Badehaus winkten die Frauen ihm zu und begrüßten ihn als ihresgleichen, in ihrer Sprache, die den Unterschied zwischen Mann und Frau noch klarer betonte als seine eigene. Wahrscheinlich hatte es doch damit zu tun, daß ein junger Schamane eben ungehindert den Hag betreten durfte, ganz gleich, ob er Wams und Hosen oder ein langes Hemdgewand trug. Sie brauchten seine Männlichkeit wohl kaum zu fürchten, wenn ihre und auch seine Gedanken sich so nach der Form ihrer Worte richteten.
Der Gyula wartete am Badehaus der Frauen. Bei ihm war Saganova.
»Wir wollen drinnen weitersprechen, dort kann man am besten über solche Dinge reden.«
Sie entkleideten sich und ließen ihre Sachen vor der Tür liegen – außer Hagans Schwert. Auch wenn er es nach jedem Besuch des Badehauses von neuem reinigen mußte, legte er es nicht ab. Unwillkürlich betrachtete er Saganovas Körper. Er sah das Spiel der starken Muskeln unter der goldenen Haut der Schmiedin und das weiche Wogen ihrer vollen Brüste, als sie die Tür öffnete. Der Pelz zwischen ihren Beinen war glatt und ungekraust, etwas, das ihm auch schon bei hunnischen Männern aufgefallen war. *Es wäre nicht übel, eine solche Frau zu heiraten,* dachte Hagan wieder, *wenn ich denn heiraten muß.* Hastig trat er in das dämmrige Badehaus, damit die anderen Frauen im Hag nicht sahen, daß sie ihn erregte. Er ließ sich auf der mittleren Bank nieder. Saganova und der Gyula folgten. Das Mädchen streckte sich sofort neben Hagan aus, während der alte Schamane Wasser auf die Steine goß, bis eine große Dampfwolke aufstieg und in einem Schauer siedender Tropfen auf ihre Körper herunterprickelte. Dann warf er eine Handvoll getrockneter Kräuter auf die zischenden Steine und kletterte auf die oberste Bank, wo er sich mit untergeschlagenen Beinen hinsetzte und auf die beiden anderen hinunterschaute.
Hagan hörte aufmerksam zu, als der Gyula ihnen nun erklärte, wie die Dinge standen und was er vorhatte. Er wunderte sich, daß Attila derart versessen auf Hildegund war, obwohl er den Zauber der Christen so fürchtete; doch das war nicht seine Sache.
»Und deshalb sollt ihr beiden ein Pferd aus Gold schmieden«, sagte der Gyula. »Es soll ein Hengst sein, aufgebäumt und sprungbereit, mit tödlichen Hufen, die den Feind zerstampfen, damit der Pferdegott Attila

wieder seine Gunst schenkt und die Kraft seiner Lenden nicht verdorrt. Die Kunst der Schmiedin und die Kunst des Schamanen – beide sind aus demselben schimmernden Ei geschlüpft.«

Hagan sah auf Saganova, die jetzt eine Bank höher lag, die langen Beine ausgestreckt, die Arme hinter dem Kopf verschränkt. Schweißbäche rannen über ihre Flanken und vergoldeten ihre Haut wie helle Emailfäden. Ihre schrägen Augen waren halb geschlossen, und Hagan konnte nicht feststellen, wohin ihr Blick ging. Aber sie nickte mit dem Kopf und antwortete: »Aus welchem Gold soll ich ihn schmieden, diesen Hengst?«

»Am besten wäre es, wenn du christliche Amulette nähmst, vor allem dann, wenn sie Kriegsbeute waren, Beweise dafür, daß der Segen des Kriegsgottes und die Kraft seines Sohnes allen Christenzauber überwinden können.«

»Khagan brachte mir prächtige Amulette«, meinte Saganova bedächtig, »aber ich glaube nicht, daß sie Christen gehört haben. Rua hat mir einmal erklärt, daß es schwer sei, nach einer Schlacht solche Schmuckstücke zu finden, weil Thioderiks Goten sie meist als Wahrzeichen ihres Glaubens für sich beanspruchen.«

Hagan dachte an die Stücke, die er Kisteeva gegeben hatte. Aber auch unter ihnen hatte es keine eindeutig christlichen Symbole gegeben, und er wußte nicht, welchem Glauben die Männer angehört hatten, denen er sie abgenommen hatte. Auf einmal aber fiel ihm ein, wo er solche Amulette an Toten gesehen hatte. Saganova zuckte vor seinem schmerzhaften Lächeln nicht zurück. Statt dessen zeigte sie die eigenen weißen Zähne und hielt den Kopf schräg. »Ist dir ein Gedanke gekommen, Khagan? Willst du ausziehen und Männern, die noch leben, ihren Schmuck rauben?«

»Nein ... denn wenn Wölfe oder Wildschweine sie noch nicht ausgegraben und verschleppt haben, weiß ich, wo solche Wahrzeichen liegen, erobert von Attila selbst. Mehr noch, sie erschreckten Hildegund sehr, als sie sie zum ersten Mal sah; ist sie die Wurzel von Attilas Übel, so wird ihr Zauber gewiß dem nicht widerstehen, was sie im Fleisch nicht ertragen konnte.«

Saganova lachte und beugte sich plötzlich über Hagan, um ihn zu umarmen. Ihre starken Arme umschlangen ihn fest. Er wußte nicht, was er tun sollte, fühlte ihren erhitzten, schweißglatten Körper an seinem

Körper, unter den weichen Brüsten Muskeln, so hart wie seine oder Waldharis – aber er hatte nicht den Wunsch, sie fortzuschieben. Er roch die herben Kräuter in ihrem Atem und schmeckte sie, als sie ihre Lippen auf seinen Mund preßte. In seinen Ohren sang es, als sie ihn endlich losließ und atemlos hervorstieß: »Es ist gut, daß du als Jungfrau in diesem Hag wandelst, sonst könnte ich dich für deinen klugen Einfall nicht so schwesterlich umarmen und küssen.«
»Gut ist auch, daß Männer wenig über die schwesterlichen Umarmungen in diesem Hag wissen«, bemerkte der Gyula trocken und lachte. Sein Lachen klang unheimlich nach Kisteevas Kichern. »Gut allerdings, denn sonst würden sie den Zauber der Frauen noch weit mehr fürchten als bisher! Doch Frauenangelegenheiten sind nicht Männersache, so wie die Frauen nicht wissen, was die Männer auf ihren Kriegszügen anfangen. Ich meine, es würde euch beiden nicht schaden, wenn ihr jetzt im Bach untertauchtet, denn ihr scheint mir erhitzt genug zu sein.«

Als Hagan sich wieder angezogen hatte, verließ er den Frauenhag und nahm nur eine kleine Schaufel und einen Sack mit. Vorsichtig strich er am Bachufer entlang und hoffte dabei, daß Waldhari inzwischen sein Bad beendet hatte, denn er wußte, daß er seinem Freund nichts von seinem Vorhaben erzählen konnte. Obwohl der Nachmittag schon fortgeschritten war, schien noch die Sonne; nach dem Ostarafest wurden die Tage schnell länger. Die Wärme des Lichtes, das schräg durch die Tannennadeln fiel, ließ ihren sauberen Harzgeruch aufsteigen. Hier und da glänzten Sonnenstrahlen auf keimenden Blättern oder glühten auf Flecken von frischem Laub. Auf seinem Weg roch Hagan den süßen Duft von zertretenem Waldmeister. Er bückte sich und pflückte ein kleines Sträußchen der sternblättrigen Stengel, schnürte sie mit einem längeren Stiel zusammen und verstaute sie in seiner Gürteltasche. Er würde sie über Nacht in rheinischem Weißwein ziehen lassen und morgen abend ein köstliches Getränk für sich und Waldhari haben. Wenn er einmal mehr Zeit hatte, würde er sich auch nach anderen Kräutern umsehen oder den Gyula bitten müssen, ihm ihre Standorte zu zeigen; die Wurzeln und Tränke, die Grimhild ihm geschickt hatte, würden nicht ewig reichen.
Der kleine Steinhügel, den er mit Waldhari und Hildegund über den Köpfen aufgehäuft hatte, war eingestürzt und nur die große Steinplatte

darunter liegengeblieben. Wahrscheinlich war, nachdem der Boden auftaute, der Geruch faulenden Fleisches nach oben gestiegen und hatte Wölfe und andere Aasfresser angelockt. Ein Teil der Krallenspuren im Umkreis des Steins sah frisch aus, noch scharf umrissen in der schlammigen Erde.

Das störte Hagan allerdings wenig, denn er hatte sein Schwert, und solange kein wütender Eber ihm die Beute streitig machte oder Menschen ihn überraschten, bestand kein Grund zur Besorgnis.

Damals zur Erntezeit hatten Waldhari und er noch ihre ganze gemeinsame Kraft einsetzen müssen, um die Platte an ihren Ort zu legen. Jetzt, ein halbes Jahr später, konnte Hagan sie allein anheben, sie aus dem saugenden Schlamm ziehen und zur Seite fallen lassen. Darunter wanden sich bleiche Würmer und wollten sich hastig wieder in der feuchten schwarzen Erde vergraben, als bereite das helle Tageslicht ihnen Schmerzen. Hagan stemmte den Fuß auf die Schaufel und fing an, den Lehm abzutragen.

Er erinnerte sich in etwa, wie tief sie gegraben hatten, aber es war schwieriger, ein Loch in frischer, nasser Erde auszuheben, in das ständig Wasser nachsickerte, als es im halb gefrorenen Boden gewesen war, und allein grub es sich schlechter als zu dritt. Hagan wollte auch nicht in die Grube treten, denn je tiefer er kam, desto weicher und nachgiebiger wurde der Schlamm. Schließlich beugte er sich darüber und schaufelte den Schlick heraus. Dabei wurde der Geruch immer übler, bis Hagans Schaufel auf etwas Festes stieß und eine ganze Welle fauligen Gestanks zu ihm aufquoll.

Der schmutzige Stoff des Sackes zerriß unter dem Schaufelrand. Selbst unter dem Schlamm, der eingesickert war und sie befleckt hatte, sah Hagan, wie sich die Köpfe seit ihrem Begräbnis verändert hatten. Zwei hatten sich schwarz verfärbt, mit aufgedunsenen Gesichtern und heruntergerutschten Haarschöpfen und Bärten, unter denen sich rohe, rosafarbene Haut und ein Gewirr kleiner Würmer zeigte. Der dritte aber hatte einen seltsamen, klumpigen Grauweißton angenommen, als hätte sich das Fleisch unter dem Schlamm allmählich in Wachs verwandelt. Die Augen waren bei allen dreien halb ausgelaufen und verfault, die Münder noch immer offen. Nur die Goldkreuze glänzten unberührt unter den hängenden Kinnen, obwohl die Ketten zu tief in die geschwollenen Halsstümpfe gesunken waren, um noch sichtbar zu sein.

Hagan war einigermaßen überrascht, denn er hatte angenommen, daß nach einem halben Jahr das Fleisch abgefault sein würde und nur noch die blanken Schädel zurückblieben. Aber wahrscheinlich waren sie die meiste Zeit gefroren gewesen. Der Wachsartige schien überhaupt nicht verfault zu sein. Vielleicht würde er sogar so bleiben; Hagan wußte, solange der Geist den Körper nicht verlassen hatte, verweste auch das Fleisch nicht, sondern veränderte sich nur. Er hatte Geschichten von Leichen gehört, die auf Ochsengröße angeschwollen waren; diese Draugs sollten eine blauschwarze Farbe gehabt haben, wie zwei der Köpfe.

Aber die Maden unter der sich ablösenden Haut ließen keinen Zweifel aufkommen, daß diese beiden auf die gewöhnliche Art verfaulten, wenn auch langsamer, als er geglaubt hatte.

Hagan hob die Köpfe einzeln mit der Schaufel heraus, legte sie ins lehmige Gras und betrachtete sie einen Augenblick. Wenn überhaupt etwas in ihnen fortlebte, dann nur in dem dritten. Die anderen, was immer sie einst gewesen sein mochten, waren nur noch Knochenreste und verwesendes Fleisch. Ihre Goldkreuze ließen sich leicht abnehmen, und die Ketten glitten aus dem schwammigen, dunklen Fleisch. Danach schaufelte er sie dorthin zurück, wo sie gelegen hatten.

Den dritten Kopf beobachtete er ein wenig länger. Ihm schien, als bewege sich der grauweiße Talg der bärtigen Wangen ein wenig, so als wolle der Kopf etwas sagen, und er erinnerte sich daran, daß Wodan von Mimirs Haupt, das er mit Kräutern und Gesängen unverwest erhielt, Zaubersprüche und Runen erfahren hatte. Hagan bückte sich und roch. Kein Fäulnisgestank, der offenbar nur von den anderen gekommen war. Sollte er den Kopf gut einpacken und mit seinen anderen Schätzen in seiner Truhe aufheben? Er kannte die Runen, mit denen man den Rat des Flusses rief, und er hatte mit den Ertrunkenen gesprochen; warum sollte er nicht auch Weisheit von Erschlagenen gewinnen?

Aber unter dem verkrusteten schwarzen Wachs des Halses leuchtete noch immer rötlich das Kreuz und lenkte Hagans Blick von der tiefen Schwärze des offenen Mundes ab. Würde dieser Kopf sprechen, dann keine Worte, wie Hagan sie hören wollte; denn der Geist, den er barg, war kein Kind von Wodan oder Engus mehr. Das Wasser der Christen hatte diesen Mann vom Wissen seiner Ahnen getrennt, so daß von den eingeschrumpften Lippen nicht Runen oder zaubermächtige Lieder strömen würden, sondern nur die Verwünschungen des Glaubens aus dem Süden. Übel dünkte ihn nun der Anblick des graubleichen Hauptes, und er achtete sorgfältig darauf, den schleimnassen Augen nicht den Rücken zu kehren, während er den Schlamm über die anderen häufte und die Steinplatte wieder hinlegte. Auch berührte er den Kopf nicht mit den Händen; er schob ihn mit der Schaufel in den Sack, knotete diesen fest zu und hielt ihn beim Gehen weit von sich fort.

Als Hagan den Sack in Saganovas Schmiede gebracht und dem Gyula alle seine Erlebnisse erzählt hatte, stieß der alte Schamane einen langgezogenen Pfiff durch die Zähne aus. »Ai, du hast richtig gehandelt. Ich werde den Kopf auf den Amboß legen; von dort kann er nicht entkommen.«
Er nahm Hagan den Sack ab und schlug den Stoff vorsichtig zurück. Hagan kam es vor, als bewege sich etwas darin; er fuhr zusammen, und Saganova wich hastig zurück und beobachtete wachsam, was vorging. Der Gyula jedoch hob nur die dünnen, grauen Brauen. »Du willst dich also nicht ergeben . . .«, murmelte er dem grauen Kopf zu, »keinem, der Anspruch auf Seelen erhebt? Nun sollst du deiner Wege gehen, doch nicht, bevor du uns gegeben hast, was wir brauchen, denn du hast Attila geschadet wie kaum ein anderer. Saganova, heize deine Schmiede an; es gibt etwas, das verbrannt, und etwas, das gehämmert und neu geformt werden muß.«
Die Schmiedin pumpte ihre Blasebälge auf, und die ausströmende Luft ließ die Kohlen heißer und heißer glühen. Der Gyula schlug seine Trommel und begann einen Sprechgesang.

»Adler, Adler, flieg herab vom Sonnenheim.
Über die weiten Wüsten fliegst du,
herab von der mächtigen Birke.
Trag das Feuer in deinen Klauen,
deinen Klauen, die Steine schlagen.
Auf der Spitze des Baumes,
wo der Sturm sich sammelte,
sträubtest du dein Gefieder,
spreiztest deine Schwingen,
fliegend sprangst du herab vom Ast.

Deine Schwingen jagten den Wind über die Steppe,
dein Schrei weckte die Trommel des Schamanen.
Bring uns Feuer,
heiliges Feuer,
Feuer für die Esse der Schmiedin,
Feuer für den Rauch des Schamanen.«

Bei den letzten Worten warf er seine Kräuter in die Flammen. Die blauweiße Wolke, die von ihnen aufstieg, erfüllte die ganze Schmiede, so daß Hagan nichts anderes als ihr Leuchten sah und nur ihren süßen, reinen Duft roch. Bei jedem Atemzug dröhnte es ihm in den Ohren, und die Wolke funkelte ihm vor den Augen. Stark wie die Stimme eines jungen Mannes fuhr die Stimme des Gyula fort.

»Nun bewegt sich der Kopf.
Der Geist in ihm regt sich.
Ai, doch er kann nicht vom Amboß springen;
ai, der Amboß hält ihn fest.
Denn die Mächtigen wohnen im Amboß,
und sie lassen ihn nicht davonrollen.«

Eine trockene Hand packte Hagan am Gelenk und zog ihn näher. Der Rauch wurde dünner. Er erkannte die nebelhafte Gestalt des Gyula und den bleichen Klumpen des Hauptes vor sich auf dem Amboß. Als Hagan ihn ansah, schien der offene Mund noch tiefer herunterzusacken. Die verfaulten Augen wogten in ihren Höhlen und starrten blind ins Leere. Hagen spürte, wie Worte aus ihm hervorbrachen, während er sich hinhockte und dem toten Ding ins Gesicht sah.

»Ich begrub dich in der Erde,
zur Erntezeit begrub ich dich.
Ich holte dich zurück aus der Erde,
zur Frühlingszeit holte ich dich.
Du fandest den Tod,
wo ich ging auf dem Feld;
mein Pflegevater erschlug dich.
Da konntest du dich nicht wehren gegen uns,
und du kannst es auch jetzt nicht.

Wie Männer kämpften in ältester Zeit,
so bekämpften wir dich,
und stets waren wir stärker.
Unsere Götter waren mit uns,
unsere Geister umgaben uns,
unsere Ahnen stärkten unsere Klingen.
Wir überwanden die Macht deines Zaubers,
und Wodan führte das Wilde Heer durch dein Heim.«

Während er so sprach, fühlte er den drängenden Blick des Hauptes. Ein starker Mann war dieser, und er hatte ein halbes Jahr in der Erde gelegen und seine Macht gegen seine Feinde gesammelt; nur gut, daß man ihm Glieder und Herz genommen hatte und sie fern von ihm lagen, sonst wäre er sicher umgegangen. Hagan wußte nichts mehr zu sagen, aber als er verstummte, nahm Saganovas klare, leise Stimme den Gesang auf.

»Ich bereite die Schmiede,
ich habe die Schmiede bereitet.
Ich blies mit den Bälgen,
wie Mutter Sonne die Schmieden der Erde anbläst,
wenn die kleine Maid Morgendämmerung
den Himmel betritt.
Meine Kohlen brennen heiß,
vieles haben sie geschmolzen –
sie verbrannten die Knochen unserer Feinde,
von ihnen tropften die Amulette unserer Gegner.
Ob du dich auch verbargst vor den Wölfen,
dich verstecktest vor den Schweinen,
dich rettetest vor den Würmern,
und durch Zauber dein Fleisch vor Verwesung bewahrtest,
vor meiner Schmiede kannst du dich nicht verbergen,
vor meinem Hammer nicht verstecken,
vor meinen Kohlen nicht retten.
Kein Zauber schützt dein Fleisch vor dem Feuer.
Nun wird sich zeigen,
wer stärker ist.

Dein Fleisch werde ich verbrennen,
deine Knochen verbrennen,
dein Gold so hämmern, wie ich es will!«

Bei den letzten Worten wandte sich Saganova dem Amboß zu. Rot leuchteten ihre langen Zöpfe im Schein der Esse. Rötliche Schweißperlen funkelten wie Juwelen auf der breiten Stirn und den Wangen, und ihre dunklen Augen waren groß und wild. Sie hob mit einer Hand den größten ihrer Hämmer und streckte die andere Hand nach dem Amboß aus.
Der Gyula nickte Hagan zu. Gemeinsam griffen der Burgunder und Saganova nach dem Haupt. Es fühlte sich kalt und glitschig an. Als sie es vom Amboß hoben, schien es sich in ihren Händen zu winden. Aber Hagan faßte fester zu, seine Finger gruben sich in das graue Talgfleisch, und zusammen mit Saganova schleuderte er es in die feurigen Kohlen. Der Kopf fiel mit dem Hals nach unten. Die Kiefer klafften noch weiter. Ein furchtbares Zischen und eine Wolke ekelerregenden schwarzen Rauches entquollen dem Mund und den modrigen Augen. Sofort gingen Bart und Haare in Flammen auf. Saganova packte Hagans Hände und legte sie neben ihre eigenen auf die Bälge. Gemeinsam begannen sie aus Leibeskräften zu pumpen, während der Gyula einen Ring aus etwas, das grün und blau funkelte und loderte, um den brennenden Kopf streute. Der Strom klarer Luft aus den Bälgen löste die stinkende Wolke auf, und aus den Kräutern des Gyula stieg ein reinerer Rauch, der sie vertrieb. Das Goldkreuz glühte in immer hellerem Rot und sengte sich einen Weg durch das brennende Fleisch des Halses. Als es klirrend in die Kohlen fiel, waren seine Arme schon weich geworden. Saganova ergriff es mit ihrer Zange und nahm es mit einer Hand heraus, wobei sie und Hagan weiter die Blasebälge betätigten.
Nun schien ein einziger Augenblick zu kommen, in dem der Kopf in der orangenen Glut der Esse sich plötzlich schwarz färbte und eine letzte, zischende Rauchfahne blaß und grau von ihm ausging. Dann erfaßten ihn endgültig die Flammen und fraßen sich durch Fleisch und Knochen wie durch dürre Blätter und Öl. Der Gyula schlug die Trommel, bis nichts mehr übrig war als ein kleines Häufchen Asche, das in die Kohlen fiel. Der Rhythmus der Trommel wurde langsamer und schwächer, bis nur noch das Flüstern des Knochens auf dem Trommelfell zu hören war. Plötzlich ertönten drei scharfe Schläge.

»Es ist vollbracht«, sagte der Gyula. »Setzt euch, meine Kinder, und ruht eine Weile aus. Den gefährlichsten Teil des Kampfes haben wir gewonnen, nun müssen wir nur noch den Zauber schmieden, der mit Hilfe dieser Beute Attila schützen soll.«
In dem Wagen gab es keine Kissen, vermutlich, dachte Hagan, wegen des Funkenflugs. Saganova ließ sich einfach fallen und lehnte sich an eine Wand. Sie hechelte wie ein Hund im Hochsommer. »Ai! Noch nie habe ich so etwas getan«, keuchte sie. »Immer hoffte ich, einmal aus dem Schädel eines Feindes ein Trinkgefäß zu schmieden, nie aber hätte ich gedacht, daß der Feind noch darin wohnte. Das hätte ihm einen gewaltigen Rausch eingebracht, wäre der Schädel mit Wein gefüllt gewesen.«
Hagan zog die Oberlippe hoch und zeigte ihr das Fauchen, das sein bester Versuch eines Lächelns war; nur allzugern hätte er frei herausgelacht. Sie griff nach seiner Hand und tätschelte sie. »Ein seltsames Werk auch für dich, mein Khagan, nehme ich an.«
»Ja. Ich hätte nicht gedacht, daß so etwas daraus würde, aber ich bin froh, daß es getan ist.« Hagan dachte an den grauen Kopf, der mit offenen Augen zwischen seinen beiden faulenden Freunden in der Erde gelegen und sich einen Weg durch den Schlamm gebissen hätte, jede Nacht ein Stück näher zum Bach. Er dachte an den langen Haß, der sich in das Wasser ergossen hätte, aus dem das ganze Lager trank, in dem viele Menschen sich wuschen und ihre Pferde tränkten, und seine Eingeweide wurden so kalt, als fühle er immer noch das klumpige Wachsfleisch unter den Fingern.
Er drehte die Hand um und schloß sie um Saganovas Finger. Ihr Griff war heiß von den Bälgen, schwielig vom jahrelangen Schwingen des Hammers. Ihre Hand war so groß wie seine, die Finger waren ebenso schmal. Sie erwiderte seinen Händedruck, und ihre dunklen Augen starrten ihn unverwandt an. Es schien, als wolle sie noch etwas sagen, aber der Gyula hüstelte.
»Meine Enkeltöchter! So schön eure schwesterliche Liebe auch anzuschauen ist, haben wir doch noch viel Arbeit, und ich glaube, ihr habt bereits einen Teil eurer Kraft wiedererlangt. Saganova, willst du uns etwas zu essen und zu trinken holen?«
Als sie gegessen und sich noch eine Zeitlang ausgeruht hatten, stand der Gyula auf, schürte das Feuer neu und ließ seinen Kräuterrauch aufsteigen. Wieder trommelte und sang er.

»Einst war die Zeit,
da der große Hengst rannte,
ai, weit rannte er über die Steppe,
ai, frei rannte er über das Gras!
Ai, die Stuten,
die kleinen rotgrauen Stuten,
die kleinen schwarzen Stuten,
die kleinen weißen Stuten!
Niemals verließ ihn seine Kraft,
nie fanden sie ihn schwach.
Ai, unser Stamm kam in die Ebene,
die Hunnen kamen in die Ebene.
Erster Vater lockte ihn an,
lag im hohen Gras,
stand still hinter Birken.
Ai, zu ihm kam der Hengst,
kam zum Zaumzeug,
kam zum Sattel,
kam zu den Händen der Hunnen.«

Saganova legte einen Goldklumpen in die Esse. Hagan pumpte die Bälge, stärker oder schwächer nach ihren Handzeichen, während der Gyula weitersang.

»Hengste und Stuten;
sie lehrten Ersten Vater...
lehrten ihn, eine Braut zu bringen,
sie zum Wagen zu locken,
in den Wagen der Sippe;
sie lehrten ihn, sie zu besteigen,
lehrten ihn, eine Frau zu zähmen.
Ai, die Frauen, die Frauen der Stämme!
Damals versagte nie seine Kraft,
niemals fanden die Frauen ihn schwach.«

Als das Gold glühendheiß geworden war, ergriff es Saganova mit der Zange und versenkte es in einem Wassereimer. Dann warf sie es auf den

Amboß, legte die Kreuze an eine etwas kühlere Stelle der Esse und winkte Hagan, sachter zu pumpen. Der Gyula gab ihr ein kleines Stück weißen Filzes mit dunklen Flecken. Sie legte den Filz auf den Goldbarren und begann darauf herumzuklopfen. Die klingenden Schläge des kleinen Hammers mischten sich unter den leisen Trommelschlag des Gyula, als antworte die hellere Stimme der dunklen. Schweiß durchnäßte Saganovas Lederschürze und klebte sie an ihren Körper. Sie trug kein Hemd darunter, und Hagan sah ihre Brüste bei jedem Hammerschlag schwingen und hüpfen.

»Erster Vater und Hengst
ritten über die Steppe.
Bogen in der Hand,
fuhr Erster Vater unter seine Feinde.
Auf Hengst ritt er rasch,
verschoß seine Pfeile,
schoß sie durch Kampfwinde,
jeder durchbohrte
das Herz eines Helden.
Ai, die Feinde, die starken Krieger!
Niemals versagte da seine Stärke,
niemals fanden die Feinde ihn schwach!«

Saganova legte den Barren wieder auf die Kohlen. Hagan sah, daß er allmählich die rohe Gestalt eines Pferdes annahm, mit nach innen gebogenem Körper und nach oben gebogenen Beinen und Hals. Während das Gold von neuem erhitzt wurde, zog Saganova nacheinander die Kreuze aus der Glut und warf sie ins Wasser. Aus den beiden, die Hagan den faulenden Köpfen abgenommen hatte, hämmerte sie Mähne und Schweif, aber aus dem dritten, Kette und Kreuz zusammen, formte sie einen großen, aufgerichteten Phallus. Der Anblick ließ Hagan den Atem stocken; er fühlte, wie seine eigenen Lenden sich regten, seine eigene Kraft sich erhob. Der Gyula grinste zahnlos zu ihm hinüber und schlug härter auf seine Trommel. Als Hagan die heiße Macht spürte, die wie ein unsichtbarer Strom geschmolzenen Goldes von ihm zu Saganova floß, verstand er, daß der alte Schamane auch diesen Teil des Zaubers sorgfältig geplant hatte und daß Attila mehr fürchtete als nur einen Sturz vom Pferd.

Der Gyula stützte seine Trommel auf den Amboß und schlug sie nur noch mit einer Hand. Gleichzeitig nahm er aus einem Beutelchen drei Haare und legte sie vorsichtig neben das halb bearbeitete Gold. Er flüsterte Saganova etwas zu, und sie griff zu einem kleineren Hammer und klopfte in jedes der drei Stücke ein Haar – Mähne, Schweif und Phallus, belebt von – Hagan wußte es – Attilas eigenen Haaren, eingebrannt in das Gold seiner Feinde.

Saganova wiegte ihren Körper hin und her, dehnte und streckte sich wollüstig und legte die drei Teile zurück in die Esse. Sie sah Hagan an, der die Bälge pumpte, und kam einen Augenblick ganz nahe an ihn heran. Während ihr Mund sich auf seine Lippen legte, streifte ihre Hand die Vorderseite seiner Hosen und ließ ihn vor Lust erschauern. Dann ließ sie ihn los, wandte sich der Esse zu und holte die vier rotglühenden Metallbrocken heraus.

Nun setzte Hagan den Sprechgesang fort. Tief und rauh mischte seine Stimme sich in das dumpfe Poltern der Gyulatrommel und den scharfen Klang von Saganovas Hammer.

»Attila ritt über die Ebene.
Bogen in der Hand,
fuhr er unter die Feinde.
Er nahm das Gold der Erschlagenen,
warf ihre Frauen ins Gras,
gewann ihre Stuten für seine Herde.
Ai, Feinde, Frauen und Stuten;
niemals soll seine Stärke versagen,
niemals sollen sie schwach ihn finden.
Hoch auf Rosses Rücken redet der Held;
allen voran reitet der Khagan.
Ai, er ist der Sohn seiner Väter,
vor ihm fielen die Christen,
niedergemäht vom Schwert des Kriegsgottes.
Ai, ihre Gesänge können ihn nicht verletzen,
Flüche des Südlands ihm nicht schaden;
ai, mit der Macht des Hengstes reitet er,
auf der Ebene, auf dem Schlachtfeld und im Bett,
wo immer er in den Sattel steigt.

Kein fremder Zauber kann seiner Stärke schaden,
kein Fremder seinem Schwert widerstehen;
ihre Macht beugt sich unter sein Joch.
Attila reitet mit den Herden über die Ebene;
Bogen in der Hand,
fährt er unter die Feinde.
Mit Hengstes Waffen betritt er die Wagen.
Seine Stärke versagt nicht,
niemals stürzt er,
niemals findet ihn jemand schwach.«

Saganovas kleinster Hammer klopfte eine rasche Folge klarer, scharfer Töne, und Hagan fühlte, wie die unsichtbare, im Wagen zusammengeballte Macht anschwoll und platzte wie eine siedendheiße Dampfwolke, die sich im Badehaus über sie legte. Er blinzelte sich den salzigen Schweiß aus den Augen und starrte die kleine goldene Figur auf dem Amboß an. Noch roh geformt, war sie jetzt deutlich als Pferd zu erkennen, ein sich aufbäumender Hengst mit gewaltigem Phallus – Ersten Vaters Hengst, der Hengst, der Attilas Schwertarm und Männlichkeit gegen allen Christenzauber schützen würde.
Der Gyula schlug einen neuen Wirbel auf seiner Trommel und sang dazu leise.

»Wir haben ihn gefangen,
wir haben ihn gewonnen –
wir lockten den Hengst zum Zaumzeug,
wir lockten den Hengst zum Sattel,
wir lockten ihn zu den Händen der Hunnen.
Geschmückt ist er mit der Kraft
unserer Feinde, die wir ihnen raubten,
belebt mit des Khagans eigenem Leben,
schimmernd von der Esse der Schmiedin,
leuchtend von Schamanenliedern,
denen kein Wesen der Welt widersteht!«

Er stellte die Trommel auf den Amboß und hob den kleinen Hengst hoch. Vor dem Hintergrund der dunklen Wagendecke sah Hagan den

hellen Glanz, der von der goldenen Figur ausging, und während er noch darauf starrte, brandete eine solche Woge von Macht in ihm auf, daß ihm schwindlig wurde und er schwankte und fast gefallen wäre.
Saganova schlang den Arm um seine Mitte und zog ihn an sich. Dieses Mal versteifte er sich nicht bei ihrer Berührung, sondern erwiderte ihre Umarmung. Er griff nach ihr, um sie fester an sich zu pressen. Ihre Schmiedeschürze war heruntergerutscht. Aus ihren Brüsten stieg ein würziger Geruch nach Schweiß, feuchtem Leder und Schamanenrauch, und plötzlich zerquetschte Hagan ihre Lippen mit seinem Mund, während sie an seinem Hosenband zog. Zusammen sanken sie auf die nackten Bretter. Hagan wußte kaum, was er tat, nur daß die Stärke, die sie beschworen hatten, ihn so machtvoll durchbrauste, daß er gar nicht anders handeln konnte. Aber Saganova führte ihn, hob ihm ihre Hüften entgegen, um ihn aufzunehmen. Die Eisenringe seiner Brünne schabten an ihrer Lederschürze. Hagan keuchte, schnappte nach Luft, merkte, daß er fauchte, als er in sie hineinstieß, wild wie der blutige Stoß im Kampf, wenn sein Speer sich ins Fleisch anderer Männer bohrte ... Die Sehnen an Saganovas Hals traten hervor. Sie warf den Kopf zurück, und wieder und wieder verzerrte sich ihr Gesicht in stummem Aufschrei. Schenkel und Arme umschlossen Hagan mit verzehrender Kraft, und ihr Körper stemmte sich gegen ihn, bis ein einziges gewaltiges Aufbäumen seine Glieder erstarren ließ, ihm seinen Samen entriß und ihn in sie hineinschleuderte.
Eine kleine Weile lagen sie beide still und atmeten langsam durch den Mund, bis ihr unregelmäßiger Herzschlag wieder ruhiger und stetiger geworden war. Als Hagan sich von ihr löste, lächelte die Schmiedin zärtlich zu ihm auf.
»Mein Khagan«, murmelte sie, »meine Schwester, mein Krieger ... wußtest du nicht, daß das zu einem Ritual wie diesem dazugehören kann? Hat der Gyula dir nichts gesagt?«
Hagan schüttelte verwirrt den Kopf. Sein ganzer Körper tat noch angenehm weh von dem Sturm, der ihn geschüttelt hatte. Hoch über ihm bäumte sich stolz der goldene Hengst auf dem Amboß. Hagans Zöpfe waren nach vorn gefallen. Saganova streckte den Arm aus und strich sie ihm über die Schultern zurück.
»Ai, ja, ich bin froh darüber. Ich hatte geglaubt, du würdest nie verstehen, was ich von dir wollte, so oft ich auch davon sprach. Kisteeva hat

beschlossen, daß wir heiraten sollen, aber ich werde warten, was sich ergibt; denn ich habe deinen Blick gesehen, wenn du von deiner Sippe erzählst, und ich glaube nicht, daß du bei uns bleiben wirst. Aber ich habe ... was ich haben wollte, und du hast mich als Schwester, die du umarmen kannst, so oft wir es wollen.«
»Ich hoffe, du umarmst Schwestern, die keine Schildmaiden sind, weniger kräftig«, bemerkte der Gyula. Hagan fuhr herum. Der alte Mann saß an der anderen Wand, ein leichtes Lächeln im faltigen Gesicht. »Ich fürchte, du würdest einer zarteren Jungfrau die Knochen brechen, Saganova; du bist wahrhaft Kisteevas Enkelin, ob dem Blute nach oder nicht. Aber ihr beiden habt eure Aufgabe heute nacht ausgezeichnet erfüllt. Ich werde nun unser Werk, mit Worten des Lobes für euch, zu Attila bringen. Setzt euch und trinkt Khumiß, denn ihr habt hart gearbeitet ... denkt vielleicht darüber nach, wie es sein könnte, wenn Khagan hierbliebe und ihr beide euer Leben im selben Wagen verbringen würdet.«
Er will mich zum Erben, dachte Hagan, als der Gyula den Schmiedewagen verließ, *aber Saganova ist mehr als ein Köder. Nie hätte ich geglaubt, daß ich eine Frau so schön finden würde. Und doch ...* Er sah auf das Hunnenmädchen hinunter und erwiderte einen Herzschlag lang ihren offenen Blick, bevor sie seinen Kopf zu sich herabzog und ihn, diesmal sanfter, auf die geschwollenen Lippen zu küssen begann. Sie hatte gesagt, daß er vielleicht nicht bleiben würde, aber nichts davon erwähnt, daß sie selbst fortgehen könnte, und er konnte sie sich auch jetzt nicht in den steinernen Hallen von Worms vorstellen.

Darum war Hagans Herz immer noch schwer, als er in der Dunkelheit des späten Abends den Frauenhag verließ. Nur die weiße Sichel des Mondes beleuchtete den ungepflasterten Pfad. Obwohl es kalt geworden war, stieg Hagan in den Bach und ließ sich vom eisigen Wasser überspülen, bis aller Schweiß und Rauch und der ganze würzige Duft von Saganovas Fleisch und Leder von seinem Körper abgewaschen waren. Wieder fiel ihm ein, was bachaufwärts begraben war, aber er wußte, daß das heimliche Grauen verschwunden und der Bach von einer Last befreit war, die so langsam gewachsen war, daß er sie erst jetzt, nachdem es sie nicht mehr gab, überhaupt spürte. Nun rann das Wasser wieder rein und heilig, und Hagan blieb darin sitzen, bis ihm Finger und Zehen taub wurden.

Leicht zitternd von der Kälte zog er sich wieder an und ging nach Hause. Waldhari saß noch am Feuer und las, aber nicht sein Buch mit den lateinischen Geschichten, sondern ein anderes.
»Was ist das für ein Buch?« erkundigte sich Hagan.
»Es gehört Hildegund. Thioderik hat es mir gebracht. Er sagte, sie wollte es mir zum Lesen geben, während sie mein Buch liest. Ich glaube aber nicht, daß es dir gefallen würde; es erzählt das Leben von Heiligen.«
»Nein.«
Hagan goß vorsichtig Wein aus einem seiner Fäßchen in einen Lederschlauch, band einen Riemen um seinen Waldmeisterstrauß und stopfte das Bündel hinein. Dann stöpselte er den Schlauch fest zu.
»Ich habe dir Essen aus der Halle mitgebracht«, sagte Waldhari. »Dort auf dem Tisch.«
»Ich habe schon gegessen.«
»Fehlt dir etwas?«
»Nein, ich bin nur müde.«
»Wenn du zu Bett gehen möchtest, will ich dich nicht durch Geschwätz aufhalten. Schlaf gut, Hagan.«
Ohne Brünne und Schwert abzunehmen, legte Hagan sich hin, zog die Decke über sich und sah in die tanzenden Schatten des Feuers, die ein Muster auf das Dach zeichneten. Saganovas Berührung bebte noch immer schmerzhaft in seinem ganzen Körper nach, zugleich aber mußte er daran denken, wie es wohl sein würde, Waldharis Wärme neben sich zu spüren ... Er wußte nicht, was schlimmer war, die Vorstellung, daß er Saganova einmal verlassen müßte, oder das Wissen, daß ihm Waldhari nie näher kommen würde, als wenn er ihn scherzhaft an den Zöpfen zog. Darüber nachzugrübeln ließ die letzte Wärme des Schmiedewagens in ihm erstarren. Aber er hatte getan, was er mußte, und hatte es gut getan, und schon nach kurzer Zeit genügte das, ihn Schlaf finden zu lassen.

Zehntes Kapitel

In diesem Sommer wurde mehr gekämpft als im Vorjahr. Zwar hatten Attilas Überfälle zur Erntezeit unter den Bewohnern der näheren Umgebung für Ruhe gesorgt, aber dafür wurden die Männer an den Grenzen der Länder, die er für sich beanspruchte, kühner und schlossen Bündnisse untereinander. Zum ersten Mal erlebte Hagan den Krieg als lange Kette von Schlachten, Beschaffung von Versorgungsgütern und Truppenbewegungen, von Wochen statt Tagen im Sattel. Wie immer erfuhr das Heer wenig über den Gegner – nur das, was die Krieger über Rüstung und Waffen, Schlachtorte und Kampfarten wissen mußten; Attila war stets auf der Hut, damit kein Wort seine Pläne verriet. Trotzdem merkte Hagan, daß der Khan nach Süden vorrückte; entweder waren seine Nord- und Westgrenzen so sicher, daß er dort nicht zu kämpfen brauchte, oder er wollte seine Absichten im Westen mit anderen Mitteln als Waffengewalt durchsetzen. Hagan wurde ein paarmal verwundet, aber nie mehr so schwer wie in seinem ersten Gefecht. Eine Klinge zog eine Spur von seiner linken Schulter quer über die Brust und hinterließ eine gefährlich aussehende Narbe, die jedoch nicht tief ging. Zwischen den Feldzügen dehnten sich die langen Sommertage im Lager. Hagan und Waldhari wurden nun ebenso oft hinzugezogen, um andere zu unterrichten, wie sie selbst lernen mußten. Meistens übten sie mit Thioderik, Hildebrand und auch Attila und schafften es bald, selbst diesen Helden standzuhalten. Hildebrand lobte sie laut und behauptete, er hätte keine Jünglinge wie sie mehr ausgebildet, seit Thioderik sein erstes Schwert in die Hand genommen hätte. Thioderiks Lob war ruhiger und weniger häufig, dann aber wohlverdient. Und sogar Attila verlieh ab und zu seinem Erstaunen Ausdruck, daß der Kriegsgott ausgerechnet sie beide in sein Heer geführt hatte, einen Schatz, mit dem nur wenige Fürsten gesegnet waren. Nach den Übungen ging Hagan oft zu Saganova in ihren Wagen; manchmal ließ sie ihn versuchen, Gold zu hämmern und zu löten, und lobte sein Geschick dabei. Seitdem er den

Schutztalisman trug, schien Attila Hildegund weniger zu beachten. Waldhari berichtete, der Khan lasse sich noch immer von Vater Bonifacius im christlichen Glauben unterweisen, aber er komme nicht mehr zur Messe. Waldhari in den Frauenhag zu Hildegund zu begleiten war auch für Hagan angenehmer geworden, denn während die beiden sich auf lateinisch unterhielten, konnte er neben Saganova sitzen und mit ihr hunnisch sprechen, und keines der beiden Paare störte das andere. Allmählich begann Hagans Bart am Kinn dichter zu sprießen, aber der Gyula bestand darauf, daß er ihn schor. Anderthalb Monde nach Mittsommer merkte er, daß er Waldhari bitten mußte, ihm sein Rasiermesser zu leihen.
»Hast du deine Meinung über den Wert zivilisierter Körperpflege geändert?« erkundigte sich der Franke. »Ich erinnere mich, was du gesagt hast, als du mir das erste Mal beim Rasieren zuschautest.«
»Mag sein.« Es war Hagan gänzlich entfallen; seine Worte von damals schienen ihm jetzt unwichtig. »Darf ich mir trotzdem dein Rasiermesser borgen?«
»Warum nicht, wenn du es hinterher ordentlich saubermachst und neu schärfst. Paß aber auf, daß du dir nicht die Kehle durchschneidest.«
Wie er es oft bei Waldhari gesehen hatte, stellte Hagan den kleinen Spiegel seines Freundes auf, benetzte seine Stoppeln und schabte langsam mit der Klinge über sein Kinn. Dann beugte er sich näher: es war etwas an seinem Spiegelbild, das er noch nicht gesehen hatte. In seinem schwarzen, jetzt zum hunnischen Kriegerknoten aufgebundenen Haar zeigten sich Silberfäden, die wie erstes Eis auf dunklem Wasser glitzerten, und auch von den weichen Haaren auf seinen Wangen und am Hals waren einige weiß. Es gab nichts, was er dazu sagen oder daran ändern konnte; er rasierte sich zu Ende und reinigte das Rasiermesser, wie Waldhari gewünscht hatte. Etwas lag in diesem ersten Hauch von Rauhreif in seinem Haar, das ihn beunruhigte ... eine undeutliche Erinnerung, Reif, der im Schatten einer Kapuze auf einem dunklen Bart glänzte ... *Und der Tag wird kommen, da du in einen Teich schaust und mein Gesicht dir entgegenblickt; dann sollst du wissen, daß mein Urteil gefällt und die Zeit für dein Opfergeschenk an mich gekommen ist ...*
Hagans Kinn war nun sauber und nackt, und noch leuchteten beide Augen grau unter den schwarzen Spitzen der Brauen; auch wenn sein Haar sich jung bereits silbern färbte und seine Miene finster war, so glich

sein Gesicht doch noch lange nicht dem des Gottes. Er schob den Gedanken fort. Was immer Wodan ihm auch bestimmt hatte, seine Ausbildung würde es ihm nicht abnehmen, und wenn der Sommer so weiterging wie bisher, durfte er in seiner Geschicklichkeit beim Kampf auch nicht einen Tag nachlassen.

Der Spätsommer war warm. Die Herden der Hunnen waren fett geworden, und Hagan hatte gemerkt, daß Attila häufig ausritt, um sich umzuschauen, als erwäge er, wieviel höher der Tribut sein sollte, den er für diese Erntezeit verlangen könnte.
Aufmerksam lauschte der Burgunder den Nachrichten der Boten und Sänger, die ab und zu die hunnische Halle aufsuchten, aber im Westen schien alles ruhig zu sein. Soweit bekannt, ging es Gundahari und seinem Volk gut, und wenn die Herbststürme nicht zu früh kamen, sah es nach einer der besten Traubenernten am Rhein seit Jahren aus.
Um so überraschter war Hagan, als Kisteeva eines frühen Abends an die Tür von Saganovas Schmiedewagen hämmerte und rief: »Hai! Khagan! Ein Burgunder steht am Tor und will nur mit dir sprechen!«
Saganova wischte sich mit dem nackten Arm ein paar verschwitzte schwarze Haarsträhnen aus der Stirn und sah auf die halbfertige Brosche in ihrer Zange. »Was kann das bedeuten?« fragte sie.
»Ich weiß nicht.« Hagan saß bereits Furcht in den Eingeweiden; der kräftigste Mann konnte plötzlich sterben, wenn er verdorbenes Wasser trank oder vom Pferd stürzte.
»Nun, dann geh und finde heraus, was er will. Danach komm wieder und erzähl es mir.«
Vor dem Tor des Frauenhags stand Folkhari und blickte zum dämmernden Purpurhimmel auf. Die Erntezeit stand bevor, und die Nächte wurden schnell länger. Ungeduldig vor sich hin summend, trat er von einem Bein auf das andere und scharrte dabei mit dem Fuß wie ein unruhiger Hengst. Als Folkhari aufsah, merkte Hagan erstaunt, daß seine Augen jetzt in gleicher Höhe mit denen des anderen lagen. Obwohl er schnell gewachsen war, überragte ihn Waldhari nach wie vor ein wenig, so daß Hagan sein eigenes Größerwerden gar nicht recht aufgefallen war.
»Hai, Hagan«, begrüßte ihn Folkhari. »Du siehst gut aus.«
»Du auch«, antwortete Hagan. Es war nicht mehr als die Wahrheit, denn

obwohl er weit geritten sein mußte, hatte der Skalde sich bereits gewaschen. Sein langes, goldenes Haar glänzte im Abendlicht, und der ordentliche, kurzgeschorene Bart unterstrich die feingeschnittenen Züge.
»Aber sag mir, was dich zu mir führt. Ist meine Sippe gesund?«
»Sie sind alle wohlauf. Du brauchst nicht um sie zu fürchten.«
»Und weshalb kommst du dann? Ich weiß, daß du die weite Reise von Worms zu Attilas Halle nicht unternommen hast, nur um mit mir Wein zu trinken.«
Folkhari hob lächelnd die hellen Brauen. »Es wäre kein schlechter Grund – aber dieses Jahr ist der Wein am Rheinufer besser, was dich erfreuen wird, wenn du wieder dort bist.«
Einige Herzschläge lang musterte Hagan den Sänger mit wachsamem Blick. Als dieser schwieg, fragte er: »Meinst du damit, daß du hier bist, um mich zurückzuholen?«
»Ich bringe Botschaft von Gundahari und Grimhild. Sie lassen dich wissen, daß sie Verträge mit dem fränkischen Fürsten Hludovech geschlossen haben. Er soll das Land im Norden und Westen von Gundaharis Reich in Gundaharis Namen regieren und dabei dem Rat des Hendings und seinen Verträgen mit den Römern folgen. Das Bündnis soll durch eine Heirat besiegelt werden.«
Hagan überlegte, was er von Hludovech wußte. Der Frankenfürst hatte zwei Töchter und einen Sohn; seine Frau war Christin, während Hludovech selbst sich wenig um Götter, gleich welcher Art, zu kümmern schien. Wenn seine Macht in den letzten beiden Jahren nicht ganz wesentlich zugenommen hatte, war er eigentlich ein viel zu unbedeutender Anführer, als daß sich die Heirat mit seiner Tochter für Gundahari lohnen konnte. Selbst Hildegund wäre, hätte Attila sie nicht für sich beansprucht, eine bessere Wahl gewesen.
»Gibt es denn so wenig Edeljungfrauen, daß mein Bruder und Grimhild es aufgegeben haben, nach einem Mädchen zu suchen, das würdig ist, Königin der Burgunder zu sein?«
Folkhari schüttelte den Kopf. Seine Lippen wirkten ein wenig verkniffen und blaß, als spreche der Sänger seine Worte nur widerwillig aus. »Es ist nicht Gundahari, der sie zur Frau nehmen soll. Auch wenn Hludovech beim Tod seines Vaters Männer und Land geerbt und seine Macht sich vergrößert hat, sucht der Hending nach einer besseren Partie. Nein, es ist deine Hochzeit, mit der deine Sippe das Bündnis besiegeln will. Hlu-

dovechs Tochter Kostbera steht etwa im gleichen Alter mit dir und soll sowohl hübsch als auch gebildet sein. Ich glaube, daß deine Mutter sogar noch mehr an ihr fand, denn sie nahm die Jungfrau lange mit in ihre Kammer, und als sie wiederkam, stand ihr Entschluß fest, daß ihr ein Paar werden sollt.«

Im Wald fing ein Kuckuck an zu rufen. Sein hohles Glucksen tönte klar durch das Klingeln der kleinen Schafglocken aus Messing auf der Wiese; weiter entfernt antwortete ein anderer. Die Hunnenkinder trieben Schafe und Rinder in die Pferche; ihre schrillen Rufe klangen fröhlich durch die warme Abendluft. Vom Hag herüber hörte Hagan die sanft ansteigenden und wieder fallenden Töne eines Wiegenliedes, das eine junge Frau sang.

»Ich wußte natürlich, daß es eines Tages geschehen würde«, sagte Hagan langsam. »Aber ich rechnete nicht damit, bevor meine Zeit hier abgelaufen war. Geh voraus zu unserem Haus, Folkhari, denn es gibt hier noch jemanden, mit dem ich sprechen muß.«

»Ich muß Attila die Nachricht bringen. Soll ich dich dann wieder hier abholen? Man hat mir gesagt, daß Männer den Hag nicht allein betreten dürfen, aber ich sehe, daß du es ungehindert tust.«

»Das liegt daran, daß ich ... von ihrem Sinwist lerne und sie mich für heilig halten«, erläuterte Hagan. Vielleicht gab es einmal eine Gelegenheit, wenn er mit Folkhari allein war, daß er dem Sänger mehr darüber erzählen konnte; jetzt war nicht die richtige Zeit.

»Aha. Nun, gewiß kann niemand behaupten, daß es dir an Männlichkeit fehlt, denn Gundahari ist überzeugt, daß es den burgundischen Kriegern guttun würde, wenn du mit ihnen kämpftest, sowohl deines starken Armes als auch der Dinge wegen, die du sie lehren kannst.«

»Besser wäre es, mich noch hier zu lassen, damit ich mehr lerne, aber ich sehe, daß es nicht sein soll.«

Folkhari legte ihm die Hand auf die Schulter. Hagan zuckte unter der fremden Berührung, aber der blonde Sänger verstärkte leicht seinen Griff und sah Hagan aus klaren blauen Augen an. »Deine Verwandten haben dich sehr vermißt, Hagan. Gundrun und Gundahari fragen sich oft, ob es dir gutgeht, und wünschen sich, du wärst wieder bei ihnen. Auch ich würde mich freuen; es wäre schön, die Taten, die mich zu meinen Liedern begeistern, selbst zu sehen und mit dir den Wein der neuen Ernte zu trinken.«

Hagan antwortete nicht gleich. Endlich fragte er: »Wann soll die Hochzeit stattfinden?«
»Zur Zeit der Winternächte.«
»Nun, das ist kein schlechter Zeitpunkt für eine Hochzeit. Dann sind alle Geister der Sippe versammelt und können sie segnen. Weißt du, welcher Gott oder welche Göttin in Kostberas Herzen den höchsten Platz einnimmt?«
Das Stirnrunzeln des Sängers grub im purpurnen Zwielicht dunkle Schatten in sein schönes Gesicht. Er scharrte mit den Füßen im hohen Gras, als wisse er nicht, ob er näher herankommen oder zurückspringen solle. »Obschon du Waldharis Freund bist, fürchte ich, daß diese Mitteilung dich nicht freuen wird. Man hat mir gesagt, sie sei eine Christin.«
Hagan schüttelte stumm den Kopf. Von dort, wo er stand, konnte er Vater Bonifacius' kleines Haus sehen, das dunkel unter den anderen Häusern stand. Auch wenn dort, wo der römische Priester seine Zeremonien für Hildegund und Waldhari abhielt, keine Kirchenglocken läuteten, hatte Hagan immer den Eindruck, ihren mißtönenden Nachhall in Vater Bonifacius' Stimme zu hören, wenn der Priester sang und betete. Und wenn der Burgunder den Schwarzrock oder sein Haus betrachtete, sah er jedesmal das seelenlose Holz des Stabes, der zur Julzeit seinem Stechpalmkranz den Eintritt in das Haus des Bischofs verwehrt hatte.
»Gewiß kann sie wenig Schaden tun«, murmelte Folkhari. »Sie hat ebensowenig eine Wahl wie du, und Grimhild hat unmißverständlich darauf hingewiesen, daß die Hochzeit nach der Sitte unseres Volkes gefeiert werden wird. Auch ist sie keine Frau, vor der man sich fürchten muß. Auf mich wirkte sie dünn und so schreckhaft wie ein Kaninchen, das hinter einem Fuchsbau wohnt, und wahrscheinlich wird sie von dir nicht mehr erwarten, als du ihr geben willst.«
»Wird sie mir Kinder gebären?«
»Deine Mutter nahm es an. Wenigstens scheinen Kostberas Hüften breit genug. Und sie ist nicht dumm, darum wird es dir keine große Last sein, mit ihr zu leben. Wie ich schon sagte, ist sie gebildet; sie kann gut Latein lesen und schreiben, was du vielleicht nützlich finden wirst, weil Gundahari viele solcher Schriftstücke erhält und beantworten muß.«
»Da man mich in dieser Sache nicht um Rat gefragt hat, wird auch wohl kaum jemand wissen wollen, was ich davon halte. Nein, weich nicht von

mir zurück. Ich bin nicht zornig auf dich – es wäre nur schön gewesen, du hättest mir bessere Nachrichten gebracht. Aber ich muß nun hineingehen, und du mußt Attila aufsuchen. Ich hoffe, du sitzt heute abend neben mir am Tisch.«

»Das will ich gern tun und, wenn du es erlaubst, Wein mit dir trinken, damit du ein wenig heiterer wirst.«

Hagan drehte sich um und kehrte in den Frauenhag zurück. Als er sich Saganovas Wagen näherte, wurden seine Schritte langsamer, und er zögerte so deutlich, daß ihm Kisteeva aus ihrem Wagen zurief: »Ai! Khagan, was fehlt dir? Komm her, und ich werde dir etwas brauen, das dich wieder stark macht.«

Hagan bog von seinem Weg ab und beschloß, sie um ihren Rat zu bitten. Als er Kisteeva erzählt hatte, was ihn bedrückte, schüttelte sie den Kopf und zischte durch die Zähne. Ihr altes Gesicht sah so zerknittert aus wie ein welkes Blatt am Ende des Sommers.

Schließlich meinte sie: »Warum zurückkehren, Khagan? Du hast deinen Platz in unserem Heer gefunden. Viele von den Goten, die an der Seite der Unseren kämpfen, haben die Heimat ihrer Geburt für immer verlassen. Wenn du fortgehst, muß deine geliebte Saganova sofort Rua heiraten, und die Frau, die deine Sippe für dich gefunden hat, ist gewiß nicht halb so gut wie sie – nein, nicht einmal ein Achtel so gut! Bist du nicht glücklich hier, und möchtest du nicht bei uns bleiben?«

»Ich wünschte, ich könnte es«, erwiderte Hagan. Er sah sich zwischen den Kissen und Teppichen in Kisteevas Wagen um, über die das milde Licht der Öllampe flackerte, und jäher Schmerz überwältigte ihn, qualvoll wie Heimweh, nur daß er hier war, alles sah und wußte, daß er nie wieder mit gekreuzten Beinen auf Saganovas Kissen sitzen oder Kisteevas herben Kräutertee trinken würde. »Wenn es irgend möglich wäre, würde ich bleiben. Aber es hat keinen Sinn; um meiner Sippe willen kam ich hierher, obgleich mich wenig danach gelüstete, und um ihretwillen muß ich nun zurückkehren.«

»Pah! Du bist weit fort von ihnen und einer der Krieger, die Attila am meisten schätzt. Was können sie dir schon schaden?« Kisteeva warf die vielen kleinen weißen Zöpfe in den Nacken und beugte sich so dicht zu ihm, daß er die saure Milch in ihrem Atem riechen konnte. Sie legte die ledrige Hand auf seinen Arm. »Nun will ich dir meinen Rat geben. Binde dein Haar zum Männerknoten und reite zum Tor des Hags. Wenn Saganova herauskommt, reiß sie hoch und reite, so schnell du kannst, mit ihr zum Wald. Sobald euch die anderen nicht mehr sehen können, seid ihr verheiratet. Sofern ihre Familie dann keinen Brautpreis verlangt, den du nicht zahlen kannst, ist alles gut. Und sie würde es nicht tun, denn niemand wäre froher als Saganovas Vater, dich in ihre Sippe aufzunehmen, während deine eigene zu fern ist, um dich zu töten.«

»Es ist nicht die Angst vor meiner Sippe, die mich zwingt, heimzukehren und nach ihrem Willen zu heiraten. Es ist, weil ... Ich kann meinen Bruder so wenig im Stich lassen wie ein Kind meiner eigenen Lenden; ich bin nur dazu auf der Welt, ihn zu bewachen und zu beschützen.« *Und auch wenn niemand den Namen meines Vaters nennen kann*, fügte er innerlich hinzu, *weiß doch jeder, daß mein Platz in der Halle der Gebicungen ist – und niemand besser als ich.*

»Wenn das der Inhalt deines Lebens sein soll, dann sollte man dich besser dafür belohnen als mit einer mageren, blassen Christenjungfrau. Doch wenn du schon eine Christin und Gotin heiraten mußt, warum nicht wenigstens jemand wie Hildegund, die als Braut selbst Khagan Attilas würdig ist?«

»Darum zu bitten hätte so wenig Zweck, als bäte ich, bei euch bleiben zu dürfen. Wenn meine Mutter gewählt hat, hat sie gewählt.«

Kisteeva stieß einen tiefen Seufzer aus. Die Luft entwich keuchend aus ihren alten Lungen, es klang wie das letzte Schnaufen eines Blasebalgs. Ihr Atem ließ die Flammen der Öllampen tanzen und große, flackernde Schatten an die Wagenwände werfen. »Ach, Khagan, so würde ich nicht an einem Sohn wie dir handeln. Welche besondere Gabe besitzt dein Bruder, daß du kein anderes Recht hast, als ihm den Steigbügel zu halten?«

»Er ist ...« *Er ist Gebicas echter Sohn*, dachte Hagan.

»Er ist von Frauja Engus gesegnet, dessen Glanz in ihm leuchtet, er ist der König, den unser Volk braucht, damit das Land fruchtbar bleibt und die Menschen freudig darin wohnen, unter dem Schutz seines Eberzahns. Auch ist unser Sinwist – unser Gyula – schon ein Jahr tot, und nur ich kann seinen Platz einnehmen.«

Wieder seufzte Kisteeva, und die faltige Haut ihrer Wangen sackte zusammen wie Segel in einer Flaute. »Sonderbar ist dein Volk, den Gyula heiraten zu lassen. Wäre es bei uns auch so, würde unser Gyula jede Nacht in diesem Wagen als Gatte bei mir sein. Noch seltsamer aber ist es,

dich einer Christin zu geben. Was kann dir das Gutes bringen? Weit besser wäre es für dein Volk und dich, wenn du Saganova heiraten und Söhne mit ihr zeugen würdest, denn eine Schmiedin ist immer auch ein halber Schamane, und eure Kinder würden große Macht besitzen.«
»Meine Sippe weiß nicht viel von dem, was ich gelernt habe«, gab Hagan zu. »Das war meine eigene Entscheidung – denn hier habe ich gesehen, wie die Burgunder einst lebten, mit einem von seinem Gott gesegneten Khagan, der noch immer aufmerksam den Worten der Götter und Geister lauscht, und das will ich meiner Sippe mitnehmen, damit sie an Macht und Weisheit gewinnt.«
»Ai. Nun, dann geh und sprich mit Saganova. Vielleicht kann sie dich ja umstimmen.«

Saganova stand da und starrte auf das Gold in der Glut ihrer Esse. Schweiß tröpfelte ihr vom Nacken und sickerte in die lederne Schmiedeschürze. Wie jedesmal traf die Hitze des Schmiedewagens Hagan wie ein Schlag ins Gesicht – als hätte er den Kopf in einen offenen Ofen gesteckt. Obwohl es kaum wärmer war als im Badehaus, kam es ihm weit schlimmer vor, vielleicht, weil er vollständig angezogen war, während Saganova nur ihre Schürze trug.
Er war so leise eingetreten, daß sie ihn nicht gehört hatte. Einen Augenblick stand er still und betrachtete ihren Rücken, die Weite des schweren ledernen Kleidungsstücks über ihren Hüften und seinen engen Sitz um ihre Mitte. Seit dem Schmieden von Attilas Talisman waren sie auch an anderen Abenden zusammengekommen. Saganova hatte ihm die Geheimnisse der Hunninnen ins Ohr geflüstert und ihn, selbst wenn sie ihn küßte, Schwester genannt. Hagan konnte sich nicht vorstellen, daß es mit einer Fränkin, geschweige denn einer Christin, so sein konnte – nicht, nachdem er die Umarmungen der Schmiedin kennengelernt hatte, die blaue Flecken hinterließen, und gesehen hatte, wie wilde Freude in ihren schrägen Augen funkelte, wenn er ihr aus der Schlacht die Amulette der Erschlagenen mitbrachte.
»Saganova.«
Sie fuhr nicht zusammen, als sie seine Stimme hörte, sondern nahm nur vorsichtig die Brosche aus der Glut und versenkte sie im Abkühleimer, wo sie sie festhielt, bis die Dampfwolke, die aus dem Wasser zischte, in die Höhe gestiegen war und sich auflöste. »Was gab es Neues?«

»Schlechte Nachrichten, fürchte ich, wenigstens für mich. Man hat mich verlobt, ohne mir eine Wahl zu lassen. Der Bote meines Bruders ist hier, um mich nach Hause zu holen.«
Saganovas Kinn war so fest wie Hagans eigenes. Ihre Augen wurden so schmal, als hätte sie den Kopf in den kalten Ostwind gedreht, aber in den dunklen Teichen sammelten sich keine Tränen. »Und wenn du gerufen wirst, mußt du gehen.«
»Ja.«
»Wenn es so ist, will ich nicht versuchen, dich zu halten. Es wäre schön gewesen, mit dir in den Hochzeitsring zu treten; aber ich wußte, daß ich dich nicht für immer haben würde.«
»Kisteeva hat mir gesagt . . .« Es war nur der schwache Schimmer eines Gedankens in Hagans Kopf, aber er klammerte sich daran, wie ein Kleinkind nach einem Sonnenstrahl greift, um ihn festzuhalten wie schweres Gold. »Sie sagte, wenn ich ans Tor des Hags ritte und dich entführte, wären wir verheiratet, sofern ich den Brautpreis bezahlte. Die Männer unseres Volkes dürfen mehr als eine Gemahlin haben; ich würde das Wort, das meine Sippe gegeben hat, dadurch nicht brechen . . . Wenn ich zur Pferdehaut ritte, das Haar im Kriegerknoten . . . würdest du zu mir herauskommen?«
In Saganovas Augen glitzerte es, und ihr harter Ausdruck zerschmolz wie Silber in der Hitze der Esse. Sie senkte den Kopf und sah auf den graugefleckten Stein ihres Ambosses – glattpoliert, mit ein paar Furchen und Vertiefungen, eingekerbt, wo sie ihre Metalle in verschiedene Formen hämmerte. »Ich würde es tun – könnte ich sicher sein, daß du nicht zu weit fortreiten würdest. Wolltest du im Lager der Hunnen bleiben, so spränge ich freudig zu deinem Roß und würde gern unsere Feinde verhöhnen, wenn wir zum Wald jagten. Doch wenn du weiterreiten wolltest . . . wenn du mich in ein Steinhaus brächtest, wo ich nur gotische Frauen als Freundinnen und Verwandte hätte, so kann ich dir nicht folgen. Wolltest du die Frau, die deine Sippe für dich wählte, hierher zu mir führen, so würde ich sie als zweite Frau annehmen und nichts Übles darin finden, solange wir miteinander auskämen, und sogar viel Gutes, würden wir echte Schwestern und Freundinnen. Aber wenn du mich zu ihr nach Hause mitnehmen wolltest . . . das kann ich nicht. Der Gyula hat mir Worte gesagt, auf die ich vertrauen muß. Ich sah etwas im Traum, in der Nacht, nachdem wir Attilas Zauber geschmiedet hatten.«

Sie sah wieder auf. Die Glut der Kohlen strahlte auf ihrem breiten Gesicht, und obwohl ihre Unterlippe ein wenig zitterte, lächelte sie. »Ein Ei fiel aus meinem Leib, und drei Küken schlüpften daraus. Das eine war ein Adler; er flog steil nach oben, so hoch, daß ich ihn nicht sehen konnte, aber ich hörte seinen Schrei über mir. Die beiden anderen waren Falken, ein heller und einer mit rötlichem Gefieder. Sie flogen eine Weile zusammen, der Helle über dem Roten; dann aber schwang sich der Rote auf und zerriß seinen Bruder. Und die rötlichen Federn wurden zu Flammen, und der Falke schwenkte nach Westen und verbrannte unter sich das Land. Ich konnte den Adler nicht sehen, aber immer noch hören, und ich wußte, daß es sein Ruf war, der dem Falken sagte, was er tun sollte, und seine Macht, die den Falken vom Himmel aus schützte. Da erwachte ich und fühlte, wie Federn mein Gesicht streiften, und ich wußte, daß der Adler mich berührt hatte.
Diesen Traum erzählte ich dem Gyula, und er saß eine Weile da und sang in den Rauch, und als er fertig war, deutete er mir meinen Traum. Drei Söhne werde ich gebären. Der zweite wird von geringem Wert sein, wenn auch eine Zeitlang mächtig; das ist der helle Falke. Der jüngste wird unser Volk zu allem führen, von dem Attila jetzt träumt, er wird die Geißel der römischen Völker und ihres üblen Glaubens sein; das ist der rötliche Falke mit den brennenden Flügeln. Aber der älteste wird der größte aller Schamanen sein; er ist der Adler, den ich sah, ein Vogel von anderer Art als die beiden Falken, wenngleich aus demselben Ei geschlüpft. Und obwohl wenige erkennen werden, was er tut, oder sich später an ihn erinnern können, weil er stets im Verborgenen wirkt, wird es doch seine Weisheit sein, die den rötlichen Falken zum Gipfel führt. Und deshalb muß ich, was auch geschieht, bei meinem Volk bleiben; deshalb kann ich nicht mit dir gehen, auch wenn ich es tun würde; ich muß bleiben, und wenn du mich verlassen mußt und nicht zur Frau nehmen kannst, dann muß ich Rua heiraten.«
Eiskalt überlief es Hagan, als er Saganovas Traum hörte. Ihre Worte klangen wie das Echo aus einem tiefen Brunnen, als raune ihre Stimme dunkel aus hohlen Steinen und stillem Wasser.
»Ich weiß, daß du wahr geträumt hast«, stieß er heiser hervor. »Ich werde meine geliebte Schwester vermissen, wenn ich wieder bei den Burgundern lebe.«
»So wie ich die meine. Ai, hart wird es dich ankommen, bei Fremden zu

sein, die den Weg des Schamanen nicht kennen wie wir; noch härter, wenn dich Menschen umgeben, die dem Glauben der Römer anhängen. Hildegund hat mir mehr darüber erzählt, als mir lieb ist, und ein übler Glaube erscheint es mir, wie wir selbst gesehen haben, als wir mit ihren Toten Umgang hatten.«

Hagan wußte nicht recht, ob er es ihr sagen sollte oder nicht, aber schließlich antwortete er: »Wenige der Unseren sind Christen, Saganova. Aber das ist von allem fast das Ärgste: die Frau, mit der man mich verlobt hat, ist eine von ihnen.«

Saganova schlang die Arme um ihn und preßte ihn so lange, wie er sich halten ließ, an ihre ledergepanzerte Brust. Er freute sich über ihre Kraft, denn er wußte, daß er nie fürchten mußte, ihr weh zu tun, und auch, daß sie sich selbst sehr gut schützen konnte und er sich nach seiner Abreise nicht um sie zu sorgen brauchte, denn ihr Los stand fest.

Hildegund wartete bereits am Pferdehauttor und trat von einem Fuß auf den anderen. Sie warf den hellen Kopf mit der Krone aus Flechten zurück und lüftete ab und zu die Pferdehaut, um zornig nach draußen zu blicken.

»Wo bist du gewesen?« fragte sie scharf, als sie Hagan sah. »Die Abendmahlzeit wird längst angefangen haben.«

Hagan war nicht in der Stimmung, ihr eine passende Antwort zu geben. Er hob lediglich das Torleder und führte sie hinaus.

»Ist etwas nicht in Ordnung?« fragte die Suebin mit sanfterer Stimme. Sie blieb stehen und sah mit hellgrünen, glitzernden Augen zu Hagan auf, und obwohl er wußte, daß sie wenig Neigung für ihn hegte, glaubte er etwas von Gundruns besorgtem Blick in ihrem Ausdruck zu erkennen. »Ich hörte, daß ein Bote zu dir gekommen ist.«

»Es ist nichts, über das du dir den Kopf zerbrechen müßtest«, erwiderte Hagan. »Aber ich werde bald nach Hause gehen.«

»Oh, wie froh mußt du sein.« Kein Anflug von Spott verhärtete ihre weiche Stimme. Hagan kam es sogar vor, als sähe er ihr Kinn leise beben.

»Das Leben hier bedeutete mir keine Last, Hildegund.«

Den Rest des Weges zur Halle legten sie schweigend zurück. Hagan sah wohl, daß der grüne Blick der kleinen Suebin noch mehrmals von der Seite zu ihm herüberhuschte, aber immer, wenn er sie anschaute, wandte

sie rasch die Augen ab. Er wußte nicht, was in ihr vorging, dachte aber, wenn es sie so tief berührte, daß eine andere Friedgeisel nach Hause zurückkehrte, standen die Dinge nicht gerade günstig für Attila.
Noch unglücklicher als Hildegund würde Saganova sein, käme sie mit mir, dachte er. Der Gedanke stimmte ihn nicht fröhlicher, machte ihm aber auch das Herz nicht schwerer.
»Hai, Hagan«, begrüßte ihn Waldhari, der schon auf der Bank saß, sobald Hagan in Hörweite gekommen war. »Folkhari brachte mir die Nachricht – findest du sie gut oder schlecht?«
»Ich hatte Übleres befürchtet.«
»Das ist nichts Neues, so denkst du immer. Aber bist du nicht froh, deine Heimat wiederzusehen, die Nebel am Rhein, von denen du mir so liebevoll erzählt hast?«
Hagan stockte das Herz in der Brust. Ja, er sah wirklich den großen Strom vor sich, wie er an Worms vorbeifloß, noch dunkel im ersten Licht der Sonne, sah die silbrigen Nebel, die wie Wolken gefrorenen Winteratems von ihm aufstiegen. Die Stimmen, die er seit seinem Abschied vom Rhein kaum noch gehört hatte, schienen wieder lauter zu werden. Aber ebenso laut klang der Amboß, auf dem Saganova ihr Gold schmiedete, und er hörte das leise Singen des Gyula und erinnerte sich an die Lieder, die hell aus Waldharis Kehle flossen. Ihm war zumute, als ziehe man ihm die Gedärme in die eine, den Körper in die entgegengesetzte Richtung, und er wußte nicht, wohin er wollte oder wie er alldem ein Ende setzen sollte.
»Ob ich froh bin oder nicht«, seufzte er, »es wird wohl nicht anders gehen. Es sind schwerwiegende Dinge, vor die ich da so plötzlich gestellt worden bin. Nach dem, was mir Folkhari sagt, scheint mir Kostbera eher eine Braut für dich als für mich zu sein.«
»Allerdings. Ich schaudere bei dem Gedanken, daß man eine Christin in dein Bett zerrt.« Waldharis Lachen linderte die Pein seiner Worte, wie Flußschlamm einen Bienenstich kühlt. »Ach, Hagan, es wird schon nicht so schlimm werden. Folkhari sagt, daß die Maid, die deine Mutter für dich gewählt hat, viele Vorzüge besitzt. Jedenfalls aber«, fügte der Franke hinzu, und sein offenes Gesicht war plötzlich wieder so ernst, als hätte er sich einen Helm aus kaltem Eisen auf den Kopf gesetzt, »scheint mir, daß meine Sorgen nicht geringer sind als deine: denn wenn du gegen deinen Willen heiraten sollst, so muß ich gegen den meinen ledig

bleiben und sehen, wie die Frau, die ich liebe, einem Mann zur Ehe gegeben wird, den ich . . . nicht liebe.«

Hagan blickte vorsichtig über den Tisch. Aber Attila unterhielt sich mit Folkhari, der hinter ihm stand, und Hildegund goß ihnen Wein ein.

Wenn ihre Ohren nicht schärfer waren, als Hagan annahm, konnten weder der Hunne noch die Suebin Waldharis Worte gehört haben.

»Wenn du nicht besser aufpaßt«, sagte Hagan ganz leise, »wirst du diesen Tag gar nicht mehr erleben. Ich wehre mich nicht gegen das Unvermeidliche, denn ich weiß, was für die, an denen mein Herz hängt, das Beste ist; du tätest gut, meinem Beispiel zu folgen.«

»Ich würde es tun, wenn ich könnte«, erwiderte Waldhari, und seine Stimme war kaum mehr als ein Flüstern. »Aber die Frau ist aus der Rippe des Mannes geschaffen, und Gott schuf sie füreinander; ich habe die gefunden, die meinem Herzen am nächsten liegt.«

Von ihrem Platz aus konnte Hagan nicht sehen, ob Waldharis klare Augen auf Hildegund selbst, die mit dem Krug herumging, oder auf einen Fleck über ihrem Kopf blickten und dort den Rat seines Gottes suchten, wie immer er lauten mochte. Aber diese Frage schien ihm unwichtig, und darum antwortete er: »Wenn du so töricht handelst, wirst du, was deinem Herzen am nächsten liegt, bald deutlicher sehen, als dir lieb sein kann. Viel lieber aber möchte ich dich lebendig und ledig sehen, als deiner Leidenschaft zum Opfer gefallen; wenig Gutes gewinnt man durch solchen Tod.«

Aber Waldhari schüttelte nur den Kopf und starrte weiter Hildegund an. Im selben Augenblick fiel Attilas Blick auf ihn und Hagan, und der Burgunder fühlte ein merkwürdiges, heißes Erbeben, ein Erbeben, das wie ein Nachhall des Zaubers war, mit dem sie das Amulett des Khans geschmiedet hatten, jenen Talisman, der ihn gegen den Zauber von Christen und Frauen schützen sollte . . . und gegen alles, das ihn schwächte und daran hinderte, Hildegund für sich zu gewinnen. *Der königliche Hengst will Waldhari zertreten*, dachte Hagan, *er wittert einen anderen Hengst bei seiner Stute.* Und tatsächlich sah der Burgunder durch die Spalten von Attilas halbgeschlossener Faust Gold glitzern – der Hunnenfürst hielt sein Amulett fest, als wollte er seine Macht gegen seinen Rivalen anrufen. Waldhari schien freilich unberührt davon, was nur gerecht war, denn er übte keinerlei Zauberkunst, nicht einmal die der Christen, und hatte sich Attila niemals feindlich gezeigt. Trotzdem blieb Hagan besorgt. Wie sollte das alles weitergehen, und was würde geschehen, wenn Attila den Franken noch länger mit seinem Haß verfolgte? Der Gedanke genügte, ihn von seinem eigenen Schicksal abzulenken, denn Heimkehr und Hochzeit waren weit leichter zu ertragen als die verschiedenen Todesarten, mit denen die Hunnen diejenigen bestraften, denen sie übel wollten.

»Aber ich wünsche dir alles Gute für deine Hochzeit und viel Glück in der Ehe«, sagte Waldhari und hielt Hagan seinen roten römischen Becher entgegen. »Mögest du die Freude darin finden, die ich mir für meine Wünsche, und in gutem Frieden mit deiner Frau leben, auch wenn sie einem anderen Glauben anhängt, so wie du und ich guten Frieden miteinander gefunden haben.« Er trank langsam und tiefer, als seine Gewohnheit war. Ein paar Tage vorher hatte er angefangen, sich einen Schnurrbart wachsen zu lassen. Nun hingen ein paar winzige Weintropfen an den braunen Haaren seiner Oberlippe und glänzten so rot wie Tau bei Sonnenaufgang.

»Hoffentlich. Es war schön, mit dir zusammenzuwohnen.«

Nur zwei Tage später fand Hagans Abschiedsfest statt. Er hätte noch etwas länger bleiben können, sah aber keinen Anlaß dazu. Die Abreise zu verzögern, so fand er, brachte nur Kummer, und je eher er nach Hause kam, desto eher konnte er dort seine Arbeit aufnehmen. Als er abends in die Halle kam, erkannte er staunend, wie hoch sein Ansehen in den Augen der Hunnen war: an der linken Seite des Herrentisches waren, ein gutes Stück von allen anderen entfernt, mehrere zusätzliche Tische aufgestellt, und davor stand Kisteeva und wies den anderen Frauen ihre Plätze an. Hagan hatte die Hunnenfrauen ihren Hag verlassen sehen, um nach der Schlacht ihre Männer zu begrüßen, nie aber zu einem Abschied.

»Ai, du bist wirklich hoch geehrt«, sagte Rua, der neben ihm saß. Der junge Hunne war so prächtig gekleidet, wie Hagan ihn noch nie gesehen hatte. Sein rotes Filzwams glitzerte von grüner und blauer Stickerei, und er war von oben bis unten mit goldenen Ringen und Ketten behängt, als versuche er, die Beute eines ganzen Jahres am Körper zu tragen. Der glänzendschwarze Haarknoten roch nach frischer Butter und süßen Kräutern, und auch die gelbliche Haut war mit Butter eingerieben wor-

den, bis sie glänzte. Er klopfte Hagan so kräftig auf die Schultern, als hätte nicht fast ein Jahr lang kaltes Schweigen zwischen ihnen geherrscht. Obwohl Hagan sich längst ohne Mühe auf hunnisch unterhalten konnte, sprach Rua weiter in seinem gebrochenen Gotisch. »Zuletzt wir lassen Frauen so hinausgehen, wenn wir Thioderik empfangen, als er mit Hildebrand zu uns kommt. Ich damals kleines Kind, aber gut erinnern. Nur beste Helden bringen Frauen aus ihrem Hag, und du ja jetzt wieder Mann.« Er lachte, ein spitzes Kichern. »Du keine Sorgen machen um Saganova, auch wenn ihr jetzt Schwester fehlen. Ich gut zu ihr – auch zu Kindern, wenn Kinder kommen.«
»Darauf verlasse ich mich.«
»Ai, gute Nachricht von Attila. Ich jetzt große Kriegerschar im Osten führen, ganzes östliches Heer. Vor einem Jahr niemand denken, unsere Knabentruppe sich so tapfer schlagen, nein?«
»Nein.« Hagan hätte gern gewußt, ob Saganova Rua von ihrem Traum erzählt hatte, aber es war ihm klar, daß er kein Recht hatte, davon zu sprechen. Ob der junge hunnische Anführer der Vater des ersten Kindes der Schmiedin oder überhaupt ihrer Kinder sein würde ... das mochten die Götter und Geister wissen; Hagan würde es nie erfahren.
Saganova beobachtete sie. Ihr Gesicht war gelassen wie ein Katzengesicht, die Hände lagen artig gefaltet im Schoß. Das seidenverbrämte Filzhemd stand ihr weniger gut als die Schmiedeschürze, fand Hagan. Das seidene Gürtelband ließ den Magen leicht hervortreten und die Brüste unbequem schwer wirken. Trotzdem war sie eine schöne Frau, mit ihren starken Armen, geschmückt mit dem Gold, das sie selbst geschmiedet hatte, und dem langen schwarzen Haar, das über dem goldenen Kopfputz zu einer kunstvollen Krone geflochten war.

An diesem Abend gab man Hagan den Ehrenplatz zur Rechten Attilas, mit Thioderik auf seiner anderen Seite. Die Goten brachten Trinksprüche auf ihn aus, und ab und zu trat Folkhari vor und sang von seinen Taten. Das alles gefiel Hagan gut; aber am meisten rührte es sein Herz, als Waldhari aufstand, sich so drehte, daß er Hagan und die meisten in der Halle Sitzenden sehen konnte, und ein Lied sang, das Hagan noch nie gehört hatte – ein Lied des Blutsbruders für den Blutsbruder.

»Traurig die Trennung,
Bester der Brüder.
Fett der Mächtigen,
kehrte dein Schwert,
ungesättigt niemals zurück,
dein blutiger Bogen.«

Prinz der Burgunder,
Vom Blut der Gefallnen,
Fleisch großer Männer,
wie das König Sauls,
noch ohne Schuß

Da dachte Hagan, daß er weinen würde, wenn er nur könnte, denn Waldharis gebräuntes Gesicht war blaß im Schein der Fackeln, und seine Augen waren groß, und der Blick, mit dem der Franke zum Platz seines Freundes am Herrentisch aufsah, glich dem, den er oft auf Hildegund richtete, dem Blick eines Dachses, der aus seinem dunklen Bau kriecht, um die aufgehende Sonne zu bewundern.

noch Dunkel des Todes,
trennten bisher uns,
Stärkrer als Löwen.
ist freudevoller
Nun wünscht dir Waldhari
wenn heimwärts du hastest,
Wie fielen die Helden
Gundahari wartet
Geh freudig zu ihm,

»Nicht Schlachtengetümmel
treuester Trauter,
du Schnellrer als Adler,
Unsere Liebe
als Frauenliebe.
geschwinde Wege,
Hagan, mein Bruder.
furchtbar im Streite!
an Gebicas Bahre.
fahr nun in Frieden.«

Hagan rieb sich die kleine harte Narbe am Arm, aus der sein Blut geflossen war, um sich mit Waldharis Blut zu mischen. Ein Jahr, in dem sie einander auf dem Schlachtfeld geschirmt hatten, wo immer es möglich war; ein Jahr, in dem sie lange Nächte zusammengesessen und getrunken, die Wälder durchstreift und im Badehaus geschwitzt, den Wert ihrer Gefährten an den alten Sagen der Stämme und den Geschichten aus Waldharis südlichen Büchern gemessen hatten . . .
Als Waldhari an den Tisch kam, hob Hagan das Horn. »Ich würde dir einen Ring für dein Lied schenken, wenn du ihn nehmen wolltest, aber du trägst ja selbst die kaum, die du schon besitzt. Wärst du kein Fürstensohn, könntest du gut dein Auskommen als Skalde finden; das war mindestens so gut wie Folkharis Verse.«

»Ich will dir deinen schönen Ring nicht abnehmen, denn du schmückst dich so gern«, entgegnete Waldhari lächelnd. »Aber das Lob für meine Worte gebührt mir nicht allein. Ein König der Hebräer hat sie einst gesprochen. Ich habe sie nur in unsere Zunge übersetzt; sie stammen aus dem heiligen Buch der Christen, und du mußt zugeben, daß es doch etwas Wertvolles enthält.«
»Zumindest ist das wertvoll, das du daraus gemacht hast . . . das will ich gern gestehen und nochmals das Horn darauf erheben.« Hagan trank.
»Wenn du meinen Ring nicht nehmen willst, sollst du trotzdem ein Abschiedsgeschenk von mir haben. Von der letzten Ernte ist noch ein halbes Weinfaß übrig, das du auf mein Andenken leeren sollst.«
»Sag lieber, auf deine Gesundheit. Ich hoffe, ich werde noch eine ganze Weile nicht auf dein Andenken trinken müssen.«

Unter den hunnischen Männern entstand Unruhe. Es gab ein Scharren und Tuscheln. Schließlich erhob sich Rua, trat vor den Herrentisch und berührte vor Attila mit der Stirn den Boden.
»Großer Khan!« rief er. »Ich erbitte deinen Segen für die Worte, die ich sprechen möchte.«
»Du hast meinen Segen.« Attila winkte der Halle Schweigen. »Sprich deine Worte.«
»Großer Khan, du hast mich mächtig gemacht. Du hast mich zum Anführer deines östlichen Heeres ernannt. Aber ein Khagan braucht eine Khatun, die seinen Wagen in Ordnung hält, ihm Kinder schenkt und den Göttern und Geistern Gaben in die Jurte stellt. Ich habe meinen Wert bewiesen; ich besitze . . .«
Nun führte er eine lange Liste auf, wie viele Schafe und Rinder er in den letzten Jahren gewonnen hatte, was für ausgezeichnete Zuchttiere sie waren und von wem sie stammten, wie viele Pferde aus welchen Blutlinien ihm gehörten und wieviel Gold er sein eigen nannte. Endlich schloß er: »Nun siehst du, daß ich ohne Schwierigkeiten den Preis für die Braut bezahlen kann, die ich mir wünsche, auch wenn ihr Wert hoch angesetzt ist, weil sie eine starke und kluge Khatun ist, die beste Schmiedin des Stammes. Khan Attila, ich möchte Saganova zum Weib nehmen, und heute soll unser Hochzeitsfest sein.«
Attila saß da, das Kinn auf die Faust gestützt, und sah auf den jungen Hunnen. Der Schaffellmantel des Khans verdeckte seinen Körper. Hagan

mußte an die vor dem Zelt des Gyula aufgespannte Pferdehaut denken, Kopf und Hufe noch unversehrt, der Rest aber nur dunkle Falten leerer Haut, wenn auch erfüllt von der furchtbaren Macht der Geister und gefährlich zu berühren.

»Du hast die Zeit gut gewählt«, sagte der Khan. »Das Ende des Sommers ist nicht mehr weit. In vielen Kämpfen ist dein Reichtum gewachsen, und deine Herden sind fett geworden. Wenn die Sippe der Jungfrau einverstanden ist und du den verlangten Preis bezahlen kannst, so soll dies dein Hochzeitsfest sein, und du darfst heute nacht in ihren Wagen gehen.«

Nun stand Saganovas Vater Saganov auf und trat vor, um neben Rua zu knien und Attila den Brautpreis zu verkünden. Obwohl dieser hoch war, fand Hagan nicht, daß der ältere Hunne zuviel für seine Tochter forderte. Er hätte mehr vermutet; aber es war offensichtlich, daß Saganovas Sippe die Heirat billigte. *Ich hätte den Preis bezahlen können,* dachte er, *und sogar einen noch höheren.*

Rua mußte vorher gewußt haben, was von ihm erwartet wurde, denn schon brachten seine Freunde das Gold und die gekerbten Stäbe, die Pferde von unterschiedlichem Wert und Dutzende von Schafen und Rindern bedeuteten, damit sie der Bräutigam seinem neuen Schwiegervater überreichen konnte.

Als der Handel besiegelt war, erhob sich auch Attila und warf den zottigen Pelz ab. Das Gold, mit dem er behangen war, klirrte und blitzte. Er war nicht so prachtvoll geschmückt wie Rua, trug aber ein Wams, das ganz aus blutroter, östlicher Seide genäht war.

»Das Ende des Sommers naht«, rief er mit lauter Stimme, »und unsere Herden sind fett, unser Reichtum ist im Kampf groß geworden. Nun können die Alten von den Jungen lernen; gut dünkt mich die Rede dieses jungen Mannes. Ein Khagan, so sagt er, braucht eine Khatun. Ich aber lebte allein, während mein Sohn heranwuchs, traute auf Männerkraft statt auf Frauenflüstern. Zwar ist mein Sohn tot, doch mein Geschlecht nicht am Ende – Götter und Geister haben mir verkündet, daß ich neue Söhne zeugen muß, damit der Adler der Steppe seine Schwingen noch weiter ausbreiten kann ...«

Hildegund wagte nicht, auch nur durch die kleinste Andeutung zu verraten, was sie dachte. Unter dem Tisch ballte sie die Fäuste, als wollte sie

ihre zitternde Furcht packen wie eine Schlange. Sie sah zur Seite und versuchte, Thioderiks Blick aufzufangen und herauszufinden, ob darin noch Hoffnung für sie lag. Aber der Gote sah starr über ihren Kopf weg auf Attila. Waldhari konnte sie überhaupt nicht sehen, weil sie durch Thioderik und Hagan von ihm getrennt war. *Jetzt gibt es keine Hoffnung mehr*, dachte sie. *Man wird mich in Attilas Bett legen, und ich muß aus dem, was Gott für mich beschlossen hat, das Beste machen.*
Die schweren Muskeln des Hunnen bewegten sich geschmeidig unter dem Seidenwams, als er das Schwert des Kriegsgottes zog und hoch über den Kopf hielt.
Wie ein warnendes Feuer schienen dunkle Blitze von ihm auszugehen und in die Halle zu funkeln, Spiegel des schwarzen Glanzes in Attilas Augen.
»Aus Tod muß neues Leben entspringen, damit immer wieder neue Krieger über das weite Feld reiten«, intonierte er leise, und seine Stimme sank zum Grollen fernen Donners herab. Ein Schauer lief über Hildegunds Rückgrat, als ihr Kisteevas Worte einfielen: *Es ist, als schliefest du mit einem Frühlingsgewitter.*
»Nun habe ich mir meine Braut gewählt«, fuhr Attila fort. »Eine Khatun holte ich mir aus dem Westland, damit sie meinen Wagen bei den Hunnen versorgt und den Goten in meiner Halle den Trunk kredenzt und freundlich mit ihnen redet. Obwohl ihre Sippe nicht anwesend ist, um für sie zu sprechen, sitzt ein Mann in dieser Halle, der ihnen als Bote meine Worte überbringen kann. Tritt vor, Folkhari.«
Der blonde Sänger gehorchte. Wie die Hunnen kniete er vor Attila nieder. »Heil, mächtiger Khan! Gern will ich der Sippe der Jungfrau deine Botschaft bringen. Doch sie sind bereits einverstanden, daß du den Brautpreis bezahlst. Und das verlangt Gundorm für seine Tochter: das Gewicht der Geschenke, die du ihm gabst, als du sie zur Pflege nahmst, doppelt in Gold. Gundorm aber hat dem Hending Gundahari, dessen Mann und Bote ich bin, den Treueid geschworen, so daß ich hier und heute für ihn sprechen kann.«
Attila lächelte, das Zähnefletschen eines Wolfs, der gleich zuschnappen wird. »Der Suebe schätzt den Wert seiner Tochter nicht so hoch, wie er es tun könnte. Ich werde nicht nur die zweifache, sondern die vierfache Summe bezahlen und wünsche, daß der Vater meiner Gemahlin guten Gebrauch davon macht, um das Land zu vergrößern, das seine Tochter

einmal erbt und wo sie und ich dann unseren westlichen Wohnsitz nehmen werden.«

Auf einen Wink von ihm schleppten zwei Hunnen eine kleine Truhe herbei und öffneten sie, so daß alle die rötlichen Ringe geschmiedeten Goldes darin sehen konnten. Freilich wußte Hildegund, wie reich die Hunnen waren und wieviel Tribut ihnen zufloß, sowohl von den Bewohnern der Länder, auf die Attila Anspruch erhob, als auch von den Völkern der Grenzgebiete, die seine Überfälle fürchteten. Das und noch mehr hatte ihr Thioderik erzählt. Attila bezahlte für sie nur so viel, wie er geben mußte, damit sie in den Augen der Hunnen wertvoll genug schien, und nach dem, was er selbst sagte, betrachtete er dieses Gold nicht als verloren; vielmehr kaufte er sich damit Gundorm als Vasallen, damit er wie ein Haushofmeister seine Halle auf den Tag vorbereitete, an dem der Fürst Einzug halten wollte. Hildegund sah schon die Wagen der Hunnen in die Burg ihres Vaters rollen und die dunklen Pferdeopfer des Gyula neben Gundorms kleiner Steinkirche aufgerichtet. Ihre Augen füllten sich mit Tränen; so würde ihr die Heimat doppelt verloren sein. Aber sie zwang ihre Lippen zu einem kleinen Lächeln, damit jeder dachte, sie weine nur die Freudentränen einer frischverlobten Braut.

»Folkhari, Gundaharis Mann, der an Gundorms Stelle steht! Diese Botschaft gebe ich dir für Hildegunds Sippe. Obwohl ich sie mit Freuden sofort zur Frau nehmen würde, rät mir Thioderik, noch ein Jahr zu warten, bis meine Braut die Bräuche der Hunnen noch besser kennt und mir stärkere Kinder schenkt, wenn man sie in mein Bett bringt. Doch trotzdem will ich schon heute den Verspruch besiegeln, und Hildegund soll keine Friedgeisel mehr sein, sondern als meine Verlobte angesehen werden. Darum will ich jetzt die eine Hälfte des Goldes bezahlen und die andere in einem halben Jahr, zum Zeitpunkt unserer Hochzeit, im Glanz der Sommersonne, unter den fetten Herden im hohen Gras.«

Er sagte noch mehr, aber Hildegund hörte es nicht. Alles Blut schien aus ihrem Körper gerauscht zu sein wie ein Sturzbach vom Felsen, und sie fühlte sich so schwach und schwindlig, daß sie kaum aufrecht sitzen konnte. Christus in seiner Gnade hatte sie errettet, wenigstens für eine kurze Zeit – Zeit, in der sie sich, wenn sich kein anderer Ausweg fand, an Attila gewöhnen und sich auf die Hochzeit vorbereiten konnte.

Als Attila die Verlobung verkündete, griff Waldhari nach Hagans kalter Hand. Obwohl er nicht dazu neigte, den Burgunder zu berühren, brauchte er jetzt doch einen Menschen, an den er sich halten konnte, jemanden, von dem er wußte, er würde ihn nicht loslassen und nicht dulden, daß die aufs äußerste gespannten Muskeln seines Armes die Hand zum Schwertgriff zogen oder der Schrei hervorbrach, der ihm in der Kehle steckte. Hagan erwiderte den Händedruck hart und sah ihm fest in die Augen. Waldhari wußte nicht, ob der Burgunder ihn zurückhalten oder ihm sein Mitgefühl ausdrücken wollte; denn als Rua seine Schmiedin für sich gefordert hatte, hatte Hagan keinerlei Regung gezeigt. Es war eine kleine Gnade für Waldhari, daß er Hildegund nicht sehen und darum nicht feststellen konnte, ob sie unter den dichten Sommersprossen bleich vor Furcht geworden war oder ob sie freudig lächelte und bewundernd auf den mächtigen Körper des Hunnen blickte, während er das Schwert hob.

Warum, mein Gott, hast du es so gefügt? fragte Waldhari stumm. Er sah auf das schwarze Schwert des Kriegsgottes, die barbarische Stärke und das dunkle Gesicht des in Seide gekleideten Hunnen und hatte das Gefühl, alle Wildheit der Philister, dieses stolzen und prahlerischen Volkes riesenhafter Krieger, sei in Attila zu neuem Leben erwacht und es sei nicht der gerechte und barmherzige Christus, der hier regiere, obwohl doch Hildegund und er so oft den Leib und das Blut nahmen, sondern der Gott des Alten Testamentes, jener strenge Richter, der von Abraham das Leben seines eigenen Sohnes forderte und Israel seinen Feinden vorwarf, wenn das Volk von ihm abfiel. Und mehr noch: Attilas Gold kaufte Hildegund, wie einst seine eigenen Brüder Joseph für Gold verkauften. Und obwohl Gottes Wille die Stämme Israels am Ende in das Land der Verheißung geführt hatte, war der Weg dorthin hart und dornenvoll gewesen.

Und doch streckte Davids Schleuder den Philister nieder, dachte Waldhari. Das Feuer, das vor dem Herrentisch brannte, malte Attilas Schatten an die Wand, so hoch, daß er die ganze Halle überragte und alle darin verdunkelte. Aber der Gedanke an David war Waldhari ein Trost, und die Worte der Psalmen stärkten seine Seele.

Hagan drückte Waldharis Hand fester, als fürchte er, der Franke könne sich ihm entziehen, denn nun stand Hildegund auf und trat an Attilas Seite. Obgleich sie den Friedgeiseln den Rücken zukehrte und Waldhari nur die gewundenen Flechten sehen konnte, die ihren Kopf schmückten wie eine Krone aus rötlichem, dickem, gedrehtem Gold, erkannte er, daß ihre festen Schultern unter der dünnen Hülle des hellblauen Mantels bebten, als sie die Arme ausstreckte und Attilas Hände ergriff. Der Jubel von Goten und Hunnen brauste in Waldharis Ohren wie Sturm, der das Schilfrohr schüttelt, und riß den Schrei mit, der nun endlich aus seinem Mund brach.

An den Rest des Abends erinnerte er sich kaum. Er wußte, daß Saganova und Rua miteinander getanzt hatten, umringt von einem Kreis von Hunninnen, die ihre eigenartig klagenden Lieder sangen und mit den Füßen den Takt stampften. Dann hatten die hunnischen Männer einen wilden Kriegertanz aufgeführt, gefolgt von einigen Goten, die noch die alten Schwerttänze aus einer Zeit kannten, als ihr Volk noch nicht die Taufe der Arianer genommen hatte. Obwohl es Waldhari sonst nicht lag, seinen Kummer im Wein zu ertränken, hatte das Fest doch sehr lange gedauert und er selbst Hagans Trinksprüche beantwortet und viel mehr getrunken, als es seine Gewohnheit war.

Darum hinderte ihn nun ein sanfter, summender Schwindel am Schlafen, und nach einer Weile zog er die Hosen wieder an, verließ das Haus und ging hinaus, um sich in der kalten Nachtluft zu ergehen.

»Hai, Waldhari«, grüßte ihn eine Stimme. Der Mond war schon untergegangen, und in der Dunkelheit konnte Waldhari den Sprecher nicht erkennen. Er sah nur den Schatten einer schlanken Gestalt im hunnischen Umhang. Vorsichtig glitt seine Hand zum Schwertgriff, bis ihm klar wurde, daß er die Klinge gar nicht bei sich trug. Er hatte nur sein Gürtelmesser.

»Wer spricht da?«

»Ugruk ... von jungen Kriegern ... du einmal bei uns kämpfen. Erinnern an mich?« Die Stimme sprach gebrochenes Gotisch.

»Ja, ich erinnere mich ... Bolkhoevas Geliebter.« Waldhari hatte mehr als genug über den jungen Krieger gehört, wenn er und Hagan bei Hildegund und Bolkhoeva saßen, denn das Hunnenmädchen brachte kaum einen Satz heraus, in dem nicht sein Name fiel.

»Nicht sagen Geliebter! Wir können nicht heiraten. Tod für beide, wenn zu frei ... ich zeigen dir etwas.« Der Hunne zupfte Waldhari am Ärmel und führte ihn zum Hag der Frauen. Sie gingen auf die zur Straße gelegene Seite. »Hier keine Zelte«, flüsterte Ugruk. »Dunkle Nacht ...

nichts sehen. Leicht über Zaun. Ich denken, du auch Frau dort sehen wollen?«
Ein kalter Hoffnungsschimmer glomm in Waldhari auf und durchzitterte ihn wie kleine Wellen einen mondbeschienenen Teich, als er zu den spitzen Pfählen aufsah, die den Frauenhag umgaben. Tatsächlich ... er konnte die Mauer überwinden, die ihn von Hildegund trennte, wenn er es wagte – wenn er es wagte, sein Leben einzusetzen für den Trost, den er ihr vielleicht geben konnte oder die bittere Gewißheit, daß sie sich auf die bevorstehende Hochzeit freute. Der Gedanke schoß ihm durch den Kopf, daß sie wohl nie offen über Attila sprechen würde, wenn andere Hunnen zuhörten, und daß er, Waldhari, wissen mußte – *mußte!* –, ob sie über die Ereignisse des Abends glücklich oder traurig war und ob sie sich mit einer Hochzeit im nächsten Sommer abfinden konnte oder nicht.
»Ja«, flüsterte er deshalb zurück. »Sogar sehr.«
»Schau gut zu.« Ugruk packte den Pfahl und klammerte sich an die roh behauenen Aststümpfe, die die Stämme miteinander verbanden, fast wie eine Leiter, erkannte Waldhari, als er den Hunnen geräuschlos hinauf- und hinüberklettern sah. Er wischte sich die Hände ab. Ihm war klar, daß er, wenn jemand ihn sah, sobald er oben auf der Umzäunung saß, sein Leben verwirkt hatte. Und doch ... und doch ...
Er holte so tief Atem, als wollte er in eisiges Wasser tauchen, und kletterte im Sprung nach oben, zu schnell, um sich durch weiteres Nachdenken abhalten zu lassen. Gleich darauf stand er wieder unten, jetzt aber im Frauenhag zwischen den dunklen, verbotenen Wagen.
»Dieses erste Mal ... zeigen Weg zu Gotenfrau«, zischte Ugruk.
»Du Wagen zählen, dich erinnern, wo ... du vergessen, wenn wiederkommen, dann du sterben.«
Zwei Reihen weiter, drei Wagen nach unten ... die Zahlen brannten sich in Waldharis Kopf, als hätte Gottes unsichtbare Hand selbst sie dorthin geschrieben. Als Ugruk die Hand hob, um an die Tür zu klopfen, hätte Waldhari ihm fast den Arm heruntergerissen. Kalte Furcht gerann ihm zu Eis in den Gliedern. Aber er stand starr, und das Gesicht, das im Inneren des Wagens schimmerte, als die Tür aufging, gehörte keiner dunklen Hunnin, sondern war Hildegunds blasses Antlitz.
»Ich jetzt gehen«, wisperte Ugruk und schlich lautlos davon.
Hildegunds Augen wurden groß, als sie Waldhari allein vor sich stehen sah.

»Ist Hagan nicht bei dir?«
Waldhari schüttelte den Kopf.
»Komm herein! Schnell!«
Waldhari brauchte keine zweite Aufforderung. Bald saß er auf Hildegunds Kissen, inmitten flackernder Öllampen. Hildegund, nur mit einem einfachen, hellen Schlafhemd bekleidet, ließ sich neben ihm nieder. Selbst in dem trüben, zuckenden Licht im Wagen erkannte er die dunklen Schatten unter ihren Augen und die wilde Unordnung ihres aufgelösten Haares.
»Weißt du denn nicht, wie gefährlich es ist, hierher zu kommen?« fragte sie leise. »Vor allem, nachdem ich nun verlobt bin? Es hätte schon vorher unseren Tod bedeuten können, aber jetzt ist alles noch viel schlimmer.«
»Ugruk hat mir den Weg gezeigt. Ich glaube, er kommt oft hierher. Die Nacht ist sehr dunkel, und niemand hat uns gesehen.«
»Ah. Dennoch hättest du es nicht tun dürfen... und doch«, fuhr sie mit unsicherer Stimme fort, »bin ich froh darüber. Seit ich hierherkam, habe ich mich innerlich auf diesen Abend vorbereitet, alle Kraft gesammelt und zu Christus gebetet, daß ich stark sein würde, wenn man mich ins Brautbett bringt; auch wenn Attila gewiß nicht der Bräutigam ist, den eine Christin erwarten muß«, fügte sie mit einem kleinen Lachen hinzu. »Und Christus war barmherzig, denn als Attila aufstand und von Ehe sprach, wußte ich, daß ich noch nicht bereit war; und als er sagte, er wolle noch ein Jahr warten, da bedeutete mir das mehr, als es gedurft hätte... obwohl man mich doch als Braut zu ihm geschickt hat und ich lernen muß, bei ihm mein Glück zu finden.«
»Fürchtest du...« Waldhari wußte nicht, wie er sie auf geziemende Art danach fragen konnte, ob sie sich nur davor fürchtete, mit Attila das Bett zu teilen, oder ob sie einem anderen ihr Herz geschenkt hätte. Er stotterte nicht, aber die klugen Worte, die ihm sonst so leicht vom Mund gingen, wollten auf einmal nicht kommen.
»Ich habe oft an unser Gespräch bei der Christ-Messe gedacht«, fuhr Hildegund fort. »Ich hatte gehofft, daß Attila vielleicht den christlichen Glauben verweigern könnte, denn ich sah sein verzerrtes Gesicht, als Vater Bonifacius ihm von Christi Leib und Blut erzählte, und oft hörte ich ihn bei den Worten des Priesters vor sich hin murmeln oder sah, wie er nach seinen heidnischen Amuletten griff. Aber es ist nicht so gekommen; er lernt so gut wie jeder Neubekehrte, auch wenn ich keine

Hoffnung habe, daß er jemals Christus als seinen Herrn annehmen wird.«
»Dann wirst du ihn also heiraten?« murmelte Waldhari, und als Hildegund nickte, fühlte er, wie ihm das Herz zusammenschrumpfte wie ein grünes Blatt im Frost, und der Schmerz war noch größer, weil er wußte, daß sie es ohne Freude tun würde.
»Nicht, weil ich es will«, flüsterte sie. »Nur, weil ich muß.«
Es klopfte hart an die Tür. Waldhari stockte der Atem. Hildegunds Hand flog an den Mund. »Unter die Decke, rasch!« zischte sie und blies bis auf eine sämtliche Lampen aus, während er unter das Bettzeug huschte. Er hörte das leise Knarren der ledernen Türangel und Hildegunds Stimme, träge und undeutlich, aber mit scharfem, zornigem Unterton, als sei sie soeben vom Schlaf erwacht und ärgerlich, daß man sie geweckt habe.
»Wer ist da, und was willst du?« murrte sie. »Weißt du nicht, daß das Fest schon lange vorbei ist und alles hier schläft? Kannst du nicht morgen früh wiederkommen?«
»Das sollte ich lieber nicht«, schnarrte Hagans tiefe Stimme. Waldharis Glieder zerschmolzen auf dem glatten Bretterboden des Wagens, so erleichtert war er, stumm hauchte er ein Dankgebet. »Und ich glaube nicht, daß du hier draußen mit mir reden solltest.«
Waldhari blieb regungslos unter dem Bettzeug liegen. Der Wagen schwankte ein wenig, als Hagan hinaufkletterte. Der Franke hörte, wie sich die Tür schloß.
»Worüber möchtest du mit mir reden?«
»Du hast Waldhari bei dir. Ich sah ihn über den Zaun steigen und hörte von draußen eure Worte.«
»Du mußt wohl das Gehör eines Raubtiers besitzen oder dein Ohr an meine Tür gepreßt haben«, erwiderte Hildegund, und jetzt klang die erboste Schärfe in ihrer Stimme echt. »Aber ich wüßte wenig, was du mir vorwerfen könntest, denn wir haben nichts getan, das sich für Christen nicht ziemt; du dagegen trägst Frauenkleider.«
Bei diesen Worten konnte Waldhari den Kopf nicht länger unter ihrer Bettdecke lassen. Obwohl Hagans langes schwarzes Haar frei über die von der Brünne bedeckten Schultern wallte und er wie immer das Schwert am Gürtel trug, hatte der Burgunder irgendwo ein langes weißes Mädchenhemd gefunden, dessen Rock unter dem Rand des Kettenhemdes rauschte. Natürlich hatte Hagan keine Zeit gehabt, sich das Haar

zu flechten – als er Waldhari über den Zaun klettern sah, mußte er sich sofort angezogen haben und in den Frauenhag gelaufen sein. Waldhari hätte fast gelacht, aber der Ton erstarb in seiner Kehle zu dumpfem Rasseln: im flackernden Lampenlicht glich Hagan den grimmigen, breitschultrigen Jungfrauen der alten Sage, den Walkürentöchtern des dunklen Gottes, zu dem er betete.

»Trüge ich sie nicht, würde ich es vielleicht mit dem Leben bezahlen, so wie ihr aus reiner Torheit euer Leben aufs Spiel gesetzt habt. Doch nun bin ich hier, und keiner kann mehr behaupten, Waldhari halte sich widerrechtlich bei dir auf. Wenn ihr euch also noch etwas zu sagen habt, dann tut es jetzt.«

Hildegund starrte den Burgunder einen Augenblick an und warf dann das Haar zurück. »Gut, ich werde sprechen, und wenn meine Worte deine Ohren erfreuen, dann soll es mir gleich sein.«

Sie kauerte sich nieder, um Waldhari ins Gesicht zu sehen.

»Waldhari, von ganzem Herzen wünsche ich mir, es wäre anders gekommen. Viel lieber wäre es mir, man hätte mich dir gegeben, und ich hätte mit dir zu deiner Sippe heimkehren können, wenn deine Zeit hier abgelaufen ist; denn du bist mir lieber als jeder andere Mann hier im Lager oder in meiner Heimat oder sonst auf der Welt. Aber Gott hat es nicht so gewollt, und darum können wir nur Bruder und Schwester in Christus sein und dürfen nicht über Dinge sprechen, die wir vielleicht verbotenerweise ersehnen. Auch wenn ich anderes erhoffte, muß ich Attilas Weib werden und lernen, ihn nach besten Kräften zu lieben und ihm zu gehorchen, solange seine Wünsche meine Seele nicht in Gefahr bringen. Und auch du mußt dich damit abfinden und mich nicht in Versuchung führen, denn der Teufel spricht mit den Worten der Liebe so gut wie mit denen des Hasses.«

»Ich werde tun, was du sagst«, antwortete Waldhari. Seine eigene Stimme klang ihm so schroff und tot wie die Hagans in den Ohren, rauh von unvergossenen Tränen. »Aber ... bedeutet das auch, daß ich nicht mehr über andere Dinge mit dir sprechen und dich nur noch bei Vater Bonifacius in der Messe sehen darf, oder in der Halle, wenn du uns den Trunk einschenkst?«

»Nein ... o nein ...« Hildegund schluckte, und wie um Hagans frostigem Blick zu trotzen, streckte sie die Hand nach Waldhari aus und nahm die seine. Die Wärme ihres Griffs lief ihm glühend den Arm hin-

auf. Erstarrt saß er da und fragte sich, ob es Medusas Häßlichkeit oder ihre Schönheit gewesen war, deren Anblick die Männer einst in Stein verwandelt hatte. »Mit dir zu sprechen läßt mich alles andere leichter ertragen, und ich werde immer froh sein, wenn dich Kisteeva zum Besuch in den Frauenhag bringt.« Sie hielt inne und schluckte wieder. »Aber ich sage dir noch einmal, du darfst mich nicht in Versuchung führen, damit ich nicht falle; denn ich beginne zu glauben, daß ich weniger stark bin, als ich sein sollte.«
Bei diesen Worten wollte sich Waldhari das Herz in der Brust umdrehen. Tatsächlich wirkte Hildegund, die sonst einen so gefestigten Eindruck machte, klein und zerbrechlich. Ihr langes, zerzaustes Haar ringelte sich um Gesicht und Schultern, und Waldhari meinte, er müsse den linken Arm um sie schlingen, um sie zu wärmen, während er mit dem rechten das Schwert schwang, um sie vor allen Fährnissen zu schirmen.
»Solange ich mit dir reden kann und weiß, daß du wohlauf bist, werde ich alles übrige tragen können«, erklärte er und betete, daß Gottes Gnade die Worte in seinem Herzen in Wahrheit verwandeln möchte, wenn es keine andere Hoffnung gab.
Hildegund umschloß ihrer beider Hände mit den Fingern der anderen Hand und führte sie an ihr Herz, nur eine Haaresbreite von ihren Brüsten. Hagan hustete, ein verblüffend menschlicher Laut aus dieser schroffen Kehle.
»Es ist mehr als spät geworden«, bemerkte er, »und obwohl ich bei euch bin, gibt es Leute, die es übel aufnehmen würden, daß ihr mitten in der Nacht zusammenkommt. Hildegund, ich sage dir Lebewohl, denn ich muß morgen sehr früh aufbrechen.«
»Lebewohl, Hagan.« Hildegund erhob sich anmutig. »Um deiner Freundschaft mit Waldhari willen bitte ich dich, sei gütig zu deiner Gemahlin und nimm ihr ihren Glauben nicht. Ich schwöre dir, wenn sie eine gute Christin ist, wird er sie nicht daran hindern, dein Haus zu versorgen oder dir Kinder zu gebären; aber wenn sie Christus wirklich als ihren Herrn ansieht und du sie stark und gesund wissen möchtest, dann laß sie zur Messe gehen und mit ihrem Priester reden, und zwinge sie nicht, an den Ritualen deiner Götter teilzunehmen.«
Waldhari hörte den stummen Aufschrei in ihren Worten. Er ärgerte sich, daß er nicht selbst daran gedacht hatte, Hagan das zu sagen, war aber froh, daß Hildegund es getan hatte.

»Ich werde darüber nachdenken«, antwortete Hagan. »Gewiß weißt du am besten über diese Dinge Bescheid. Komm, Waldhari, wir dürfen nicht länger bleiben.«
»Leb wohl, Hildegund.«
»Leb wohl, Waldhari.« Sie beugte sich vor, und einen Herzschlag lang dachte Waldhari, sie würde ihn küssen. Sein Atem stockte so jäh, als hätte man eine Schlinge um seinen Hals geworfen; er hörte nur das Hämmern des Blutes in seinen Ohren. Aber sie ließ seine Hände los und blieb vor ihm stehen. So mußte auch er sich erheben und Hagan nach draußen folgen, hinaus aus dem Frauenhag und zurück zu ihrem Haus. Sobald sie sicher in ihrer Kammer saßen, begann Hagan: »Willst du mir im Namen der drei Götter, die du heilig hältst, schwören, daß du das nie wieder versuchen wirst?«
Waldhari überlegte kurz, daß er einen solchen Eid bei drei Göttern leisten konnte, ohne meineidig zu werden, denn die Dreieinigkeit war wahrhaft eins. Aber der Eid wäre trotzdem eine Lüge gewesen. Ihn in seinem Herzen zu suchen war, als wollte man eine verlorene Brosche aus einem dunklen Teich fischen und förderte doch nur immer Hände voll Schlamm und Wasserpflanzen zutage.
»Das kann ich nicht«, antwortete er, und Scham erstickte seine Stimme. »Wenn sie mich braucht, muß ich zu ihr gehen, und ich fürchte, daß es Anlässe gibt, bei denen ich unter vier Augen mit ihr sprechen muß, auch wenn nichts Unkeusches oder Unziemliches daran ist.«
»Es ist nicht deine Seele, sondern dein Leben, um das ich fürchte. Kannst du nicht schwören, besser darauf zu achten?«
»Ich kann nicht.«
Waldhari hörte Hagans langgezogenen, zischenden Seufzer. Der Rock des langen Hemdes, das der Burgunder immer noch trug, schimmerte in der Glut des Feuers; fast konnte Waldhari meinen, es sei Hildegund, die da auf dem Bett gegenüber saß . . . wäre da nicht das Klirren der Brünne gewesen, als Hagan sich bewegte.
»Dann schwöre mir wenigstens, daß du vorsichtig sein und dich nicht allein auf Ugruk verlassen wirst. Er mag ein guter Mann und ein brauchbarer Krieger sein, aber ich glaube, sein Verstand gehört nicht zu den schärfsten.«
»Diesen Eid kann ich dir leisten – bei Vater, Sohn und Heiligem Geist«, entgegnete Waldhari mit etwas leichterem Herzen. Die Worte schienen

Hagan zu genügen; wenigstens sagte er nichts mehr und legte sich zu Bett, die Arme über der gepanzerten Brust gekreuzt wie damals an seinem ersten Tag in Attilas Lager.

Aber Hagan wartete nur, bis er Waldhari, abgesehen von einem gelegentlichen kleinen Aufschnarchen, sanft und regelmäßig atmen hörte. Dann erhob er sich lautlos und öffnete das Holzkästchen, das ihm seine Mutter vor fast einem Jahr geschickt hatte. Nacheinander nahm er die kleinen Fläschchen aus ihren Wollnestern. Im Halbdunkel hätte er Schwarz nicht von Purpurrot oder Blau unterscheiden können, aber die beiden letzten Flaschen waren leichter zu erkennen. Die goldene Flasche mit dem starken Sirup war nur noch halb gefüllt, weil er den Inhalt für seine und Waldharis Verletzungen verwendet hatte, während die mit dem farblosen Inhalt noch so voll war wie zum Zeitpunkt, als er sie von Folkhari bekommen hatte. Schon drang der erste Schimmer des Morgengrauens durch die Türritzen. Hagan wußte, daß ihm nur noch wenig Zeit blieb. Vorsichtig griff er nach Waldharis Becher aus rotem römischem Ton und füllte ihn aus dem Weinfaß. Noch vorsichtiger öffnete er das kleine Glasfläschchen, kippte es einmal, um den Stöpsel gut anzufeuchten, und ließ dann von dem winzigen Glaspfropfen einen einzigen Tropfen in den Wein fallen. Er verschloß den Glasbehälter und legte ihn wieder in das Kästchen, das er in seinem Gepäck verstaute. Dann schwenkte er den Weinbecher, damit sich der Tropfen gut verteilte, und starrte in seine helle Tiefe.

»Trank weisen Rates«, raunte er ganz leise, »rate Waldhari weise. Hol ihn zurück vom Frauenhag, wenn er über den Zaun steigen will; lenk ihn ab davon, die Gesetze der Hunnen zu brechen; und mach ihn vorsichtig, wenn er Attila herausfordern will. Kopfrunen und Seelenrunen, im Becher vermischt, Kopfkräuter und Seelenkräuter, laßt es so sein!«

Er stellte Waldharis Becher auf den kleinen Tisch, streifte die Brünne und das von Saganova geborgte Hemd ab und zog statt des weißen Gewandes seine dunklen Hosen und das Wams an. Dann ließ er das Kettenhemd wieder über den Kopf gleiten. Er würde bald aufbrechen müssen; dann wollte er Waldhari mit einem gefüllten Abschiedsbecher wecken.

Das Licht der aufgehenden Sonne färbte die schwarzen Tannenspitzen rötlich, als Hagan und Waldhari Hagans kleine Truhe herausschleppten, um sie auf dem Rücken des wartenden Packpferdes festzubinden. Hagan konnte sich nicht enthalten, noch einmal zurückzugehen, um einen letzten Blick in das kleine Haus zu werfen, das er nun anderthalb Jahre mit Waldhari geteilt hatte. Seine Seite des Raums war leer, das Bett ein bloßes Geflecht aus Holzlatten; eine stumpfgraue Staubschicht bedeckte die Kohlen. Nur das halbvolle Weinfäßchen stand noch da – und Waldharis leerer Becher; der Franke hatte ausgetrunken, was Hagan ihm kredenzt hatte.

Es kam Hagan seltsam vor, daß er so schnell verweht sein sollte, daß nichts mehr von seinem Aufenthalt hier kündete, daß kein Zeichen der Lieder und Worte, die unter dem niedrigen Strohdach erklungen waren, sich den Wänden eingeprägt hatte; nur eine Spur von Rauch war zurückgeblieben, die den Lehmbewurf der Wände dunkler färbte. Ein Schauder lief über Hagans Rücken, kalt und leichtfüßig wie ein Wiesel, und einen Augenblick war ihm schwindlig wie vom ersten Schüttelfrost eines Fiebers.

»Es wird still hier sein ohne dich«, sagte Waldhari leise an seiner Schulter.

Hagan drehte sich um und sah ihn an. Das Sonnenlicht vergoldete die Haut des Franken und die hellen Strähnen in seinem Haar und umrahmte leuchtend die eckigen Züge. »Was meinst du damit? Du bist es doch, der immer singt und redet.«

»Aber du bist es, der immer streiten und mich in Auseinandersetzungen verwickeln will«, antwortete Waldhari lächelnd. »Dennoch ... wenn du den Segen eines Christen annehmen willst, so soll dich der meine auf allen deinen Wegen begleiten.«

»Und wenn du den Segen eines Mannes, der Wodan folgt, annehmen willst«, sagte Hagan, »so soll der meine immer bei dir bleiben.«

»Hai!« rief Folkhari aus der kleinen Schar wartender Burgunder und Goten, die auf dem Weg nach Hause Hagans Leibwache bilden sollten. »Mit jedem Atemzug steigt die Sonne höher ... braucht ihr noch lange?«

»Nicht mehr lange!« rief Hagan zurück und ging mit Waldhari zu seinem Pferd. Der Franke umfaßte sein Handgelenk. Hagan erwiderte den trockenen, warmen Griff so fest, als klammere er sich an eine Baumwurzel, um im Fluß Halt gegen die Strömung zu suchen, und sah in die

braungefleckten Augen. Aber er war ein zu guter Schwimmer, um sich sinnlos abzumühen, darum gab er den anderen frei und sagte nur: »Bleib gesund, mein Freund. Möge das Rad des Schicksals uns wieder zusammenführen und seine Umdrehung dann Gutes bringen.«
»Gott gebe, daß wir uns wiedersehen«, antwortete Waldhari.
»Ach . . . und noch einmal meine besten Wünsche für deine Hochzeit.«

Die Reiter hatten den Wald fast erreicht, als der Gyula zwischen den Bäumen erschien wie ein Geist. Hagan zügelte scharf sein Pferd, rief den anderen »Halt!« zu und wollte absteigen. Der Gyula legte die Hand auf sein Bein.
»Nein, bleib sitzen. Ich habe nur ein paar Worte für dich . . . und ein Abschiedsgeschenk.« Das Geschenk war ein kleiner Sack; Hagan konnte die trockene Leichtigkeit von Kräutern, den körnigeren Grus gemahlener Beeren und ganz oben ein kleineres Päckchen gedörrter Pilze fühlen. »Nimm das mit, wohin du auch gehst, ob in den Kampf oder zur Jagd, oder wohin immer es dich sonst zieht. Vielleicht brauchst du diese Dinge, wenn du deinen Körper verlassen willst. Und vergiß nicht . . .« Der Gyula kam ganz nah und starrte zu Hagan hinauf. Seine runzlige braune Haut war nur eine Maske rissigen Leders um den brennenden Glanz seiner schwarzen Augen. »Wohin du auch gehst, wie weit du auch wanderst . . . du kehrst immer zurück zum Volk deines Vaters.«
Damit verschwand der alte Schamane so lautlos, wie er gekommen war. Hagan ließ sein Pferd antraben, und die anderen folgten ihm.

Die Rückkehr nach Hause verlief so gemächlich, wie eine lange Reise zu Roß für Hagan nur sein konnte. Es gab keinen Hinterhalt in den Wäldern, und sie mußten nicht in Passau haltmachen, um dem Bischof Grüße zu bestellen. Oft ritt Folkhari an Hagans Seite und tat sein Bestes, um ihn mit Liedern, Geschichten und Neuigkeiten aus den Nachbarländern der Burgunder oder noch ferneren Gebieten zu zerstreuen. Aber Hagans Laune wollte sich nicht bessern, denn nach wie vor fürchtete er um Waldhari, und vor ihm stand die Hochzeit mit der Christin. Doch je näher sie kamen, desto lauter rauschte in seinem Blut der Rhein, und als er die massigen Steintürme von Worms rot in den verregneten Himmel ragen sah, da schnürten ihm Tränen die Kehle zu.

»Nicht mehr lange«, bemerkte Folkhari vergnügt, »und wir sitzen mit heißem Würzwein im Warmen.« Der Sänger hatte die Kapuze zurückgeworfen, die so durchnäßt war, daß sie seinen Kopf nicht länger vor dem Regen schützte. Sein langes Haar ringelte sich zu feuchten Schlangen aus stumpfem Gold. »Hai, niemand braut ihn so gut wie deine Mutter. Haben dir die Tränke der Frauen nicht gefehlt?«
»Ich kann selbst Würzwein bereiten, ob das nun Frauenarbeit ist oder nicht; in Attilas Heer lernt jeder, sich selbst zu versorgen.« Aber es tat Hagan leid, als Folkhari den Blick senkte und das Grinsen aus seinem Gesicht wich. Darum fügte er hinzu: »Und doch wird er mir heute willkommen sein; hier ist es zwar nicht so kalt wie bei den Hunnen, aber die Feuchtigkeit kriecht mir allmählich in die Knochen.«
»Ja – als du von hier fortgingst, hattest du noch keine alten Wunden, um sie zu spüren, jetzt aber fehlt es dir nicht an Narben. Komm, wir wollen schneller reiten, damit wir unter Dach und Fach kommen, ehe es dunkel wird.« Der Sänger spornte sein Pferd in einen schnellen Trab, und Hagan folgte ihm.
Am niedrigen Flußufer wartete niemand, um sie zu begrüßen. Der Torbogen in der Stadtmauer gähnte leer. Vom regendunklen roten Sandstein tropfte den Reitern sandiges Wasser in den Nacken. Hagan kam der Gedanke, daß Gundahari zu wenig darauf achtete, wer in seine Stadt kam; er würde, wenn es ihm der Hending gestattete, schon morgen Wächter aufstellen lassen. Es kam ihm sonderbar vor, durch diese Straßen mit ihren Häusern aus römischem Stein und burgundischem Holz, aus Weidengeflecht und Lehm zu reiten, als sei er nie fortgewesen, und noch sonderbarer, sich seinen Bruder nun als Hending und Gebica als den Toten vom Flußufer vorzustellen.
Er hatte das Gefühl, es gebe ein paar neue Steinhäuser, ein paar Glasfenster mehr. Aber vielleicht fielen sie ihm nur deshalb auf, weil nichts dergleichen in Attilas Lager zu finden gewesen war. Sonst schien Worms unverändert. An überdachten Buden an der Straße, deren rötlicher Lehm von Wagenspuren zerfurcht und von Pferdehufen zerwühlt war, verkauften ein paar Bauern ihr letztes Sommergemüse und die ersten Pilze; streunende Hunde duckten sich unter die tropfenden Dachbalken; dieselben Ecken und Straßen, die Hagans Füße von Kind auf kannten, weil sie zu den Mauern seines Elternhauses führten . . . zu Gundaharis Halle.

Auch dort stand das Tor offen, aber es warteten Menschen dahinter, die bunten Kleider durchweicht vom Regen. Unter ihnen befanden sich Gebicas alte Ratgeber, Männer wie Rumold oder Odowaker. Aber Hagans Blick galt nur seiner Familie, die dort stand: Grimhild und Gundrun in ihrem Festtagsstaat, die Ältere in Dunkel-, die Jüngere in Hellblau, und bei ihnen Gundahari in laubgrüner Tracht, einen schlichten Goldreif im welligen Kastanienhaar.

»Heil, mein Bruder!« rief der junge Hending, und ein breites Grinsen spaltete den spärlichen dunklen Bart. Hagan glitt vom Pferd und duldete, daß Gundahari ihn einen Augenblick in die starken Arme schloß. Hagan überragte seinen Bruder um ein oder zwei Zoll, aber Gundahari war zu der Eberkraft herangewachsen, die seine breiten Knochen stets verheißen hatten, und seine Umarmung preßte Hagan die Kettenglieder der Brünne schmerzhaft gegen die Rippen. »Hagan, mit dieser Schaffellmütze siehst du aus wie ein wilder Hunne. Nimm sie lieber ab, bevor du die Sklaven erschreckst. Wir haben dir viel zu berichten ... laß dein Pferd und komm herein, man wird sich um alles kümmern.«

Gundaharis atemlose Sätze mißfielen Hagan. Ein Herrscher sollte sich besser in der Gewalt haben, damit kein Feind in seinem Gesicht lesen konnte. Aber der Blick seines Bruders war so offen und ehrlich, daß sogar Hagan ein wenig gerührt war ... nur sein Pferd wollte er trotzdem keinem anderen überlassen.

»So froh ich bin, euch zu sehen, muß ich doch erst mein Pferd versorgen. Es dauert nicht lange.«

Während Gundahari Hagans Schultern umarmt hatte, umschlang Gundrun nun seine Mitte und hob ihn dabei fast von den Füßen. Sie würde eine kleine Braut für Sigifrith abgeben, der, wie es hieß, schon jetzt hochgewachsene Männer überragte, aber niemand konnte daran zweifeln, daß auch sie die festen Knochen und die Kraft der Gebicungen besaß. »Zur rechten Zeit bist du nach Hause zurückgekehrt, Hagan, sei uns willkommen. Geh nur und kümmere dich um deine verfluchten Gäule, wenn du meinst, daß du noch immer nicht lange genug von uns fort gewesen bist.« So scharf ihre Worte waren, so liebevoll klang ihre Stimme, milde wie guter Lammbraten, den hunnische Gewürze aus dem Osten ein wenig prickelnder gemacht haben.

Es ist, als hätte ich sie nie verlassen, dachte Hagan wieder. Aber er fühlte das Ziehen in den straffen Narben über Bauch und Brust, als zögen die

Geister der Klingen, die sie geschlagen hatten, von neuem ihre Bahn durch Nebel und Regen; und Grimhilds Kopf mit den Silberfäden im Haar reichte ihm jetzt nur noch bis zur Schulter.

»Ja, geh, mein Sohn«, murmelte seine Mutter. »Deine Sorgfalt kann uns allen nur nützen; ihretwegen mußten wir dich zurückrufen.«

»Und vieler anderer Dinge wegen«, erwiderte Hagan trocken.

Niemand antwortete. Gundahari trat von einem Fuß auf den anderen und errötete unter seinem Bart, als hätte sich die feine, blaugestickte Schlinge am Hals seines grünen Wamses jäh zusammengezogen. Gundrun schlug die Augen nieder und biß sich heftig auf die Lippen. Nur Grimhild sah Hagan wortlos an. Die blauen Schatten unter ihren Augen kamen ihm dunkler vor als früher, als senke sich Abend über sie; ihre stets unterdrückte Unruhe schien dem Hervorbrechen näher, als könne jeden Augenblick ein schäumender Sturzbach aus ihr heraussprudeln; und das dunkelblaue Kleid hing ihr lose um die mageren Schultern.

Was hat dich Gebicas Tod gekostet? fragte Hagan sich innerlich. Aber auf diese Frage gab es keine Antwort, denn er konnte sie hier am Ufer des Rheins ebensowenig stellen wie seine andere Frage an Gebica, am Ufer des Schwanenflusses.

Die burgundischen Ställe schienen ihm nach den Freigehegen der Hunnen recht eng und muffig, viele der Pferde zu groß und seltsam gebaut. Selbst die älteren Pferde waren größer und plumper als die hunnischen Steppenponys, und inzwischen hatten auch die alamannischen Blutlinien der Pferde aus Gundruns Brautgeschenk Zeit gehabt, sich mit den burgundischen Linien zu kreuzen; die ersten Fohlen aus diesen Verbindungen würden bald alt genug zum Reiten sein. Hagan fiel ein, wie Sigifrith schon damals bei ihrer ersten Begegnung Gundrun überragt hatte. Hoffentlich war sie imstande, seine Kinder zu gebären, und hoffentlich würden Blut und Eigenschaften der Burgunder nicht von denen der Wälsungen verdrängt werden, wie es bei den Pferden der Fall zu sein schien.

Als Hagan wieder aus dem Stall kam, regnete es stärker. Die Tropfen spritzten auf die buntglasierten Fliesen des Durchgangs und bildeten kleine Pfützen. Hagans Familie war wieder ins Haus gegangen. Der Hof schien leer bis auf zwei stämmige Knechte, die wartend unter den breiten Ästen der Eiche neben der Stalltür standen. Hagan kannte keinen der

beiden; man mußte sie während seiner Abwesenheit gekauft oder gefangen haben. Er erklärte ihnen sorgfältig, wohin sie sein Gepäck tragen sollten. Aber als er den Raum erwähnte, in dem er und Gundahari geschlafen hatten, schüttelte der dunklere der beiden den Kopf.
»Das ist nicht mehr dein Gemach, *Fro.* Der Hending hat dir eine andere Unterkunft zugedacht.«
»Nun, dann zeig mir, wo sie ist.«
»Das dürfen wir nicht, *Fro*«, entgegnete der hellere. »Der Hending will diese Aufgabe selbst übernehmen.«
»Dann begleitet mich und tragt meine Sachen in die große Halle. Ich möchte sie nicht aus den Augen lassen.«
Gundahari erwartete ihn auf dem Hochsitz, der seinem Vater gehört hatte, Grimhild auf der einen und Gundrun auf der anderen Seite. Obwohl seine breiten Schultern den Platz gut ausfüllten, kam Hagan sein Bruder weniger unerschütterlich vor, als es Gebica an seiner Stelle gewesen war ... so als reichten die Wurzeln der jungen Eiche bei weitem noch nicht so tief wie die der alten. Doch als er durch die Halle auf ihn zuging, fand er, daß sein Bruder immerhin fest auf seinem Stuhl saß, fest genug zum Herrschen. Einen Augenblick hatte er, obwohl die burgundischen Sippenpfosten dunkel zu beiden Seiten der Halle aufragten, das Gefühl, nicht vor Gundahari zu treten, sondern vor einen fremden Fürsten, in einer fremden Halle, und sein Rücken prickelte, als sei bereits ein Pfeil auf die Sehne gelegt und darauf gezielt. Selbst durch die dicksohligen Reitstiefel spürte er die kalte Härte der Bodenplatten, deren säuberliche römische Vierecke das Rauschen des Rheins in der Erde dämpften; seit er Passau verlassen hatte, war er nicht mehr auf Steinboden gegangen. Aber er hörte auch das leise Flüstern der vielen heiligen Feste, die in dieser Halle abgehalten worden waren, und sah den Abglanz von Frauja Engus' Licht, das dort schimmerte, wo der Juleber auf den Steinplatten sein Blut vergossen hatte. Das gab ihm Mut, weiterzugehen, bis er seinem Bruder voll ins Gesicht sah.
»Hagan, mein Bruder«, begann Gundahari feierlich. »Gesund bist du von uns gegangen, gesund kamst du wieder, gewaltig gewachsen an Stärke, Geschicklichkeit und Wissen. Gebica gab dir ein Schwert; du schworst, den Burgundern ein Hüter zu sein. Der Eid, den du dem Vater schworst – wirst du ihn nun dem Sohne schwören? Treue deinem Hending und seinem Volk über alles andere, ihnen mit diesem Schwert und

mit allen deinen Taten und allem, was du kannst und weißt, zu dienen und zu helfen, solange du lebst?«
Hagan fragte sich, von wem wohl die Worte dieses Eides stammten. Sie legten wenig Wert auf das gemeinsame Blut der Geschwister und noch weniger Wert auf die Götter. Aber ein Mann schwor in der Regel auf den Gott, der ihm am liebsten war, auch wenn selten Eide bei Wodan geleistet wurden. Gundahari saß da und blickte ihn an, das Gesicht mit den breiten Wangen voll sanfter Neugier wie das eines Bären. Zwischen Gundruns blonden Augenbrauen hatte sich eine scharfe Falte gebildet. Sie beugte sich zu ihm. Hagan glaubte, sie wolle etwas sagen, aber Grimhild lehnte sich nach vorn und heftete einen durchdringenden, hellen Blick auf ihre Tochter.
»Mußt du mich das fragen?« versetzte Hagan. »Ich war zufrieden bei den Hunnen. Wenig gern verließ ich sie so bald, noch weniger gern, als ich erfuhr, daß mich am Ende der Reise die Hochzeit mit einer Christin erwartet. Und doch bin ich hier, weil du mich gerufen hast, und werde tun, was getan werden muß. Warum verlangst du einen Eid von mir, obwohl Blut uns verbindet?«
»Ja, warum?« unterbrach ihn Gundrun. »Und wenn du einen Eid von Hagan forderst, Gundahari, warum dann nicht auch von mir? Und weshalb läßt du nicht auch unsere Mutter schwören?«
Gundahari warf einen Seitenblick auf Grimhild, wie ein geprügelter Jagdhund zu seinem Meutenführer aufschaut. Da wußte Hagan, daß seine Mutter den Plan ersonnen hatte, und er begriff auch den Grund. Sie hatte ihn beim Julfest gesehen und wußte nicht, was er vielleicht außerdem noch gelernt hatte; denn die Zauber- und Runenkünste, die sie beherrschte, waren die einer Fränkin und unterschieden sich stark vom Wissen der hunnischen Schamanen.
Grimhilds Linke umklammerte die gestickte Gürteltasche in ihrem Schoß wie Vogelklauen einen Zweig. Sie sah ihre Tochter nicht an, sondern blickte Hagan gerade in die Augen und sagte: »Fern war Hagan unserem Volk und fern dem Rhein; bei fremden Sippen hielt er sich auf und schwur fremde Eide. Er ist Attilas Pflegesohn, und wir wissen, daß er Blutsbrüderschaft schloß mit Waldhari, dem Franken, wie Folkhari und viele andere singen. Es ist gut, die Worte der Treue zu hören, gesprochen vor allen Göttern und Geisterwesen, damit es in Zeiten der Not keinen Zweifel geben kann.«

»Zweifelt ihr an mir, so hättet ihr mich nicht zurückholen sollen. Größere Freude hatte ich mir vom Wiedersehen mit meiner Sippe erwartet. Ich lasse mich nicht zwingen, zu schwören wie ein Fremder, bevor man mir in der Halle des eigenen Bruders den Becher reicht. Besser wäre es, ihr sagtet mir, was zu tun ist, damit ich dafür sorge, daß es geschieht.«

Gundahari schloß die Augen. Hagan kam es vor, als sacke das Fleisch im Gesicht seines Bruders nach unten wie ein schneebedeckter Ast – als habe die Last des Herrschens ihn mit einem Schlage zum alten Mann gemacht. *Und er hat diese Last ganz allein getragen, während ich bei den Hunnen war*, dachte Hagan; *ist es ein Wunder, wenn er sich von Grimhild zu solchen Worten verleiten läßt?*

Ein Schatten war auf Gundahari gefallen, als stecke Gebicas Geist, dunkel von Gift, noch in seinem Fleisch und Gebein, und Hagan hätte die Sätze, die seinen Bruder so getroffen hatten, jetzt gern zurückgenommen.

»Mutter«, sagte der Hending sanft, »mich dünkt, du solltest deinem jüngsten Sohn den Willkommenstrunk kredenzen, denn er ist heimgekehrt zu seiner Sippe. Gundrun und Hagan haben recht, daß kein Eid zu schwören ist zwischen Sippengenossen, denn wir wissen, daß keine Treue treuer sein kann als die unsere. Und nun, Hagan, meine ich, daß du in dieser Halle zu meiner Rechten sitzen sollst, denn von nun an soll dir mehr als jedem anderen mein Leben und meine Ehre anvertraut sein.«

»Ich will mich dieses Vertrauens würdig erweisen«, antwortete Hagan.

Grimhilds dünne Lippen strafften sich wie ein Bogen, den man zum Aufziehen der Sehne biegt. Sie erhob sich und ordnete raschelnd ihre Röcke. »Dann laß dich nieder, und ich werde deinen Becher bringen. Ich weiß, daß du heute lange durch Nässe geritten bist, und will nicht, daß du dich erkältest.«

Als Grimhild mit einem Glaskrug und vier Kelchen mit dampfendem, dunklem Wein zurückkam, saß Hagan zwischen seinen Geschwistern.

»Heil, mein Sohn, Held aus der Ferne«, sagte Grimhild und reichte ihm den vordersten Kelch. Ihre Stimme war leise und sanft, ohne den geringsten spöttischen Unterton, und wenn Hagan in ihrem scharfgeschnittenen kleinen Gesicht überhaupt ein Gefühl bemerkte, so hätte es befriedigter Stolz sein können. Dennoch roch er vorsichtig an dem

heißen Kelch und nahm auch andere Sinne zu Hilfe; denn der Gyula hatte ihn gelehrt, auch den Zauber zu wittern, der ohne Hilfe von Kräutern, Blut oder Tränen in einem Trank verborgen sein kann und nur aus weisen Worten oder Zeichen besteht, die man darüber spricht oder malt. Und da er wußte, wie gut Grimhild ihn kannte, prüfte Hagan so genau, wie es ihm überhaupt möglich war.
Ihm war, als sehe er in dem Becher etwas glühen, einen gedrehten Goldring, zur Fessel geschmiedet, Treue und Liebe ineinander gewunden, um seinen Willen zu binden. Hagan zürnte seiner Mutter nicht ob ihres Mißtrauens, denn Menschen können sich ändern, und sie, die sich so sehr bemüht hatte, ihn von den Lehren des Sinwists fernzuhalten, konnte kaum über das erfreut sein, was er bei den Hunnen gelernt hatte. Mit dieser Fessel wollte sie ihn an Midgard ketten, aus Angst, seine Bindungen mit dieser Welt hätten sich in der Fremde gelöst. Vielleicht stimmte das wirklich. Aber sein schwarzsilbernes Pferd kannte immer den Weg nach Hause, und Hagan wollte sich nicht zwingen lassen.
Er hustete heftig. Der Kelch schien ihm aus der Hand zu gleiten und fiel um. Ein breiter Fächer aus rotem Wein entfaltete sich auf dem Tisch.
Gundahari lachte. »Hast du so lange von Stutenmilch gelebt, daß du vergessen hast, wie Wein riecht? Du kannst mir deshalb keinen Vorwurf machen; ich schickte dir Wein, soviel ich konnte.«
Hagan hob den Kelch auf und schüttelte die letzten Tropfen wie Blutspritzer auf den Steinfußboden. Der Zauber hatte nur im Trank gelegen; der Krug war davon unberührt. »Er hat keinen Sprung. So kann ein Willkommen zuerst bitter sein und dann süß.« Er goß sich aus dem Krug den Kelch wieder voll und hob ihn auf seine Geschwister, dann auf seine Mutter. »Euch allen Heil, meine Gesippen.«

Sie blieben den ganzen Nachmittag dort sitzen, und Gundahari berichtete Hagan von seinen Plänen. Schon bald sollte das burgundische Heer westwärts reiten. Es gab Schwierigkeiten mit den Römern an Gundaharis Grenzen, und wenn man sich nicht mit Worten einigen konnte, würde man kämpfen, und danach sah es jetzt schon aus. Hagan nickte, denn so war es bei Attila auch oft gewesen, nur daß die Hunnen meistens sofort zuschlugen und keine Zeit mit Worten vergeudeten.

Andererseits wollte Attila auch nicht über seßhafte Bauern herrschen, sondern sie nur melken, indem er ihnen Gold und Nahrungsmittel abnahm; darum bestand für ihn kein Grund zu Verhandlungen.

»Und danach«, fuhr Gundahari grinsend fort, »werden wir deine Hochzeit feiern – zusammen mit dem Winternachtsfest, denn das soll Glück bringen: Alben und Idisi werden euch zulächeln.«

»Wohl kaum, wenn du mich mit einer Christin vermählst. Ich werde sie heiraten, wenn es sein muß, aber ich will keinen Fuß in ihre Kirche setzen und mir nicht den Kopf mit dem Segen ihrer Priester benässen lassen.« *Es gibt nur einen Christen, dessen Segen ich annehmen würde,* dachte er und konnte fast hören, wie Waldharis helle Stimme Segen und gute Wünsche über ihn aussprach.

»Das brauchst du auch nicht«, erwiderte Gundahari. Er machte eine ausgreifende Bewegung mit seinem Weinkelch; der Ärmel fiel zurück und zeigte die runzlige weiße Narbe des Eberhauers auf den dicken Muskeln seines Unterarms. »Schließlich ist unsere Sippe die edlere. Kostberas Sippe ist stark und sie selbst jung und wahrscheinlich fruchtbar, aber trotzdem gewinnt sie bei dieser Hochzeit mehr als du. Sie hat ihren Priester, der sie hinterher entsühnen kann, aber wir haben darauf bestanden, daß ihr nach der Sitte unseres Volkes die Ehe schließt und der südliche Glaube dabei nichts zu suchen hat.«

»Das war wohlbedacht, mein Bruder.«

»Ja, und ich selbst habe es ihr gesagt«, meinte nun Gundrun. »Du wirst keine Schwierigkeiten mit ihr haben. Zwar konnte ich ihr keine drei Worte hintereinander entlocken, aber sie saß die ganze Zeit, während sie hier war, still beim Spinnen und schaute sich dabei genau um. Wenn du nicht zu schroff zu ihr bist, wird sie dir, glaube ich, eine gute Frau sein.«

Gundahari lachte. »Solange du weißt, was du im Hochzeitsgemach zu tun hast! Hai ... Hagan, wir sind hier ganz unter uns. Sag uns die Wahrheit.« Der Hending schob sich den Goldreif auf dem dichten braunen Haar ein wenig weiter nach hinten und rieb sich die rote Druckstelle, die das glatte Metall auf seiner Stirn zurückgelassen hatte. Das Lachen war aus seiner Stimme verschwunden, als er sagte: »Siehst du irgendein Hindernis bei der Erfüllung deiner ehelichen Pflichten?«

»Attila hat mich nicht mit leeren Händen heimgeschickt, und ich gehe davon aus, daß auch du meine Dienste reich genug entlohnen wirst, damit ich nicht auf den Straßen zu betteln brauche, um meine Gattin zu ernähren.«

Auf Gundaharis Wangen breitete sich Röte aus wie verschütteter Wein. Grimhild räusperte sich und pochte mit langen Fingernägeln auf das blaugrüne Goldemail ihrer Gürtelschnalle.

»Wir haben Gerüchte gehört«, murmelte sie. »Über dich und Waldhari.«

»Wir waren nie Liebende, auch wenn viele es geglaubt haben. Macht euch in dieser Hinsicht keine Sorgen; ich kann meine ehelichen Pflichten bestens erfüllen.«

Gundahari brach in lautes, befreites Gelächter aus und schlug Hagan auf die Schulter. »Sehr gut. Und wie ich sehe, sprießt dir bereits ein stattlicher Bart. Bis zu deinem Hochzeitstag müßte er üppig gewachsen sein.«

Hagan hatte sich seit seiner Abreise aus Attilas Lager in keinem Spiegel mehr gesehen, denn der Spiegel und das Messer, mit denen er sich rasiert hatte, gehörten Waldhari. Aber er fühlte die weichen Stoppeln an seinem Kinn und wußte, daß sein Bart dicht war. Nun ja ... er würde ohnehin nie mehr den Frauenhag Attilas betreten, und wenn er nicht für den Rest seines Lebens sitzen und spinnen wollte, war es passender, die Zeichen der Männlichkeit zu tragen.

»Hast du inzwischen von irgendeiner Jungfrau erfahren, die für dich in Frage kommen könnte?« fragte er. Gundahari schüttelte den Kopf. »Und was gibt es Neues von Sigifrith?«

Gundrun seufzte, ein kurzes, tiefes Katzenzischen, und warf das lange, wirre, honigbraune Gelock in den Nacken. »Zum Ostarafest lief er fort, und seitdem hat niemand von ihm gehört«, antwortete sie, und eine dünne Spur von Ärger zog sich durch ihre leise Stimme. »Er hat es nicht einmal für nötig befunden, seinen Eltern Botschaft zu senden. Manche sagen, er sei verhext und von Trollen geraubt, andere, er habe sich verkleidet und einer Räuberbande angeschlossen, weil Alaperct ihn nirgends in Pflege geben wollte, wo vielleicht gekämpft würde. Ich halte das für wenig wahrscheinlich, denn ein Recke seines Alters und von der Größe und Stärke, zu der er, wie es heißt, herangewachsen ist, würde überall erkannt werden. Aber ... er kann natürlich ums Leben gekommen sein.«

Ihre hellblauen Augen blinzelten, um das Wasser zurückzuhalten; ihre Fäuste ballten sich zu festen kleinen Steinklumpen, und Hagan hörte das gefährliche Knistern in ihrer Stimme, das wie zertretenes kostbares römisches Glas klang. »Wenn wir bis zum nächsten Ostarafest nichts von ihm hören, müssen wir die Verlobung aufheben. Ich lasse mich nicht noch einmal so behandeln, auch nicht von einem Wälsungensohn.«

»Nein, das würde sich wenig ziemen«, stimmte Hagan zu. Plötzlich begann seine Kopfhaut leise zu prickeln, und seine Haare sträubten sich wie im aufgeladenen Gewitterwind. Warum sollte er für Gundrun nicht seine Schamanenkunst üben und herausfinden, ob Sigifrith lebte oder tot war, gesund oder krank – oder der Mann einer anderen? Es wäre zum Wohl der ganzen Sippe, und wenn er den Platz des Sinwists als Ratgeber einnehmen wollte, mußte er ohnehin beweisen, daß er die Fähigkeit dazu besaß.

»Gundrun«, sagte er, »ich glaube, ich kann dir helfen, Sigifrith zu finden.«

Gundruns Atem stockte. Sie starrte Hagan mit halbgeöffnetem Mund an, als wisse sie nicht, ob sie weinen oder ihn anschreien sollte, weil er sie verspottete. »Wie könntest du das, wenn es unserer Mutter nicht gelungen ist? Willst du ausziehen und ihn suchen? Und wenn es so ist, warum bist du dann überhaupt nach Hause gekommen?«

»Sorge dich nicht, Gundrun«, erwiderte er. Gundaharis Brauen runzelten sich düster. Grimhild beugte sich und sah an seiner Schulter vorbei auf Hagan. Ihr Blick war scharf geworden wie der Jagdblick des Falken. Aber Hagan hatte gesprochen und mußte nun weitersprechen. »Als ich bei den Hunnen war, lernte ich ... von einem, der die Kunst des Sinwists beherrschte. Er zeigte mir, wie man in den Welten um uns herum Dinge suchen und finden kann, wie man die Worte der Götter und Geister hört und anderen rät, wie der Sinwist es tat. Zwar bin ich noch nicht bereit, Speer und Brünne abzulegen und wie der Sinwist zu werden, aber Wodan verlangt das auch nicht von seinen Gudhijas. Ich glaube daran, daß er mich ins Lager der Hunnen geführt hat, damit ich dort lernte, was ich hier nicht lernen durfte, und daß ich, damit unser Volk seine Seele nicht verliert, dereinst den Platz des Sinwists einnehmen muß.«

Gundaharis Blick glitt an Hagan vorbei und heftete sich auf etwas, das hinter ihm lag, vielleicht den geschnitzten Sippenpfosten, der auf der rechten Seite der Halle aus den Schatten ragte. Der Hending bewegte sich unbehaglich auf seinem Sitz und rieb sich mit dem Daumen die Ebernarbe am Arm, als schmerze sie plötzlich.

»Das Haus des Sinwists steht nicht mehr«, sagte er leise. »Nach seinem Tod wollte niemand dort wohnen. Das Haus wurde verbrannt und alles, was darin war, mit seinem Besitzer begraben.«
»Was einmal stand, kann wieder stehen, und dieses Haus kommt ohne die Maurerkunst der Römer aus.«
»Ein anderes Haus ist für dich bereitet«, flüsterte Grimhild.
»Der Bruder des Hendings muß in einer Halle wohnen, die seinem Rang angemessen ist, nicht in einer Weidenhütte oder einem Lederzelt. Es soll nicht heißen, daß Gundahari seine eigene Sippe vernachlässigt – oder gar dich verstößt, nur weil müßige Münder über dich tuscheln.«
»Ich glaube nicht, daß jemand so reden würde, wenn ich das Amt des Sinwists einnähme. Ich erinnere mich noch gut, wie es früher war, als Sinwist und Hending das Volk gemeinsam führten, eine Verbindung aus weisem Rat der Götter und Geister und Vernunft, Klugheit und allen anderen Vorteilen, die ein wahrer Herrscher seinem Volk bringt. Ich habe jetzt gesehen, wie auch unsere Sitten einst aussahen, daß nämlich Attila seinen Gudhija bittet, für ihn mit den Anderswelten zu sprechen, und sich dann nach dem richtet, was die Wesen des Jenseits ihm raten. Um Gebicas und des Sinwists und um der Stärke der Gebicungen willen sollte es auch bei uns wieder so sein.«
Gundahari stützte den Ellenbogen auf die geschnitzte Lehne des Hochsitzes und die bärtige Wange in die Hand und lehnte sich näher zu Hagan. »Gerade um Gebicas und um der Stärke der Gebicungen willen ist das alles nicht mehr möglich«, sagte er schwer. »In den alten Tagen waren wir nur unserem eigenen Volk verantwortlich; Hending und Sinwist brauchten über niemanden zu herrschen als unseren Stamm. Heute gehört uns ein großes Land, und wir haben es täglich aufs neue mit den Römern zu tun. Viele Menschen sind uns jetzt untertan, und in unserem Volk gibt es mehr Sitten und Bräuche als damals in der Steppe. Und früher... früher konnte der Sinwist sein Amt nicht verlieren, ganz gleich, was geschah; aber wenn die Ernte schlecht war oder sein Kriegsglück versagte, konnte man den Hending absetzen und einen neuen bestimmen. Wenn aber den Römern ... oder den Christen ... erst einmal diese Möglichkeit einfällt, dann ist das Geschlecht der Gebicungen wirklich verloren, denn nichts lieben unsere Feinde mehr, als unsere eigenen Gesetze zu verdrehen.«
Während er sprach, glaubte Hagan den Holzstuhl, auf dem er saß, die

Steinplatten unter seinen Füßen und die dunkle Eiche des Tisches unter seinen Ellenbogen allmählich nicht mehr zu fühlen. Er schwebte in einem Nebel, als sei Midgard rings um ihn her geschmolzen. Die breite Gestalt seines Bruders verschwamm zum Schatten vor Grimhilds durchbohrendem Blick. Wie aus weiter Ferne hörte er Gundahari murmeln, aber die Worte zerrannen ihm im Ohr zu sinnlosen Lauten und gingen im Rauschen des Flusses unter. *Jetzt könnte ich gehen*, dachte er matt. *Was hält mich noch hier, wenn Gundahari mich nicht braucht?*
Das Summen in seinem Kopf wurde lauter. Winde warfen ihn hin und her. Eine Bö schleuderte ihm den Kopf in den Nacken, ohne daß er den Ruck fühlte. Er wußte, daß er sich dem Fluß näherte, auf dem der Schwan schwamm, dem Volk seines Vaters, was immer es sein mochte; in dieser Welt fand jeder die Gesippen, die ihm vorangegangen waren. Aber ein anderer Ton schrie durch das Brausen des Stromes, eine Frauenstimme, schneidend nasal, Gundruns Stimme, scharf und hoch vor Wut. »Hagan! Hagan! Wag es nicht! Hagan! Komm sofort zurück!«
Hagan bewegte den Kopf, als wolle er das Rufen seiner Schwester abschütteln wie eine Mücke. Aber ihre Stimme wurde nur noch lauter und schriller. Schließlich hob er die Hände, um sich die Ohren zuzuhalten, und sogleich flossen die Nebel zusammen und verdichteten sich zur Gestalt Gundruns, die keine Handspanne entfernt vor ihm stand und ihn anbrüllte. Ihre helle Haut war zorngerötet, das honigbraune Haar zu Büscheln gesträubt wie Vogelgefieder.
»Sei ruhig«, bat Hagan erschöpft. »Ich kann dich hören.«
»Gut! Du darfst das nie wieder tun, nie wieder, schwörst du es uns? Ich will nicht, daß du Sigifrith suchst oder sonst etwas unternimmst, bei dem wir dich ... verlieren könnten.«
»Das werde ich nicht schwören. Wenn ich meinen Körper aus gutem Grund verlasse und weiß, daß ich zurückkehren muß, besteht keine Gefahr für mich.«
»Gundahari kann das nicht zugeben«, bemerkte Grimhild, die hinter ihm stand, so ruhig, als hätte sie seine Worte gar nicht gehört. »Du warst so lange fort, daß wir kaltes Wasser holen und dich damit überschütten, dir die Füße reiben und noch viele andere Dinge tun konnten, um einen Menschen zurückzuholen, der zu weit in die Anderswelt gewandert ist. Wir alle fürchteten schon, du würdest nicht wiederkommen.«

Erst jetzt merkte Hagan, daß sein Haar naß war und das Wams unter den kalten Gliedern der Brünne eisig am Körper klebte. Doch kaum jagten die ersten Frostschauer über seine Haut, als Gundahari aufstand, sein Wams auszog, ehe Hagan noch Einwände erheben konnte, und es ihm umlegte.
»Du brauchst es jetzt dringender als ich. Bei Engus, Hagan, wenn ich gewußt hätte, daß meine Worte dich so treffen würden, hätte ich mir lieber die Zunge abgebissen.«
»Dann war es besser, daß du gewartet hast, bis ich nach Hause kam, bevor du dich dazu entschlossest; ohne Zunge zu herrschen würde dir schwerfallen. Aber es ist noch nicht zu spät. Ich meine, wenn wir guten Rat finden, brauchen wir die Einflüsterungen der Römer in unserem Volk nicht zu fürchten; denn die Weisheit und Gunst der Götter und Geister fallen schwerer ins Gewicht.«
Gundahari beugte sich über ihn und nahm mit großen warmen Fingern Hagans Hand. »Und wie könnte ich dich auffordern, mir ihre Worte zu überbringen, wenn ich weiß, daß wir dich dabei verlieren könnten wie den Sinwist? Wir können uns auf unsere Mutter verlassen, die Einblick in die verborgenen Welten besitzt; Frauja Engus und die Frawi haben unser Geschlecht und meine Herrschaft gesegnet, und du bringst uns nun Wodans Weisheit und Kriegskunst. Auch die anderen Götter und Göttinnen sind nicht vergessen, denn sie alle haben ihre Stätte bei uns, und bei den heiligen Opfern rufen wir wie in alten Zeiten ihre Namen an. Du brauchst dich um unser Volk nicht zu sorgen, Hagan. Vielleicht haben wir uns anders entwickelt als die Hunnen, seit wir die Steppe verließen, aber wir sind auch keine hunnischen Hirten mehr und brauchen den Rat ihrer Gudhijas und ihre Künste nicht mehr wie vielleicht damals. Es ist deine Klugheit und brüderliche Liebe in *dieser* Welt, die mir not tut, denn schutzlos ist der Rücken, den Bruder nicht schirmt, und es gibt mehr Feinde, die mich vernichten wollen, als ich Augen zum Sehen habe.«
Wieder fiel Hagan auf, wie dunkel das Fleisch unter Gundaharis Augen war und sich schon Furchen in seine Stirn und um seinen Mund zogen; sein erstes Jahr auf dem Thron war kein leichtes gewesen. »Es ist gut, daß du das jetzt weißt. Ja, ich werde über dich wachen, so gut ich kann.«
Und in jeder Weise, fügte er stumm hinzu; ob Gundahari ihn nach dem Rat der Götter und Geister fragte oder nicht – Hagan würde trotzdem diesen Rat suchen und dem Hending dann das Nötige mitteilen.

»Doch nun komm«, fuhr Gundahari fort. »Du mußt müde sein nach der langen Reise, und ich möchte, daß du gut ausgeruht bist, wenn du mit mir zu den Römern reitest, um mit ihnen zu verhandeln.« Er erhob seine Stimme und rief ein paar kräftige Sklaven, die Hagans Gepäck tragen sollten.
»Wo gedenkst du mich unterzubringen?«
»Folge mir, dann wirst du es sehen.«
Draußen regnete es noch immer. Die fallenden Tropfen klebten Gundaharis Locken schon bald als dunklen Otterpelz an den runden Schädel und Nacken. Grimhild und Gundrun hatten ihre Kapuzen aufgesetzt; Gundrun trug einen dunkelblauen Mantel über dem hellblauen Kleid und Grimhild einen schwarzen über ihrem dunkelblauen Gewand. Hagan wünschte, er hätte die Schaffellmütze nicht abgelegt, denn ihr Fett wies den Regen ab, und der dicke Pelz wärmte.
Hagan kannte den Weg zum Flußufer hinab so gut wie den zur Halle des Hendings; oft war er im Dunkeln über das Kopfsteinpflaster und die tiefgefurchten Lehmstraßen gewandert, wenn die Fackeln an den Straßenecken längst erloschen waren. Genausogut kannte er die halbverfallene römische Villa am Ufer, vor der er oft gesessen hatte. Jetzt leuchtete frische weiße Wandfarbe durch den grauen Regen. Das Dach war ausgebessert und neu gedeckt worden, in den leeren Fensterhöhlen glänzte Glas, und die rissigen, beschädigten Fliesen vor dem Eingang waren entfernt worden und hatten nur saubere, glatte Pflastersteine zurückgelassen.
Gundahari zog schwungvoll einen Schlüsselring aus der Gürteltasche, klapperte damit wie der Gyula mit seinen Rasseln und legte ihn dann auf seine breite Handfläche, um ihn, die Griffe nach vorn, Hagan anzubieten wie einen drachengeschmiedeten Dolch. »Das Haus gehört dir – das Haus und alles, was darin ist.«
Hagan nahm die Schlüssel. Er wußte nicht, was er sagen sollte, darum wandte er sich wortlos zur Tür. Einen Augenblick starrte er auf den Türklopfer, die Bronzemaske eines Mannes, dessen lockiges Haar und krauser Bart sich wie Schlangen ringelten. Ihm fiel eine von Waldharis Geschichten aus dem Süden ein, von einer Zauberfrau mit Schlangenhaaren, deren Blick Männer in Stein verwandelte, so wie die Sonne Trolle versteinerte. *Wohlgeschützt ist mein Haus*, dachte er.
Er schob den größten der Schlüssel ins Schloß. Die Tür war frisch geölt und öffnete sich geräuschlos.

Das graue Licht, das durch das gerippte Glas der Fenster neben der Tür fiel, zeigte ihm eine breite Eingangsdiele mit zwei niedrigen Liegen. Er roch das neue Holz und die frische Farbe; sie konnten noch nicht lange hier stehen. Der nächste Raum erinnerte an Gundaharis große Halle, wenn er auch kleiner war: es gab den gleichen geräumigen Kamin an der Stirnseite, den gleichen Herrentisch davor und zwei kleinere Tische über die ganze Länge des Raumes. Offensichtlich hatte jemand aus südlicheren Gefilden für die Einrichtung gesorgt, denn in einem harten Winter würden die am unteren Ende der Tafel Sitzenden fast erfrieren; Gebica hatte den Kaminen in seinem Haus wenigstens eine Anzahl weiterer hinzugefügt.
»Schau, innen ist ein Garten, in dem man bei gutem Wetter sitzen kann«, sagte Gundahari und ging voran. »Wir haben ihn für dich neu anlegen lassen, und Mutter hat selbst die Kräuter gepflanzt.«
Der Garten war ein Viereck im Herzen des Hauses. In jeder Ecke wuchs ein Wacholderbaum, dessen scharfer Geruch an Hagans Erinnerungen zerrte wie ein Gewicht am Saum seiner Brünne. In der Mitte stand hoch und schlank eine Birke. Alle Kräuter waren da, dunkelbeeriger Zauberer-Nachtschatten und blaublühender Rosmarin, fleckblättriger Otternbann und Schierling, die hohen Triebe von Lauch und Speerlauch, breite Hwanna-Blätter mit Spitzenmuster und letzte, schon welkende, blaue Borretschblüten, die zarten, fedrigen Wedel des Wermuts...
»Du hast dir viel Arbeit gemacht, Mutter.«
»Vielleicht spart es dir Zeit«, murmelte Grimhild.
Als nächstes zeigte Gundahari Hagan einen Raum, in dessen Mitte ein breites, reich mit Fellen und Wolldecken belegtes Bett stand. Die Pfosten waren mit geschnitzten Äpfeln und Birnen geschmückt, Symbolen, die das eheliche Lager segnen sollten.
»Schon bald wirst du deine Braut hierherbringen«, lachte der Hending. »Sieh dir das Bett gut an – mit Fraujas und Frawis Segen verlebst du hier gewiß viele deiner glücklichsten Stunden.«
Die Küche der Villa war mit verschiedenem Käse, Räucherfleisch, Fisch und allen Zutaten zum Brotbacken reichlich ausgestattet. Auch ein großes Faß Bier und ein kleineres Weinfaß standen dort. »Wir nahmen an, du wolltest dir deine Sklaven selbst aussuchen«, erklärte Gundrun. »Am Stadtplatz gibt es einen Händler, der oft gute Köche und Hausklavinnen anzubieten hat. Wenn du bei den Hunnen nicht auch das Kochen und

Nähen gelernt hast, solltest du ihn möglichst bald aufsuchen, damit dich jemand versorgt, bis du verheiratet bist.«

»Nicht nötig«, knurrte Hagan, dem die Glieder längst schwer von Reisemüdigkeit waren. Er wollte nur, daß man ihn allein ließ, damit er endlich ein wenig schlafen konnte.

Aber er fand keine rechte Ruhe. Um sich herum spürte er die Leere des großen Raumes, den kalte, viereckige Steinblöcke begrenzten. Obwohl er während seiner ganzen Kindheit in Gebicas römischer Steinburg geschlafen hatte, war es immer Gundaharis Stimme gewesen, die von den Wänden widerhallte, Gundaharis Wärme, die ihn nicht frieren ließ. Hier hörte er nur seinen eigenen langsamen Atem und den kalten Regen, der an das Fenster klopfte und über das gerippte graue Licht herabfloß. Hagan lag voll bekleidet auf dem Bett, ein dickes Bärenfell über den nackten Füßen. So sank er endlich in unruhigen Schlaf. Einmal glaubte er, Waldhari vor seinem Bett stehen zu sehen und die Hand des Freundes auf seiner Schulter zu spüren. Aber als er die Augen aufschlug, war er allein.

Nach einiger Zeit wurde er wieder ganz wach. Es war inzwischen vollständig dunkel. Kein Mondlicht schimmerte durch die nassen Glasscheiben, keine Fackel brannte im Haus. Hagan blieb eine Weile mit offenen Augen liegen, bis er sich an die Finsternis gewöhnt hatte. Seine Familie hatte kein Feuer angezündet, aber jemand hatte das Holz fertig für ihn geschichtet, und in Hagans Gürteltasche befanden sich Feuerstein, Stahl und Zunder.

Anstatt jedoch Feuer zu machen, ging er durch das Haus und zur Vordertür hinaus. Noch immer herrschte feuchter Nebel, in dem die Straßenfackeln zischten und flackerten; ihr unruhiges Licht warf ein Heer aus schwankenden Schatten auf den Weg. Sie waren fast niedergebrannt und zeigten Hagan, daß es später war, als er angenommen hatte. Kein Mensch war zu sehen. Aus Rauchlöchern und Feuerstellen drang kaum noch Licht.

Hagan konnte so ungehindert in die Halle des Hendings schleichen wie früher, wenn er in den langen, dunklen Stunden vor Sonnenaufgang vom Fluß zurückgekommen war. Einige Sklavinnen fegten die fackelbeleuchteten Gänge. Sie zuckten erschrocken zurück, als er sie im Vorbeigehen streifte, und eine griff nach dem langstämmigen Holzkreuz an ihrem Hals. Hagan sah es mit Mißfallen; hatte es wirklich schon so

viele Christen aller Schichten in Worms gegeben, als er es verließ? Wenn es so weiterging, würden sie bald ihre Kirchenglocken in Hörweite des heiligen Felsens am Rhein läuten, dort, wo die Sippe des Hendings ihre heiligen Rituale abhielt – wo Hagan heiraten würde.
Unter den Spalten von Grimhilds Tür schien Licht hervor. Hagan hörte sie flüstern, als spreche sie mit jemandem, der ohne Worte antwortete. Aber selbst sein scharfes Ohr konnte ihre Rede nicht deuten. Anstatt zu klopfen, hob er die Hand und kratzte leise mit den Fingernägeln an den Eichenbrettern. Wenig später verstummte Grimhilds Gemurmel. Hagan vernahm ihre Schritte auf dem Fußboden, leicht und schnell wie die Finger eines Harfners auf seinen Saiten, und die Tür öffnete sich.
Grimhilds Haar wallte lose um ihr Gesicht, ein dunkelbrauner Fluß, durchzogen von schimmernden, silbernen Fischspuren. Sie trug nur ein schlichtes weißes Hemd, und ihre kleinen Füße waren bloß. Ohne die Krähenfüße von Alter und Sorge in ihren Augenwinkeln und die Falten auf ihrer Stirn hätte sie ein junges, im Schlaf überraschtes Mädchen sein können.
»Komm herein, mein Sohn.«
Hagan folgte ihr in die Kammer. Noch lag der liebliche Duft verbrannter Kräuter in der Luft, obwohl von dem kleinen Feuer in der Mitte kein Rauch mehr aufstieg. Grimhild setzte sich auf den Rand eines dreibeinigen Hockers, der vor den Flammen stand, und überließ es Hagan, um das Feuer herumzugehen und auf der anderen Seite stehenzubleiben. Sie saß da wie ein Falke, jeden Augenblick bereit, herabzustoßen und ihre Beute zu schlagen; aber die zum Zerreißen gespannten Muskelstränge, die an ihrem Körper hervortraten, konnten genausogut Flucht wie Angriff bedeuten. Ihr dunkler Blick, der wild hin- und herzuckte, verriet ihm, daß er längst die Hand am Griff seiner Waffe hätte haben müssen, hätte Grimhild ein Schwert getragen. Es war gut, daß das Feuer sie voneinander trennte, auch wenn dort gerade noch ihre Zauberkräuter gebrannt hatten.
»Ich habe dich nicht gerufen«, begann die Königin der Burgunder, »aber ich bin froh, daß du gekommen bist. Es gibt vieles, über das wir reden müssen.«
Hagan wartete.
»Es war mein Rat, dich früher nach Hause zu holen, und meine Entscheidung, dich Kostbera heiraten zu lassen. Es gibt Gründe für beides.«

Leichtfüßig tanzten die Flammen, drehten sich aufwärts und kräuselten sich ineinander, als webe und flechte Loki seine rotgoldenen Zöpfe wie eine Jungfrau zur Winterzeit. Hagan sah die schimmernde Wand, die sich zwischen seiner Mutter und ihm erhob, die Wand, durch die nichts Böses dringen konnte, ähnlich dem verborgenen Schein aus den heiligen Feuern der Hunnen, zwischen denen jeder, der zu ihnen kam, durchgehen mußte. Im freundlichen Licht der Flammen wirkten Grimhilds scharfe Züge jünger; sie und Hagan hätten gleichaltrig sein können, Schwester und Bruder statt Mutter und Sohn.
»Was hast du vorausgesehen?«
»Ich habe gesehen... daß Gundahari das Leben oder den Thron verliert, wenn nicht gewisse Ereignisse eintreten. Darum war es nötig, daß du während seines ersten Jahres als Hending fortgingst, damit die Männer nicht dich für den wahren Herrscher hielten oder ihn für zu schwach, seines Vaters Platz allein zu behaupten.«
»Dann war es gut für ihn, daß sein Vater so bald starb.« Hagan brauchte nicht mehr zu erwähnen, was er am Ufer jenes Flusses erlebt hatte. Er sah das Wasser, das dunkel in Grimhilds Augen glänzte, und hörte den winzigen Sprung in ihrer Stimme wie das erste Aufbrechen des Eises am Winterende.
»Bedenke, was sonst geschehen wäre«, flüsterte sie. »Wenn du deinen Bruder liebst, wie Gebica noch immer seinen Sohn liebt, dann bedenke es... Sigifrith ist verschollen, doch nicht verloren; sein Schicksal ist zu stark, als daß man es leicht wenden könnte. Greift nicht ein Mächtiger ein, so heiratet er Gundrun. Und der neue Hending muß nicht der Sohn des alten sein, solange er nur zur Sippe zählt. Wäre Gebica drei Jahre später gestorben, wie es hätte sein können, so hätte Sigifrith, Gundruns Gemahl, auf der Höhe seines Ruhmes gestanden...«
Hagan erinnerte sich gut an das Leuchten in Sigifriths Augen, sein helles Lachen in der warmen Frühsommerluft und daran, wie mühelos er das große Alamannenroß geritten hatte, als sei das Tier nur auf der Welt, um ihm zu gehorchen.
Was war Gundaharis Ernsthaftigkeit gegen Sigifriths Strahlen, seine harte Arbeit und sein bedächtiges, sorgfältiges Abwägen gegen Sigifriths Macht über die Herzen der Menschen, die er überragte wie eine blühende Königskerze das dürre Gras – ein Hirsch, von dessen Geweih im Morgenlicht goldener Tau tropfte?

»Und doch ist Sigifrith zu unbedacht, um einem Volk wie dem unseren ein guter Hending zu sein«, sagte er nachdenklich. »Er könnte ein Heer im Krieg führen, aber nicht in Friedenszeiten Kerbhölzer prüfen und Gesetze schaffen.«

»Es war gut für unser Volk, daß Gebica zu diesem Zeitpunkt starb, denn jetzt behauptet Gundahari seinen Platz aus eigenem Recht und hält ihn fest. Ich trauere um meinen Gemahl ... doch ein jeder geht, wenn er muß.«

»Oder wenn man ihm nachhilft.«

»Manchmal muß die Liebe hinter der Vernunft zurückstehen. Ich hätte nie gedacht, dein Herz schwach zu finden, wenn es dazu kommt, das Notfeuer zu zünden.«

»Ich war nicht dabei und kann darum nicht sagen, ob ich dir geholfen oder dich gehindert hätte. Doch wenn ich es wirklich für nötig gehalten hätte ...« Die Stimme versagte ihm. Grimhild hatte in Gebicas Halle gewohnt, ihn umarmt und ihm Kinder geboren. In Hagans Adern floß Waldharis Blut so gut wie Gundaharis – könnte er um des einen Bruders willen das Schwert gegen den anderen erheben?

Die scharfen Linien in Grimhilds Gesicht schienen ein wenig weicher zu werden, als trübe der Nebel einer alten Erinnerung ihren durchdringenden Blick. »Wenn du es wirklich für nötig gehalten hättest ... Mein Sohn, du hast Worms als das verlassen, wofür ich dich empfing und gebar: deines Bruders Hüter, bereit zum Opfer für ihn. Du hast bei den Hunnen mehr gelernt, als ich jemals erwartet hätte. Nun bist du erwachsen, ein Mann mit eigenem Willen und eigenen Bedürfnissen, und mehr noch ... du bist dem Reich der Menschen nähergekommen und durch die Eide, die du geschworen und die Bande, die du geknüpft hast, jetzt besser vor dem Ruf der Anderswelt geschützt.«

Ihre Hand zeichnete eine Rune: X, *Gebo*, die Rune der gegenseitigen Geschenke, der Eide und Ehen und aller Bindungen durch Gaben. »Und dennoch kann ich deiner nicht mehr so sicher sein wie einst; und selbst wenn, so war doch dein Leben nie gefeit; viele Male hättest du in der Schlacht fallen können, morgen schon könnte ein Fieber dich hinwegraffen. Kannst du behaupten, ich hätte unrecht getan, als ich dafür sorgte, daß Gundahari den Platz seines Vaters im Notfall allein behaupten kann?«

Hagan schüttelte langsam den Kopf.

»Und auch Sigifrith wird unsere Sippe stärken, sein Ruhm den unseren heller leuchten lassen, sobald er Gundrun geheiratet hat und man ihn dazu anspornt, die Taten zu tun, die ihm sein Schicksal bestimmt hat; sonst wäre dein Bruder nie vor ihm sicher.«
»Ja. Welche anderen Gefahren siehst du für Gundahari, daß du mich so schnell zurückholen mußtest?«
»Mehrere. Die Römer sind wankelmütig; sie halten das Gastrecht nicht so heilig wie wir. Ungut wäre es, ritte Gundahari mit ungeschütztem Rücken zum Kampf, denn ich weiß, daß es zum Waffengang kommen wird. Er braucht guten Rat – wo er in der Halle sitzen und wie er seine Männer darauf vorbereiten soll, daß sie nicht kampfbereit scheinen und doch aufspringen können, wenn er sie ruft.«
Hagan nickte. Er fühlte bereits das Gewicht des Helmes auf seinem Haupt, und das Eisen verschmolz mit der Maske seines Gesichtes. »Ich werde ihm helfen. Du hattest recht, mich nach Hause zu rufen.«
»Und was Kostbera angeht . . . sie ist zwar Christin, aber sie hat die Gabe des Sehens, die du und Gundahari brauchen werdet, um Rat zu suchen, wenn ich tot bin – sofern sie den Mut findet, davon Gebrauch zu machen. Auch du wirst später den Rat einer klugen Frau nötig haben, und ihre Gabe ist etwas so Seltenes, daß wir nicht darauf verzichten können, um so mehr, als Kostbera jung und die Tochter eines starken Fürsten ist, der sich mit uns verbünden will.«
Sie weiß es nicht, dachte Hagan. *Sie weiß nicht, was ich selbst sehen und wessen Rat ich suchen kann, wenn ich auf der Pferdehaut sitze, die der Gyula mir schenkte, und die Trommel schlage, die er mich bauen lehrte. Sie weiß nicht, daß eine Frau nichts sehen kann, das vor meinen Augen verborgen wäre, denn auch wenn ich jetzt einen Bart trage, kann ich mich noch immer frei unter Frauen bewegen.* Aber er wußte ebensowenig, ob Grimhild ihn nur verlocken wollte und ihre Worte nichts als Irrlichter im Nebel waren, die ihn führten, wohin sie wollte, damit sie erfuhr, was er wußte, oder ob sie wirklich nichts von den Dingen ahnte, die er bei den Hunnen erlebt hatte.
»Ich meine«, sagte er, »daß Tapferkeit schwerer zu lernen ist als Geschicklichkeit. Ist ein Herz in der Jugend schwach, kann man nicht darauf vertrauen, daß es in der Brust des Erwachsenen stärker schlägt. Ich wüßte lieber ein tapferes Herz und einen schwächeren Arm an meiner Seite, als einen starken Mann, der den Mut verliert und davonläuft,

wenn sich die Schlacht zum Schlechten wendet, und das, denke ich, gilt auch für alles, was mit Zauberkunst zu tun hat.«
»Und doch habe ich bei all deiner Tapferkeit nicht gehört, daß du vom Pferderücken aus kämpfen kannst wie die Hunnen, nur daß Waldhari als einziger Mann der westlichen Stämme diese Fähigkeit besitzt, und auch nur, weil sie ihm angeboren ist. Du selbst weißt, daß die meisten anderen Menschen für das Flüstern, das du schon seit deiner Geburt vernimmst, taub sind. Bei Kostbera wird es anders sein . . . und vielleicht findest du doch Glück in dieser Ehe, denn deine Frau muß dir nicht ins Gesicht sehen, um dein Herz zu kennen.«
»Wäre sie keine Christin, wäre ich zufriedener.«
»Warte ab und sieh, was geschieht, Hagan.« Grimhild beugte sich vor und streckte ihm die dünne Hand entgegen. Auf dem glatten Glanz ihrer langen Nägel fing sich der Feuerschein, als hielte sie eine Fackel. »Du mußt mir vertrauen.«
»Nach allem, was ich gelernt habe, verlasse ich mich lieber auf mich selbst und meinen eigenen Rat.« Hagan hielt inne. Seine Entschlüsse schienen ihm plötzlich wie Gold und Silber auf einer Händlerwaage – was sollte er Grimhild sagen, wieviel durfte sie wissen? Aber sie hatte nie aus bösem Willen gehandelt und viel zum Wohl der Burgunder getan. Darum sagte er: »Es war keine bloße Prahlerei, als ich erklärte, ich könne den Platz des Sinwists einnehmen. Du selbst hast gesehen, daß ich meinen Körper verlassen kann, und ich kann den Rat der Anderswelt so gut suchen wie du oder jede andere Frau. Ich brauche Kostbera nicht.«
»Und dennoch sollst du sie heiraten, um unser aller willen. Sie wird dir eine Helferin werden und alle Gerüchte zum Schweigen bringen, du hättest Dinge getan, die eines Mannes unwürdig sind. Wir haben schon genug Schwierigkeiten mit dir.«
Hagan dachte an die finsteren Seitenblicke, die man ihm in den Straßen von Passau zugeworfen hatte, an die Frauen, die ihre langen Mäntel gerafft und ihre Kinder weggezerrt hatten. Hier aber saß Grimhild auf ihrem dreibeinigen Hocker, aufrecht wie ein schlanker Stab, und sie hatte den Namen der Zauberhexe länger getragen als den goldenen Reif auf ihren dunklen Flechten.
»Solange ich nicht Hending bin, sollte es keine Schwierigkeiten geben«, antwortete Hagan langsam. »Niemand empfand es als Schmach für Gebica, daß du ihm Rat gabst und ihm mit deinen Zauberkünsten halfst.

Wenn ein Volk weiß, daß eine Königin solche Künste übt und ihren Gemahl dennoch nicht vom Thron stößt, kann man kaum etwas über mich sagen. Nur wenn Gundahari sterben sollte . . .« Und wenn dieser Fall eintrat, sei es im Kampf, sei es durch andere Ursachen, würde der nächste Hending wahrscheinlich Gisalhari oder Gernod sein – beide Christen und sehr jung zum Herrschen – oder Hagan selbst.
»Mag sein, aber die Zeiten ändern sich. Wir können uns nicht erlauben, die Christen zu reizen, und du weißt . . . wie sie dich ansehen werden.«
»Mir scheint, daß es bei meiner eigenen Familie nicht anders ist, wenn mein Bruder einen Eid von mir fordert, ehe er mich in unserer Halle willkommen heißt.«
Grimhilds Augen wurden schmal, ihre Hände ballten sich im Schoß. Hagan wußte nicht, ob es Zorn oder Scham war, die die schmalen Vorsprünge ihrer Wangenknochen röteten.
»Auf jeden Fall mußt du Kostbera heiraten, denn Gundahari hat es bereits beschworen.«
»Wenn ich heiraten muß und nicht wählen darf . . .« Einen Herzschlag lang sah Hagan das Licht von Saganovas Goldschmiede in den Flammen und hörte in ihrem Knistern ganz leise das Zischen der Blasebälge. »Dann ist eine Frau wohl so gut wie die andere, auch wenn ich bezweifle, daß ihr ihr etwas Gutes tut, wenn ihr sie mit mir zusammenspannt.«
»Selten schließen die Kinder der Mächtigen die Ehe nach ihrem Willen.« Grimhild war aufgestanden und zerhackte ihre Worte mit scharfem Handkantenschlag. »Doch es ist spät, und ich denke, wir haben genug geredet. Du hast morgen viel zu tun, denn du sollst die Krieger anführen, mit denen dein Bruder nach Westen reitet.«

Nachdem Hagan die Halle der Gebicungen verlassen hatte, ging er nicht sofort nach Hause, sondern bog ab und folgte der aufgeweichten Lehmstraße hinunter zum Rhein. Nur noch wenige Regentropfen fielen auf das dunkle Wasser, ein leises Pochen über den flüsternden Stimmen in der Tiefe des Stromes. Für die Toten dort war Hagan nur einen Herzschlag lang fortgewesen, waren seine anderthalb Jahre des Kämpfens und Wachsens nur ein kurzes Funkeln im Wasser des Schicksalsbrunnens; und doch hießen sie ihn willkommen, raunten ihm ihre Runen ins Ohr und griffen nach seinen Händen, als er die Kleider abstreifte und in die kalte Flut tauchte.

Kalt war auch der Regen, der auf ihrem Zug durch Gundaharis gallisches Land die Burgunder durchnäßte. Die Reise erschien Hagan als endlose Folge von knarrendem, triefendem Sattelleder und Zaumzeug, von Geschnüffel und Geniese der Männer um ihn her und von Stimmen, die sich über das Wetter beschwerten. Gallien war nicht häßlich, ein Land mit sanft wogenden, grünen Hügeln und üppigen Reben, aber der graue Nebel, der über allem hing, ließ es trostlos erscheinen. Grimhilds Warnung eingedenk schlief Hagan im Zelt seines Bruders und aß, was Gundahari aß. Dazwischen beobachtete er die Männer, um herauszufinden, wie man sie, wenn es zum Kampf kam, am besten einsetzte. Die Burgunder hatten ein größeres Heer als die Hunnen, aber Hagan erkannte bald, daß sie nicht so gut ausgebildet waren, weder als Einzelkämpfer noch im Glied; das Heer der Goten und Hunnen siegte durch Geschicklichkeit und Schnelligkeit, nicht durch rohe Kraft. Es dauerte nicht lange, bis Hagan die Reihen entlangritt und die Männer anbrüllte, wie Thioderik und Hildebrand es getan hatten. Wenn sie nach Worms zurückkamen, würde er eine große Musterung halten müssen, sich die besten Krieger heraussuchen und sie drillen ... Attila war ein guter Lehrmeister gewesen, dachte er unwillkürlich.

Der Ritt zur befestigten Steinstadt der Römer dauerte vier Tage. Die meisten Menschen hier sprachen weder Burgundisch noch Latein, sondern Gallisch. Aber die Steine mit ihren Figuren apfeltragender Göttinnen und stabtragender Götter, die an jeder Straßenecke und jedem Stadtbrunnen zu stehen schienen, trugen Inschriften in den Runen der Römer. Auf den die Stadt umgebenden Hügeln erkannte Hagan die gebückten dunklen Gestalten der Weinleser, die durch die Reihen der aufgebundenen Rebstöcke gingen, um die Trauben zu pflücken, bevor sie vom Regen faul wurden und verdarben.

Als sie sich der großen Halle in der Stadtmitte näherten, zügelte Gundahari sein Pferd, löste das Bronzehorn von der breiten Brust und blies die drei scharfen Töne des Haltesignals.

»Reite du voraus, Folkhari«, gebot er dem Sänger, der an Hagans anderer Seite ritt. »Sorge dafür, daß sie wissen, wer kommt, aber sei vorsichtig. Ich will nicht, daß man uns deinen Kopf als Zeichen ihrer Wünsche schickt.«

»Das möchte ich auch nicht. Sei getrost, ich werde aufpassen und nicht aus dem Sattel steigen, damit ich notfalls schnell entkommen kann.«

Hagan sah Folkhari nach, als er davonritt. Der vom Regen dunkle, goldene Zopf auf seinem Rücken schaukelte bei jedem Schritt seines Pferdes hin und her. Wenn Hagan damit nicht Gundahari allein gelassen hätte, wäre er mitgeritten. Aber es war sein Bruder, dem heute die größte Gefahr drohte. Hagan konnte sie im Rücken fühlen; singend fuhr sie ihm die Wirbelsäule hinunter wie ein Wetzstein über eine Stahlklinge, so unausweichlich wie die Regentropfen, die von der glatten Rundung von Gundaharis Goldreif abperlten und aus jeder krausen Locke seiner nassen Haare rannen.
»Du solltest wenigstens den Helm aufsetzen«, mahnte Hagan.
»Erst, wenn es nötig ist. Ich will nicht, daß sie uns aus bloßem Schrecken angreifen. Besser, wir erledigen die Sache mit Worten als mit Waffen.«
Hagan überlegte und mußte seinem Bruder recht geben. Gundahari schien doch ein Hending zu werden – und seinem Vater immer ähnlicher. Damit wurde zwar jeden Tag die Gefahr geringer, daß er den Thron verlor, aber die, daß ein Feind ihn offen angriff, größer.
Als Folkhari wiederkam, war er nicht allein. Zwei Männer in römischer Tracht unter den nassen roten Mänteln, der eine auf einem Fuchs, der andere auf einem Rotschimmel, begleiteten ihn. Sie trugen das kurze Römerschwert an der Seite, waren aber im übrigen unbewaffnet. Hagan hielt sie nicht für echte Römer, obwohl der beleibte Mann auf dem Fuchs glattrasiert war und sich das Haar kurzgeschoren hatte. Aber sie waren größer und schwerer gebaut als viele Männer der Stämme und ihre Augen blau anstatt dunkelbraun. Solche Mischvölker fand man oft in den Ländern, die das Imperium einst für sich beansprucht hatte. Der Reiter des Rotschimmels war größer als sein Begleiter. Er hatte einen kastanienfarbenen Vollbart und langes, rotbraunes Haar. Er sprach auch als erster und rief Gundahari auf lateinisch an. Der Hending antwortete in derselben Sprache. Hagan merkte, wie bedächtig und umständlich sein Bruder die Sätze bildete, obwohl die Worte selbst ihm leicht vom Mund zu gehen schienen. Folkhari ritt wieder zu Hagan zurück.
»Das sind Simonus und Marcus, die Johannes-Söhne, die Herrscher dieser Stadt«, flüsterte der Sänger ihm mit unterdrückter Stimme zu. »Es ist Simonus, der jetzt mit Gundahari spricht.«
Hagan nickte. Er hatte von den beiden gehört. Simonus war der ältere Bruder, während Marcus als der verschlagenere galt; von ihm war eher Verrat zu erwarten. Ihre Mutter Amelia war dafür bekannt, daß sie

Gäste vergiftet oder ihnen, sobald sie aus ihrer Tür getreten waren, Hinterhalte gelegt hatte; Marcus schlug ihr angeblich nach. Auch jetzt prüften die blauen Augen des Galliers sorgfältig die burgundischen Krieger, und ihr scharfer Glanz strafte den plumpen Jagdhundausdruck seines Gesichtes Lügen. Obwohl er nur wenige Jahreszeiten älter war als Hagan, ließen die dunklen Säcke unter den Augen und die Hängebacken Marcus wie einen Mann mittleren Alters aussehen.

»Ruf das Heer«, sagte Gundahari zu seinem Bruder. »Ich werde einiges mit diesen beiden Männern besprechen, und du sollst mich begleiten. Danach sind wir mit den fünfzig edelsten Männern unserer Schar zu einem abendlichen Festmahl geladen.«

»In diesem Fall mußt du mir Zeit geben, mit den Männern zu reden, die wir auswählen, bevor wir zu Tisch gehen. Ich meine auch, daß wir besser sechzig statt fünfzig der besten Krieger mitnehmen sollten. Die Art des Gastrechtes, das man uns bietet, gefällt mir nicht.«

Gundahari runzelte die Stirn, und seine dichten Brauen zogen sich zusammen. »Denkst du . . . ?«

»Ich denke nicht, daß sie uns beim Hereinkommen zählen werden. Falls doch, sagst du einfach, es sei meine Schuld.«

»Gut – wie du willst. Ich werde hier warten, bis du fertig bist.« Er rief den Johannes-Söhnen etwas Lateinisches zu.

Folkhari neben sich, trabte Hagan die Reihen entlang. Er hatte einige der Burgunder abends, wenn das Lager aufgeschlagen war, mit Holzschwertern fechten sehen. Weitere besonders gute Kämpfer konnte ihm Folkhari zeigen. Alle erhielten den gleichen Befehl: sie sollten wenig essen, wenig trinken und unter dem Mantel Brünne und Schwert tragen, sich unter die Gallier mischen und so wenig wie möglich sprechen. Falls Hagan, Gundahari oder Folkhari sie riefen, mußten sie sofort kampfbereit sein. Die übrigen Männer sollten sich in kleineren Gruppen vor der Halle aufhalten, scheinbar absichtslos, aber ebenfalls bereit, sich dort, wo es nötig war, zusammenzuziehen oder von außen kommende Verstärkung abzuwehren.

Als die Burgunder die Halle betraten, trat ihnen ein Mann entgegen, der eine Art Haushofmeister zu sein schien, ein rundlicher, kleiner Gallier in einem grellbunten, rot und gelb gestreiften Wams über leuchtend orangefarbenen Hosen. Er wollte nach Hagans Speer greifen. Hagan zog ihm die Waffe weg.

»Niemand außer mir selbst faßt meine Waffen an. Ich trage sie bei mir, wohin ich auch gehe. Aber ich schwöre, sie auf keine Weise zu benutzen, die der Gastfreundschaft, die man mir gewährt, unwürdig ist.«

Das Haus der Römer war so groß wie Gundaharis Burg, die große Halle sogar noch größer. Sie hatte einen Mosaikfußboden, auf dem Männer mit großen Katzen kämpften und Feiernde unter Traubengehängen jubelten; auch seltsame Wesen, die oben Menschen und unten Tiere waren, konnte man darauf sehen. Simonus und Marcus führten Gundahari und Hagan durch die Halle hindurch in ein kleines, von Kerzen erhelltes Gemach, wo bereits Pergamente und Federkiele auf dem Tisch lagen. Der Raum hatte kein Fenster und nur eine Tür, wie Hagan unbehaglich feststellte. Der Gedanke daran, daß Gundahari und er hier gefangen waren wie Ratten in einer Falle, gefiel ihm gar nicht. Obschon die Johannes-Söhne nur ihre Schwerter und kein Panzerhemd unter dem Wams trugen, konnten sie doch ohne Mühe ein Dutzend Wachen herbeirufen.

»Sprecht ihr Gotisch?« fragte Hagan unvermittelt.

»Ja, das tun wir«, erwiderte Simonus. Seine Stimme war tief und angenehm, aber der Vorhang seines Schnurrbarts verhüllte sein Lächeln, so daß Hagan nicht sehen konnte, ob es freundlich oder grausam war. »Möchtest du, daß wir dir den Inhalt dieser Schriftstücke erklären?«

»Das kann Gundahari tun. Nein, was ich sagen will, ist, daß es nicht Burgunderart ist, große Dinge in einem steinernen Kasten zu beschließen. Ich bin sicher, wenn wir im Freien sitzen könnten, würden wir uns leichter einig werden.«

»Ein Volk, das Runen in Stäbe und Steine ritzt, weiß nicht, wie leicht Regen Pergament verdirbt«, erklärte Marcus. Beim Sprechen beugte er sich vor, und seine blauen Augen waren groß; der besorgte Ton in seiner Stimme klang so echt wie das Klirren von römischem Gold. »Gewiß können wir doch im Haus bleiben, und sei es auch nur der Urkunden wegen.«

»Dann wollen wir in die große Halle gehen, wo ich mich nicht so eingeengt fühle. Vielleicht weißt du, daß ich gerade erst aus Attilas Heer gekommen bin. Dort habe ich mich an hunnische Sitten gewöhnt und noch nicht gelernt, mich hier einpferchen zu lassen.«

»Du brauchst natürlich nicht hierzubleiben, wenn es nicht dein Wunsch ist«, murmelte Marcus. Er rieb mit dem goldenen Siegelring an seiner rechten Hand die bläulichen Stoppeln seines Kinnes, als juckten ihn die kleinen dunklen Rasierschnitte. »Wir würden uns freuen, dich dann heute abend bei unserem Festmahl zu sehen; bis dahin kannst du, wenn du es willst, zu den Deinen gehen.«

»Aber ich wünsche meinen Bruder bei mir zu haben«, sagte Gundahari entschieden. Er legte Hagan kurz die Hand auf die Schulter, wie um für das, was er zu sagen hatte, Kraft zu finden.

Hagan fühlte, wie sich unter dem Griff des Hendings seine Muskeln versteiften, aber er hätte sich nicht losreißen können. Die Hand des Hendings strahlte selbst unter der Brünne Wärme aus, ein einziges Zeichen des Vertrauens; es schien Hagan für jetzt genug. »Gehen wir in die große Halle, wie er sagt, dann werden alle zufrieden sein.«

»Wie du willst«, antwortete Simonus. Der große Mann warf seinem Bruder einen Blick zu und sagte etwas Lateinisches zu ihm. Marcus schlug sich mit der Faust auf die Brust und schritt den anderen voraus.

»Was war das?« fragte Hagan.

»Ich habe Marcus nur gesagt, daß wir ihn im Augenblick nicht benötigen. Wir beide haben unsere Rechte und Forderungen bereits festgelegt; wir brauchen sie dir nicht zu zweit vorzutragen. Darum wird sich Marcus jetzt um die Bedürfnisse eurer Männer und das Einstallen der Pferde kümmern.«

Gundahari nickte leicht, aber Hagan war nicht beruhigt. Wenn er schon eine giftige Otter in der Halle wußte, hatte er sie lieber unter seinen Augen.

Der Nachmittag war lang und ermüdend. Simonus ließ nicht einmal Wasser kommen, geschweige denn Wein, obwohl Hagan wußte, daß auf seinem Land mit die besten Trauben in Gundaharis ganzem Herrschaftsgebiet wuchsen. Die Johannes-Söhne hatten viele Wünsche. Sie verlangten vor allem, daß Gundahari sie dabei unterstützte, das Land ihrer Nachbarn zu rauben, dann aber auch Befreiung vom größeren Teil ihres Tributes, was sie damit entschuldigten, daß sie als Bewohner der Grenze sowohl von den gallischen als auch von den germanischen Stämmen bedrängt würden und darum mehr Ausgaben für Männer, Pferde und Ausrüstung hätten als andere Fürsten in Gundaharis Reich. Simonus legte dar, was er und sein Bruder in den vergangenen beiden Jahren geleistet hätten, und behauptete, da sie die Würdigsten unter Gundaharis Lehnsfürsten seien, hätten sie einen günstigeren Anteil als ihre Nachbarn verdient.

Gundahari hörte zu, nickte und übersetzte ab und zu etwas für Hagan. Dieser hatte, während Gundahari vorgebeugt auf die Pergamente starrte wie ein Eber, der aufmerksam nach Eicheln schnüffelt, den Eindruck, daß sein Bruder die Kunst des Herrschens recht gut gelernt hatte. Simonus dagegen lehnte sich zwar bequem in seinem Hochsitz zurück, kreuzte die umfangreichen Arme über der weißgekleideten Brust und klopfte sacht mit der Sandale auf den Boden, aber Hagan merkte wohl, daß der leichte Schwung der Lippen des großen Mannes unter dem Bart nicht von Zufriedenheit sprach, sondern eher verriet, daß Simonus seinen Willen auf andere Weise durchsetzen zu können glaubte. *Ich werde heute nacht nicht schlafen*, nahm Hagan sich vor.

Simonus und Gundahari verhandelten, bis die Sklaven die unteren Tische hereinzutragen begannen, an denen die Männer sitzen sollten, und große Platten mit Speisen darauf stellten. Aber das Brot bestand aus grober Gerste statt aus feinem Weizen, und die großen Kessel mit Eintopf, die auf dem riesigen Feuer hinter dem Herrentisch köchelten, rochen zwar gut nach einer Mischung aus Schaffleisch, Speerlauch und Pilzen, aber als die Sklaven das Gericht in kleinere Tontöpfe für den Tisch schöpften, sah es grau und wäßrig aus. Natürlich, davon war Hagan überzeugt, gehörte auch das zu dem Plan, Gundahari glauben zu machen, die Gallier könnten ihr Volk kaum ernähren.

Wachsam beobachtete er, wie nach und nach die gallischen Krieger eintrafen. Sie verteilten sich so in der Halle, daß die Burgunder nicht zu dicht beieinander sitzen konnten. Wie Simonus und Marcus trugen fast alle nur Schwerter und Eßmesser, aber weder Brünnen noch Helme. Falls ein heimtückischer Überfall geplant war, mußte er von außerhalb der Halle kommen. Hagan hätte gern unter vier Augen und ohne Zuhörer mit Folkhari gesprochen, um zu erfahren, ob der Sänger seine Krieger wie vorgesehen hatte aufstellen können; aber es gab keinen sicheren Ort dafür, und er wollte auch Gundahari nicht zu lange allein lassen.

Er hörte, wie sich die Hintertür der Halle öffnete, dann das Geräusch lebhafter Schritte: Marcus schien in besserer Stimmung zu sein als beim Fortgehen. Auch das erregte Hagans Mißtrauen. Der jüngere Gallier ließ sich an seiner Seite nieder und drehte einen gefüllten Bierhumpen aus weißgemustertem Glas in den dicken Fingern. Er lehnte sich zu seinem Bruder und sprach lateinisch mit ihm.

»Es verlief recht zufriedenstellend«, erwiderte Simonus auf gotisch. »Wir haben nicht alles bekommen, was wir wollten, aber Gundahari schickt uns auch nicht als Bettler mit leeren Händen fort.«
Marcus klopfte sich mit dem Humpen dreimal auf die Unterlippe und sah zu der schlanken dunkelhaarigen Sklavin auf, die gerade eine Schüssel Eintopf auf den Herrentisch gestellt hatte. Die Frau nickte einmal, ein kurzes Zucken des Kopfes, als hätte er ihr einen leichten Schlag versetzt. »Wünschst du den Wein, Fro?« fragte sie.
Marcus lachte, ein kurzes, spitzes Kichern, als klappere ein Ring in einem leeren Kästchen. »Ich merke, daß deine Rede noch ganz klar ist, Simonus. Es muß ein langer und durstiger Nachmittag gewesen sein.« Er hob den Bierhumpen und tat einen tiefen Zug. Hagan hörte, wie es in seiner Kehle gurgelte, und mußte sich unwillkürlich die trockenen Lippen lekken. »Darf ich annehmen, daß du jetzt gern etwas trinken würdest?« fragte Marcus.
»Allerdings. Wir können Gundahari zeigen, daß wir zwar arm sind und in den letzten Jahren nicht mehr so gute Ernten hatten, wenigstens aber noch ein paar Tropfen guten Wein aufbringen können. Würde dich das erfreuen, mein Hending?«
Gundahari griff nach seinem Adamsapfel und schob ihn hin und her. »Hai, meine Kehle fühlt sich an wie aus Staub und dürrem Gebein. Dein Wein wäre mir hochwillkommen.«
Simonus winkte mit der breitknöchligen Hand. Das geschnittene Onyxsiegel seines Ringes glühte im Feuerschein rötlich wie Granat. »Beeile dich, Mädchen.«
Als die Sklavin mit vier Bronzegefäßen zurückkam, in denen ein so dunkelroter Wein funkelte, daß sich die Flammen fast schwärzlich darin spiegelten, hatte die Halle sich gefüllt. Burgunder und Goten saßen an ihren Plätzen. Hagan fiel auf, daß die Gallier, was die Wahl ihrer Kleidung anging, sich fast genau in zwei Hälften teilten. Die eine trug römische oder halbrömische Tracht, die andere die buntgestreiften oder karierten Wämser und großen, viereckigen Mäntel, die den gewöhnlichen Festtagsstaat der hiesigen Bevölkerung bildeten. Einige von ihnen hatten ihre Weiber mitgebracht, große, blonde oder rothaarige Frauen, die in unterschiedlichen grellbunten Tönen gefärbte Röcke und Mäntel trugen. Mehrere der Frauen und drei oder vier Männer hatten auch ihre Haare buntscheckig getönt, so daß ihre Schöpfe unten fast weiß-

gebleicht, in der Mitte rot und auf dem Scheitel walnußschwarz aussahen. Obwohl Waldhari Hagan erzählt hatte, daß er gelesen habe, bei den Galliern gebe es auch Schildjungfrauen, trug keine der Frauen ein Schwert. Jedoch führten sie alle neben den Eßmessern lange, blattförmige Dolche und machten den Eindruck, sich notfalls tapfer verteidigen zu können. Trotzdem konnte Hagan sich nicht vorstellen, daß man vorhatte, die Burgunder heute abend hier in der Halle anzugreifen.

Er sah auch, daß sowohl Männer als auch Frauen viel bunten Schmuck aus Bronze und Email zeigten, daß man aber wenig Silber und fast kein Gold bemerkte. Ob auch das Teil des Plans der Johannes-Söhne war oder einfach an der Armut des Volkes lag, war schwer zu sagen.

Gundahari nahm den Bronzebecher aus der Hand der Sklavin entgegen, stand auf und hob ihn hoch empor. Allmählich verstummte das Stimmengewirr, und alle Köpfe, blond oder dunkel, wandten sich dem Herrentisch zu.

»Freudig trinke ich diesen Willkommenstrunk!« rief der Hending mit lauter Stimme, damit jeder in der Halle es hörte. Er schwenkte den Wein im Becher und atmete tief die Blume ein. »Die Weine Galliens wachsen jedes Jahr besser; ihr hegt sie wohl. Freudig wünsche ich meinen Gastgebern Glück und Segen, den treuen Recken, Hütern meiner Grenzmarken. Simonus und Marcus, ich trinke auf euch.«

Hagan wußte nicht, was es war – das leichte Erschlaffen von Marcus' Muskeln, als Gundahari von neuem den Becher zum Munde führte, ein Zucken von Simonus' Lippen unter dem Schnurrbart, oder ein Prickeln am Rande der eigenen Sinne – aber noch bevor Gundahari den Becher angesetzt hatte, war Hagan aufgesprungen und riß ihn seinem Bruder aus der Hand. Die glatte Bronze war warm von Gundaharis Griff, und die Wärme ließ den Geruch der Flüssigkeit nach oben steigen: das üppige Beerenaroma des dunkelroten Weines und darunter, schleimig wie ein Wels, der sich im Schlamm der Danu windet, ein winziger Hauch von Pilzen. Ob gemahlen und hineingestreut oder über Nacht in dem Wein eingelegt, das wußte Hagan nicht. Aber Gundahari wäre scheinbar gesund aus der Halle gegangen und in der Nacht oder früh am nächsten Morgen aufgewacht, die Gedärme zerrissen von blutigem Durchfall.

Der Hending starrte Hagan mit offenem Munde an, offenkundig so entsetzt darüber, daß sein Bruder in dieser Weise gegen alle gute Sitte ver-

stoßen hatte, daß er kein Wort hervorbrachte. Doch der jüngere Johannes-Sohn war schon halb aufgesprungen, die Hand am Schwertgriff.
»Verrat!« schrie Hagan, schüttete Marcus den dunklen Wein in die Augen und riß das Schwert aus der Scheide. Geblendet taumelte der Gallier zurück, wischte sich mit dem linken Ärmel wie rasend das Gesicht ab und versuchte dabei Hagans Hiebe abzuwehren. Überall in der Halle fuhren die Burgunder auf und stürzten sich auf ihre Nachbarn; so hatte Hagan es ihnen vorher befohlen.
Marcus' halbblinde Gegenschläge waren zu ungeschickt, um Hagan lange zurückhalten zu können; die Schwertspitze des Burgunders durchtrennte glatt seinen Hals. Marcus' Blut spritzte empor und floß in den vergifteten Wein, der sich über die glänzenden kleinen Fliesen ergossen hatte. Simonus war dabei, Gundahari zurückzudrängen, den der plötzliche Angriff überrascht hatte. Hagans Schwert fuhr dem größeren Mann in die Seite.
Er hielt sich nicht damit auf, zu prüfen, ob der andere wirklich tot war, denn jetzt strömten durch die Hintertür die Wachen der Halle herein, bis an die Zähne bewaffnet und zum Kampf gerüstet. Durch sein eigenes durstiges Keuchen, das Geschrei und das Schwertgeklirr im Saal hörte Hagan, daß auch draußen geschrien wurde; die Burgunder ließen niemanden durch, der den Galliern von dort zu Hilfe kommen wollte.
Nur wenige Herzschläge, dann leuchtete Folkharis goldener Zopf an Hagans Seite. Andere Burgunder, die ihre Gegner schon getötet hatten, drängten auf die Hallenwächter zu. Es dauerte nur kurze Zeit, bis nur noch Burgunder im Saal am Leben waren. Sogar die großen Gallierinnen lagen in ihrem Blut auf den kalten Mosaikfliesen, und fast alle hielten sie noch die Dolche umklammert, zu denen sie sofort gegriffen hatten, als der Kampf ausbrach.
Gundahari legte vorsichtig das Schwert auf den Tisch. Sein Gesicht war kalkweiß, der dünne Bart wirkte fast schwarz. Er atmete mühsam durch den Mund, und das schweißverfilzte Haar klebte ihm dunkel am Kopf. Einen Augenblick lang fürchtete Hagan, zu spät eingegriffen und seinen Bruder nicht vor dem ersten Schluck bewahrt zu haben – wenn man kämpfte, wirkten alle Gifte noch schneller. Aber Gundahari warf beide Arme um Hagan und erdrückte ihn fast in seiner gewaltigen Umarmung. Hagan roch, daß sein Atem rein war, und fühlte das Zittern tief in Gundaharis dicken Muskeln.

»Hüter der Burgunder«, flüsterte der Hending und ließ ihn los. Die Pupillen seiner braungrünen Augen waren wie weite, tiefe, schwarze Teiche, in denen sich ein Bild spiegelte: *der tote Gebica, den man auf der Bahre zum Hügel trug.* Plötzlich war Hagan überzeugt, daß Gundahari alles über den Tod seines Vaters wußte. »Wie ahntest du, daß Gift in dem Trunk war? Ich habe nichts gerochen – ich hätte den ganzen Becher geleert, um meinen Durst zu löschen.« Er rieb hart über die beiden kleinen weißen Schlangenbißnarben am Daumenansatz.
So hast auch du gelernt, zu wittern, bevor du trinkst, dachte Hagan. Auch er zitterte, wußte es jedoch zu verbergen. Wäre er nicht so mißtrauisch gewesen oder hätte mehr Respekt vor dem gehabt, was sich zwischen Gast und Gastgeber ziemte und erwartet wurde, dann würde Gundahari immer noch lachen und reden und sich dabei überlegen, in welchen kleinen Dingen er den Johannes-Söhnen nachgeben wollte, während er in den großen unerbittlich blieb; aber er wäre so sicher zum Tode verurteilt gewesen, als hätten die Nornen bereits ihre Fäden um seinen Hals gelegt, um ihn zu erdrosseln. Das Zittern in Hagans Eingeweiden wurde stärker, als er darüber nachdachte. Es war die gleiche quälende Angst, wie er sie empfunden hatte, als er Waldhari über den Zaun in den Frauenhag steigen sah, das Wissen, daß eine winzige Kleinigkeit – ein dürrer Zweig, der unter ihm knackte, ein knirschender Kiesel – einen Tod zur Folge haben konnte, vor dem weder Stärke noch Klugheit schützten. Und während Gundahari innerlich bebte, wenn er an das Gift dachte, bebte Hagan vor dem Wissen, daß er seinen Bruder nicht immer behüten konnte, ja, daß er schon dieses Mal leicht hätte versagen können.
»Man muß ein Kraut kennen, um seinen Geruch zu entdecken, vor allem, wenn es unter schwerem Rotwein verborgen ist. Doch komm nun; ich höre keinen Lärm mehr von draußen, aber wir müssen dafür sorgen, daß die Halle heute nacht, wenn wir hier schlafen, gut bewacht wird und keine Männer aus diesem Land versteckt lauern, um ihre Fürsten zu rächen.«
»Wir werden uns darum kümmern.« Gundahari drehte sich um, sah dann aber wieder auf seinen Bruder. »Hagan ... nie hatte ich vor, an deiner Treue zu zweifeln. Ich schulde dir große Sühne, dafür und auch für heute abend.«
Dann verheirate mich nicht mit einer Christin, hätte Hagan gern gesagt. Aber Gundahari hatte die Eheschließung bereits beschworen. Hagan

hatte so wenig eine Wahl wie Gundrun bei ihrer Verlobung mit Sigifrith, und auch Gundahari würde keine Wahl haben, wenn sich eine Jungfrau fand, die an Rang und Sippe zu ihm paßte.
»Dann setze mich als Heerführer über deine Männer, und gib mir Raum und Zeit, sie so auszubilden, wie es nötig ist. Das wird uns allen zugute kommen.«
Gundaharis Antwort war ein müdes, erleichtertes Grinsen, das sich langsam auf seinem Gesicht ausbreitete. »Sehr gern. Ich würde dir auch diese Stadt geben, läge sie nicht so fern von Worms und brauchte ich dich nicht so dringend an meiner Seite . . . aber wir werden sehen.« Er griff wieder zu seinem Schwert und bückte sich, um es an Simonus' römischer Tunika abzuwischen.
»Der Mann atmet noch.«
»Dann erledige ihn. Wir brauchen nichts mehr von ihm zu erfahren. Und schick jemanden nach dem Mädchen, das den Wein brachte; um dir den Giftbecher zu reichen, mußte sie den Inhalt kennen, und ich kann nicht ruhig schlafen, wenn ich weiß, daß sie sich in dieser Halle befindet. Außerdem müssen wir der Bevölkerung zeigen, was mit denen geschieht, die sich unter dem Deckmantel des Gastrechts als Giftmischer betätigen. Wir sollten auch Simonus bestrafen, aber er wird ohnehin nicht mehr lange leben; ich kenne den Hieb, der ihn traf. Statt dessen können wir seinen und Marcus' Kopf auf Speere stecken und ihre Hoden den Hunden in der Halle vorwerfen, damit jeder sieht und begreift, was wir von der Manneswürde von Giftmördern halten.«
Gundahari schloß sekundenlang die Augen. »Du bist hart geworden unter den Hunnen, Hagan.«
»Ich habe gelernt, Furcht einzusetzen, wo es nötig ist; so herrscht Attila. Es ist schön, wenn das Volk dich liebt, aber es muß auch wissen, daß du stark bist. Und dort, wo äußerste Härte gefordert wird, kann ich Worte sprechen, die du nicht sagen kannst, und Dinge tun, mit denen du deine Hände nicht schmutzig machen darfst. So werde ich mit dem Mädchen verfahren, obschon es dir niemand übelnehmen wird, wenn du am Körper der Anstifter jener Missetat Rache nimmst.«
»Ich will deinem Rat folgen – mein Bruder.«

Wie Hagan befürchtet hatte, war es nicht leicht, das Land, das die Johannes-Söhne beherrscht hatten, für Gundahari in Besitz zu nehmen.

Viele Menschen wollten lieber Rom als den Burgundern Treue schwören, andere überhaupt keinen Herrn über sich dulden. Auch wenn es in der Stadt nur noch gelegentlich zu Kämpfen kam, waren diese grausam und dauerten unnötig lange; die Verteidiger hatten in ihrer Heimat stets den Vorteil. Einige Männer fielen, andere wurden verwundet, bis es endlich so aussah, als halte Gundahari die Zügel wieder fest in der Hand. Trotzdem war es unverkennbar, daß da ein Heer aus der Schlacht zurückkam, als sie den Heimweg antraten, mit blutigen Verbänden und Narben ebenso reich geschmückt wie mit Gold und Edelsteinen; und die Winternächte würden ein Siegesfest und ein Hochzeitsfest zugleich sein.

Am dritten Tag ihrer Rückkehr nach Worms ritt Hagan gerade die Reihen entlang und auf seinen Bruder zu, als ihm ein einzelner Reiter ins Auge fiel, der vor ihnen über die Stoppelfelder galoppierte. Es war ein Mann in hellblauem Wams, der ohne Sattel auf einem windgrauen Roß ritt. Das lange, braune Haar wehte offen hinter ihm her. Gundahari hatte ihn auch erblickt. Er nahm das Horn von der Brust, blies einen einzigen Ton, der erschauernd in der frischen Morgenluft hing, gab seinem Hengst Goti die Sporen und ritt seinem Heer voraus.

Hagan hielt die Zügel fester, als er die helle Stimme des Reiters golden über das Feld klingen hörte. »Hai! Gundahari!«

Es war Sigifrith, der da von ferne rief.

Als der Alamanne näher kam, sah Hagan, daß er Gundahari ebenso überragte wie sein gewaltiges Roß den kleineren Goti. An seiner Seite trug Sigifrith ein Schwert. Der Kristall mit dem Hexenschliff an seinem Griff glühte weiß im Sonnenlicht, und Hagan erkannte das Schwert der Wälsungen – das Schwert, von dem es hieß, Sigimund habe es mit nach Walhall genommen, und das nun nach Midgard zurückgekehrt war.

Als die burgundischen Reiter abschwenkten, um sich hinter ihrem Hending aufzustellen, blieb Hagan zurück. Es war ihm sonderbar zumute, fast als habe er keine Lust, Sigifrith wieder in die Augen zu sehen. Er spürte das Wildfeuer, das den Wälsung umloderte, und war noch nicht bereit, sich davon verzehren zu lassen. Dann hörte er Sigifriths kräftigen Tenor und seine Frage: »Ist Hagan immer noch bei Thioderiks Kriegern? Ich habe die Lieder über ihn und Waldhari, den Franken, gehört.«

Da konnte er nicht anders, er mußte den schwarzen Kopf seines Rosses nach vorn ziehen und es antreiben.
Aus der Nähe betrachtet, hatte Sigifrith etwas Unwirkliches; er glich dem Traum eines Sängers von einem Helden. Anders als Gundahari war er nicht untersetzt, sondern langgliedrig, ein Bild geschmeidiger Kraft. Die Muskeln der breiten Brust und der Schultern sprengten das himmelblaue Wams, und seine Arme übertrafen die des Hendings an Umfang. Aber es war Sigifriths Gesicht mit den starken Knochen, das Hagan sehnsuchterweckend anzog, und vor allem der blaue Blick der weitauseinanderstehenden Augen, so brennend, als schaue er in die hellsten Feuer der herrlichen Reiche jenseits von Midgard.
»Hier bin ich«, sagte Hagan, und seine tiefe Stimme klang ihm nach Sigifriths weichem, melodischem Tonfall selbst schroff und unangenehm. »Beim letzten Vollmond bin ich nach Hause gekommen.« Er wandte den Blick von Sigifriths Augen ab und blinzelte den blitzenden Widerschein ihres Leuchtens fort, wie man das Zucken eines Blitzes am Gewitterhimmel fortblinzelt. Statt dessen sah er auf das Schwert, das der andere trug, das feingeschmiedete Schwert aus den alten Wälsungenliedern, mit dem Sigimund und Sinfjotli einst die eisernen Ketten und den Stein durchtrennt haben sollten, die sie in den gautischen Grabhügel bannten. Aber Hagan erinnerte sich auch an den Knaben im schmutzigen Wams, dem er in der Herberge mit dem Zeichen des schwarzen Wolfskopfs zum ersten Mal begegnet war, als Sigifrith vorgegeben hatte, nur der Schmiedejunge zu sein; und er sagte: »Das sieht nach Ragans Arbeit aus. Ich sehe, daß du ein guter Lehrling gewesen bist.«
Sigifriths Augen wurden noch größer, und er sperrte den Mund auf. Dann lachte er mit der jähen Heftigkeit des erschrockenen Hirsches, der durch die Büsche bricht. Hagan fühlte, wie seine Lippen sich zu einem antwortenden Fauchen verzogen.
Willkommen ist er in unserer Sippe, dachte der Burgunder. *Ich freue mich, daß er zu uns gehört.*

Sigifrith wollte sie nicht nach Worms begleiten. Er erklärte, zuerst seine Mutter Herwodis und seinen Pflegevater Alapercht aufsuchen zu müssen. Er habe sich bei einem von Herwodis' Verwandten aufgehalten. Mehr wollte er nicht sagen und gab auf Fragen ausweichende Antworten. Auch verriet er nicht, weshalb man so lange nichts von ihm gehört hatte. Aber er blieb mit ihnen zum Abendessen in der Halle von Gundaharis Vasallen, dem Fürsten Ulfas, und saß bei Gundahari und Hagan. Gundahari erzählte Sigifrith von seinen Plänen für das Gebiet im Westen und seinen Verhandlungen mit Rom. Hagan lauschte und begriff schnell, daß Gundahari den Alamannen dazu überreden wollte, nach seiner Hochzeit in Worms zu bleiben und im Heer des Hendings zu kämpfen, ein Vorschlag, der Hagans Beifall fand. Aber Sigifrith nickte nur und sah mehr auf das Essen in seinem Teller als auf Gundahari. *Auch Grimhilds Rat war gut*, dachte Hagan: *Männer starben gern, nur um Sigifrith zu folgen, aber er war nicht fest genug in Midgard verwurzelt, um über sie zu herrschen, nicht einmal mit Gundrun an seiner Seite. Doch als Gundruns Gemahl und Gundaharis Verbündeter würde er jedes Heer zum Sieg führen, und niemand würde den verbundenen Geschlechtern von Gebicungen und Wälsungen noch widerstehen können.*

Darum mischte Hagan sich ein, wenn Gundahari zu zögern oder Sigifrith zu schwanken schien, stachelte den Wälsung damit an, daß er noch in keinem Kampf erprobt und in keinem Liede besungen worden sei und sein Vater noch immer ungerächt liege. Schließlich aber streckte Gundahari Sigifrith seine Hand hin und sprach die stärksten Worte von allen: »Schwöre den Bluteid und werde unser Bruder.«

Da sah Hagan die flackernden Lichter, das Geisterfeuer, das Sigifriths Haupt umspielte, und er glaubte die Schlinge zu sehen, die sich um sie zusammenzog, um Sigifrith, Gundahari und ihn, während sein Bruder und der Alamanne noch weitersprachen. Ihre Worte waren nur ein Rauschen in seinen Ohren, bis Gundahari aufstand, noch immer mit ausgestreckter Hand. »Ich nehme sie nicht zurück, bis du sie ergriffen hast. Wir wollen zusammenstehen als Schildbrüder bis in den Tod.«

Ein seltener Blitz der Furcht durchzuckte Hagan. Er wußte nicht, was diese Worte vielleicht noch bedeuten konnten. Schon wollte er sich zwischen die beiden stellen und Sigifrith helfen, sich zurückzuziehen. Doch da fiel ihm ein, was ihm Grimhild, noch bevor Gundrun mit Sigifrith verlobt wurde, über ihre Abstammung erzählt hatte. Grimhild und Sigifriths Mutter Herwodis gehörten beide zur Sippe von Fadhmir dem Lindwurm, der auf dem Drachenfels seinen Hort, das Rheingold, hütete; Sigifrith und Hagan, Gundahari und Gundrun, sie alle waren Erben des

uralten Goldes. So leise, daß weder Sigifrith noch sein Bruder es hören konnten, murmelte Hagan: »Immerhin sind wir ja schon durch Blut verbunden.«
Sigifriths große Hand umfaßte jetzt Gundaharis Arm. Wieder sah Hagan die Schnur, die ihn mit den anderen verband. Sie drehte sich und zog sich fest zu.
»Kommt heraus!« schrie Gundahari so laut, daß jeder es hören konnte, und zog Sigifrith von seinem Sitz hoch. »Kommt heraus und seid Zeugen unseres Schwurs!«
Er ergriff eine Fackel, und die meisten anderen Krieger folgten seinem Beispiel. Hagan dagegen trug nur seinen Speer und das Horn mit Wein, als sie in langer Reihe aus der Halle und über die knisternden Stoppeln des gemähten Feldes zogen. Einen dunklen Augenblick lang schien es Hagan, als seien er, Sigifrith und Gundahari die einzigen lebenden Menschen in einem Gefolge von Geistern, und es kam ihm vor, als brennten die Fackeln hinter ihnen matt und leblos, als seien die Krieger nur Schatten und als sei das Geräusch ihrer Schritte nur das Rascheln des Windes in den dürren Halmen. Aber es war seine Pflicht, mit der Speerspitze den langen Rasenstreifen auszuschneiden, ihn hochzuheben und den Bogen mit seiner Waffe abzustützen. Gundaharis Krieger bildeten einen Ring um sie. Dann trat Hagan auf die andere Seite des ausgehobenen Rasens, während Gundahari und Sigifrith vor dem düsteren Erdtor stehenblieben. Gundahari rief die Männer zu Zeugen an und sprach feierlich singend die Worte des Eides. Hagan sah im Fackelschein ihre Schatten über dem schwarzen Erdbogen und erkannte ihre Ähnlichkeit, obwohl Gundaharis schwerere Gestalt fest in der Erde verwurzelt wirkte, während Sigifrith selbst dann, wenn er sich nicht bewegte, weit in den Himmel hinaufzugreifen schien.
»Diesen Eid will ich mit dir schwören«, sagte der Wälsung. »Bruder zu Bruder, in Treue gebunden, wie geboren von einer Mutter.«
Doch du webst nichts Neues, dachte Hagan, als Gundahari den Unterarm des Alamannen umfaßte. *Du holst nur das Schicksal vom Brunnen herauf...*
Mit noch immer verschränkten Armen krochen Sigifrith und Gundahari durch das Tor. Der Rasen bebte ein wenig, als Sigifrith Hagans Speer streifte, stürzte aber nicht ein. Als sie auf der anderen Seite standen, zog

Gundahari seinen breiten Eberdolch und ritzte die Schnitte in ihre aneinandergelegten Unterarme, während Hagan das Horn hielt, um das Blut aufzufangen. Die Nacht war kalt, und ein Sturm zog auf; Hagan konnte das Prickeln in seinem eigenen Arm spüren, dort, wo er den Eid mit Waldhari besiegelt hatte.
»So bin ich dir verschworen, Sigifrith dem Alamannen, meinem Bruder«, verkündete Gundahari.
»So bin ich dir verschworen, Gundahari dem Gebicungen, meinem Bruder«, erwiderte Sigifrith. Dann wandte er sich Hagan zu.
Der Burgunder dachte, Sigifrith wolle nun das Horn nehmen und trinken, aber statt dessen sagte dieser: »Geh mit durch den Erdring, Hagan. Ich möchte mich mit diesem Schwur auch dir verbinden.«
Hagan war völlig überrascht. Er hatte ein solches Angebot nicht gesucht und auch in keiner Weise erwartet. Auch war er nicht sicher, daß er sich so fest binden wollte, denn trotz allem, was Grimhild gesehen und getan hatte, ließ sich schwer beurteilen, was Sigifrith als nächstes anstellen und was daraus entstehen würde – und was vielleicht dadurch auf Hagan zukam.
»Willst du mein Blut in deinen Adern haben?« fragte er staunend.
Sigifrith lächelte, und gegen seinen Willen wurde es Hagan warm ums Herz. »Ich habe mein Blut schon mit dem deines Bruders gemischt«, antwortete der Alamanne. »Meinst du, es sei des deinen nicht würdig?«
»Du hast gewählt«, versetzte Hagan, und noch während er es sagte, schien sein Blick sich zu verwandeln. Sigifriths kraftvolle Züge brannten mit klarer, himmelblauer Flamme, fast unerträglich hell, Gundaharis goldenes Feuer war wärmer und freundlicher. Doch Hagans Hände schimmerten tiefblau, und er spürte den Zug der Jungfrauenzöpfe am Hinterkopf und das Rauschen des Walkürenrocks um die Knöchel. *Ich bin es, der wählen muß . . . ein Geschenk für Wodan*, dachte er. Sigifrith hatte schon die Hand ausgestreckt, an der ein heller Blutfaden herunterlief. Hagan gab ihm das Horn.
Mit leeren Händen trat Hagan auf die andere Seite des Rasenbogens, duckte sich und ging hindurch. Mit dem Unterarm traf er die scharfe Klinge des Speers; sie schnitt in sein Fleisch. Im selben Augenblick stürzte der Bogen ein und bewarf sie alle drei mit Erde.
Nun legte Hagan erneut die Hand an das Horn und den Arm über die

Stelle, an der Sigifrith und Gundahari einander hielten. Langsam floß sein Blut und mischte sich mit dem Wein – dem Trank der Walküren.

»Nun bin auch ich an deine Treue und dein Gesetz gebunden«, sagte Hagan. *Daran gebunden, dem Gott das Opfer zu wählen – wenn ich sein Gesicht in meinem eigenen sehe.*

Elftes Kapitel

Hildegund saß im kühlen Sonnenlicht und stickte bedächtig an dem Muster aus ineinander verschlungenem Gold und Blau, das den Halsausschnitt ihres grünen Hochzeitskleides schmücken sollte. Vor ein paar Tagen hatte Vater Bonifacius die Ernte-Messe für sie und Waldhari gelesen; das bedeutete, daß sie nun ein ganzes Jahr in Attilas Lager lebte. Längst waren ihr die Reihen der Wagen mit den blockierten Rädern so wohlvertraut wie der beißende Gestank des Filzbottichs neben den angenehmeren Gerüchen nach Schafbraten und hunnischem Fladenbrot, wie die dunkelhaarigen, flachgesichtigen Frauen in ihren langen, buntgestickten Filzhemden, die einander mit hohen, unheimlichen Schreien über den Hag hinweg zuriefen, und wie die Weichheit des seidenen Stickfadens, der durch ihre Finger glitt, und die Griffigkeit der winzigen Goldnadeln, die ihr Kisteeva für diese feine Arbeit gegeben hatte. Und doch empfand sie, wenn sie zu den Bäumen aufblickte, die hinter der Umzäunung hoch in den Himmel ragten, flammendgelbe Birken und rötliche Eichen wie bunte Flecken unter den dunklen Tannen, eine immer stärkere, quälende Fremdheit. Manchmal glaubte sie fast, sie brauche nur aus dem Ring der Pfähle, der die Frauen vor Männerblicken schirmte, herauszutreten und hätte damit das Hunnenlager verlassen – Lederzelte und baumlose Wiesen, auf denen Kinder ihre Herden hüteten und Pferde rannten, wären verschwunden, und statt dessen würde sie eckige Steinhäuser vor sich sehen und Felder, braun und stopplig nach der Ernte, in denen überall in der Mitte noch eine einzige gebundene Garbe stand, ein Anteil an Gottes heiliger Güte für die Vögel der Luft. Sie würde Menschen in einfachen Wämsern und in Gewändern aus guter gewebter Wolle oder aus Leinen erblicken und alltägliche, häusliche Dinge – Frauen, die mit Körben am Arm ungehindert zum Markt gingen, Kinder, die zwischen den Häusern spielten, Kirchenglocken, die zur Messe riefen . . .
Hildegund blinzelte heftig, um diese Gedanken zu verscheuchen, und stickte schneller. Den ganzen Tag wollte sie sich heute nicht hier ein-

sperren lassen; im Dorf der Goten wurde ein Markt abgehalten, und Attila hatte versprochen, sie dorthin zu führen, damit sie gutes Leinen für sein Hochzeitswams und andere Dinge kaufen konnte, die sie noch für eine geziemende Hochzeitsausstattung benötigte.
»Hildegund!« rief eine Stimme in schroffem hunnischem Tonfall. Hildegund schaute auf und erkannte Kholemoeva, die die Wagenreihe herunterkam. Ihre hohe Gestalt wirkte starr und steif wie das Skelett einer abgestorbenen Tanne. Hildegund richtete sich auf Unangenehmes ein; die alte Frau war nie freundlich zu ihr gewesen, obwohl irgendein Grund – ein Machtwort Attilas höchstwahrscheinlich – sie davon abgehalten hatte, die junge Suebin schlecht zu behandeln. Jetzt aber waren Kholemoevas dünne Lippen fast freudig verzogen, und sie streckte Hildegund die Hand entgegen. »Thioderik am Tor. Du mitgehen. Attila . . . kommen später.«
»Ich danke dir für deine Nachricht«, erwiderte Hildegund höflich und legte Nadeln und Faden sorgfältig in das zusammengefaltete Hochzeitskleid. Kholemoeva stand stumm beobachtend daneben, als sie die Näharbeit in ihren Wagen brachte und das Türschloß zuband. Hildegund spürte die Kälte in den dunklen Augen der anderen; von ihnen festgehalten zu werden war, als gehe man in kaltem Wasser. Kholemoeva begleitete sie sogar zum Tor, wie um sicherzustellen, daß Hildegund ihr nicht entkam. Dort jedoch wartete Thioderik. Die Sonne glänzte in seinem goldenen Haar und der Goldstickerei seines Festtagswamses, und erfreut trat Hildegund durch das Pferdehauttor und ging mit ihm fort.
»Eigentlich gut, daß die alte Frau mich vorbeikommen sah und anrief«, meinte der Gotenfürst beiläufig, als er Hildegund auf die ungepflasterte Straße führte, die sich von Attilas Lager zum Gotendorf schlängelte. »Attila bespricht sich mit einem Boten der östlichen Stämme; das wird bis zum späten Nachmittag dauern. Dann aber versäumt er wahrscheinlich die Spiele und den besten Teil des Marktes.«
»Was sind das für Spiele?«
»Oh . . . die jungen Männer werfen große Steine, um ihre Stärke, und reiten, um ihre Geschicklichkeit zu zeigen. Es wird dieses Jahr viel gewettet werden, denn wie ich höre, will Waldhari bei den Hunnen mitreiten, und manche glauben, er könnte den Preis gewinnen.« Thioderik blickte Hildegund bei diesen Worten nicht an, sondern starrte geradeaus, so daß sie nur sein Profil sah, golden gefleckt von Licht und Schatten, die

in den Zweigen über ihnen wechselten. Seine scharfe Nase überragte das eckige Kinn wie eine vorspringende Klippe einen Felsblock. Fast hätte Hildegund sich gewünscht, seine schwielige Hand ergreifen und sich in seinem starken Griff vor aller Unbill sicher fühlen zu dürfen, aber das war nicht möglich; die Gesetze der Hunnen ließen sich nur bis zu einem gewissen Grad dehnen.

Schon als sie die ersten Häuser am Wegrand erreichten, vernahm Hildegund die gotischen Stimmen, das fröhliche Rufen und die heiser krächzenden Schreie der Markthändler, die ihre Waren anpriesen.

»Flachs zum Spinnen, ihr guten Frauen! Feiner, gewaschener, schneeweißer Flachs!«

»Hühner... fette Hühner! Jedes einzelne ein gutes Legehuhn!«

»Kauft meine Messer! Die besten Messer östlich des Rheins!«

»Bier und Met, Bier und Met! Wer hat noch Durst?«

Hildegund bewegte sich unwillkürlich schneller, bis selbst Thioderik die langen Beine ein wenig heben mußte, um mit ihr Schritt zu halten. Ihr Herz hämmerte wie das Blut eines abgehetzten Pferdes, je mehr sie sich dem Markt näherten.

Das Gotendorf war aus Holz, Flechtwerk und Lehm erbaut. Die kleinen strohgedeckten Häuser mit ihren lehmbestrichenen Wänden wären Hildegund in einer Römerstadt kaum einen Blick wert gewesen, hier aber erschienen sie ihr im Vergleich zu den hunnischen Wagen prachtvoll wie Hallen aus Stein. Auf dem glatten Felsbrocken neben einem Türpfosten lag gemütlich ein weißes Huhn, rund wie ein Brotlaib. Ein anderer Eingang war mit einem hellroten, sechseckigen Hexenzeichen bemalt, das vor bösem Zauber und allem Teufelswerk schützen sollte. Je näher Hildegund und Thioderik der Dorfmitte kamen, desto größer wurden die Häuser. Das größte stand am Marktplatz, auf dem sich die Buden drängten, eine stattliche Halle, etwa halb so lang wie Attilas Haus.

Hildegund blieb stehen und starrte auf den Platz. Alles war so wie auf den Erntemärkten ihrer Heimat. An Buden wurde frischer und getrockneter Fisch verkauft. Es gab Stände, an denen Bündel von frischen Würsten vom Dach herabhingen wie dicke braune Früchte. Manchmal baumelten auch abgehäutete, zusammengeschnürte Schweine kopfüber an ihren Hinterfüßen. Andere Händler hockten auf Fellen und Teppichen und hatten ihre Waren um sich herum ausgebreitet. Die meisten Marktbesucher waren Goten, Männer mit rötlichen Bärten und Frauen mit dicken, um den Kopf gewundenen, glänzendgoldenen Haarflechten. Nur ab und zu fiel ein dunkler Hunnenkrieger unter ihnen auf. Eine kleine Weile konnte Hildegund nur dastehen und alles mit großen Augen anstarren, als luge sie durch einen Spalt in der Pfahlwand um den Frauenhag auf das geschäftige Volk. Auf einmal gewahrte sie einen vertrauten Umriß: den Rücken eines geschmeidigen Jünglings, dessen Schultern gerade erst die Breite des Mannes erreichten, und darüber welliges, braunes Haar, nicht offen herunterwallend oder zum Zopf geflochten, sondern im kurzen Schnitt des zivilisierten Mannes. Es kam ihr immer noch sonderbar vor, ihn allein, ohne Hagans finsteren Schatten an seiner Seite, zu treffen. Inzwischen wußte sie längst, daß sie die Abreise des Burgunders nicht so freudig begrüßt hätte, wenn ihr klar gewesen wäre, wieviel schwerer es ohne Hagan sein würde, Waldhari außerhalb von Vater Bonifacius' kleiner Kapelle wiederzusehen.

»Waldhari!« rief sie. Der Franke fuhr herum. Seine unregelmäßig gewachsenen Brauen hoben sich in verblüffter Freude, und er eilte auf sie zu.

»Hildegund! Ich hatte mich schon gefragt, ob du wohl heute zum Markt kommen könntest. Es gibt leider keine Bücher zu kaufen, aber viele andere Dinge zum Anschauen.«

»Ja.«

Seine Wangen waren so rosig, als wäre er schnell gelaufen oder hart geritten. Die weitauseinanderstehenden Augen begegneten offen Hildegunds Blick und glänzten so warm und hell wie Bienenwachskerzen. Aber Hildegund mußte die Augen niederschlagen; statt dessen starrte sie auf die schlichte Goldnadel, die seinen braunen Mantel an der Schulter zusammenhielt.

»Ich muß in der Tat nach anderen Dingen schauen«, sagte sie. »Ich brauche gutes Leinen für Attilas Hochzeitswams.«

Waldharis Seufzer war wie der Hauch einer Brise im dürren Gras, so sacht, daß Hildegund kaum glauben konnte, daß sie ihn überhaupt gehört hatte. Aber seine Stimme klang noch lebhafter, als er vorschlug: »Dann werde ich dich begleiten, wenn es dir recht ist, und dir beim Aussuchen und Tragen helfen; und danach kannst du, wenn du willst, mir beim Reiten zuschauen. In den Kämpfen von heute morgen habe ich einen Platz erobert, darum reite ich nun gegen die Besten der Hunnen. Ich würde mich freuen, wenn die *Frowe* von Attilas Halle –«, Hildegund hörte seine Stimme brechen, als splittere ein Ast unter den Füßen des Kletterers; aber er schluckte rasch und fuhr fort –, »wenn die Frowe Zeugin wäre, wie ich die Ehre unserer Stämme gegen die Hunnen verteidige.«

»Das würde ich gern tun.«

Thioderik schwieg zu diesen Worten. Er stand nur da, strich sich den kurzen goldenen Bart und beobachtete die beiden mit dem verschleierten Blick eines schwermütigen Falken. Hildegund wußte nicht, was er dachte und ob es ihm gut oder übel schien, daß sie und Waldhari das Haupt gebeugt hatten, um aus dem bitteren Becher zu trinken, den Gott ihnen vorsetzte. Aber sie fühlte sich in seiner Nähe stets sicherer, denn er wachte darüber, daß keine der Friedgeiseln einen Fehltritt beging, und war bereit, sich zwischen sie und Attilas Zorn zu stellen, falls der Hunne noch immer an der Keuschheit ihres Verhältnisses zu Waldhari zweifelte.

Zu dritt schlenderten sie über den Marktplatz, Thioderik an Hildegunds rechter und Waldhari, einen sittsamen Schritt entfernt, an ihrer linken Seite. Die beiden Männer bahnten der Suebin einen Weg durch die Menge. Schon bald fand Hildegund auch einen Stand mit gutem Leinen in Ballen und Bahnen. Nachdem sie sich von der Feinheit des Fadens und der Dichte des Gewebes überzeugt hatte, blieb nur noch die Entscheidung, welche Farbe Attila am besten stehen würde. Sie hatte schon an Scharlachrot gedacht, aber der Fürst besaß bereits ein scharlachrotes Festtagswams und brauchte kein zweites. Die Farbe, die ihr als nächstes ins Auge stach, war ein schönes Hellblau, klar wie das Spiegelbild eines Sommerhimmels im hellen Teich. »Was haltet ihr davon?« fragte sie und hielt den Stoff hoch.

Thioderik hatte müßig den Stand des Messerschmiedes gegenüber betrachtet, drehte sich jetzt um und warf einen Blick auf das Gewebe. Aber sie hätte ihn ebensogut bitten können, ihren selbstgesponnenen Faden zu begutachten, denn der Gotenfürst zuckte nur die Achseln und meinte: »Die Farbe scheint mir angenehm, aber du mußt kaufen, was dir am besten zusagt.«

»Es ist wirklich hübsch«, sagte Waldhari und nahm Hildegund das Leinen aus der Hand. »Aber paßt die Farbe auch zu Attila? Ich finde, ein so mildes Blau würde eher der Heiligen Jungfrau anstehen als einem grimmigen, heidnischen Heerführer.«

Hildegund sah auf Waldhari, der den Stoff vor sich hielt, und begriff, daß das helle Blau bei der gelblichen Hautfarbe des Hunnen matt und häßlich wirken würde – aber es unterstrich aufs schönste den hellen Ton von Waldharis gutgeschnittenen Zügen und den blauen Glanz seiner braungefleckten Augen. Es wäre der richtige Stoff für *sein* Hochzeitswams.
»Ich glaube, du hast recht. Aber Scharlachrot besitzt er auch schon. Hier . . . vielleicht dieses dunkle Gold; es wird sich mit seinen eigenen Farben vertragen und ist prächtig genug für den reichsten und mächtigsten Fürsten im Land. Aber dieses Blau steht dir gut, und deine Schultern sprengen ohnehin schon wieder die Säume deines Wamses. Wenn du willst, nähe ich auch dir ein neues und schenke es dir zur Christ-Messe.«
Waldharis Augen wurden groß. Er legte das blaue Leinen vorsichtig wieder hin und streichelte es mit den Fingern, als wäre es das glatte Leder eines Bucheinbands. »Wenn du Zeit und Lust dazu hast – aber es darf nicht heißen, du tätest etwas, das sich nicht gehört.«
»Es ist nichts Ungehöriges daran, wenn die *Frowe* in Attilas Halle darauf achtet, daß seine Pflegesöhne ordentlich gekleidet sind, und auch Geschenke an heiligen Festtagen sind unter Christen nicht mehr als üblich. Gewiß kann Thioderik Attila erklären, daß diese Dinge Teil unserer Sitten sind.«
»Erklären kann ich es ihm«, versetzte der Amalung trocken. »Aber ob er auf mich hört, das weiß ich nicht immer.«
Sie waren nur ein kleines Stück weitergegangen, als plötzlich drei tiefe Töne die Luft erschütterten – die Stöße eines großen hunnischen Widderhorns.
»Das ist das Zeichen zum Antreten für die Nachmittagsreiter«, sagte Waldhari. »Wünsche mir Glück, Hildegund. Thioderik wird dich ans Tor der Pferdeweide bringen. Von dort kannst du alles gut beobachten.«
Thioderik bahnte ihnen einen Weg durch die Menge, die sich bereits um den rohen Holzzaun drängte, der die Reitwiese umgab. Ein etwa zwölfjähriger Hunnenknabe führte sie zu einem Tisch am anderen Ende des Geländes. Dort saßen drei ältere Hunnenkrieger. Einen von ihnen kannte Hildegund; es war Bolkhoev, Bolkhoevas Vater. An der klumpigen weißen Narbe, die sich senkrecht die Nase hinunter und dann quer über die halbe Wange zog, war er leicht auszumachen. Die beiden anderen waren Fremde. Anders als die Goten legten die Hunnen wenig Wert darauf, daß sie ihnen in der Halle den Trunk einschenkte, und

sprachen selten mehr als ein paar kurze Worte, wenn sie mit dem Krug zu ihnen kam. Schnell wurde für sie und Thioderik eine zweite Bank gebracht. Dann donnerten ohne große weitere Einleitungen die Reiter über das Feld, und zwar alle auf einmal.
Viele ihrer Kunststücke kannte Hildegund vom Übungsplatz. Auch dort wichen Männer Pfeilen aus, indem sie sich hinter den Hals ihrer Pferde duckten – und manchmal unter den Bauch. Doch wo Attila gestürzt war, schwang sich Waldhari behende nach unten, schlüpfte mühelos zwischen den schlagenden Hufen durch und saß wieder im Sattel. Obwohl die Krieger nur ihre Übungspfeile aus dünnem Rohr und die hölzernen Schwerter benutzten, war das Spiel gefährlich, denn jeder setzte wie in einem echten Kampf seine gesamte Kriegskunst ein. Jedesmal, wenn sich eine Lederschlinge um die Brust eines Reiters zuzog, um ihn vom Gaul zu reißen, stieg ein Aufschrei aus der Menge. Zwar ritten die Hunnen und auch Waldhari so gut, daß sie den Heruntergefallenen ausweichen konnten, bis diese sich weggerollt und von ihrer Fessel befreit hatten, aber einmal hörte Hildegund deutlich das Knacken von Knochen, als der Huf eines Pferdes das Schienbein seines am Boden liegenden Reiters traf, und sie wußte, daß es genausogut der Hals des Mannes hätte sein können und daß auch der Sturz selbst schon tödlich sein konnte.
Sie hatte sich vorgebeugt und die Ellenbogen auf den Tisch gestützt. Ihre Hände waren zu Fäusten geballt, als könnte sie damit Waldhari sicher auf seinem Pferd halten, während sie sich bemühte, ihn nicht aus den Augen zu verlieren. Sekundenlang verschwand er im Gedränge der Reiter. Ein Schrei brach aus Hildegunds Kehle, als sie eine der tödlichen Schlingen auf seinen braunen Kopf zuwirbeln sah – *wie die Schlinge eines heidnischen Opfers*, dachte sie. In ihrer Angst spürte sie bereits, wie sich der Strick um seinen Hals zuzog. Der Franke ließ sich flach nach hinten auf den Pferderücken fallen und riß sein Holzschwert in die Höhe, so daß die Vorderseite der Schlinge daran abprallte. Das Seil schoß nach vorn, versetzte Waldhari einen doppelten Peitschenhieb auf die Brust und sank dann harmlos herunter. Waldhari schnellte hoch und nahm grinsend den Jubel der Menge und das Hämmern der Kampfrichter auf den Tisch entgegen. Dort, wo ihn das Seilende getroffen hatte, lief Blut von seinem Kinn; sonst schien er unverletzt.
Hildegund merkte kaum, wie sie den Mund aufriß; ihr Aufschrei ging im Getöse der anderen unter. Daß sie aufgesprungen war, wurde ihr erst

461

bewußt, als harte Finger ihr Handgelenk packten und sie schüttelten wie einen Vogel, den man an der Flügelspitze hält.
»Wie kannst du es wagen?« donnerte Attila sie an. Die schwarzen Augen des Hunnen waren unnatürlich groß, die Zähne zur Schlachtgrimasse gefletscht, und sein Griff zerquetschte Hildegunds Knochen. Ein stechender Schmerz schoß ihr den Arm hinauf. Die plötzliche Pein und eine jähe, kalte Furcht ließen sie erstarren. Sie wagte nicht zu atmen, damit ihn keine Bewegung zum Schlag reizte. »Wie kannst du es wagen, ohne mich hierher zu kommen, obwohl ich doch sagte, ich würde dich begleiten? Wie kannst du es wagen, dich so unter das Volk zu mischen? Du jubelst ihm zu, wo alle dich sehen können – bist du nicht nur treulos, sondern auch von Sinnen? Willst du der ganzen Welt verkünden, daß er dein Liebhaber ist?«
Du bist es, der von Sinnen ist, wollte Hildegund antworten, aber in ihren Ohren dröhnte der angehaltene Atem, als hätte Attila ihr einen Hieb auf den Kopf versetzt.
Thioderik sprach an ihrer Stelle. Er stand auf und legte die Hand auf Attilas Finger, die immer noch Hildegunds Arm festhielten. »Gemach, Khan. Ich war es, der den Gedanken hatte, Hildegund mitzunehmen, denn du sagtest, du hättest noch lange mit deinem Boten aus dem Osten zu verhandeln, und sie mußte Leinen für dein Hochzeitswams einkaufen. Ich war es auch, der sie bat, mit mir dem Reiten zuzuschauen; es war nicht ihr Wunsch. Gewiß ist nicht jeder, der Waldhari zujubelt, sein Liebhaber, und nicht jeder Mann, dem Hildegund Beifall klatscht, der ihrige.«
Attila riß die geschlossene Faust heftig nach rechts, schüttelte Thioderiks Hand ab und zerrte so roh an Hildegunds Arm, daß sie halb in die Knie ging. Sie schrie nicht auf, konnte aber ein Keuchen nicht unterdrücken, als ihr Ellenbogen erneut stechend zu schmerzen begann. »Schweig! Ich habe dich nicht gefragt, und deine Worte können keinen Schutzwall um eine Frau errichten, die mich betrogen hat. Glaubst du denn, Hildegund, ich hätte keine Gerüchte darüber gehört, was zwischen dir und Waldhari im Hause eures Priesters vorgeht?«
»Was dort vorgeht, weißt du so gut wie ich«, ächzte Hildegund. »Und auch jeder andere, der mit Ehrfurcht bei ihm eintritt, ist Vater Bonifacius willkommen. Wir würden uns nur freuen, wenn der ganze Stamm der Hunnen sich taufen ließe und jeden Tag an unserer Messe teilnähme.«

Attilas Griff wurde nicht lockerer, aber Hildegund glaubte, in der rauhen Hand, die sie gepackt hielt, ein schwaches Beben zu spüren, so wie ein Bächlein verborgen tief unter der Erde rieselt, und seine andere Hand strich rasch über die Gürteltasche, als berühre ein Christ – wäre der Vergleich nicht gotteslästerlich – sein Kreuz, um sich vor dem Teufel zu schützen. »Das wird gewiß nie geschehen. Es gibt genug Geschichten von der Zauberei der Christen, und wer steckt schon freiwillig den Hals in eine Schlinge.«
»Dann kannst du mir auch ihre Unwissenheit nicht vorwerfen. Aber um unser beider willen – um deinet- und meinetwillen«, fügte sie hastig hinzu, »will ich, wenn du es wünschst, Vater Bonifacius bitten, von nun an die Messe für Waldhari und mich getrennt zu lesen. Als guter Christuspriester weiß er sicher, was es bedeutet, nicht nur Versuchung und Sünde, sondern sogar deren bloßen Anschein zu meiden.«
»Das mußt du.« Attila ließ Hildegunds Arm los, und sein Gesicht entspannte sich allmählich. Der wilde Grimm, der sie so erschreckt hatte, versank wie die Ränder einer Kindersandburg, die im heftigen Regen zu weichem Schlamm schmelzen. Hildegund stemmte die Füße auf die Erde, damit Attila sie nicht zittern sah, und zwang ihre Hand zur Ruhe, um dem Drang, die roten Druckstellen seiner Finger und den schmerzenden Ellenbogen zu reiben, nicht nachzugeben. Ihr Vater hatte ihr schlimmere Verletzungen zugefügt, aber sie hatte nie solche Furcht vor ihm empfunden; denn Gundorm hatte nie vergessen, daß er seine Kuh eines Tages zum Markt bringen mußte, während Attila sie niemals aufgeben würde, solange sie lebte.
Und was wird er das nächste Mal tun, wenn er an meiner Treue zweifelt? dachte sie, und aufs neue fröstelte sie bis ins Mark. *Zuerst zornige Worte, als wir nach Passau reisten; jetzt Anschreien und Herumstoßen; und dann?*
Wieder stieg aus der Menge hinter ihr ein Aufschrei. Sie hörte Rufe: »Waldhari! Waldhari!« Aber sie wagte sich nicht umzudrehen. Statt dessen wandte sie sich ab und hob langsam das Stoffbündel auf, das sie zwischen sich und Thioderik auf die Bank gelegt hatte.
»Unrecht ist es, mich eine Ehebrecherin zu nennen, wenn ich den Frauenhag verließ, um Leinen für dein Hochzeitsgewand zu kaufen. Nie hat Waldhari anders zu mir gesprochen, als ein Jüngling zu der verlobten Braut seines Pflegevaters sprechen darf. Nie habe ich ein Wort mit ihm

gewechselt, das eine Frau ihrem Pflegesohn nicht sagen dürfte. Auch das kann dir Thioderik bestätigen.«

»Es ist so«, bekräftigte der Gote. Aber seine Stimme klang ein wenig brüchig in ihren Ohren, und der von den Reitern aufgewirbelte Staub hatte sein goldenes Haar stumpf gemacht. Wenn ihr Attila eines Tages wirklich nicht mehr glaubte, konnte Thioderik ihr nicht helfen. Hildegund war nicht mehr so jung und vertrauensvoll, anzunehmen, daß Thioderik und seine Goten Attila verlassen würden, wenn er ihr in einem Wutanfall das Genick brach oder sie mit dem Schwert durchbohrte. Sie mußte sich damit abfinden, daß sie allein war, und darauf achten, daß nichts vorkam, das die düsteren Gedankenwolken des Hunnen noch finsterer machte und sein immer waches, jähes Mißtrauen nährte.

Und dennoch werde ich Waldharis Wams nähen, dachte sie trotzig, als Thioderik und Attila sie durch die Menge führten, die noch immer stampfte und pfiff und den Namen des Franken schrie.

Die grelle Nachmittagssonne blendete ihre Augen, und sie blinzelte, als sie an Thioderiks Halle vorbeikamen. Aber sie berührte das blaue Leinen unter dem goldenen und wußte, daß sie es heimlich zuschneiden, nähen und besticken würde. Und wenn Vater Bonifacius das Geschenk dann an Waldhari weitergab, würde außer ihr und Thioderik niemand etwas davon wissen. Der Gotenfürst aber, auch wenn er sie vielleicht nicht vor Attilas Wut schützen konnte, würde sie nicht verraten.

Hludovech kam mit seiner Familie und dem Gefolge aus Kriegern und Dienerschaft für die Frauen bei Einbruch der Abenddämmerung. Es war an dem Tag, als der Mond, der zur Winternacht voll sein würde, im Halbmond stand. Hagan, die Kapuze auf dem Kopf, hielt Wacht auf dem Turm und sah, wie Menschen, Pferde und Wagen aus dem grauen Regenschatten auftauchten. Auf den braunen Feldern nieselte es dünn. Bald würde er die neuen Kleider anziehen müssen, die Gundrun, Grimhild und ihre Sklavinnen für ihn genäht hatten, damit er einen guten Eindruck machte; er würde sich schmücken wie ein Stier, dessen Hörner man für die Winternachtschlachtung vergoldet. Hagan blickte mit halbgeschlossenen Augen hinaus auf das graue Bahrtuch aus regennasser Luft, so wie es ihn der Gyula gelehrt hatte, und ihm schien, als sehe er inmitten der Ankömmlinge einen hellen Schein, leuchtend wie die

Lampe im Wagen einer Hunnin. Er wußte nicht, zu wem das Licht gehörte, aber auf jeden Fall verkündete es, daß dort jemand Macht besaß – vielleicht jemand, der ein Freund werden konnte, vermutlich aber ein Gegner. Er würde seinen Schutzzauber verstärken müssen, damit er nicht überrumpelt würde.

Hagan ging die Treppe hinunter und über den Hof, wobei er einen Haken schlug, um nicht in die Kammer zu laufen, die er einst mit Gundahari geteilt hatte. Er verursachte kein Geräusch; niemand hörte ihn, als er den schlammigen Straßen zu seinem Haus folgte. Er würde eine Sklavin erwerben müssen, um es in Ordnung zu bringen, bevor er eine Braut hineinführte. Seine Waffen und Ausrüstung waren blank und gepflegt wie immer, aber er hatte schon lange kein Geschirr mehr gespült, und überall lagen abgestreifte Kleidungsstücke. Langsam zog er sich aus und wieder an. Dabei hob er jedesmal so vorsichtig die Arme und zupfte das Leinen zurecht, als bereite er sich auf eine Begegnung mit den Göttern und Geistern vor. Er behängte sich mit hunnischem Goldschmuck und strich dabei sanft über die seidigen Perlen und kalten Granate aus Saganovas Werkstatt. Fern im Osten weilte sie selbst jetzt, in ihrem Schmiedewagen, wo sie es selbst im schneidenden Wind der Steppe noch warm hatte, und Ruas Kind – oder das Kind ihres Traumes, das so hoch in die Lüfte geflogen war, daß sie es nicht mehr sehen konnte – wuchs vielleicht schon in ihrem starken Leib. Hagan band sich das Haar zum Kriegerknoten der Hunnen und fragte sich, ob alles anders geworden wäre, wenn er als Mann um sie hätte werben können.

»Das Schicksal fügt, wie es will«, murmelte er. Vielleicht war es ja nicht schlimmer als das Zusammenleben mit Waldhari, wenn diese Christin in sein Haus kam. Und wenn er schon nicht mit ihr glücklich wurde, würden die Zügel, die ihr Herz fesselten, ihn vielleicht wenigstens nicht traurig machen, wie es bei Saganova, hätte er sie mitgenommen und in einem Steinhaus wohnen lassen, sicherlich der Fall gewesen wäre.

Als er den letzten goldenen Armring unter den Ärmelsaum des Panzerhemdes streifte, hörte er in der Ferne die römische Tuba des Torwächters schmettern. Er griff nach dem Speer, trat aus dem Haus, schloß die Tür zu und machte sich auf den Weg zum Hendingshof.

Gundahari, Grimhild, Gundrun und die übrigen Angehörigen der Gebicungensippe warteten zu Pferde vor der Mauer. Hagans Pferd stand gesattelt da, die Zügel in Gundaharis Hand.

»Wie, fürchtest du dich nach Jahren des Kämpfens vor einer Frau?« lachte Gundahari. »Gewiß wird doch der grimme Hagan nicht erröten, wenn er vor seine Braut tritt? Oder bedeutet der Speer dein Versprechen für die Hochzeitsnacht?«
Gundaharis Sticheleien fielen in Hagans Herz wie Steine in einen tiefen, hohlen Brunnen. Es wollte ihm keine passende Erwiderung einfallen. Stumm nahm er seinem Bruder die Zügel ab und stieg in den Sattel.
»Gemach, Gundahari«, sagte Gundrun an seiner anderen Seite. »Ich werde mich an jedes deiner Worte erinnern, wenn du zum ersten Mal der Frau begegnest, die schon durch Eide und vereinbarten Brautpreis an dich gebunden ist. Du redest nur deshalb so, weil du selbst noch nicht versprochen bist.«
Hagan sah seine Schwester überrascht an. Ihre rosigen Wangen waren naß vom Regen. Feuchte honigbraune Strähnen kräuselten sich um den Rand der goldenen Kapuze. Das eckige Kinn war entschlossen vorgestreckt. Wären sie allein gewesen ... wäre er ein wenig eher zurückgekommen, hätte er sie fragen können, ob etwas zwischen ihr und Sigifrith nicht so war, wie es sein sollte. Hatten seine langen Fahrten in unbekannte Länder oder die kürzlich eingetroffene Nachricht, die Alamannen bauten Schiffe und planten, damit im Winter auf die Nordsee hinauszusegeln, als seien sie allesamt verrückt, in ihr Zweifel über das unheimliche Wälsungenblut erregt, das in ihrem jungen Helden verborgen schlief wie ein Wolf in seiner Höhle? Aber darüber konnte er nur unter vier Augen mit ihr reden; jetzt streckte er lediglich die Hand aus und drückte einen Augenblick ihre Finger.
Gundahari schien unbeeindruckt. Er lachte wieder und meinte: »Nun, wenigstens werde ich dann nicht so säumig sein. Kommt nun, sie warten vor den Stadtmauern auf uns. Wir sollten unsere zukünftigen angeheirateten Verwandten nicht zu lange im Regen stehen lassen.« Er setzte seinen Hengst in einen hohen Trab, und die anderen Pferde reihten sich hinter ihm ein. Stolz ritten sie durch die Straßen, unter nassen Kapuzen und Mützen begafft vom Volk, das sich beeilte, den von den Hufen der Rosse, auf denen die Sippe des Hendings saß, aufgeworfenen Lehmbrocken auszuweichen.

Kostbera hielt sich unbehaglich im Sattel ihrer Scheckenstute, drehte ihr goldenes Kruzifix in den Fingern und starrte die Tore von Worms

an. Sie hatte den Hornruf in der Stadt gehört und wußte, daß die Burgunder sie bald empfangen würden. Nun mußte sie auf sich nehmen, was Gott ihr bestimmt hatte, und sie wußte nicht, was es war oder was schlimmer sein konnte: die Ehe mit einem Heiden, der angeblich seinem dunklen Höllengott das Blut lebender Männer opferte und den Leichen auf dem Schlachtfeld mit den Zähnen das Fleisch vom Leibe riß – oder der Märtyrertod unter seinen Händen. Die freundlichsten Lieder über den jüngeren Bruder des Hendings nannten ihn »den grimmen Hagan«, aber es gab weit schlimmere Geschichten über ihn – Wodansanbeter sollte er sein, Liebhaber von Männern, Schwarzkünstler, erfahren in den üblen Zaubereien der Hunnen ... Und er war der Sohn jener Hexe Grimhild, deren dunkle Augen Kostbera getroffen hatten wie ein Otternbiß, als die alte Frau die junge in ihre Kammer gerufen hatte. Der Blick der Hexe war in ihrem Schädel angeschwollen, wie das blauschwarze Gift des Gewürms im Fleisch schwillt. Solche Gesichte und Gefühle hatten ihr stets Angst eingeflößt, von Kindheit an, als die älteren Frauen des Stammes versucht hatten, sie die scharfen Spitzen der Runen zu lehren oder sie zu lange in die in Löffel gebetteten Bergkristallkugeln blicken zu lassen, die ihnen an der Seite hingen. Nur Christus hatte sie vor dem Flüstern beschützt, das sie nachts umraunte, vor den kalten Schlägen, die sie trafen, wenn sie einem Ort zu nahe kam, an dem ungerächt ein erschlagener Mann lag, oder vor dem grausamen Zischen in ihren Ohren, wenn sie an einen Herdstein trat, vor dem mit brennenden Röcken eine Frau gestorben war. Nur Christus hatte das verfluchte zweite Gesicht der Hexen zurückgedrängt, vor dem sie sich so fürchtete – und nun sollte sie in die Hände der Heiden fallen.
Weit öffneten sich die Tore der Stadt. An der Spitze seiner Familie ritt der Hending heraus. Kostbera erkannte Gundahari, dessen Goldreif stumpf in den nassen dunklen Locken glänzte. Auch Gundrun und Grimhild waren ihr von ihrem ersten Besuch in Worms vertraut. Dann mußte der Mann mit dem Speer, der an Gundaharis rechter Seite ritt, Hagan sein – ihr Bräutigam.
Aber er ist ja alt! dachte sie. Obwohl sie sein Haar nicht sehen konnte, glitzerten in seinem kurzgeschnittenen schwarzen Bart Silbersträhnen, und er ritt vorsichtig wie ein Mann in mittleren Jahren. *Bestimmt ist es einer der älteren Vettern oder ein Verwandter von Grimhild*, sagte sich

Kostbera, *kein Jüngling, der so alt ist wie ich. Oder er ist des Königs Leibwächter, weil er so bewaffnet und im Panzerhemd reitet.*
Doch als die Burgunder näher kamen, begann sie zu zittern. Ein kalter Wind wehte von ihnen herüber, eisig wie der unergründliche graue Blick des Mannes neben Gundahari. Kostbera starrte ihn an wie das Vöglein die Schlange, und ihr Entsetzen wuchs, je deutlicher sie ihn wahrnahm. Seine Haut war sehr blaß und hatte den matten, aschblauen Unterton eines Verstorbenen. Die dunkelgrauen Augen saßen schräg über hohen Wangenknochen, und das Gesicht zeigte die starre Miene grimmigen Zornes. Doch trotz der silbernen Fäden im Haar war nicht zu übersehen, daß der Mann jung war. Es konnte nur Hagan sein. Kostbera hatte den ganzen Tag nichts essen können. Jetzt kam ihr die dünne Magensäure hoch, und sie mußte sich fest auf die Innenseite der Wangen beißen, um sich nicht zu erbrechen. So inständig sie auch zu Christus gebetet hatte, sie unempfindlich gegen allen heidnischen Zauber zu machen, nun genügte Hagans bloße Anwesenheit, ihr das Gefühl zu geben, daß man sie mit einem Büschel eisverkrusteter Brennesseln schlug, eiskalt und brennend zugleich. Selbst jetzt am hellen Tage sah sie das schwache, blaue Grabhügelfeuer über ihm flackern wie die gefürchteten Gespensterlichter, die sie als Kind einmal am Nachthimmel hatte zucken und tanzen sehen, wobei jedermann sich gefragt hatte, welches Unheil sie wohl verkündeten. Nun wußte Kostbera, daß alle Gerüchte über Hagans Hexenkunst wahr sein mußten, denn nie hatte sie in einem lebenden Menschen soviel Seelenmacht gespürt und sich derartig davor gefürchtet.
»Mach dich bereit, mein Kind«, wisperte Vater Ambrosius ihr von der Seite her zu, als wären sie Gefangene in den schlimmsten Tagen von Rom. »Möge Christus dich begleiten und deine Stärke sein.«
Dann ritt ihr Vater Hludovech vor, um die Burgunder zu grüßen. Er winkte sie zu sich, und Kostbera mußte ihre Stute antreiben, damit sie schneller ging. Sie wußte nicht, ob es wahrer Glaube oder nur Stolz war, der ihr den Rücken steifte und den Kopf des Pferdes gerade hielt; aber sie wollte auch nicht zu tief in ihr eigenes Herz schauen, denn alles, was sie für die Feuerprobe stählte, die sie nun bestehen mußte, war willkommen.

Je näher er den wartenden Franken kam, desto heller strahlte das Feuerzeichen vor Hagans Geisterauge – blaßgoldenes Licht, das über einem schlanken Mädchen an der Spitze des Zuges schimmerte. Sie starrte die Burgunder an. Ihre Hand spielte unruhig mit einer Halskette. Ihre Augen waren so leuchtend wie der blaugrüne Türkis, den Händler aus dem fernen Süden manchmal mitbrachten. Sie ritt ohne Kopfbedeckung, und der feine Nieselregen ließ ihr braunes Haar lang und glatt herunterhängen. Sie war nicht so schön wie Saganova mit ihrem kraftvollen Frauenkörper, der den Umgang mit Metall, Hammer und Flammen gewöhnt war; ihre Handgelenke wirkten dünn und schwach. Das Gesicht war scharf wie die Schnauze eines halbverhungerten Hundes, aber der Glanz, der sie umgab, reinigte ihre Züge, so daß die Knochen hell und schön durch das Fleisch schienen. Hagans Herz tat einen winzigen Sprung, und für einen kurzen Augenblick hoffte er, daß doch nicht alles so schlimm war, wie er gefürchtet hatte. Wenn Kostbera nicht zu sehr Christin war, um von ihrer Macht Gebrauch zu machen, wenn sie sehen und fühlen konnte wie er, so daß er darauf vertrauen konnte, seine Gemahlin würde ihm in der Anderswelt so treu zur Seite stehen, wie sie in Midgard sein Hauswesen verwaltete – dann, ja dann mußte er sagen, daß Grimhild doch gut gewählt hatte und er vielleicht in dieser Ehe ganz unerwartet sein Glück finden konnte. Er ritt mit seinem Bruder weiter nach vorn, während der Anführer des Frankenzuges dem Mädchen winkte, dem Hagans Blick gegolten hatte.

»Sei gegrüßt, Gundahari!« rief Hludovech, als er mit seiner Tochter näher kam. »Ist alles bereit zum Hochzeitsfest?« Die Verwandtschaft zwischen ihm und Kostbera war offensichtlich, doch während die Jungfrau abgezehrt und hager aussah, war ihr Vater lediglich schlank, ein Jagdhund, immer bereit, sich auf Kaninchen und Fuchs zu stürzen, und seine Augen hatten das tiefe Blaugrün der Danu an einem ruhigen Tag. Hludovechs Stimme klang tief und angenehm, aber nicht sehr kräftig, und sie hatte den rauhen Unterton des Mannes, der im Schlachtenlärm jahrelang seine Befehle gebrüllt und dabei seine Kehle überanstrengt hat.

»Alles ist bereit, und hier neben mir reitet mein Bruder, begierig, das Angesicht seiner Braut zu sehen«, antwortete Gundahari.

»Heil dir, Hagan. Du kannst dich freuen, denn bald gehört dir das Wertvollste, das mein Reich zu vergeben hat.«

»Ich freue mich sehr«, erwiderte Hagan. Aber es war nicht die Wahrheit. Auch wenn seine eigene Miene immer ausdruckslos blieb, verstand er die Züge anderer zu deuten, und man brauchte nicht besonders genau hinzusehen, um zu merken, daß Kostbera noch bleicher wurde, als sie seine Stimme vernahm, und daß es nicht Freude, sondern Grauen war, das die Augen weitete, mit denen sie ihn anstarrte. Er fühlte, wie ihre Furcht ihm die Luft abschnürte, als versuche die Kraft in ihr ihn zu erwürgen, ohne daß sie es wußte. Sofort erstarb der kleine Hoffnungsschimmer, der in ihm geglüht hatte. Schwer wie ein grauer Steinklumpen lag sein Herz in der Brust. Als ihm die Lungen immer enger wurden, holte er Luft und stemmte sich gegen den fremden Einfluß. Kostberas Helligkeit schien unter seiner Macht zu verblassen. »Heil dir, Kostbera. Sei willkommen in der Sippe der Burgunder. Möge mein Haus deine Heimat werden.«

»Ich . . .« murmelte Kostbera. Ihre Finger umkrampften den Anhänger am Hals fester, sie schluckte und antwortete mit einer Stimme, die wie dünnes Eis auf einem schäumenden Fluß knisterte: »Christus behüte mich vor allem Unheil und gebe, daß es so geschieht.«

Hludovech sah seine Tochter aus schmalen Augen an. Hagan vermutete, daß er ihr eingeschärft hatte, nicht so offen von ihrem Glauben zu sprechen, bevor die Hochzeit nicht besiegelt war. Aber Hagan erinnerte sich an Hildegunds Worte und mehr noch an seine Gefühle im Hause des Bischofs von Passau, als man ihm selbst sein Julgrün verboten hatte. Darum antwortete er: »Ich bin erst vor kurzem aus Attilas Heer zurückgekehrt, wo jedermann seinem eigenen Glauben folgen und niemand dem Schaden zufügen darf, was ein anderer heilig hält. Ich bleibe bei den Göttern und Geistern meiner Sippe und werde auch meine Kinder in unserem Glauben erziehen; du aber kannst den Gott anbeten, der dir am besten gefällt, und mußt nicht fürchten, daß ich dich deshalb schlecht behandele. Mein eigener Blutsbruder, Waldhari der Franke, ist auch ein Christ, und wir haben lange und in Frieden zusammengewohnt.«

Kostbera sackte im Sattel zusammen, und der Atem zischte so leise aus ihren Lungen, als hätte Hagan ihr einen Pfeil aus dem Körper gezogen. Das Lächeln auf Hludovechs schmalem Gesicht war deutlicher. Er sagte: »Wir haben viele Lieder über Attilas Heer und deine Heldentaten dort gehört. Es ist schön, festzustellen, daß es stimmt, was man von dir singt.«

»Doch nun kommt«, unterbrach ihn Gundahari. »Der Regen wird stärker. Sollen wir hier in den Feldern herumstehen wie Knechte, die von der Ernte sprechen? Das Festmahl wird bald fertig sein, und wir wollen zu Ehren der Hochzeit die ersten Fässer mit neuem Wein anstechen.«

Beim abendlichen Mahl saß Kostbera neben Hagan und der Priester an ihrer anderen Seite. Zwischen Grimhilds und Gundruns Sitz stand der Stuhl ihrer Mutter, und ihr Vater hatte seinen Platz neben Gundahari, der seinem Bruder den breiten Rücken zukehrte. Zweifellos besprachen die beiden die letzten Einzelheiten des Brautpreises. Es nagte an Hagan, daß er dabei kaum hatte mitreden dürfen. Zwar ging es hier um einen Handel zwischen Sippe und Sippe, aber trotzdem hielt Hagan seinen Rat nicht für so wertlos, daß man ihn auf diese Weise von allem ausschloß. Freilich war es vielleicht besser so, denn nachdem er Kostbera nun kennengelernt hatte, fiel es ihm schwerer, sich mit der Heirat abzufinden. Je schneller er es hinter sich hatte, desto eher konnte er sie schwängern und dann mindestens neun Monate der Obhut der Frauen überlassen.
Es entging ihm nicht, wie ihre Hand zitterte, als ihr Gundrun einen Glaskrug mit hellem Wein reichte, an dessen runden Wänden die Bläschen in dünnen Reihen emporstiegen. Trotzdem gelang es Kostbera, ihm das Horn zu füllen, ohne einen Tropfen zu verschütten, und dabei die Worte aufzusagen, die sie offenbar für diesen Tag gelernt hatte.
»Heil dir, mein Bräutigam. Möge unsere Ehe gesegnet sein.«
Der Priester schlug ein Kreuz, während Hagan mit den Fingern über den Schaft des hinter seinem Stuhl lehnenden Speeres strich. »Und mögen unsere Sippen sich gut vertragen.«
»So soll es sein«, erwiderte Hagan.
Er roch an dem jungen Wein, aber der war frei von Kräutern und Zaubersprüchen und perlte ihm die Kehle hinab, als streichle ihn ein Daunenflügel. Später würde der Wein schwerer und saurer werden; jetzt war er süß und leicht, körperlos wie der schimmernde Dunst, der bei Sonnenaufgang über dem Rhein schwebte. Hagan kannte diesen Geschmack sehr gut und von frühester Jugend an: es war der Geschmack der Ernte.
»Fülle auch deinen Becher«, sagte er zu Kostbera. »Vielleicht gefällt dir das Getränk.«
Sie goß sich ein und murmelte etwas Lateinisches über dem Kegel aus milchigem Glas, bevor sie ihn mit beiden Händen zum Munde führte. Dann trank sie in aufgeregten kleinen Schlucken und sah ihn über den

Becherrand an, als fürchte sie, er würde ihr das Gefäß aus der Hand schlagen.

Hagan schaute an Gundaharis Schulter vorbei auf seine Mutter, deren magere Gestalt fast hinter Hludovechs umfangreicherer Gemahlin verschwand. *Warum hast du so schlecht für mich gewählt?* dachte er und versuchte, seinen Gedanken in ihren Kopf zu zwingen. *Gab es keine mutigere Frau aus gutem Geschlecht?*

Aber er kannte die Antwort. Grimhild hatte denselben Glanz von Kostbera ausgehen sehen wie er und sich für eine Frau entschieden, die sie das lehren konnte, was sie selbst sah und wußte, damit sie ihr half, wenn Grimhilds eigene Kraft einst versagte. Und doch hatte sie sich geirrt, dachte Hagan, denn an den Ufern jenes Flusses im hohen Norden, auf dem der schwarze Schwan schwamm, war kein Platz für Furcht; wenn Kostbera schon vor ihm zurückschrak, wie sollte sie dann den Mut haben, den Rat der Wesen aus der Jenseitswelt zu suchen oder Hand an die scharfen Hefte der Runen zu legen?

Hagan trank, und Gundrun füllte ihm das Horn nach. Aber erst als Folkhari vor den Herrentisch trat und anfing, die Harfe zu schlagen, als seine volle Stimme sich hob und die Halle erfüllte, da wurde Hagans Herz ein wenig leichter und freudiger. Hludovech nickte im Takt, als der Sänger die Lieder von Hagans Taten sang. Hagan achtete kaum darauf, daß Kostbera fröstelnd den Mantel enger um sich zog, denn sein Blick ruhte auf dem schönen Gesicht des Sängers, dem Blitzen und Funkeln des Goldringes, den er mit ihm getauscht hatte, und der Wärme in Folkharis blauen Augen, wenn er von Hagan sang und ihn dabei ansah.

Zu Hagans Erleichterung wurde nicht erwartet, daß er in der Woche vor Vollmond noch einmal mit Kostbera zusammenkam. Sie blieb bei den Frauen, wo sie stickte oder andere Frauendinge tat. Am Wodanstag wurde in Worms der Markt abgehalten, der diesmal besonders reich bestückt war, denn man hatte die Ernte eingebracht, und das Winternachtsfest stand unmittelbar bevor. Hagan wollte hauptsächlich eine Sklavin kaufen, dachte aber auch daran, ein Geschenk für Kostbera zu erstehen, damit sie sich vielleicht etwas wohler bei ihm fühlte. Er erinnerte sich, wie schön es gewesen war, Geschenke mit Saganova zu tauschen, und wie zum ersten Mal die Macht zwischen ihnen geflossen war, als sie einander etwas gaben.

Während er zwischen den Ständen hindurch wanderte, merkte er wohl, daß die Menschen ein wenig vor ihm zurückwichen, aber sie bekreuzten sich nicht wie in Passau oder zerrten ihre Kinder von ihm weg. Und als er an einer der vielen Buden stehenblieb, an denen Bier und neuer Wein verkauft wurde, weigerte sich der untersetzte blonde Mann, der ihm das Horn füllte, das Silbermünzenstück anzunehmen, das Hagan ihm dafür reichen wollte.

»Es ist eine Ehre, dem Bruder des Hendings zu trinken zu geben«, erklärte er standhaft. »Die Götter werden mich dafür segnen, wenn deine Sippe die heiligen Opfer bringt.«

»Heil dir«, antwortete Hagan. »So soll es sein.« Mit fröhlicherem Herzen ging er weiter. Der Nachgeschmack des perlenden Weins war bereits stärker und der Wein selbst schwerer geworden; er streichelte Hagans Kehle nicht mehr ganz so sanft, wärmte aber seinen Bauch besser. Hagan hatte keine Ahnung, worüber eine Frau wie Kostbera sich freuen würde und ob ihr schöngeschmiedetes Gold besser gefiel als feine Seide zum Nähen oder römisches Glas. Aber obgleich es Schmuckhändler genug gab, fand Hagan ihre Goldarbeit nach der Schmiedekunst der Hunninnen plump, und die flüsternde Berührung der Seide unter seinen von den Waffen schwieligen Fingern ließ ihn an die Weichheit der Seidenstickerei auf Saganovas Kissen und an Hildegunds Ärger denken, als sie die Fäden zu spinnen versuchte, die so spinnwebfein von den Fingern der Hunninnen glitten. Schließlich entschied er sich doch für das Glas, einen hohen Krug und sechs dazu passende, kegelförmige Pokale in geschwungenen Bronzehaltern. Durch das klare Kristall zogen sich tiefblau leuchtende Fäden, wirbelnd wie Flußwasser, das durch Eis sinkt.

Der strohgepolsterte Kasten mit dem Glas war nicht schwer, aber ungeschickt zu tragen, und Hagan fürchtete schon, er könnte ihn fallen lassen, wenn jemand ihn zu kräftig anrempelte. Aber es war nicht weit bis zu der Bude, an der die Sklaven verkauft wurden, und so schlug er den Weg dorthin ein.

Wie immer am Ende des Sommers war die Auswahl groß, von Knaben und Mädchen, in Rom nur dazu ausgebildet, Getränke einzuschenken und Betten zu wärmen, bis hin zu groben Landarbeitern, die ihre Schulden in die Sklaverei getrieben hatten. Hagan begab sich unmittelbar zur Bude eines Mannes, der als zuverlässig galt, eines Galliers, der den römischen Namen Domitius trug. Der Sklavenhändler war ein großer Mann am Ende der mittleren Jahre. Sein kahler Schädel war von der Sonne rötlich und fleckig, und sein breiter, roter Schnurrbart zeigte dicke graue Strähnen.

»Sei gegrüßt, *Fro* Hagan«, sagte er. »Womit kann ich dir dienen?«

»Ich möchte eine Frau kaufen, die mein Haus ordentlich sauberhält und dabei so vertrauenswürdig ist, daß sie sich nicht um Dinge kümmert, die sie nichts angehen. Außerdem soll sie beim Kochen und Nähen und anderen Arbeiten helfen.«

Der Gallier zupfte an seinem Schnurrbart. »Man kann nicht«, meinte er bedächtig, »mit Sicherheit darauf schwören, daß ein neuer Sklave wirklich völlig vertrauenswürdig ist. Du bist kein Narr, und übel stünde es mir an, dir solche Versprechungen zu machen. Das Beste, was ich dir bieten kann, sind Sklaven, die mit gutem Führungszeugnis zu mir gekommen sind und deren Verhalten auf der Reise und bei der Ausbildung diesem Zeugnis entsprach. Für die meisten Zwecke wird das genügen, aber wenn du etwas hast, das wirklich keinen etwas angeht, so kann ich dir nur sagen, daß die größte Sicherheit in einem festen Schloß liegt, wenigstens solange du deine Sklavin nicht mehrere Jahre kennst und sie in kleineren Dingen zuverlässig gefunden hast.«

»Dann will ich mich mit einer Frau begnügen, die von gutem Wesen und in der Hausarbeit geschickt ist.«

»Ist es dir wichtig, daß sie auch dein Bett teilen kann? Oder, da ich gehört habe, du wollest bald heiraten, soll es eine Frau sein, deretwegen deine Gemahlin sich keine Sorgen zu machen braucht?«

»Auf beides kommt es mir nicht an, solange sie brauchbar ist und willig gehorcht. Meine Braut ist eine schüchterne Frau; ich möchte ein Mädchen, das bescheiden und demütig ist. Nur eines ist mir wichtig: sie darf keine Christin sein, denn ich fürchte, Christliches wird es in meinem Haus schon genug geben.«

»Hm. Ich habe ein Mädchen, das für dich in Frage kommen könnte. Sie heißt Ada und stammt aus dem Norden, aber ich habe sie in Rom gekauft. Dort hatte sie einen schlechten Herrn – ich kenne den Mann; oft bekomme ich Sklaven billig von ihm, wenn er es satt hat, sie zu mißhandeln –, und es ging ihr übler, als es eine gute Sklavin verdient hat. Jetzt habe ich sie aufgefüttert, und die Striemen auf ihrem Rücken sind verheilt. Sie spricht nicht viel, ist aber von gutem Wesen und eine vorzügliche Haushälterin. Außerdem hat sie ein angenehmes Äußeres und

könnte lernen, bei den vornehmsten Gastmählern zu bedienen. Ihre Gestalt ist schlank, aber wohlgeformt und vollbusig, und sie hat sehr blondes und dickes Haar. Sie scheint keine Angst zu haben, wenn man sie ins Bett ruft, und weint auch nicht hinterher, aber ich könnte auch nicht sagen, daß sie besonderes Vergnügen daran findet.«
»Hole sie her und laß mich sie anschauen.«
Hagan überzeugte sich davon, daß die Sklavin gesund, wenn auch ein wenig zu dünn war und Domitius die Wahrheit über ihr Verhalten gesagt hatte. Dann einigten die beiden sich über den Preis, wobei sie übereinkamen, daß Hagan das Mädchen zurückgeben und nur ein paar Tage Mietgebühr für sie bezahlen konnte, falls Kostbera sie nicht im Hause haben wollte. Der Gallier hatte nicht erwähnt, daß Adas Stimme voll und süß wie Honigmet war. Hagan war sicher, daß sie lernen konnte, Lieder zu singen und Heldensagen aus alten Tagen zu erzählen, wie er sie immer von Waldhari gehört hatte. Es würde die langweiligen Abende zu Hause erträglicher machen; wenn man am eigenen Herd sitzen und sich gute Lieder und Geschichten anhören konnte, kam es nicht mehr darauf an, ob die Gattin nur mit niedergeschlagenen Augen dasaß und spann, anstatt sein düsteres Gemüt mit heiteren Worten zu zerstreuen. Sehr zufrieden mit seinen Erwerbungen machte Hagan sich auf den Heimweg, die blonde Sklavin ein paar Schritte hinter ihm.
Ada hatte in der Küche gerade zu schmoren angefangen, und ein würziger Duft nach Hirschfleisch und Speerlauch durchzog das Haus, als der scharfe Klang des Türklopfers dreimal ertönte. Hagan wollte schon aufstehen, überlegte es sich dann aber anders.
»Geh du zur Tür, Ada«, befahl er. »Wenn du erst besser weißt, wen ich sehen möchte, kannst du die anderen Besucher fortschicken.«
Ada nickte aufgeregt, schob den Topf vom Feuer und eilte davon. Bald darauf kam sie mit dem, der angeklopft hatte, zurück. Es war der rundliche kleine Christenpriester aus Kostberas Gefolge, Vater Ambrosius.
Hagan stand auf und sah auf den Kleineren hinunter. »Was wünschst du?«
»Ich bin hier, um mit dir über die bevorstehende Hochzeit und dein Leben mit Kostbera danach zu sprechen.«
»Dann sprich.«
Vater Ambrosius scharrte unruhig mit den Füßen, und seine blauen

Augen huschten durch den Raum. Dann hob er den Kopf und blickte Hagan an, das Kinn in furchtsamem Trotz vorgestreckt. »Es heißt, du seist ein Mann von Weisheit. Dann mußt du wissen, wie wichtig es ist, daß die größte Weisheit regiert und die größte Stärke ausführt, was sie beschlossen hat.«

Hagan nickte mißtrauisch und fragte sich, worauf der andere hinauswollte.

»Darum bin ich gekommen, um mit dir über die größte Weisheit und die größte Stärke dieser Welt zu reden, über einen Herrscher, der großzügiger zu seinen Kriegern und härter zu allen, die ihre Feindschaft gegen ihn nicht aufgeben wollen, ist als jeder andere König, den du kennst – einen Herrscher, der so weit über Attila steht wie Attila über dem niedrigsten Sklaven. Und weil du ein weiser Mann bist, solltest du auf meinen Rat hören und dich dem Heer dieses mächtigen Fürsten anschließen.«

»Das sind schöne Worte«, entgegnete Hagan, »aber ich weiß, was sie bedeuten. Du willst, daß ich die Götter und Geister meiner Sippe verlasse, die mir Sieg in der Schlacht gewährt und unser Land fruchtbar gemacht haben, um zu dem Gott der Römer zu rennen wie ein Hündchen, das sich vor Schlägen fürchtet.«

»Deine Götter sind keine wahren Götter, sondern trügerische Nebelbilder – dein Wodan am meisten von allen. Ich habe gehört, daß er seine Auserwählten verrät und die ihm Geweihten grausam behandelt; und selbst nach ihrem Tod belohnt er sie nicht, sondern läßt sie im Reich übler Geister endlose Qualen erleiden. Christus ist ein gütigerer Herr und belohnt alle, die ihm folgen, gleichgültig, auf welche Art sie sterben.«

»Wodan ist kein Herr, und seine Kinder sind nicht seine Sklaven: das ist der Unterschied. Was aber nach dem Tod kommt, weiß ich besser als du, denn ich habe die Ufer des großen Flusses mit eigenen Augen gesehen. Doch sprich mir nicht mehr von solchen Dingen, sonst durchbohre ich dich mit meinem Speer. Wenn du aber noch etwas über die Hochzeit oder Kostbera zu sagen hast, dann sag es.«

Vater Ambrosius schluckte erregt und trat einen Schritt zurück, als wolle er sofort die Flucht ergreifen, sobald Hagan die Hand gegen ihn hob.

»Du hast gesagt, du wolltest sie wegen ihres Glaubens an Christus nicht schlechter behandeln.«

»Das werde ich auch nicht. Aber ich habe nicht gesagt, ich würde zulassen, daß du diesen Glauben auch über mich ausspeist. Nun sprich, was das Anhören lohnt, oder entferne dich.«
»Also gut. Vielleicht weißt du, daß eine Hochzeit kein kirchliches Sakrament ist. Allerdings müssen wir darauf bestehen, daß auch kein heidnisches Sakrament daraus gemacht wird. Darum wird es kein Blutopfer für eure Götter geben, und ihr dürft sie auch nicht um ihren Segen zu dieser Ehe bitten. Es soll sich nur um einen Vertrag handeln, der durch Eide beschworen wird.«
»Die Burgunder haben Eheschließungen stets als etwas Heiliges betrachtet. Was soll mir Kostbera für Kinder gebären, wenn auf der Hochzeit kein Segen ruht?«
»Ich werde die Braut vorher segnen und beten, daß Christus ihr Stärke verleihen möge, ihre Pflichten als Gattin und Mutter zu erfüllen, ob du nun jemals den wahren Glauben annimmst oder nicht, und daß er sie vor Heidentum und Ketzerei schützen soll. Mehr verlangt die Kirche nicht; wir können nur auf Gottes Güte vertrauen.«
»Verlaß mein Haus. Komm nicht wieder. Wenn Kostbera dich sehen will, kann sie es anderswo tun.« Hagan streckte die Hand nach dem Speer aus. Der kleine Priester machte kehrt und floh. Hinter ihm fiel krachend die Haustür zu. Aber der Sieg hatte wenig Wert, denn es gehörte nicht viel dazu, einen solchen Mann zu erschrecken, und seine Worte hatten in Hagans Herz ein tiefes Unbehagen geweckt.
»Ich komme bald wieder«, sagte er zu Ada. »Halte mir den Eintopf warm. Es wäre auch gut, wenn du Brot backen könntest.«
»Brot braucht lange zum Gehen, *Fro*«, erwiderte die Sklavin zögernd. »Ich bin nicht sicher...«
»Aha. Gut. Dann laß es.«

Gundahari war nicht in der Halle, sondern saß in seiner Kammer und studierte im Licht zweier dicker Kerzen bedächtig ein Bündel lateinischer Schriftstücke. Er blickte erst auf, als Hagan hustete. Dann fuhr er zusammen und hätte fast den einfachen Tonbecher mit Bier umgestoßen, der neben seinem Ellenbogen stand.
»Ich möchte mit dir über meine Hochzeit sprechen«, begann Hagan.
»Ist etwas vorgefallen?« fragte Gundahari.
»Kostberas Priester war bei mir, um mir zu sagen, daß es keinen Segen

dabei geben würde, so als ob die Hochzeit nicht beim Winternachtsschlachtfest stattfände. Ich wollte sichergehen, daß er nur aus einer Laune heraus sprach.«

Gundahari schloß die Augen und stützte kurze Zeit die Stirn in die Hand. »Hagan, mein Bruder, es tut mir leid.«

»Warum?«

»Es hätte wenig Sinn, den Segen der Götter zu erbitten, wenn die Braut selbst sie verfluchte, während du sie noch mit dem geweihten Blut besprenkelst. Unsere Mutter sagt, so würde es eher Weh als Wohl über uns bringen, und ich meine, daß sie recht hat. Außerdem kümmert es zwar Hludovech wenig, welche Götter wir anrufen, aber seine Frau ist ebenso Christin wie Kostberas Priester, und wenn wir ihnen unseren Segen aufzwingen, verlieren wir einen großen Teil der Vorteile, die uns deine Heirat einbringt.«

»Und was soll ich nun tun?« fragte Hagan, der das Gefühl hatte, seine Kraft würde ihm Stück für Stück entrissen, wie der erste kalte Winterwind die rötlichen Blätter fortreißt. Auch wenn kein Laut der Verzweiflung den Stein in seiner Kehle durchdringen konnte, war der Schmerz in seinem Inneren doch um so stechender. »Ich hatte einen guten Platz bei den Hunnen, und du und Grimhild nahmt ihn mir. Ich sollte der Erbe des Sinwists sein, und ihr habt es mir verboten. Nun will ich nur heiraten, wie es einem Burgunder geziemt, und du sagst, daß ich nicht einmal das darf.«

»Hagan, mein Hagan«, antwortete Gundahari sanft. »Du hast recht – übel lohnen wir dir, was du für uns getan hast. Und doch sehe ich keinen Ausweg, außer daß ich es dir, so gut ich kann, mit Hochzeitsgeschenken und allem anderen, was in meiner Macht steht, vergelten will. Damit meine ich nicht, daß deine Treue käuflich ist«, fügte der Hending eilig hinzu, »noch, daß ich dich bitte, von den Göttern und Geistern abzufallen oder ihnen nicht zu geben, was ihnen zusteht. Wir werden das Winternachtsfest nach unserer Sitte abhalten, und du sollst die heiligen Worte sprechen, wie es der Sinwist tat, und beim Schlachten helfen. Kannst du nicht damit zufrieden sein? Gewiß werden die Götter dich dafür segnen.«

»Übel scheint mir, daß es so weit gekommen ist – daß der eigene Bruder des Hendings nicht beim Winternachtsfest-Opfer heiraten und seine Braut nicht vor den Geistern unserer Sippe geweiht werden darf. Hast du

noch weitere Pläne, von denen ich nichts weiß? Darf ich meinen Speer noch tragen und mir das Haar kämmen, wie es mir gefällt, oder soll auch das gegen meinen Willen bestimmt werden?«
»Hagan, du kannst tun, was dir gefällt, nur daß die Opfer und das Anrufen der Götter und Geister dort stattfinden müssen, wo die Christen es nicht zu sehen brauchen. Wenn du es willst und wenn eine angemessene Zeit verstrichen ist – ein Jahr vielleicht –, dann suchen wir dir auch eine zweite Gemahlin, eine Frau, die den Sitten unserer Sippe folgt und dir das Bett besser wärmt als die arme, kleine Kostbera, und dann werden wir opfern, wie du willst.«
»Ich brauche keine zweite Frau. Eine ist schon zuviel, wenn sie die falsche ist.«
Gundahari stand auf. Hagan rührte sich nicht, als sein Bruder ihn kurz und kräftig umarmte, überwältigend und warm wie ein Bärenfell um die Schultern.
»Je mehr ich bei allem, was ich tue, zuerst an die Burgunder denke, desto mehr leidet unsere Familie darunter. Wie kommt das, Hagan? War es bei Attila auch so?«
Hagan dachte an Attilas Beziehung zu Hildegund, an Bleydas Tod und alles, was daraus entstanden war.
»Wenn er zuerst an sein Volk und dann erst an die eigenen Wünsche dachte – ja, dann war es wohl auch so. Aber Attila hat den Gyula, der ihn berät, so wie der Sinwist Gebica beriet.«
»Und wie du mich berätst, ob du nun dem Namen nach Sinwist bist oder nicht«, murmelte Gundahari. »Aber sag mir eines, Hagan, und sag es mir mit der Weisheit, die du gelernt hast: Ist Kostbera eine Frau, mit der man vor die Götter und Geister treten kann, und möchtest du sie bei irgendeinem anderen Ritual an deiner Seite haben? Denn wenn das so ist, will ich die Worte unserer Mutter verwerfen, und du sollst heiraten, wie du es willst.«
Kälte kroch Hagan in die Glieder, als er sich vorstellte, wie die Christin vor dem geheiligten roten Felsen am Rheinufer stand und sich an ihr Kreuz klammerte – wie sie mit fest geschlossenen Augen zurückzuckte, als die ersten Tropfen Opferblut sie besprizten. Der Gedanke beschmutzte seine Erinnerung an die heilige Stätte – er zuckte zusammen, schauderte und wies ihn von sich.
»Besser ist es, Eide zu schwören in der Hendingshalle und die Götter und

Geister nur darum zu bitten, daß sie meinen Hausstand segnen und unsere Sippe stark erhalten. Es ist der weiseste Rat ... nur warum habt ihr es mir nicht vorher gesagt?«
»Wir wollten morgen mit dir sprechen. Ich habe dir heute nachmittag einen Boten geschickt, aber du warst nicht zu Hause.«
»Ich war auf dem Marktplatz, um eine Sklavin zu kaufen, die Kostbera die Arbeit erleichtern soll. Darum muß ich jetzt auch bald nach Hause, denn sie kocht mir das Abendessen.«
Gundahari grinste, und die Sorgenfalten, die bereits sein breites Gesicht durchzogen, glätteten sich, so daß er mehr wie ein Jüngling und weniger wie ein früh zum Mann gereifter König aussah. »Nun, dann solltest du dich beeilen!« meinte er. »Ist sie hübsch?«
»Ich habe sie nicht ihres Aussehens wegen gekauft, sondern damit sie arbeitet. Aber sie ist nicht häßlich, und ihre Stimme klingt meinen Ohren angenehm.«
»Um so besser. Ich bin froh, wenn ich weiß, daß du dich notfalls bei ihr von deinen Sorgen ausruhen kannst; und wenn ein Bett kalt ist, freut man sich über ein anderes, warmes.«
Hagan dachte daran, wie Waldhari auf der einen Seite des Hauses friedlich geschlummert hatte, während er selbst schlaflos an die dunkle Decke starrte, und daran, wie die feurige Kraft von Saganovas Umarmungen ihn von der Sehnsucht nach dem Unerreichbaren befreit hatte – wenigstens, solange er im Wagen der Schmiedin lag.
»Ich werde deinen Rat nicht vergessen. Vielleicht werde ich ihn noch einmal brauchen können.«

»Ist etwas geschehen, *Fro*?« erkundigte sich Ada ängstlich, als Hagan zur Tür hereinkam.
»Nichts, woran du schuld wärst.«
Die Sklavin füllte eine Schale mit Eintopf und holte einen Tonkrug mit gallischem Wein. »Ich hoffe, es schmeckt dir, *Fro*. Du brauchst jetzt etwas Erfreuliches, nachdem dieser Christ hier war.«
»Domitius hat gesagt, du seist keine Christin«, meinte Hagan nachdenklich und fast zu sich selbst. Er fing an zu essen.
»Nein, *Fro*. Ich weiß nicht viel, aber ich spende den Göttern und Hausgeistern meine Gaben, wo immer ich bin ... Mein letzter Herr war ein Christenpriester«, fügte sie plötzlich hinzu. »Als er herausfand, daß ich

ein kleines Schüsselchen mit Linsensuppe für den Kobold an den Herd gestellt hatte, ließ er mich eine Woche hungern, prügelte mich, bis ich nicht mehr stehen konnte, und verkaufte mich an Domitius. Ich will hart für deine *Frowe* arbeiten und ihr dienen, so gut ich kann, aber ich war froh, als du diesen Priester weggeschickt hast. Ich werde ihn nicht wieder einlassen.«
»Das ist gut. Aber du ißt nicht; bist du nicht hungrig?«
»Ich habe abgewartet, damit du mir sagen kannst, was ich haben darf.«
»Von jetzt an sollst du dir gleich beim Kochen etwas vom Essen nehmen, und zwar soviel du willst. Du bist zu dünn und solltest dich besser ernähren. Und außerdem«, fuhr er fort, während Ada eine zweite Schüssel mit Eintopf füllte, »ist es gut, daß du den Hausgeistern die Opfer bringen kannst, denn es besteht keine Aussicht, daß Kostbera es tun wird. In dieser Hinsicht mußt du die Hausfrau sein. Und nun komm und setz dich zu Tisch; wenn wir hier keine Gäste bewirten, sehe ich keinen Grund, warum du nicht mit uns essen solltest.«
Ada setzte sich zu ihm. »Möchtest du, daß ich auch die sonstigen Pflichten einer Hausfrau übernehme, *Fro*?« flüsterte sie und sah unter dichten blonden Wimpern zu ihm auf.
»Habe ich dir nicht schon gesagt, daß du kochen und putzen und alle andere Hausarbeit tun sollst?«
»Domitius meinte, es sei anzunehmen, daß ich gekauft würde, um nach der Tagesarbeit meinem Herrn das Bett zu wärmen, und daß ich mich darauf einzustellen hätte. Ich bin bereit, dir zu dienen, wie du es befiehlst, *Fro*.«
»Ich weiß nicht, ob ich das will oder nicht«, antwortete Hagan aufrichtig. »Jedenfalls war es nicht meine Absicht, als ich dich kaufte, obwohl alle anderen als erstes auf diesen Gedanken zu kommen scheinen. Und auf keinen Fall werde ich dich zu etwas zwingen, Ada; ich sehe, daß du genug gelitten hast.«

Der Morgen des Winternachtsfestes war ungewöhnlich hell und kalt. Ein jäher Sturm war in der Nacht vorübergebraust. An den Spitzen der goldenen Birken- und rötlichen Eichenblätter glänzten klare Eistropfen und schimmerten rosig wie ein Sonnenaufgang im ersten Licht der frühen Dämmerung.
Hagan war auf dem Weg zum heiligen Felsen. Er folgte dem schlammi-

gen, überwachsenen Pfad, den bald das ganze Volk gehen würde, sobald erst die Sonne ein wenig höher gestiegen war. Mit sich führte er einen großen, weißen Widder, ein schönes Tier mit stattlichen, eingerollten Hörnern und einem dicken Pelz aus frisch nachgewachsener Wolle. Der Widder ging friedlich hinter ihm her. Er war schon vor längerer Zeit zum Opfertier erwählt worden und hatte gelernt, sich an der Leine zu bewegen, damit man ihn nach vorn bringen konnte, wenn es an der Zeit war, ihn den Göttern zu geben. Gundahari hatte sein Bestes getan ...

Und doch hätte es anders sein sollen, dachte Hagan. *Auch wenn mich wenige Menschen lieben, hätte ich heute nicht allein sein dürfen. Ich hätte vor dem Opfer ein Hanfbad nehmen müssen, bei dem mir ältere Männer die Hochzeitsreden gehalten hätten, die in unserem Volke schon Brauch waren, bevor wir noch die Steppe verließen – schon damals, als wir noch im fernen Nordland wohnten. Es sollte mehr geschehen, als daß ich hier einsam und heimlich hinausgehe, so als wäre ich wieder in Passau, der einzige im Hause der Christen, der den Göttern und Geistern die Treue bewahrt; in meiner eigenen Heimat dürfte es nicht vorkommen, daß nicht einmal meine Sippe mich begleitet.*

Seine Augen brannten, aber es kamen keine Tränen; er hatte nie geweint und weinte auch heute nicht. Gundrun, Grimhild und Gundahari, alle hatten genug damit zu tun, sich auf das Winternachtsopfer und das Fest und die Eidschwüre des Abends vorzubereiten; Hagan konnte froh sein, daß man ihm solange Urlaub gab.

Das Licht der aufgehenden Sonne schien genau auf den gewaltigen roten Sandsteinblock, der weit über den Fluß hinausragte. Es leuchtete auf seine fleckigen Wände, bis es aussah, als fließe das alte Blut, das dort Jahr um Jahr vergossen worden war, von neuem und verdunkele die vom Wind verwitterten Risse zu schwarzen Spalten, die wie Türen in den Stein führten. Hagan atmete tief. Die eisige Luft, rein wie frischgefallener Schnee, drang schmerzhaft in seine Lungen. Aus dem geweihten Boden stieg bebende Macht zu ihm empor. Schon wusch sie alle Qualen der langen, ruhelosen Nacht von ihm ab, den Schlaf unter den Augenlidern und die Last, die seit seinem Gespräch mit Vater Ambrosius auf ihm gelegen hatte. Obwohl er auf trockenem Land stand, fühlte er sich wie am Grunde des Rheines, wo die starke Strömung seine Glieder umspülte.

Er legte die rechte Hand auf den rauhen Sandstein und zog mit der linken die Leine an. Der Widder trottete an seine Seite. Frawi Sunnas heller Schein vergoldete den dunklen Glanz seiner polierten Hörner, bis der Widder sie zwischen den beiden Ästen seiner krausen Krone zu halten schien.

»Hört mich an, ihr Geheiligten alle«, begann Hagan leise, »ihr Götter und Geister und Göttinnen. Zwar komme ich allein, um mein Opfer zu bringen, doch trotzdem will ich meine Hochzeitsgelübde sprechen und noch heute das Brautbett besteigen. Nun bitte ich euch um euren Segen – Frija und Wodan, Donar und Sibicha, Frauja und Frawi, und alle meine geheiligte Sippe.«

Ein seltsamer Schwindel erfaßte ihn, und seine Knie gaben nach. Sein Körper sank gegen den rötlichen Felsblock. Der harte Stein schien ihn einen Herzschlag lang festzuhalten, als versinke er darin, Geist und Körper zusammen ins Innere gesogen. »Segne mich, meine Sippe«, flüsterte er. »Laßt meinen Samen die Kraft meines väterlichen Geschlechtes fortführen . . . zum Wohl der Burgunder.«

Ihm war, als streiche ihm etwas ganz sanft übers Haar, wie Wind vom Flügelschlag eines Schwans. Die Kälte des Steins prickelte ihm durch Herz und Lenden, stach in Handflächen und Fußsohlen. Bevor der Anprall der Macht ihn von neuem taumeln ließ, zog er seinen langen Dolch, ergriff mit der anderen Hand das Gehörn des Widders und bog ihm den Kopf zurück. Die Spitze der Klinge lag genau unter dem Kieferknochen. Mit einer einzigen schnellen Bewegung stieß er zu und zog die scharfe Schneide durch die wollige Kehle des Tieres.

Das Blut des Widders spritzte hell auf den rötlichen Sandstein und strömte herunter, um die dicken weißen Locken der breiten Brust in einen roten Bart zu verwandeln. Das Rauschen des Flusses schwoll in Hagans Schädel zu einem so betäubenden Brausen an, daß er fast in Ohnmacht gefallen wäre. Nur die Schulung durch den Gyula ermöglichte es ihm, Dolchgriff und Horn nicht loszulassen. Langsam, als schwimme er gegen eine starke Strömung, atmete er ein und aus und stemmte sich gegen die Flut der Macht, die ihn fortzureißen drohte, als die Last des Widders seiner Hand entglitt. Es war ein gutes Zeichen, daß das Tier so ruhig schläfrig wurde und starb; Wodan, dessen Beiname *Swafneis* zugleich Töter und Schlafbringer bedeutete, hatte ihm sanft die Seele genommen und gezeigt, daß es in dieser Angelegenheit keine schroffe Kluft zwischen Midgard und den Welten des Jenseits gab.

Hagan hielt den Widder, bis er nicht mehr atmete und kein Blut mehr aus der Halswunde rann. Endlich schlug das Herz nicht mehr oder hatte kein Blut, um es durch den Körper zu pumpen. Hagan säuberte seinen Dolch und lud sich den Widder auf die Schultern. Ada würde ihn ausnehmen und zubereiten. Sein heiliges Fleisch würde die erste Mahlzeit sein, die Kostbera im Hause ihres Gatten aß, ob sie nun christliche Gebete darüber murmelte oder nicht, und die Haut würde mit dem Vlies gegerbt werden, als weiche Unterlage für die Wiege von Hagans erstgeborenem Sohn.

Auch wenn das Opfer des Widders Hagans Herz nicht von allen Sorgen befreit hatte, schien es ihm doch, als er, umgeben von seiner Sippe, das zweite Mal vor dem roten Stein stand, vor dem sich das ganze Volk versammelt hatte, daß das Segensfest einen guten Verlauf nahm.
Gundrun hob die verhüllte Garbe – die letzte Garbe vom letzten Feld, mit einem einzigen Streich von Gundaharis Sense geschnitten – und sprach die Worte, mit der sie der Alten Frau und dem Alten Mann gegeben wurde, damit sie ihre Knochenhände nicht nach zu vielen Menschen ausstreckten, wenn Schnee fiel und Stärke und Nahrung knapp waren, und damit die Samen kraftvoll keimten, wenn Sunna sich wieder zum Sommer wendete.
Dann war Hagan an der Reihe, zu sprechen, wie einst der Sinwist gesprochen hatte; ihm war, als höre er die sanfte Stimme des alten Mannes im Murmeln des Flusses die Worte raunen. Er hob Kopf und Hände. Seine rauhe Stimme brach sich an der eisklaren Schale des blauen Himmels über ihm, als er rief:

»Herbei, ihr Götter,
herbei, ihr Geister!
Von der Krone des Baumes
und seinen Tiefen,
ob ihr als Adler fliegt,
ob als Gewürm ihr kriecht!
Reitet den Nordwind,
reitet den Ostwind,

laßt euch tragen vom Sturm,
nun, da Sommer zu Winter wird.
Kommt zu uns, ihr Gesippen alle,
sammelt euch um den heiligen Stein!«

Und nun sah er sie, wie er sie beim letzten Julfest gesehen hatte; einer nach dem anderen kamen sie und standen bleich unter den Lebendigen. Manche trugen halb hunnische Kleidung, andere noch rauhere Tracht, ungefärbte Wolle und Röcke aus Schnüren, manche auch nur Felle und gegerbtes Leder. Andere wiederum konnte man nur an den fahlen Gesichtern und ihrer Art, sich wie gleitend durch die Umstehenden zu bewegen, von denen unterscheiden, die noch atmeten. Zuletzt aber, hoch im Sattel auf goldbehangenem Roß, mischte sich Gebica unter die Seinen. Sein Gesicht war nicht mehr dunkel von Gift, und sein Gewand tropfte nicht mehr von bitteren Tränen, sondern Hagan schien die Miene des alten Königs froh und Gebicas Hand zum Segen erhoben.
Um Hagan sang die Luft, als er die Namen der Götter und Göttinnen rief, der heiligen Geister. Jeder und jede von ihnen legte einen neuen Ring der Macht um die Versammlung, bis das Licht Hagans Augen so blendete, daß er kaum noch die vor ihm stehenden Menschen sah. Er zog sein Schwert und malte die Weihezeichen – Donars Hammer und Wodans Totenknoten, den gekreuzten Sonnenkreis Fraujas und Frawis – in die Luft über die beiden großen Rinder, einen hochgehörnten Stier und eine glanzfellige Kuh, die gefesselt vor dem Stein standen.
Gundaharis Stimme brach golden durch Hagans getrübten Blick, als der Hending das Wort nahm und den Segen des Königs über das Land sprach. Das Sonnenfeuer umloderte den Reif auf seinem Haupt. Dann kamen die Krieger heran, um die Stricke festzuziehen; das Schwert des Hendings und das seines Bruders blitzten gleichzeitig auf, und Grimhild und Gundrun traten mit den Opferschalen vor.
Hagan fühlte den Blutstrom, als flösse sein eigener Lebenssaft. Die Kraft der Rinder ergoß sich in Erde und Stein und sammelte sich in den reichverzierten Holzschalen in den Händen der beiden Frauen. Alle Geister drängten auf einmal herzu, leuchtend vom Leben, das man ihnen geschenkt hatte. Der neblige Schatten der Götter über der Lichtung verwandelte sich in eine einzige gewaltige, klare Flamme und hob jedes goldbraune Haar auf Gundruns Kopf, jede Furche in Grimhilds hagerem

Gesicht schärfer hervor, als Hagan sie je gesehen hatte. Das Blut, das von Grimhilds Segenzweig sprühte, traf sein Gesicht wie lauter winzige Blitze, und die Tropfen, die hinter ihm in den durstigen Sandstein sanken, zischten.

Darum bin ich zurückgekehrt, dachte Hagan, als er sah, wie die Macht des Segens, die sich ausbreitete wie Wellen in einem klaren Teich, die Gesichter der Versammelten heller glühen ließ. *Dafür bin ich geboren: um den Glauben meines Volkes nicht untergehen zu lassen.*

Gundahari füllte Hagans Horn mit neuem Wein. Er hob es und rief so laut, daß alle es hören konnten: »Für Wodan und für alle meine Gesippen in den verborgenen Welten. Mögen die Toten niemals die Lebenden verlassen noch die Lebendigen die Toten vergessen.«

Über ihm seufzte der kalte Wind in den Bäumen und ließ einen Wirbel rötlicher und goldener Blätter auf Hagan herabfallen wie einen zweiten sprühenden Segen. Sein dunkelblauer Mantel wurde eng um den Körper geweht. Der Wein war zwar herber, aber auch stärker und biß ihn heiß in die Zunge. Hagan leerte das Horn zur Hälfte und goß den Rest auf den Stein.

Man hatte vor dem Fest zwei Stühle für Hagan und Kostbera vor dem Herrentisch aufgestellt. Kostbera war so reich gekleidet, wie es ihrer Sippe nur möglich gewesen war. Glänzende, bogenförmige Goldfibeln hielten die Falten ihres tiefblauen Gewandes zusammen. Die Goldketten um den mageren Hals verdeckten fast ihr Kreuz; wenn sie die Hand hob, um es zu berühren, funkelten Ringe an allen Fingern. Der Putz saß schlecht an der schmalen Gestalt; das Gewicht der Schmuckstücke zog ihr Kleid nach unten, so daß das Schlüsselbein noch stärker hervortrat. Auch die Brautkrone aus geflochtenem Golddraht auf dem seidigen braunen Haar konnte die eingefallenen Wangen und grauen Schatten unter den aufgerissenen Augen nicht verbergen. Sie hätte ein Bettelmädchen sein können, das man von der Straße geholt und geschmückt hatte, um Gundruns Platz beim uralten Opfer der *letzten Garbe* einzunehmen – den der Jungfrau, die stirbt, um Wodans Gemahlin zu werden. Hagan konnte sie nicht trösten. Er fühlte noch immer die Kälte des dunklen Mantels auf seinen Schultern, die Kapuze als Schatten hinter seinen Augen; sie spiegelten sich in Kostberas ängstlichem Blick. Doch obwohl Wodans Hand noch auf ihm lag, war sein Gesicht nicht das des Gottes; aus den blaugrünen Spiegeln, mit denen Kostbera ihn ansah, schauten beide Augen, und noch waren die tiefen Furchen des Alters nicht in seine Züge gegraben.

Das Gespräch über Brautpreis und Mitgift verlief kurz und sachlich. Das Feilschen hatte man erledigt, als die Verlobung seinerzeit beschlossen worden war. Schon bald winkte Gundahari Hagan und Kostbera aufzustehen.

»Hagan, Hüter der Burgunder, willst du auf das Schwert schwören, das du aus Hending Gebicas Hand empfingst?«

»Das will ich.«

Hagan zog das Schwert. Gundahari ergriff die Ringe. Der von Hagan für Kostbera ausgesuchte Ring trug in der Mitte einen ovalen Granat, der im Feuerschein rot wie eine Eibenbeere glomm; der Ring, den sie ihm geben würde, bestand aus glattem Gold.

Er nahm ihre warme Hand, und obwohl er sie schaudern fühlte, legte er ihre Finger auf das Schwert und ließ Gundahari die Ringe in ihren gemeinsamen Griff drücken, bis Metall auf Metall traf.

»Schwört ihr, euch vor allem Volk als Eheleute zu betrachten, einander in Frieden treu zu sein und die Sippen zu ehren, an die ihr euch nun bindet?«

»Das schwöre ich«, antwortete Hagan. Nach einer winzigen Pause murmelte auch Kostbera die Worte, aber so leise, daß man es kaum hören konnte.

»Lauter«, flüsterte Gundahari. »Alle müssen den Eid bezeugen können.«

Kostbera holte tief und bebend Atem. Hagan hörte die Tränen in ihrer Stimme, als sie vernehmlich wiederholte: »Das schwöre ich.«

Hagan schob ihr den Ring an den Finger. Sie war weniger geschickt, schaffte es aber endlich auch. Der goldene Reif war locker; man hatte ihn für einen grobknochigeren Mann gefertigt.

»Dann sollen alle hier Zeugen sein! Möge eure Ehe gesegnet und fruchtbar sein. Hagan, küsse deine Braut, dann ist es geschlossen und besiegelt.«

Hagan steckte das Schwert in die Scheide und legte die Hände auf Kostberas Schultern. Ihre dünnen Muskelstränge spannten sich unter seinem Griff und wurden ganz steif, als er den Kopf senkte, um mit seinen Lippen ihren Mund zu streifen. Es war Sitte bei den Burgundern, daß jeder Mann die Braut und jede Frau den Bräutigam küßte; das brachte sowohl dem Hochzeitspaar als auch den anderen Glück. Aber niemand kam, bis Gundrun das lange Haar zurückwarf und vor den Herrentisch trat, das Gesicht zum Saal und die Fäuste fest in die Hüften gestemmt.

»Seid ihr alle schon so betrunken, daß ihr vergessen habt, wie es weitergeht?« rief sei. »Ist das keine Hochzeit, und seid ihr nicht Gäste hier? Hagan, gib mir einen Kuß. Gundahari, du küßt Kostbera. Und ihr anderen stellt euch hinter uns an, wie es Brauch und Sitte ist!«

Hagan beugte sich zu seiner Schwester und küßte sie. Auch sie zitterte, aber er wußte, daß es vor Wut und nicht aus Furcht geschah. »Danke«, flüsterte er, als er sich wieder aufrichtete.

Nicht, daß er unbedingt alle Frauen in der Halle küssen wollte, aber es war ein gutes Gefühl, daß ein Mitglied seiner Sippe so für ihn eintrat. Die Reihe der Männer war länger als die der Frauen. Folkhari stand als letzter. »Es war meine Schuld«, erklärte er so laut, daß alle Umstehenden es hören konnten. »Denn ich hätte es wissen und aufstehen müssen, um die Braut zu küssen. Um euch dafür zu entschädigen, werde ich euch beide küssen!«

Alle, die seine Worte verstanden, lachten schallend. Der Sänger berührte Kostberas Lippen und trat dann zu Hagan. Folkharis Mund war weich und der Kuß länger als alle anderen, die Hagan bekommen hatte. Er fühlte den warmen, drahtigen Körper des Sängers durch die kalten Ringe der Brünne.

»Habt ihr mir nun verziehen?« fragte Folkhari, als er sich abwandte.

Hagan wußte keine Antwort. Außerdem zog ihn Gundahari bereits zum linken der beiden Sippenpfosten neben dem Hochsitz. »Hier, treib dein Schwert hinein – zeig uns, welches Fruchtbarkeitsglück deine Ehe unserer Sippe bringen wird!«

Andere Krieger stellten eine Bank vor den rauchgeschwärzten Pfosten. Hagan stieg hinauf und zog erneut das Schwert. Er holte aus und rammte die Klinge mit dem gleichen machtvoll von unten geführten Stoß ein, der dem Mann, dessen Schwert ihm den Bauch aufgeschlitzt hatte, zum Verhängnis geworden war.

Tief sank die wellige Drachenklinge ins Holz, über eine Handspanne weit.

»Heil Hagan!« schrie Gundahari. »Viele Kinder und ein gutes Leben für unsere Sippe! Nun, Kostbera, bring deinem Gemahl den ersten Becher, damit ihr ihn gemeinsam leert und wir alle dann auf eure Hochzeit trinken können.«

Gundrun hatte Hagans Horn bereits gefüllt und reichte es nun Kostbera. Die Jungvermählte hob es mit beiden Händen. Ein wenig Rotwein floß über den silbernen Rand und tropfte wie verstreute Granatsteine über die polierte, dunkle Krümmung. »Heil dir, mein Gemahl«, sagte Kostbera.

Hagan nahm das Horn und roch daran. Er kannte die Kräuter, die Grimhild in den Wein gemischt hatte, und den Zauber, der darin perlte, und er wußte, was sie sich dabei gedacht hatte. Er sollte nur wenig trinken, gerade genug, um seinen Körper zu erregen, wenn sie beide zu seinem Haus und ins Brautgemach geführt wurden; Kostbera dagegen sollte viel trinken, um ihre Furcht zu besänftigen und den Schmerz der Entjungferung zu lindern. Trotzdem tat Hagan einen tiefen Zug, bevor er seiner Braut das Horn zurückgab. Der Gyula hatte ihm Kraft verliehen, solchen Tränken zu widerstehen und ihre Kraft für seine eigenen Zwecke zu nutzen.

Gundahari brachte einen dröhnenden Trinkspruch auf ihre Fruchtbarkeit aus. Kostbera umklammerte das Horn, und Hagan sah, wie sie allen Mut zusammennahm, als sie es, so rasch sie konnte, zum Trinken anhob. Sofort begriff er, daß sie ihr Leben lang aus römischen Gläsern getrunken hatte, war aber nicht schnell genug, ihre Hände festzuhalten, bevor der Wein mit breitem Schwall aus dem Horn strömte und ihr Gesicht und Kleider überschwemmte. Tiefrot troff es aus den nassen Haarsträhnen, den Gliedern der Goldkette und den Ecken der viereckigen Plättchen an den Fibelspitzen. Es war, als hätte Grimhild beim Rinderopfer den ganzen Inhalt der Segensschale über sie ausgeschüttet.

Kostberas Lippen zitterten, und Hagan glaubte, sie werde gleich in Tränen ausbrechen. Aber sie stand da, und das Horn in ihren Händen bewegte sich nicht. In der Halle wurde es still. Die Gäste beugten sich vor. Wie Hunde kamen sie Hagan vor, die an der Tür des Fleischers das Blut wittern.

»Ich bin in ein fremdes Land gekommen«, sagte Kostbera, und ihre leise Stimme wurde fester, als sie fortfuhr: »Die Sitten meines Gemahls sind mir fremd. Doch ich will lernen, was nötig ist, um ihm eine gute Frau zu sein und meine Pflicht an ihm zu tun, wie es mir mein Glaube gebietet.«

Sie hob erneut das Horn, kippte es ganz langsam, bis die letzte Neige in ihren Mund floß, und setzte sich unter lautem Beifall und Jubelrufen wieder hin.

Ein paar Frauen der Sippe, Gebicas Schwester Gebiflag und Herborg und Goldtraud, führten Kostbera nach draußen, um sie zu säubern, während Gundrun und Grimhild mit neuen Getränken herumgingen. Bald kam Kostbera wieder, frischgewaschen und in einem weißen Kleid. Dann brachten Sklaven den frischen Braten herein, dazu mit dicken Kränzen aus Brotzöpfen und gedrehten Blutwürsten geschmückte Platten, Schüsseln mit Brombeeren und Heidelbeeren und runde Käselaibe, dick wie die Mitte eines Mannes.

Es war ein gutes Jahr gewesen, und ein solches Festmahl ehrte die Götter und Geister nicht weniger als die Opfergaben am heiligen Stein.

In Hagans Kopf fing der Hochzeitstrank allmählich zu wirken an. Die schmerzhaft verspannten Muskeln lockerten sich. Vielleicht würde die Nacht ja doch nicht so unerfreulich sein.

Als das Festmahl beendet war, faßten Gundahari und Hludovech Hagan bei den Händen, während Kostberas Mutter den einen Arm ihrer Tochter und Grimhild den anderen ergriff. Die Gäste holten Fackeln. Laut rufend und singend zogen sie in zwei Reihen, Frauen und Männer, durch die Straßen. Ungern ließ sich Hagan so festhalten, aber Gundaharis Griff erlaubte ihm wenigstens, seinen Speer nicht loszulassen.

Die Frauen hatten sich im Lauf des Tages Hagans Haus angenommen. Jetzt war es hell erleuchtet. Überall brannten Kerzen. Auf die Steinplatten des Fußbodens hatte man wohlriechende Kräuter gestreut, und über allen Türen und Fenstersimsen hingen Kränze aus Getreide, Beeren und den letzten goldenen Herbstblumen.

Vor der Tür des Schlafraumes kam der Zug zum Stehen. Die Männer und Frauen wirbelten atemlos ihre Gefangenen herum, bis sie einander gegenüberstanden.

Hagan hob die Krone von Kostberas Kopf und reichte sie ihrer Mutter. Sollte Kostbera einmal eine Tochter haben, würde diese sie irgendwann ebenfalls tragen. Jetzt würden sie sehen, was ihnen die Götter für ein Schicksal miteinander bestimmt hatten, ob sie stehen oder fallen würden. Hagan sah, daß Ada oder eine andere Frau ein kleines Schüsselchen Sahne und einen kleinen Brotkanten neben die Türschwelle gestellt hatte, damit der Geist, der dort wohnte, ihnen keinen Schaden zufügte.

Er nahm Kostberas Arm und hielt sie so fest, daß sie selbst dann nicht fallen konnte, wenn sie stolperte. Gleichzeitig hoben er und sie den rechten Fuß und traten über die Schwelle. Nun standen sie zusammen

im Zimmer, und es hatte kein übles Vorzeichen für ihre Ehe gegeben.
Hagan atmete auf. Er hörte die erleichterten Seufzer auf der anderen Seite der Schwelle und dann das Klatschen und Jubeln, als die Tür hinter ihnen zufiel.
Bald verklang der Lärm. Hagan hörte, wie die Feiernden sich entfernten. Er war mit Kostbera im Kerzenlicht des Gemachs allein. Jemand hatte ihnen einen Kranz aus spätblühenden Rosen auf das Bett gelegt. Auf dem Nachttisch standen zwei Buttertöpfchen, ein Laib Brot, eine Schüssel mit geschmortem Hammelfleisch und das Glas, das Hagan für Kostbera gekauft hatte. Der Krug und zwei von den Gläsern waren mit dunkelrotem, schwerem Wein gefüllt, und Hagan brauchte nicht erst daran zu riechen, um zu wissen, was er enthielt.
»Trink einen Schluck«, sagte er, gab Kostbera einen der Kelche und nahm den anderen. »Vielleicht schmeckt es dir.«
Kostbera starrte den Wein an, als sähe sie das Gift darin brodeln. Sie schüttelte den Kopf und stellte das Glas wieder hin. »Ich habe schon beim Essen zuviel eingeschenkt bekommen.«
»Das stimmt nicht. Ich habe dich beobachtet, und du hast so gut wie gar nichts getrunken. Aber mein Bruder und meine Mutter gaben mir den Rat, daß die Hochzeitsnacht nicht immer schmerzlos für eine junge Frau ist und Wein es ihr leichter macht. Ich weiß, daß dein Glaube das nicht verbietet, denn ich habe Waldhari so manchen Becher eingeschenkt.«
Kostbera antwortete nicht, aber Hagan merkte deutlich, was in ihr vorging. Sie hatte entweder den schwachen Duft von Grimhilds Kräutern im Wein oder den darüber gesprochenen Zauber gewittert – Dinge, die ihr helfen sollten, sich zu entkrampfen und ihre Furcht zu verlieren, die vielleicht sogar Liebe oder Lust bringen und den Schmerz der Entjungferung lindern konnten – und sie wollte nicht trinken.
Hagan nahm ihr den Becher aus der Hand und nahm einen Schluck, bevor er ihn ihr zurückgab. »Sieh, er enthält kein Gift. Unsere Sippe möchte dich stark und gesund sehen.«
»Du kannst mich schlagen, wenn du willst«, erwiderte Kostbera, und ihre Stimme klang so dünn und erstickt, als hätten ihr die Dämpfe des Weines die Kehle verbrannt, »aber ich werde dieses Gebräu einer heidnischen Hexe nicht über die Lippen bringen.«
»Aber ich muß trotzdem heute nacht bei dir liegen, und das so lange, bis du schwanger bist, sofern du nicht krank wirst.«

»Dann tu es schnell. Ich werde dir nicht verweigern, worauf du ein Recht hast, und man hat mir gesagt, daß es auch deine Pflicht ist. Ich muß dich nur darum bitten . . . ich weiß nicht, wie ich es sagen soll . . .«
Sie schloß die Augen, als könne sie seinen Anblick nicht ertragen, und wandte das Gesicht ab.
»Um was bitten? Wenn du es denken kannst, mußt du es doch auch aussprechen können.«
»Darum bitten, daß . . . es nur auf eine Weise geschieht, die . . . die uns Kinder bringen kann. Ich habe gehört . . .«
Hagan starrte sie verblüfft an, ihren mageren, geduckten Leib und den schweren Goldschmuck, der das weiße Leinen ihres Kleides zu einem formlosen Kittel herunterzog. Unwillkürlich dachte er daran, wie Saganovas Brüste unter der ledernen Schmiedeschürze gewogt hatten, wenn sie den Hammer schwang, und wie geschmeidig die Muskeln unter Waldharis Haut spielten, wenn er im Bach bei Attilas Lager schwamm und planschte. Er dachte, daß diese beiden einander nicht nachgestanden hatten, was die von ihrem Anblick verursachte Erregung anging. Und nun dieses armselige Geschöpf, dessen geweitete Augen über den spitzen Wangenknochen fiebrig glänzten und das viel zu schwach war, um Gold zu schmieden oder den Bogen zu spannen – welche Lust konnte sie in seinem Körper entzünden?
»Törichte Reden erzeugen törichte Gedanken«, sagte er. »Ein anderer Mann würde dich allerdings für solche Worte verprügeln, wenn er glaubte, du würdest ihm etwas vorwerfen, das viele unseres Volkes für schändlich halten. Aber ich habe keineswegs den Wunsch, mehr zu tun, als ich muß, genauso wie du. Wenn man aber sonst etwas von mir erzählt, solltest du am besten die Ohren verschließen und nicht darauf achten, denn es ist nichts, was dich betrifft. Das Schicksal und unsere Sippen haben uns nun einmal vor denselben Wagen gespannt, und wir müssen die schwere Last ziehen, so gut wir es vermögen.«
»Das müssen wir«, stimmte Kostbera zu. Sie richtete sich gerade auf und verschränkte die Hände. »Ich danke dir, mein Gemahl. Tu, was du mußt, und möge es fruchtbar sein. Ich bin bereit, es zu erdulden.«
Hagan trank noch einen Schluck aus dem Pokal, schlug die Decken zurück und streifte rasch die Kleider ab. Kostbera schien nicht recht zu wissen, ob sie sich abwenden oder die große Narbe anstarren sollte, die sich an seinem Körper herunterzog.

»Sie stammt aus meiner ersten Schlacht und ist vollständig ausgeheilt. Du mußt dich selbst ausziehen, Kostbera, denn ich weiß nicht, wie dein Gewand befestigt ist.«
Jetzt drehte sie ihm den Rücken zu, löste eine Fibel nach der anderen und ließ schließlich das Kleid von den Schultern gleiten. Sie bückte sich und legte es sorgfältig über einen Stuhl, bevor sie ihn wieder anschaute. Hagan sah die leicht hervorstehenden Hüftknochen und eine Andeutung der Rippen. Der einzige Halsschmuck, den sie nicht abgelegt hatte, war das goldene Kreuz. Es hing zwischen ihren kleinen Brüsten und glänzte im Schein des Feuers und der vielen brennenden Kerzen rötlich wie eine frische Brandnarbe.
Kostbera legte sich auf das Bett, Beine und Augen fest geschlossen. Hagan sah sie nicht an. Er trank langsam seinen Wein aus und ließ sich die Wärme zu Kopf steigen.
Sie ist ein Opfer wie ich, dachte er. Schon fühlte er das leise Beben des Tranks in seinem Schädel, als lasse sich eine Wolkenhaube sacht darauf nieder. Sein inneres Auge begann zu funkeln, kaltes Wasser stieg um ihn auf. Sein Körper wurde steif wie ein aus Holz geschnitzter Götterpfahl. Er näherte sich Kostbera und spreizte ihre Beine. Es war, als greife er wieder in den roten Sandstein und die sonnenwarme, rauhe Oberfläche des Felsens kratze an seiner Haut. Kostberas Atem zischte durch ihre zusammengebissenen Zähne; unter Schmerzen drang er in die Dunkelheit des heiligen Felsens ein. Dann floß das warme Blut des heiligen Opfers, verlieh ihm Stärke und öffnete den Weg. Er wurde nicht langsamer oder schneller, sondern behielt seinen stetigen Rhythmus, immer den Herzschlag der Gyulatrommel im Ohr, bis er sich nicht länger zurückhalten konnte. Das Seil der Macht, das sich seit dem hervorbrechenden Sonnenaufgang immer straffer in ihm gespannt hatte, zerriß mit einem Ruck, und er verströmte seinen Samen mit dem scharfen Schmerz plötzlicher Lust.
Sobald die letzten Zuckungen vorbei waren, löste er sich von Kostbera. Es war Blut zwischen ihren Beinen, aber nicht zu viel. Er hatte ihr keinen ernsthaften Schaden zugefügt.
»Halte deine Beine zusammen und bleib eine Weile so liegen. Meine Mutter sagt, so würdest du leichter empfangen. Wenn du während der Nacht einen Wunsch hast, brauchst du nur Ada, unsere Sklavin, zu rufen.«

Kostbera biß sich auf die Lippen und nickte. Hagan deckte sie zu, stand auf und wanderte im Zimmer herum. Er blies die Kerzen aus und sicherte das Feuer für die Nacht. Dann benutzte er den Tontopf unter dem Bett und legte sich wieder hin. Er lauschte Kostberas stoßweisen Atemzügen.
Einige Zeit verging, aber sie schlief nicht ein. Mit offenen Augen lag sie in der Dunkelheit: sie glommen matt im Licht des Mondes, der durch das Fenster schien. Hagan fiel ein, daß sie zwar scheu und ängstlich wirkte, daß aber selbst eine in die Enge getriebene Maus schmerzhaft zubeißen konnte; und auch eine furchtsame Frau war imstande, einen schlafenden Mann zu töten, wenn sie das Leben mit ihm unerträglich fand.
Er stand vom Bett auf und suchte mit den Füßen auf dem Boden nach Hosen, Wams und Brünne. »Ich gehe fort«, sagte er und gürtete das Schwert um. »Daran wirst du dich gewöhnen müssen.«
»Wann kommst du zurück?«
»Wenn nicht zum Frühstück, kannst du Ada zumindest sagen, daß sie mir ein Mittagessen richten soll. Vielleicht bin ich auch früher da; ich kann es nicht sagen. Aber du brauchst dir keine Sorgen um mich zu machen, denn ich bin gut bewaffnet und kenne Worms.«
Kostbera schwieg, aber Hagan konnte sie leise seufzen hören, als er die Tür schloß. Vorübergehend kam ihm der Gedanke, daß er selbst Ada rufen oder ihre Kammer aufsuchen könnte. Aber seine Schritte hatten schon eine andere Richtung eingeschlagen, hinaus in die eisige Nachtluft, durch die Stadt und zu einem Haus, an dem er oft vorübergegangen, das er aber, obwohl eingeladen, nur selten betreten hatte.
Er klopfte, und die Tür öffnete sich. Folkhari stand vor ihm. Er hatte zwar seine Zöpfe ausgebürstet und das goldene Haar wallte ihm fast bis zum Gürtel, aber er war noch vollständig angezogen, als erwarte er einen Gast.
»Schnell, komm herein. Es ist kalt draußen, und ich habe Honigwein am Feuer.«
»Ich hoffe, ich störe keinen anderen Besucher. Wenn doch, werde ich wieder gehen.«
»Nein. Ich konnte nicht schlafen und wußte, daß du oft spät in der Nacht unterwegs bist.«
Hagan trat ein. Das Haus des Sängers war klein, aber behaglich eingerichtet, mit gestickten Wandteppichen und weichen Schaffellen, die wie

Kissen auf dem Steinfußboden lagen. Das Feuer war fast heruntergebrannt; kleine Flammenzungen leckten aus den halb eingesunkenen Spalten des größten Scheites. Aus dem Tongefäß mit Wein, das vor der Glut stand, stieg leichter Dampf auf.
Folkhari schöpfte Wein in zwei schwarzglasierte Becher. »Bist du zufrieden mit deiner Braut?« fragte er.
»Ich habe sie nicht gewählt. Ich wollte nicht heiraten, am allerwenigsten eine Christin.«
»Setz dich und trink deinen Wein. Ich werde dir von der Hochzeit von Sigilind und Sigigairar singen, wenn das dein Herz erleichtert.«
»Sigilind ertrug eine üblere Heirat, und viel Wertvolles entstand daraus«, sagte Hagan nachdenklich. Er setzte sich auf die mit Kissen belegte Bank am Feuer und schloß die kalten Finger um die Hitze des Bechers. Folkhari nahm seine Harfe, ließ sich neben ihm nieder und sang.

»... Beschworen der Eid – die Beine breitet sie
aus für ihn; aber wenig Wonne
hegt ihr Herz ob des neuen Herrn.
Beschworen der Eid – ins Brautbett folgt sie
nicht gern, doch gehorsam dem grimmen Gatten,
der doch dem Bruder Tod einst bringt.«

Folkhari ließ die letzten Töne verklingen. Sie erstarben im leisen Knistern des verkohlten Holzes. Er drehte sich um, sah Hagan gerade in die Augen und legte dann die von den Saiten schwieligen Fingerspitzen ganz sacht auf Hagans Hand. Hagans Kopf sank in den starken Schutz von Folkharis Schulter. Der Kuß des Sängers berührte weich seine Lippen, und seine Liebkosung war willkommener Balsam für die Wunden der Nacht. Es fiel Hagan leicht, Brünne und Wams zusammen von den Schultern gleiten zu lassen, als Folkhari behutsam seinen Schwertgurt zur Seite stellte.

Zwölftes Kapitel

Kreischend fuhr der Wind um die Dachbalken von Attilas Halle, schwoll an und ab und erfüllte den hölzernen Bau mit seinem Geheul, wie einst vor langer Zeit die Steppenwinde die hunnischen Wagen erfüllt hatten. Heute aber war es heißer Wein, der Attilas Becher wärmte, und kein Khumiß, und er konnte die Füße ans Feuer strecken, das ungehindert in der runden Feuerstelle in der Mitte des Zimmers brannte, wie es in den Wagen niemals möglich gewesen war. Der Schnee war am Abend ganz plötzlich gekommen; ein heftiger Nordoststurm hatte ihn mitgebracht. Schon bedeckte er dicht die Erde, und nichts deutete darauf hin, daß er vor dem nächsten Morgen nachlassen würde. Solche Stürme waren um diese Jahreszeit nichts besonderes – nichts als ein Schabernack von Tängri Khan, der die Mutterschafe so geschaffen hatte, daß sie immer bei schlechtestem Wetter lammten. Früher wäre Attila in einer Sturmnacht wie dieser vielleicht auch draußen gewesen und hätte nach Mutterschafen gesucht, die die Geister fortgelockt hatten, um ihre neugeborenen Jungen zu verschlingen. Inzwischen aber pferchten kräftige gotische Zäune die hunnischen Herden ein, und wenn die Geister wirklich ein paar Tiere herauslockten, war es nicht Khan Attila, der durch den Schnee stolpern und auf ein schwaches Blöken im Wind horchen mußte. Zudem war die Zeit des Lammens fast vorüber. Noch zwei Nächte, und die Hunnen würden den neuen Zuwachs für ihre Herden mit einem Fest ehren.

Auf der anderen Seite der Feuerstelle stand ein zweiter Stuhl. Das Licht des Feuers glänzte auf dem polierten Holz und warf scharfe Schatten in die Dunkelheit des leeren Sitzes. Attilas Lider fielen zu. Fast konnte er die Frau erkennen, die dort saß, das Glitzern ihrer Augen, ihr Lächeln . . .

Es würde schön sein, wenn Hildegund mit ihm verheiratet war und an solchen Abenden hier bei ihm in der Halle sitzen konnte, wenn sie den Krug mit dem warmen Wein vom Feuer nahm und ihm den Becher

füllte. Es würde ihm guttun, sie sitzen und spinnen zu sehen, ihr Leib fruchtbar von seiner Kraft, immer von neuem schwanger mit einem kleinen Sohn – ein Kind nach dem anderen, Söhne, die zu starken Kriegern heranwuchsen und die Heere immer weiter nach Westen führten, so daß Attilas Geist noch immer mächtig durch die weite Welt ritt, wenn der Schwarze unter der Erde längst seine Knochen verzehrt hatte.
So sann er, trank ab und zu von seinem Wein und ließ sich vom Spiel der Flammen in einen freundlichen Halbschlummer lullen. Es gab wenige Abende, an denen er so sitzen konnte, aber der überraschende Sturm hatte ihn für kurze Zeit von den Pflichten des Khagans befreit, etwas, das seiner Seltenheit wegen um so willkommener war.
Das plötzliche Poltern an der Tür zerstörte seine Ruhe. Er sprang sofort auf, das blanke Schwert in der Hand.
»Wer ist da?«
»Khan, du mußt aufstehen und deine Männer zusammenrufen!«
Eine hunnische Kinderstimme, deren schriller Ton ihm den Kopf durchbohrte. Er riß die Tür auf. Davor stand ein kleiner Junge, nicht älter als sechs oder sieben Winter – so jung, daß er noch bei seiner Mutter im Frauenhag lebte, aber groß genug, um selbständig ein- und auszugehen. Er war vollständig und für die Kälte angezogen. Von seinem Gesicht sah man nur die dunklen Augen, die zwischen der zottigen Schaffellmütze und den hohen Kragenenden seines Schafspelzmantels glänzten. Er mußte Postendienst gehabt haben, um den Männern Botschaften der Frauen zu überbringen, eine Aufgabe, die die kleinen Jungen des Lagers in der Regel abwechselnd übernahmen. Noch während Attila ihn anstarrte, schmolzen Schneeflocken in die grauen Schafwoll-Locken seines Mantels und tropften vom schneeverkrusteten Saum.
»Was ist geschehen?«
»Kholemoeva schickt mich. Sie sagt, es ist etwas, das bezeugt werden muß, weil die Gesetze unseres Volkes gebrochen werden, und zwar im Wagen deiner Braut.«
Jähe Furcht und Wut schoß stechend durch Attilas Körper, kalt wie eine Stahlklinge im Schnee. Sein Herz krampfte sich zusammen wie eine Faust und preßte ihm die Luft ab. Er steckte sein Schwert nicht in die Scheide, sondern hob es hoch und schrie: »Wenn das stimmt – höre mich, Kriegsgott! –, dann sollen die Schuldigen nach altem Brauch und vor den Augen des ganzen Volkes bestraft werden. Lauf, Junge, und hole

die Älteren unter den Kriegern. Sie sollen sich am Tor des Frauenhags versammeln.«

Mit bebenden Händen warf er sich den Mantel über und steckte ihn vor lauter Hast so ungeschickt zusammen, daß er viele Atemzüge Zeit verlor. Der furchtbare Grimm, der durch seine Adern rollte, trieb ihn an, und jede Bewegung drängte die nächste zur Eile; gleichzeitig aber lähmten die Fesseln eisiger Furcht seine Glieder und hielten ihn zurück. Es war, als laufe er mit der Geschwindigkeit der Verzweiflung, doch an seinen Füßen lasteten eiserne Stiefel. Er zerrte die Ohrenklappen seiner Mütze heftig nach unten, durchquerte fast rennend die große Halle und stürmte hinaus in den brüllenden Schneesturm.

Dichter Schnee wirbelte ihm ins Gesicht und blendete ihn. Die Nacht war dunkel; frostige Luft drang mit jedem Atemzug tief und schneidend in seine Lungen. Nur die langjährige Erinnerung seiner Füße trug ihn durch das Lager zum Frauenhag. Er stampfte sich einen Weg durch den kniehohen Schnee, bis er die tiefen Spuren fand, die andere Füße bereits in das frischgefallene Weiß getreten hatten. Die Gestalten seiner Männer ragten wie dunkle Geister aus der wehenden Helligkeit. Ihre Blendlaternen malten schimmernde Ringe in den Schnee. Auch der Gyula war eingetroffen, ein auf seinen adlerköpfigen Stab gestütztes Bündel dicker Pelze. Als Attila atemlos nach vorn keuchte, streckte das Bündel eine vielfach vermummte Hand aus. Der Stab hob sich und sank dann wieder tief in den Boden.

»Wir sind als Zeugen hierher gerufen. Darum dürft ihr nun den Hag der Frauen betreten, denn große Not erfordert eure Anwesenheit.« Die Stimme des Alten klang dünn und brüchig im Wind, der ihm die Worte vom Mund wehte, fast bevor sie Attilas Ohren erreichten.

Der Gyula hob das Pferdehauttor und zog es zur Seite. Innen brannte eine weitere Laterne. Obwohl ihre Umhüllung das Gesicht verdeckte, erkannte Attila sofort Kholemoevas hagere, strenge, hohe Gestalt.

»Beeilt euch!« rief die Alte. »Kommt und seht, was die Gotin treibt – wie sie ihren Wagen beschmutzt und die Heiligkeit unserer Gesetze schändet!«

Am liebsten hätte Attila zugegriffen und ihr den dürren Hals umgedreht, bevor sie noch mehr solche Worte sagen konnte. Aber das war nicht möglich. Er konnte nur an ihr vorbeistapfen und ihren Fußspuren durch die Reihen bis zu Hildegunds Wagen folgen. Aus dem Schlüsselloch drang ein Lichtschimmer, aus dem abgedeckten Rauchloch im Dach etwas helleres Licht. Attila hörte das Lachen einer Frau und die tiefere Stimme eines Mannes. Mit einem wilden Schrei rammte er die Schulter gegen die Tür, und in dem Stoß lagen sein ganzes Gewicht, seine Kraft und seine Wut.

Die Tür gab nach. Mit einem einzigen entsetzten Blick sah Attila, was dahinter war. Bolkhoeva und Ugruk lagen nackt und eng umschlungen in den Kissen. Hildegund war nicht da.

»Du nutzlose alte Hexe!« fuhr Attila Kholemoeva an. »Du Lügnerin und Verleumderin! Wer hat dich geheißen, hier herumzuspionieren?«

Die Augen der Alten unter dem dicken Mützenrand wurden immer größer. Selbst unter dem dicken Polster ihres Schaffellmantels sah Attila, wie ihre Schultern zusammensackten, als ströme ihr ganzes Blut aus einer der großen Adern.

»Ich hörte Ugruk und Waldhari hinter dem Zaun. Sie sprachen gotisch, und der Wind war laut, aber ich erkannte ihre Stimmen, auch wenn ich die Worte nicht verstand. Dann ging einer fort, und der andere kletterte herüber. Im Schnee konnte ich nicht sehen, welcher es war, aber er strich eine Weile zwischen den Wagen umher und trat schließlich in diesen hier. Was sollte ich anderes denken, als daß die beiden Goten dich betrügen wollten?«

Wieder blickte Attila in den Wagen. Bolkhoeva und Ugruk lagen, noch immer dicht aneinandergedrückt, wie erfroren am Boden und starrten auf den Khan und die hinter ihm Stehenden.

»Wie kommt ihr in diesen Wagen?« fragte er ruhig.

»Hildegund ist bei Kisteeva«, antwortete Bolkhoeva. Ihre Stimme war so leblos und ohne Ausdruck wie ihre großen, dunklen Augen. »Sie ist schon den ganzen Tag dort. Wir waren zusammen und haben gesponnen. Als soviel Schnee fiel, sagte Hildegund, sie würde über Nacht bleiben, denn Kisteeva sei zu alt und zu schwach, um sie bei solchem Wetter allein zu lassen. Ihr Feuer könnte ausgehen oder sie selbst plötzlich krank werden...«

»Ich ging zu Bolkhoevas Wagen, aber sie war nicht da«, fiel Ugruk ein. »Dann spähte ich hier durch das Schlüsselloch und fand sie allein.«

Unvermittelt brach Bolkhoeva in Tränen aus. »Wir sollten längst verheiratet sein!« schluchzte sie. »Wir haben nichts Schlechteres getan als viele andere auch. Khan Attila, Vater unseres Volkes, sag, daß der

Brautpreis bezahlt werden und die Hochzeit stattfinden darf! Wir haben dem Stamm keinen Schaden zugefügt, und Ugruk ist ein guter Krieger, der für dich gekämpft und sein Leben gewagt hat.«
Attila dachte an den Eid, den er im Zorn geschworen hatte und der sich jetzt in seinem Herzen umdrehte wie ein Schwert, das man in einer Wunde dreht, damit es noch tiefer eindringt. Er sah auf den Gyula und hoffte auf ein paar weise Worte, die ihn befreien und Bolkhoevas und Ugruks Köpfe aus der tödlichen Schlinge des Gesetzes ziehen würden, die sich um sie zuzog wie eine Falle um ein Kaninchen. Aber der Schamane stand reglos und blickte mit ruhigen Augen zu ihm auf, und der Khan wußte mit bitterer Gewißheit, daß der Schamane machtlos war: Götter und Geister waren Zeugen gewesen, und wenn er mit einer einzigen Handlung Eid und Gesetz brach, war auch die Seelenstärke der Hunnen zerstört.
»Das ist unmöglich. Ihr müßt morgen sterben, wie es das Gesetz unseres Stammes bestimmt.« Er warf einen Blick auf die Männer hinter ihm und wies auf drei besonders erprobte Krieger. »Ihr drei bewacht den Wagen; laßt sie bis morgen früh dort allein. Kholemoeva ... du gehst zu Kisteeva und berichtest ihr alles, was geschehen ist und auch deine eigene Rolle dabei – du Hüterin unserer Gesetze.« Sein Mund verzog sich.
Er spie zweimal in den Wind. Der weiße Speichel verschwand im Schneetreiben, aber der scharfe, bittere Geschmack blieb auf seiner Zunge. »Ihr anderen geht durch das Lager und sagt allen, daß im Morgengrauen die Hinrichtung stattfinden wird, ganz gleich, welches Wetter uns Tängri Khan dafür sendet. Sayfetdin, du sorgst dafür, daß auch Waldhari und der Christenpriester erscheinen. Die übrigen Goten können zuschauen oder wegbleiben, wie es ihnen gefällt.«

Waldhari hatte eben das von Hildegund geliehene Buch weggelegt und die Kerze ausgeblasen, als er das Hämmern an der Tür hörte. Er kniete nieder, hielt den Kerzendocht in die Glut, bis er flackerte und wieder aufflammte, und sah dann nach, wer gekommen war.
Sekundenlang ließ ein freudiger Schreck sein Herz stocken. Der Mann, der draußen wartete, war etwas kleiner als er, breitschultrig und in hunnischer Kleidung. Schräge dunkle Augen spähten unter einer zottigen Mütze zu ihm auf ... Aber die Augen waren schwarz, nicht grau,

und die Stimme ein wohlklingender Bariton mit sanftem, singendem hunnischem Tonfall.
»Ugruk gefangen in Frauenhag. Mit Bolkhoeva im Wagen der Gotin. Rufen alle zusammen bei Tagesanbruch. Dann beide sterben, gleich welches Wetter. Komm mit Pferd, fertig zum Reiten.«
Waldhari stieß mit langem Keuchen den Atem aus. Eine hohle Kälte blieb zurück.
»Alle sehen«, fügte der Hunne hinzu und mit milderer Stimme: »Die meisten traurig. Ugruk nicht großer Krieger, aber gut genug, und viele gern haben.«
»Ja. Ja. Es tut mir sehr leid.«
Der Hunne nickte, ein kurzer Ruck mit dem Kopf, und trat wieder hinaus in den Sturm. Nur der Wind blieb zurück und wehte weiße Flokkenwirbel über die leere Schwelle, auf der er gestanden hatte. Waldhari stand noch mehrere Herzschläge lang dort und blickte hinaus in den Schnee und die Dunkelheit, bis die Kälte in seinen Knochen ihn heftig zu schütteln begann.
Ugruk war an diesem Abend zu ihm gekommen. Er meinte, in einem solchen Sturm würde sie niemand über den Zaun klettern sehen oder bei ihren Frauen stören. Und Waldharis Einsamkeit war in den finsteren Nächten des Jahres noch viel größer geworden, aufgeschossen wie Reben, die an der Wand emporwachsen, die ihnen Schutz vor dem Wind bietet; er hatte nicht widerstehen können, hatte seine wärmsten Sachen angezogen und sich von Ugruk zum Frauenhag führen lassen.
Aber als er den Schnee vom Holz streifen wollte, war seine Hand herabgesunken, und er hatte sie nicht wieder heben können. Die dunklen Pfähle mit ihrem dicken Pelz aus daraufgewehten Schneeflocken schienen sich so hoch in den geschwärzten Himmel zu heben, daß er ihre Spitzen nicht sah, und sein Mut verließ ihn. Ohne den leisesten Schatten eines Zweifels wußte er, daß er den Versuch hinaufzuklettern nicht wagen konnte. Darum hatte er sich von Ugruk verabschiedet, ihm viel Glück gewünscht und war in seine Kammer und zu seinem Buch zurückgekehrt, um Trost und Kraft in den Lebensgeschichten der Heiligen und den festen, klaren Rhythmen und der Grammatik der lateinischen Sprache zu suchen.
Waldhari fing an zu zittern und konnte nicht mehr aufhören. *Im Wagen der Gotin* – es war Hildegunds Wagen, den jemand beobachtet hatte, und

er selbst war es, nach dem man Ausschau hielt; und hätte er die Hand an das Holz gelegt und wäre über die Wand des Hags gestiegen, so wäre es jetzt sein Tod, der für Sonnenaufgang festgesetzt war.

»Christus, du hast mich errettet«, murmelte er. »*Entronnen bin ich wie ein Vogel dem Netz des Vogelfängers; das Netz ist zerrissen, und ich bin frei.* Ich danke dir, mein Gott, von ganzem Herzen für deine Güte...« Die Worte verstummten, als seine Kehle sich zuschnürte. Er würde leben, aber Ugruk und Bolkhoeva mußten sterben, und dafür konnte er Gott nicht danken. Er konnte nur das Haupt beugen und flüstern: »Dein Wille geschehe.«

Und doch hätte er es sein können, *und nicht nur er, sondern auch Hildegund.* Dieser Gedanke, mehr noch als die anderen, war es, der ihn in die Schwärze über seinem Bett starren ließ, lange nachdem er eigentlich hätte schlafen müssen. Gemeinsam den Märtyrertod zu erleiden, wenn Gott es wollte, war vielleicht nicht das Schlimmste; aber daß sie beide getötet wurden, nur weil er schwach war und sein Verlangen, sie zu sehen, nicht zügeln, nicht bis zum Morgen und zur Messe warten konnte... Selbst wenn sie im Glauben an Christus den Geist aufgaben, wäre es unwürdig gewesen, aus solchem Grund zu sterben, und gewiß war es Gottes Hand, die ihn zurückgehalten hatte, als er über den Zaun klettern wollte. Gottes Gnade hatte ihn vor Adams Schwachheit gerettet, für die er nicht einmal die Entschuldigung gehabt hätte, von der Frau versucht worden zu sein.

Gott hatte ihrer beider Leben beschützt.

So dachte Waldhari, der nichts ahnte von Hagans Abschiedstrunk.

Mit der Morgendämmerung hatte der Wind sich gelegt, und die Wolken waren weitergezogen. Der Himmel hellte sich schon zu blankem Graublau auf, als Hildegund die Nadeln schloß, die sich Kisteevas Fingern mit den geschwollenen Gelenken widersetzten. Der Atem der alten Frau rasselte in ihren Lungen, und sie sprach kaum ein Wort, sondern bemerkte lediglich: »Auch den Schal, Mädchen. Es ist kälter da draußen, als du glaubst.«

Ja, es ist kalt, dachte Hildegund. Sie hörte noch immer Kholemoevas tote Stimme: »Ich rufe Attila und Männer als Zeugen. Wagen gehört Gotin. Frau hätte Gotin sein müssen. Nie geglaubt, Bolkhoeva...« Damit hatte sie ihre Botschaft überbracht und war wieder ins Hunnische verfallen. Sie hatte Hildegund und Waldhari mit voller Absicht in den Tod schicken wollen, und Attila war ihrem Ruf so begierig gefolgt wie ein Jagdhund einer Blutspur. Sein Grimm hatte nur ihr gegolten; Gottes Wille war es gewesen, ihn von ihr abzulenken, aber er traf die Frau neben ihr.

Und Christus sei Dank für Waldharis Klugheit, dachte Hildegund weiter. Sie hätte ihn in dieser Nacht mit Freuden willkommen geheißen. Zwar hatten er und sie nie etwas Ungebührliches getan, aber darauf wäre es den Hunnen nicht angekommen. Nur Waldharis Vernunft, seine Entschlossenheit, nichts Verbotenes zu tun, hatten sie beide gerettet.

Der harte Bronzeton des hunnischen Gongs erschütterte die Luft und drang in den Wagen wie Winterwind durch nicht ausgefüllte Ritzen in einer Holzwand.

»Wir müssen aufbrechen«, ächzte Kisteeva. Hildegund half ihr von der Wagentür auf die Erde und ging dann voran, um einen Weg durch den schenkelhohen Schnee zu bahnen, bis sie einen schon festgetretenen Pfad erreichten.

Vor der Tür des Frauenhags hatte man einen großen ringförmigen Platz vom Schnee befreit. Auf der einen Seite des Kreises standen die Frauen, auf der anderen hatten sich die Männer versammelt. Es war wie bei einem festlichen Tanz, nur daß die Männer auf ihren Pferden saßen oder sie am Zügel hielten. In der Mitte des Ringes, vor einem großen Holzpfahl, warteten Attila, der Gyula, Bolkhoeva und Ugruk. Je zwei kräftige Hunnenkrieger hielten die Arme der Beschuldigten fest.

Auf der Seite der Männer erkannte Hildegund nur Waldhari und Vater Bonifacius: der Priester hatte kein Pferd, und Waldhari wärmte sich zwar die Hände am Hals seines Tieres, unterschied sich aber in der Kleidung von den in Schafspelze und Filz gehüllten Hunnen. Sein Gesicht unter der braunen Mütze war weiß, und Hildegund bemerkte die schwarzen Ringe einer schlaflosen Nacht unter seinen Augen. Sie versuchte, seinen Blick aufzufangen, aber er wandte den Kopf ab, als fürchte er sich, sie auch nur anzuschauen. Doch als er sich bewegte, konnte sie den Rand der gestickten Ärmelbündchen unter seinem Mantel sehen; sie gehörten zu dem blauen Wams, das sie ihm genäht hatte.

Attila sprach zuerst hunnisch und wechselte dann ins Gotische, obwohl nur drei Menschen anwesend waren, die ihn sonst vielleicht nicht verstanden hätten. *Das gilt alles uns,* dachte Hildegund schaudernd.

»Ugruk und Bolkhoeva wurden zusammen in Hildegunds Wagen gefunden, ohne daß jemand bei ihnen war. Ihre Hochzeit war bereits abgelehnt, weil Ugruk den Brautpreis nicht bezahlen konnte. Er stahl sie, wie ein Mann die Stute eines anderen stiehlt. Das Urteil über ein solches Verbrechen hat die Sitte unseres Volkes vor langer Zeit festgesetzt. Die Frau wird erdrosselt. Der Mann wird entmannt und gefesselt als Zielscheibe für unsere Reiter aufgestellt, damit sie an ihm ihre Geschicklichkeit beweisen. Derjenige aber, der ihm den Todesstoß versetzt, soll als der Ungeschickteste von allen gelten und ein Jahr lang mit Kindern und Sklaven die Schafe hüten. Kisteeva, komm her, denn du bist *Khatun* im Frauenhag, und dein Amt ist es, das Urteil an der Frau zu vollstrecken.«
»Wäre ich doch längst gestorben, bevor ich jetzt die Hand erheben muß, um meine eigene Verwandte zu töten«, flüsterte Kisteeva Hildegund leise zu. »Aber du mußt mich begleiten, denn meine alten Hände sind nicht stark genug, den Würgestock zu drehen, und du wirst bald Attilas Gemahlin sein.«
Hildegund starrte die alte Frau voller Grauen an. »Willst du damit sagen, daß ich mich an dieser Hinrichtung beteiligen soll?«
»Ja.«
Attila beobachtete sie. Wild brannten seine schwarzen Kohlenaugen im schaffellvermummten Gesicht. Auch die anderen starrten sie an.
»Komm«, murmelte Kisteeva. »Du mußt – oder soll ich den ganzen Morgen vergeblich versuchen, sie zu erwürgen?«
Hildegund stützte Kisteeva und führte sie in die Mitte des Platzes. Der Gyula gab ihr die Schlinge. Bolkhoeva sah zu Hildegund auf. Ihre Augen waren vom Weinen fast zugeschwollen, die Wangen rot und aufgedunsen. Sie sagte kein Wort.
Hildegund zögerte einen Herzschlag lang und lief dann hinüber zur Seite der Männer. Vor Vater Bonifacius blieb sie stehen.
»Ist das Mord?« fragte sie. »Wenn ich Kisteeva meine Kraft für das leihe, was sie tun muß – ist das Mord?«
»Es ist eine Hinrichtung«, antwortete der Priester. »Sie haben das Gesetz ihres Volkes gebrochen. *Gebt dem Kaiser, was des Kaisers ist.* Auch sind sie keine Märtyrer unseres Glaubens, sondern nur bei schnöder Lust ertappte Heiden.«
Hildegund sah Waldhari an, und er schaute einen langen Augenblick auf sie hinunter. Sie sah, wie Tränen in seine Augen traten, bis sie über den

schwarzen Schatten der durchwachten Nacht noch heller glänzten. Seine Stimme war sehr leise und kaum zu hören, als er flüsterte: »Ich könnte es nicht tun. Wenn ich . . .«
Hildegund drehte sich um und ging zurück zu Attila. Sie trat vor ihn, blickte zu ihm auf und sagte: »Ich kann meine Hände nicht dazu hergeben. Nimm Kholemoeva. Es ist nur gerecht, daß sie, die das Schicksal unserer Verwandten besiegelt hat, ihr auch das Leben nimmt.«
Hildegund konnte weder Attilas Mund sehen noch die Gedanken lesen, die hinter den schrägen Hunnenaugen brannten; sein dunkler Blick war ihr so fremd wie der eines Tieres. Aber er hob den Kopf und antwortete: »Wenn du noch zu schwach bist, wie eine *Khatun* der Hunnen zu handeln, so soll Kholemoeva deinen Platz einnehmen.«
Hildegund trat zurück, und Kholemoeva kam nach vorn. Noch immer hielt die alte Frau sich gerade wie ein Birkenschößling. Aber Hildegund sah die graue Haut um ihre Augen und wie mühsam sie sich durch das tote Gras und den gefrorenen Schlamm des freigeräumten Platzes schleppte. Attila sagte einige Worte. Die Krieger, die Bolkhoeva festhielten, drehten sie um, so daß sie Hildegund das Gesicht zukehrte. Kisteeva streifte der Verurteilten die Schlinge über den Kopf. Dabei klappte sie zärtlich den hohen Mantelkragen um und hob die Zöpfe, so daß die Schlinge unmittelbar auf dem Fleisch lag. Das dicke Holzstück, das in den Knoten gebunden war, berührte den Nacken. Hildegund wußte, daß sie so weit gegangen war, wie sie überhaupt konnte; so gern sie auch davongelaufen wäre, sie mußte bleiben und zusehen, wie die beiden alten Frauen den Stock anfaßten und zu drehen begannen.
Bolkhoevas Haut wurde rot und dann allmählich immer dunkler. Hildegund mußte die Augen schließen. Sie wußte nicht, wie lange die Verurteilte noch kämpfte, aber es schien ihr eine Ewigkeit, bis Kisteeva und Kholemoeva endlich den Würgestock losließen.
Ugruk stand stumm da, als der Gyula ihn entkleidete. Er biß die Zähne nur fester zusammen, als Attila vor ihn trat, in der einen Hand das Messer, während er mit der anderen zwischen die Beine des jungen Mannes griff. Hildegund war sehr dankbar, daß ihr Ugruk den Rücken zukehrte, so daß sie nicht sehen mußte, wie das Messer herabfuhr, und nur das Blut wahrnahm, das über den Arm des Khans strömte, als er mit erhobener Hand den Männern zeigte, was er abgeschnitten hatte, und es dann in hohem Bogen über den Ring der Versammelten zum Wald hin-

überwarf, wo ein streunender Hund oder umherstreifender Fuchs es fressen konnte.
Der Gyula legte einen Verband um Ugruks Wunde – damit er nicht zu schnell verblutete, nahm Hildegund an. Wer von den Männern noch nicht zu Pferde gesessen hatte, stieg jetzt in den Sattel. Allerdings hatte Hildegund den Eindruck, daß die Männer nicht so eifrig bei der Sache waren, wie sie es von ihren Übungen her kannte. Als einziger war Waldhari bei seinem Pferd stehengeblieben. Er rührte sich nicht und starrte Attila an, als wollte er ihn herausfordern. Hildegund glaubte zu erkennen, daß Attilas Blick sich verfinsterte. Aber Waldhari war ein Pflegling, und kein Gesetz, hunnisch oder nichthunnisch, konnte ihn dazu zwingen, gegen seinen Willen an einer hunnischen Hinrichtung mitzuwirken.
Einer nach dem anderen ritten die Hunnen an Ugruk vorbei. Jeder wirbelte sein Schwert über den nackten Körper des Gefesselten, und jeder Hieb hinterließ einen roten Streifen. Obwohl kein Streich so gezielt war, daß er tötete, merkte Hildegund doch, daß die Reiter tief schnitten, obwohl sie es anders gekonnt hätten. Sie bezweifelte nicht, daß die Krieger einen Mann, den sie haßten, noch tagelang am Leben halten konnten, so aber sorgten sie dafür, daß Ugruk bald am Blutverlust starb und man dennoch keinem von ihnen den Todesstoß vorwerfen konnte.
Die gefrorene Erde unter dem Pfahl, an den Ugruk gebunden war, dampfte bald von dickflüssigem Blut, das aus seinem ganzen Körper strömte. Hildegund merkte nicht, wann er den letzten Atemzug tat, aber nach einiger Zeit befahl Attila seinen Männern aufzuhören. Er rief einige Krieger, die den Toten abschnitten und die beiden Leichname forttrugen.
Einen Herzschlag lang dachte Hildegund, der Khan würde gehen, ohne mit ihr zu sprechen. Doch als er schon am Rande des freien Platzes angekommen war, drehte er sich plötzlich wieder um und ging geradewegs auf sie zu.
»Was taten sie in deinem Wagen?« zischte er, sobald er nahe genug war.
»Bolkhoeva kam oft in meinen Wagen, oder ich in ihren, wenn eine von uns neuen Stickfaden brauchte oder sich eine Nadel und ähnliche Dinge borgen mußte«, erwiderte Hildegund zornig. »Ich weiß nicht, warum sie sich dort mit Ugruk traf. Ich hätte nicht geduldet, daß man meinen Wagen als Ort der Hurerei benutzte, hätte ich eine Ahnung davon gehabt.

Ihre Schamlosigkeit war schändlich genug, aber ihre Dummheit noch ärger.«

Sie biß sich auf die Zunge, um den Wortschwall zu bremsen. Schon jetzt krampfte sich ihr Herz vor Qual und Scham über den Klang ihrer eigenen Worte zusammen. Was für ein grausamer Nachruf für die Toten, die viel zu teuer für ihre Torheit bezahlt hatten!

Attila drehte sich auf dem Absatz um und schritt wieder davon. Hildegund eilte zum Tor des Frauenhags. Dort wenigstens konnte sie sich einigermaßen sicher fühlen. Sie ließ ihren Tränen erst dann freien Lauf, als sie sich in ihrem Wagen eingeschlossen hatte. Er war noch warm von den Kohlen des Feuers, das in Ugruks und Bolkhoevas letzter Nacht gebrannt hatte und nun fast zu grauer Asche zerfallen war.

Sie konnte sich selbst nicht belügen. Sie wußte, daß ihre Tränen ebenso sehr aus Furcht wie aus Trauer flossen, denn jetzt hatte sie begriffen, was Attila ihr antun würde, wenn ihm sein Herz jemals zuflüsterte, daß sie einen anderen Mann ansah. Und sie hatte vor allem Volk Waldharis Rat gesucht, als sei er ihr Priester oder ihr Gemahl . . .

Sie entfachte das Feuer neu, aber es gab ihr keine Wärme, so wenig wie der heiße Kräutertee, den sie sich braute. Ihr blieb nichts, als zu beten. »Lieber Christus, sende mir Hilfe! Errette mich aus dem Haus meines Feindes, oder laß mich als Märtyrerin deines Glaubens einen würdigen und schnellen Tod finden. Und behüte Waldhari gut und schütze ihn vor Attilas Unwillen!«

Hagan erwachte aus schweren Träumen. Er hatte sich hin- und hergewälzt, und seine Decken waren schweißnaß wie im Hochsommer, obgleich das Feuer heruntergebrannt und die Luft im Zimmer eiskalt war. Nur ein gelegentliches kleines Schnaufen verriet, daß Kostbera noch lebte. Sie lag still auf der Seite, um ihren schwellenden Bauch gekrümmt, als wolle sie das darin schlafende Kind beschützen. Der Umgang mit ihr war leichter geworden, seit mit dem Dunkelmond nach dem Winternachtsfest ihre Regel ausgeblieben war, obwohl ihre Schwangerschaft ihr in den anderthalb Monaten seit Jul größere Beschwerden verursachte, nachdem das Kind angefangen hatte, in ihr zu treten und sich zu bewegen.

Der halbwüchsige, gefleckte Kater, der am Fußende des Bettes schlief, stand auf und streckte sich, als Hagan unter den Decken hervorkam. Mit lautem Miauen folgte er ihm aus dem Raum. Hagan und Folkhari hatten das Tier am Morgen nach Hagans Hochzeit gefunden, ein winziges, halbverhungertes Kätzchen, das einem Wolfshund, der es gerade auffressen wollte, die Nase zerkratzte. Der Kater war rasch rund und glatt geworden, betrachtete die Küche und den Eßtisch als sein Reich und verlangte Tribut von allen Tellern. Er sorgte auch dafür, daß Adas Gaben an den Kobold nie verschmäht wurden. Darum hatte man ihn Geri, den Gierigen, genannt, nach dem einen Wodanswolf, und Hagan fand, daß der Kater auch tapfer genug für diesen Namen war.

Er bückte sich und kraulte Geris Ohren. Der gefleckte Kater schnurrte, rieb sich an ihm und bettelte, sie sollten doch in die Küche gehen und dort ein Stück Wurst oder einen anderen Leckerbissen holen, der einer so prächtigen Katze wie ihm gebührte. Hagan folgte ihm. Noch immer versuchte er, die Fetzen seines Traums wieder zusammenzubringen. Er hatte Gold in der Hitze der Schmiede glühen sehen und Blut, das darüber rann ... Saganova sprach, aber er konnte sich nicht an ihre Worte erinnern ... ein hölzerner Pfahl, der aus vielen Wunden blutete, rote Flüsse, die immer schneller durch gefrorenen Schlamm flossen, und davor ein königlicher Hengst, der sich aufbäumte und mit steifem Gemächt versuchte, eine Stute zu besteigen, die gar nicht unter ihm war ...

Auf dem Gang drehte Geri sich plötzlich um. Im schwachen Schimmer des Mondlichts, das durch das gerippte Glas fiel, glänzten seine Augen grün. Hagan sah, daß sein Rücken gekrümmt und der gestreifte Schwanz zum doppelten Umfang gesträubt war. Er fauchte scharf, stieß dann ein lautes Jaulen aus und floh. Im selben Augenblick flutete jäh eine heiße Welle durch Hagans Körper – die Hitze von Metall in der Esse, die gleiche Hitze, wie er sie in Attilas Halle gespürt hatte, als der Khan sein Amulett umklammerte und Waldhari mit dem haßerfüllten Blick des älteren Rivalen anstarrte.

Hagan hatte nicht vergessen, wo die Abschiedsgeschenke des Gyula lagen. In einer kleinen Kammer auf der anderen Seite des Kräutergartens bewahrte er sie wohlverschlossen auf. Er streifte sein Wams ab und schritt nackt über die dünne Schneedecke, damit der eisige Wind die Hitze kühlte, die seinen Körper verbrannte. Die Birke im Herzen des Gartens erhob sich hoch und weiß. Der Schnee, der die nackten Knochen verhüllte, verschönte ihre schlanken Glieder. Die Wacholderbäume, geschützt von den überstehenden Dachbalken, standen schwarz in den vier

Ecken. Hagan blieb stehen und blickte durch die Birkenzweige zum dunklen Himmel auf. Kleine weiße Flocken wehten ihm langsam ins Gesicht. Hier waren die Geister heute nacht still, aber ihm war, als hörte er einen Wind im Osten heulen; er kam aus weiter Ferne, und unter den feurigen Blitzen, die ihn durchzuckten, lag eisige Kälte.

Als die Tür versperrt und die Kerzen angezündet waren, entrollte Hagan die schwarzsilberne Pferdehaut und breitete sie in der Mitte des Raumes aus. Die Pilze des Gyula schmeckten trocken und nach Moschus, fast bitter; es war der Beigeschmack aller Tränke, die ihm der Gyula zu trinken gegeben hatte.

Ein Pilz würde genügen, um zusammen mit dem leisen Trommelschlag Blut durch die Geisteradern des Rosses unter ihm fließen zu lassen, die Haut mit Knochen zu füllen, Muskeln darüber schwellen und endlich Atem durch die Lungen strömen zu lassen, damit ein Herz unter Hagans Beinen schlug ...

Die Kerzen hatten Heiligenscheine aus Funken in gespenstischen Farben. In Hagans Ohren dröhnte der Takt der Trommel, tosend wie der Fluß aus Wind unter der Brücke, die in die Wolken hinaufführte, hin zu der Halle, in der Attila in seinem Gemach vor dem Feuer auf und ab ging, dem Feuer, dessen heißes Licht von dem glühroten Grimm, der aus seinem eigenen Körper strömte, verdunkelt wurde. Zwei tiefe Schnitte furchten den Schwertarm des Hunnenfürsten. Blut floß durch die Vertiefungen zwischen den hervortretenden Muskelsträngen und füllte die geballte Faust. Rot leuchtete die goldene Kohle, die er darin hielt: das Hengstamulett, das ihn vor allem Christenzauber schützte. Hagan wußte nicht, ob die Worte, die er vernahm, laut gesprochen wurden oder nur in der hallenden Tiefe von Attilas Schädel ertönten, in seine Ohren geheult vom ungezügelten Zorn des Khans.

»Christenzauber ... es war *ihr* Wagen. Kholemoeva sah Waldhari, hörte seine Stimme. Er muß vorgehabt haben, zu ihr zu gehen. Sie wollten mich betrügen, aber ihr Zauber ... Zwei gute Kinder tot durch den Schwur, zu dem ihre List mich verführte ... mein Hort an Menschen beraubt, zwei helle Ringe aus meinem Schatz vergeudet ... Ich vertraute ihr, und sie verriet mich ... Ihr Zauber konnte mir nicht schaden. Aber keiner spricht zu mir in der Halle, und ich höre die Krieger murren ... Falsch, alles falsch ... Warum hast du mich nicht gewarnt, Bortai? Welche Rache ist das, Sühne für welche Taten?«

Attila ballte die Faust um den goldenen Hengst und lockerte sie wieder, bis das dunkle Blut rascher über seinen Arm floß – so wie es in Hagans Traum von dem Holzpfahl geflossen war, dem Pfahl, der so viele Wunden trug. Der Hengst glühte heller. Der Wind trug Attilas Worte deutlicher heran.

»Sie müssen bezahlen, alle beide . . . das Unheil muß ein Ende haben. Der Gyula warnte mich, vorsichtig zu sein. Mein Bein schmerzt an der Stelle, wo ich stürzte; dieser Wind geht mitten hindurch. Was zerbrochen ist, kann nie mehr richtig heilen . . . Ich werde sie packen, wenn sie den Priester aufsuchen, um ihre Rituale abzuhalten . . . Es gibt dort keine anderen Zeugen . . . Ich werde erzählen, was ich gesehen habe. Alle drei tot . . . Ärlik Khan verschlinge den Bischof, der mir diese Schlange ins Haus gesetzt hat. Sie haben sich von Anfang an gegen mich verschworen . . . Ich leistete einen Eid auf das Schwert des Kriegsgottes.«

Hagan meinte die tiefblauen Fluten der Macht zu sehen, die Attila bei diesen Worten umwogten, die Ströme aus dem Brunnen des Schicksals, die sich mischten und formten und drehten und die Worte des Khans in einen gewaltigen Fluß verwandelten, der Wirklichkeit werden würde, hemmte man nicht seinen Lauf.

Und so riß Hagan sein Roß herum und ritt zu dem kleinen Häuschen, das er so gut kannte . . . dem Häuschen, in dem ein Bett noch immer leer an der Wand stand und Waldhari friedlich schlafend im anderen lag, neben sich auf dem Tisch seinen römischen Trinkbecher, noch halb gefüllt mit Wein. Sein brauner Schnurrbart war dicht geworden, der Körper breiter und kräftiger, sonst aber sah er noch immer so aus wie bei Hagans Abschied.

»Waldhari!« rief Hagan. »Waldhari! Wach auf und höre mich!«

Ihm war, als setze sich Waldhari auf den Bettrand, obwohl sein Schatten schlafend liegenblieb, und als blinzele sein Friedgeisel-Freund und frage: »Hagan! Träume ich oder bist du zu den Hunnen zurückgekehrt?«

»Waldhari, hör mir gut zu. Attila will dich und Hildegund töten, wenn ihr morgen euren Priester aufsucht. Ihr dürft nicht zu ihm gehen, sondern müßt von hier fliehen, so schnell ihr könnt.«

»Hat er den Verstand verloren?«

»Das müssen andere entscheiden. Aber er plant euren Tod, denn er ist fest überzeugt, daß ihr etwas Böses getan und ihn mit eurem Christenzauber betrogen habt.«

»Ugruk stieg über den Zaun, und er und Bolkhoeva wurden in Hildegunds Wagen ertappt. Ich ... ich wollte mit ihm gehen, aber Christi Gnade ließ es nicht zu. Christus bewahre mich stets so vor allem Übel!«

Hagan sah deutlich den hellen Schimmer des Trankes, den er Waldhari gegeben hatte und der wie eine dünne Eisschicht auf den Windungen seines Herzens glitzerte; aber er sagte nichts. Er griff nur nach unten, um die Hand des anderen zu fassen. Dann ließ er das Feuer, das ihn erfüllte, herausströmen, um alle Fesseln zu schmelzen, zog die Dunkelheit näher heran und webte sie zu einem dichten Mantel um Waldhari.

»Nun aber sollst du zu ihr gehen und mit ihr sprechen, damit ihr eure Flucht vorbereitet. Fürchte nicht, daß jemand dich sehen oder hören kann. Nacht und Nebel verhüllen deinen Schritt, Wolke bedeckt deinen Weg; gewebt ist der Zauber, vollendet dein Schutz.«

»Aber ich träume ... ich kann nicht ...«

»Geh!« gebot Hagan. Mit seiner letzten Kraft streckte er den Arm nach Waldharis Becher aus und ließ eine Welle von Macht in seinen Stoß fluten. Er sah den Becher schwanken und kippen. Da fühlte er eine harte Hand an seiner Schulter, die ihn fortriß. Wieder brauste er durch den Himmel, mit aller Kraft jagte sein Roß zurück nach Worms, um ihn in seinen Körper zurückzuschleudern, ehe er sich zwischen den Welten verlor.

Waldhari erwachte mit einem Aufschrei und fuhr im Bett hoch. Noch klang ihm Hagans Stimme in den Ohren, hart wie ein zerschellender Tonbecher. In seinem Traum hatte Hagan auf den Tisch gegriffen ...

Er streckte die Hand aus und fuhr mit den Fingerspitzen vorsichtig über das glatte Holz. Die Tischplatte war leer. Als er mit dem Fuß über den Boden tastete, fühlte er spitze Scherben und den Wein, der bereits in der Erde versickerte.

»Großer Gott«, murmelte er und berührte das Holzkreuz an seinem Hals; es war so greifbar wie immer, ein festes Zeichen des Gekreuzigten. Waldhari glaubte nicht, daß er wirklich Hagans Geist im Traum gesehen hatte, aber auf diese Weise konnten auch Engel erscheinen ... oder Teufel. Aber er hatte den Namen Christi ausgesprochen, das wußte er noch, und der, mit dem er sprach, war nicht geflohen, sondern hatte ihm weiter seinen Rat gespendet.

»Christus, dir vertraue ich«, sagte Waldhari mutig. »Gib mir Weisheit, das Rechte zu tun. Gestern abend hieltest du meine Hand zurück, und ich stieg nicht über den Zaun. Wenn der Rat, den ich jetzt im Schlaf empfing, vom Teufel kam oder meinem eigenen törichten Kopf entstammt, dann hindere mich auch diesmal.« Diese Bitte war nicht unfromm; auch die Israeliten hatten oft um Zeichen gebeten, damit sie den Willen des Herrn besser erkannten.
Die Pfosten ragten vor ihm auf wie in der Nacht zuvor. Frischer Schnee verbarg bereits die dunkle Spur, die Ugruk hinterlassen hatte, als er hinauf- und hinüberkletterte. Und obwohl Waldhari das Herz vor Angst bis zum Hals schlug und seine Knie zitterten, hielt ihn nichts davon ab, nach den Aststümpfen zu greifen, und keine Schwäche lähmte seine Arme, als er sich nach oben zog und dann auf der anderen Seite hinunterstieg. Er folgte dem halbverschneiten Pfad durch die Schneewehen, den Ugruk gestern genommen hatte.
Du Wagen zählen, dich erinnern, wo ... du vergessen, wenn wiederkommen, dann du sterben.
Zwei Reihen weiter, drei Wagen nach unten. Nichts hinderte Waldharis Faust, leise an die Wagentür zu klopfen.
Hildegunds Gesicht schimmerte bleich in der Dunkelheit. Zwar fuhr eine Hand hoch, um ihren Mund zu bedecken, aber die andere winkte ihn schon herein und schloß hinter ihm die Tür.
»Warum bist du gekommen?« flüsterte sie.
»Weil ... ich kann dir nicht sagen, woher ich es weiß, aber wir dürfen morgen früh nicht zur Messe gehen. Attila will uns beide töten, wenn wir dort zusammen sind, ohne daß jemand von seinen Männern Zeuge wird. Er glaubt, wir hätten ihn auf irgendeine Weise behext. Hildegund, wenn wir am Leben bleiben wollen, müssen wir schnellstens fliehen. Wir müssen uns in das Land meines Vaters durchschlagen. Ich denke, der Bischof von Passau wird uns Zuflucht gewähren, freien Durchzug und frische Pferde, denn er schien damals schon willig, uns seinen Segen zu geben.«
»Aber wie sollen wir von hier fortkommen? Die Hunnen sind äußerst wachsam.«
»Morgen abend findet ein Fest statt, weil die Zeit des Lammens beendet ist. Wenn du Attila so lange den Becher füllst, bis er betrunken ist ...«

»Dann ist es wahrscheinlicher, daß er uns gleich tötet, denn der Wein macht ihn noch unberechenbarer.«
Waldhari wußte nicht weiter. Er hatte plötzlich das Gefühl, daß ihm der Boden unter den Füßen wegrutschte und sein Herz in einen tiefen, felsigen Abgrund aus Sünde und Verzweiflung stürzte.
Dann flüsterte Hildegund: »Ich werde Kisteeva fragen. Es gibt Kräuter, die Schlaf bringen, und die Hunninnen kennen sie. Ich weiß nicht viel darüber, aber sie . . . und sie mußte heute helfen, eine junge Verwandte zu töten, weil Attila uns beiden zürnt. Sie hat mich immer gern gehabt, aber ich denke, jetzt würde sie sich freuen, wenn ich fortginge.«
»Und wenn sie uns verrät?«
»Dann müssen wir unsere Seelen Christus befehlen und kämpfen, so gut wir können, damit uns die Hunnen nicht lebendig bekommen.«
Es war ein grausamer Rat, der von Hagan hätte stammen können – wobei dieser allerdings nicht den Namen Christi erwähnt hätte –, aber Waldhari wußte, daß er gut war.
»Wir wollen es versuchen. Wenn alles so geht, wie du hoffst, dann erinnere mich morgen, wenn du die Becher füllst, an Noah, und ich werde nur Dünnbier trinken.«
»Nimm auch dein Buch wieder mit und packe es zu meinem, damit alles griffbereit ist. Ich werde alle meine anderen Schätze und meine wärmsten Kleider am Körper tragen, damit wir gleich von der Halle aus aufbrechen können.«
Nichts regte sich auf Waldharis Weg, als er zurückging; niemand sprach oder rief ihn an, stehenzubleiben, und die Wagentüren blieben geschlossen und finster. Schon fiel Neuschnee in dichten Flocken; morgen früh würde seine Spur so verwischt sein wie Ugruks. So erreichte er sein Haus, wo er sich im Dunkeln vorsichtig über den Boden tastete, damit ihm die Scherben seines zerbrochenen Bechers nicht die Schuhe zerschnitten. Wenn Christus barmherzig war, würde er in den nächsten Tagen ganze Schuhe und heile Füße dringend brauchen.

Attila saß in seinem Hochsitz und sah mit starrem Blick auf die Männer nieder, die stumm beim Mahl saßen. Weniger als die Hälfte seiner Schar war anwesend; die übrigen waren in ihren Jurten geblieben oder früh zu ihren Frauen in die Wagen gegangen. Am späten Nachmittag hatte Kisteeva ihm Botschaft geschickt, daß die Frauen nicht am Tanz teilnehmen würden, weil ihnen der Verlust eines der besten Mutterschafe die Freude an der Zeit des Lammens verleidet hätte. Und wiewohl keiner der Männer sich weigerte, mit dem Khan zu sprechen, oder es an der gebührenden Ehrerbietung fehlen ließ, begrüßte ihn doch niemand aus freiem Willen, und viele wichen ihm aus, bevor er sie begrüßen konnte. Er war morgens zu dem kleinen Haus gegangen, in dem Vater Bonifacius die Messe las. Waldhari war dort gewesen, aber nicht Hildegund. Sie war hinter dem Zaun des Frauenhags geblieben, in ihrem Wagen. Attila blieb nichts anderes übrig, als ihr ausrichten zu lassen, sie möge am abendlichen Festmahl teilnehmen, sofern es nicht die Zeit ihrer Mondblutung sei. Nun ging sie mit ihrem Krug durch die Reihen der Männer wie immer, aber ihr Schritt war langsam und das Gesicht so bleich, daß die Sommersprossen sich darauf abzeichneten wie alte Blutflecke. Sie sah Waldhari nicht einmal an, und er hockte da und starrte finster in einen einfachen Hornbecher – der nichts besseres als Dünnbier enthielt, so als wolle er um Ugruk und Bolkhoeva trauern, indem er sogar auf den Trost von Wein und Khumiß verzichtete.

Zwei gute Kinder getötet, dachte Attila, leerte den Becher und streckte ihn zum Füllen aus. Das Essen verdiente heute abend nur eine betäubte Zunge. Zwar hatten die Sklaven Brot und Eintopf einigermaßen zubereitet, aber alle Gerichte, die vom Frauenhag herübergebracht wurden, waren angebrannt oder halb roh, und nichts enthielt die feinen, östlichen Gewürze, die für Attila gleichbedeutend mit den Wagen seiner Heimat und frohen Festen waren.

Diese verfluchten Narren – aber niemand hatte Ugruk oder Bolkhoeva je besonders viel Verstand nachgesagt, und das war kein Grund zum Sterben. Attila verstand nicht, wie Bolkhoevas Sippe ein so törichtes Füllen hervorbringen konnte, aber das hatte ihn nicht getröstet, als Kisteeva und Kholemoeva die seidigen schwarzen Zöpfe gehoben hatten, die Bortai hätten gehören können, und über der goldenen Haut von Bolkhoevas Nacken den Stock festdrehten. Aber er hatte gesprochen und konnte keine Schwäche zeigen, sonst waren seine Tage als Khan gezählt. Die Männer, die ihn heute verfluchten, würden ihm im Frühjahr um so begeisterter folgen, wenn die Erinnerung an den Vorfall zu einem weiteren Zeichen hunnischer Stärke verblaßt war, der Stärke eines Volkes, dessen Gesetze unverbrüchlich, und eines Khans, dessen Worte unerschütterlich waren.

Hildegund kam, um ihm nachzuschenken. Attila starrte hart in ihre hellgrünen Augen – die Augen einer Fremden, runde Katzenaugen, die er nicht lesen konnte wie die seines eigenen Volkes. Ihre fleckige Haut verdeckte die spitzen westlichen Knochen und verschleierte ihre Gedanken; ein dunkles Tuch verbarg die aufgesteckten rotgoldenen Flechten.
Haßt du mich denn so? fragte er sich verwundert. *Nach allem, was ich dir geben wollte – hast du mich wirklich mit deinen Reizen verhext? Oder... habe ich dir unrecht getan?*
Frühmorgens hatte er den Gyula aufgesucht, in der Hand den goldenen Hengst, den er die ganze Nacht umklammert gehalten hatte. Sein Glanz war verkrustet vom Blut der Trauerwunden, die Attila sich dort geschnitten hatte, wo keiner es sehen konnte. Er hatte von der Zauberei der Christen und seiner Furcht davor erzählt, und der Gyula hatte ihn nicht aus den Augen gelassen, bis er fertig war; und dann hatten seine Worte Attila nur noch mehr ergrimmt, bis er wirklich mit seinem Schwert zu dem Haus gegangen war, in dem sie die Messe abhielten.
Man muß nicht nach Zauber suchen, wenn ein Mann in mittleren Jahren ein junges Mädchen begehrt; keine Geister sind nötig, ihn zu betören, und keine fremde Hexerei, ihn unüberlegt handeln zu lassen. Wenn du solche Angst vor Waldhari hast, dann schick ihn nach Hause; aber du brauchst ein paar Männer in deiner Schar, die jünger sind als du.
Attilas Kopf wurde schon schwindlig vom Wein; das kam vor, wenn er zuviel getrunken und dabei wenig gegessen hatte. Weiter unten an den Tischen gab es einen Ausbruch von wildem Gelächter, der jäh, wie eine durchs Herz geschossene Wildgans, verstummte, als der Khan aufblickte. Er wußte nicht, wer gelacht hatte und warum.
Ein Krieger kann Schwerter mit dem Schwert und ein Schamane Zauber mit Zauber bekämpfen, dachte der Khan. *Aber wenn mich kein Priester behext hat, wie soll ich dann bekämpfen, was mich machtlos macht?*
Da saß Waldhari vor seinem unfrohen Becher, finster wie ein geschorener Sklave, obwohl er doch Panzerhemd und Schwert des Kriegers trug. Dort ging Hildegund, klein und sehr gerade, durch die Bänke, ohne ein einziges der fröhlichen Worte, die sie an besseren Tagen seinen Rekken zurief. Dumpf brütend kauerte Bolkhoev am Tisch, die dicken Arme dunkel gestreift vom Schorf der Trauerwunden, als hätten breite

Klauen ihm die Muskeln zerfetzt. Wäre er nicht so hartnäckig darauf erpicht gewesen, einen besseren Mann für seine Tochter zu finden, säße sie jetzt lachend im Brautwagen und bereitete sich darauf vor, Ugruk tanzen zu sehen. Der Gyula stand nicht hinter Attila, noch hatten Thioderik und Hildebrand sich aus ihrem Gotendorf gerührt. Hagan weilte jenseits des Rheins, Bortai und Bleyda jenseits eines noch entfernteren und mächtigeren Flusses, wo Bolkhoeva und Ugruk vielleicht zu ihnen stoßen würden, wenn ihr Tod ihnen genügend Kraft gelassen hatte, den Weg dorthin zu finden, ehe böse Geister sich ihrer bemächtigten.

Ich werde alt und müde, dachte Attila und gähnte laut. Um ihn herum tanzte und funkelte das Licht der Flammen, als sitze er am Feuer des Gyula, den Kopf voll vom Rauch des Schamanen. Andere Männer waren schon aufgestanden und torkelten zu den Strohhaufen am Boden, um sich dort niederzulegen. Der Khan erhob sich vorsichtig und begab sich mit mühsam bewahrter Haltung zu seinem eigenen Gemach.

Erst als er sich dort hingelegt hatte, stieg plötzlich die große schwarze Welle auf und wölbte ihren Kamm über ihn. Der erste Alarmruf schrillte durch seinen Körper. Das war nicht der Wein, der ihm den Blick trübte und die Glieder lähmte ... Wein betäubte nicht ... sie hatte ihn betäubt!

Er griff nach seinem Schwert, wollte sich aufrichten. Doch noch während er sich anstrengte, schlug die Welle donnernd über ihm zusammen. Er fiel zurück in die Decken. Der Schwertgriff entsank seiner Hand.

Als der letzte Hunne am Tisch zusammengesackt war, stand Waldhari auf, und Hildgund eilte zu ihm. »Schnell jetzt«, flüsterte sie. »Komm mit! Kisteeva sagte mir ...«

Waldhari stellte keine Fragen, sondern folgte ihr dorthin, wo Attila verschwunden war. Der Hunnenfürst lag in seinem Gemach, auf dem Rücken ausgestreckt wie ein Toter, und seine massive Stärke war jetzt nur eine Last, die den hilflos Schlafenden zu Boden drückte. Waldhari wußte nicht, was es für ein Gefühl war, das ihn auf einmal überkam, als er den großen Khan so vor sich liegen sah, ohnmächtig, auch nur eine Hand zu rühren, wenn sie ihm die Kehle durchschnitten oder seine Halle in Brand setzten. Er dachte daran, daß Attila Hildgund gerufen hatte, damit sie Bolkhoeva erdrosseln half, und er schauderte und murmelte »Christus,

erbarme dich.« Doch schien Hildegund keine solchen Gedanken zu hegen, obwohl ihr der Bischof von Passau von Judiths Heldentat erzählt hatte ... und Waldhari war froh darüber.
Neben Attilas Bett stand eine große Truhe. Hildegund hockte sich nieder, zog ihr Eßmesser und durchschnitt das vielfach verschlungene Knotengeflecht, das als Schloß diente. Sie schlug den Deckel zurück. Waldhari hielt den Atem an. Der Schatz, den er vor sich sah, glitzerte wie Fadhmirs Hort in den alten Liedern vom Rheingold, und es war genug, um ein ganzes Heer reich zu belohnen.
»Wir müssen davon mitnehmen, soviel wir tragen können, ohne daß es die Pferde zu sehr belastet«, zischte Hildegund. »Nach hunnischem Recht sind wir ohnehin bereits dem Tode verfallen und müßten auch Christus um Vergebung für unsere Taten bitten, hätte nicht Attila selbst alle Eide gebrochen, die wir ihm geschworen haben, so daß wir nicht wirklich meineidig sind. Aber wir brauchen den Schatz, um uns den Weg ins Land deines Vaters zu erkaufen, und als Mitgift für mich, wenn wir erst dort sind.«
Eine schnelle Durchsuchung des Raums erbrachte zwei dicke Wollsäcke und einen großen Kasten. Als sie gefüllt waren, fehlte nicht mehr als ein Viertel des Schatzes, aber es war genug für Waldhari und Hildegund. Sie liefen in die Halle zurück, warfen die Mäntel über und eilten zu den Ställen. Es schneite wieder stark. Mit Gottes Gnade würde der Schnee ihre Spuren zudecken und die Pferde der Hunnen langsamer vorwärtskommen lassen.
Waldharis Satteltaschen waren bereits vollgestopft und dick. Rasch luden die beiden das Gold auf Hildegunds Stute. »Reite du mit mir«, sagte Waldhari, »denn wir können leichter auf den Schatz verzichten als aufeinander, und in einem Schneesturm wie diesem kann man sich leicht verlieren.« Er half Hildegund vor sich in den Sattel. Sie nahm das Leitseil ihres Tieres, und er trieb sein Roß an.
Jetzt, da die Tat getan und sie Verfemte waren, die, den peitschenden Schnee im Gesicht, in die Wälder ritten, wurde Waldhari auf einmal ganz leicht ums Herz. Von einer Tat wie dieser würde man Lieder singen; hier und jetzt ritt er mit Hildegund in Freiheit fort, wie er es so lange erträumt hatte, und sie hatte ihr Schicksal in seine Hand gelegt und floh aus den dunklen Hallen der Heiden mit ihm zum hellen, steinernen Königshof seines Vaters. Er fühlte die Wärme ihres Körpers durch die

Mäntel und selbst durch seine kalte Brünne strahlen; noch durch die dicke Kleidung konnte er ihre Mitte umspannen.
»Ich liebe dich!« rief er ihr zu, als sie unter den schneeschweren Ästen dahingaloppierten. Einen Augenblick lang dachte er, sie hätte ihn nicht gehört, dann wandte sie den Kopf und begegnete seinem Blick. Ihre grünen Augen waren grau in der Dunkelheit, Schneeflocken bereiften ihre Kapuze, doch sie erwiderte sein Lächeln, und sein Herz tat einen Sprung wie ein Hirsch im Frühling.
»Ich liebe dich«, antwortete sie, und Waldhari wußte, selbst wenn die Hunnen sie jetzt einholten, hatte Christus ihm geschenkt, wonach er sich auf dieser Welt am meisten gesehnt hatte.

Attila erwachte noch ganz benommen. Er starrte in das grauweiße Licht des verschneiten Tages, das durch das Rauchloch in sein Gemach sikkerte. Etwas stach in seine Handfläche; im Schlaf hatte er wieder die Faust um den Schwertgriff geballt. Noch immer leicht schwankend, kam er auf die Füße und sah sich um. Der Deckel seiner Schatztruhe stand offen. Der geheime Knoten, der ihn gesichert hatte, war durchgeschnitten, und ein Teil des gleißenden Goldes fehlte.
Der Schrei, der sich seiner Kehle entrang, verkündete Verrat und grimmige Wut – aber auch Befriedigung. Was ihm am Herzen genagt hatte, war keine Einbildung, seine Befürchtungen waren kein Traum gewesen. Die beiden Hinrichtungen hatten nicht nur stattgefunden, weil ein alter Mann an der eigenen Stärke zweifelte.
Attila stolperte hinaus in die Halle. Die Männer, die am Fest teilgenommen hatten, erwachten erst allmählich. Wer weniger getrunken hatte, stand schon auf den Beinen, während alle, die mehr von dem verfälschten Wein zu sich genommen hatten, noch wie Schweine auf dem Mist schnarchten.
»Holt mir den Priester, wenn er nicht geflohen ist!« brüllte der Khan. »Holt mir den Christenpriester und reißt ihm vorher alle Amulette und Zauberzeichen vom Leib!«
Es dauerte nicht lange, bis Vater Bonifacius in die Halle gebracht wurde. Er ging zwischen Sayfetdin und Amastaev, zwei starken Männern, die offensichtlich das Gift schneller abgeschüttelt hatten als der Rest. Der Priester schien ihnen friedlich gefolgt zu sein; zumindest waren weder seine Gewänder in Unordnung noch sein Gesicht zerkratzt und auch sein

Körper nicht zusammengekrümmt, wie es bei einem Mann der Fall gewesen wäre, den man in den Bauch geschlagen hat. Dabei hätte er sich gut wehren können, denn er war größer und schwerer als die beiden Hunnen und hielt sich wie ein Mann, der in der Jugend ein Krieger gewesen war.

»Warum hast du mich rufen lassen, großer Fürst?« fragte er in lateinischer Sprache.

»Wo sind sie?«

»Hildegund und Waldhari?«

»Ja.«

»Das weiß ich nicht. Ich habe Waldhari seit der gestrigen Meßfeier nicht mehr gesehen. Von der Jungfrau weiß ich gar nichts.«

Attila erhob sich von seinem Sitz, trat vor den Priester und sah ihm gerade in die Augen. »Die beiden sind geflohen. Gestern nacht haben sie ein Betäubungsmittel in unseren Wein gemischt, meinen halben Schatz geraubt und dann das Weite gesucht. Ich kann nicht glauben, daß du nichts davon weißt. Sag mir, wohin sie geritten sind!«

»Dieses Verhalten ist nicht christlich, und ich hätte es nicht gebilligt. Waldhari hat mir gestern nach deinem Besuch seine Furcht gebeichtet. Ich riet ihm das, was ihrem Seelenheil am förderlichsten war, nämlich lieber hierzubleiben und als heilige Märtyrer zum Ruhme des Herrn zu sterben, als aus Angst um ihr irdisches Leben die Verträge zu entehren, die sie geschlossen hatten. Wenn sie sich nun dafür entschieden haben, meinem Rat nicht zu folgen, so weiß ich nicht, wohin ihre flüchtigen Wanderungen sie führen werden.«

»Du willst mich täuschen. Sie müssen mit dir im Bunde stehen, denn nur mit Hilfe deiner Hexerei und deines christlichen Totenzaubers konnten sie ihr Tun vor dem Gyula verbergen. Noch einmal: wohin wollten sie?«

»Khan, ich weiß es wirklich nicht, und wenn ich es wüßte, würde ich es dir nicht sagen. Ich will nicht freiwillig zur Hinrichtung anderer Christen beitragen, wenn Angst und Heidentum sie zur Flucht getrieben haben, und dein Gesicht verspricht ihnen den Tod, solltest du sie finden.«

»Doch zuerst dir, Priester!«

Attila zog das Schwert, rammte es Vater Bonifacius in den Bauch und drehte es darin um. Mit verdrehten Augen griff der Priester nach dem

Kreuz, das nicht mehr an seinem Hals hing. »Christus«, stöhnte er. Blasiges Blut floß aus seinem Mund. Die Klinge des Kriegsgottes hatte eine Lunge getroffen. Er würde nicht so lange leben, wie Attila es ihm zugedacht hatte.
Der Khan bückte sich und wischte an einem sauberen Stück des Priestergewandes sein Schwert ab. Dann trat er hart in das Gewirr der aus dem Körper heraushängenden Därme. Noch bevor eine neue Blutblase Vater Bonifacius' Schrei ersticken konnte, schrie Attila: »Reitet, meine Männer! Findet ihre Fährte, durchkämmt alle Wälder – schafft sie zurück! Sie können nicht schneller sein als ihr, eine Frau und ein Mann allein, beladen mit einem gestohlenen Schatz. Große Geschenke verspreche ich dem, der sie zurückbringt!«
Sayfetdin und Amastaev schauten einander an und dann auf den sich windenden Leib des Priesters. Sayfetdin zuckte die Achseln, und die beiden verließen die Halle, um ihre Pferde zu satteln. Es hatte die ganze Nacht heftig geschneit und bisher nicht nachgelassen. Der Wind hatte den Schnee verweht und zu Haufen getürmt, die die Spuren verdeckten.
»Gut für sie«, brummte Amastaev auf dem Weg zum Wald. »Schlau, den Wein zu vergiften. Eine Nacht Vorsprung bei diesem Wetter ist viel wert, selbst wenn sie schwer beladen sind, wie?«
»Ja.«
Während sie weiterritten, dachte Sayfetdin nach. Er kämpfte erst seit zwei Sommern im Heer der Männer, während Amastaev schon zwölf Jahre Kriegserfahrung hatte. Trotzdem hielt er sich nicht für feige. Aber er war innerlich zusammengezuckt, als er Ugruks blutige Männlichkeit in Attilas Hand sah, und hatte mit der Schwertspitze auf die große Ader am Arm seines Freundes gezielt und sie durchschnitten.
»Selbst bei diesem Wetter und mit einer Frau, die er schützen muß, ist Waldhari kein angenehmer Gegner«, meinte er nach einer Weile sinnend. »Ich erinnere mich an sein Kunststück, Speere aufzufangen und sofort wieder zurückzuwerfen, und ich weiß, wie leicht er Pfeilen ausweicht.«
»Ja, und sogar zu Fuß ist er ein grimmiger Kämpe; man weiß nie, wo sein nächster Hieb trifft«, stimmte Amastaev zu.
Sie ritten weiter. Hier im Wald, wo der Wind den Schnee nicht so weit verwehen konnte, schienen Sayfetdin Reste einer Spur durch die hohen Schneewälle zu führen.

»Glaubst du, sie wollen zu Hrodgars Halle, wo Thioderik damals Zuflucht fand?«

Amastaev zügelte sein Pferd und betrachtete die vom Schnee halb verwischte Fährte. »Dieser Pfad scheint nicht dorthin zu führen. Folgen wir ihm noch ein Stück.«

»Attila wird gewiß zornig sein, wenn man sie nicht findet«, bemerkte Sayfetdin nach einigen Minuten. »Glaubst du, er könnte diejenigen bestrafen, die sie nicht zurückbringen?«

»Es werden viele nach ihnen jagen, auch wenn wir wohl unter den ersten sind. Der Khan kann wohl kaum seinem ganzen Heer etwas antun, oder?«

Sayfetdin überlegte. Hinten im Hals hatte er einen üblen Geschmack, als hinge dort Schleim. Er räusperte sich und spuckte aus. Der Speichel verschwand im tiefen Schnee.

»Manche könnten glauben, Ugruks Tod sei der Anfang dazu gewesen.«

»Manche könnten es.«

Je weiter sie in den Wald kamen, desto deutlicher schien die Spur zu werden. Wenn aber Sayfetdin auf den neuen Pfad zurückblickte, den ihre eigenen Pferde getreten hatten, konnte er nicht mit Sicherheit sagen, daß noch weitere Tiere hier entlanggekommen waren.

Nun ergriff Amastaev das Wort. »Manche könnten auch sagen, daß die Christin die Wurzel allen Übels war.«

»Manche könnten es.«

»Manche könnten sogar behaupten, daß sie am besten bei ihresgleichen aufgehoben wäre, anstatt wieder zu uns zurückgeschleppt und dort getötet zu werden, nur damit ihr Geist uns dann plagt.«

»Manche könnten auch das.«

»Oder daß das Schwert des Kriegsgottes mehr als seinen gerechten Anteil erhalten hat – heutzutage, wo ein Mann sich nicht mehr auf den Schutz der Nacht verlassen kann, wenn er sich über den Zaun in den Frauenhag schleichen will.«

»Ich habe neuerdings Männer von diesen Dingen murmeln hören.«

Amastaev ließ sein Pferd schwerfällig weiterstapfen und musterte die beiden Reihen von Eindrücken, die im tiefen Schnee noch zu erkennen waren.

»Ohne Zweifel streben viele nach der Belohnung des Khans. Sie werden ihre Zeit nicht damit verschwenden, dorthin zu reiten, wo so offen-

sichtlich bereits andere Kundschafter gewesen sind. Auch findet sich in dieser Richtung kein schnellerer Pfad als dieser hier, auch wenn ich sicher bin, daß es andere gibt, denen er vielleicht eingefallen ist.«
Nun ließ auch Sayfetdin seinen Gaul langsamer gehen. »Dieser Pfad und auch unsere Gangart scheinen mir gut. Heißt es nicht, daß einer, der Bären jagt, sich nicht zu sehr beeilen soll, damit er nicht in eine Falle läuft, die der Bär ihm gestellt hat?«
»Viele weise Sprüche gibt es. Wenn die alten Männer unserer Stämme die Wahrheit sagen, ist es zum Vorteil aller, wenn man solchen Worten der Weisheit folgt.«
»Ich folge gern der Weisheit eines Älteren, denn so geziemt es dem Jüngling.«
Die beiden sahen einander an und nickten wortlos.

Ada hatte Hagan frühmorgens auf dem Steinboden der kleinen Kammer gefunden, die Pferdehaut über den nackten Körper gezogen, von Husten geschüttelt und so fiebrig, daß er nicht allein in sein Bett zurückkam.
Hagan erinnerte sich später dunkel, daß sie ihm aufgeholfen und ihn gestützt hatte, während sie ihn durch den Garten ins Schlafzimmer führte. Ihre sanfte Stimme war säuerlich wie zu lange im Freien belassener Wein, als sie Kostbera fragte, wieso die *Frowe* ihren Gemahl in diesem Zustand allein gelassen habe. Kostberas stotternde Antwort war Hagans Gedächtnis entschwunden, sowie er dankbar in die weiche Wärme des Bettes sank, aber er hörte deutlich, was Ada entgegnete.
»Wenn du nicht zur Königin gehen und sie um einen Heiltrank bitten willst, werde ich es tun und ihr auch sagen, was du mir geantwortet hast. Hattest du denn noch nie mit Krankheit zu tun, *Frowe*? Er braucht Dünnbier und Wein, mehr als zur Hälfte mit Wasser vermischt, soviel du ihm einflößen kannst, und er muß warm und still liegen. Nein, laß die Katze ruhig zu ihm ins Bett . . .«
Hagan schloß die Augen, zu schwach zum Lauschen. Das letzte, das er fühlte, war ein pelziger Schwanz, der sein Gesicht streifte, und das letzte, das er hörte, das sanfte Schnurren, mit dem sich Geri an die Schulter seines Herrn schmiegte.
Als er wieder aufwachte, kam eben Ada herein. Sie brachte einen dampfenden Tonbecher und auf einem hölzernen Tablett ein paar Scheiben Brot und Wurst.

»Deine Mutter schickt dir diesen Trank gegen Fieber und Krankheit. Sie sagt, er schmeckt übel, aber du sollst ihn trotzdem trinken. Es ist eine Mischung aus Wundwurz und Knochenheil, Fieberkraut und Wermut, Albenampfer, Beifuß und Weißweidenrinde, in gutem Bier gekocht und mit ihrem besten Heilzauber besprochen. Und sie sagt weiter, so gut du dich auch fühlen magst, nachdem du ihn getrunken hast, sollst du doch auf keinen Fall versuchen, aus dem Haus zu gehen, ehe du nicht vollständig wiederhergestellt bist, und das scheint mir ein guter Rat, denn es schneit noch, und der Wind ist rauh. Doch wenn ich die *Frowe* wäre und sie die Sklavin, so würde ich mir überlegen, Kostbera jetzt zu verprügeln, denn sie ging in ihre Kirche, um für deine Gesundheit zu beten, anstatt hierzubleiben und wenigstens ein bißchen zu helfen.«
»Sie tut, was sie für das beste hält«, krächzte Hagan.
Als Ada das Tablett abstellte, erhob sich Geri, streckte sich und strich schnurrend über Hagans Körper. Bis sie eine Hand frei hatte, um ihn zu verjagen, hatte der gefleckte Kater schon das größte Stück Wurst zwischen den Zähnen. Hagan war es gleichgültig, denn vom Geruch des Essens wurde ihm übel.
»Und schließlich sagte deine Mutter, du müßtest essen. Sie bestand ausdrücklich darauf, und darum darfst du nicht alles der Katze geben. Komm, trink die Arznei, und ich hole dir inzwischen einen guten Becher Wein, um den Geschmack aus deinem Mund zu spülen.«
Der Trank, den Ada für ihn erhitzt hatte, war gallebitter, kratzte in der Kehle und war so sämig, als bestehe er aus gemahlenen und nicht abgeseihten Eicheln. Hagan trank ihn trotzdem und fühlte bereits mit dem ersten Schluck die Wirkung seiner Heilkraft. Als der Kater wiederkam und mehr von seinem Essen verlangte, konnte Hagan schon die Hand heben und ihn abwehren. Aber er war froh, als Ada mit dem Wein zurückkehrte und er sich den Mund ausspülen konnte.
Als er soviel gegessen hatte, wie er hinunterbrachte, trat bereits die andere Wirkung des Trankes ein, und er wurde matt und schläfrig. Im Gegensatz zu Ada wußte er, was hinter Grimhilds Warnung steckte. Wundwurz, Wermut und Beifuß konnten ihn leicht wieder in die Anderswelt zurückbringen, und die Rückkehr würde um so schwerer sein, wenn er erkrankt war, weil er in einer einzigen Nacht zuviel von seiner Seelenstärke verbraucht hatte.

Jedesmal, wenn er aufwachte, brachte ihm Ada Essen und ließ ihn von Grimhilds Arznei trinken. Abends konnte er aufstehen und ein wenig umhergehen. Er trat an das vereiste Fenster und sah zu, wie der Wind den Schnee vorüberpeitschte. Das nächste Mal wurde er nach Mitternacht wach. Obwohl ihm von dem Gebräu seiner Mutter und dem anhaltenden Fieber noch schwindlig war, schaffte er es, sich durch das Haus zu der Kammer zu schleichen, in der ihn Ada gefunden hatte. Er rollte die Pferdehaut zusammen und verstaute sie achtsam in der nach Kräutern duftenden Kiste, in der sie gelegen hatte. Das Säckchen mit den getrockneten Pilzen und Kräutern jedoch nahm er mit und versteckte es so unter seinem Kopfkissen, daß die Katze nicht daran kam. Wenn Waldhari auf Hagans Traumworte gehört hatte, mußten er und Hildegund inzwischen auf der Flucht – oder schon tot sein; aber Hagan konnte nicht glauben, daß das Leben seines Blutsbruders enden konnte, ohne daß Waldhari ihm irgendein Zeichen gab. Allerdings war es durchaus möglich, daß Attila Waldhari und Hildegund wieder eingefangen hatte ... vielleicht waren sie irgendwo eingesperrt und warteten auf ihren Tod bei Tagesanbruch ...

Auf Hagans Wunsch war Kostbera in einen anderen Raum übergesiedelt. Zwar war Hagan durch etwas, das er selbst getan hatte, erkrankt, aber er konnte sich nicht darauf verlassen, daß die Fiebergeister sie ungeschoren ließen, um so mehr, als das Kind in ihrem Leib an ihrer Seelenstärke zu saugen schien. Er hatte eine kleine Glocke, mit der er Ada rufen konnte. Er läutete.

Die Sklavin, obschon sichtlich aus dem Schlaf geweckt, das dichte blonde Haar aufgelöst und in Büscheln emporstehend, das weiße Hemd unordentlich, kam sofort. »Was kann ich für dich tun, *Fro*?«

»Bring mir eine doppelte Dosis von der Arznei meiner Mutter und einen Becher Wein, Ada. Ich weiß, daß sie dir gesagt hat, wieviel ich jedesmal nehmen soll ...«

»Das hat sie, und sie hat mir auch eingeschärft, ich dürfte dir nicht mehr geben.«

»Aber ich werde wahrscheinlich bis zum Morgen schlafen, und es ist besser, wenn ich jetzt die doppelte Menge trinke, als zu wenig, weil ich in der Zwischenzeit nicht aufwache, oder als wenn du mich vor Tagesanbruch aus einem gesunden Schlaf weckst, damit ich wieder etwas davon zu mir nehme. Verlaß dich nur auf mich; Grimhild ist nicht die

einzige Kräuterkundige hier. Wäre ich nicht so krank gewesen, hätte ich mir den Trank selber brauen können.«
Er würgte das Gebräu herunter, spülte sich den Mund mit Wein aus und ließ ein Stückchen von einem der Pilze des Gyula folgen. Dann legte er sich zurück und wartete, bis die Wirkung eintrat. Nicht lange, so begann die Dunkelheit um ihn zu funkeln und kleine Blitze schossen an seinen Augenwinkeln vorbei. Die Mitte seiner Stirn begann zu prickeln, und in seinen Adern pochte das Blut.
Dieses Mal kam es ihm nicht so vor, als ritte er, eher, als blicke er auf einen langen Pfad hinunter, der durch den Wald führte, rechts und links von dicken, ineinander verschlungenen Ästen begrenzt und nur von schwachem Mondlicht erhellt. Aber das Ende des Pfades war deutlich zu erkennen: dort ritten auf einem Pferd Waldhari und Hildegund. Sie bahnten sich ihren Weg durch tiefen Schnee, und ein zweites, schwer beladenes Roß folgte ihnen. Wenn ihnen die Hunnen wirklich auf den Fersen waren, konnten sie sich nicht verbergen. Zwar halfen Schnee und Wind, ihre Spuren zu verwischen, aber die hunnischen Späher verstanden es selbst bei solchem Wetter, einen Wald bis in die letzten Winkel zu durchsuchen.
Hagans Atem pfiff leise durch seine kalten Rippen; schon wehte der Wind ein wenig stärker und legte eine neue weiße Decke auf Waldharis und Hildegunds Fährte. Hagan murmelte:

»Hört mich, Dunkelheit, Wind und Wälder –
Wolke und Schnee und Himmel zusammen!
Webt einen Mantel schneeweißer Dämmerung;
legt ihn auf sie als leichten Schleier,
unsichtbar allem feindlichen Volk.«

Während er so sang, verdichtete sich um die Reiter der Nebel, senkte sich blaß wie ein Schwanenflügel auf sie herab und versteckte sie.

»Wandert sicher durch wachsame Blicke,
nicht Trolle noch Geister, noch Gesetzlose
sollen euch hetzen. Euch hüten sollen
Wichte des Waldes, wahren werden euch
freundliche Alben, die euch führen,

haltet ihr sie auch für andere Stimmen.
Mögen euch Menschenaugen nicht sehen,
mögen euch Menschenherzen nicht schaden,
kehrt heil nach Hause aus Hunnenland!«

Der Nebel stieg in einer großen, lodernden Funkenwolke auf und wirbelte durch Hagans Schädel. Als die Funken verblaßten, lag er flach in seinem Bett und rang nach Luft. Das frühe Morgenlicht schimmerte schon weiß durch das vereiste Fenster, und er wußte, daß das Fieber gebrochen war.

Waldhari und Hildegund ruhten am Tag und ritten bei Nacht. Sie sprachen nur das Nötigste, damit ihre Stimmen nicht trugen und sie verrieten. Zwar schliefen sie in einem gemeinsamen Unterstand, gegen die Kälte dicht aneinandergedrängt unter Waldharis Decke, aber sie schliefen voll bekleidet, und jeder wickelte sich schamhaft in seinen Mantel. Hildegund erwähnte niemals die Ängste, die sie quälten: daß eine Räuberbande in ihnen leichte Beute finden, daß sie im Wald sterben oder in die Hände der Hunnen fallen könnten, und das alles, bevor sie Passau erreichten und dort ihre Sünden, Eidbruch und Diebstahl, beichten konnten. Wenn auch Waldhari unter solchen Vorstellungen litt, so zeigte er es ebenfalls nicht. Obwohl die Kälte und die karge Verpflegung mit den wenigen Lebensmitteln, die er hatte mitnehmen können, ihm mehr zusetzten als ihr und die Knochen seines Gesichtes inzwischen klar und spitz durch die helle Haut stachen, schien seine Zuversicht unerschöpflich. Oft ermutigte sie seine Munterkeit, aber sie ärgerte sich auch, wenn hinter ihnen im Wald Zweige knackten und sie kein Zucken erregter Bereitschaft in seinen Schultern spürte. Aber sie wagte bei solchen Anlässen ebensowenig zu sprechen, wie wenn sie sich an ihn schmiegte, um die Stärke seiner Muskeln zu fühlen, oder wenn seine Augen ihr über den Krusten von hartem Fladenbrot und geräuchertem Hammelfleisch begegneten, an denen sie kauten, oder wenn seine Hand an dem Becher mit geschmolzenem Schnee, der zwischen ihnen hin- und herwanderte, die ihre berührte. Obwohl jeder Nerv ihres Körpers bloßlag und vor Angst schmerzte, wußte sie, daß alle Worte, die Erleichterung schafften, Worte des Zorns oder der Liebe, unausgesprochen bleiben mußten, um nicht das Heer, das diesen Schatten des Grauens über sie warf, herbeizurufen.

Aber die hunnischen Späher überraschten sie nicht, und keine Räuber brachen unter den Bäumen hervor; gute Engel schienen ihre Pferde auf die besten und sichersten Pfade zu lenken, immer weiter nordwestwärts, bis sie endlich das Rauschen des großen Stromes hörten und die frühe Morgendämmerung ihnen die Mauern von Passau zeigte. Hildegund hätte am liebsten geweint, aber noch waren sie nicht in Sicherheit, sie konnten nicht wissen, ob der Bischof ihnen Asyl gewähren oder sie zurückschicken würde, damit sie ihre Eide erfüllten und als Märtyrer zu Gottes Ruhm starben.

So kamen sie in die Stadt, zwei abgerissene Landfahrer auf einem Pferd, während das andere ihre Habe trug – vielleicht den Vorrat eines Hausiererpaars an Nadeln, Scheren und Messern, vielleicht alles, was von einem abgebrannten Hausstand übriggeblieben war. Der junge Priester, der am Tor des Bischofspalastes die Wache hatte, betrachtete sie naserümpfend.

»Was wollt ihr hier? Zur Messe läuten die Glocken; dann dürft ihr mit dem übrigen Volk durch die Tür in den Dom gehen. Wenn ihr aber kaufen oder verkaufen wollt, so seid ihr am falschen Tor.«

Hildegund wollte ihm schon eine bissige Antwort geben, als ihr Waldhari die Hand auf den Arm legte und in seinem guten, klaren Latein ruhig erwiderte: »Auch wenn wir zerlumpt sind, sagt uns das Evangelium, daß man niemanden nach seinen Kleidern beurteilen darf. Ein Christ sollte den Fremden und Armen freundlich begegnen, denn schon mancher hat einen Engel beherbergt und wußte es nicht. Wir sind weder Händler noch Bettler und bitten dich, guter Vater, Gottes Wort zu beherzigen und uns Einlaß zu gewähren. Melde dem Bischof, wir brächten Nachrichten von seinem mächtigen Nachbarn im Osten.«

Der Priester starrte sie an, bis Hildegund ihren Mantelärmel ein wenig zurückfallen ließ, so daß er unter dem schmutzigen Saum ihren goldenen Armreif blitzen sehen konnte. Da erst trat er beiseite und winkte ihnen, einzutreten.

»Habt ihr Namen, die ich dem Bischof nennen, oder einen Auftrag, auf den ich ihn vorbereiten kann?«

Hildegund fühlte, wie Waldharis Rücken und Schultern steif wurden, aber seine Stimme blieb gelassen. »Sag ihm . . . daß einer von uns David genannt werden kann und die andere Judith.«

Kurze Zeit ließ der Priester sie im Hof stehen, ohne daß sie abstiegen. Als er so eilig wiederkam, daß ihm die Kutte um die dickbestrumpften Beine wehte, war ein zweiter junger Priester bei ihm, der wortlos die Zügel ihrer Pferde ergriff und sie führte.

Der Bischof hielt sich in seinem Gemach auf, einer nicht allzu üppig, aber behaglich eingerichteten Kammer mit Kerzen an den Wänden und guten Eichenmöbeln. Eine reichliche Mahlzeit aus Brot, Wursten und Käse sowie kleinen Töpfen mit Honig und Butter und einem großen Krug mit heißem Butterbier stand auf dem Tisch.
Der Bischof selbst saß jedoch nicht am Tisch, sondern stand daneben, die rechte Hand leicht über der linken Hüfte, als ruhte dort noch der Geist eines Schwertes.
»David und Judith«, murmelte er mit volltönendem Bariton. »Was habt ihr beide dort angestellt?«
»Attila wollte uns töten, darum mischte ich etwas in den Wein, und wir flohen mit einem Gutteil seines Goldes in unseren Satteltaschen«, erwiderte Hildegund ohne Umschweife. Der lange Ritt, bei dem sie jeden Augenblick darauf gewartet hatte, von tödlichen Pfeilen umschwirrt zu werden, hatten die Saiten ihres Körpers zu straff gespannt, als daß sie noch schöne Reden hätte führen können. Zudem war ihr vom schweren Duft des guten Essens der Mund wäßrig, und ihre Hände zittern so vor Gier, daß sie ihren Blick kaum auf den Bischof richten konnte, solange vor ihr Würste lagen, auf deren knuspriger Haut Fetttröpfchen zischten.
»Aber er lebt?«
»Soweit wir wissen«, antwortete Waldhari. »Als wir ihn verließen, schlief er fest, war aber am Leben.«
»Und Vater Bonifacius?«
»Das wissen wir nicht«, gestand Waldhari. »Ich erzählte ihm, was ich befürchtete, und er empfahl mir, zu bleiben und die Märtyrerkrone zu gewinnen. Aber mir schien es ein großer Unterschied, ob man als Zeuge für Christus stirbt oder von Attila getötet wird, weil er Angst hat, ich hätte seine Verlobte zur Liebe verführt.«
»Um so mehr, als wir stets keusch gewesen sind und kein unziemliches Wort zwischen uns gefallen ist, solange wir in Attilas Lager lebten«, fiel Hildegund erbost ein.

Der Bischof seufzte. »Setzt euch und eßt, meine Kinder. Ich sehe, daß ihr hungrig seid. Habt ihr zu irgendeinem Menschen davon gesprochen, daß ihr hierher wolltet oder unterwegs euren Namen erwähnt?«
»Nein«, versicherte Waldhari.
»Dann denke ich, daß ihr hier sicher seid, solange Attila nicht sein ganzes Heer gegen uns führt. Vater Bonifacius wußte, was er wagte, als er einwilligte, euch zu begleiten; wenn Attila ihn uns nicht in Kürze unversehrt zurückschickt, bezweifle ich nicht, daß zumindest er sich die Märtyrerkrone verdient hat. Wenn ihr gegessen habt, will ich euch einen Priester senden, damit ihr eure Seelen von allen Sünden reinigen könnt, die ihr bei eurer Flucht auf euch geladen habt.«
Hildegund brauchte keine weitere Aufforderung, und Waldhari ebensowenig.
Mehr als einmal mußte der Bischof sie ermahnen, nicht so hastig zu essen, damit sie nicht krank würden.
Als sie satt waren, räusperte sich der Bischof und fragte: »Habt ihr Ursache, euch als verheiratet zu betrachten? Die meisten Menschen würden sagen, daß ihr jedes Recht dazu habt. Ihr braucht nur einen Zeugen dafür, und ich bin gern bereit, diese Aufgabe zu übernehmen.«
Hildegund sah Waldhari an. Sein Gesicht hatte wieder Farbe bekommen, und obwohl noch immer Müdigkeit auf seinen Lidern lag, glänzten seine braunfleckigen Augen hell, als er ihren Blick über den Tisch erwiderte. Er streckte ihr seine Hand entgegen und nahm sie dann zögernd wieder zurück, obwohl sie doch viele Tage in ihre Mäntel gehüllt, Körper an Körper geschlafen hatten.
»Wir haben keine Ursache, uns als verheiratet zu betrachten«, erklärte er leise. »Wir sind keusch geblieben und werden es mit Christi Hilfe weiter bleiben, bis wir im Haus meines Vaters sind und dort unser Ehegelübde ablegen können, wie Brauch und Sitte es fordern.«
Der Bischof kräuselte die Lippen. Seine hellblauen Augen sahen über Hildegunds Kopf, und die tiefen Furchen in seinem schweren Gesicht wurden weicher. Hildegund überlegte, ob er vielleicht an ein Mädchen dachte, das er einst gekannt hatte, als er noch das Schwert führte, das nun nicht mehr an seiner Seite hing. Aber schon fuhr er im strengen Ton des langjährigen Kirchenfürsten fort: »Das ist ein mutiger Entschluß und gewiß Gott wohlgefällig – aber solange ihr hier seid, muß ich euch dann getrennt unterbringen.«

»Das ist gut.« Waldharis Mundwinkel zogen sich spöttisch nach oben. »Denn das Fleisch ist schwach, und warme Decken an einem sicheren Ort führen eher in Versuchung als harter Boden und die ständige Bedrohung durch hunnische Späher.«

Auch Hildegund nickte, aber was sie sich wirklich wünschte, mehr als alle Hochzeitswonnen, die sie sich ausmalen konnte, waren heißes Wasser, um die Nächte des Reitens und die Tage des auf der Erde Schlafens von ihrem Körper zu scheuern, saubere Kleidung und ein warmes Bett – auch wenn es noch schöner wäre, darin in Waldharis Armen zu liegen.

Mehrere Tage später verließen Waldhari und Hildegund Passau mit dem ersten Lastkahn, den der Bischof finden konnte und der nach Westen fuhr. Trotz des vielen Schnees war die Danu in diesem Jahr nicht zugefroren, so daß noch immer einige Schiffe verkehrten. Der Kahn konnte sie allerdings nicht bis zum Rhein bringen. Bis dorthin würden sie noch zwei Tage reiten müssen, danach weitere vierzehn Tage bis in das Land von Waldharis Vater. Aber der Kahn würde sie sicher aus dem Machtbereich der Hunnen führen.

Der Bischof hatte ihnen seinen stärksten Segen erteilt und sie in Weihrauch gebadet, um allen heidnischen Zauber, den ihnen der Gyula vielleicht nachschicken würde, abzuwehren und sie vom Einfluß aller Mächte zu reinigen, die vielleicht, ohne daß sie es wußten, während ihrer Zeit in Attilas Lager ihre Seelen berührt hatten. Sie waren jetzt bescheidener gewandet als vorher, denn der Bischof hatte sie mit Kleidung versorgt, die besser zu dem schlichten Hausiererpaar paßte, als das sie sich ausgaben. Auf seinen Rat hin nannten sie sich weiter David und Judith. Als Gegenleistung hatten sie, obwohl er um nichts gebeten hatte, ein Drittel des Inhalts ihrer Satteltaschen bei ihm zurückgelassen, ein Geschenk, mit dem er andere arme Wanderer unterstützen konnte. Aber die Taschen waren trotzdem voll, denn er hatte ihnen so viel Fladenbrot, Würste und getrockneten Danufisch mitgegeben, daß es eigentlich bis in Waldharis Heimat reichen mußte.

Obwohl der Bischof, um kein Aufsehen zu erregen, nicht mitkommen und sie ablegen sehen konnte, standen Hildegund und Waldhari lange an der Bordwand des Lastkahns und blickten zurück, bis der Strom eine Biegung machte und sie die Steine von Passau nicht mehr sehen konnten.

Nachdem Hagan zwei Tage geschlafen hatte, ging es ihm wieder so gut, daß er seine Brünne tragen und auf die Straße gehen konnte, und bald darauf konnte er auch seine Pflichten im Heer wieder aufnehmen und mit der Ausbildung der besten Männer fortfahren. Das tat er meistens morgens und saß dann mit seinem Bruder und Grimhild in der Hendingshalle, um seinen Bruder in allen Fragen der Königsherrschaft zu beraten, die man ihm vorlegte.

So geschah es, daß er einige Tage darauf nach einem raschen Mittagsmahl aus Brot und Käse in die Halle trat und Gundahari dort im Gespräch mit einem mageren jungen Mann antraf. Dieser trug ein auffälliges, grellrotes Wams, wie es manchmal ein erst seit kurzem erfolgreicher Krieger kauft, um seinen Reichtum zur Schau zu stellen, oder wie es ein Bote trägt, um einen Fürsten zu ehren, wenn derjenige, der ihn schickt, ihm kein wertvolleres Zeichen mitgeben will.

»Und was für einen Grund kann Gundorm mir nennen, der mich davon abhält, sie sogleich zu Attila zurückzuschicken und Geschenke und Gunst anzunehmen, die mir der hunnische Bote heute morgen antrug?« fragte Gundahari soeben.

Hagan blieb erstarrt am Eingang der Halle stehen, reglos wie ein Mann, der unter dem Huf des Wildebers die ersten Zweige knacken hört.

Der Bote antwortete: »Um der Treue willen, die du als sein Herrscher ihm schuldest, und um deines Bruders Hagan willen, von dem die Leute sagen, er habe Waldhari nähergestanden als ein Freund. Es gibt viele, die Waldhari und Hildegund längst als Eheleute ansehen würden, aber es geht hier um Mitgiften, die festgesetzt werden müssen, und um die Rückzahlung des Brautpreises, den Attila Gundorm sandte. Mein Gebieter möchte nur sichergehen, daß er durch die Entführung seiner Tochter, die ihrem rechtmäßigen Verlobten gestohlen wurde, keinen Schaden erleidet, und solange Waldhari nicht in seiner Gewalt ist, besitzt er diese Sicherheit nicht. Darum denkt er, bei der Treue, die ihr einander entgegenbringt, daß es nur gut und gerecht wäre, gäbest du ihm sein Kind zurück und mit ihr den Mann, der ihren Leib und ihren guten Namen raubte, damit ihm geschieht, was die Ehre fordert.«

Gundahari zupfte an seinem dünnen Bart und sah den Sueben aus verschleierten Augen an. »Laß mich darüber nachdenken. Ungut wäre es, Attilas Zorn auf sich zu ziehen, wie Gundorm gewiß weiß. Waldharis Vater Alphari ist ein geringerer Fürst als Attila oder ich, aber höher an

Rang als Gundorm, und er wohnt uns näher als die Hunnen. Auf keinen Fall darfst du glauben, man könne den Burgundern die Taten eines Suebenmädchens und eines Frankenjünglings zur Last legen, auch wenn es wegen unserer Bindungen sowohl an Gundorm als auch an Attila durchaus möglich ist, daß wir ihnen helfen werden, hier ein Urteil zu fällen, sollte Waldhari uns wirklich in die Hände geraten.
Das Wetter ist schlecht; ich werde jemanden rufen, der dir zu essen und zu trinken und die nötigen Vorräte gibt. Dann kannst du noch heute zu deinem *Fro* aufbrechen oder hier übernachten, wenn das dein Wunsch ist, und morgen zurückkehren.«
Hagan wartete, bis die Sklaven den Boten der Sueben hinausgeführt hatten, und ließ sich dann auf seinem gewöhnlichen Platz neben Gundahari nieder.
»Hast du alles gehört?«
»Ich hörte es. Was hat Attilas Bote dir berichtet?«
»Daß Waldhari Hildegund geraubt hat und mit ihr und dem halben Hunnenschatz geflohen ist. Wer die beiden ergreift, kann das Gold behalten, sofern er sie nur beide wohlbehalten zu Attila zurückschickt, und soll dann noch weitere reiche Geschenke bekommen und sich Attilas beständiger Gunst erfreuen.«
»Und glaubst du, daß Gundorm das nicht sofort tun wird, wenn er sie erst in Händen hat?«
»Ich meine, es hängt davon ab, wieviel Gold Gundorm glaubt aus Alphari für das Leben seines Sohnes herauspressen zu können.«
Hagan war nicht überrascht, Gundahari so kalt von diesen Dingen sprechen zu hören. Sein Bruder war nie dabeigewesen, wenn Waldhari seine heiteren Geschichten von südlichen Göttern und südlichem Zauber aus dem lateinischen Buch erzählte, noch hatte er Hildegund mit wallendem, rotgoldenem Haar durch die Bänke schreiten sehen. So sagte er nur: »Und was für einen Vorteil versprichst du dir davon, wenn du die Finger in diese Angelegenheit steckst? Was immer geschieht, jemand wird wütend sein, und höchstwahrscheinlich wird es damit enden, daß gute Männer den Tod finden.«
»Wenn wir die beiden in unserer Gewalt haben, können wir auf jeden Fall mehr erreichen als ohne sie; wie immer es ausgeht, wir zeigen dadurch unsere Stärke, und selbst Attila wird uns um unsere Entscheidung bitten müssen.«

»Und was ist, wenn Gundorm der Suebe die Hunnen selbst um Hilfe bittet und sie ihr ganzes östliches Heer zusammenziehen und durch den Düsterwald hierhergeritten kommen? Attila hat eine große Gefolgschaft in seinem Lager, aber es gibt mehr Hunnen, als wir uns vorstellen können, und wenn es sich für sie lohnt, sind sie binnen eines Mondes um ihn versammelt.«

Gundahari schwieg einen Augenblick und biß sich auf die Lippen.

»Hagan, du kennst die Hunnen von allen am besten«, sagte er dann. »Würde Attila um einer geraubten Frau willen seine gesamte Streitmacht in Bewegung setzen? Ist es ein Grund, der die Ehre aller Hunnen betrifft?«

Hagan dachte nach. Er erinnerte sich an die fast wahnsinnige Wildheit in der Stimme des Khans, als er von Hildegund sprach und Hagan beauftragte, sie zu bewachen, wenn Waldhari sich in ihrer Nähe aufhielt. Aber er erinnerte sich auch daran, wie Attila mit untergeschlagenen Beinen auf der roten Hengsthaut gesessen und auf die Worte der Götter und Geister gewartet hatte. Die Stämme konnten nicht zusammengerufen werden, ehe die Zeit dafür reif war, und dieser Brand würde das große Feuer nicht entfachen. Ihm fiel auch ein, wie zweifelnd die Frauen von der Hochzeit gesprochen hatten und wie wenig sie bereit waren, eine Frau aus dem Westen als die *Khatun* anzuerkennen, die einmal Kisteevas Platz einnehmen sollte. Ihre Meinung würde auch das Verhalten der Männer beeinflussen, und die östlicheren Stämme hatten nicht, wie Attilas Schar, seit Jahren so eng mit den Goten zusammengelebt, daß eine solche Heirat ihnen unbedingt erstrebenswert schien.

»Es berührt Attilas Ehre und die seiner Männer sehr tief. Wenn wir an die Zukunft denken, wäre es besser, wir könnten sagen, Waldhari und Hildegund hätten die Grenzen unseres Landes niemals überschritten.«

»Aber wenn alles gut geht, können drei Fürsten zu uns aufblicken und erklären, daß wir richtig gehandelt haben, und alles Volk weit und breit wird uns die größte Ehrerbietung zollen.«

»Ich finde, du setzt zuviel aufs Spiel. Mehr noch – um Waldhari als Faustpfand zu halten, mußt du ihn erst einmal finden, was unwahrscheinlich ist, wenn er bisher nirgends gesehen wurde, und du mußt ihn gefangennehmen. Dann aber wäre es leichter für dich, dein Glück mit einem wilden Eber oder einem Bären zu versuchen oder mit bloßen Händen einen Dachs aus seinem Bau zu ziehen.«

»Und doch haben Männer größere und wildere Geschöpfe lebendig gefangen...«
»Aber nur mit großer Mühe. Und oft haben sie dabei ihr Leben verloren.«
»Warten wir es ab. Es ist schlechtes Wetter zum Reisen und noch schlechteres zum Kämpfen.«
»Aber die Hunnen sind erfahren in beidem, und ich habe in weit schlimmeren Stürmen gekämpft. Was glaubst du, weshalb ich heute morgen nicht bei dir war? Weil unsere Männer es auch lernen müssen!«
»Warten wir es ab«, sagte Gundahari noch einmal, und damit mußte Hagan sich zufriedengeben.

Aber es war am selben Tag, am späten Nachmittag, als Rumold geschäftig in die Halle trat, in der Hand einen großen getrockneten Fisch. Obwohl Gundaharis Küchenmeister einer seiner Vertrauten und Ratgeber war wie Gebicas vor ihm, zeigte sein schlichtes braunes Wams Fettflecken aus der Küche, und sein schon gelichtetes blondes Haar war ganz zerzaust; er kümmerte sich nicht nur getreulich um die wichtigen Dinge in der Halle des Hendings, sondern auch um die Kleinigkeiten.
»Hending, ich möchte wissen, was du von diesem Fisch hältst, bevor ich ihn auf deinen Tisch bringe. Ich würde dich nicht damit belästigen, hätte ich nicht einen solchen Fisch noch nie gesehen.«
Gundahari nahm Rumold den Fisch aus der Hand, hob ihn hoch und betrachtete ihn neugierig. Obwohl faltig vom Trocknen, war die Haut des Tieres glatt und ohne Schuppen; ein dicker Schnurrbart aus faserigen Fühlern hing borstig um das breite Maul.
»Ich habe so etwas auch noch nie erblickt. Woher hast du es?«
»Anshelm, der Fährmann vom Schwarzen Wolfskopf – der kleinen Herberge stromaufwärts nahe der alamannischen Grenze – hat ihn mir gerade gebracht. Er sagte, ein junges Hausiererpaar, das die Überfahrt nicht bezahlen konnte, habe ihm dafür den Fisch gegeben, und weil er ihm so seltsam vorkam und er um diese Jahreszeit nicht viel zu tun hat, dachte er, er könne ihn genausogut als Geschenk für dich hier abgeben.«
»Ein junges Hausiererpaar...« wiederholte Gundahari. »Nannten sie ihm ihre Namen?«
»Davon hat er nichts erzählt. Er ist noch hier und schlägt sich in der Küche den Bauch voll; möchtest du mit ihm sprechen?«

»Ja, das möchte ich«, versetzte Gundahari bedächtig.
Hagan brauchte den Fisch nur flüchtig anzuschauen, um zu wissen, woher er kam. Es war ein Danuwels, wie er sie getrocknet an den Ständen auf dem Passauer Julmarkt hatte hängen sehen – und lebendig, am Grunde des großen Flusses, so lang wie ein Mann und noch länger. Aber er schwieg; jedes seiner Worte würde nur beweisen, was Gundahari bereits vermutete.
Der Fährmann Anshelm war rund wie ein Bierfaß. Die kraftvollen Muskeln, Ergebnis seiner harten Arbeit, lagen unter einer dicken Fettschicht verborgen. Er trug ein langstämmiges Kreuz am Hals, das Zeichen des Christen. Grinsend glotzte er Gundahari an und zeigte dabei einen großen Wurstfetzen, der zwischen den vorstehenden Zähnen hing.
»Heil, mächtiger Hending«, grüßte er. »Hoffe, mein Geschenk freut dich ein bißchen in diesem kalten Winter.«
»Das kann gut sein«, erwiderte Gundahari. »Was kannst du mir von den Leuten erzählen, von denen du es hast?«
»Nette junge Leute, ein Hausiererpaar, zu zweit auf einem Pferd, das ganze Gepäck auf dem anderen. Sie müssen aber gewußt haben, was sie wagten, als sie so allein durch die Wälder ritten, denn der Mann trug ein Panzerhemd, wie man es bei Hausierern nur selten sieht, und ich erkannte ein Schwert unter dem Mantel. Nun ja, die Frau könnte ihn als Leibwächter gemietet haben; aber nach der Art, wie sie ritten, wirkten sie mehr wie Mann und Frau auf mich.«
»Nannten sie dir ihre Namen?«
»Sonderbare Namen waren das ... schien mir, als hätte ich sie irgendwann in der Messe gehört, aber ich weiß nicht mehr, wann und wo.«
»Woher kamen sie?«
Hagan hörte den Atem seines Bruders ein wenig schneller gehen und merkte, wie Gundahari sich im Sitz vorbeugte. *Auch er ist auf der Jagd,* dachte er, *der Eber hat Witterung aufgenommen, und ich werde ihn kaum noch ablenken können.*
»Haben nicht gesagt, wo sie herkamen, *Fro,* aber sie wollten heute nacht in Guthrids Herberge übernachten. Die Sprache der Frau konnte ich nicht einordnen – nicht ganz Burgunderin, auch keine Gotin, und viel gesagt hat sie ohnehin nicht –, aber den Mann würde ich für einen Franken halten und einen römischen Silberling darauf wetten, daß ich mich nicht irre.«

Gundahari stand auf und griff in seine Gürteltasche. »Das wäre eine kluge Wette, und für das gesetzte Silber gäbe es Gold.« Er zog drei römische Münzen heraus, die in seiner Hand hell aneinanderklangen, mit dem vollen Ton von Münzen, die in einem guten Jahr geprägt worden sind. »Hier, nimm das. Rumold, sieh zu, daß dieser Mann heute abend zu essen und zu trinken bekommt, was sein Herz begehrt. Um mein Abendessen brauchst du dich nicht zu kümmern. Laß statt dessen Vorräte für vierzehn Männer und einen Viertagesritt im Schnee zusammenpacken, denn wir brechen heute abend noch auf und stoßen, wenn wir Glück haben, morgen auf die, die wir suchen. Hagan, wähle die zwölf besten Kämpfer aus und mach auch dich selbst bereit, denn ich will Waldhari lebendig fangen.«
»Ich habe dich vor dieser Torheit gewarnt. Wenig Hilfe hast du von mir zu erwarten, wenn du ihn angreifst – sofern du ihn findest.«
»Dennoch sollst du mit uns kommen. Oder willst du, daß ich ihm allein gegenübertrete?«
»Das wäre dein sicherer Tod.«
Gundaharis Wangen röteten sich, und Hagan hörte ihn schnauben. *Nun ist der Eber gereizt,* dachte er und begriff, daß er etwas Falsches gesagt hatte. Aber Gundahari bemerkte nur: »Dann mußt du alles tun, um das zu verhindern – *Hüter der Burgunder.*«

Als es zum Weiterreiten zu dunkel wurde, stellte die kleine Schar ihre Zelte auf. Trotz des schlechten Wetters waren sie gut vorangekommen; sie mußten Waldhari und Hildegund entweder in der Herberge oder unweit davon noch vor Mittag des nächsten Tages einholen. Hagan hatte die Besten des burgundischen Heeres ausgesucht. Zwar besaß keiner von ihnen die Geschicklichkeit eines Thioderik oder Hildebrand oder war wie die Hunnen und die an ihrer Seite fechtenden Goten daran gewöhnt, im Winter wie im Sommer zu kämpfen, aber alle waren erprobte und starke Männer. Nur Folkhari war nicht unter ihnen, obwohl seine Kriegskunst ihn zu einem Platz unter den ersten berechtigt hätte; aber je tiefer die Sonne zu ihrer mitternächtlichen Halle hinabrollte, desto düsterer wurden Hagans Ahnungen, und er wollte dem Schicksal, das über sie bestimmte, nicht noch weitere Geiseln opfern. Einen anderen aber konnte er nicht zurückweisen, so gern er es getan hätte; das war Gundorm, der Vater von Gernod und Gisalhari und der einzige Christ unter dem

Hochadel der Burgunder. Gundorm hatte nie Zuneigung für Hagan empfunden, so wenig wie dieser für ihn, aber er war einer der mächtigsten Kämpen des Heeres, und in ihm paarten sich angeborene Kraft und Gewandtheit mit den schweren Knochen und Muskeln der Gebicungen; und wenn Gundahari fiel und es Hagan nicht gelang, den Thron seines Bruders für sich selbst zu erringen, würde Gundorm an seine Stelle treten. Fand jedoch auch er den Tod, würden ihm seine Christensöhne als Hendinge folgen und es würde keinen Opfersegen der Burgunderkönige am roten Felsen mehr geben.

Von solchen Gedanken geplagt, fand Hagan keinen rechten Schlaf und war froh, als es Zeit für ihn war, die Mitternachtswache zu übernehmen. Er ging hinab zum Rhein und sah zu, wie das Mondlicht rauh auf dem dünnen Eis glomm, das den Fluß wie eine lange Kante aus körnigem Silber einfaßte, und er öffnete seine Ohren dem Flüstern, das aus dem kalten Wasser stieg.

Irgendwo unterwegs mußte Waldhari den Schutzzauber abgeschüttelt haben, den Hagan über ihn gelegt hatte, nachdem sein Freund vor Attilas Haß geflohen war. Nun reisten er und Hildegund nur im Geruch des christlichen Rauchs, der nicht dazu taugte, sie vor feindlichen Augen zu verbergen. Zu klug, ihr Gold zu zeigen, hatten sie den Fisch aus der Danu nicht von den Fischen des Rheins unterscheiden können; das wispernde Lachen der Geister erklang aus dem Fluß. Aber Hagan konnte nur auf die mondhellen kleinen Wellen starren, die das schwarze Wasser mit Silber überhauchten, und an das Murmeln anderer Nächte denken – von verborgenem Gold und seinem Diebstahl, von Fergen und Verrat – und sich fragen, ob nicht ein Strudel des alten Flußzornes, die unruhig schlummernde Erinnerung an den alten Hort, den man dem Rhein geraubt hatte, aufgewallt war, um Waldhari und Hildegund einzufangen, als sie mit Attilas Schatz das Weite suchten.

Gold zu Gold und Blut zu Blut, grollte eine tiefe Stimme durch das strudelnde Flüstern des Rheins. *Noch ruht der Wurm; doch länger hielt ich meinen Hort, Stück für Stück gewann ihn das Wasser...*

Hagan fürchtete sich sonst nicht vor den Stimmen im Rhein, doch diese jagte ihm einen kalten Schauer über den Rücken, und die Klinge seines in der Scheide steckenden Schwertes prickelte wie zur Antwort; sie bebte in der Hand, die den bronzebeschlagenen Griff festhielt. Und Ragan der Zwerg hatte dieses Schwert geschmiedet, der Bruder von Fadhmir dem

Lindwurm, der geringelt auf dem gehorteten Rheingold lag ... Auch wenn der Ferge des Schwarzen Wolfskopfes ein Christenkreuz trug, hatte Hagan wenig Zweifel daran, welche Stimme ihm aus dem Wasser, das an die Seite seines Floßes plätscherte, ihren Rat zugerufen hatte, und daß das Floß so lange Anselms Lebensunterhalt und Leben sicherte, wie er diesem Rat folgte.

Treubruch und Verwandtenmord waren die Gaben des geraubten Rheingoldes, dachte Hagan, warum sollte es diesmal besser sein? *Nur wenn ich selbst treu bleibe,* gab er sich Antwort. Aber das allein genügte nicht, denn sein Geburtsbruder würde vor seinen Augen mit seinem Blutsbruder kämpfen, wenn kluger Rat nicht siegte, bevor einer von ihnen fiel – und Hagan wußte sehr gut, wie hartnäckig Waldhari sein konnte.

Der erste Schimmer der Dämmerung durch die schneebeladenen Wolken brachte ihm keine neue Hoffnung. Die Zelte der Burgunder, im Dunkel der Nacht nur Schatten, über die man hinwegsehen konnte, sprangen ihm nun klar in die Augen, scharfe Spitzen aus mit Stoff bespannten Pfählen und geschnitzten Stangen, mit offenen, klaffenden Toren, die kampfbereite Krieger gebaren. Gundahari spie den Schlaf aus dem Mund, zuckte die mächtigen Schultern, als wolle er die Morgenmüdigkeit abschütteln wie einen offenen Mantel, und rief: »Sind alle fertig? Wir essen im Reiten; es gibt keine Zeit zu verschwenden. Zu mir, Hagan! Du sollst neben mir reiten und mir deinen Rat geben.«
»Das habe ich schon getan«, erwiderte Hagan, die rauhe Stimme so gedämpft wie möglich. »Ich riet dir gut, und du wolltest nicht hören; was willst du nun?«
»Niemand weiß, was noch geschehen kann; darum sollst du neben mir reiten und auf alles gefaßt sein.«
»Üble Gedanken kamen mir in der Nacht, und je länger ich sann, desto sicherer wußte ich, daß wir diese Fahrt nicht fortsetzen sollten.«
»Umkehren, aus Angst vor einem einzigen Mann?« lachte Gundahari. »Das hätte mir Gebica gewiß nie geraten; einen unwürdigen Sohn würde man mich nennen, entschiede ich so.«
Und Gebica hatte keine Furcht, alle Völker so zu behandeln, als sei er ihnen überlegen, ja, er war bereit, sich selbst in die römische Kaiserwahl zu mischen, erinnerte sich Hagan. *Aber Gebica hörte auf die Ahnungen des Sinwists.*

Das Zeichen des Schwarzen Wolfskopfes war unter einer dicken Schneedecke verborgen, die an der Vorderseite des Brettes klebte und ihm oben eine schiefe weiße Mütze aufsetzte. Aber Hagan kannte die Herberge so gut, wie alle anderen Männer in der Schar sie kannten, denn sie war der wichtigste Absteigeplatz vor den Grenzpfählen der Alamannen. Unmißverständliche Spuren führten durch den Schnee von ihr fort; zwei Pferde von Steppenblut, beide schwer beladen. Die Hufabdrücke waren klar und scharf; kein Wind hatte den Schnee verweht, seit die Reiter vorbeigekommen waren.

Gundahari betrachtete die Fährte und runzelte die breite Stirn. Dann nickte er knapp. »Wartet hier, es sei denn, daß ich euch rufe.«

Hagan fiel auf, daß der Hending trotz seiner kräftigen Gestalt fast so leicht vom Pferd glitt wie ein Hunne, leichter als Hagan selbst. Aber Gundahari war immer ein guter Reiter gewesen. Hagan hoffte nur, daß sein Bruder Waldhari nicht zu Pferd angreifen würde. Niemand, der nicht gesehen hatte, wie die hunnischen Reiter kämpften, konnte sich vorstellen, wie ungeheuer gewandt der Franke im Sattel war.

Gundahari hielt sich nur wenige Atemzüge lang in der Herberge auf. Schon kam er zurück, und der Schnee spritzte ihm von den Beinlingen, als er wieder auf Gotis Rücken stieg.

»Vorwärts!« rief er. »Sie haben deutliche Spuren hinterlassen. Wir sollten sie bald einholen. Vergeßt nicht, beide müssen, wenn nur irgend möglich, unverletzt überwältigt werden. Wenn es sich nicht vermeiden läßt, könnt ihr Waldhari töten, aber nur im äußersten Notfall. Schießt und schlagt, um sie vom Pferd zu holen und zu verwunden, aber laßt sie am Leben.«

Der tiefe Schnee schien die Burgunder mehr zu behindern als Waldhari und Hildegund, die sich in den Wintern in Attilas Lagern an das Reiten darin gewöhnt hatten. Aber Waldhari und Hildegund hielten sich jetzt, da sie fern von den Hunnen und jenseits des Rheins waren, offenbar auch für sicherer, während Gundaharis Schar wußte, daß ihre Beute nah war. Es war schon fast Mittag, als Hagan die beiden Pferde sah, die mühsam bergan stiegen – das eine trug einen Mann und eine Frau, das andere war mit schwerem Gepäck beladen. Die beiden Flüchtlinge waren leicht zu erkennen; Größe und Gestalt der Steppenpferde waren den Burgundern wohlbekannt und unverwechselbar.

Gundahari richtete sich im Sattel auf und rief in dem hellen, scharfen Ton, mit dem er Kampfgetümmel und lärmende Feste zu übertönen pflegte: »Waldhari! Waldhari, Alpharis Sohn, halt an!«

Die Pferde blieben stehen. Sofort sprang Hildegund aus dem Sattel und bestieg das Packpferd. Waldhari drehte sich um.

»Wer ruft mich, und was wollt ihr?« antwortete er, und seine klare Stimme tönte mühelos durch die schneegebeugten Bäume bis zu ihnen herunter.

»Ich bin Gundahari, Gebicas Sohn. Neben mir reitet mein Bruder Hagan, und hinter mir stehen zwölf der besten Krieger der Burgunder. Ich fordere dich auf, dich mir zu ergeben, denn Attila hat das Gold, das du bei dir hast, demjenigen geschenkt, der dich gefangennimmt und zu ihm zurückschickt; und zugleich hat Gundorm der Suebe mich als seinen König angerufen, damit ich ihm seine Tochter und ihren Mann bringe. Du bist auf allen Seiten von Feinden umringt und kannst dich ohne meine Hilfe nicht durchschlagen.«

»Ich kenne dich nicht. Aber ich glaube Hagans Wort, wenn er mir schwört, daß du mir helfen und mich nicht in die Hände meiner Feinde liefern willst.«

Waldhari warf die braune Kapuze zurück und sah vom Hügel herunter auf Hagan. Die eckigen Knochen seines Gesichtes traten schärfer hervor als früher, und die weiße Helligkeit des Schnees verlieh seiner Haut einen bleichen Schimmer; sein braunes Haar war länger gewachsen, als er es sonst liebte, und hatte sich unter der Kapuze verfilzt und gesträubt. Ein dünner Bartschatten bedeckte sein Kinn. So zerzaust er jedoch schien, lag in seinem Blick eine grimmige Sicherheit, die Hagan selten an ihm bemerkt hatte. *Der Dachs stellt sich*, dachte der Burgunder.

»Willst du es mir schwören, so daß alle unsere Männer es bezeugen können?« fragte Hagan seinen Bruder leise.

Gundaharis Brauen zogen sich zusammen, und seine Schultern hoben und strafften sich unter der Brünne, als ringe er mit sich selbst.

»Gundahari, ich will deinem Haus viele Ringe geben, wenn du uns ungehindert ziehen läßt oder Hagan uns sicheres Geleit schwört«, rief Waldhari. »Ich hänge nicht an dem Gold, das ich bei mir habe, und schätze unser Leben höher ein, ich will dir einen hohen Wegezoll zahlen.« Doch dabei setzte er bereits den Helm auf.

Der Hending atmete zischend durch die Zähne, schwieg aber noch immer. Im Gegensatz zu Waldhari wußte Hagan, wie wenig sein Angebot im Vergleich zu den Angeboten seiner Feinde wert war.
»Ich kann dir keine Sicherheit schwören«, rief er Waldhari zu. »Schütze dich und Hildegund, so gut du kannst, damit man euch nicht lebendig fängt. Ich habe dagegen gesprochen.«
Er riß hart am Zügel und drängte den Kopf seines Pferdes zur Seite. Im selben Augenblick versetzte Waldhari Hildegunds Pferd einen harten Schlag auf die Kruppe, so daß es davonlief, und griff zu seinem Hunnenbogen. Die Pfeile sausten mit einer Geschwindigkeit herunter, die Hagan nicht vergessen hatte. Donarbrand und Erminirik taumelten aus dem Sattel. Hrothgeis' Roß rannte in den Wald, seinen Reiter schlaff über dem Hals. Hagan hörte andere Krieger fluchen, denen Pfeile fast die Schilde durchbohrt hatten. Aber Waldharis Vorrat an Geschossen war begrenzt, und bald waren alle verbraucht.
Die Burgunderkrieger sprangen von den Pferden, spannten die Bogen und verschossen nun auch ihre Pfeile. »Umzingelt ihn!« schrie Gundahari. »Verwundet ihn! Zielt auf das Pferd!«
Nun stieg auch Hagan ab und schlang die Zügel seines Rosses rasch um einen verschneiten Ast. Mit voller Absicht legte er seinen Schild auf den Boden und setzte sich darauf. Waldhari brauchte Hilfe, Schutz vor den Schlacht-Idisi der Burgunder, Sicherheit vor den Pfeilen, die sein Fleisch suchten; er brauchte die Hilfe, die Hildegund ihm hinter dem Hügel hätte geben sollen und nicht geben konnte.
Der Ruck, der Hagan aus seinem Körper riß, war so heftig, daß er nach unten blickte, ob nicht doch ein versprengter Pfeil sein Herz durchbohrt hatte. Aber nein, er saß still wie ein Stock oder Stein, mit geschlossenen Augen, auf seinem Schild – und schwebte zu Pferde darüber, Schild und Speer in den Händen, den Helm auf dem Haupt, wehende Zöpfe, in die Knochen geflochten waren, um die Schultern, in Röcken, um die Beine gepeitscht von Wodans Sturmwind – bereit zum Ritt als Schildmaid des Gottes.
Waldhari ritt so, wie Hagan es von den Übungen her kannte. Er duckte sich bald auf die eine, bald auf die andere Seite seines Rosses, und die Pfeile der Burgunder umsummten ihn wie lange, schwarze Bienen. Gierige Schlacht-Idisi mit Rabenschnäbeln, die nach Heldenblut lechzten, lenkten ihren Lauf. Hagan riß sein schwarzsilbernes Pferd herum,

hob den Speer gegen die wilden vogel- und schlangenköpfigen Weiber, um sie von Waldhari abzuhalten, und senkte gleichzeitig den Schild, um dem Hagel der scharfen Spitzen zu wehren.

Waldhari versuchte nicht zu fliehen. Vielleicht wußte er, daß er auf Dauer und im tiefen Schnee nicht schneller sein konnte als die ganze Schar seiner Feinde und man ihn von hinten überdies leichter treffen würde. Statt dessen kam er näher.

Hagan hörte das rauhe Keuchen der burgundischen Krieger, als der Franke sich unter dem Bauch seines Pferdes hindurchschwang und wieder auf seinem Rücken saß.

Aber wenn auch Waldhari sich gerettet hatte – aus dem Hals des Rosses ragte ein einzelner dicker Schaft. Nur die Schnelligkeit des Franken ermöglichte es ihm, noch abzuspringen, bevor das Tier zusammenbrach. Nun war er einer gegen elf.

Von oben sah Hagan, wie Gebicas Vetter Gundorm den Wurfspeer hob und ihn mit aller Kraft seiner mächtigen Schultern gegen Waldharis ungeschützten Rücken schleuderte. Die schwarze Kampfotter flog zischend durch die Luft. Mit dem stumpfen Ende seines eigenen Speeres schlug Hagan auf Waldharis Arm und riß den Franken gerade noch rechtzeitig herum. Waldhari sprang zur Seite und packte die heransausende Waffe. Für Hagan sah es aus, als krümme sich Gundorms Speer wie ein Gewürm in Waldharis Hand und schnelle den Weg zurück, den er gekommen war. Er traf Gundorm unter dem Brustbein, durchschlug die Glieder der Brünne und streckte ihn nieder.

»Der Vetter des Hendings ist tot!« schrie jemand. »Auf ihn! Noch einmal! Alle zusammen! Reißt ihn zu Boden!«

Der Franke zog sein Schwert. Da rief eine hellere Stimme von der Spitze des Hügels: »Mut, Waldhari!« Hildegund hielt dort, den Mantel zu einem behelfsmäßigen, klumpigen Sack verschnürt. »Sie sollen uns nicht lebend haben!« Sie griff nach dem ersten Stein. Zielsicher warf sie. Ihre Geschosse trafen die Burgunder an Helmen und Schwertarmen, nicht hart genug, um zu töten oder Knochen zu brechen, aber immerhin so kräftig, daß Hiebe fehlgingen und Blicke von Waldharis wirbelnder Klinge abgelenkt wurden. Gleichzeitig mühte sich Hagan, Schläge abprallen zu lassen, ihre Kraft zu schwächen und Schwertschneiden stumpf zu machen, wenn sie die Brünne des Franken zerschneiden wollten.

»Witagais, Gudskalk, Anshilm!« schrie Gundahari. »Den Hügel hinauf! Packt sie!«
Die drei Krieger, die er gerufen hatte, schwenkten ab. Der Hending versuchte den Ring zu durchbrechen, der sich um Waldhari gebildet hatte, aber seine eigenen Männer standen ihm im Weg. Und als es so aussah, als könne er den Franken endlich doch erreichen, drehte Hagan seinen Speer um und drängte ihn zurück. Waldhari sprang und tanzte mit der leichtfüßigen Anmut, die er stets im Kampf gezeigt hatte. Niemand wußte, wo seine Streiche fallen würden, aber er lenkte das Schwert des einen Feindes gegen das eines anderen, und wo seine Gegner im Schneematsch ausrutschten und das Gleichgewicht verloren, stand Waldhari so fest wie auf hartem Fels. Obwohl die Burgunder alle kampfgestählte Krieger waren, konnten sie es nicht mit einem Mann aufnehmen, der jünger als sie war und tagein, tagaus und jahrelang mit den großen Helden aus Attilas Heer gefochten hatte. Waldhari wich Hieben aus oder sprang vor ihnen zur Seite, die Lindenschild und Schwertarm auf einmal zerschmettert hätten, und er tat es mit einer Gewandtheit, die kein anderer erreichte. Zugleich streckte Hagan den eigenen Schild nach unten, um Schläge abzuwehren, die Waldharis Rücken getroffen oder seinen Flankenschutz unterlaufen hätten. Sahen die Burgunder, daß ein sicher gezielter Stoß fehlging, verließ sie für einen Augenblick ihre Seelenstärke, und Hagan konnte sie als Walküre mit seiner eisigen Speerspitze berühren und ihre Glieder mit der Schlachtfessel binden. Die Herzschläge, die er so für Waldhari gewann, genügten dem Franken, um mehr zu tun, als sich nur zu schützen: ab und zu griff er auch seinerseits an. Hagan sah, wie ein Blutstrom Wiljariths Kehle zerriß und Enguwulf taumelnd zurückwich und sich am Boden um das herausquellende Gewirr seiner Eingeweide krümmte; Sigigais umklammerte sein Bein, aus dem ein roter Springbrunnen stieg. Waldhari konnte ausbrechen. Er rannte vor den älteren Kriegern her und verschanzte sich zwischen den Klippen und Felsen auf der anderen Seite des Hügels, wo man ihn nur von vorne angreifen konnte.
Noch immer fielen Hildegunds Steine, wenn auch weniger wohlgezielt. Sie war keine Hunnenkriegerin, aber doch eine gute Reiterin, und die drei Männer zu Fuß konnten nicht hoffen, sie zu fangen. Als ihre Verfolger sich umschauten, sahen sie, daß nur vier Gegner Waldhari ge-

genüberstanden. Sofort bildeten sie einen Schildkeil mit dem größten Mann, Gudskalk, an der Spitze und stürmten den Hang hinunter, um Waldhari mit voller Wucht gegen die Felsen zu quetschen, die seinen Rücken schützten.

»Halt fest!« schrie Hagan in Waldharis Ohr und stemmte sich gegen ihn. In der Sekunde, in der Gudskalks Schild ihn getroffen und niedergerissen hätte, ließ sich Waldhari auf ein Knie fallen, hielt seinen eigenen Schild über den Kopf und stach nach oben. Die Hälfte seines Schildes brach unter dem Anprall des Burgunders ab, aber Gundahari fiel mit einem gräßlichen Aufschrei über ihn und krachte gegen die Felsen. Einen Augenblick lähmte Schreck die anderen, und schon war Waldhari wieder auf den Beinen, sprang aus der kleinen Felsspalte, stach zu und stach zu. Die beiden, die mit Gudskalk den Hügel heruntergerannt waren, fanden den Tod, ehe sie noch festen Boden unter den Füßen hatten. Radagais stolperte unter einem von Hildegunds erfolgreichen Würfen, und Waldharis Klinge traf ihn unter dem Kinn, als er sich wieder aufrichten wollte. Hagans unsichtbarer Schild zwang Frithareiks Schild für den Herzschlag beiseite, den Waldhari brauchte, um den tödlichen Streich zu führen.

Und dann waren nur noch Gundahari und Waldhari übrig, die einander im zertretenen, schlammigen Schnee gegenüberstanden, in einem Abstand, den ihre Schwerter noch nicht überwinden konnten. Waldhari atmete jetzt schwer. Hagan sah die kleinen Schweißtropfen, die unter seinem Helm hervorrannen und auf den Schultern seiner Brünne glänzten. Gundahari schnaubte wie ein wütender Eber, vor allem, weil er den Franken noch immer nicht zu packen bekommen hatte.

»Was willst du nun, mein burgundischer Freund?« fragte Waldhari. »Noch hat Hagan nicht die Hand gegen mich erhoben . . . hetze ihn, wenn du es wagst, auf die bereifte Brünne des schlachtmüden Mannes.«

Als Waldhari seinen Namen aussprach, öffneten sich gegen seinen Willen Hagans Lider. Er saß auf seinem Schild, Füße und Waden waren eingeschlafen, und in seinem Kopf hämmerte es. Mühsam stand er auf, griff nach dem Lindenholz und schüttelte den Schnee davon ab. Dann ging er auf die beiden Männer zu. Er hatte so viel Kraft verbraucht, als hätte er wirklich im hitzigsten Kampf gestanden, und er war so erschöpft, daß seine Beine zitterten. Bei jedem Blinzeln durchbohrte ihm der weiße Schnee die Augen mit blendend blauen Blitzen, und er mußte

die Fäuste ballen, wenn eine neue Woge schwindliger Schwäche in seinem Kopf aufbrandete.
»Alpharis Geschenk an seinen Erben ruht auf meinen Schultern«, fuhr Waldhari fort, »fest und wohlgeschmiedet, unbeflecktes Gewand des Edlen, das mich vor meinen Feinden schützt. Es soll nicht mit Blut beschmutzt werden.«
»Das wird nun geschehen, denn du hast meinen Vetter erschlagen und viele gute Burgunderkrieger«, antwortete Gundahari. »Ich hätte dich ergriffen und das getan, das mir für alle am besten schien; nun aber dünkt mich dein Leben besserer Lohn und Attilas Preis auf deinen Kopf besseres Wergeld für meine Toten als alle deine Habe.«
»Hildegund! Halt ein!« rief Waldhari der Suebin zu, die oben auf dem Hügel ihr Pferd gezügelt hatte und wurfbereit einen neuen Stein hob. »Gundahari, es betrübt mich, daß der Tod von Hagans Bruder unser Wegzoll sein muß, denn ich weiß, daß er dich liebt. Doch wenn du mich nicht gehen läßt, muß ich dich erschlagen.«
Gundahari würdigte ihn keiner Antwort. Er griff an. Hagan sah, daß Waldhari müde war und kaum noch genug Kraft besaß, die mächtigen Hiebe des Gebicungen abzuwehren. Wahrscheinlich würde der stärkere und weniger abgekämpfte Mann den Sieg davontragen. Doch Waldhari hielt stand, und seine überraschenden Vorstöße genügten, Gundahari zu verwirren und ihn so weit aus dem Gleichgewicht zu bringen, daß er seine vernichtenden Schläge nicht mit voller Kraft führen konnte. Waldharis verbliebene Schildhälfte zersplitterte unter dem Ansturm. Der Franke warf sie fort, packte das Schwert mit beiden Händen und konnte sich nun besser verteidigen.
Einen Herzschlag lang blieb Waldharis Klinge in Gundaharis Schild stecken. Hagan biß sich auf die Lippen. Der Burgunder drängte mit seinem ganzen Gewicht nach. Waldhari brach in die Knie. Aber das Schwert sprang heraus, und Waldhari riß es hinter Gundaharis Schild nach oben.
Plötzlich lag Gundahari am Boden. Hagan hatte ihn mit der Schulter umgeworfen und Waldharis Stoß mit dem eigenen Schild aufgefangen, während er gleichzeitig das Schwert zog.
Und nun fochten die beiden, wie sie es tausendmal getan hatten, immer wieder von Thioderik oder Hildebrand angetrieben, wenn sie schwindlig und vor Müdigkeit krank im Magen, matt von der Sommerhitze oder taubfingrig vom Schnee waren. Hagans Schulter schmerzte jedesmal,

wenn er den Schild hochriß, um einen Schlag auf den Kopf abzuwehren; jeder Stoß seiner Klinge zerrte an seinen Armmuskeln. Und doch blitzte es bei jeder Drehung rot im Augenwinkel – Gundaharis Blut tropfte hell auf den zerwühlten Schnee, tropfte auf das Gras, das braun und welk darunterlag –, und Hagan war immer ausdauernder gewesen als Waldhari, der zwar nicht weniger hart focht, aber nicht von seinem elften Sommer an in jeder wachen Stunde ein Panzerhemd getragen hatte.

Er hörte Waldharis keuchenden Atem, der an seinem Helm kratzte, und glaubte den drahtigen Körper des anderen zu fühlen, der sich gegen ihn stemmte und immer härter drängte. Jetzt wurde ihm bei jedem Hieb, ob er von Waldhari oder ihm selbst kam, schwindlig; sein Blut pochte wild und wollte ihm aus den Adern springen, um sich auf der frostigen Erde mit Waldharis Blut zu mischen; der Knochengriff seines Schwertes lag schlüpfrig und rot in seiner Hand, und die Bronzebuckel zerfetzten ihm die Handfläche. Da füllte sein Herz sich mit furchtbarem Grimm, denn er merkte, wie Waldharis Streiche langsamer wurden, als gebe die Seele des Franken endlich nach – *ein von Hunden gehetzter Dachs, der in seinen Bau fährt* –, und Hagan konnte nicht ertragen, daß der Kampf nun endete, endete, bevor...

Mit aller Kraft, die in den Jahren bei Attila in seinem Rücken und seinen Schultern gewachsen war, aufgespart für eine Umarmung, die niemals stattgefunden hatte, schlug Hagan zu. Die drachengeschmiedete Klinge, von Ragan geschaffen, von Gebica empfangen, fuhr schreiend durch Waldharis Schwert nach unten, biß hart in Knochen und schnitt hindurch.

Einen Herzschlag lang stand Hagan so still, als hätte Wodans eisige Schlachtfessel sich auch um seine Glieder gelegt. Um die Dunkelheit, die sich auf seinen getrübten Blick legte, blitzte blau der Schnee. Doch er sah nur die sonnengebräunte Hand auf dem dürren Gras und die schartige Schwerthälfte gerade außerhalb ihrer Reichweite, die ebenso glitzerte...

... wie die Schwerthälfte, deren Griff Waldharis andere Hand umklammerte, die auf Hagans Gesicht zustieß, unter seinen Helm glitt und sich in jäher, blendender Qual in sein Auge bohrte.

Hagan kippte vornüber, aber unter ihn fiel Waldhari, und mit seinem letzten klaren Gedanken ließ Hagan Schwert und Schild fallen und packte die Handgelenke seines Blutsbruders.

Er wußte, daß er nur einen Atemzug lang ohnmächtig gewesen sein konnte, denn als der Nebel um ihn sich lichtete, hielt er Waldhari noch immer fest, und seine Hand umklammerte den Stumpf von dessen rechtem Arm so hart, daß kaum ein Blutstropfen herausquoll und sein eigenes Fleisch benetzte. Er konnte mit dem linken Auge blinzeln, aber nicht mit dem rechten. Die ganze rechte Gesichtshälfte schmerzte entsetzlich, und ein dünner Blutfaden rann aus seinem Bart auf Waldharis Brünne.
»Komm her, Hildegund«, krächzte er. »Der Kampf ist vorbei, denn ich habe gesiegt. Komm, heile die Wunden, denn ich habe euch das Recht gewonnen, ungehindert in Alpharis Land zu ziehen. Ich habe meinen Schwur gehalten . . .«
Dann mußte er wieder das Bewußtsein verloren haben, denn als nächstes fühlte er ein kühles Stück Stoff auf seinem zerstörten Gesicht und Gundaharis starke Arme im Rücken, die ihm halfen, sich mit dem Rücken an einen Felsen zu setzen. Er wollte die Hand an das rechte Auge führen, mit dem er immer noch nichts sehen konnte, aber Hildegunds kleine Hand hielt seinen Arm fest.
»Berühre dein Gesicht nicht, Hagan«, sagte Hildegund. »Dein Auge ist verloren, aber ich habe die Wunde gut gesäubert, und wenn kein Brand einsetzt, wird es dir nicht schlechter gehen als vielen anderen auch.«
Hagan blinzelte mit dem linken Auge und versuchte, nicht zu zucken, als die Bewegung an der Wunde auf der anderen Seite zog. Gundahari saß mit ausgestreckten Beinen neben ihm; sein rechter Oberschenkel war von der Leiste bis zum Knie mit einem rötlich gefärbten Streifen brauner Wolle verbunden. Ihnen gegenüber hatte sich Waldhari niedergelassen, und Hagan sah, daß sein Hieb den Schwertarm des Freundes zwischen Ellenbogen und Schulter durchtrennt hatte. Trotzdem grinste Waldhari, als kümmere die Verletzung ihn wenig, und obwohl das empfindliche Fleisch um seine Augen noch immer die kleinen Fältchen von Schlaflosigkeit und Sorge zeigte, merkte Hagan doch, daß sein Gesicht sich entspannt hatte.
»Hildegund, ich glaube, in unseren Satteltaschen steckt noch eine Flasche vom guten Wein des Bischofs, und jetzt scheint mir die Zeit, sie miteinander zu teilen; denn Hagan hat uns die Freiheit geschenkt, sicher nach Hause zu reiten.«
»Das habe ich«, fiel Hagan ein, bevor Gundahari noch etwas sagen konnte. Er drehte den Kopf und sah seinem Bruder gerade in die Augen. »Und ich denke, daß niemand etwas dagegen einwenden kann.«

Gundahari senkte den schweren Kopf. Vielleicht sah er auf das Blut, das langsam durch den eng um seinen Schenkel gewundenen Verband sikkerte, vielleicht auch auf etwas, das im gefrorenen Gras lag. Aber er wiederholte: »Niemand kann etwas dagegen einwenden.« Dann blickte er auf. »Ich werde dafür sorgen. Du hast die Besten der Burgunder bezwungen, und mein Bruder hat mit seinem Leib für eure Sicherheit bezahlt.«
»So soll es gelten«, erwiderte Waldhari freudig.
Hildegund kam mit der tönernen Weinflasche und einem einfachen Becher zurück. Hagan fiel mit einem kleinen Stich ein, daß er Waldharis schönen römischen Becher zerbrochen hatte. Doch schon goß Hildegund den Wein ein, und obwohl ihre Hände zitterten, meinte sie lachend: »Auch wenn wir noch recht weit vom Land deines Vaters entfernt sind, Waldhari, glaube ich, daß wir uns nun doch als verheiratet betrachten sollten; denn ich bin mit dir geflohen und habe an deiner Seite geschlafen, und nun habe ich für dich gekämpft und danach deine Wunden verbunden. Sag mir, mein Gemahl, wem soll ich als erstem den Becher reichen? Bedenke es wohl, denn es ist unser Hochzeitstrunk.«
»Gib ihn zuerst Hagan«, antwortete Waldhari ohne Zögern. »Denn er kämpfte gewaltig und hielt mir die Treue.«
Hagan hob den Becher. Hildegund lächelte ihn an, so daß er ihre Zähne sah, und ihre hellgrünen Augen waren klar. Da sie beide dem Christenglauben anhingen, würden sie wahrscheinlich keinen besseren Segen als diesen erhalten, dachte er und sagte: »Möge der Gott, den ihr anbetet, diese Hochzeit so segnen, wie ihr es euch wünscht. Möget ihr lange leben und viele Kinder haben und immer in Freude hausen und herrschen.« Er neigte den Kopf zur Seite, um zu trinken, denn noch immer rann Blut aus seinem Bart, das nicht in den guten Wein tropfen sollte. Die aufsteigende Wärme war angenehm und gab ihm Kraft und Halt, auch wenn ihm der Kopf danach ein wenig schwindlig schien.
Hildegund füllte den Becher neu und brachte ihn Waldhari. Sie trank die eine Hälfte und er die andere. Den dritten Wein reichte sie Gundahari. Er hob den Becher und sagte: »Als *Fro* dieses Landes segne ich eure Ehe. Ihr sollt hier stets als Gäste willkommen sein, meines Bruders Bruder und seine Braut.«
Waldhari schwenkte den Stumpf, um seine Worte zu bekräftigen. Hagan

sagte unwillkürlich: »Du mußt jetzt lernen, anders zu kämpfen – den Schild an den Schwertarm gebunden, das Schwert in der Schildhand.«
Waldhari lachte. »Und du mußt bei der Jagd den Kopf zur Seite drehen, wenn du das Wild sehen willst. Und solange dein Gesicht nicht geheilt ist, wirst du das Fleisch, das du erlegt hast, nicht gut essen können. Ich rate dir, dich an weiche Speisen zu halten. Wenn du das Brot in Milch legst, ist es genau das richtige, und außerdem kannst du es als heilenden Umschlag für deine Wange verwenden.«
Die Lippen hochzuziehen, um seine Erheiterung zu zeigen, war für Hagan noch schmerzhafter als gewöhnlich, aber das kümmerte ihn nicht. Erst als er zu blinzeln versuchte und wieder die sengende Pein fühlte, wo das Auge gewesen war, begann Salzwasser in seinem anderen Auge zu brennen. Denn vor ihm saß Waldhari und neben ihm Gundahari... und schon jetzt konnte er fühlen, wie sich Schmerzfalten in seine Züge gruben. Er brauchte in keinen Spiegel, in das Wasser keines Teiches zu blicken, um zu wissen, welches Gesicht ihm entgegenschauen würde – einäugig, grimmig, mit silbernem Reif in Haar und Bart. Wodan hatte ihn gewarnt, und nun forderte er seinen Speer.

Kunde aus dem Osten

Die Rosen hatten angefangen, neue Schößlinge zu treiben. Im jungen Sonnenlicht leuchteten ihre frischen Blätter in hellem Purpurrot. Die Knospen der Apfelbäume waren dick geschwollen und würden bald zu weißen Blütenständen aufplatzen. Waldhari saß in der ersten Sonnenwärme und sah Hildegund bei der Gartenarbeit zu. Obwohl längst Silberfäden ihre rotgoldenen Flechten durchzogen und das Alter ihr Gesicht weich gemacht hatte wie vielfach gewaschenes Leinen, schien sie ihm mit den Jahren nur noch schöner geworden zu sein.
So werden Mann und Weib ein Fleisch, dachte er; *wir sind zusammengewachsen, und nie hat mir meine Schwerthand so gefehlt, wie mir Hildegund fehlen würde, hätte ich sie verloren.*
Und doch war es ihm in den Monaten, seit er von Hagans Tod erfahren hatte, vorgekommen, als laste das Alter schwerer auf ihm; und wenn er seinen Sohn ansah, fragte er sich immer wieder, ob es nicht an der Zeit sei, vom Hochsitz herunterzusteigen und Alpharis stärkeren Schultern die Bürde des Königtums aufzuerlegen.
»*Ein jegliches hat seine Zeit . . . und alles Vorhaben unter dem Himmel hat seine Stunde*«, murmelte er.
Hildegund sah von den Wurzeln des Apfelbaums auf, den sie gerade untersuchte. Ihre meergrünen Augen waren so lieblich wie immer, aber Waldhari war aufgefallen, daß sie ihre Bücher jetzt fast an die Nasenspitze halten mußte, um die Buchstaben zu entziffern.
»Woran denkst du?« fragte sie.
»Ich denke daran, daß wir nicht jünger werden und es bald Zeit für das Passahfest ist, an dem Erneuerung und Wiedergeburt stattfinden.«
»Das stimmt, und wir können darauf vertrauen, daß unsere Seelen sich auch erneuern; unsere Körper freilich werden weiter altern, solange wir uns unseres Daseins erfreuen.«
»Ja. Aber wir haben prächtige Kinder und vor allem einen starken Sohn, von dem ich oft denke, er sei nun bereit für den Thron. Was mich selbst

angeht, so fühlte ich in meiner Jugend nicht die Berufung zum Priester, aber neuerdings habe ich manchmal das Gefühl, daß Gott vielleicht nur damit gewartet hat, bis ein anderer meine irdischen Pflichten übernehmen könnte.«

Hildegund stand auf, klopfte sich die Erde von ihrem schlichten grauen Wollkleid und kam zu ihm. Sie legte einen Arm um seine Schultern und drückte ihn sanft an sich. »Vielleicht ist es so. Mir würde es nicht leid tun, den Platz der Königin aufzugeben und als Frau eines Priesters zu leben. Aber fühlst du dich wirklich so alt, oder ist es nur der Kummer, der dich in den letzten Monaten so bedrückt hat?«

Waldhari seufzte. Hildegunds Arm lag auf seiner Schulter. Er drehte den Kopf und bettete seine Wange in ihre Handfläche.

»Ich hätte nie gedacht, daß Hagan mich überleben würde, aber ich konnte mir auch seinen Tod nicht vorstellen, nicht einmal in meinen schlimmsten Träumen. Es kommt mir vor, als sei ein ganzes Zeitalter mit ihm dahingegangen, in dem es zwar viel Dunkelheit gab, aber auch viel Licht. Ich erinnere mich, daß er immer Geschichten aus alten Zeiten hören wollte, und oft schien er mir selbst der letzte jener grimmen, alten Helden zu sein – schwierig im Umgang, oft fehl am Platz unter gewöhnlichen Menschen, aber ein Mann, ohne den die Welt ärmer geworden ist.«

Eine Weile schwieg Hildegund, aber die Wärme ihrer Hand an seinem Gesicht und ihrer Hüfte an seiner Schulter tröstete Waldhari.

»Wir haben Zeit, gründlich darüber nachzudenken«, meinte sie endlich. »Wir können in Ruhe mit unseren Kindern und Vater Alexandrius sprechen und dann die beste Wahl treffen. Es wäre auch nicht unfromm, Gott um ein Zeichen zu bitten, wenn du auch so gut wie ich weißt, daß gesunder Menschenverstand und weise Vorausschau die zuverlässigsten Zeichen sind, die er der Menschheit gegeben hat.«

Waldhari wollte antworten, als er die Tür hinter sich aufgehen hörte. Ohne zu wissen, warum, merkte er, wie seine Glieder zu Eis erstarrten, sein Herz sich zusammenkrampfte und sein Atem stockte. Er versteifte sich unter Hildegunds Hand. Es schien ihr nicht aufzufallen; sie hatte sich bereits umgedreht, um nachzuschauen, wer in den Garten gekommen war, und Waldhari hörte, wie sie ein leises Gebet flüsterte.

Ganz langsam stand Waldhari auf und drehte sich um. Hagan hätte ihn gescholten, weil er so ohne Wachen und Schwert war, aber im Notfall

konnte er sein Eßmesser mit der linken Hand recht gut als Waffe einsetzen.
Als er dem Besucher ins Gesicht sah, wäre ihm fast das Herz stillgestanden. Einen Augenblick lang konnte er weder atmen noch sich bewegen. Der wilde Einfall durchzuckte ihn, daß er gestorben sei, ohne es zu bemerken, und nun irgendwo zwischen Erde und Himmel schwebte. Denn es war Hagan, den er da vor sich sah, aber nicht der gealterte Heerführer, dessen einziges Auge grimmig unter dem silbersträhnigen Haarschopf hervorfunkelte, und auch nicht der junge Mann, von dem er einst in Attilas Lager Abschied genommen hatte. Vor ihm stand der Junge, den er vor so vielen Jahren zum ersten Mal erblickt hatte, das bartlose Gesicht umrahmt von langem, schwarzem Haar.
Und dann lächelte der Jüngling, ein frohes, erleichtertes Grinsen, das jedoch die Furchen, die eben erst anfingen, sich in seine Stirn und um die Augenwinkel zu graben, nicht glättete. Trotzdem schmolz der Anblick das Eis, das Waldhari erstarrt gehalten hatte. Das war nicht Hagan, so ähnlich er ihm auch sah.
»Wer bist du?« fragte Waldhari. Er brachte nur ein heiseres Flüstern hervor, aber der Jüngling antwortete mit kräftiger, klarer Stimme.
»Nibel bin ich, Hagans des Gebicungen Sohn, und jetzt zusammen mit Königin Gundrun, der Schwester meines Vaters, Hüter und Anführer der Burgunder. Weil mein Vater sein Vertrauen in dich setzte, sind wir gekommen, um dich um freien Durchzug durch dein Land zu bitten, denn die Hunnen werden uns bald dicht auf den Fersen sein. Ohne Hilfe aber wird unser Stamm den Weg gehen, den seine besten Anführer bereits geritten sind. Wir haben Attila erschlagen; Gundrun tötete ihn in seinem Bett, und wir verbrannten seine Halle. Nun sammeln sich die Heere der Hunnen im Osten, um Rache zu nehmen.«
Erst jetzt bemerkte Waldhari die kleine Frau, die hinter Nibel stand. Sie war so groß wie Hildegund, aber kräftiger von Gestalt. Ihr Alter ließ sich schwer schätzen, denn obwohl Spuren erlittener Pein ihre Wangen ausgehöhlt und Schatten unter die blauen Augen gelegt hatten und ein feiner Nebel aus grauen Fäden die dicken Flechten ihres honigbraunen Haars überzog, glaubte Waldhari eine unsichtbare Flamme in ihr brennen und lodern zu sehen, die ihr Gesicht so strahlen ließ, daß er, wäre er nicht so gut und glücklich mit Hildegund verheiratet gewesen, ihr auf der Stelle sein Leben und Land und den Platz seiner Königin angeboten

hätte. *Es heißt,* dachte er, *Sigifrith hätte ihr ein Stück des Drachenherzens zu essen gegeben, und es muß wohl wahr sein; kein Wunder, daß Attila bereit war, dem Wälsung als zweiter Gemahl zu folgen.*
Gundrun trat vor, und Waldhari wollte ihr schon die Hand entgegenstrecken. Aber es war nicht er, sondern Hildegund, die die Hände der burgundischen Königin ergriff. »Willst du dich nicht ausruhen?« fragte sie. »Ich sehe, daß du eine weite und anstrengende Reise hinter dir hast und müde sein mußt.«
»Nicht so müde«, entgegnete Gundrun, »daß ich ruhen darf, bevor ich weiß, was mit meinem Volk und meiner Sippe geschieht. Wir haben wenig Zeit; wenn uns das fränkische Heer nicht beistehen will, müssen wir um so schneller fliehen und darauf hoffen, daß ein anderes Volk uns hilft, ehe die Hunnen über uns herfallen.«
Waldhari sah Nibel an und dann Gundrun. *Ein Knabe und eine Frau,* dachte er; *welche Hoffnung bleibt den Burgundern, wenn die Blüte ihrer Krieger längst erschlagen oder in alle Winde zerstreut ist?*
Gesunder Menschenverstand und weise Vorausschau rieten, sich hier nicht einzumengen, und Waldhari wußte besser als jeder andere, was ein Krieg mit den Hunnen bedeutete, falls seine Worte und die Schwerter, die hinter ihnen standen, dem Volk aus dem Osten weniger wichtig schienen als Attilas Tod.
Aber sein Armstumpf schmerzte, als sitze die Hand noch daran und umklammere einen Schwertgriff so fest, daß die Muskeln bebten; und Nibels dunkler Blick verschmolz und verschwamm vor seinen Augen, bis er nur noch einem einzigen Auge begegnete. *Alte Sühne und alte Treue,* dachte er, *und wenn sich schon die Sünden der Väter an ihren Kindern rächen, wieviel wichtiger ist es dann, ihre Wohltaten zu vergelten?*
»Hagan schaffte mir einst freies Geleit«, sagte er, »und bezahlte einen hohen Preis dafür; aber er blieb sowohl mir als auch Gundahari treu. Um seinetwillen will ich euch Schutz gewähren, Sohn und Schwester meines Schwurbruders, euch und dem ganzen Volk, dem Hagan sich weihte.«
Hildegunds Atem war ein Seufzer. »Zuerst aber«, warf sie ein, »müssen wir alles wissen. Was wurde aus dem Rheingold, das dir Sigifrith als Morgengabe schenkte und das Attila so begehrte? Führt ihr es bei euch, oder ist es sicher verborgen?«

»Es ist sicherer denn je«, erwiderte Gundrun. »Keine Menschenhand soll es wieder berühren.«
»Wir warfen es zurück in den Fluß«, ergänzte Nibel.
Waldhari nickte. »Das ist gut, denn ich hätte es ungern in meinem Land gewußt. Jenes Zeitalter ist vorbei, und ich trauere nur einem daraus nach ... meinem Freund. Führt euer Volk dorthin, wo es Sicherheit findet. Doch wie Hagan und ich einander in der Schlacht schirmten und unser Blut mischten, so will ich für euch sorgen, solange ihr in meinem Land bleiben wollt.«
Nibel kam mit ausgestreckten Händen auf ihn zu, und die beiden Männer umarmten sich. Einen Herzschlag lang schien es Waldhari, als berühre er Hagans Fleisch, doch ohne das kalte Eisenhemd, Hagans breite Schultern, doch ohne die ständige Sorge, die seine Muskeln allzu hart gestrafft hatte. *Wahrhaft lebt Hagan in seinem Sohn weiter*, dachte er, *und so ist sein Lebenswerk erfüllt, denn sein Geschlecht wird nicht aussterben, sein Volk in Sicherheit leben und seine Treue auf ewig unvergessen bleiben.*

Nachbemerkung

Die Geschichte von Hagans Aufenthalt als Geisel oder Pflegesohn bei den Hunnen und verschiedene Elemente seiner Beziehung zu Waldhari (Walter/Waltharius von Aquitanien), vor allem die Darstellung ihres Abschiedskampfes, finden sich in mehreren mittelalterlichen Quellen. Die vollständigsten davon sind das lateinische Gedicht *Waltharius* des Mönchs Ekkehard von Sankt Gallen und die spätnordische *Thidrekssaga*. Auch Fragmente des altenglischen *Waldere*-Textes haben überlebt. Ebenso gibt es Hinweise im Nibelungenlied, als Hildebrand Hagan schilt, weil er untätig auf seinem Schild gesessen habe, während Walter gegen seine Verwandten stritt.

Die von mir erzählte Handlung spielt etwa zwischen 415 und 417 nach Christus, zurückgezählt von der Zerstörung des burgundischen Königshofs durch die Hunnen ungefähr 436. Geht man von der Gesamtwiedergabe des Wälsungen-Nibelungen-Sagenkreises aus, wie sie in meinem Roman »Rheingold« enthalten ist, so wäre »Wodans Fluch« zwischen dem 3. und 7. Kapitel des Teils »Sigfrid« einzuordnen. Während der junge Held Sigifrith aufwächst, Roß und Schwert gewinnt und den Tod seines Vaters rächt, lernt Hagan das, was er braucht, bei den Hunnen.

Die sagenhaften germanischen Berichte von Thioderik und Attila gehören zu denjenigen Heldensagen, die sich am schwersten mit der tatsächlichen Geschichte in Einklang bringen lassen. Der historische Attila und sein Bruder Bleda folgten 434 gemeinsam ihrem Vater Rua als Anführer des größten Zusammenschlusses hunnischer Stämme. Anschließend scheint Attila sich hauptsächlich den Ländern im Osten gewidmet zu haben. Er wurde erst 445, nachdem er Bleda ermordet hatte, Alleinherrscher der Hunnen und starb 453, ungefähr sechzehn oder siebzehn Jahre später, als die germanische Heldenüberlieferung es angibt. Ich habe versucht, diese Unstimmigkeit dadurch auszugleichen, daß ich aus »Attila« (gotisch: »Väterchen«) eine Art Beinamen gemacht habe, den vielleicht mehr als ein Anführer hunnischer und gotischer Krieger getragen hat, so daß der historische Attila ihn ebenfalls übernommen haben könnte.

Der historische Theoderich wurde um 453/454 geboren, etwa zur Zeit von Attilas Tod und lange nach der Schlacht, in der das burgundische Königshaus ausgerottet wurde. Hier habe ich zugunsten der Legende auf geschichtliche Wahrheit verzichtet und Thioderik nicht nur mit dem Amalungenfeuer ausgestattet, sondern ihm auch die ungewöhnliche Langlebigkeit eines bestimmten Typus des Sagenhelden verliehen. Obwohl Thioderik schon ein berühmter Held ist, als Hagan als Geisel zu Attila kommt, wird er, nachdem er sich von Attila getrennt hat, weiterleben und -wandern, Erfolg haben und schließlich um 487/488 Herrscher des weströmischen Imperiums werden, dem oströmischen Kaiser Zeno nur nominell unterstellt. Als Theoderich der Große erfreut er sich einer langen und fruchtbaren Regierungszeit.

Herkunft und Charakter der Hunnen sind umstritten. Ich habe mich dafür entschieden, Attilas Hunnen als Mischvolk aus hauptsächlich zentralasiatischen Nomaden mit ein paar finnisch-ugrischen und nordasiatischen Einsprengseln darzustellen, eine Mischung, die besonders deutlich im Schamanismus des Gyula hervortritt. Die relativ harmonische Verbindung von germanischen und hunnischen Sitten deckt sich mit dem, was wir über die hunnische Gesellschaft während des größten Teils ihrer Berührung mit dem Westen wissen. Attilas Regeln über religiöse Toleranz werden im Nibelungenlied geschildert. Ob die betreffenden Zeilen eine echte Erinnerung bewahren oder sich nur durch einen glücklichen Zufall mit den Tatsachen decken, ist unbekannt.

Umstritten ist auch, selbst in zeitgenössischen Quellen, der Zeitpunkt, an dem die Burgunder bekehrt wurden. In einigen Berichten heißt es, sie seien Christen gewesen, bevor die Hunnen ihr Reich am Rhein zerstörten, andere beschreiben ihre Bekehrung nach der Ansiedlung im heutigen Burgund. Vielleicht läßt sich diese Diskrepanz durch eine nur allmähliche Christianisierung des Stammes erklären, an der sich auch einige, jedoch nicht alle Angehörige der königlichen Familie beteiligten.

Weil über die religiösen Bräuche der Ostgermanen insgesamt sehr wenig bekannt ist, beruhen die im Buch geschilderten Volksrituale der Burgunder weitgehend auf weit späteren, skandinavischen Quellen. Weitere Angaben zur Religion der Germanen finden sich zum Beispiel in Rudolf Simeks »Lexikon der germanischen Mythologie« (Kröner, Stuttgart 1984), mit sehr zahlreichen Literaturangaben.